Reliure serrée

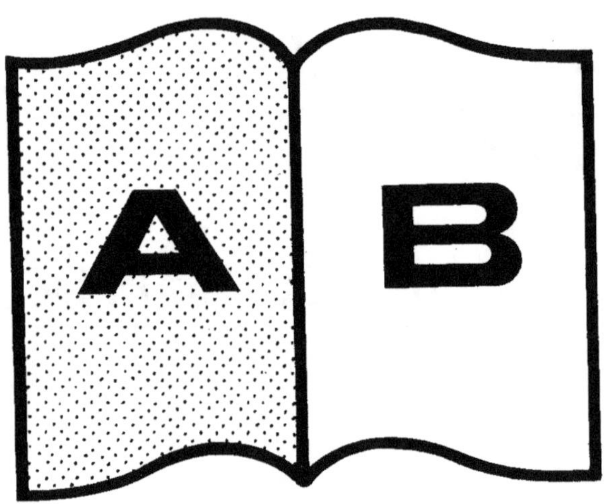
A
B

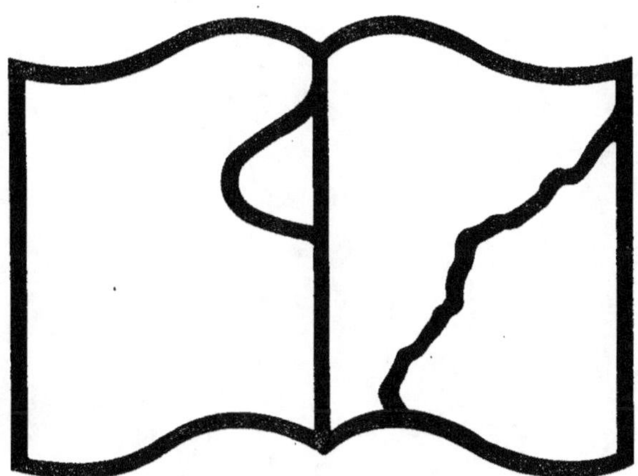

Texte détérioré — reliure défectueuse

NF Z 43-120-11

ALEXIS BOUVIER

LA GRANDE IZA

PARIS
JULES ROUFF, ÉDITEUR
14, CLOITRE SAINT-HONORÉ, 14

JULES ROUFF, Éditeur, 7, rue Christine, PARIS

PREMIÈRE PARTIE

MARIAGE FORCÉ

I

DES ÉTRANGES ACTIONS D'UNE MARIÉE LA VEILLE DE SES NOCES.

Lorsque, dans le vieux quartier du Marais, la nouvelle s'était répandue que la belle Cécile Tussaud, la fille unique de Claude Tussaud, le fabricant de bronzes de la rue Saint-François, allait se marier, épouser le grand Houdard, dit la Rosse, ça n'avait été qu'un cri de stupéfaction et de réprobation. On se refusait à croire à une semblable alliance.

Depuis dix ans, tout le monde, dans le quartier du bronze, savait qu'Houdard commanditait la maison Tussaud. On disait même que c'était à la légèreté de la brune Mme Tussaud que cette commandite d'une maison ruinée, discréditée, était due. Seul — assurait-on — Claude Tussaud ignorait cette honte.

Mais ce qui scandalisait tout le monde, c'est le bruit répandu que c'était Mme Tussaud qui voulait le mariage de sa fille.

On est bavard au Marais; on disait bien des choses. On disait que Tussaud allait être déclaré en faillite, et qu'il mariait sa fille pour s'associer son gendre et relever sa maison. On disait que la mère indigne mariait son enfant pour conserver près d'elle celui qu'elle aimait... une infamie enfin! On disait encore que la jeune et belle Cécile aimait avec passion un ancien apprenti de son père, son compagnon d'enfance, presque son frère de lait, le petit Maurice..., et, qu'ayant été obligé de renvoyer l'apprenti devenu ouvrier à cause de cela, on se hâtait, car il n'était que temps de marier Mlle Cécile... On disait bien des choses enfin... Mais nous allons raconter, nous, ce qu'on ne disait pas : la vérité.

C'était vrai, un mariage était décidé; André Houdard, dit la Rosse, devait, le lendemain du jour où commence notre histoire, épouser Cécile Tussaud.

Depuis la veille, les ateliers du fabricant de bronzes étaient fermés, les limes et les marteaux étaient au râtelier, les étaux dormaient, la forge était éteinte, la soudure était noyée dans le borax... On ne voyait dans la maison que couturières, cordonnier, tailleur; Mme Tussaud recevait les toilettes, examinait le trousseau; Claude disait gaiement à son ami et futur gendre :

— Enfin, c'est pour demain... Heureusement que je n'ai qu'une fille, j'en deviendrais fou.

Mme Tussaud, lorsqu'elle se trouvait seule près d'Houdard, lui disait tout bas :

— Enfin, vous avez réussi!... Dieu vous pardonne ce que vous allez faire..

Et lui tout gai, souriant à la pensée du lendemain, répondait à haute voix :

— Votre fille, maman Tussaud, sera la plus heureuse des femmes.

Et la jeune fiancée, Cécile, froide, sévère, était calme. C'était une admirable enfant de seize à dix-sept ans, aux cheveux bruns lisses et luisants comme l'aile du corbeau; elle avait des yeux bleus, des cils bruns, le nez droit et fin, la bouche enfantine. Quand elle souriait — non à cette heure — elle montrait de petites dents laiteuses ; elle était en somme adorable, belle... Semblant, ce jour, seule au milieu de ce monde, elle passait indifférente, ne voulant s'occuper de rien, répondant par monosyllabes et dédaigneusement à celui qu'elle devait épouser... et à chaque question des parents par ces mots :

— Faites ce que vous voulez... J'ai dit que je vous obéirai.

Alors le père Tussaud prenait sa fille dans ses bras, l'embrassait et lui disait gaiement :

— Pauvre petite..., va toujours, tu as jugé le mariage dans les romans; quand tu seras une vraie femme, tu riras de toi-même, et tu nous béniras.

Cécile levait les yeux vers le ciel, ne répondait que par un soupir et regagnait sa chambre.

Le soir, après le dîner, auquel assistaient les témoins, Mme Adèle Tussaud dit d'un air sans façon à ses invités :

— Messieurs, nous nous sommes beaucoup occupés pendant la journée, nous sommes très fatigués, très fatigués, et nous vous demandons la permission de nous retirer. Vous le voyez, cette pauvre Cécile tombe de sommeil, elle n'a pas dit un mot de la soirée... et demain il faut que nous soyons prêtes de bonne heure.

Tout le monde se leva. Le père Tussaud, en passant ses pouces dans ses bretelles pour les remettre sur ses épaules, dit en riant :

— Croyez-vous qu'Adèle sait gentiment ficher son monde à la porte?

On rit, on se dit bonsoir très affectueusement, on s'embrassa bien fort, avec des lèvres lippeuses à la pensée de la noce du lendemain... Lorsque le grand Houdard, dit la Rosse, embrassa Cécile, elle le tint à l'écart de la main, redoutant qu'il ne la caressât trop familièrement; il dit :

— Voyons, Cécile, c'est bien arrêté maintenant... tu n'auras pas un sourire?

— Je vous ai dit, monsieur André, qu'habituée à l'obéissance envers mon père et ma mère, j'obéirai à ce qu'ils croient être le bien pour moi... Mais je vous ai dit, à vous, les sentiments que vous m'inspiriez ; il vous plaît de passer outre... Vous serez responsable de ce qui peut arriver.

Ces mots amenèrent sur les lèvres de celui qui avait le singulier sobriquet de la Rosse un mauvais sourire ; il y eut même dans ses yeux un éclair menaçant; mais, haussant aussitôt les épaules, il rit bêtement et dit avec affectation :

— Cécile, je te connais toute petite, je sais que t'as mauvaise tête ; mais je ferai tant, tant pour ma belle petite femme... qu'elle regrettera ce qu'elle dit... et que tu m'aimeras.

A ce mot, la jeune fille eut un si singulier regard, qu'Houdard fronça le sourcil...

Cette courte scène s'était passée dans l'encoignure de la porte, de laquelle chacun s'était discrètement éloigné, croyant à l'échange de doux propos d'amoureux. André Houdard partit, ayant peine à cacher un mouvement de colère, et Cécile rentra.

Les époux Tussaud embrassèrent leur fille avant de gagner leur chambre, et la câlinant, le père lui dit :

— Cécile, ma mignonne, il faut être gentille, que cette dernière nuit enlève ta mauvaise humeur; tu ne vas pas nous faire cette figure-là demain, j'espère.

— Oh! non! non! je n'aurai pas cette figure-là, répondit-elle d'un ton singulier.

— Il faut être sérieuse, c'est un mariage de raison que tu fais. L'amour, ma pauvre chérie, si tu savais combien ça sert peu dans un ménage... Le bonheur, vois-tu, Zizille, est dans la quitéude, dans l'assurance d'une vie tranquille, sans misère... Tu ne connaîtras pas ça, toi, la misère! demande à ta mère, c'est la dot que nous nous sommes mutuellement apportée, et quelle vie!... S'il suffisait d'avoir de l'amour pour être heureux, il ne faudrait pas se marier, l'amour ne survit pas au mariage.

— Ton père a absolument raison, mon enfant, dit Mme Tussaud, en s'assurant que ses papillotes enaient bien.

La jeune fille releva la tête, et, se plaçant devant ses parents, calme et parlant lentement, elle dit :

— Et si cependant je refusais? Si demain je disais : Non!

Claude et Adèle Tussaud se regardèrent tout bouleversés à cette idée, et le premier balbutia :

— Comment, malheureuse, si tu refusais... si tu refusais! mais je ne voudrais te revoir de ma vie..., mais je serais perdu..., mais je suis engagé avec André...

— Ainsi votre intérêt passe avant tout. Et d'un ton lugubre elle ajouta : J'en puis mourir!...

— On ne meurt pas de ça, reprit sévèrement Tussaud, rouge de colère... et puis au fait, parlons franchement, il faut en finir. Eh bien, je te déclare que, si les rêves que tu caresses devaient se réaliser, assurément j'aimerais mieux ta mort...

— Tais-toi, Claude, tu deviens fou! exclama bien vite Mme Tussaud, épouvantée par ce que disait son mari, qui mentait, au reste.

— Je dis la vérité, continua le fabricant de bronzes emporté par sa mauvaise humeur; j'ai élevé ma fille en honnête femme, pour l'établir comme une honnête femme, j'ai sacrifié tout pour elle; celui qui m'a aidé à me relever m'honore en la choisissant... et il lui plaît à elle de préférer un vaurien, qui était ici, un sans-le-sou, un...

— Ne t'emporte pas, père, interrompit Cécile, calme. Je ne dirai rien demain.

Tussaud, tout interdit par le ton étrange avec lequel sa fille l'avait interrompu, par la façon dont elle le regardait, se tourna visiblement troublé et inquiet vers sa femme; celle-ci lui fit un signe de l'œil et lui dit à mi-voix :

— Laisse-la, puisqu'elle sera raisonnable.

Et après l'avoir embrassée, pendant qu'elle se retirait, Mme Tussaud continua :

— Tu conçois bien, Claude, qu'il est pénible pour la pauvre chérie de renoncer à tout jamais au rêve qu'elle avait fait..., et tout ira pour le mieux ! Au reste, elle ne résiste pas, la pauvre belle, elle le dit bien, notre volonté sera la sienne...

— Oui, mais tout cela aurait été évité, si tu n'avais pas laissé cette enfant se bâtir un avenir avec Maurice.

— Est-ce que je pouvais prévoir ce... qui arrive... hélas !

Et en disant ces mots, Adèle Tussaud leva les yeux vers le ciel.

— Ah ça, ma parole d'honneur ! on croirait que tu regrettes ce mariage.

— Non, non, mon ami.

— Et puis, ce qui a le plus entretenu cette idée qu'elle avait de se marier un jour avec Maurice..., c'est encore ta faute. Tu n'aurais pas dû la laisser fréquenter la sœur de ce gamin-là.

— Mais, mon ami, elles sont amies de pension, pouvais-je me douter de ça ?... J'ai fait ce que tu as dit, j'ai défendu à la pauvre petite de venir...

— Il était temps !... Elle ne venait que pour lui apporter des lettres de son frère...

— Ne te fâche pas, Claude, puisque tout est fini, et que demain elle sera mariée avec... ton ami.

Les époux rentrèrent dans leur chambre pour se reposer.

Cécile, en quittant ses parents, était remontée chez elle; seule dans sa petite chambre, elle s'était assise sur son lit; là, pensive, elle était restée une grande heure, les mains jointes entre ses genoux, les yeux fixes sans regard, poursuivant une sombre idée, à en juger par le pli à peine visible qui traversait son front pur. Puis tout à coup, prenant une résolution subite, elle s'écria :

— Jamais... non, jamais... lui, surtout...

Et elle frissonna, comme à un contact répulsif.

Elle marcha sur la pointe des pieds dans sa chambre, prit un manteau qu'elle jeta sur ses épaules, sans s'inquiéter comment elle était coiffée, oubliant toute coquetterie; le cerveau occupé tout entier par une grave pensée et évitant de faire le moindre bruit, elle sortit doucement de chez elle, descendit l'escalier, passa par les ateliers et se trouva rue Saint-François...

Elle se sauva hâtant le pas; arrivée rue de Turenne, elle regarda l'heure à la pendule d'une boutique de marchand de vin.

— Onze heures ! fit-elle. Il doit m'attendre...

Et elle se mit à courir, descendant la rue de Turenne; elle traversa la place Royale et arriva bientôt sur la place de la Bastille, au coin du quai Bourdon. Aussitôt un jeune homme vint vers elle et lui tendit la main, en lui disant :

— Eh bien ?

— C'est fini !... répondit-elle d'une voix hoquetante.

— Et qu'as-tu décidé ? demanda le jeune homme avec émotion.

— Oui... oui... je veux bien! fit-elle en tombant dans ses bras, et les deux malheureux jeunes gens fondirent en larmes.

Ils restèrent quelques minutes sans parler, cherchant à contenir leurs sanglots. Puis la jeune fille, semblant se dompter, s'arracha des bras du jeune homme et, essuyant vivement ses yeux, elle dit :

— Allons, Maurice, il faut maintenant avoir du courage, et ce n'est pas en pleurant que nous en trouverons. Ne restons pas ainsi, déjà des gens nous regardent.

La grande place était déserte à cette heure, et les rares passants pouvaient justement s'étonner de voir des amoureux pleurer ainsi. Cécile prit le bras de Maurice, en lui disant :

— Ce soir, j'ai encore parlé à mon père : ils veulent absolument ce mariage; je le sais bien, je puis dire non! Mais la vie ne serait pas possible chez nous... Il faudrait que je quittasse la maison.

— Tu sais que tu retrouves aussitôt une demeure.

— Non, Maurice, non, cela ne se peut pas... La nuit est douce, c'est pour nous la dernière, dit-elle d'un accent fiévreux, promenons-nous et parlons bien sincèrement... Je ne veux pas me marier parce que je t'aime d'abord.

— Ma chère Cécile, fit le jeune homme avec émotion, en l'attirant sur sa poitrine et en l'embrassant avec passion.

— Oui, ce n'est pas l'heure de voiler ce qu'on pense; pour faire ce que nous devons faire, il faut s'aimer, s'aimer follement... Écoute, Maurice, depuis hier j'ai longuement pensé, et lorsque je t'ai écrit pour te donner ce rendez-vous, j'avais épuisé tous les moyens vis-à-vis d'eux...

— Cécile, je suis effrayé de ce que je t'ai proposé... Je souffre, je ne puis vivre sans toi... Que je meure! cela est normal, je ne laisse personne derrière moi, et l'avenir que j'ai devant moi n'a rien qui puisse me faire reculer... Mais je t'entraîne dans ce crime... et, à cette heure, je recule.

— Je le veux, moi, je veux mourir, entends-tu?...

— Et pourquoi?...

— Parce que je t'aime, parce que je t'ai promis que tu serais mon époux... tu seras mon époux et nous mourrons...

— Je suis épouvanté de ce que je t'ai conseillé.

— Je vais te donner du courage. — Écoute-moi, Maurice, nous nous sommes connus enfants, toi presque sans famille, tu n'avais que ta sœur, mon amie Amélie, ma famille fut la tienne; élevés comme frère et sœur, sans nous en apercevoir nous-mêmes, une affection plus vive vint en nous, nous étions tous les deux d'honnêtes enfants, et nous nous estimions trop l'un et l'autre pour mal faire. Nous avions rêvé de nous unir, toi en t'appliquant à être un bon ouvrier, ce que tu es, moi en m'appliquant à être une vraie femme de ménage, ce que j'aurais été... Mes parents, car tu les considérais comme les tiens... nos parents, enfin, à l'époque n'avaient pas d'ambition et ils entretenaient chez nous cette idée... Ceci, Maurice, nous justifie tous les deux : nous nous aimions et nous avions le droit de nous aimer.

Le jeune homme pleurait et Cécile reprit avec un triste sourire :

— Sois courageux, Maurice... c'est la nuit de notre union à cette heure... Un jour, un misérable, un malhonnête est entré chez nous, c'était l'ami de mon père... c'était... c'était, tu le sais... l'ami de ma mère... tu sais combien j'ai souffert de voir cette honte... mais c'est lui qui a prêté à mon père l'argent pour se rétablir, c'est lui qui doit sauver la maison... Qu'y a-t-il à faire? Dire à mon père le prix de l'argent qui lui a été prêté... ; mais alors c'est ma mère répudiée, chassée, et à l'heure où elle se repent du passé... Il y a une chose épouvantable, c'est que ma mère consente à me livrer à cet homme... Eh bien, Maurice, j'ai tout entendu, il y a un mois, ma mère m'avait promis de refuser; le lendemain, je rangeais des robes dans le petit cabinet derrière sa chambre. Houdard vint, il avait reçu une lettre de ma mère qui lui déclarait qu'il n'aurait pas son consentement pour l'infamie qu'il exigeait... Si tu savais ce que j'entendis... Écoute, Maurice : si coupable que soit ma mère..., ce jour je l'ai plainte. Oh! la pauvre femme, être l'esclave de ce misérable, quel châtiment!... Ma mère, il l'exigea, s'engagea à se taire... C'est de ce jour que je t'écrivis qu'il ne fallait plus espérer... Mon père est une dupe... et il ne voit qu'une chose, sa maison relevée et mon établissement immédiat... Comment rompre? Dire la vérité à mon père, c'est le malheur de sa vie et la ruine de la maison... Dire à ma mère ce que je sais, c'est plus affreux encore... Ma mère s'humiliant devant! moi parler à ce... monsieur, cela m'est impossible, il me fait horreur, son regard est sale, ses gestes sont sales... Il m'inspire un dégoût profond, il n'y a pas de pureté, de jeunesse pour lui... il parle à toutes les femmes comme à des filles... Plutôt qu'appartenir à cet homme, je ne sais ce que je ferais... Tu le vois bien, Maurice, notre situation est sans issue...

— Tu reviens toujours à cette idée que la folie de la douleur m'a fait te proposer.

— Maurice, je ne puis être à toi devant les hommes, je le serai devant Dieu... je viens à toi ce soir... je suis ta fiancée, tu me conduiras chez toi, je serai ta femme... mais demain nous ne nous réveillerons pas...

Maurice s'était arrêté, il tenait les deux mains de Cécile et la regardait bien en face.

— Et cela, sans regrets, sans remords?...

— Au contraire, avec amour...

— Tu ne faibliras pas?...

— Je t'aime!...

— La souffrance ne fera pas que tu me maudiras, quand tout espoir sera perdu!

— Je t'aime...

Et avec une fièvre de passion, se penchant sur lui, l'enveloppant de ses bras, elle lui dit en l'embrassant :

— Maurice, je veux mourir dans tes bras en te disant : Je t'aime!

Et elle ajouta plus bas, en appuyant sa tête sur son épaule et en se disposant à marcher :

— Viens vite, Maurice, allons chez toi... j'ai peur de faiblir.

Il ne répondit pas; son bras pressa le sien et l'entraîna, marchant plus

Ils se regardèrent bien en face en souriant (PAGE 10).

rapidement vers l'extrémité du quai Contrescarpe. Il se sentait fort, résolu, mais lui aussi avait hâte d'être au but.

Il faisait une de ces belles soirées d'été où la tiédeur de l'atmosphère est fraîchie doucement par la brise de nuit. Entre les deux rangées d'arbres qu'ils suivaient, on voyait le ciel tout constellé d'étoiles ; l'air sur les bords de l'eau avait des fraîcheurs pleines de senteur de goudron et de bois flotté; il faisait doux à se promener en ce lieu à cette heure, il faisait bon vivre par ce temps... Ils marchaient tous les deux, accrochés fortement l'un à l'autre; parfois ils se regardaient, leurs yeux avaient des lueurs étranges, ils se souriaient et ne parlaient pas... Après un grand effort, Cécile lui dit d'une voix sourde :

— Est-ce que tu as ce qu'il faut chez toi?

— Oui...

— Cela nous fera beaucoup souffrir?

— Non... On s'endort... pour ne s'éveiller jamais.

Maurice sentit les tressaillements de sa compagne, et elle l'entraîna en répétant :

— Vite, vite, marchons.

Ils passèrent devant un petit bal qui se trouve à l'extrémité du quai; on entendait la musique de l'orchestre. Cécile eut un rire nerveux et elle dit :

— Nous avons l'illusion de nos noces... Ils dansent...

— Je demeure derrière le bal, ce bruit va nous tourmenter...

— Au contraire, cela me semble drôle...

Il y eut encore un long silence; ils marchèrent sans rien dire, tournèrent une rue qui donne sur le quai, presque en face du pont d'Austerlitz. Arrivés devant la deuxième maison, Maurice lui dit :

— C'est là.

Ils entrèrent et montèrent deux étages; le jeune homme ouvrit la porte, la chambre était éclairée; elle entra et regarda surprise autour d'elle.

— Tu le vois, dit-il, j'avais tout préparé.

— Qu'est-ce que ça? dit-elle en montrant une table sur laquelle étaient deux bouteilles, des verres et quelques biscuits...

Il eut un triste sourire en disant :

— Notre repas de noce, Cécile...

— Ah! c'est ça... et elle montra une bouteille en frissonnant.

— Oui!

Elle s'assit sur une chaise devant la table, et il vint se mettre à ses genoux.

— Ma pauvre Cécile, quand nous étions enfants, était-il possible de penser que nous finirions ainsi?

— Le regrettes-tu?

— Oh non!

— Je t'ai dit, Maurice, ils feront ce qu'ils voudront, je ne serai qu'à toi... Mais je suis trop honnête fille pour consentir à n'être que ta maîtresse... C'est la mort qui nous marie.

Et ce fut elle qui prit la bouteille et en versa dans les verres... Elle prit son verre, y trempa ses lèvres et dit :

— Ça n'est pas répugnant à boire, c'est sucré...

Il but à son tour et ils s'embrassèrent; il était toujours à genoux, il s'accouda sur elle et elle passa la main dans ses cheveux blonds, puis, ce mouvement lui levant la tête, ils se regardèrent bien en face en souriant, les petits braves... Évidemment l'idée de la mort n'était pas du tout dans leur cerveau... ils ne rêvaient que d'amour, car elle dit :

— Comme je t'aime !...

— Et moi donc, fit-il simplement, en promenant ses lèvres sur sa main.

La fenêtre était entr'ouverte et donnait sur le jardin du bal dont nous avons parlé. L'orchestre venait de préluder et la voix du crieur qui vendait les cachets criait :

— En place, messieurs les danseurs, en place pour la dernière.

Cécile reprit :

— Il le dit, tu vois... la dernière...

Elle but encore et dit :

— Il me semble que ça grise...

— Oui, c'est exprès....

— Buvons vite, alors...

Ils trinquèrent et burent ; puis, crânement, Cécile dit à Maurice :

— Lève-toi.

Il obéit. Elle le conduisit près de la fenêtre ; là, mettant sa main dans sa main et levant les yeux vers la voûte étoilée, elle dit gravement :

— Par-devant vous, monseigneur Dieu, devant qui nous allons bientôt paraître, convaincue que j'insultais au sacrement du mariage en acceptant celui qu'on voulait me faire faire..., je prends pour époux Maurice Ferrand que j'aime...

Maurice dit les mêmes mots... Elle sentit qu'il lui glissait une alliance au doigt... elle la baisa... puis, crânement et comme ayant hâte d'en finir, elle serra...

— Maintenant que nous sommes unis... buvons...

Ils burent deux fois, et elle s'écria avec un soupir :

— C'est fait maintenant, Maurice, laisse-moi seule une minute, et reviens vite ; je t'attends, mon mari.

Maurice sortit, obéissant. Seule, Cécile éteignit la lumière, se déshabilla et se coucha... elle entendit le jeune homme rentrer...

— C'est toi ?...

— Oui, ma Cécile...

— Viens vite... j'ai peur maintenant de mourir sans toi...

. . . .

Dans le bal, l'orchestre s'arrêta une minute, et on entendit la voix du crieur :

— En avant deux, messieurs les danseurs !

II

LA FIN DE LA NUIT DE NOCES.

Le vent, faible au commencement de cette nuit d'été, devenait plus fort ; au calme succédait le bruissement des feuilles des arbres des quais, le heurt des lourds bateaux amarrés en amont du pont, attendant le jour pour s'engager dans l'écluse du canal Saint-Martin. L'orage allait succéder à la douce tiédeur de la nuit.

Dans la petite chambre de Maurice, la fenêtre, restée ouverte, était secouée par le vent ; il était deux heures et demie du matin, tout était silencieux. Les deux enfants étaient étendus sur le lit, semblant dormir. Tout à coup des deux corps l'un se souleva languissant. C'était Cécile ; assise sur le lit, elle passa sa main sur son front, en écartant ses beaux cheveux bruns et paraissant vouloir s'expliquer ce qu'elle éprouvait, sa tête était lourde et son cerveau rebelle ; elle regarda autour d'elle sans comprendre, sans voir ; était-elle en proie à un cauchemar? Elle voulut se lever, et sa main rencontra le corps de Maurice étendu près d'elle ; à la sensation de froid qu'elle ressentit, elle voulut crier, mais la voix ne put sortir de sa gorge ; elle prit son front à deux mains et eut un cri rauque ; elle se souvenait... Comment se faisait-il qu'elle était vivante? que s'était-il passé? est-ce que Maurice l'avait trompée? Où il avait promis la mort, n'avait-il voulu donner que l'ivresse? C'était épouvantable. Elle se pencha aussitôt sur le corps de son amant et appela.

— Maurice ! Maurice !

Rien ne bougea ; elle lui prit la tête : la peau avait le froid moite de la mort. En tremblant, elle essaya de le relever et il retomba ; elle jeta un cri épouvantable. Maurice était mort et elle vivait !

Elle était vivante, presque nue, sentant à chaque mouvement sur ses chairs brûlantes de fièvre le froid mortel.

Elle fit un violent effort et sauta du lit, échevelée, sentant que sa raison allait l'abandonner. Égarée, presque folle, elle se jeta à genoux, et, attirant la tête de Maurice, l'embrassant, elle disait :

— Maurice !... non, tu n'es pas mort ; entends-moi, réponds-moi... tu ne m'as pas trompée en voulant mourir seul. Maurice, oh ! je t'en prie... mais réponds-moi...

Et des larmes abondantes coulèrent enfin de ses yeux.

— O mon Dieu ! mon Dieu ! mais je suis donc maudite ! Vous me prenez le seul être que j'aime, et vous ne voulez pas de moi ; mais je ne peux plus vivre maintenant... C'est impossible ! Maurice, mon homme, je ne veux pas que tu partes seul, il faut que je meure... Il le faut....

Elle l'embrassa encore, restant longtemps les lèvres collées sur ses lèvres, comme si elle espérait y boire la mort qu'elle cherchait ; puis, se redressant tout à coup, folle, égarée, elle dit :

— Je veux mourir !

Elle courut à la table et regarda les bouteilles ; elles étaient vides ; elle chercha du regard un couteau, une arme, et déjà sa main écartait sa chemise, découvrant ses seins jeunes et robustes... Rien ! La fenêtre était ouverte, elle y courut ; elle donnait sur un petit jardin, le derrière du bal, ce n'était pas la mort certaine. Le vent frais la fit frissonner, elle se regarda, et, se voyant nue, l'instinct pudique de la jeune fille lui revint aussitôt ; elle recula dans la chambre et se hâta de se vêtir... Puis elle revint près du corps de son amant ; elle regarda une minute en disant :

— Mon époux... car je suis mariée... maintenant je suis femme... Oh ! je vais te rejoindre, va, mon homme.

Et comme le vent agitait les rideaux du lit, elle replaça le corps de Maurice au milieu du lit, accrocha les rideaux et se disposa à fermer la fenêtre; un coup de sifflet strident de machine à vapeur lui fit lever la tête; elle regarda et vit dans les buées du jour naissant, à cent pas devant elle, un bateau remorqueur. Elle jeta un cri joyeux! La Seine, c'était la Seine qui se trouvait en bas de la maison... Cette fois elle n'en reviendrait pas; à cette heure, presque la nuit encore, le pont et les quais étaient déserts. Cécile laissa la fenêtre ouverte et revint près du corps de Maurice.

— Je vais te rejoindre, mon homme, nos âmes vont se retrouver bientôt... Au revoir, au revoir...

Et, l'ayant encore embrassé, elle se sauva et descendit rapidement l'escalier. Deux minutes après, elle s'arrêtait devant la porte de la rue; obligée de s'appuyer au mur pour se soutenir, le poison agissait encore sur elle, il lui sembla qu'elle allait défaillir; le cœur lui manquait, ainsi qu'on dit familièrement; des pieds aux cheveux un froid mortel glissa dans son sang, elle ferma les yeux et crut qu'elle allait tomber; mais cela ne dura qu'une minute à peine; elle se redressa et regarda autour d'elle; la rue, les quais et le pont étaient déserts.

Le vieux quartier de la Râpée n'est rien moins que parisien, surtout à cette heure; on eût pu se croire dans un village bordant un fleuve. Le vent d'orage avait passé, le brouillard du matin des chaudes journées engrisait tout; plus de vent dans les feuilles; à peine entendait-on les roues du remorqueur battant l'eau. Une ligne bleuâtre éclaire à peine l'horizon. Sans voir, on entend de l'autre côté de l'eau, sur le chemin de halage, les grelots sonnant au poitrail des chevaux qui remontent des péniches; on entend le choc des fers des chevaux, les coups de fouet et les jurons des charretiers. Le jour va bientôt venir; ces buées sur l'eau ravissent Cécile en servant son projet.

Remise de sa syncope subite, elle se hâte de traverser la chaussée; elle court et regarde la berge; il faut descendre jusqu'à l'eau; elle dit entre ses dents :

— Là, c'est trop près de la rive, le courant pourrait, si je me débats, me ramener au bord.

Elle remonte alors et s'engage sur le pont d'Austerlitz, passant d'un bout à l'autre. Arrivée au milieu du pont, elle s'arrête et regarde. C'est là; dans le brouillard, c'est à peine si on voit l'eau; elle regarde autour d'elle, personne! Alors, elle franchit le parapet, doucement, prenant des précautions, ramenant pudiquement ses jupes sur ses jambes; elle est debout sur la margelle extérieure, son regard se tourne vers le côté où est la petite chambre nuptiale, où a eu lieu le mariage mortel; elle sourit et dit :

— Mon Maurice, me voici.

Et, couvrant son visage de ses mains, elle se laisse tomber en avant, sans un mot, sans un cri. En même temps que le choc dans l'eau le brouillard s'évapore, le corps est disparu et à la place où la jeune fille est tombée des disques nombreux se forment en bouillonnant. Comme si le jour et la vie n'attendaient que cet instant pour paraître, tout s'anime : les oiseaux chantent, le coq beugle, les arbres se dégagent du brouillard et dressent leurs longues silhouettes dans les gris de l'aube.

Peu à peu la Seine apparaît, avec ses matineux mariniers sur les bords. Ciel, terre, arbres, fleuve se dégagent ternes et brumeux... Enfin, crevant l'horizon, miroitant sur l'eau, scintillant à travers les feuilles, le soleil paraît. Un cri a retenti de l'autre côté de l'eau, et des cabarets, des bateaux, des gens, invisibles tout à l'heure, s'élancent vers le pont, d'autres se hâtent de détacher leurs barques et gagnent à force de rames le milieu du fleuve. C'est un brouhaha général; on entend crier :

— C'est là, là, sous la troisième arche...

Et un homme s'est jeté tout habillé d'un bateau, nageant vers l'endroit qu'on désigne.

III

« ALLEZ-VOUS-EN, GENS DE LA NOCE ! »

Il n'était pas sept heures du matin que tout le monde était déjà debout chez Claude Tussaud. Lorsqu'on avait parlé de réveiller Cécile, Mme Tussaud avait dit :

— Non, non, laissez-la reposer; ses affaires sont prêtes : qu'elle s'éveille le plus tard possible.

Et on avait obéi; ç'a avait été alors dans la maison un remue-ménage indescriptible; les fournisseurs apportaient les derniers objets, le coiffeur bâtissait un monument avec les cheveux de Mme Tussaud, les meubles étaient encombrés d'objets de toilette et de bouquets envoyés par les invités à la jeune mariée. A la porte, les premières grandes voitures de louage étaient à la disposition du garçon d'honneur pour aller chercher les plus proches membres de la famille.

Claude Tussaud, en voyant tout sens dessus dessous dans sa maison, avait dit :

— Je n'attends pas le barbier, je vais chez lui.

Et il était parti se faire raser. Lorsqu'il revint, tout barbouillé de poudre de riz, et que sa femme réclama en minaudant l'étrenne de sa barbe, il refusa, disant que ce jour il la réservait à sa fille :

— A madame la mariée... Ah ça ! où est Cécile ?

— Elle dort, mon ami.

— Tu es donc folle de ne pas la faire éveiller ?... Elle ne sera jamais prête, et les invités vont venir.

— Julie, dit Mme Tussaud à la bonne, montez donc dire à mademoiselle qu'elle se lève, que le coiffeur attend pour la coiffer.

Effectivement le coiffeur allait attendre; il terminait le monument érigé sur la tête de la mère de la mariée, et Mme Tussaud se souriait dans la glace, demandant le plus naturellement du monde, en secouant légèrement la tête :

— Monsieur Renoult, vous me garantissez que ça tient bien; les cheveux ne tomberont pas ?

— Soyez tranquille, madame, c'est solide; vous pourrez danser sans crainte.

La bonne redescendait et disait que mademoiselle ne lui avait pas répondu; cependant elle avait frappé trois fois.

— Comment, fit Tussaud, est-ce qu'elle est sortie ce matin?...

— Ce n'est pas possible... C'est qu'elle dort, et Julie n'aura pas frappé assez fort.

— Va donc voir un peu toi-même... et dis-lui de se dépêcher; les voitures sont là, et si nous n'arrivons pas les premiers à la mairie, nous ne pourrons pas déjeuner avant une heure.

— J'y vais; attendez une seconde, monsieur Renoult, elle va descendre.

Déjà quelques invités étaient arrivés, et Tussaud, qui les recevait, s'arrêta tout à coup, penchant la tête pour écouter, entendant le bruit des vigoureux coups de poing que Mme Tussaud frappait sur la porte de la chambre de Cécile.

— Cécile... Cécile... mon enfant, réponds-moi...

Une minute après, Adèle apparaissait tremblante, toute pâle, et elle disait à son mari :

— Tussaud, elle n'y est pas... J'ai peur...

— Tu es folle, peur de quoi?... Elle ne t'a pas répondu : elle dort, quoi!

— Non; j'ai regardé dans sa chambre par le trou de la serrure, je n'ai vu personne et son lit n'est pas défait.

— Ce sont des bêtises, c'est qu'elle est sortie...; elle a l'habitude de faire son lit en se levant, dit Tussaud visiblement inquiet, mais cherchant à rassurer les autres en se rassurant lui-même.

Tout le monde se regarda étonné, troublé. Mme Tussaud fondit tout à coup en larmes en s'écriant :

— Ah! mon Dieu, mon Dieu! il est arrivé un malheur à mon enfant...

— Ah çà! Adèle, voyons, veux-tu être raisonnable?... Il y a du monde ici... Vois donc, tu dois avoir une double clef de sa chambre.

— Oui, oui, répondit Mme Tussaud, courant vivement fouiller dans le tiroir d'un meuble et bousculant tout. Tiens, Claude, voici la clef.

Tussaud prit la clef et grimpa vivement suivi par sa femme; il ouvrit la porte de la chambre et se précipita. Tout était en ordre... Sa femme le regardait effrayée, n'osant parler.

— Eh bien, tout est en ordre... Elle s'est levée de bonne heure ce matin... elle est allée à l'église... ou au bain...

Et il disait cela en regardant autour de lui, d'une voix lourde d'émotion, n'en croyant pas un mot. Tout à coup il dressa la tête, fronça le sourcil; son regard, en fouillant partout, venait de voir un papier placé bien en vue sur le marbre noir de la commode. Sur la feuille entière il n'y avait que deux lignes, signées. Il trembla en s'avançant pour le prendre. Sa femme, qui suivait tous ses mouvements, eut peur alors et dit en pleurant :

— Ah! mon Dieu! qu'y a-t-il?

Tussaud avait pris le papier; il avait reconnu l'écriture de sa fille; il était devenu livide et, comme s'écroulant, il était tombé sur une chaise; il n'avait pas jeté un cri, de grosses larmes avaient jailli de ses yeux, et quand Mme Tussaud, épouvantée, s'était précipitée sur lui pour le soutenir et lui avait demandé :

— Claude, Claude, qu'est-ce qu'il y a? il avait sangloté.

— La malheureuse!... Malheureux que nous sommes..., nous n'avons plus d'enfant...

Adèle Tussaud avait eu un cri rauque; elle avait arraché le papier des mains de son mari, affaissé sur sa chaise, comme abruti; elle avait vivement essuyé ses yeux et avait lu :

« Onze heures du soir.

» Pardonnez-moi comme je vous pardonne. Je vous avais dit : Je mourrai plutôt que d'épouser cet homme. Je vais mourir. Je vous pardonne. Adieu.

» CÉCILE. »

La mère resta quelques secondes comme hébétée; ses mains tremblantes secouaient le papier fatal; puis elle eut comme un râle et elle tomba inanimée sur le parquet aux pieds de son mari; rien ne saurait peindre l'état de ces malheureux, l'altération de leur visage; assurément, une pensée congestionnait le cerveau, une pensée épouvantable :

« C'est nous qui avons tué notre enfant. »

Au bruit de la chute du corps, les invités qui attendaient au rez-de-chaussée étaient montés aussitôt; les uns relevaient Mme Tussaud, les autres s'empressaient autour du fabricant de bronzes.

— Qu'est-il arrivé, monsieur Tussaud ? Qu'y a-t-il?

Il les regardait comme s'il s'arrachait à un rêve pénible, et l'œil hagard, la bouche bête, il dit :

— Cécile... ma fille... elle s'est tuée !.

— Ah ! mon Dieu !...

On fit descendre Tussaud, on relut avec lui la lettre, et on lui conseilla aussitôt de faire des recherches ; il ne comprenait pas bien, tant il était écrasé par le coup inattendu qui venait de le frapper. Disons-le vite, c'était le père, le père seul qui souffrait ; aucune autre pensée n'avait traversé son cerveau. Deux des invités l'accompagnèrent ; il voulait aller à la préfecture de police; ils montèrent dans la grande voiture de noce, la voiture de la mariée, toute capitonnée de soie crème, avec deux chevaux blancs portant de petits bouquets de fleurs d'oranger en cocarde. Le cocher à figure réjouie se tenait droit sur le siège, ayant également des fleurs d'oranger et des rubans à sa boutonnière ; ses mains immenses étaient cachées dans des gants de coton blanc. En voyant les deux invités et le père de la mariée ouvrir la portière, il donna un petit coup de guide qui fit piaffer les chevaux et il se pencha, le sourire aux lèvres, pour prendre l'ordre...

— Où allons-nous, messieurs?

Rien, non rien au monde ne peut exprimer le changement qui s'opéra dans sa physionomie lorsqu'il entendit un des invités lui dire à voix basse :

— A la Morgue... et de là à la préfecture de police.

Il dut se cramponner au siège pour ne pas tomber et faire un violent effort pour reprendre son équilibre.

Lorsqu'il entendit derrière lui un grand fracas dans l'eau (PAGE 22).

La voiture partit au trot, au grand désappointement des curieux, ne s'expliquant pas pourquoi le père de la mariée partait avec ses témoins dans la voiture de sa fille et avant elle.

On avait relevé la malheureuse mère, tombée presque sans connaissance dans la chambre de sa fille ; on l'avait assise sur le lit de Cécile; étranglée, garrottée, sanglée dans le corset et la toilette de noce, elle allait étouffer.

La bonne et une couturière éloignèrent les hommes, et, à grands coups de ciseaux, on rendit la taille de guêpe de la pauvre femme à son état normal ; ce fut sur la soie une inondation de chair ; il était temps.

En quelques minutes, Adèle Tussaud reprit ses sens. Lorsqu'elle eut conscience de son malheur, ce fut une scène déchirante. A demi étendue sur le lit de sa fille, elle embrassait et couvrait de larmes l'oreiller où s'était posée sa tête ; elle humait le parfum qu'y avaient laissé ses cheveux, mordait le petit bonnet de nuit que ses mains rencontrèrent sous l'oreiller, et elle gémissait, elle sanglotait, s'accusant, puis blasphémant.

En vain, les deux femmes qui la soignaient cherchaient à la consoler ; elle refusait de les écouter, et elles l'entendaient répéter :

— Ma Zizile..., ma fille. Oh ! je suis maudite... Oui, c'est moi qui t'ai tuée... je suis une misérable... je suis... et elle s'appliquait de grosses injures, pour redire d'une voix déchirante : Ma Zizile ! mon enfant ! je ne te reverrais plus... Ça n'est pas possible !

Et elle sanglotait plus fort, se tordant de douleur, écrasée par le remords. Tout à coup, on entendit un bruit singulier en bas. Elle écouta... Elle devint livide, et ses yeux eurent des lueurs farouches ; elle avait reconnu la voix d'André Houdard ; elle entendit son pas précipité : on venait de lui apprendre la catastrophe, et il montait près de la mère, refusant d'y croire. Quand il parut, Adèle s'était redressée, sans penser au négligé dans lequel elle se trouvait. Elle avait d'un geste fait signe aux deux femmes de se retirer. Houdard était entré ; elle avait poussé la porte derrière lui, et quand celui-ci, l'air bouleversé, lui demanda :

— C'est donc vrai ?

Elle ne répondit pas à sa question ; elle s'élança vers lui les mains crispées, et, montrant les dents comme pour le déchirer et le mordre, elle rugit :

— Gueux, misérable, coquin, lâche..., c'est toi qui as tout fait, c'est toi qui as assassiné mon enfant, c'est toi qui, en mettant les pieds ici, as amené la honte et le malheur... Je serai perdue, mais je veux te perdre. Je le dirai à Claude, à tous, on te chassera, on te huera, on te méprisera..., gueux ! Je vengerai un peu mon enfant.

Houdard s'attendait si peu à cette réception que d'abord, véritablement effrayé, il avait levé ses coudes pour se protéger et il avait reculé ; Adèle le poursuivait toujours menaçante, et il se trouva accoté à la porte ; elle avançait toujours, l'injuriant ; il s'était remis peu à peu de la secousse, et la saisissant brutalement par le bras en disant :

— Ah ! mais en voilà assez, hein !

Il la traîna et la jeta sur le lit.

— C'est ainsi que tu m'as eue, lâche : par la force ! dit-elle en se redressant.

— C'est ainsi que je te ferai taire toujours.

— Bats-moi donc, misérable... Ce ne sera pas la première fois, lâche !...

— Ah ! tu vas te taire, fit-il en lui mettant la main sur la bouche, si violemment qu'elle retomba, et que voyant le poing levé sur elle, elle eut peur... et se tut.

Houdard courut aussitôt à la porte, l'ouvrit, regarda si personne n'avait écouté et entendu, et tranquille, laissant avec intention la porte ouverte, il revint vers elle et lui demanda :

— Madame, montrez-moi la lettre de la pauvre enfant.

Adèle fondit en larmes et ne répondit pas.

Les dents serrées, les poings fermés, bouleversé par la disparition de celle qu'il venait épouser, la bile secouée par les imprécations qu'il venait d'entendre, la rage dans les yeux, la colère sur le front, André était forcé de se contenir ; celui qu'on appelait la Rosse faisait de difficiles efforts pour reconquérir son calme ; il se promena deux minutes dans la chambre. Ayant été regarder de nouveau dans le petit escalier si personne ne pouvait l'entendre, il revint se placer devant Adèle, qui, les mains sur son visage, pleurait toujours, soulevant à chaque sanglot sa gorge robuste, mise à nu par les femmes lorsqu'elle s'était évanouie. André ne savait comment entamer de nouveau l'entretien ; il dit enfin :

— Adèle, regarde donc dans quel état tu es... Si quelqu'un entrait, il pourrait tout penser...

Mme Tussaud ne répondit pas ; mais, hâtivement, avec des épingles, elle rattacha son corsage.

— Parlons raison, reprit André. Que s'est-il passé ici, hier, après mon départ ?...

— Est-ce que je sais, moi !... fit Adèle se levant impatiente et se disposant à se retirer ; je pense à mon enfant.

— Tu ne vas pas descendre ainsi, commanda-t-il, en l'obligeant à se rasseoir.

Alors Adèle s'accouda, et, la tête sur son bras, elle sanglota plus fort, disant entre ses halettements :

— Mon enfant..., mon Dieu, mon Dieu..., ma pauvre enfant...

André Houdard, furieux, grinçait des dents ; contre cette douleur il se sentait impuissant, et il était plus réservé, car c'était à cause de lui que le malheur était arrivé. Enfin, il haussa les épaules, paraissant décidé à attendre une accalmie dans la douleur de la mère. Il alla vers la fenêtre, l'ouvrit et s'accota, regardant le grand jardin sur lequel elle s'ouvrait. Il s'accouda sur le bord de la fenêtre et s'y appuya la tête dans sa main, pensant à ce qui venait de se passer. Les rayons du soleil de juin glissaient dans les arbres, illuminant le vert des feuilles et dorant les grappes des ébéniers jaunes ; c'était un de ces grands jardins de vieux hôtels, comme il en reste encore quelques-uns dans le Marais, pleins d'ombre et de mystère.

En ouvrant la fenêtre, il entra dans la chambre une bouffée de parfums qu'exhalaient les seringas, les clématites en fleur et le foin des pelouses fraîchement coupé. Houdard aspira bruyamment et sembla plus calme, comme si ces senteurs chassaient les sombres idées de son cerveau ; en glissant à travers les feuilles, les flèches du soleil venaient jouer sur son visage et l'illuminaient de lueurs fantastiques. André Houdard, dit la Rosse, est un des principaux personnages de notre histoire, et nous profitons de cette minute de calme pour le peindre rapidement.

André Houdard était un solide et grand garçon, qui comptait trente-cinq ans, mais qui pouvait facilement cacher cinq ans. Bien fait, vigoureusement et gracieusement bâti, l'habit de cérémonie du marié qu'il portait à cette heure lui seyait à merveille. Le buste était large et robuste, les bras nerveux; les jambes se dessinaient élégantes et fortes; les attaches étaient peut-être un peu épaisses, mais les mouvements étaient souples, agiles; il était tout à fait à son aise dans la toilette de cérémonie, chose rare dans la classe bourgeoise.

Houdard, dit la Rosse, étaient certainement un beau garçon : le visage, d'un ovale un peu long, était bien encadré par des cheveux bruns qui retombaient en boucles fines sur son front osseux; il portait la barbe, une barbe brune, mais légère, douce, qui se divisait sous le menton en deux pointes; la bouche était grande, mais admirablement garnie; cependant ses dents, en se montrant dans le rire, semblaient prêtes à mordre; les lèvres, d'un pur dessin, étaient épaisses, lourdes; une petite moustache d'un roux brun les couvrait en rapetissant la bouche; les yeux, fendus en amande, très bruns, étaient peut-être un peu trop enfoncés sous l'arcade sourcilière; mais ils avaient un regard étrange, cruel, lueur de fauve que l'ombre des cils adoucissait un peu.

Le teint était mat, l'aspect du visage fatigué. Les femmes disaient : « Il est beau, mais c'est un homme qui a vécu. » Les hommes qui le voyaient disaient : « Un solide gaillard, qui n'a pas l'air naïf... » Les gens du quartier, qui le connaissaient, répondaient, lorsqu'on parlait de lui : « Houdard, un beau gars, mais quelle rosse!... » Les femmes qui l'avaient connu répondaient : « Oh! ne me parlez pas de cet homme; quel misérable! » Enfin, ce concert se terminait par le jugement de son ami Claude Tussaud, qui disait :

— André, c'est le meilleur garçon que je connaisse; toujours la main ouverte. C'est à lui que je dois d'être ce que je suis.

Le lecteur a déjà pu se faire une vague idée de celui dont nous parlons; nous l'avons peint du mieux que nous avons pu; les faits qui suivront lui permettront de le juger tout à fait.

André Houdard se disposait, après quelques minutes de réflexion, à venir interroger Mme Tussaud, qui, ayant cessé de pleurer et la tête inclinée, les bras inertes, le regard fixé à terre, hoquetait sous les sanglots, lorsque le bruit de plusieurs voix, qui disaient en bas : « Les voilà! les voilà!... » lui fit tendre l'oreille. André se précipita aussitôt; il descendit juste au moment où Tussaud et ses deux témoins rentraient; il vit à leur physionomie qu'ils n'avaient pas de bonnes nouvelles; en apercevant son futur gendre, Tussaud vint lui tendre la main et, fondant en larmes, il dit :

— Ah! mon pauvre André, tu sais le malheur qui nous frappe?... Ma pauvre enfant morte, dit-on!

— Voyons, Claude, il faut avoir de la raison, et d'abord, si Cécile est partie, cela ne veut pas dire qu'elle soit morte!

Claude Tussaud releva la tête et il sembla reprendre espoir.

IV

CE QUI ARRIVA A UN BRAVE GARÇON AIMANT A VOIR LEVER L'AURORE.

Laissant les gens invités à la noce se regarder tout déconfits dans leur toilette, Houdard et les témoins à leurs recherches, Claude à sa douleur et la mère coupable à son désespoir et à ses remords, nous ramènerons nos lecteurs sur le bord de la Seine, près du pont d'Austerlitz, du côté du quai de la Gare, à l'heure où le soleil se débarbouille, à l'heure, disions-nous lorsque nous l'avons quitté, où tout s'éveillait, où mille bruits confus arrivaient, où les coqs beuglaient, les grelots sonnaient sur le poitrail des chevaux qui hennissaient, où les fouets claquaient, les chiens aboyaient, se révélant seulement par le bruit dans les buées du matin.

On se levait; le maître du bateau de lessive, où les bateaux de plaisance sont en garage, allait voir si la bosse qui les amarre les attache toujours à son bateau. Les mariniers et les charretiers étaient au cabaret, attendant « qu'ça s'débarbouille; » les peaux tannées, les mains rudes, les têtes coiffées d'une marmotte, qui tient chaudes les oreilles frileuses, torses solides que des blouses bleues enveloppent, les pieds engloutis dans des bottes immenses et le fouet passé sur le cou; ils juraient, buvaient, riaient; le jaune luisait dans les verres, et courant au milieu de ces hommes, chaste d'impudeur, la servante en jupons courts, les yeux vifs, la bouche riante, les joues rouges, les bras rouges, les mains rouges, la taille épaisse, la poitrine immense, les pieds perdus dans des chaussons sans forme, sur lesquels, comme des guêtres, retombent des bas en vrille... Elle jure aussi plus grossièrement que les autres, et c'est en riant qu'elle répond par des coups de poing aux caresses peu discrètes des habitués. Le jour piquait; l'eau seule était encore couverte de brouillards, lorsqu'un jeune homme, mis comme un ouvrier, et qui paraissait être connu des habitués, l'arrêtant par le bras, sans qu'elle s'en défendît cette fois, lui dit:

— Jeanne, vite, sers-moi un petit verre et donne-moi la clef du cadenas...

— Voilà, monsieur Aristide, répondit-elle en servant et en lui donnant la clef. Est-ce que vous venez demain?

— Oui, nous faisons le tour de Marne, et j'ai promis aux amis que je viendrais nettoyer le bateau; en sortant de l'atelier, ce soir, nous remonterons le bateau pour écluser demain matin. Nous coucherons à Saint-Maurice.

— Tiens, voilà Chadi le canotier! Payes-tu une tournée? demanda un tireur de sable.

— Je veux bien, mais vite. Allons, Jeanne, sers-nous.

— Tu travailles donc pas? Si le père Leblanc savait ça!...

— Moi? mais si, je travaille. Est-ce que vous croyez qu'on va à l'atelier à cette heure-ci? Je me suis levé matin pour laver notre bateau, et je vais à l'atelier après. Allons, vite, vite, Jeanne, je n'ai pas trop de temps.

Ils trinquèrent, burent, et celui qu'on avait appelé Aristide et Chadi, portant une éponge et une écope, traversa le quai et descendit la berge; il passa sur le plat-bord qui conduit au bateau à lessive, où tout était muet à cette heure; il longea le bordage du bateau, et, arrivé à son canot, il descendit dedans; il ouvrit le cadenas qui fermait le coffre où les agrès du canot étaient déposés, et, se mettant à son aise pour barboter dans le bateau, c'est-à-dire retirant son paletot, son gilet, ses chaussettes, restant nu-pieds et le pantalon relevé jusqu'aux genoux, les manches de chemise relevées jusqu'aux coudes, il détacha le bateau, le dirigea vers le pont. Chadi voulait être à son aise, et, comme le soleil allait se lever, il voulait avoir l'ombre de l'arche pendant son nettoyage.

Aristide Leblanc, dit Chadi, était ciseleur en bronze; son père était un marinier; il demeurait chez ses parents, quai de la Gare, c'est pour cela que ses amis l'avaient chargé de faire la toilette de leur canot *la Brise*; c'est pour cela qu'il était connu au cabaret du *Rendez-vous de la Marine*, où nous l'avons vu.

Son portrait ne sera pas long: c'était un robuste gaillard, plutôt petit que grand, bâti comme un chêne, aux épaules larges, au cou nerveux, aux jambes d'acier, pas très gentil garçon, mais l'air bon, sympathique; des cheveux blonds, des yeux bleu clair, presque gris et à fleur de tête, le teint frais. Tous les matins, se levant pour le travail, par tous les temps courant à l'atelier. Du matin au soir, il est debout à son étau. Ce n'est pas un ouvrier artiste, il travaille dans la camelote, et le travail est plus pénible, les bras troussés ont une teinte verte, à cause de la sueur sur laquelle s'attache la limaille, son linge a des teintes verdâtres; mais bah! il est habitué à ça; il quitte le marteau pour le rifflоir avec joie; il aime à faire de la limaille; il a des grattoirs à longs manches qui épouvantent le bronze lui-même. C'est ce qu'on nomme un masseur, ou pour mieux dire un abatteur. Quand il rentre chaque soir, il est las, épuisé, fourbu; il ne se plaint jamais; mais il met au plaisir la même ardeur, et le plaisir, la toquade d'Aristide, c'est le canotage.

Oh! le canotage! Aussi à cette heure, dans *la Brise*, faut-il le voir soulever les planchers, et, écopant et épongeant, frottant, et il a la gaieté sur la figure et la chanson aux lèvres.

Oui, il va chanter; il commençait même:

En avant la rigolade,
La rigolade en avant...

lorsqu'il entendit derrière lui un grand fracas dans l'eau; la chanson s'arrêta sur ses lèvres, il sursauta et regarda autour de lui; le brouillard se levait, mais en tout cas le bruit s'était produit trop près de lui pour qu'il pût en être gêné; il vit alors seulement de grands disques et des bouillonnements sur l'eau. Chadi était né sur le bord de l'eau, il l'adorait, il était comme les chiens de Terre-Neuve, dès qu'il la voyait, il lui fallait aller dessus ou dedans; aussi rien ne lui plaisait-il comme l'occasion de prendre un bain; il se dressa sur l'avant du bateau et dit:

— Pour avoir fait ce chahut-là, il faut que ce soit un bonhomme qui s'y soit jeté... Mon petit père, je vais t'empêcher de prendre une si grosse goutte que ça... aïe donc, là!

Et Chadi se précipita. C'était un vrai nageur, un flotteur, comme on disait sur le port; il resta bien une grande minute sans reparaître. Il reparut, seul, mais ce n'était que pour reprendre haleine; il avait reconnu la place et connaissait son chemin, car il repiqua aussitôt pour reparaître en tenant d'une main devant lui le corps de Cécile; en trois brassées il atteignit son canot; il se cramponna alors au bordage; les clains gémissaient sous le poids; il essaya vainement de remonter ou de monter le corps. Efforts inutiles! C'est alors qu'il fit entendre ce cri, si saisissant sur les bords d'eau :

— Au secours! au secours!

On l'entendit des deux côtés, et nous avons vu que les gens couraient, que les barques se détachaient pour se porter à leur secours...

Ah! c'est que c'était un brave gars que Chadi.

V

VIEILLES AMOURS.

André Houdard avait d'un mot rendu l'espoir au malheureux père; sa fille, peut-être, n'était pas morte; une pensée, qui la veille l'aurait empli de rage, le rassérénait à cette heure, et il se serait bien gardé de la dire à Houdard; le père pensait logiquement; il se disait : « Ma fille a quitté la maison parce qu'elle ne veut pas se marier avec la Rosse; elle aime Maurice Ferrand; elle a fait un coup de tête; elle s'est sauvée de chez nous pour aller se cacher chez Maurice, et elle nous dit qu'elle va mourir, pour que nous n'ayons pas l'idée de la chercher là. » Tout content de ce raisonnement qui le satisfaisait, Claude Tussaud reprenait courage. Pour lui, — et il s'appliquait à se l'affirmer, — on ne mourait pas, on ne se faisait pas mourir pour des raisons d'amour. Assurément, sa fille avait été retrouver Maurice, et, dans sa pensée, courant à la fin, il se disait : « Eh bien, quoi, elle fera un mauvais mariage, mais il sera selon son cœur... Mais elle vit..., elle vit, ma chère fille. »

C'est tout plein de ce raisonnement qu'il dit à sa femme qui descendait effrayée :

— Adèle, ne pleure plus, je vais la chercher.

Cette fois Houdard regarda Claude, se demandant ce que signifiait cette assurance. Claude, entraînant ses deux témoins, les faisait monter en voiture, et disait au cocher :

— Rue de Lacuée, en face du pont d'Austerlitz.

Les deux témoins se regardèrent, se demandant où on les menait; mais, voulant prendre leur part de l'espoir du père, ils sourirent.

Ils étaient à peine sortis que Houdard chargeait un parent de répondre aux invités qui arrivaient à chaque instant pendant qu'il allait parler à sa future belle-mère. Adèle était au milieu du petit escalier et descendait, plus calme, presque consolée par les dernières paroles de son mari. Houdard monta l'escalier, il lui prit le bras pour la faire remonter et, en sentant le tremblement répulsif que lui donnait son toucher, furieux, il la poussa brutalement. Adèle dit à voix basse :

— Que me voulez-vous donc encore ?

— Je veux que nous nous expliquions. Je veux comprendre la scène que tu m'as faite tout à l'heure, et l'explication de ce que dit ton mari. Allons, monte.

Ces mots étaient dits d'une voix sourde qu'elle seule pouvait entendre, et dont le ton, l'accent ne souffraient pas de réplique.

— Je veux descendre, dit-elle cependant, essayant de passer devant lui.

Il la prit alors dans ses bras et la remonta dans la chambre ; il l'assit dans un fauteuil, et cela en disant trois mots :

— En voilà assez !

Cette audace épouvanta la malheureuse ; elle craignait tant d'être surprise l'esclave de cet homme, qu'elle se tut ; elle restait dans le fauteuil où il l'avait jetée, brisée et comme hébétée, et elle l'entendit qui disait :

— Allons, maintenant que tu es devenue raisonnable, nous allons causer.

Et il alla fermer la porte ; puis, sûr d'être bien seul avec elle, il s'assit sur le petit lit virginal de Cécile, bien à l'aise, s'étendant à demi, et placé en face de la malheureuse mère, il dit :

— Causons un peu, Adèle.

La pauvre femme, la tête baissée, les yeux démesurément ouverts, était anéantie. Après quelques minutes de silence, Houdard, négligemment étendu sur le lit, les bottes sur l'édredon, comme un fumeur sur le divan d'un estaminet de bas étage, lui dit :

— Ah çà ! Adèle, quelle comédie joue-t-on ici ? Qu'est-ce que tout ça veut dire ? J'en suis à me demander si la petite fête n'est pas dirigée par Mlle Cécile et sa mère. Si c'est une façon d'exécuter ce que tu voulais faire, écoute bien, Adèle, je sortirai d'ici pour aller chez mon avoué et dans vingt-quatre heures Claude sera en faillite...

Adèle le regardait avec le visage d'une femme qui recevrait une douche d'eau glacée ; elle ne trouvait pas un mot à répondre, tant les pensées d'Houdard la stupéfiaient.

— Mais tu crois donc avoir affaire à un enfant, en jouant ce jeu-là avec moi ? Vous faites la petite comédie du suicide, en vous disant : « Il est trop engagé aujourd'hui ; que le mariage ait lieu ou soit rompu, il ne peut nous abandonner, il est trop engagé, on dirait trop que ce mariage était une spéculation ! » Mais oui ! exclamat-il, c'est une spéculation, mais oui, et pas autre chose, et on peut le dire, vous spéculez sur votre enfant. Moi, qui me moque qu'on me dise que je suis un débauché, un libertin, qu'est-ce que ça me fait ? Je suis au contraire très content de justifier le sobriquet que je porte : la Rosse !... Et puis, après ? Ah ! vous avez cru que, le mariage manqué, je serais toujours l'ami ?... Mais, ma pauvre Adèle, il y a longtemps que tout est fini entre nous !

— Pas assez longtemps pour que je n'en rougisse encore !

— Oh ! tout cela, des mots... Tu ne vas pas recommencer la scène du jour où j'ai demandé ta fille ?... Quoi ! tu diras tout à ton mari ! Eh bien, finissons-en avec

Et, mort pour mort, j'aime mieux qu'il finisse en homme outragé... (PAGE 27).

celle-là. Qu'est-ce qui arrive? Tu dis à ce brave garçon : « Claude, tu as cru que j'étais une honnête femme, tu as cru que la mère de ton enfant t'avait toujours été fidèle?... Tu n'étais qu'un imbécile... Ton ami André, ton plus intime ami, a été mon amant!... » Et puis après?... tu crois qu'il m'en voudra?... Il pensera la vérité : c'est que tu n'es qu'une... tu me comprends, et que celui qui te désire... t'a facile...

— Oh! s'écria Adèle, misérable!... gueux! tais-toi! tais-toi!

— Oh! à cette heure, tes cris ne m'effrayent plus, je suis décidé à tout. Et quand on saura que tu as été ma maîtresse, en quoi veux-tu que cela me gêne? Est-ce que le but de l'homme, indépendant, libre comme moi, n'est pas de chercher l'amour où il le trouve? L'homme attaque, il n'a pas mission de vertu et il n'a pas fait de serment de fidélité; celui de la femme est de se défendre. Et tu comprends que les airs de Madeleine repentie n'attendriront personne.

— Ainsi vous ne respectez rien; après m'avoir séduite (et je dis ce mot qui n'exprime pas la violence qui me fit votre victime), après m'avoir séduite, vous m'insultez et vous me menacez. Si votre cœur n'est pas assez haut pour comprendre le respect que l'on doit à la femme qu'on a flétrie, vous devriez avoir au moins de la pitié pour le malheureux honnête homme que vous voulez déshonorer; vous reculeriez devant l'infamie dont vous menacez celui que vous appelez votre ami.

— J'ai bien le droit de l'appeler ainsi, fit cyniquement Houdard, son amitié me coûte assez cher... Si vous vivez tous, je crois que vous me le devez bien un peu... C'était bien le moins que je trouve avec toi l'intérêt de cet argent-là...

— Vous m'épouvantez... Et la malheureuse, revenant à la cruauté de la situation, écrasée de honte et de mépris, fondit en larmes, s'écriant : Mon Dieu ! faut-il que je vous bénisse de ce qui arrive, et n'était-ce pas un supplice plus terrible que la mort de la savoir aux mains d'un pareil homme ?

— Il est bien temps de me juger! Mais je vois la comédie. Vous vous êtes dit, avec un petit scandale, il renoncera à ce mariage; vous avez joué la petite scène; on va retrouver Cécile, son père va la ramener, et alors on me fera des excuses, et elle épousera le petit chérubin de madame, l'ancien apprenti...

— Taisez-vous ! taisez-vous ! supplia Adèle qui se reprenait à l'espoir de retrouver sa fille et de voir l'odieux mariage rompu, en l'entendant lui-même le raconter.

— Mais ce n'est pas à la Rosse que l'on joue de ces tours-là, la belle Mme Tussaud... ainsi qu'on te nomme dans le Marais.

— Et que feriez-vous donc ?

— Ce que je ferai !... Lorsque ton mari va ramener ta fille, je lui prendrai la main, je la ferai monter en voiture, et à la mairie; et si quelqu'un s'y oppose, même Cécile, je monte dans la voiture de la mariée, je vais au tribunal de commerce et je fais déclarer la maison Tussaud et Co en faillite...

Adèle ne répondait pas, elle se plaisait à ne plus penser qu'à sa fille; elle s'attachait à cette idée qu'on allait la lui ramener. En la voyant ainsi, André s'écria :

— Tu ne m'as pas entendu? Tu ne m'as pas compris?

— Si, parfaitement.

— Et tu ne dis rien?

— Je dis que, toute réflexion faite, le malheur de ma vie vaut bien le bonheur de mon enfant. Nous serons ruinés, mais Cécile épousera l'homme qu'elle a choisi.

— Que tu as choisi. Voilà bien le petit complot qui commence.

— S'il est un moyen de racheter la paix, c'est en me sacrifiant à mon enfant... Je le ferai.

— Mais tu parles pour toi, continua Houdard avec un mauvais sourire, et lui, mon ami Claude, celui que tu appelles le malheureux homme, lorsqu'il saura que, si je lui prêtais de l'argent, c'est parce que...

— Parce que?... fit Adèle relevant la tête, les yeux brillants.

— Parce que je me contentais de certains intérêts que tu me payais.

— Vous lui diriez ça, vous! vous!

— Aussi tranquillement que je te le dis là...

— Eh bien, sur mon enfant, je vous le jure, je dirais à Tussaud : « Il ment, il ment, il se venge, » et mon mari me croirait, et, outragée devant lui, devant ma fille, je lui dirais : « Claude, si tu me respectes, si tu m'aimes, au nom de ton enfant, tue-le, » et monsieur Houdard, j'en jure Dieu, je connais mon homme, c'est moi qu'il croirait, et c'est à moi qu'il obéirait; il est bon, Tussaud, mais il est brave; il est doux, Tussaud, mais quand on touche à sa femme ou à son enfant, il devient féroce, et alors, s'il n'était pas assez fort, je l'aiderais, moi, entendez-vous, monsieur Houdard... Jamais, jamais je n'avouerai ma faute; il en mourrait; et, mort pour mort, j'aime mieux qu'il finisse en homme outragé qui défend son honneur.

Tout cela avait été dit sans éclat, sans cri, d'une voix sourde, et chaque phrase frappait comme un coup de poing. Lorsqu'elle eut fini de parler, Houdard s'était levé; il était pâle, il avait compris qu'elle n'avait pas menti, et, un moment, il regardait ses mains, redoutant déjà d'y voir une arme; il voulut cacher l'émotion ressentie et il reprit du même ton gouailleur, mais plus doux :

— Tu dis toujours que tu fus ma victime. C'est comme ça qu'il aurait fallu te défendre alors.

— Alors est-ce que je savais qu'on avait besoin de se défendre : je n'avais connu que des gens qui respectaient le foyer où ils étaient reçus. Je vous croyais un honnête homme, puisque vous veniez chez nous pour nous sauver. Il a suffi d'une heure pour vous connaître... Cette heure a pesé toute ma vie sur moi. Enfin, monsieur Houdard, sachez-le : c'est le dernier entretien que nous aurons ensemble; vous pouvez nous ruiner, mais n'essayez pas de nous déshonorer... ou alors!...

— Alors? fit-il, clignant de l'œil en la regardant.

— Alors, c'est moi et Tussaud qui vous étranglerons.

Il haussa les épaules; mais Adèle vit qu'il était dompté. On entendit la voiture qui s'arrêtait à la porte. Houdard descendit, Adèle jeta un châle sur ses épaules et se précipita, le bousculant, pour arriver en bas espérant voir sa fille. Tous les invités attendaient dans la grande salle à manger, se regardant les uns les autres, se demandant l'explication de ces retards; car, dans l'espérance que rien de grave n'arriverait, on n'avait rien dit aux invités, on s'était borné à dire la vérité aux deux ou trois intimes...

C'est Tussaud qui parut le premier. En le voyant, la malheureuse perdit tout espoir; elle courut vers lui, se jeta dans ses bras, et sanglotant lui demanda :

— Eh bien, Claude?

Il fondit en larmes en répondant :

— Rien... Nous avons été chez Maurice, elle n'y a pas été, on l'a entendu rentrer hier à l'heure habituelle, il est parti à son travail, sa fenêtre était ouverte comme toujours... Ma pauvre Adèle..., c'est fini va, nous n'avons plus d'enfant.

Et les deux malheureux pleuraient.

Houdard, accoté dans le coin de la pièce, sur le chambranle de la porte de l'escalier, regardait la scène de désolation, en mordillant ses moustaches, et se demandant ce que signifiait tout cela; il se refusait à croire à la réalité du suicide. Cécile se tuant plutôt que de l'épouser, lui, cela était impossible; et il n'avait pas dit un mot; il était gêné par ce qui s'était passé quelques minutes avant. La résistance de Mme Tussaud l'avait étonné, son audace, son courage, sa franchise l'avaient stupéfié. Il croyait être le maître de cette femme, à cause de son passé, et au contraire elle s'était redressée farouche, menaçante, et c'était lui qui avait été accusé, c'est lui qui avait été menacé.

Dans son coin, sombre, il observait la scène, un tableau triste et qui faisait ressembler la noce à un enterrement. Tout le monde pleurait et s'empressait autour des parents, cherchant à leur donner une assurance qu'il n'avait pas.

La malheureuse mère se trouvait sans force et sans énergie pour résister au résultat négatif des recherches de son mari; c'était fini, sa fille était perdue, elle n'avait plus d'enfant. Épuisée par la lutte qu'elle venait de soutenir contre Houdard, lorsque son mari, qui la soutenait dans ses bras, l'abandonna une seconde, elle s'écroula et tomba tout de son long par terre. C'était trop, la mère était terrassée.

De son côté, Claude Tussaud, qui, au fond, s'accusait d'être la cause de la mort de sa fille, tomba sur un siège, abattu, épuisé, presque hébété, pleurant comme un enfant, disant des niaiseries sentimentales qui déchiraient le cœur de ceux qui les entendaient.

Seul, Houdard restait debout, froid, calme, accoté au mur, écoutant et observant, et tous les invités étaient si occupés des malheureux père et mère qu'ils ne le voyaient pas, qu'ils ne remarquaient pas que seul le marié semblait indifférent à la disparition de sa future.

Ce fut la couturière qui vint vers lui et dit :

— Monsieur Houdard, ça ne vous fait donc rien, à vous ?

Il haussa les épaules en répondant avec un mauvais sourire :

— Ça n'est pas pour rien qu'on m'appelle la Rosse ; je justifie mon nom.

VI

COMMENT CHADI PERDIT SA JOURNÉE.

Revenons vers la Seine, sous le pont d'Austerlitz. Au cri lugubre, à l'appel désespéré de Chadi, des deux rives à la fois, les bateaux s'étaient détachés et les mariniers se dirigeaient vers celui qui les appelait. Lorsqu'ils arrivèrent, il était temps, Chadi était épuisé et le courant très rapide menaçait de l'entraîner avec celle qu'il venait si miraculeusement d'arracher à une mort certaine. C'étaient les tireurs de sable qu'il venait de voir quelques minutes avant au *Rendez-vous de la Marine* et ceux qui connaissaient son père, le vieux marinier — ses amis du port enfin, qui étaient arrivés les premiers ayant reconnu la voix du jeune homme. Ils aidèrent le brave garçon à placer le corps de la jeune fille dans leur bachot, ils l'y firent monter après et, pendant que Chadi, soutenant la tête de la noyée, regardait si elle donnait signe de vie, ils se dirigèrent à force d'avirons vers la berge... L'un d'eux avait crié en remontant l'arche à ceux qui regardaient sur le pont :

— Courez chercher la boîte de secours et un médecin.

Quelques minutes après ils abordaient; de nombreux curieux se pressaient sur la berge, un médecin se trouvait heureusement là; il conseilla de laisser la jeune fille dans le grand bachot, où l'on serait moins gêné par les curieux pour lui donner les secours que réclamait son état. Chadi était sauté à terre, et chacun le félicitait; il en profita pour faire faire le cercle aux gens qui accouraient de tous côtés. La boîte de secours venait d'être apportée, et le médecin déclara ne pas en avoir besoin : la jeune fille revenait à elle.

— Elle vit encore... alors elle est sauvée, dit Chadi. Quand on en sort encore vivant..., il n'y a rien à craindre.

Cécile avait d'abord ouvert faiblement les yeux, elle avait eu quelques hoquetements, puis la respiration était revenue régulière. Du cabaret que nous avons vu, on avait apporté de grosses couvertures chauffées devant le feu, et on lui avait enveloppé les jambes; la chaleur était peu à peu remontée, et la jeune fille parut assez bien pour que le médecin essayât de l'interroger. Il était à genoux et le buste de Cécile s'appuyait sur lui.

— Mon enfant, lui demanda-t-il, où souffrez-vous?

Cécile alors ouvrit les yeux et regarda autour d'elle, semblant chercher à reconnaître l'endroit où elle se trouvait et à s'expliquer ce qui se passait; le docteur, qui l'observait, renouvela sa question... Elle fixa sur lui ses yeux hagards et balbutia des mots sans suite pour lui répondre. Étonné, le docteur l'observa plus attentivement, et tâta son pouls; après une grande minute d'examen, il dit brièvement :

— Vite, bien vite une civière...

Deux hommes se précipitèrent aussitôt, et Chadi, revenant vers celle qu'il avait sauvée, demanda en la regardant avec inquiétude :

— Docteur, est-ce que ça ne va pas bien?... Je croyais qu'elle était sauvée.

— Il y a là des complications que je ne m'explique pas, et ce qui vient d'arriver n'est pour rien dans son état; les déjections sont singulières, les extrémités restent glacées et l'estomac est brûlant... Cette enfant était malade avant de se précipiter à l'eau.

— Ah mon Dieu! peut-être qu'elle a fait ce coup-là dans un accès de fièvre chaude...

Cécile avait des haut-le-cœur constants, et la mousse venait à ses lèvres...

La civière venait d'arriver; on porta le corps du bateau sur le matelas que Chadi avait envoyé chercher chez lui en même temps que des vêtements. Les curieux se pressaient autour de la civière pour voir la noyée, et celle-ci les regardait comme hébétée. C'étaient de constantes exclamations admiratives :

— Oh! pauvre enfant, qu'elle est jolie!

— Oh! l'adorable créature!

— Si jeune, si belle, et penser à la mort...

— Pauvre belle petite, elle aura été séduite et abandonnée...

— Qu'elle est belle... on dirait une mariée...

A ce mot, elle se leva un peu, sourit, et, regardant tout autour d'elle comme pour saluer, elle balbutia :

— Oui... c'est moi... je suis la mariée...

Et c'est vrai, elle était bien belle, la pauvre Cécile. Dans le canot, loin du regard des curieux, on lui avait retiré ses vêtements; la grasse servante du *Rendez-vous de la Marine*, sur l'ordre de Chadi, avait apporté du linge chauffé en même temps que les couvertures; on avait revêtu la jeune fille de ce linge blanc, et, à cette heure, étendue dans la civière, tout habillée de blanc, sa tête, belle et pure comme celle d'une vierge, ressortait dans ses longs cheveux noirs; les traits s'étaient rassérénés peu à peu, et sa bouche adorable semblait sourire à un être invisible; la fièvre mettait la fraîcheur à ses joues et assurait la vie...; ses lèvres s'entr'ouvraient sans cesse; elle parlait, et vainement le docteur cherchait à comprendre ce qu'elle disait. Il s'adressa aux deux individus qui avaient apporté la civière: — Mes amis, hâtons-nous; suivez-moi, je vais vous conduire à la Pitié; je la ferai entrer dans mon service... Vous, mon ami, fit-il en s'adressant à Chadi, vous allez me faire le plaisir de venir nous accompagner. Les agents arrivaient en ce moment, ainsi que cela se passe ordinairement, c'est-à-dire lorsque tout était terminé. Le docteur dit à l'agent qui demandait des renseignements de vouloir bien les suivre, l'état de la jeune fille que l'on venait de sauver étant assez grave pour ne pas perdre une minute.

En route, Chadi raconta à l'agent ce qui s'était passé, et celui-ci se hâta d'écrire son rapport sur un petit carnet. Le docteur était de service à la Pitié; il y était connu, mais on n'avait pas coutume de le voir à pareille heure. On fut étonné; cependant sa présence hâta la réception de la malade. Et quelques minutes après Cécile était couchée; le docteur, aidé par les internes de service, l'avait attentivement examinée, et lorsque Chadi lui demanda, l'ayant vu écrire son ordonnance et la faire exécuter devant lui :

— Eh bien! docteur, cela va-t-il mieux?

— Maintenant j'espère qu'il n'y a plus de danger.

— Comment, vous avez cru un instant qu'elle ne reviendrait pas?

— Je vous dirai plus, j'ai craint de ne pas l'amener vivante ici...

— Pauvre petite!... Aussi, si jeune, si jolie, quelle idée de se noyer...

— C'est ce qui l'a sauvée...

— Hein! exclama Chadi stupéfait et croyant avoir mal entendu... en se noyant, ça l'a sauvée!

— La pauvre petite doit avoir une bien grande douleur dans sa vie... L'idée de mourir était bien arrêtée chez elle, car, avant de se jeter à l'eau, elle s'était empoisonnée...

— Ah! qu'est-ce que vous me dites là?

— Ce que j'ai fait pour sauver la noyée, en provoquant les déjections, l'a débarrassée ; elle est maintenant en proie à une fièvre terrible, j'ai à craindre de graves complications... mais enfin elle va mieux...

— Mais que dit-elle ?

— Rien, elle a le délire...

— Pauvre petite, et quand on pense, monsieur, qu'à cette heure sa famille est peut-être dans la désolation.

— Vous avez raison... Vous me faites penser au premier devoir à accomplir... et nous n'y avons pas songé.

Le docteur fit appeler la sœur qui avait déshabillé la jeune fille et lui demanda si elle n'avait pas trouvé dans les vêtements un renseignement constatant l'identité de la malade ; la sœur répondit qu'elle n'était vêtue que d'une camisole et d'un jupon.

— C'est vrai, exclama Chadi, puisque c'est les jupons de la mère Leblanc que j'avais envoyé chercher ; ses effets sont à *la Marine* en train de sécher. Je vais y aller.

— Mon ami, d'abord, dites-moi votre nom...

— Aristide Leblanc, dit Chadi — quai de la Gare — ciseleur ; sur le bord de l'eau tout le monde me connaît, je suis l'as de *la Brise*...

— Mon brave garçon, vous avez fait là une belle action...

— Allons donc... vous dites ça pour blaguer... une belle fille comme ça, que j'ai tenue dans mes bras dix minutes... c'est moi qui la remercierai...

— Mon ami, vous me ferez le plaisir de venir me dire si vous avez des renseignements.

— Monsieur le docteur, je vais vous dire, je cours d'ici chez nous, je fouille dans les effets, si je trouve quelque chose, je cours chez les parents ; après, j'aurais voulu aller à l'atelier, vous savez, un samedi...

— Allons, allons... il faut faire le paresseux aujourd'hui, dit le docteur en souriant de la simplicité avec laquelle le jeune homme envisageait sa belle action, vous perdrez votre journée...

— Eh bien, vous avez raison... je reviendrai vous donner des nouvelles ce tantôt, je finirai de laver le bateau. Au revoir, monsieur le docteur...

Et Chadi courut vers le quai ; en arrivant il demanda les effets de la jeune fille.

- Ils sèchent, répondit la bonne lui en montrant robe et jupons étalés sur des chaises devant la grande cheminée où le sarment pétillait...

Une heure après Chadi entrait chez les Tussaud...

- Monsieur Tussaud ? demandait-il...

— C'est moi ! fit le pauvre homme en larmes et pouvant à peine se soutenir. Mais Adèle Tussaud, en voyant un inconnu arriver essoufflé chez eux, avait relevé la tête et contenait un instant ses sanglots, pour écouter.

— Que voulez-vous, monsieur ?

— Monsieur, vous connaissez ça ? et il montrait un petit porte-monnaie-portefeuille.

— Ah ! mon Dieu ! exclama Tussaud..., c'est de Cécile.

— Cécile ! cria Mme Tussaud en se levant vivement.

— Parlez, monsieur, parlez, où est-elle ?

Houdard, clignant de l'œil, observait la scène et tendait l'oreille... Chadi, tout étourdi, en voyant tous ces gens en habit de noce et les yeux baignés de larmes qui l'interrogeaient, ne savait que dire :

— Venez avec moi, vous allez la voir.

— Elle vit, monsieur? demanda Mme Tussaud, anxieuse, les traits bouleversés.

— Ah ! oui... pour ça...

— Ah ! mon ami... fit Tussaud en l'embrassant.

— Où est-elle !

— A la Pitié !

On sait l'effet terrifiant que produit dans la classe bourgeoise travailleuse l'idée de l'hospice ; ces mots : à la Pitié ! avaient glacé chacun. Chadi n'en revenait pas, il regardait autour de lui et cherchait l'explication du drame auquel il venait d'assister si heureusement. Ces gens habillés pour aller à la noce, c'étaient les parents de l'enfant qu'il avait arrachée à la mort ! Pendant que là-bas, elle se jetait à l'eau, pendant qu'on l'étendait sur la civière pour aller la coucher dans un lit d'hôpital, chez elle on se préparait pour une fête ! Vainement, le brave garçon cherchait à assembler ces faits entre eux, son cerveau se refusait à lui donner une solution.

Adèle Tussaud avait pris les mains de Chadi, et, anxieuse, n'osant croire, elle lui demandait :

— Elle vit ! elle vit ?...

— Oui, oui, madame.

— Pourquoi l'a-t-on conduite à la Pitié, qu'a-t-elle eu ?

— Où était-elle ? demanda Tussaud, est-ce un accident ?

— C'est un accident volontaire... Est-ce qu'elle n'était pas malade ?

— Non, qu'y a-t-il enfin ?

— Je vais vous dire, elle a voulu se noyer...

— Ah ! mon Dieu ! exclama tout le monde.

Houdard écoutait attentivement, paraissant surpris de ce qu'il entendait.

— Noyer !

— Se noyer ! se noyer ! s'écriait Mme Tussaud épouvantée et prête à se trouver mal.

— Oui, madame, elle s'est jetée par-dessus le pont d'Austerlitz... et heureusement j'étais là, j'ai piqué une tête et je l'ai ramenée.

— Vivante ?

— Ah oui !

— Vous, vous, monsieur, et Adèle pleurant embrassait Chadi tout honteux des marques d'admiration qu'on lui prodiguait ; car chacun, à l'envi, venait lui presser la main.

— Vite, vite, disait Mme Tussaud à la bonne, donnez-moi un pardessus, un manteau ; nous allons aller la chercher.

Tussaud interrogeait Chadi, et les invités se penchaient autour d'eux écoutant, attentifs.

— J'étais sous le pont, dans mon bateau, en train de lui faire sa toilette pour

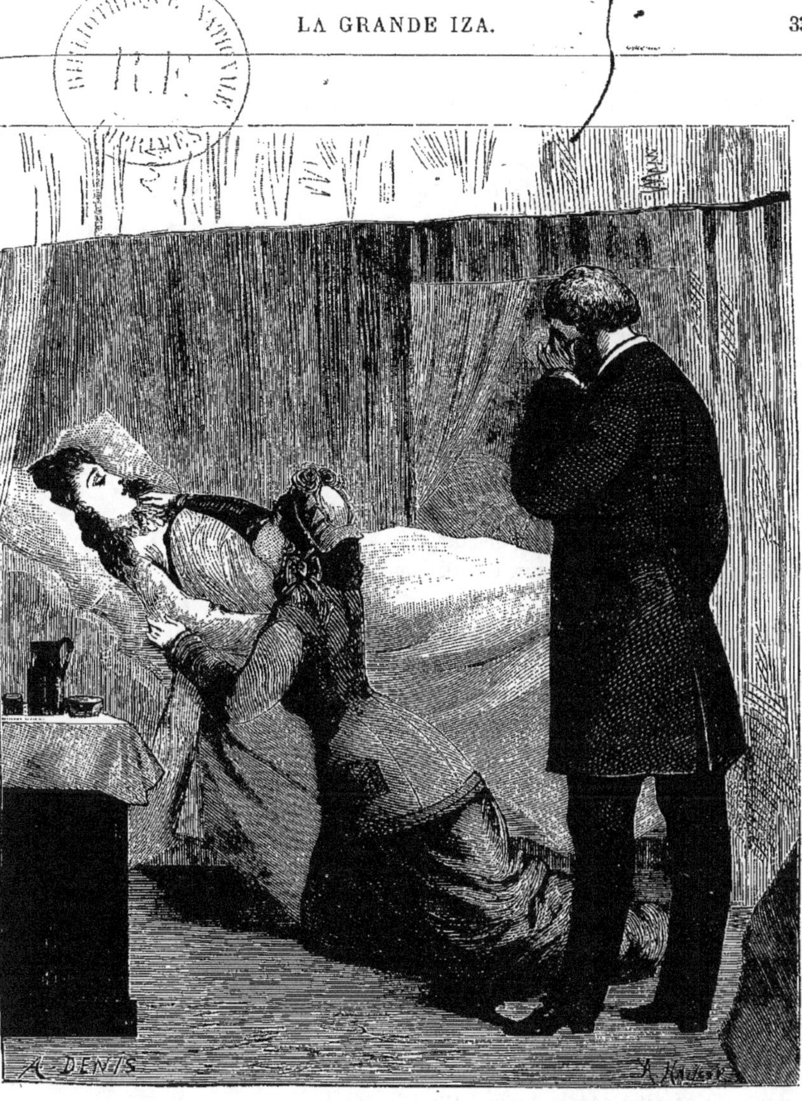

— C'est nous, c'est nous, Zizille; c'est ton père, ta mère (PAGE 35).

demain ; j'étais en train de chanter ; tout à coup j'entends : pouf ! et pas un mot, pas un cri. Je me retourne, je vois l'eau qui bouillonnait ; je connais ça ; je me dis : Bon... quelqu'un qui prend une goutte. Attends un peu. J'étais justement en costume, ma cotte retroussée comme un caleçon. Je pique une tête, je cherche, je vois des jupons qui se sauvaient en filant le long de la pile. Je me dis : Bon, elle va dans le remous. Je connais l'endroit ; je suis né en face. Je remonte respirer ; je repique droit sur les vêtements et je la rattrape près de la pile ; je remonte avec, mais c'était dur, allez... C'est qu'il y a du courant là, et je pensais que je n'arriverais pas à mon bateau; c'est que c'est lourd une femme; enfin, je me cramponne et j'appelle. Ah! vous pensez, tout le monde avait vu le coup et on venait de tous côtés; mais il était temps; le courant est si raide qu'une minute de plus, et j'y allais avec elle.

— Et elle vivait? demanda Tussaud.

— Elle était sans connaissance; nous la montons dans le bachot et justement il y avait un médecin de la Pitié qui revenait d'une visite de nuit; ah! ça n'a pas été long; il lui a appuyé à un endroit sur l'estomac, il a fait semblant de l'embrasser, il lui a fait frictionner les jambes... Faut pas vous fâcher de ça, on lui a vu les mollets... mais sans penser à mal. Enfin elle est revenue à elle; mais le médecin a dit qu'elle était atteinte d'une autre maladie... C'est alors qu'il l'a fait conduire à la Pitié dans son service. Et quand je l'ai quittée pour venir vous prévenir, il m'a dit: elle est sauvée!

Chacun eut un soupir de soulagement à ce dernier mot, et Adèle, qui venait de revêtir son manteau, demanda en souriant sous ses larmes:

— Oh! vous ne me trompez pas, monsieur, elle est sauvée?

— Absolument, madame.

— Et vous allez nous conduire vers elle?

— Je vous attends pour ça.

— Mon ami, fit Tussaud en le prenant à part, c'est à vous que je dois la vie de mon enfant, je ne pourrai jamais m'acquitter envers vous... mais vous accepterez bien... et il fouillait à sa poche.

— Eh bien, qu'est-ce que vous faites là, vous? Est-ce que je vous demande quelque chose? Pour qui me prenez-vous? Vous m'avez donné une bonne poignée de main, votre dame m'a embrassé; quand votre demoiselle sera sur pied, vous lui direz d'en faire autant; un bon baiser, votre amitié et ça fera le compte.

Tussaud lui serra affectueusement les mains et dit:

— Allons, vite, partons... emmenons Houdard.

— Ah ça! es-tu fou? fit vivement Mme Tussaud, c'est à cause de lui que la malheureuse a voulu se tuer...

— C'est vrai..., le pauvre garçon...

— Allons, viens vite!

Houdard avait tout entendu, et son regard s'était croisé avec celui de Mme Tussaud; mais, ne voulant pas paraître céder, il vint à Chadi et lui dit:

— Je vous félicite, monsieur, de votre belle action.

— Il n'y a pas de quoi, vraiment.

— Tussaud, je te laisse aller avec ta femme la chercher; moi, je reste avec nos invités pour nous excuser.

— Ça se refera... C'est remis, quoi! balbutia Tussaud qui ne voulait pas se fâcher avec Houdard.

— J'y compte bien, fit celui-ci, en lui serrant la main et souriant malignement en regardant Mme Tussaud qui tirait la manche de son mari pour le faire taire, disant:

— Claude, dépêchons-nous donc, est-ce l'heure de parler de ça ?

Ils prirent une des voitures de noce, et firent monter Chadi près d'eux.

— Mais, monsieur, madame, regardez donc comme je suis fait, je ne peux pas onter là-dedans, j'irai aussi vite que vous à pied... ou bien, attendez, je vais onter sur le siège.

— Plaisantez-vous, monsieur, fit Adèle... Vous, à qui je dois d'aller encore mbrasser ma Cécile, montez vite et asseyez-vous près de moi.

Chadi obéit et la voiture partit rapidement dans la direction du jardin des antes.

Moins d'un quart d'heure après, Claude et sa femme, dirigés par Chadi, ntraient dans la salle de la Pitié. A l'aspect des petits lits, des murs nus, des ngues salles silencieuses traversées par les sœurs calmes, Adèle Tussaud chan-ela, un frisson courut dans ses os et dans son sang. Tussaud aussi devint pâle, il ut peur, il craignit d'avoir été trompé par Chadi.

Quand Chadi, leur montrant un des lits, dit :

— C'est là.

Ils se précipitèrent chacun d'un côté, disant le même mot, son petit nom 'enfant :

— Zizille, mon enfant !

Cécile ouvrit ses grands yeux ; son regard fiévreux se fixa sur eux. Elle ne les econnut pas.

Épouvantée, Adèle, qui lui tenait la tête dans ses bras et l'embrassait, disait :

— C'est nous, c'est nous, Zizille, c'est ton père, ta mère.

Les regards de Cécile restaient fixés sur eux, sans les reconnaître. Une seconde cependant il y eut dans ses yeux comme un éclair, elle semblait reconnaître sa ière ; alors celle-ci, lui souriant, dit aussitôt :

— Zizille, ma mignonne chérie, nous allons te ramener chez nous... Tu es ibre... Tu ne l'épouseras pas... Tu seras la femme de celui que tu as choisi... Tu erras Maurice...

Pendant que sa mère parlait, Cécile semblait peu à peu revenir à elle et com-rendre. Au dernier mot, elle se dressa tout à coup sur son lit, les yeux hagards et e débattant furieusement, écartant ses parents effrayés et répétant :

— Maurice, Maurice, me voici, attends-moi...

Elle jeta un grand cri et retomba raide sur l'oreiller. Le médecin, qui était au ied du lit, se précipita en s'écriant :

— Ah ! mon Dieu, qu'avez-vous fait ?

Chadi resta stupéfait.

Claude et sa femme, épouvantés, terrifiés, tombèrent à genoux, et, les mains ointes, la mère suppliait :

— Pitié, pitié, mon Dieu, ne nous la prenez pas.

VII

CE QU'ON PENSAIT AUTOUR DES TUSSAUD.

Ç'avait été, on le devine, un grand scandale dans le monde du bronze, que la tentative de Mlle Tussaud, préférant mourir que d'épouser celui qui passait pour avoir été l'amant de sa mère. Trop de gens avaient été invités à la noce et avaient assisté aux différentes scènes que nous venons de raconter, pour qu'on ne jugeât chacun des principaux acteurs. Tout le monde était d'accord pour reconnaître que Cécile avait courageusement et dignement agi; étant donné que le mariage satisfaisait son père et sauvait sa maison, que son refus en éloignant Houdard, en le fâchant avec son père, les ruinait tous, elle ne pouvait refuser brutalement, elle avait donc fait son devoir de fille bien élevée, soumise à la volonté de ses parents; mais l'homme qu'elle devait épouser lui répugnait, elle sentait qu'avec lui elle n'aurait pu vivre en honnête femme, et plutôt que d'accepter semblable situation, elle y échappait en se sacrifiant ainsi. Sa mort obligeait Houdard à un certaine réserve, il eût été indigne qu'après la mort dont il aurait été la cause involontaire, il abandonnât les malheureux parents. Pour cela, il fallait une victime, et la pauvre et brave Cécile s'était sacrifiée. Voilà le jugement porté sur son action.

Ceux qui avaient assisté aux terreurs du matin, qui avaient vu les malheureux parents, écrasés par la disparition de leur fille, qui avaient vu l'attitude au moins singulière d'Houdard, s'entendaient tous pour juger favorablement la mère; l'opinion revenait sur elle, on disait que le mariage de sa fille lui avait été imposé... Quelques-uns prétendaient qu'ayant bien observé dans ce moment douloureux l'attitude d'Adèle Tussaud et d'Houdard, ils étaient convaincus qu'on avait calomnié la femme; elle n'avait jamais été la maîtresse de la Rosse. Et elle le traitait même très sévèrement. Nous devons reconnaître qu'en l'accusant moins, la plupart, cependant, croyaient toujours aux relations anciennes de Mme Adèle Tussaud. Quant à Tussaud, tout le monde était d'accord, c'était un imbécile qui appartenait tout entier à Houdard la Rosse; il lui avait pris sa femme, il voulait lui prendre sa fille, et un jour il lui prendrait sa maison.

Tout cela avait été, pendant quinze jours, le sujet des conversations sur la place; cela s'explique naturellement au reste, puisque nous avons dit que le crédit de la maison Tussaud dépendait du mariage; or, après ce scandale, qu'allait-il devenir? Mlle Tussaud était toujours à la Pitié, entre la vie et la mort, ne reconnaissant pas ceux qui l'entouraient, c'est-à-dire sa mère et son père, qui avaient obtenu, ne pouvant faire transporter leur fille chez eux, qu'elle fût dans une chambre pistole où ils pourraient l'aller voir tous les jours.

Houdard paraissait peu chez Tussaud, venant seulement pour prendre des nouvelles de Cécile; il avait répondu à Tussaud, le surlendemain, lorsque celui-ci lui avait raconté ce qu'avait dit le docteur:

— Ce n'est pas tout ça, il ne faut pas que ce malheur fasse oublier la maison, les affaires ; tu feras ton bordereau de fin de mois, et je te ferai les fonds... Ça clouera la langue à ceux qui disent que tu faisais une spéculation.

— Quel brave garçon tu es, avait dit aussitôt Tussaud en lui serrant affectueusement la main; si *elle* te connaissait comme moi, elle comprendrait que c'est son bonheur que je voulais.

— Sauve-la d'abord ! Peut-être qu'elle réfléchira maintenant... Une petite histoire comme celle-là, quand on en revient, ça rend raisonnable.

— Espérons-le...

Et à la suite de cet entretien duquel Tussaud n'avait pas dit un mot à sa femme, il avait fait son bordereau, l'avait touché et avait payé sa fin du mois. Nous disons qu'il n'en avait rien dit à Adèle Tussaud, non parce qu'il craignait que celle-ci le blâmât, mais parce qu'Adèle n'y eût rien compris. A cette heure, pour la malheureuse mère, il n'y avait plus de maison, plus d'affaires, rien ne l'occupait que sa fille, au chevet de laquelle elle était sans cesse, guettant sur son visage le mieux qu'elle désirait. C'est qu'Adèle Tussaud s'attribuait tout ce qui était arrivé ; c'est parce qu'elle avait connu Houdard, que celui-ci avait eu le droit d'agir ainsi qu'il l'avait fait ; la faute commise, elle n'avait pu reculer ; c'était le pied dans le crime, chaque pas en faisait commettre un nouveau. N'était-ce pas un crime que le consentement donné au mariage de sa fille, et le plus odieux, avec un homme qui avait été son amant ; et le plus épouvantable, puisqu'à cette heure elle ne savait si son enfant n'en serait pas la victime... Oh ! si ce malheur devait arriver, elle était résolue, elle n'y résisterait pas, elle irait en quittant l'hospice, après avoir une dernière fois demandé pardon au cadavre de son enfant, se jeter dans la Seine au même endroit où Cécile s'était jetée. Dans les longues heures qu'elle passait près de sa fille, lorsque sa pensée quittait son enfant, c'était pour évoquer son passé à elle, c'était pour rougir seule de sa vie, de sa vie la cause de tout, et elle se promettait, son enfant rétablie, de se jeter à ses genoux, de lui demander pardon en l'assurant d'obéir toujours à ses volontés, et son regard se dirigeait vers la malade. En voyant cet œil brillant de fièvre qui ne la reconnaissait pas, en entendant les mots sans suite qui échappaient de ses lèvres sèches, un frisson se glissait jusque dans ses moelles ; elle pleurait et tombait à genoux, levant les mains vers le ciel, et suppliant :

— Mon Dieu ! mon Dieu ! je suis bien coupable... punissez-moi, mais pas dans mon enfant !

Si sa fille vivait, quoi qu'il pût arriver — c'était absolument arrêté dans son idée — Houdard ne remettrait jamais les pieds chez eux ; sa fille se rétablirait doucement, elle choisirait son époux, Houdard, jamais !

Pour tout le monde, pour les parents, les invités, pour le fiancé même, ce qui était arrivé le matin du jour où devait avoir lieu le mariage s'expliquait le plus simplement du monde, et tout à l'avantage de la jeune fiancée restée pour tous la plus pure des femmes.

Rentrée chez elle à onze heures du soir, Cécile s'était décidée à mourir plutôt que de se marier avec Houdard ; jusqu'au dernier jour, jusqu'à la dernière heure elle avait espéré que ce mariage ne se ferait pas, et elle ne s'était pas préparée. On était arrivé au jour, le mariage devait avoir lieu ; que faire?... Mourir! Elle l'avait dit : Je mourrai plutôt que d'épouser cet homme; et on n'avait pas cru à ce qu'elle avait dit. C'était le matin qu'il fallait obéir; elle se décida et écrivit la lettre; mais, cela fait, comment mourir... sans donner l'éveil à personne à cette heure? elle avait alors attendu le petit jour; elle était sortie sans bruit, elle avait couru jusqu'à la Seine, et, enfiévrée par la nuit passée avec cette idée, elle s'était précipitée à l'eau.

Pour tous, c'est ainsi que la tentative de suicide avait eu lieu; la jeune fille pure, la fiancée qui avait voulu mourir, si miraculeusement sauvée peut-être, était toujours digne du respect et de l'estime de tous... Et si la malheureuse enfant, par les médisances, avait eu connaissance des accusations portées contre sa mère... alors, sa conduite, son sacrifice ne méritaient que des éloges, ne pouvant, ne voulant pas accepter cet inceste moral d'épouser l'amant de sa mère, ne pouvant dire les causes de son refus, fille trop respectueuse pour accuser sa mère, aimant trop ses parents pour amener le trouble dans le ménage, ne trouvant enfin que le sacrifice d'elle-même, la mort pour parer à tout...

Ce fut seulement au bout d'un mois que le médecin déclara que Cécile était sauvée. On attendit encore huit jours pour la faire transporter rue Saint-François. Heureuse de voir enfin sa fille hors de danger, Adèle Tussaud oubliait tout... Son enfant lui parlait, la reconnaissait, elle lui demandait sans cesse :

— Souffres-tu encore, ma mignonne?

— Non, mère...

— Alors, souris-moi donc... Si tu savais combien cela m'ennuie, quand je suis si heureuse, de te voir si triste.

Cécile ne souriait pas; elle se contentait de presser affectueusement la main dans laquelle sa mère tenait la sienne.

Adèle, croyant ramener un peu de gaieté sur son visage, lui disait :

— Maintenant, ma Zizille, sois sans crainte; tu as payé assez cher le droit de choisir toi-même ton époux. Houdard ne mettra plus les pieds chez nous... Nous ne l'avons plus revu depuis le jour que tu sais... Ma fille chérie, tu épouseras qui tu voudras, et, soulignant ces derniers mots, elle ajoutait : — Qui tu voudras, Zizille, tu me comprends?

Alors, Cécile mettait ses mains sur son visage et fondait en larmes. Et cette scène s'était renouvelée plusieurs fois sans que jamais Cécile voulût répondre, lorsqu'on lui demandait la cause de ses larmes.

Voyant l'effet douloureux que le souvenir de ce nom provoquait, Adèle Tussaud évita prudemment d'en parler. Cécile, transportée rue Saint-François, réinstallée dans sa petite chambre, entra tout à fait en convalescence. Jamais, au grand étonnement de sa mère, elle ne parlait de Maurice; nous venons de le dire, on imitait cette réserve; un jour que des amis de la famille, des invités de la singulière noce que nous avons racontée, étaient venus la voir et s'informer de sa santé, elle allait sommeiller, ils se retirèrent discrètement et descendirent dans la salle à manger, sur laquelle s'ouvrait le petit escalier conduisant à la chambre e la jeune fille. Mme Tussaud, craignant que sa fille n'eût besoin d'elle et ne oulant pas manquer de se rendre à son appel, laissa la porte ouverte.

Les amis étaient descendus et avaient quitté la chambre de la malade, nous avons dit, parce qu'elle paraissait vouloir sommeiller; croyant qu'elle dormait, ertains qu'ils ne pouvaient être entendus, une fois seuls avec les Tussaud, on arla de la catastrophe; les amis, qui savaient l'adoration que la jeune fille avait our Maurice, demandèrent naturellement si on avait eu depuis ce jour des ouvelles du jeune homme. En entendant prononcer ce nom, Cécile, avec l'ouïe articulière aux malades, tendit l'oreille et écouta. C'est son père qui répondit :

— Quand nous la cherchions, j'ai été jusque chez lui; on ne l'avait pas vu... ais, depuis, j'ai appris qu'il y avait eu un malheur; quelques heures après ous, Cachard, d'Orléans, qui était venu aux recherches avec moi, regagnait le hemin de fer en voiture — vous vous souvenez, il est parti l'après-midi. — En pasant devant la rue de Lacuée, il a vu un rassemblement considérable et des agents evant la maison; il était en retard pour son train, il n'est pas descendu; mais il est douté de ce qui était arrivé et il m'a écrit. Le pauvre petit Maurice se sera tué, a devait être convenu entre eux... et, moins heureux que cette enfant, il n'a pas été ecouru.

— Vous croyez qu'il est mort ?...

— J'en suis certain... Depuis, nous n'avons pas revu sa sœur... Vous comprenez que je ne puis décemment chercher à voir cette famille; car c'est nous qui ommes la cause involontaire de ce malheur. Pauvre enfant! toute ma vie je me eprocherai ce que nous avons fait là... Adèle a bien raison, c'était un brave garon, honnête travailleur... et j'ai été mal inspiré... enfin, il est trop tard pour leurer.

— Et M. Houdard ?

— Dame! le pauvre garçon, vous pensez qu'il est bien malheureux de ce qui st arrivé, car c'est la crème des hommes, vous savez... malgré ce qu'on dit; il ient presque tous les jours au magasin pour avoir des nouvelles... Qu'est-ce que ous voulez ? il sait bien que ma femme ne peut pas le sentir, et, entre nous, dèle, je ne m'explique pas ça, il a toujours été prévenant pour toi.

— Non... je ne veux plus le revoir...

— Mon Dieu, ma bonne, je comprends bien que sa présence te rappelle le our cruel que nous avons passé, mais cela s'est fini heureusement.

— Heureusement, et Maurice ?

— Je dis heureusement pour nous, Maurice n'était pas de la famille, dit Tussaud avec son naïf égoïsme.

Puis, s'adressant aux invités, il reprit :

— Comprenez-vous ça? voilà un homme très beau garçon, intelligent, vous le onnaissez, qui nous est très dévoué, qui est riche.

— D'où lui vient sa fortune et quelle est-elle ? dit Adèle.

— Je ne vais pas aller lui demander ça... Vous autres femmes, vous êtes toutes es mêmes; quand vous en voulez à quelqu'un, rien en lui n'est bien. Tu n'as rien dire sur sa conduite, tu t'en prends à sa fortune... L'argent, ça ne pousse pas, n'est-ce pas? Pour en avoir, il faut toujours que ça sorte de la poche de quelqu'un; qu'est-ce que les affaires? C'est de faire sortir l'argent de la poche des autres pour le mettre dans la sienne. Lorsque le mariage a été pour être décidé, c'est toi qui as dit : nous nous sommes mariés sans notaire, notre enfant peut en faire autant; devant M. le maire on apporte chacun sa part, voilà tout. Tu avais raison, puisque notre enfant n'apportait rien et que, ainsi, elle était censée apporter la moitié de ce qu'ils auraient eu... Lui, il n'a pas sourcillé, il a dit : j'accepte. Je vous assure, on ne connaît pas la bonne nature que c'est cet Houdard; mais, ma femme, elle a toujours été comme ça, elle n'a jamais pu le voir seulement en peinture...

— Toi, pourvu qu'il ait de l'argent, tu donnerais ta fille au premier venu.

— Ça ne prouve qu'une chose, ça, c'est que je ne veux pas que mon enfant soit malheureuse... Une jolie chose d'écouter des caprices d'enfant...

— Il vaut mieux les écouter que de risquer de le tuer.

— Bon! tu vas me dire des méchancetés... Est-ce qu'on pouvait se douter de ça?... Cette enfant qui a l'air doux, elle a tout mon caractère, emporté, ne raisonnant pas, pauvre petite... Tu vois aussi ce que je fais maintenant, je ne lui en parle même pas... Mais ça n'empêche pas qu'il vaut mieux, c'est mon avis, un homme sérieux, bien occupé de son intérieur, qui s'occupe de ses affaires, qu'un gamin qui sera tout le temps à se mirer dans les yeux de sa femme, et qui, lorsqu'il sera rassasié d'elle, courra après le premier nez en l'air qu'il verra; — Houdard, au moins, avait vécu.

— Oui, avec qui? fit avec dégoût Mme Tussaud...

— Voilà bien les femmes sévères... On ne va pas s'amuser avec des mères de famille... Tu vas trouver mauvais qu'au lieu de courir les ménages, les familles, pour troubler ceux-là, déshonorer celles-ci, il ait préféré avoir des cocottes, des femmes entretenues, comme tu dis... Chacun son goût; lui, il aime le chic... Et puis, quoi, il ne s'en cache pas : il a été la coqueluche de ces dames, et c'est ce qui prouve sa force, son bon sens, pour s'amuser il a choisi les plus jolies des filles de Paris, des femmes faites pour l'amour, embaumant, couvertes de batiste, de soie, tout le diable et son train... et en avant la folie... Mais, lorsqu'il s'agit de mariage, il recherche une famille honnête et une jeune fille sage, et tu ne diras pas que c'est l'intérêt qui le guide, puisque nous ne donnons rien à notre enfant.

— Nous lui donnons une part dans la maison, la moitié de ce que nous avons.

La réponse stupéfia un instant Claude Tussaud, mais il y avait du monde, il se contenta d'appuyer :

— Oui, oui, c'est vrai, il devenait notre associé... Enfin, de tout ça, vous le voyez, il y a une chose surtout, c'est que ma femme n'a jamais pu supporter Houdard.

Les déclarations et les affirmations de Claude Tussaud semblaient gêner énormément ceux auxquels il s'adressait; ils se regardaient entre eux, puis observaient Mme Tussaud, que la conversation de son mari n'embarrassait nullement.

— En somme, dit un des amis avec la cruelle indifférence bourgeoise, votre position est maintenant plus nette, Houdard ne vous tourmente pas, il a rendu sa parole à cette chère Cécile, et d'un autre côté vous êtes débarrassés de ce petit

« Racontez-moi ça, » dit le docteur (PAGE 44).

Maurice qui risquait dans un coup de tête de compromettre votre enfant?

— Absolument.

— Allons, tout est pour le mieux et je vous en félicite sincèrement, ajouta-t-il en lui prenant la main et en se levant...

Les dames l'imitèrent, tout le monde souriait; une des dames dit:

— Ma chère madame Tussaud, nous sommes bien heureux du rétablissement de Cécile.

— Je vous dis, sans ses maux de cœur qui sont les restes de son mal — elle irait tout à fait bien.

— Ce ne sera rien, et il faut espérer que bientôt elle nous fera danser et pour de bon.

— Oh! ça ne serait pas long si elle voulait me comprendre, dit Tussaud.

Adèle lui lança un coup d'œil furieux; on se fit des révérences, et les Tussaud reconduisirent les amis jusqu'à la porte...

Dans la chambre, Cécile avait écouté; en entendant raconter la constatation de la mort de son Maurice, elle pleura, et quand ses larmes cessèrent, malgré elle, elle entendit, elle écouta la fin de la conversation. Un rire amer vint sur ses lèvres, et elle répéta :

— C'est vrai, on est débarrassé et je leur dois un bal.

Quand les Tussaud rentrèrent, le fabricant de bronzes allait se diriger vers ses ateliers lorsqu'il lui sembla que sa fille l'appelait; il monta aussitôt :

— Tu m'appelais, ma Zizille?

— Oui, père... je voulais te demander si M. Houdard n'était pas venu savoir de mes nouvelles?

— Mais si, mon enfant.... Seulement il n'ose pas monter te voir...

— Lorsqu'il viendra, père, tu le feras monter... que je le remercie...

Mme Tussaud, étourdie, n'osait croire ce qu'elle entendait, et les deux époux se regardèrent stupéfaits.

VIII

OU MADAME TUSSAUD EST DE PLUS EN PLUS STUPÉFAITE.

La demande de Cécile ravit plus qu'elle ne surprit Claude Tussaud, et il embrassa chaleureusement sa fille, puis s'empressa de descendre à l'atelier, craignant que la Rosse ne fût venu pendant qu'il n'y était pas, et ayant hâte, dès qu'il arriverait, de le faire monter près de Cécile. Claude était heureux; il se reprenait à l'espoir du mariage rêvé.

Il n'en était pas de même d'Adèle Tussaud; c'est en vain qu'elle cherchait à s'expliquer le motif qui dirigeait sa fille. Il n'était pas douteux que Cécile abhorrait André Houdard, dit la Rosse. Si la pauvre enfant savait la mort de celui qu'elle aimait, de Maurice Ferrand, c'était une raison de plus de haïr celui dont l'exigence avait été la cause de ce malheur. Non! ce n'était pas possible, Cécile ne pensait pas à renouer avec Houdard les relations rompues. Et cependant, pourquoi demandait-elle à le voir? Peut-être Mlle Tussaud voulait-elle avoir une explication loyale, décisive avec celui qui avait été son fiancé, et lui demander que son refus de devenir sa femme n'entraînât pas une rupture avec son père, son vieil ami. Cela était possible; car Mme Tussaud, en considérant sa fille attentivement, cherchait vainement à retrouver la naïve enfant, gaie, toujours souriante, dont l'insouciance était jadis le trait distinctif.

Depuis la catastrophe, Cécile était changée du tout au tout; toujours belle, plus belle peut-être, l'enfant était devenue femme; elle était plus calme, plus réfléchie, presque sombre. Sous ce beau front blanc, on sentait de sérieuses pensées; le regard plus observateur avait plus de volonté, les lèvres ne babillaient plus au hasard. La jeune âme était sortie de l'enveloppe de l'enfance; elle s'était arrachée de l'ombre et était, à cette heure, comme environnée d'un nimbe : la vie à venir.

Sa mère ne pouvait s'expliquer cette transformation; elle l'attribuait au chagrin persistant de la mort de Maurice; tant de fois elle l'avait surprise, la croyant endormie, pleurant silencieusement. Non! non! c'était impossible, son enfant avait un cœur trop sensible pour penser à l'homme qui avait amené le malheur dans sa maison. C'est qu'aujourd'hui Adèle était décidée à la lutte, et sa force s'augmentait de la honte qu'elle ressentait de sa faiblesse passée; elle ne consentirait jamais à ce qu'on reparlât de ce mariage.

Peut-être, pensait-elle encore avec crainte, la pauvre petite, voyant la douleur de son père, voyant les soins assidus dont elle était entourée, croyant que ce qu'elle avait fait allait amener la ruine et la misère dans la maison, et n'ayant plus maintenant l'espoir d'épouser celui qu'elle aimait, indifférente à tout, était-elle prête à se sacrifier... Non! non! cela n'était pas possible, jamais Adèle ne consentirait à cela, jamais sa fille n'épouserait celui qui avait été son amant et, dût-elle s'humilier devant son enfant, avouer sa faute, elle le ferait. Cette pensée lui faisait bien venir le rouge au visage; mais, un secret pressentiment lui disait que cet homme portait le malheur avec lui.

Claude était descendu aux ateliers. Adèle était seule avec Cécile et elle aurait bien voulu l'interroger, finement, sur la raison qui lui faisait demander André; elle rangeait et époussetait les meubles, et demanda à sa fille :

— Eh bien, Zizille, ça va-t-il mieux aujourd'hui? Souffres-tu toujours de l'estomac?

— Un peu, mère.

— Cela te brûle-t-il toujours?...

— Oh! cela va mieux, je ne souffre presque pas, à vraiment dire. mais je suis ennuyée par des maux de cœur.

— Cela va bien maintenant, ce n'est plus qu'une affaire de temps, tu te sens forte à présent.

— Oh! pas trop.

— Enfin, tu peux causer, discuter... puisque tu demandes à voir Houdard pour lui parler...

— J'ai si peu de choses à lui dire...

Adèle était arrivée tout simplement au but; enfin, elle avait sur les lèvres : « Mais qu'est-ce que tu veux donc lui dire? » lorsqu'elle entendit la bonne frapper à la porte; impatientée, elle ouvrit.

— Qu'est-ce que vous voulez encore?

— Madame, c'est M. le docteur...

— Ah! M. le docteur, qu'il vienne bien vite. Et elle alla au-devant de lui.

Cécile, en entendant annoncer le docteur, avait eu un mouvement de satisfaction. Le docteur entra et la regarda longtemps.

— Allons, dit-il à la mère, cela va très bien... Et souffrez-vous mon enfant ?

Et, en disant ces mots, il prenait le poignet de sa malade; il sentit que Cécile aisait une pression sur son bras pour l'attirer vers lui, en même temps qu'elle disait :

— Mère, ouvre donc les rideaux.

Pendant qu'Adèle Tussaud allait docilement à l'extrémité de la chambre ouvrir les rideaux, Cécile disait bas au médecin :

— Docteur, éloignez ma mère, j'ai à vous parler.

Le docteur fut un peu surpris; il demanda à Mme Tussaud l'état de sa fille, comment elle avait sommeillé, si elle avait eu la fièvre; et, bien renseigné sur le diagnostic de la maladie, il dit tout naturellement à la mère :

— Chère madame Tussaud, voudriez-vous me laisser quelques minutes seul avec votre demoiselle ? Je voudrais l'interroger sur certains symptômes, et peut-être gêneriez-vous ses réponses.

Cette fois encore, Mme Tussaud fut assez stupéfaite. Quelles questions pouvait-on adresser à sa fille pour lesquelles elle serait embarrassée de répondre devant sa mère?... Voulait-on lui demander si les médicaments ordonnés lui étaient bien donnés, si on avait pour elle les soins que réclamait son état? Enfin, il n'y avait pas à répliquer : on doit toujours obéir au médecin. Toute autre idée ne pouvait passer par le cerveau de la mère. Le nom, la respectabilité, l'âge du docteur obligeaient à avoir pleine confiance en lui.

— Monsieur le docteur, est-ce que vous verriez, dans ce que je vous ai dit, certains caractères de gravité qui vous surprendraient et vous feraient craindre un mal nouveau?

— Non, ma chère dame, rassurez-vous, votre belle Cécile va très bien, très bien.

Rassurée, elle dit avec ennui, en sortant :

— Je vous obéis, docteur, je me retire.

Lorsque sa mère fut sortie, Cécile s'accouda sur son lit, et, pleurant, elle dit :

— Monsieur le docteur, un médecin est plus qu'un prêtre, on doit tout lui dire, et l'on peut espérer que ce qu'on lui dira mourra avec lui.

— C'est le devoir de tout honnête homme, mon enfant, mais c'est une obligation dans notre profession.

— Ce que j'ai à vous dire est si grave, si grave, que vous me voyez toute tremblante et toute confuse devant vous.

— Ma belle enfant, reprenez courage et ne craignez rien... Est-ce un conseil que vous voulez me demander?

— Non, docteur, c'est un aveu que je vais vous faire.

— Voyons. Le docteur prit un siège et se plaça à la tête du lit; là, assis devant elle, il lui prit les mains et, avec un sourire encourageant, il lui dit : « Racontez-moi ça. »

— Docteur, j'ai refusé de répondre à toutes les questions qui me furent faites, même par vous; c'est vous qui avez fort justement reconnu que je m'étais empoisonnée avant de me jeter à l'eau.

— Pauvre enfant! C'était donc bien grave... bien grave, que vous ne reculiez pas devant une si cruelle mort?

— Vous allez en juger. Je vais vous raconter pourquoi et comment je me suis décidée.

— J'écoute, fit le vieux docteur, l'observant avec inquiétude.

Cécile raconta alors longuement au docteur les circonstances de son double suicide, circonstances entièrement connues de nos lecteurs et sur lesquelles nous n'avons pas besoin de revenir.

Adèle Tussaud était descendue dans la salle à manger et attendait impatiemment le résultat de l'entretien particulier que le docteur avait réclamé; malgré l'assurance que lui avait donnée ce dernier, elle était très inquiète. C'est après un long quart d'heure qu'il sortit de la chambre; en le voyant, la mère chercha à lire sur son visage l'impression de son examen; mais la physionomie du docteur était impénétrable. Adèle l'interrogea et il répondit:

— Madame, votre fille est absolument bien; elle entre maintenant en pleine convalescence, elle a beaucoup souffert, et a plus que jamais besoin de votre tendresse, de votre affection, de votre bonté.

— Que voulez-vous dire, monsieur?

— Rien autre chose que ce que je vous dis. Les soins du médecin sont maintenant inutiles, le corps est sauvé, ma présence n'est plus nécessaire, et cependant madame, l'intérêt que je porte à ma jeune malade, arrachée si extraordinairement à la mort, me fait réclamer de vous la permission de venir la voir quelquefois.

— Oh! monsieur le docteur, vous devez être assuré du plaisir que nous éprouverons à voir souvent celui auquel nous devons la vie de notre enfant. C'est nous qui vous serons reconnaissants de venir le plus tôt et le plus souvent possible.

— J'en abuserai, madame...

Et en reconduisant le docteur, Adèle, soupçonneuse, demandait:

— C'est bien vrai? elle est sauvée, absolument hors de danger...?

— Absolument, c'est maintenant une convalescente.

— Et doit-elle suivre un régime?

— Le régime que vous lui ferez suivre sera de ne rien lui refuser.

Et le docteur partit. Adèle rentrait pensive; elle trouvait bien énigmatiques les déclarations et les recommandations du médecin; elle monta chez sa fille. Cécile avait la tête tournée du côté du mur; il lui sembla qu'elle pleurait; elle se pencha et lui dit:

— Zizille, qu'as-tu, mon enfant? le médecin t'a tourmentée?

— Non, mère... non, je n'ai rien, je suis lasse et je veux dormir.

Désappointée, Mme Tussaud dut se contenter de cette réponse et accepter le congé qu'elle lui donnait. Elle sortit doucement, sans bruit, sur la pointe des pieds. Seule, Adèle Tussaud, rassurée tout à fait sur la situation de son enfant, pensa aux événements qui avaient bouleversé la maison, et lorsqu'elle en cherchait la cause, elle rougissait et, confuse, baissait la tête; puis la relevant soudain, la rougeur au front, le dégoût aux lèvres, — celui qui se serait penché près d'elle aurait pu l'entendre dire tout bas :

— Je n'ai pas été coupable, j'ai été victime.

Et accoudée sur la table, la tête dans sa main, les yeux fixes, elle pensait, et des tressaillements, des frissons secouaient son corps ; c'était le souvenir de ce que contenait sa phrase : « J'ai été victime, » qui hantait son cerveau, et se répondant à elle-même, elle ajoutait :

— Oh ! que je le hais, cet homme !

Puis elle se secoua comme pour chasser ses pensées, et ses regards tombèrent sur un calendrier de bureau portant en grosses lettres la date du mois et l'éphéméride du jour ; elle dit en hochant la tête avec étonnement :

— Comment ! deux mois !... Il y a deux mois aujourd'hui que ce mariage devait avoir lieu ! Que de choses depuis deux mois ! Pauvre Maurice ! pauvre enfant !... C'est à son souvenir qu'elle pleurait ! Sans rien dire à Cécile, j'irai voir sa sœur, je demanderai où repose le pauvre garçon, et lorsqu'elle ira tout à fait bien, nous irons faire un pèlerinage à sa tombe. Ils voulaient mourir l'un pour l'autre ; comme ils s'aimaient ! Oh ! nous avons été bien coupables !... Mais je rachèterai cela avec ma Zizille.

Adèle Tussaud était encore une jeune et jolie femme à cette époque. Elle avait eu sa fille dix mois après son mariage, et elle s'était mariée à seize ans et deux mois. Sa fille avait, le jour où elle devait se marier, juste dix-sept ans. Adèle Tussaud avait donc trente-quatre ans, et certainement les quatre dernières années ne paraissaient pas. C'était une adorable femme de trente ans, de taille ordinaire, mais robuste et cependant fine de ligne, souple et presque élégante d'attaches ; le corsage superbe s'attachait bien à ses épaules opulentes ; la gorge forte seyait à sa taille un peu longue ; le cou gracieux portait bien la tête et avait cette ligne charnelle qu'on nomme dans le peuple « le collier de Vénus ; » sous la peau blanche et diaphane, fraîche, douce au toucher comme le velours, on devinait le sang sain à la clarté du teint. Le nez fin, droit et pur de profil, avait des narines roses qui se dilataient et frémissaient aux impressions de la causerie ; la bouche fraîche, appétissante, aux lèvres un peu épaisses, laissait voir dans le rire qui lui était habituel — avant les deux mois que nous venons de raconter — des gencives roses enchâssant deux rangées de perles d'un blanc nacré ; les yeux étaient admirables, bruns ; le regard était bête, mais d'une vivacité de bavarde ; les cils étaient bruns, les sourcils roux brun, ce qui adoucissait le visage et donnait un air riant au front ; les oreilles étaient toutes petites et d'un rose transparent ; l'ovale court du visage était admirable, encadré par une chevelure brune et soyeuse qui faisait valoir la clarté du teint. Enfin, l'ensemble de ce visage était beau, gai et bon, mais bête, et, nous l'avons dit, Adèle Tussaud était admirablement faite.

Au contraire de bien des femmes, on pouvait lire la pensée dans le regard. Et à l'heure où nous la dépeignons, accoudée, la main dans ses cheveux, en face de la fenêtre par laquelle tombaient sur son visage les derniers rayons du soleil couchant, elle eût ravi plus d'un peintre, « la belle Mme Tussaud, » comme on la désignait au Marais.

Elle rêvait, et sursauta tout à coup en entendant son mari qui clamait :

— Adèle, Adèle, entre donc chez ta fille, va la prévenir que nous montons avec udard.

— Elle dort, répondit aussitôt Mme Tussaud furieuse.

— Elle dort... elle dort... éveille-la, elle n'est pas fatiguée ; elle ne fait que ... et puis c'est elle qui a dit qu'elle voulait qu'on lui menât André lorsqu'il viendrait.

Cette dernière phrase était dite à plus haute voix, presque criée. Tussaud ulait absolument que Houdard, qui était à quelques pas derrière lui, l'entendît.

Il fallait obéir, et Mme Tussaud monta. Cécile était éveillée ; elle avait entendu, avec un ton singulier qui fit retourner la tête à sa mère, elle lui dit :

— Dis-leur de monter.

Quand Houdard entra dans la chambre, Cécile lui tendit la main, et, lorsqu'il la it, il eut un tressaillement : la main de la jeune fille était glacée.

Tussaud et sa femme observaient la scène chacun avec un sentiment différent, aude souriant, Adèle les sourcils froncés. Houdard, qui avait connu Cécile enfant qui la tutoyait, dit :

— Eh bien, Cécile, tu vas mieux enfin...

— Oui, Dieu merci, c'est fini... Et j'ai tenu à vous remercier de vous être formé de moi...

— C'était bien le moins.

Il y eut un silence que Cécile rompit avec peine en disant :

— J'ai été folle, je le regrette bien ; vous ne m'en voulez pas, André ?

Houdard, assez étonné, répondit aussitôt :

— Oh ! ma pauvre enfant, t'en vouloir, tu as tant souffert !

— Voyez-vous, André, ces deux mois-là m'ont bien vieillie. J'ai beaucoup nsé, j'ai été bien malheureuse du mal que j'avais fait à ceux qui m'aimaient... ai compris que j'avais agi comme une petite fille, mes parents avaient raison...

— Tout cela était dit d'un ton saccadé, avec difficulté, comme en faisant s efforts pour parler ; et cependant les trois personnes qui entouraient la jeune le ne le virent pas, tant elles étaient bouleversées par ce qu'elles entendaient ; lèle surtout, Adèle restait bouche béante au pied du lit, regardant sa fille et paraisnt lui entendre parler une langue qu'elle ne comprenait pas. Houdard, assez rpris, dit :

— Mon Dieu, Cécile, j'étais monté pour te voir, et je ne t'aurais pas parlé de ut ça ; c'est toi qui le fais ; alors, je te dirai que tu m'as rendu le plus malheuux des hommes ; cependant j'ai compris et n'ai point blâmé le sentiment qui t'a it agir...

A ces mots le regard de Cécile alla chercher dans celui d'Houdard ce qu'il ulait dire ; il continua :

— Ce sentiment est naturel, tu aimais ailleurs... Je n'ai pas le droit de t'en uloir, je sais les souffrances que l'amour fait endurer, puisque je t'aime et e tu me hais.

— André, vous ne m'en voulez pas, je vous demande pardon de ce qui est arrivé, pardon du scandale, et je suis disposée à tout faire pour le racheter, si vous m'en jugez encore digne.

Houdard la regardait, stupéfait; Claude souriait, mais Adèle s'écria :

— Ah ça, qu'est-ce que tu dis, Cécile?

Tussaud, imposant silence à sa femme, dit aussitôt :

— Adèle, veux-tu me faire le plaisir de te mêler de ce qui te regarde et les laisser s'expliquer?...

Houdard s'avança près de Cécile, cherchant à lire dans son regard; mais celle-ci avait constamment les yeux baissés.

— Cécile, je n'ose te comprendre, je n'ai rien à pardonner, puisque j'ai été la cause involontaire du mal; le scandale, tu sais que j'y attache peu d'importance, je méprise l'opinion publique.

Il sembla à Houdard qu'il avait entendu glisser entre les lèvres de Cécile :

— Oh! oui. Je le sais, cela!

Il se trompait, sans doute, et il continua :

— Cécile, tu es toute pardonnée, parce que je t'aime, et si aujourd'hui, plus raisonnable, tu comprends l'amour que j'ai pour toi, si tu veux tout faire pour racheter ce coup de tête, je te demande de reprendre nos relations où elles en étaient. Hélas! je n'ai plus de raison d'avoir de la jalousie.

Il y eut une crispation sur le visage de la jeune fille.

— Je te sais toujours la plus digne, comme tu es la plus belle... Veux-tu renouer ce mariage brisé?

Cécile mit sa main dans celle d'Houdard et dit simplement avec un gros soupir :

— Oui.

— A la bonne heure, ma Cécile, voilà où je te reconnais, ma fille... C'est toute ma nature; elle fait une boulette, elle le reconnaît, et pas de rancune, pas de fausse honte, elle revient... Oh! ma Zizille, c'est bien ça.

Et Tussaud, qui s'était penché sur sa fille, l'embrassait... André, tout étourdi, en sentant sa main dans sa main, en entendant : Oui, était tombé à genoux, et il embrassait la main de Cécile. Adèle Tussaud, cramponnée au bateau du lit, était comme pétrifiée; elle ne trouvait pas un mot à dire. Après bien des efforts, elle finit par jeter un cri :

— Mais c'est impossible!

Cécile dit aussitôt à son père et à Houdard :

— Retirez-vous, je vous prie. J'ai dit : Oui, et c'est arrêté!... Laissez-moi avec ma mère...

Les deux hommes obéirent, Houdard échangeant un regard avec Adèle, regard qu'elle soutint, furieuse, menaçante. Lorsqu'ils furent sortis, elle s'élança vers sa fille, et, tombant à genoux, fondant en larmes, elle s'écria :

— Cécile! Cécile! mon enfant, je t'en supplie, tu n'épouseras pas cet homme.

— Ne pleure pas, mère... Ne m'en parle plus, c'est arrêté, je l'épouserai.

— Je ne le veux pas... entends-tu... je ne le veux pas; c'est impossible!

— Enfin !... C'est pour de bon, cette fois ; à la santé, mon gendre ! (PAGE 52).

Alors Cécile se pencha sur Adèle et dit, l'embrassant et pleurant :

— Ma pauvre mère !...

Un instant, surprise et émue par les larmes de sa fille, par le ton singulier avec lequel elle venait de lui parler, Adèle regarda son enfant, et, suppliante, elle reprit aussitôt :

— Non, Cécile, non, tu ne peux te marier avec cet homme ; c'est Dieu qui a voulu que tu survécusses à la catastrophe dont il fut la cause. Cécile, un mariage avec cet homme, c'est la mort; non, non, je t'en prie, mon enfant, à genoux, je t'en prie... Tu n'aimes donc plus ta mère.

— Mère, ma résolution est irrévocable... Relève-toi...

— Mais, non! ça n'est pas possible...

Et, tout d'un coup, semblant prendre une résolution héroïque, elle dit :

— Il y va de ta vie; qu'importe-ce que tu penseras de moi, Cécile! Cet homme ne peut pas être ton mari, parce que... cet homme est mon...

A ces mots, Cécile se jeta hors du lit, courut prendre sa mère dans ses bras et, avant qu'elle eût achevé, elle lui plaça la main sur la bouche, en disant à mi-voix :

— Tais-toi... je le sais.

Les yeux hagards, les lèvres tremblantes, de rouge de la honte subitement devenue pâle, Adèle regardait sa fille; elle balbutia :

— Tu le savais?

— Oui!

Adèle Tussaud, écrasée, tomba sur sa chaise, au chevet du lit, — pendant que Cécile se recouchait, — la tête basse, n'osant lever les yeux, elle répétait :

— Elle savait!... On sait donc!

Elle sentit que le bras de sa fille passa autour de son cou, elle l'embrassa... La malheureuse femme pleura, et, toujours évitant le regard de son enfant, elle dit :

— Je suis une misérable, une indigne créature; il faut avoir pitié de moi.

Et elle était lamentable à entendre.

— Non, mère, non! tu es une victime, je le sais... Un jour, sans le vouloir, — je cherchais dans le cabinet où sont nos robes, qui se trouve derrière la chambre, — j'entendis une vive discussion que tu avais avec André; il était question de moi; j'écoutai, j'appris que tu étais l'esclave de cet homme qui tient entre ses mains votre position; je compris dans ce que tu lui dis que tu avais été sa victime par la violence, et qu'il s'était, cependant, assuré ta discrétion et même ta complicité, parce qu'il obligeait mon père; il exigeait de toi, ce jour, de ne plus t'opposer à mon mariage avec lui, et tu dus céder. O mère chérie, j'ai tout entendu et j'ai vu que tu étais la plus malheureuse et la meilleure des femmes, et lui je l'ai jugé. C'est l'être le plus infâme, le plus misérable, le plus odieux.

— Et, ma pauvre enfant, c'est cet homme que tu veux épouser...

— Oui, ma mère... et elle sembla plaisanter en ajoutant, pour te venger peut-être.

— Non... non, je ne veux pas être vengée... le sacrifice de moi-même n'est rien, j'y suis décidée, je ne veux pas que tu souffres de ma faute...

— De ton malheur..., pauvre mère...

— Pour le monde, il n'y aura pas de malheur, c'est une faute!... Non, et, puisque tu sais, je n'ai plus de ménagements à garder, je ne veux pas, entends-tu, je ne veux pas que tu sois la femme de celui qui fut mon amant. Tu n'épouseras pas cet homme.

— Il le faut, mère...

— Et pourquoi donc?

— Pourquoi...? Écoute bien, mère : je pouvais refuser de me marier avec André, out était dit.

— Je l'avais espéré.

— Mais alors, outré de mon refus, il vous abandonnait... C'est moi qui tiens livres chez vous, je connais la situation de notre maison... C'était la faillite, la ne... De plus, c'était le déshonneur pour toi, car, je l'ai entendu, il te menaçait révéler à tous vos relations.

Le visage caché dans ses mains, Adèle sanglotait...

— Ne pleure pas, mère, le temps des épreuves est fini... Je le savais capable écuter ses menaces... Que faire? Un refus amenait tout cela ; ma mort, au traire, l'apitoyait sur vous, et ne fût-ce que pour ne pas être odieux à tous, nt la cause involontaire de ma mort, il ne pouvait vous abandonner... Moi, tu le s, j'aimais Maurice, je lui avais tout dit, il avait été de mon avis, et nous conmes ensemble, ne pouvant nous marier devant les hommes, de nous marier ant Dieu.

Adèle avait relevé la tête et écoutait attentivement sa fille, étonnée de voir un n arrêté, raisonné et exécuté avec une telle force de volonté par celle qu'elle yait encore un enfant.

— Ce n'est pas le matin, c'est le soir en vous quittant que je suis partie d'ici ; ne suis restée dans ma chambre que le temps d'écrire les quelques lignes que s avez trouvées. J'allai retrouver Maurice qui m'attendait place de la Bastille ; il mena chez lui où tout était préparé, nous bûmes le poison, il me mit au doigt e alliance, et nous nous couchâmes...

— Que me dis-tu là? fit Adèle Tussaud étourdie.

— Je me réveillai au matin à l'aube... Maurice était mort... Je ne voulais pas survivre, j'assemblai ce que j'avais de force pour me lever, et je courus me jeter eau... Tu sais le reste.

— Oh! mon Dieu! Et Adèle regardait sa fille sans trouver un mot à dire, la uche demi-ouverte, écoutant, buvant ses paroles.

— Mère, j'étais mariée à Maurice Ferrand, je suis veuve !... et je serai mère...

— Ah! comment, tu es...? oh!

— Tantôt, c'est moi qui avais demandé au médecin de rester seul avec moi ; 'ai consulté sur ce que je redoutais... C'est vrai! ce que tu prenais pour un laise survenant de ma maladie, ces maux de cœur, que tu croyais être les derres traces de l'empoisonnement... ce sont les commencements de ma grossesse...

— Ah! ma pauvre enfant! qu'allons-nous faire? s'écria la mère affolée...

Cécile sourit singulièrement en disant :

— Je te l'ai dit, mère... je vais me marier avec Houdard ; il faut un père à mon ant, il faut que je le venge, *lui*, car c'est à cause d'Houdard que nous avons voulu urir et qu'il est mort.

Adèle Tussaud, assise près du lit de sa fille, les mains croisées sur ses genoux, dait la tête, étourdie par ce qu'elle venait d'apprendre, tandis que Cécile, calme, riait méchamment au plan qu'elle avait arrêté, et semblait visiblement soulagée r l'aveu qu'elle venait de faire.

— Tu le vois, mère, il faut que je me marie... avec Houdard, n'est-ce pas?... C'est bien le moins qu'il élève l'enfant, puisqu'il est la cause qu'il n'a pas de père.

— C'est toi qui as combiné, arrêté tout cela? Tu m'épouvantes...

— Tu verras plus tard, mère; tu ne sais aujourd'hui que la première partie du châtiment que je veux infliger à cet homme... Mère, je suis bien fatiguée maintenant; laisse-moi dormir, il est tard, va les retrouver, et rends mon pauvre père bien heureux en lui disant que tu approuves mon mariage... Bonsoir, maman.

Et elle dit ces derniers mots en enfant, attirant sa mère dans ses bras, et l'embrassant avec amour. Adèle lui rendit ses baisers, lui dit bonsoir, et sortit de la chambre, presque en s'appuyant au mur, toute secouée, toute bouleversée par ce qu'elle venait d'apprendre.

Lorsqu'elle arriva dans la salle à manger, Houdard et Tussaud buvaient un verre de fine eau-de-vie; ce dernier lui dit :

— Eh bien, est-ce que tu vas maintenant t'opposer à la volonté de cette enfant?

Le regard d'Houdard la cherchait; elle le regarda en souriant et dit :

— Non, au contraire... nous avons causé sérieusement, et j'ai vu que cette fois elle était absolument décidée. Aujourd'hui ce n'est plus un sacrifice, au contraire; après ce qui s'est passé elle a hâte d'être mariée, je l'approuve.

Houdard en fut tout interdit, et Tussaud, trinquant avec lui, dit joyeusement :

— Enfin!... c'est pour de bon, cette fois; à ta santé, mon gendre!

IX

HOUDARD EST INQUIET DE SON BONHEUR.

On juge facilement de l'étonnement que produisit sur chacun des gens du quartier la nouvelle que le mariage de la charmante Cécile Tussaud avec la Rosse était repris à nouveau, et ce n'était pas un petit scandale après celui qu'il y avait déjà eu. Cette fois, tout ce que la méchanceté, la jalousie peuvent mettre de venin aux lèvres des bavardes se répandit : « On savait bien que tout cela n'était qu'une comédie, et peut-être même Cécile l'avait-elle jouée pour se débarrasser de son ancien amant, et même rien ne prouvait que, depuis quelque temps, Houdard n'était pas l'amant préféré, que ce n'était pas lui, connu pour être capable de tout, qui avait combiné tout cela. »

Enfin Cécile épousait Houdard, et Cécile était jolie, et on savait qui Houdard était; non, cela était incroyable, et toutes les vieilles filles restées pour compte aux parents, et toutes les bossues, les borgnes, les bancales, tous les laiderons qui mouraient de consomption devant les étalages de marchands de fleurs d'oranger, clamaient une jolie chanson sur la belle et jeune épouse... La vérité était assez cruelle, elles l'ignoraient, et leurs inventions la dépassaient et bien au delà; si elles l'avaient sue, qu'auraient-elles dit?

La maison de la rue Saint-François avait repris l'allure qu'elle avait au début de cette histoire; ce n'était plus dans l'intérieur qu'un va-et-vient de couturières et de lingères... et cette fois, ainsi que le disait Tussaud :

— J'y vais tranquillement; je bâtis sur du solide; je suis sûr de ma fille, un vrai caractère; c'est long à se décider, mais une fois que ça y est... c'est tout d'une pièce, et quand ça vous promet quelque chose on est certain de l'avoir.

Cécile était étonnamment changée, et seule, sa mère le remarquait; son charmant visage était toujours sévère, mais parfois un rayon de gaieté, gaieté singulière, déchirait le voile; éclat nerveux, saccadé, dont l'exagération vous stupéfiait; elle riait si largement de choses absurdes qu'on se demandait si la jeune fille qu'on avait jugée spirituelle dans son bagout de petite enfant gâtée, n'était pas une grande niaise imbécile. Seule, sa mère savait, et cette gaieté factice d'une heure à laquelle succédaient des journées de tristesse et des nuits d'insomnie, l'effrayait. Adèle était triste, mais on attribuait son état à la jalousie qu'elle éprouvait de voir Houdard adorer sa fille.

Houdard avait été souvent surpris de ces accès de gaieté, et, se souvenant des dernières phrases que lui avait adressées Cécile la veille de sa tentative de suicide, il devenait rêveur. Cécile, on s'en souvient, avait répondu le soir, au moment de quitter Houdard qui lui disait :

— Voyons, ma belle petite Cécile, tout est bien arrêté maintenant, demain nous nous marions... tu n'auras pas un sourire?

— Je vous ai dit, monsieur André, qu'habituée à l'obéissance envers mon père et ma mère, j'obéirai à tout ce qu'ils croient être le bien pour moi. Mais je vous ai dit, à vous, les sentiments que vous m'inspiriez ; il vous plaît de passer outre, vous serez responsable de ce qui peut arriver.

Ces mots, dits avec calme, avaient amené un mauvais sourire sur les lèvres d'André Houdard ; il avait eu un éclair menaçant dans les yeux, puis il avait haussé les épaules. Mais, à cette heure, la phrase revenait sans cesse lui rougir le front ; est-ce que, vaincue par le sort qui dans sa tentative mortelle n'avait pas voulu la servir, acceptant stoïquement la situation que voulait son père, « habituée à l'obéissance, » elle ne se marierait pas pour en finir, mais avec l'idée d'exécuter sa menace : « Vous serez responsable de ce qui peut arriver? » Houdard était tourmenté par cette pensée à ce point que lorsque Cécile, tout à fait rétablie, assise près de la fenêtre, occupée à quelque travail de couture, ne le voyait pas, il la regardait avec admiration, avec amour, puis peu à peu le front se plissait, il avait peur, et Tussaud, le surprenant ainsi, s'écriait :

— Ah ça, André, qu'est-ce que tu as? est-ce que tu deviens malade?

Cécile relevait la tête. Houdard lui souriait, elle lui rendait un sourire triste, et reprenait son travail.

Cela tracassait la Rosse, et la veille du mariage il résolut d'avoir une explication avec sa fiancée.

Cécile était dans l'embrasure de la fenêtre, Tussaud faisait la paye à ses ouvriers. Mme Tussaud préparait les toilettes du lendemain, Houdard embarrassé, gêné, prit un siège et vint se placer près de sa fiancée ; un tressaillement qu'il ne vit pas, secoua le corps de la jeune fille... Il était très embarrassé pour parler. Cécile ne lui était pas familière, il était content près d'elle; amour puissant, mais mal venu, conscient de sa naissance immorale, il était honteux et n'osait se faire voir; l'homme n'avait donc que le côté matériel du fait, la passion ne l'animait pas, l'amour heureux ne l'exaltait pas, et il se sentait bête. Houdard fit un effort :

— C'est demain, Cécile... enfin... Si tu savais combien je voudrais que cette journée fût passée...

— Pourquoi? demanda Cécile calme, et sans lever la tête.

— J'ai tant souffert, il y a deux mois... j'ai peur maintenant.

— Mais, monsieur Houdard, je vous ai dit, cette fois, que vous aviez ma parole, et je vous l'avais refusée alors...

— C'est vrai! et je sais bien que tu n'as qu'une parole... C'est justement pour cela que je voudrais te parler.

Cécile releva la tête, son grand œil calme se fixa sur Houdard et l'embarrassa.

— Vous voulez me parler pour ça ? dit-elle.

— Oui.

— Je vous écoute.

— Tu as été si sévère avec moi, si cruelle, l'autre fois, que je me demande si aujourd'hui ce n'est pas à une volonté que tu obéis en acceptant sans résistance ce que tu repoussais si durement avant.

— Oui, j'obéis à une volonté.

— Hein!

— La mienne! je vous ai dit tout cela, Houdard, le jour où je vous ai demandé pardon.

— Aujourd'hui rien ne te force?

— Non, rien que la raison...

— Mon Dieu! ma chère Cécile, — et en disant cela il cherchait à prendre sa main; la jeune fille feignit de ne pas voir le mouvement et se remit à coudre, — je sais bien que ce n'est pas l'amour qui t'entraîne vers moi, tu n'es pas à l'âge où l'on sait ce qu'est l'amour... l'amour des petites filles te fera rire plus tard.

— Ah! fit Cécile calme.

— Oui, ça n'est pas ça, l'amour.

Houdard sentit qu'il disait des bêtises, des niaiseries, et n'arrivait pas à demander ce qu'il voulait. Il y eut un silence, que Cécile se garda bien de rompre, devinant la gêne et l'embarras d'Houdard.

— Enfin, tu te maries aujourd'hui de ton plein gré?

— Absolument.

— Tu n'as pas de regret?

— Mais non; pourquoi me demandez-vous ça?

— Écoute, Cécile, parce que j'ai peur.

— Peur! et de quoi?

— Tu n'es plus la même... Tu es presque toujours sombre; puis tout d'un coup, pour la moindre des choses, tu deviens gaie, d'une gaieté qui fait mal...

— Oui, vous avez raison, c'est ma maladie qui est cause de cela; mais, ajouta-t-elle feignant de croire que c'était à propros de sa tenue le lendemain qu'il lui parlait, soyez tranquille, André, demain je ferai bien attention, je ne serai plus sombre, je serai gaie, bien franchement gaie.

— Enfin, tu ne feras pas d'efforts?

— Mais non!

— Je t'aime tant, Cécile, maintenant, je crains que tu ne sois tourmentée...

— Je vous assure, fit-elle encore avec son sourire singulier, que demain, je serai très gaie, très heureuse. J'aurai fait ce que je veux... Vous entendez, André, ce que je veux.

Et elle le regarda, et les yeux d'Houdard voulurent lire dans les siens si ces mots ne signifiaient pas autre chose; elle soutint le regard avec calme et en souriant, et Houdard se leva dépité, presque furieux, grognant entre ses dents :

— Qu'est-ce que ça veut dire ?

Mais il se rassura bien vite; après tout, que pouvait-il advenir? Cécile était une brave et honnête fille, incapable de toutes vilenies; si un jour entraînée dans un amour de petite fille, elle avait été un peu loin, non seulement sauvée de la catastrophe, elle était vivement revenue à elle, mais au contraire, il semblait que cela lui avait servi de leçon, et l'avait rendue plus douce et plus souple. La réflexion le rassurait sur Cécile; il n'en était pas de même lorsqu'il voulait s'expliquer la conduite d'Adèle Tussaud : quelle raison avait pu transformer aussi radicalement ses idées? quel mobile la faisait agir après avoir été si sévère avec lui? d'où venait cette souplesse? Il se souvenait de la scène odieuse du matin du mariage; il se rappelait la fauve farouche qu'il avait eue devant lui, l'injuriant, le menaçant et ne baissant la voix presque que sous les coups. Il entendait encore ses déclarations lorsqu'elle disait préférer voir sa fille morte que la voir entre les bras d'un tel époux. A cela, il ne trouvait qu'une réponse, c'est que Cécile avait imposé sa volonté à sa mère; et cela lui plaisait à penser. Alors il se trouvait non gêné, mais tremblant de ne plus sentir la résistance accoutumée, comme le tireur à l'épée, ne sentant plus le fer de l'adversaire, craint à chaque seconde d'être touché. Il allait en aveugle, entraîné si doucement, si facilement, qu'il n'osait y croire.

Le lendemain, la rue Saint-François était littéralement impraticable, à cause de la foule qui stationnait devant la porte et autour des voitures, attendant pour voir monter en voiture « la jeune fille qui s'était jetée à l'eau ; » et c'est là qu'il fallait en entendre de belles; c'est là que de nouvelles légendes couraient; il suffisait de les entendre pour être à jamais dégoûté du mariage. Au contraire de ce qu'on aurait pu croire, les invités étaient plus nombreux. Les Tussaud s'étaient bien promis de faire une noce intime après ce qui était arrivé, se bornant à inviter les proches parents et les vieux amis; mais alors ils avaient été tourmentés par des réclamations, les demandes d'invitation venaient de tous les côtés, et il fallait accepter, car Tussaud disait :

— Quand on est dans les affaires, on est bien forcé de n'y pas regarder; et puis, vous savez, ça me fait plaisir de voir l'intérêt qu'on nous porte.

La vérité, c'était que le mariage si rapidement renoué étonnait tout le monde; comme pendant la maladie de Cécile on avait été très discret, on flairait un mystère, on espérait qu'il se passerait quelque chose d'extraordinaire, on voulait voir, on prenait ses billets; on voulait, dans l'espérance d'un scandale, pouvoir dire plus tard : J'y étais.

Les voitures de grande remise étaient superbes; elles avaient presque des allures de voitures de maître, n'étaient les grands diables de chevaux, qui remplaçaient en hauteur la maigreur de leurs flancs; les oreilles étaient un peu tombantes, les dents usées jusqu'aux gencives, les genoux un peu fléchissants; mais quels harnais! que de fleurs d'oranger! et les cochers, comme ils flairaient bien le monde bon enfant, où l'on place à côté d'eux un bon jeune homme qui vous offre des cigares et fait passer le temps par une agréable conversation. Ils avaient des bonnes faces réjouies, qui tranchaient sur leur cravate blanche, comme des guignes sur de la crème.

Lorsque le garçon d'honneur fit avancer la voiture de la mariée, ce fut un brouhaha, une bousculade que contenaient à peine les mouvements et les piaffements des chevaux. Toutes les têtes se tendirent, les yeux guettèrent, les lèvres étaient tremblantes; on allait pouvoir médire, assurément, et c'est le fiel qui les rendait si luisantes.

Cécile parut, les yeux modestement baissés, sans embarras, gracieuse dans sa toilette d'un jour, éclatante de beauté dans son grand voile levé sur sa tête; le ton de sa chair était admirable dans ce blanc laiteux, ses cheveux semblaient d'un noir étrange, et de toutes ces lèvres, où pendaient la haine, la jalousie, l'envie, une seule exclamation s'échappa; un cri d'admiration :

— Oh! qu'elle est belle!

Cécile, élégante en chacun de ses mouvements, monta dans la voiture, paraissant n'avoir pas entendu et n'avoir rien vu autour d'elle; pour un observateur attentif, on eût pu croire qu'elle marchait dans un rêve, isolée, seule au milieu de ce monde; elle allait se marier avec un fiancé imaginaire, tous ceux qui l'entouraient étaient des comparses, elle seule voyait.

Ce cri d'admiration échappé, il serait payé, on pouvait en être sûr; ah! on ne pouvait pas l'attaquer au physique! Laissez partir les voitures, et glissez-vous dans le groupe, et vous verrez ce qu'on dit du moral.

Les parents montèrent, et la voiture tourna au pas le coin de la rue pour attendre les autres, toujours enveloppée de curieux; les femmes seraient volontiers montées sur le marchepied, auraient passé leur tête par la portière pour mieux voir... ou pour essayer de mordre; les hommes regardaient la mariée; ils avaient de l'humidité dans le regard, et d'un clignement d'yeux significatif indiquaient une pensée que nous nous abstiendrons de traduire ici.

Quand le marié monta en voiture, ce fut encore, de la part des femmes, un petit cri admiratif, tout joyeux, que quelques-unes exclamèrent effrontément assez haut, avec l'intention d'être entendues et remarquées...

Enfin le cortège se mit en route vers la mairie; lorsque les deux fiancés placés devant le bureau du maire se levèrent pour la cérémonie, il y eut une petite bousculade parmi les invités; on espérait que le petit scandale allait avoir lieu; mais tout se passa pour le mieux, et on entendit très distinctement les deux : oui, des époux. Il y eut une petite désillusion; on n'espérait rien pour l'église; c'était donc le soir seulement qu'il y aurait quelque chose.

—Si votre main me touche, je vous brûle la cervelle (PAGE 64).

On se rendit à l'église; le prêtre unissait les deux époux lorsque tout à coup un mouvement se produisit; tout le monde se pencha pour regarder; plusieurs des invités sortirent même des rangs pour mieux voir. On n'entendait rien, mais assurément il se passait quelque chose. Et voyez quel guignon : à l'église, juste le lieu où décemment on ne pouvait quitter sa place pour se rapprocher des époux, les acteurs, à cette heure, de la comédie que les invités féroces venaient voir.

Il y avait un bruit incroyable dans l'église, que la voix de l'orgue couvrit heureusement; les frou-frou de soie, les heurtements de chaises, les livres de messe qui tombaient et le bourdonnement de cette phrase qu'on se disait à mi-voix :

— Qu'y a-t-il? qu'y a-t-il?

Il y en avait même qui, s'oubliant, disaient effrontément à leurs voisins :

— Ah! c'est maintenant; c'est maintenant!

Heureusement, nous l'avons dit, la voix puissante de l'orgue chantait le jour de l'heureux hymen.

Il se passait véritablement quelque chose, car les époux étaient debout devant le prêtre et celui-ci, semblant tout décontenancé, les regardait l'un et l'autre. André, droit devant Cécile, le front plissé, semblait l'interroger, et celle-ci, calme, ne paraissait pas l'entendre.

Ce qui se passait était des plus simples, le prêtre accomplissait son œuvre, et on était au moment où les époux se glissent au doigt l'anneau nuptial. Cécile, toujours isolée au milieu de sa noce, se trouvant par sa volonté dans un mariage imaginaire où Maurice vivant était son fiancé, les yeux mi-clos, évoquait la mémoire de son cher mort. Lorsque Houdard dut lui passer au doigt l'anneau nuptial, sans tourner la tête elle tendit la main. Houdard, heureux depuis le matin, satisfait enfin dans son rêve, prit le bout des doigts de celle qui était désormais sa femme; souriant, il regardait la main blanche et fine de Cécile; il allait glisser l'anneau, lorsqu'il vit une large alliance; étonné, il lui dit tout bas :

— Cécile, retire cet anneau.

Cécile tourna la tête et le regarda d'une telle façon, avec un tel air de mépris, qu'il en eut un tressaillement.

Alors, le sourcil froncé, il prit le doigt et essaya d'en arracher l'anneau, en disant, d'une voix que Cécile seule pouvait entendre :

— Qu'est cela?

Cécile retira vivement sa main, craignant déjà que l'alliance ne fût souillée par le toucher d'Houdard, et elle ferma la main, en disant bas :

— C'est l'alliance de celui dont je suis veuve.

Houdard était stupéfait, comme pétrifié. Le prêtre, en voyant Cécile retirer sa main, en voyant un anneau brillant de neuf à son doigt, crut la petite cérémonie accomplie; et, avec la tranquillité indifférente de ceux qui se chargent de prier pour les autres, il continua... Heureusement, on s'asseyait; il était temps, André s'écroula sur sa chaise.

Anéanti, livide, dans la grande église pleine de monde, il ne voyait plus. Que voulait donc dire cette phrase qui bourdonnait à son oreille, et quel rôle comptait donc jouer dans son ménage celle qui lui avait répondu ainsi? Si c'eût été en tout autre lieu, une explication immédiate aurait suivi; il tenait toujours dans ses mains gantées l'alliance et ne savait comment la cacher au regard de tous; il lui semblait que tout le monde regardait sa main. Il ne pouvait savoir combien les femmes étaient dépitées; car, effectivement, au moment de la remise de l'alliance, toutes s'étaient penchées afin de voir si l'anneau glissait plus bas que la dernière phalange, ce qui indique, paraît-il, que la femme sera la maîtresse à la maison. Et elles n'avaient rien vu et moins deviné encore, puis le petit scandale attendu ne s'était pas encore produit. Cependant on trouvait que monsieur le marié faisait une drôle de tête. Sentant les regards peser sur lui, André se dompta ; en cherchant son mouchoir, il cacha l'alliance ; il épongea son front où la sueur perlait, et, ne voulant pas ajouter le ridicule à sa situation anxieuse, il sourit et tourna la tête pour adresser un bonjour de tête aux quelques amis qui se trouvaient le plus près de lui.

La cérémonie était terminée ; il prit le bras de sa femme et sortit de l'église, suivi de tous les invités, lesquels, sous le portique, lui adressaient leurs plus *sincères* (!) compliments et félicitations.

Il conduisit Cécile à la voiture et monta près d'elle, accompagné de la demoiselle d'honneur et d'Adèle Tussaud.

André n'était pas un niais ; de plus, André était un fort qui savait, lorsqu'il le fallait, obliger les muscles de sa face à sourire quand son âme était en deuil ; il affecta dans la voiture d'être l'homme le plus heureux de la terre, entièrement occupé de sa jeune femme, aux petits soins pour elle, soutenant son bouquet, disposant les plis de sa robe, s'informant si les émotions ressenties ne risquaient pas de la rendre souffrante ; il n'y avait pas si longtemps qu'elle était tout à fait convalescente !

Aussi, ceux qui étaient venus pour la première du scandale commençaient-ils à tout oublier et à prendre définitivement le parti de s'amuser. On trouva qu'Houdard valait beaucoup mieux que sa réputation, qu'il était très « comme il faut, » très galant auprès des dames, plein de passion et de réserve, de bon goût avec la jeune mariée. Cécile, de l'avis de tous, était adorable ; elle avait eu un sourire aimable pour tout le monde. Il y en avait bien qui trouvaient que ce sourire, c'était bien un peu niais ; mais enfin toutes ces dames avaient passé par là et connaissaient l'embarras de la situation. Adèle était visiblement mal à l'aise ; on ne se gênait pas pour le remarquer et le faire remarquer. Tussaud était radieux ; il avait déchiré deux paires de gants à force de donner des poignées de main, et s'était même enroué à force de raconter à tous la joie qu'il éprouvait ; cela devenait presque une habitude.

André avait cherché à rencontrer le regard de Cécile ; celle-ci ne l'avait pas évité, et ses grands yeux calmes avaient soutenu le regard d'Houdard, absolument étourdi et se demandant si elle n'avait pas conscience de ce qu'elle avait dit. C'était encore un caprice d'enfant, c'était probable !

Quand Maurice et Cécile s'étaient juré de mourir ensemble, alors peut-être ils avaient échangé un anneau d'or ; le pauvre garçon n'existait plus, et n'était-il pas tout naturel qu'elle rendît à la mémoire de celui qui était mort pour elle le culte du souvenir. Et Houdard se disait alors qu'il était bien ridicule à elle d'avoir choisi ce jour pour mettre cet anneau à son doigt, car il en était absolument certain, Cécile n'avait ordinairement jamais de bague au doigt.

« Enfin, le plus simple, concluait-il, est de me taire, de m'occuper absolument de nos invités, et rentrés chez nous, seuls, d'avoir quelques mots d'explication dans lesquels, tout en n'attaquant pas son culte des morts, je réclamerai le respect des vivants. »

Ceci une fois arrêté dans son cerveau, plus calme, il revint tout entier à ses invités, et ce ne fut, de la part des dames, qu'un concert de louanges.

— Mais il est charmant, M. André.

— Quel galant homme!

— Ce sera assurément le meilleur des maris.

La partie masculine de la noce, pendant que les voitures conduisaient les dames faire le tour du lac au bois de Boulogne, se répandit dans les deux ou trois cafés qui environnaient le restaurant, pour jouer l'absinthe en trente points au billard.

Aucun incident ne survint; les dames revinrent du bois; on envoya les enfants au rappel des époux, on se mit à table; et le repas terminé, on se prépara pour le bal. Décidément il ne devait y avoir aucun scandale, « *il fallait en faire son deuil,* » ainsi que le disait la charmante Mme Boulon, ancienne maison Rebord, la fabricante de mouvements de pendule, une petite blonde aux yeux bleus, la douceur même, qui en était à son troisième mari, et qui donnait des conseils sur le cérémonial, car elle avait passé par là, Dieu merci. Elle avait une page de son carnet pleine des adresses des gens dont on a besoin lors d'un mariage, et elle disait: « Il faut toujours conserver ça; on ne sait pas ce qui peut arriver. » On dansa. A mesure que l'heure avançait, Mme Tussaud souffrait visiblement; sans cesse autour de sa fille, elle lui parlait bas. Que disait-elle? Et chaque fois Cécile souriait et semblait la rassurer.

Pour ne pas troubler le bal, la blonde Mme Boulon, ancienne maison Rebord, conseilla de faire partir les mariés vers trois heures sans rien dire; cela se passe toujours ainsi, elle l'assurait, parce que lorsqu'on s'aperçoit qu'ils ne sont plus là, « ça jette un froid. » Tussaud approuva, et à trois heures du matin Mme Tussaud reconduisait sa fille à sa voiture.

Là encore Mme Boulon, ancienne maison Rebord, avait donné un conseil et elle dit à Adèle qu'elle avait tort de ne pas la suivre. Adèle devait accompagner sa fille jusqu'à la chambre nuptiale; la mère de la mariée et la mère du marié doivent assister à la toilette de nuit, afin de montrer à la famille de l'époux « qu'on a du beau linge; » Adèle avait laissé partir sa fille seule avec son mari: c'était une faute capitale. Adèle eut beau dire que sa fille l'avait exigé ainsi, Mme Boulon, de l'ancienne maison Rebord, son premier, n'avait jamais agi autrement dans cette heureuse circonstance de la vie...

C'était effectivement Cécile qui résolument avait dit à sa mère:

— Laisse-moi maintenant, mère... je veux être seule avec lui.

Et Adèle souffrante était remontée.

Une fois dans la voiture, seul avec sa femme, Houdard lui prit doucement la main. Cécile la lui abandonna, et attirant la jeune fille sur lui, il dit:

— Ma chère Cécile, j'ai bien souffert aujourd'hui; je me suis tu pour le monde qui nous entourait et pour le lieu où nous étions; maintenant, que nous sommes seuls, je crois que nous devons, à ce sujet, avoir une explication.

— Je suis de votre avis, André; vous voulez une explication, elle sera courte...

— Tu garderas cet anneau, si tu veux, non à ton doigt cependant; si tu...

— Ne continuez pas. Je garderai cet anneau, et je le garderai seul...

— Que dis-tu là? fit-il doucement... Maintenant nous sommes mariés, tu es ma femme.

— Pour le monde qui nous entourait, oui ; mais seulement ainsi.

— Hein ! Qu'est-ce que cela veut dire ?

— Mon Dieu, ce que je veux dire est simple, je ne serai jamais la femme du misérable qui, par force, devint l'amant de ma mère.

— Oh ! exclama André stupéfait, la regardant la bouche béante, le regard hébété.

Cécile était calme, elle avait parlé sans emportement, en appuyant sur chaque mot ; André venait enfin de comprendre la docilité de la jeune fille, le changement opéré en elle ; au ton dont elle avait parlé il avait compris un plan arrêté qu'on exécutait ; on se vengeait. Il avait eu honte une minute, mais il revint aussitôt à la situation ; il dit, les dents serrées :

— Ah ! ta mère t'a raconté ça ? Elle dirige bien ton éducation !... Et enfin, arrivons vite au but, tu dis que tu ne seras pas ma femme ; que comptes-tu faire ?...

— Je n'ai pas besoin de m'expliquer pour que vous me compreniez. Nous sommes mariés pour tout le monde, cela suffit au but que je voulais atteindre.

— Enfin, si tu avais un si grand mépris de celui que ta mère t'a déclaré avoir été son amant, il ne fallait pas te marier ; tu ne peux dire cette fois que je t'ai violentée...

— Je sais que j'étais le prix d'un immonde marché ; c'était la ruine de mon père, si après avoir commis l'infamie vous n'aviez pas eu la fille.

On luttait contre la Rosse ; aussitôt il se redressait, et sa mauvaise nature reprenait le dessus ; il dit en riant cyniquement :

— Et maintenant, ma petite, tu penses que si tu n'es ma femme que pour te ficher de moi, je vais aider la maison Adèle Tussaud et Cie à se relever ?

— Aujourd'hui j'ai, de par la loi, autant de bien que vous.

— Tu crois ça ?

— Je le sais.

— Mais dis donc, pour une jeune fille, tu sais bien faire tes petites affaires... En somme, voici ce que ton petit cerveau a arrêté : en raison de ce que maman m'a conté qu'André était un misérable qui avait abusé d'elle, moi je vais venger maman ; je me marie avec lui, je n'ai rien que ma famille à ma charge, lui a de l'argent ; le lendemain de mon mariage, je suis aussi riche que lui, et je peux disposer du bien que mon mari m'apporte en faveur des parents qui ont comploté avec moi cette petite affaire bien délicate. Maintenant, moi, je suis trop honnête fille pour avoir des relations avec un monsieur qui a été l'amant de maman... Donc je me marie, et le soir de mes noces mon mari rentrera chez lui et moi chez moi...

— Vous venez absolument de dire ce que j'ai arrêté.

— Et tu t'es dit naturellement : cela va aller tout seul, Houdard est un grand dadais dont on a peur, mais moi, je le dompterai, je le mènerai...

— Je me suis encore dit cela, fit tranquillement Cécile...

— Ah ! mais tu as oublié une chose, Cécile, c'est que lorsque les petites filles ne sont pas sages, on leur donne le fouet, quand elles ne veulent pas marcher on les conduit..., et je vais être obligé de te conduire ainsi... Tu ne crois pas que cela va durer ; mon Dieu, tout cela est très original, c'est jusqu'à un certain point amusant... ; mais, avant d'en venir aux choses sérieuses, je te prie de m'écouter

— Je vous écoute.

— Il a plu à ta mère de te raconter une chose qui, même si elle était vraie, n'aurait jamais dû sortir de ses lèvres, surtout pour s'adresser à toi ; je ne sais à quel but elle tend, mais cela est faux, je n'ai jamais été l'amant de ta mère...

Cécile le regarda et haussa imperceptiblement les épaules ; puis elle dit :

— Vous avez encore un sentiment de pudeur que j'apprécie... mais je sais, monsieur Houdard, que vous n'avez pas été l'amant de ma mère, vous avez été un misérable, vous en avez fait votre victime...

— Elle a raconté...

— Ma mère ne m'a rien dit ; c'est moi qui vous ai surpris un jour la torturant, l'outrageant, pour obtenir d'elle son consentement à l'union honteuse que nous avons contractée aujourd'hui...

— Allons, c'est bon ! si tu as vu, tant pis ; finissons cette comédie, il est trop tard maintenant, c'est ce matin qu'il fallait réfléchir... et, s'il le faut, mademoiselle ma femme... vous aussi vous serez ma victime...

Cécile ne répondit pas ; elle semblait calme, absolument tranquille, et c'est ce qui exaspérait Houdard ; elle paraissait certaine de le dompter ; celui-ci haussa les épaules, disant :

— Mais elle serait très drôle celle-là, si j'y voulais souscrire... Tu as lu ça dans un roman, la jeune fille mariée, restant sous le toit de son mari, chaste et pure... C'est donc la raison de cette insistance à avoir deux chambres, moi qui croyais voir là le rêve d'une petite bourgeoise que le mariage enrichit, qui, voulant en garder toute la poésie, craint que son mari ne la surprenne dans un négligé qui l'enlaidirait... Ce n'était pas un caprice d'enfant, c'était un plan, la chambre de mademoiselle-madame Houdard... Ma pauvre Cécile, il faut descendre des nuages où tu rêves, il faut venir dans la lourde réalité. Tu seras madame Houdard, une bonne femme de ménage qui s'endormira chaque soir dans les bras de son époux, tu feras comme tout le monde...

La voiture s'arrêtait, il lui dit en se moquant d'elle :

— Nous sommes arrivés au lieu du supplice, veux-tu descendre ?...

Cécile haussa dédaigneusement les épaules en se disposant à descendre, et elle dit :

— Faites-moi la grâce de ne pas mêler le cocher à notre explication...

Il se tut et lui tendit la main ; elle descendit s'enveloppant dans la grande pelisse dont sa mère l'avait couverte en sortant du restaurant, et elle prit un petit sac de cuir qui, sans doute, contenait quelques objets habituels. Elle s'appuyait sur sa main, et, la tête près de la sienne, elle dit tout bas.

— Je vous ai dit que pour le monde je veux être la femme que vous rêviez.

Houdard haussa les épaules, éclata de rire et lui tendant le bras, qu'elle prit :

— Allons, viens, Zizille...

Le concierge de la maison avait veillé pour attendre le retour des mariés; il avait mis des tapis dans l'escalier jusqu'à la porte des époux, et avait éclairé luxueusement. Il salua les deux nouveaux époux qui montaient, Cécile appuyée sur le bras d'Houdard et un peu penchée sur lui ; lorsqu'ils furent au premier étage, la concierge dit à son mari :

— Elle est très jolie et elle a l'air de bien l'aimer... Ça fera un bon ménage.

— C'est un si bon garçon... Toutes les femmes que nous lui avons vues en raffolent.

André avait ouvert l'appartement, ils étaient entrés, et il dirigeait sa femme vers sa chambre. Lorsqu'ils y furent, Houdard s'assit dans un fauteuil et dit en riant :

— Maintenant, voici ta chambre, et sérieusement, ma Zizille, tâche de me mettre à la porte.

— Oui, fit-elle simplement, c'est la première et la dernière fois que vous y entrez.

Houdard la regarda, se demandant si décidément il ne lui était pas resté quelque chose de sa maladie. Enfin il lui dit avec douceur :

— Voyons, Cécile, il faut parler raisonnablement, maintenant que nous sommes seuls, libres et chez nous. Je me suis marié pour avoir une bonne femme de ménage, et, je l'espère, une bonne mère de famille...

Cécile était devant sa glace et détachait sa couronne; elle tourna nonchalamment la taille, adorable dans ce mouvement qui levait au-dessus de sa tête ses bras nus, et elle répondit avec un calme stupéfiant sans se presser, doucement — un couteau qu'on enfonce lentement, elle répondit :

— Pour le monde, je serai tout cela... Voyez-vous, André, j'ai juré sur le corps du seul homme que j'aie aimé et que j'aimerai, de n'être qu'à lui ; je suis veuve, André, et, dans six mois, je serai mère...

Le visage d'André s'était tout à coup transformé ; menaçant, effrayant, il bondit vers elle en s'écriant :

— Que dis-tu là ?... Tu mens ?...

Cécile se dressa, et, regardant résolument Houdard, elle répondit :

— Mais, non, je ne mens pas ; je suis veuve... L'anneau que vous avez voulu m'arracher du doigt est l'alliance que m'a donnée Maurice la nuit de notre union. Il y a trois mois, lorsque je vous quittai, vous disant : « Ne vous en prenez qu'à vous de ce qui adviendra, » j'avais juré que je ne serais qu'à Maurice. Je sortis le soir, j'allai le retrouver chez lui et je me donnai à lui... Vous savez le reste... Dans six mois, je vous le répète, je serai mère !

Devant ce calme effronté, devant cette transformation de la petite fille qu'il connaissait en femme audacieuse, Houdard restait pétrifié. Il s'était élancé furieux, menaçant, presque la main levée, et il restait à sa place, sans force, écrasé par ce qu'il venait d'entendre. On s'était moqué de lui ! Il était maintenant uni à tout jamais avec une fille qui apportait à son foyer l'enfant d'un autre.

— Et tu as pensé que je ne me révolterais pas ; tu as pensé que j'accepterais cette situation ?

— Il le faut bien !

— Tu ne t'es pas dit qu'aujourd'hui ma femme, ma chose à moi, j'abuserais des droits que j'avais sur toi ?

— Je suis certaine que vous n'en ferez rien...

— Je t'étranglerai, toi, entends-tu... et si cet enfant doit voir le jour, je lui briserai le crâne sur le mur.

— Vous me respecterez, monsieur Houdard... Et en disant ces mots elle ouvrait le petit sac de cuir qu'elle avait apporté avec elle.

— Tu es ma femme et puisque je n'ai plus de respect à avoir pour toi, puisque je puis te traiter comme une fille que tu es, allons, allons, déshabillons-nous, arrache cette robe, ce bouquet... Tu payeras en mépris cette honte... Allons, vite, dépêchons.

Houdard s'était redressé, la bouche méchante, l'œil allumé; il avait d'un coup arraché sa cravate blanche et les boutons de son col qui l'étranglait; les poings serrés, la tête en avant, il avançait sur Cécile; il levait déjà la main, lorsque celle-ci tirant de son sac un petit revolver, lui en plaça le canon devant les yeux en disant, d'un ton qui ne permettait pas de se faire illusion :

— Si votre main me touche je vous brûle la cervelle.

Houdard eut un mouvement de corps en arrière; dix secondes au moins il resta sous la menace de l'arme, puis ses bras tombèrent le long de son corps et sa tête pencha sur sa poitrine... Cécile dit encore :

— Monsieur Houdard, vous avez amené chez nous le malheur et la honte, je vous le rends aujourd'hui. Vous avez brisé ma vie, eh bien ! j'ai brisé la vôtre; nous sommes attachés l'un à l'autre, et là où vous vouliez l'affection, vous ne trouverez que la haine; je serai votre remords de chaque heure, votre châtiment de chaque jour... Votre orgueil sera abaissé, je vous savais lâche, puisque vous vous attaquez aux femmes, et j'étais sûre de vous dompter, moi, qui ai le courage qui vous manque, moi, qui ai le mépris de la vie... C'est à cause de vous que Maurice est mort, que son enfant se serait trouvé sans père; il est bien juste que vous lui rendiez la famille et le nom que vous lui avez retirés, fils légitime quand même et quoi que vous puissiez dire. Si vous avez le courage, ou plutôt le cynisme, de plaider en séparation, mon enfant sera le vôtre, nous sommes mariés en communauté et vous serez forcé de lui donner une part de votre fortune... C'est vous qui avez fait chasser Maurice de chez mon père et vous serez forcé de vous occuper de son fils, de faire son éducation... Maintenant, monsieur Houdard, il est tard, je vous prie de vous retirer chez vous...

Et, en parlant, Cécile jouait avec son petit revolver. La tête basse, les yeux grands ouverts et ne voyant pas, Houdard restait au milieu de la chambre; c'est à peine s'il pouvait comprendre; il sentait de grosses gouttes de sueur couler sur son visage. Une chaleur lourde montait de sa poitrine et envahissait le cou. Il était gêné pour respirer et son cerveau s'enveloppait; c'était comme une congestion. Il était absolument écrasé; il s'appuya au dossier d'un fauteuil et se recula à petits pas. Il répétait sans cesse tout bas les mêmes mots :

— Maurice était son amant...

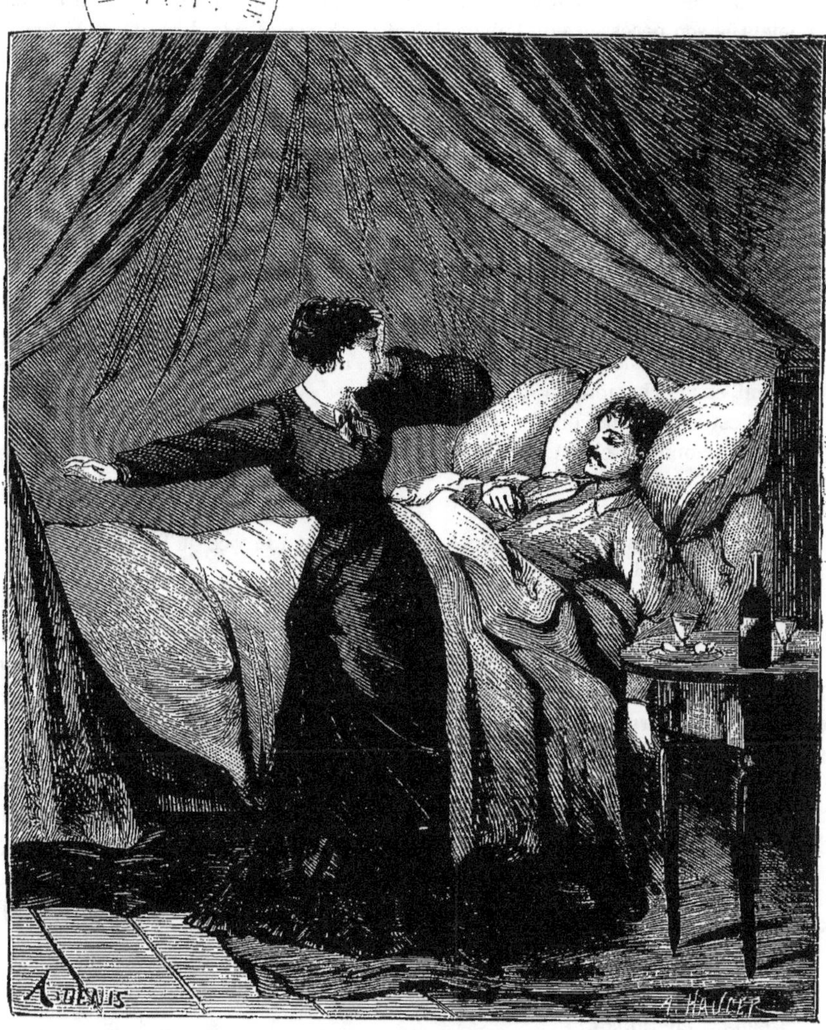

Elle jeta un cri en voyant sa pâleur livide... (PAGE 67).

Cécile lui dit encore :

— Bonsoir, André!

En titubant, Houdard sortit. Lorsqu'il fut dans la pièce qui précédait la chambre de sa femme, il s'accota à la porte et desserra ses vêtements; il étouffait; peu à peu il se remit; alors il s'accouda au mur et pensa...

Cécile, restée seule dans sa chambre, en avait laissé la porte ouverte, écoutant si Houdard s'éloignait. Ne l'entendant pas marcher, elle ne se déshabilla pas; elle se décoiffa seulement, se tenant toujours sur ses gardes, ayant devant elle, au milieu des objets de son nécessaire de toilette, le petit revolver. Houdard avait reculé, mais il n'était pas vaincu, et Cécile le connaissait, elle craignait qu'il ne revînt. Ne voulant pas être surprise, elle laissait la porte ouverte.

Houdard, nous l'avons dit, était accoudé sur le mur, la main crispée dans ses cheveux, s'apaisant seul, se relevant de son écrasement. Ce qui venait de se passer était extraordinaire dans la petite enfant qu'il avait fait sauter sur ses genoux, dans la jeune fille respectueuse; il s'attendait si peu à rencontrer cette femme impitoyable qu'il n'en pouvait revenir à lui. Cet ange, cette petite fille sainte était la maîtresse de Maurice... et Maurice vivait toujours en elle.

Tout à coup, en pensant à Maurice, il se redressa et répéta encore :

— Elle aime Maurice, toujours !...

Il eut un mauvais rire et, se dirigeant vers la chambre de Cécile, il frappa discrètement sur le chambranle de la porte :

— C'est moi, Cécile, dit-il avec douceur...

Cécile, étonnée, se tint aussitôt sur ses gardes, approchant le revolver de sa main.

— Entrez ! dit-elle.

Il entra et vainement la jeune femme chercha à lire ce qu'il pensait sur son visage. André dit doucement :

— Cécile, mon enfant, tu comprends facilement que le coup a été rude; je ne m'attendais pas à être si cruellement puni. Enfin tu aimais, tu aimes... Mieux vaut vivre ainsi que tu le dis. Après ce qui s'est passé, ce que nous savons l'un de l'autre, il est impossible de vivre autrement; tu seras ma femme, et mon Dieu, voilà tout, ton enfant sera mon fils, il aura ce que j'ai, mais il sera à moi; je serai pour lui ce que la loi me donne le droit d'être, son maître... Pour toi, tu vivras seule, c'est entendu, nous n'aurons ensemble que les relations fraternelles auxquelles le monde nous oblige. Cependant, ma chère, si, ainsi que tu le disais, j'ai porté le déshonneur dans ta maison, je veillerai à ce que cela n'arrive pas chez moi.

— Pour qui me prenez-vous?

— Permets-moi, à mon tour, d'établir nos conventions... Je t'ai écoutée, je t'obéirai; je demande la réciprocité.

Cécile le regardait avec inquiétude, se demandant où il voulait en venir, cherchant à deviner le piège caché sous ce verbiage.

Houdard continuait :

— Ainsi donc, si je te touchais, tu me tuerais... C'est entendu... Mais, si jamais un autre homme entrait ici, ce serait, sois-en certaine, la mort pour lui... Nous verrions pour toi...

Cécile se contenta de hausser les épaules.

— C'est bien entendu; maintenant, ma chère Cécile, dans tes accusations il y en a une que je n'accepte pas : tu dis que j'ai été la cause de la mort de Maurice !

— Eh bien?

— Tu es ma femme absolument; tu m'as choisi de ton plein gré, cette fois : c'est toi-même qui l'as voulu... Ma chère, tu t'es trompée : Maurice n'est pas mort, il vit... et tu ne pourras plus l'épouser.

Cécile, étourdie à son tour, exclama :

— Maurice vivant, c'est impossible!

— Ma chère Cécile, Maurice est vivant, je te le jure... et même j'aurai le plaisir de lui envoyer demain une lettre de faire part de notre mariage.

Et, en souriant, Houdard dit :

— Bonsoir, Cécile... Bonsoir, ma belle.

Et il sortit en fermant la porte.

Cécile était devenue livide; elle passait la main sur son front comme pour chasser le nuage qui voilait ses regards; elle se soutenait à son lit... Mais c'était trop; elle voulut marcher, tituba et répétant :

— Maurice! vivant!...

Elle tomba raide sur le tapis.

X

CE QUI S'ÉTAIT PASSÉ CHEZ MAURICE LA NUIT DE JUIN ET LE MATIN.

Maurice vivait, c'était vrai. Le lendemain matin du jour où commence notre histoire, il était étendu sur son lit, raidi, presque froid, lorsque sa sœur vint chez lui, — ainsi qu'elle le faisait chaque matin, — pour faire son ménage; elle avait, à cause de cela, une double clef; elle entra; croyant son frère indisposé, elle lui parla, il ne répondait pas; alors elle se pencha sur lui et jeta un cri en voyant sa pâleur livide, ses yeux éteints, en touchant son front froid. Mais Amélie Ferrand, quoique fort jeune, était une fille sérieuse, logique, ne dépensant pas en cris et en plaintes stériles le temps qu'elle pouvait employer plus utilement. Elle devina une partie de ce qui s'était passé, c'est-à-dire qu'elle pensa, la fiancée adorée de son frère devant se marier le matin même, que le pauvre garçon n'avait pas voulu survivre à ce malheur. Amélie vit qu'il s'était suicidé par le poison. En mettant la main sur le cœur, elle n'avait pas senti les battements, mais la poitrine était brûlante; le pouls était sans pulsations, mais les mains étaient chaudes et l'extrémité des doigts noire. Elle prit une bouteille sur la table et courut chez un pharmacien; celui-ci était heureusement chimiste expert; au récit que lui fit la jeune fille, il passa dans son laboratoire; dans les dernières gouttes, il avait reconnu le poison. Il rapporta à Amélie Ferrand le contre-poison, lui disant ce qu'elle avait à faire.

La pauvre enfant, affolée, courut tout d'une traite et commença l'énergique médication...

Quatre heures après, épuisé, sans force, Maurice reprenait connaissance; il regarda autour de lui avec égarement, ne s'expliquant pas comment il se trouvait ainsi, vivant encore. Sa sœur lui raconta ce qui s'était passé, qu'elle l'avait trouvé le matin presque mort, lorsqu'elle venait faire son ménage.

Maurice ne répondit pas, des larmes abondantes coulèrent de ses yeux, une affreuse pensée venait de lui traverser le cerveau. Maurice, ne retrouvant pas celle qu'il aimait à ses côtés, se dit qu'il avait été dupe dans la comédie jouée; celle qu'il aimait avait feint de vouloir mourir pour se débarrasser de lui, de l'amant, pour se marier sans être inquiétée par le passé. Alors qu'il buvait le poison, elle feignait de boire. Puis, lorsqu'elle avait vu les premiers effets du poison sur son amant, elle s'était levée et habillée; elle avait attendu qu'il fût mort et était partie sans bruit. Comment expliquer autrement ce qui s'était passé? Si Cécile avait échappé miraculeusement aux atteintes du poison, en se retrouvant vivante à côté de lui, mourant, elle lui aurait porté secours; si quelqu'un était venu dans la chambre et avait sauvé Cécile, on se serait également occupé de lui. Rien de tout cela n'était. Or, c'était logique : Cécile s'était revêtue, était sortie, avait fermé la porte et était partie bien tranquille sur le passé, et le front encore humide de ses baisers, elle était retournée chez elle s'offrir aux caresses d'Houdard, son fiancé, et à cette heure la fourbe, tout de blanc vêtue, le bouquet virginal au sein, se mariait à celui qu'elle préférait.

Maurice ne voulut rien dire à sa sœur; il garda pour lui sa douleur et son mépris, et lorsque le voyant pleurer elle l'interrogea, il se contenta de répondre qu'il souffrait horriblement. Amélie Ferrand dut reconnaître que si son frère était sauvé, il n'était pas guéri, bien au contraire; il allait falloir des soins assidus, et les deux pauvres enfants travaillaient tous les deux pour gagner le pain de chaque jour; non seulement cela était insuffisant, mais encore cela obligeait Amélie à abandonner son frère pour aller gagner sa journée; il n'y avait que l'hôpital, ce qui épouvantait la jeune fille... Que faire?... Amélie se souvint alors d'une vieille tante restant à dix lieues de Paris, qui bien souvent les avait invités à venir passer quelques jours chez elle; le labeur quotidien les avait toujours obligés de refuser; n'était-ce pas bien le moment d'en profiter? Elle en parla à son frère :

— Ainsi, vois-tu? tu seras bien soigné par la mère Ferrand, qui sera très contente de nous voir, et puis tu n'as pas de frais à faire...

— Oui! et personne ne saura ce qui s'est passé... Je t'en supplie, Amélie, que tout le monde l'ignore.

— A qui veux-tu que je le dise, puisque je pars avec toi? Si tu veux, avant de partir, j'essayerai de voir Cécile...

— Jamais, jamais, exclama aussitôt Maurice. Jamais, je ne veux plus que tu me parles d'elle.

— Mais ce n'est pas sa faute...

— Tais-toi... Amélie... D'abord, sache bien une chose, je n'aime plus Cécile... Je la méprise... je la hais...

La jeune fille était bien un peu stupéfaite; mais, comprenant ce que devait souffrir son malheureux frère à la pensée que celle qu'il adorait en épousait un autre, elle se tut.

Et le pauvre garçon gémissait, se tordant dans son lit, grommelant entre ses dents avec des injures et des blasphèmes.

— Pourquoi, mon Dieu, ne m'avez-vous pas laissé mourir...? L'indigne, l'infâme, tant souffrir pour elle, la misérable! Et sa sœur, émue et effrayée par ses sanglots déchirants, revenait vers lui, l'embrassant, pour chercher à consoler cette âme qui ne voulait pas de consolation.

A un moment, Amélie l'entendit dire :

— Non, non, c'est impossible, je n'y survivrai pas, on ne se manque pas deux fois.

Amélie vint aussitôt se jeter au pied de son lit, et à genoux, suppliante :

— Maurice, Maurice, oh! c'est mal la pensée que tu as... tu ne m'aimes donc pas, moi... Quand notre père et notre mère sont morts, tu leur as juré de rester toujours près de moi; est-ce que j'ai mal agi pour que tu veuilles mourir...? Je ne suis donc rien pour toi... moi? je n'ai rien à aimer sur terre que toi... Maurice, non, tu ne chercheras pas à te tuer...; tu ne m'abandonneras pas, mon frère, au nom de notre mère... Si elle ne t'aime pas, elle, je t'aime, moi, mon frère... tu es toute ma famille... Oh non! tu ne me laisseras pas seule... mais, penses-y donc, si tu n'étais pas là, qu'est-ce que je deviendrais?...

Cette supplication bouleversa le jeune homme, qui prit sa sœur entre ses bras et, fondant en larmes, s'écria :

— Oh! Mélie, je suis bien malheureux.

Elle hoquetait de sanglots en lui disant :

— Oui, mon pauvre frère... je le sais bien, va... mais je ne te quitterai pas!... Maurice, jure-moi que tu n'essayeras plus de te tuer?

— Mon Dieu! mon Dieu! gémissait Maurice.

— Je veux que tu le jures ici, sur les cendres de notre mère... Jure... sans ça, j'aurai toujours peur...

— Je te le jure... Mélie... Je te le jure, ma petite mère.

Et les deux enfants restèrent ainsi longtemps, pleurant dans les bras l'un de l'autre, évitant de prononcer le nom adoré et maudit : Cécile!

Ils ne voulaient pas qu'on pût se douter dans la maison de ce qui s'était passé; après une tentative de suicide avortée, on se sent toujours un peu ridicule. Sans bruit, Amélie descendit avec son frère, le portant presque, car le malheureux, dévoré de fièvre, était sans force; ils marchèrent doucement; lorsqu'elle vit une voiture, ils y montèrent et se firent conduire à la gare Saint-Lazare.

Heureusement les deux sages jeunes gens avaient quelques économies. Amélie tira de son petit sac le prix de deux secondes, car Maurice aurait trop souffert sur les bancs rudes des troisièmes classes, et ils partirent à Triel, où demeurait la veuve Ferrand, la sœur de leur père.

C'est là que le pauvre garçon se rétablissait lentement, pendant que se passaient les différentes scènes auxquelles nous avons fait assister le lecteur.

On était assuré, dans la famille Tussaud, que Maurice était mort. Des circonstances que le lecteur connaîtra dans la seconde partie de notre histoire avaient aidé à propager cette erreur. D'un mot on pouvait être absolument renseigné; mais Tussaud, se sentant un peu l'auteur du suicide, se serait bien gardé d'y aller, et s'il avait dû, dans ses courses, passer de ce côté, il aurait fait le double du chemin pour ne pas voir la rue. Un seul homme savait, c'était Houdard; il avait trop intérêt à savoir ce que devenait celui qui était aimé de sa fiancée pour ne pas se renseigner.

Il apprit, le jour même où Cécile avait parlé de renouer l'union rompue, que le jeune homme, désespéré dans ses amours, était parti dans sa famille. Si Cécile avait su Maurice vivant, peut-être serait-elle revenue sur sa décision; aussi se garda-t-il bien de le lui apprendre. Nous avons vu comment cette nouvelle, qui aurait dû être un bonheur, était devenue un châtiment.

En sortant de la chambre de Cécile pour gagner la sienne, André Houdard était heureux; pendant quelques minutes, il oublia avec quel mépris il avait été traité, avec quelle facilité il avait été joué. Tout entier à ce qu'il venait de faire, il était heureux, il avait fait du mal. Lorsque Cécile croyait se venger, lorsqu'elle croyait écraser sous sa haine et sous son mépris celui qu'elle épousait, au contraire c'était lui, André Houdard, le galant respectueux, le doux mouton pendant tout un long mois, qui reprenait son nom : la Rosse. Elle avait tout préparé contre lui, le passé, le présent, l'avenir; dans le passé, l'éternel remords d'une conduite indigne; dans le présent, le refus de se prêter à l'inceste moral, en ne consentant pas à cohabiter avec lui, et enfin, dans l'avenir, l'enfant de l'autre qui venait dans le foyer, qui prendrait tous les droits d'un enfant légitime, qu'il était malgré tout...

Un mot de la vérité dit à quelqu'un, et la médisance s'en emparant, c'était pour le beau Houdard la honte et le ridicule; la Rosse, qui se moquait de tout le monde, était joué par une petite fille; en se mariant, il amenait chez lui toutes les hontes qu'il avait portées ailleurs. Assurément, c'était plus qu'il n'en fallait pour bouleverser un homme plus fort que lui. Mais Houdard pouvait être frappé, abattu, non vaincu aussi facilement; le premier coup passé, il se redressait et revenait à l'attaque, et cela avait été terrible. Il remontait chez lui pensant qu'il disait à Cécile : « Celui que tu veux venger est vivant, et tu viens de le perdre à tout jamais; tu es maintenant mariée, tu m'appartiens et il vit. Vivant, il ignore quelles circonstances t'ont amenée à ce que tu as fait, et, voyant que tu as trahi tes serments, il t'accusera. Si, par impossible, tu lui révélais que ton enfant est le sien, cet enfant étant le mien, il n'aura aucun droit sur lui et je pourrai me venger sur lui de la faute de sa mère. L'amour pour toi est sans espérance, tu as mis au foyer la haine et le mépris; ce sont de vilaines herbes qui emplissent tout dans l'endroit où on les a semées. Plus d'affection dans la maison, par cela plus de famille, et tu ne retrouveras rien là-bas, car tu seras surveillée, et celui qui se moquait tant de l'honneur des autres sera sévère pour le sien. Tu ne reverras jamais ton ancien amant, tu sauras qu'il te méprise et tu apprendras un jour qu'il en aime une autre et qu'il l'épouse; c'est la vie sans horizon, le malheur sans issue et la maternité avec la peur, car tu adoreras l'enfant que je vais haïr... Et, maintenant, ce n'est pas tout; il n'est pas nécessaire d'avoir une femme pour la touver jolie; on passe de belles nuits d'amour au côté de créatures abjectes que l'on méprise moralement en les admirant physiquement; parfois des bandits souillent, après l'avoir assassinée, le corps de leur victime... et Cécile, tu es bien belle, adorablement belle; il arrivera un jour où nous nous éveillerons deux dans ton alcôve; toi, la rage au cœur; moi, la joie dans l'âme; je me serai vengé... On se garde bien huit jours, un mois ; je saurai attendre... Aujourd'hui, je suis suffisamment heureux, je t'ai mis la douleur dans l'âme. Celui que tu aimes est libre et tu appartiens à un autre. »

Houdard se frottait les mains. Arrivé dans sa chambre, il retira son habit, son gilet de soirée ; il sentit l'anneau que la jeune fille avait repoussé le matin et le serra soigneusement dans un écrin, en disant :

— Un jour tu t'éveilleras en l'ayant au doigt... Non, non, mademoiselle Tussaud, vous vous appelez Mme Houdard, vous serez Mme Houdard... Oui, j'ai du courage avec les femmes, vous le verrez bientôt... Vous m'avez trompé... avant... mais je ne serai pas ridicule après... D'abord, je m'attaquerai à la femme... après à la mère et...

Il n'acheva pas sa pensée, il se mit une minute à la fenêtre, et ayant bruyamment respiré, pris à plein poumon l'air rafraîchissant de la nuit, il rentra dans sa chambre, se parlant à lui-même :

— Ce serait trop bête de passer ainsi ma nuit de noce... Ça peut se savoir, il faut mettre le cynisme de mon côté... Ce ne sera pas elle, c'est moi, viveur effronté, qui aurai négligé d'aller rejoindre ma femme dans la chambre nuptiale.

Et Houdard se dirigea vers la chambre où se trouvait sa garde-robe ; il choisit un vêtement lui-même, ne voulant pas réveiller son domestique, auquel la veille, et pour d'autres raisons, il avait recommandé d'être rentré dans sa chambre avant son retour. Il s'habilla lui-même avec soin, riant avec ses pensées, et se parlant, tout en coupant ses phrases comme s'il répondait à quelqu'un.

— Tout se sait un jour ou l'autre, et il est bien évident que je suis absolument absurde ; on rirait de moi... Non, aussi j'aurai le bon rôle et les rieurs de mon côté... Sans compter qu'il est probable que la première chose que Cécile fera demain, ce sera de s'informer de moi ; notre conversation ne peut en rester là, elle a des renseignements à me demander assurément... et devant les gens nous verrons la tête qu'elle fera... d'autant que, d'après nos conventions, elle feindra d'avoir été quittée quelques minutes avant...

Et il glissait ses boutons de manchettes...

— Et c'est la tête d'Adèle, qui ne manquera pas demain de venir voir sa fille !... Car il n'y a pas de noce sans lendemain... Adèle sait ; ça devait être convenu entre elles ; mais Tussaud va être scandalisé... Il va consoler sa fille... et les invités !... Je les entends ; mon nom va fleurir sur leurs lèvres : Quelle rosse !... Le curieux, ce sera le maintien de Cécile...

Et il éclata de rire. Il fouilla dans un tiroir, y prit une poignée d'or ; puis, ennuyé de sentir le poids dans sa poche, il la remit et fouilla dans un tiroir secret, ne gardant que quelques louis. Il prit une liasse de billets de banque. Obligé de déplacer, pour la prendre, un paquet de valeurs différentes, il les regarda une seconde et grommela :

— Il faudra que je fasse un voyage pour me débarrasser de ça ; c'est imprudent de garder ça ici.

Il referma le meuble, et, après s'être soigneusement observé dans sa tenue, il sortit de chez lui, évitant de faire du bruit. Une fois dans la rue, il sauta dans une voiture, donna l'adresse au cocher et s'étendit sur les coussins, en allumant un cigare. Quelques minutes après, la voiture passait devant le restaurant où la noce continuait. Houdard mit la tête à la portière et regarda les fenêtres illuminées. A l'une d'elles, il reconnut Adèle Tussaud accoudée sur la coudière, et tenant un mouchoir. Elle pleurait. Il haussa les épaules et rentra dans la voiture, en disant :

— Quel effet, mes enfants ? Si je montais là-haut leur souhaiter le bonjour ?

Et il rit plus fort, en ajoutant :

— Ça ne fait rien, ça se saura demain, et on la trouvera drôle quand je dirai : « Que voulez-vous ? J'avais parié que je passerais la première nuit de mes noces chez la grande Iza... » J'entends le concert : « Oh ! la Rosse ! qu'il mérite bien son nom ! »

Et la voiture se dirigea vers les Champs-Élysées.

XI

TRISTES ADIEUX ! — TRISTES AMOURS !

Cécile ne reprit connaissance qu'à l'heure où le jour naissait. Du reste, ils étaient rentrés très tard chez eux, et son explication avec Houdard avait duré assez longtemps. Sa syncope avait donc été de courte durée.

En s'éveillant, en regardant autour d'elle, dans sa jolie chambre capitonnée de soie crème sur laquelle le jour du matin jetait des teintes verdâtres, elle eut un moment d'illusion ; est-ce que son mariage n'était qu'un rêve ? Est-ce que sa tentative de suicide était de la veille au soir ? N'avait-elle qu'à se dresser pour voir le corps de son amant sur le lit ?... L'illusion dura peu ; en se levant, elle vit son vêtement, elle vit le bouquet de fleurs d'oranger ; en se regardant dans la glace, elle vit sa coiffure en désordre, ses beaux cheveux bruns qui retombaient sur ses splendides épaules ; elle se souvint alors de la scène atroce qu'elle avait eue avec Houdard et du dernier trait porté par celui qui était son mari... Elle se laissa tomber sur une chaise longue, et de grosses larmes coulèrent de ses yeux : Maurice vivait, et elle l'avait trompé ; sa conscience pouvait-elle le lui reprocher ? Non ; mais qui la croirait ? et puis cela devait rester un secret entre elle et son mari. Celui-ci consentait à ne point livrer à chacun la faute de sa femme ; mais, en échange, elle devait cacher au monde le rôle ridicule qu'elle lui faisait jouer. Si Houdard était resté une minute de plus, s'il avait vu sa femme tomber évanouie dans la chambre, tout était fini ; il aurait abusé de sa situation, et ses projets, si audacieusement conçus et soutenus, s'envolaient.

Enfin elle était mariée, et Maurice vivait, et, comme le jeune homme ne savait rien, il pouvait à son tour chercher à se venger de celle qui l'avait abandonné, et sa vengeance était facile : il racontait à tous la vérité. Que faire ? D'abord éviter que Maurice pût se douter que l'enfant qu'elle portait en elle était le fils de son œuvre.

Voir Maurice pour lui demander le pardon et l'oubli, cela était imprudent ; son mari l'avait prévenue, et, d'autre part, Cécile ne se sentait pas la force de se re-

—Ah! ma pauvre Mélie, fit-il en se laissant tomber sur une chaise (PAGE 79).

trouver en sa présence; elle se décida à écrire, mais comment parviendrait la lettre? Elle écrivit toujours : elle trouverait l'adresse après.

S'étant enfermée chez elle et ayant ouvert les rideaux, elle se plaça devant un petit bureau et écrivit :

« Mon ami,

» Je viens te demander pardon. Aujourd'hui seulement j'apprends que tu vis, et je ne m'appartiens plus ; il y a un mois, mes parents auraient consenti à tout. Je te dois le récit fidèle de ce qui s'est passé, le voici : Tu t'en souviens, nous nous embrassâmes une dernière fois et ma tête retomba; je t'entendis encore dire : « Adieu, Cécile, nous allons nous retrouver bientôt ; » et je perdis connaissance. Je revins à moi lorsque le jour commençait à poindre ; j'étais effroyablement malade, et ne pouvais m'expliquer où je me trouvais, lorsque je te vis, étendu à mes côtés... Je t'appelai, épouvantée, je tâtai ton front, tes mains, tu étais froid et je te crus mort ! c'était horrible. Juge, tu étais mort et j'étais là, près de toi, vivante ; tu étais mon époux, mon homme, et j'étais veuve, c'était impossible ! puisque je t'avais appartenu, je n'avais plus d'espérance, et je voulus, fidèle au serment que je t'avais fait, mourir... Je regardai si je pouvais me jeter par la fenêtre lorsque je vis la Seine qui coulait presque en bas de chez toi ; mon parti fut pris aussitôt; je me hâtai de me revêtir, je t'embrassai et j'allai me précipiter à l'eau par-dessus le pont.

» Te dire ce que je souffris, ce que je fis d'efforts pour arriver jusque-là serait impossible ; enfin, j'y parvins. En tombant dans l'eau, j'eus comme une impression de bien-être ; tout mon corps était en feu, et je perdis presque immédiatement connaissance; quand je revins à moi, j'étais sur une civière, entourée de monde qui me regardait ; on me mena à l'hôpital, on envoya chercher mon père, et je restai, presque folle, délirant, sans cesse entre la vie et la mort, deux mois... Tu comprends si tout cela m'a changée ; je suis entrée en convalescence, épouvantée de ce que j'avais fait. Pour moi, tu étais certainement mort, puisque je t'avais quitté froid, raidi sur ton lit... Tu comprends que personne ne parlait de toi. Mes parents et tout le monde croient que je me suis sauvée de chez nous le matin seulement pour aller me jeter à l'eau. Si j'avais douté de ta mort un instant, ce doute se serait évanoui. Mon père avait reçu une lettre de son ami Crochard (tu te souviens, Crochard, que tu as vu souvent à la maison); mon père l'avait invité au mariage : il était venu d'Orléans, où il réside ordinairement, lorsque ma tentative de suicide bouleversa tout ; il partit le même soir, et, en passant en voiture devant la rue de Lacuée, il vit un grand rassemblement; il n'avait pas le temps de descendre, mais il apprit dans la gare que c'était ou un crime ou un suicide qui venait de se découvrir ; on avait trouvé quelqu'un de mort dans la maison; c'est ce qui motivait ce rassemblement. De ce jour je n'eus plus de doute. Tout cela a-t-il été inventé et raconté pour me retirer tout espoir et me décider au mariage que je viens de faire? Je ne le sais; mais j'ai cru, et depuis ce jour ton ombre aimée n'a cessé de hanter mon chevet... J'ai bien pleuré, va, j'ai bien souffert...

» Que pouvais-je faire seule désormais? Car c'est encore une chose qui m'affermissait dans ce que je croyais : je n'ai jamais revu Amélie depuis ce jour, elle n'est même pas venue s'informer de moi. Maurice, tu as bon cœur, tu sais quelle affection j'ai pour mes pauvres parents ; en voyant leur désolation, en voyant le changement opéré en eux par la seule idée de la possibilité de ma mort, je me suis trouvée sans force pour résister, et j'ai dit : « Oui ! » Pardon, Maurice, pardon ! mais je ne suis pas coupable, je suis une victime... Ton souvenir aimé restera éternellement en moi ; mais tu sais que je suis trop honnête pour consentir maintenant à te revoir, et si je ne peux effacer le passé, si l'heure d'amour et de bonheur immuable que j'ai passée près de toi ne peut s'effacer... je viens à genoux te demander en grâce de l'oublier... Je sais que tu as le cœur trop haut pour me refuser... Si la médisance pouvait dire un jour que j'ai été ta maîtresse une heure, tu affirmeras qu'on ment, et tu le jureras... Voilà, Maurice, la dernière grâce que je viens te demander; je pourrai vivre malheureuse, je ne saurais vivre méprisée... Maurice, jure-moi que, quoi qu'il advienne, tu déclareras que je ne suis jamais allée chez toi dans la nuit du 20 juin, que tu ne m'as pas vue ce jour; que, ainsi qu'ils le croient, je suis partie le matin de chez nous, pour aller me jeter dans la Seine.

» Aujourd'hui, mariée à un homme que je méprise, que je hais, que j'exècre, tu comprends que ma pensée sera toujours avec toi, amour pur de rêve et d'illusion qui ne s'éteindra jamais, mais que j'aurai la force de contenir et de ne jamais satisfaire.

» Mon ma... M. Houdard, tu le comprends, est jaloux, il me l'a déjà déclaré, et je suis l'objet d'une surveillance active. Je le sais assez peu scrupuleux pour violer le secret d'une lettre qui me serait personnellement adressée et tomberait entre ses mains... Tu vas répondre à ma prière; adresse ta lettre poste restante, à mon nom de demoiselle.

» Adieu, mon bien-aimé... et pardonne à celle qui t'aime et souffre.

» C*** »

Sa lettre signée, elle la glissa sous enveloppe et chercha longtemps par quel moyen elle allait la faire parvenir; puis, pensant à la chose la plus simple, elle écrivit sur une seconde enveloppe :

« A Mademoiselle Amélie Ferrand, brunisseuse, chez M. Lelong, doreur vernisseur, rue des Terres-Fortes. Prière de faire parvenir en cas d'absence. »

Elle écrivit sur la première enveloppe :

A Monsieur Maurice Ferrand.
(*Absolument personnelle.*)

Puis elle glissa la lettre dans la seconde enveloppe, et, plus tranquille, elle la plaça sous son oreiller, se déshabilla hâtivement et se coucha. Quand sa mère vint la voir, elle lui raconta ce qui s'était passé. Celle-ci lui dit que le domestique d'Houdard n'avait pas trouvé son maître dans sa chambre. Cécile se douta du petit scandale qu'André voulait faire; elle y para aussitôt en priant sa mère d'aller retrouver les quelques personnes qui attendaient au salon, et de leur dire qu'André l'avait quittée deux heures avant, en promettant qu'il serait revenu avant midi.

Effectivement midi sonnait lorsqu'il entra, et ce fut Cécile qui vint au-devant de lui en disant :

— Vous voyez qu'il est exact... J'avais dit que vous m'aviez quittée ce matin, assurant que vous seriez revenu avant que j'aie eu le temps de faire ma toilette.

Houdard resta tout coi de cette effronterie. Décidément, la petite Cécile était bien forte; il n'en douta pas en la voyant prendre affectueusement son bras et appuyer amoureusement sa tête sur son épaule, à ce point qu'il entendit Tussaud dire à mi-voix :

— Voyez maintenant, elle l'adore.

Dans le courant de la journée, Cécile alla jeter sa lettre à la poste. Deux jours après elle allait au bureau de poste et trouvait une lettre. Elle la prit et revint chez elle s'enfermer dans sa chambre pour la lire :

« Ma chère Cécile,

» Je t'aime et je te pardonne, mais j'en mourrai... Sur les cendres de ma mère, je te jure que jamais je ne parlerai de la nuit du 20 juin; je te jure que je démentirai toutes les médisances à ce sujet.

» Adieu... Celui qui se meurt pour toi. Adieu !

» Maurice. »

La lettre lui glissa des mains, et la pauvre enfant, ne pouvant plus contenir ses sanglots, fondit en larmes.

Dans l'avenir, elle sentait que c'était un danger nouveau qui se dressait devant elle. Cécile aimait Maurice; elle voyait, par sa lettre, que son amant lui pardonnait et comprenait que la fatalité avait plus fait qu'elle contre lui; que la malheureuse avait été la victime des circonstances. Enfin Maurice la jugeait toujours digne; il était désespéré, mais il aimait; il parlait de mourir, mais Cécile trouverait bien le moyen de le faire renoncer à ce projet, tout en restant ce qu'elle devait être. La désespérance répandue dans la lettre la touchait moins que la générosité complète, le dévouement absolu et surtout l'amour puissant qu'on y lisait dans chaque mot.

La lettre était datée de la veille et d'un bureau de Paris. Maurice était donc près d'elle, elle pouvait le rencontrer à chaque instant et ce n'était pas là sa moindre appréhension. Les larmes qu'elle versait la soulageaient; c'était depuis longtemps la première sensation douce qu'elle éprouvât, et elle s'y abandonnait.

Depuis le jour de son mariage, elle n'avait vu Houdard qu'à l'heure du repas du soir; ils dînaient ensemble, et leurs allures vis-à-vis l'un de l'autre étaient restées les mêmes. Houdard seul tutoyait Cécile. On causait, en dînant, des choses les plus banales du monde; de Maurice, il n'avait plus été question, ce qui surprenait absolument André; aussi surveillait-il attentivement sa femme.

André ne couchait presque jamais à la maison; et comme cet abandon aurait pu être remarqué par les domestiques, Cécile disait que depuis sa maladie sa santé exigeait des soins constants... En somme, tout était calme, tranquille, mais de gros nuages noirs, précurseurs d'orage, apparaissaient à l'horizon de ce bagne du mariage.

Nous reviendrons vers Maurice. Les soins assidus de sa sœur, les prévenances de la vieille tante Ferrand le remirent bientôt sur pied; il resta en convalescence à Triel, pendant que sa sœur revenait à Paris et apprenait que le mariage allait avoir lieu. Elle en avisa Maurice, et, révoltée de cet abandon, de cet oubli de Cécile envers son frère, elle résolut de ne point aller voir son amie, partageant, cette fois, la pensée de Maurice, c'est-à-dire que le malheureux garçon avait été la dupe de la jeune fille.

Rétabli tout à fait, il revint à Paris et reprit son travail; pendant sa convalescence, sa sœur l'avait fait déménager et avait loué à la place de sa petite chambre de garçon un petit logement rue Moret, près de Ménilmontant. Ils y avaient chacun une chambre; une petite salle à manger. Amélie travaillait une heure de moins ; elle faisait le ménage et la cuisine; au lieu de manger au cabaret, Maurice rentrait le soir et dînait en famille avec sa sœur. C'est la petite sœur qui avait décidé et exécuté tout cela, effrayée du changement survenu dans son frère depuis sa maladie et surtout depuis qu'il avait appris l'oubli, l'ingratitude de celle à laquelle il avait voulu donner sa vie. Toujours triste et pensif, Maurice n'avait de sourire que pour la courageuse enfant qui, plus jeune que lui d'un an, semblait son aînée et lui remplaçait sa mère, subissant, sans se plaindre, ses mauvaises humeurs, ses caprices, ses volontés.

Lorsque Amélie reçut à son atelier la lettre de Cécile, elle en reconnut l'écriture et devint pâle; que contenait cette lettre? était-ce un nouveau malheur pour son frère? était-il prudent de lui remettre cette lettre? ne valait-il pas mieux la glisser sous enveloppe et la renvoyer à son auteur?... Elle était presque décidée à le faire; mais son frère, tôt ou tard, viendrait à l'apprendre et il se fâcherait de cette tutelle allant aussi loin. Elle se résigna, et le soir, lorsqu'ils se levèrent de table, lorsqu'elle le vit s'accouder sur la fenêtre et rêver, elle se décida à lui en parler. Maurice était souvent ainsi accoudé sur la coudière et le visage dans ses mains, il faisait revivre dans la nuit la scène de volupté du 20 juin; il revoyait en rêve la jeune fille, admirablement belle, se livrant à ses caresses, et des tressaillements le secouaient. Sa sœur qui le guettait, qui voyait et ses tressaillements et ses frissons, souffrait de le voir ainsi, ne pouvant se douter du souvenir plein de charme qu'il évoquait, et cherchait à le distraire de ses pensées; elle lui parlait, mais il n'entendait pas, il ne répondait pas, et lorsqu'elle parvenait enfin à lui faire relever la tête, ses yeux étaient mouillés et son visage baigné de larmes; alors elle pleurait à son tour en disant :

— Non, Maurice, non, ça n'est pas bien de souffrir comme ça tout seul, tu me promets d'être raisonnable, et c'est toujours la même chose... C'est moi, à mon tour, qui tomberai malade...

Maurice ne répondait pas, il essuyait ses yeux, il l'embrassait, et c'était oublié.

— Maurice, écoute-moi, voyons, il faut que je te parle.

Il ne l'entendait pas!...

— J'ai quelque chose de sérieux à te donner... mais il faut que tu me promettes d'être raisonnable.

Maurice ne bougeait pas, elle l'entendait répéter à mi-voix des phrases qu'elle ne pouvait saisir, et qui lui semblaient se terminer par un bruit de baiser. Elle insista en disant :

— Maurice, je t'apporte des nouvelles d'*Elle*.

Il se dressa aussitôt, la regardant bien en face pour s'assurer qu'elle ne le trompait pas, et répétant :

— Des nouvelles, des nouvelles d'*Elle*; tu l'as été voir?

— Non, tu me l'avais défendu.

— Tu l'as rencontrée ?

— Non, plus que cela, et j'ai peur, je n'ose te le dire.

Le jeune homme s'était retiré de la fenêtre et, la lèvre frémissante, les mains tremblantes, le regard anxieux, il répétait :

— Amélie ! oh ! je t'en prie, petite sœur, ne me fais pas languir... Que sais-tu ?

Et le pauvre garçon, suppliant, tendait les mains. En voyant cette agitation, ce tremblement, Amélie aurait voulu n'avoir rien dit et elle aurait jeté la lettre au feu. C'est qu'à cette seule idée qu'il allait avoir des nouvelles de Cécile, de celle dont depuis trois grands mois il avait défendu qu'on parlât et dont on n'avait pas parlé, il était transformé, il était redevenu le beau garçon que nous avons vu, dans les premières scènes de notre histoire, attendant Cécile sur la place de la Bastille pour accomplir leur union *in extremis*.

Il était fort beau, et nous devons au lecteur le portrait de notre héros si miraculeusement sauvé. C'était un assez grand garçon de dix-neuf ans, presque vingt ans à cette heure, grand, bien pris, svelte, élégant, le geste bien aisé, le mouvement rapide, prompt, et, quoique négligemment vêtu dans son vêtement d'ouvrier, il semblait un homme distingué, préférant dépenser à sa toilette l'argent que d'autres portent au cabaret, ne rougissant point de paraître travailler pour vivre, mais ne croyant pas qu'il est nécessaire d'être malproprement vêtu parce qu'on est ouvrier.

Il portait une jaquette sombre, un gilet de même couleur sur lequel retombaient les deux pointes d'une cravate de taffetas noir, émergeant d'un col rabattu, bien blanc.

De ses manches sortaient des mains un peu fortes, mais blanches, et dont quelques durillons seulement révélaient l'habitude du travail...

La tête était belle pour un homme, le visage avait quelque chose de trop féminin ; l'œil noir avait des reflets verdâtres ; il était un peu enfoncé dans l'arcade sourcilière ; les sourcils et les cils, d'un roux marron, étaient très longs et faisaient encore ressortir la flamme douce du regard ; le nez était droit et fin ; la bouche, couronnée d'une moustache rousse douce à l'œil ; le visage, d'un ovale assez long, était encadré d'une admirable chevelure blonde ; la peau était encore un peu duvetée ; le teint était clair, les joues roses... Très beau enfin, d'allures douces, d'un maintien timide et réservé, comme les enfants élevés par les femmes.

Sa sœur lui dit :

— Maurice, tu me promets d'être raisonnable ?

— Oui, oui, mais parle...

— Tiens, fit-elle, c'est une lettre d'*Elle*, pour toi.

Et elle tendit la lettre. Il la prit vite en s'écriant avec joie :

— D'elle, d'elle, et la baisant avec transport avant d'en briser le cachet, il disait :

— Qu'elle contienne la mort ou la vie..., c'est déjà du bonheur !

Et il déchira l'enveloppe.

Il lut la longue lettre de Cécile tout d'une traite, comme le buveur altéré boit sans respirer sa coupe pleine, et, à mesure que sa lecture s'achevait, ses traits exprimaient les différentes émotions qu'il éprouvait; sa sœur, craintive, observait attentivement sa physionomie, ne le quittant pas du regard, prête, au moindre signe de défaillance, à le soutenir. Après une contraction nerveuse qui l'inquiéta un moment, Amélie vit ses yeux se mouiller et son visage s'inonder de larmes; il pleurait, une crise n'était plus à craindre; il avait cessé de lire; elle lui dit :

— Eh bien, Maurice, qu'y a-t-il ?

— Ah! ma pauvre Mélie, fit-il en se laissant tomber sur une chaise et en sanglotant, ah! je suis bien malheureux...

— Voyons, sois raisonnable, ne me fais pas regretter de t'avoir donné cette lettre... Depuis longtemps tu sais ce qu'elle vaut, l'ingrate, la misérable...

Maurice se leva aussitôt et, mettant la main sur la bouche de sa sœur, l'interrompit en suppliant, et il s'écria :

— Tais-toi, tais-toi, Mélie... Nous ne savions rien... elle est bien malheureuse...

Assez étonnée, Amélie tendait la main pour prendre la lettre. Maurice la prit vivement... et, essuyant ses larmes, il s'assit et relut lentement, buveur désaltéré, que le goût de la liqueur a ravi, et qui revient à sa coupe boire à petites gorgées le liquide enivrant. Il lut, l'œil humide d'émotion, paraissant éprouver lui-même les souffrances décrites. En relevant la tête, il vit sa sœur, sa compagne dévouée, qui le regardait toujours avec inquiétude. En voyant son regard interrogateur, il comprit que, dans l'intérêt même du secret qu'il voulait garder sur la nuit du 20 juin, il était utile de lui dire quelque chose de la lettre. Amélie attendait, ne s'expliquant pas le changement si rapide survenu dans le jugement que son frère portait sur celle qui l'avait trompé.

— Ma pauvre Mélie, à l'heure où j'essayais de me suicider, Cécile se sauvait de chez elle et se jetait dans la Seine.

— Que me dis-tu là?

— Ce qu'elle m'écrit... Miraculeusement sauvée et conduite à l'hôpital, elle resta deux mois malade, et lorsqu'elle revint à elle, qu'elle s'informa de moi, elle apprit que je m'étais tué; on le lui fit croire... Cécile me croyait mort; c'est d'hier seulement qu'elle sait la vérité.

— Ce n'est pas possible.

— Écoute, elle parle même de toi... C'est moi qui, en te défendant d'aller la voir, ai été une des causes de ce qui est arrivé. Écoute : « On me mena à l'hôpital, on envoya chercher mon père, et je restai presque folle, délirant sans cesse, entre la vie et la mort pendant deux mois... »

Maurice s'arrêta, la phrase qui suivait aurait révélé à sa sœur ce qui s'était passé... il passa quelques lignes et lut :

« Tu comprends que personne ne parlait de toi... Si j'avais douté de ta mort une fois, ces doutes se seraient évanouis : mon père avait reçu une lettre de son ami Crochard (tu te souviens, Crochard que tu as vu souvent à la maison); mon père l'avait invité au mariage, il était venu d'Orléans, où il réside ordinairement, lorsque ma tentative de suicide bouleversa tout; il repartit le même soir, et, en passant en voiture devant la rue de Lacuée, il vit un grand rassemblement; il n'avait pas le temps de descendre de voiture; mais il apprit dans la gare que c'était un crime ou un suicide qui venait de se découvrir; on avait trouvé quelqu'un de mort dans la maison, c'est ce qui motivait ce rassemblement... De ce jour, je n'eus plus de doute. Tout cela a-t-il été inventé et raconté pour me retirer tout espoir et me décider au mariage que je viens de faire? Je ne le sais, mais j'ai cru, et depuis ce jour ton ombre aimée n'a cessé de hanter mon chevet... J'ai bien pleuré, va, j'ai bien souffert... »

Il s'arrêta, sa sœur émue le regarda et lui dit :

— Eh bien?

— Eh bien, je ne dois plus la revoir, puisqu'elle est mariée; elle a assez souffert pour que je ne sois pas cause de souffrances nouvelles; cependant, il y a une chose que je voudrais bien savoir, c'est ce qui a pu motiver ce rassemblement rue de Lacuée, juste le jour que nous l'avons quittée; je veux savoir s'il y a là une coïncidence malheureuse ou un petit complot de mensonges et de fourberies ourdi autour d'elle et dont nous sommes les victimes.

— Que veux-tu que je fasse, mon frère? fit vite Amélie toute prête à servir celui qu'elle aimait comme un enfant. Veux-tu que j'aille voir Cécile et que je me renseigne près d'elle?

— Non! non! dit Maurice; et, après un gros soupir, découragé, il ajouta : Il ne faut plus penser à Cécile; elle est morte pour nous.

— Ah!... elle le veut?

Il ne répondit pas, mais il reprit :

— Je veux, ma chère Mélie, que tu ailles au plus tôt, demain, si tu le peux, rue de Lacuée, et que tu saches ce qui s'est passé.

— J'irai, mon frère.

Il était tard; Amélie, qui tout en causant s'était occupée des soins du ménage, rangeait sa vaisselle, et Maurice, assis dans un coin, relisait sa lettre. Il cherchait ce qu'il allait répondre, et son idée était de demander un dernier rendez-vous; mais, en relisant la lettre, la phrase suivante sembla se souligner sous ses yeux :

« Maurice, pardon, ton souvenir aimé restera éternellement en moi; mais tu sais que je suis trop honnête pour *consentir maintenant à te revoir*, etc. »

Il baissa la tête et pensa. Il n'avait qu'une chose à faire : pardonner... et jurer ce qu'on lui demandait, c'est-à-dire qu'il n'avait jamais été l'amant de Cécile, que celle-ci n'était jamais venue chez lui; il jura et écrivit la lettre que nous connaissons.

Il était l'heure du repos; sa sœur ne voulait le quitter que lorsqu'il serait couché; il le vit et se hâta de lui dire bonsoir, ayant hâte d'être seul pour pleurer à son aise. Ils s'embrassèrent, et Amélie rentra dans sa chambre. Ce fut alors une scène cruelle de morne désespoir où le malheureux se roulait sur son lit, pleurait et embrassait entre ses sanglots la lettre de son amoureuse.

Il pensa que sa sœur, si dévouée, en voyant le changement survenu en lui par la lettre, ne manquerait pas de chercher à savoir ce qu'elle contenait, si bonne, si

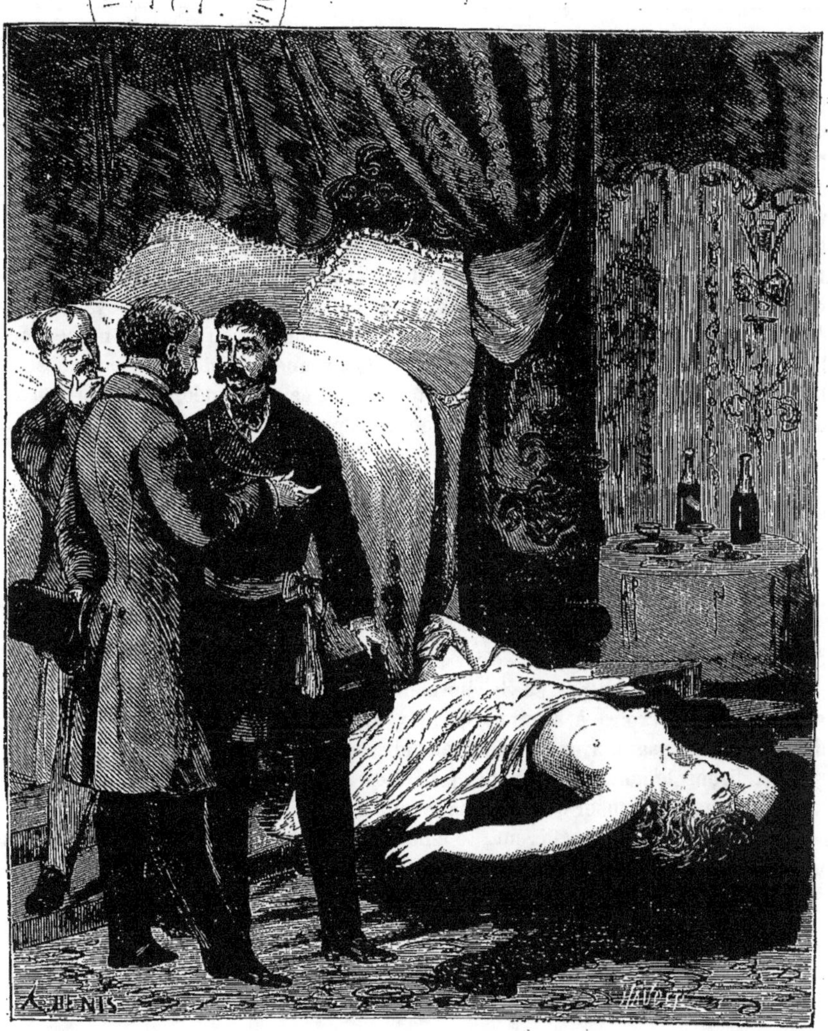

Le médecin concluait à un suicide (PAGE 87).

charmante qu'elle fût, surtout convaincue d'agir dans un bon sentiment. Amélie avait ce vice féminin, ce vice héréditaire de la première femme : la curiosité... Elle ne manquerait pas de vouloir mordre à la lettre... Et, de ce jour, l'honneur de Maurice était en jeu à ce que personne ne sût ce qu'il avait juré de cacher, de nier au besoin. Il pouvait brûler la lettre, mais cela était au-dessus de ses forces ; ce papier sur lequel *sa* main s'était promenée, sur lequel ses larmes étaient tombées, c'était à cette heure tout ce qu'il avait d'elle ; il résolut donc de l'emporter le lendemain à l'atelier; chez lui, il n'était pas en sûreté. Pendant dix jours, Amélie allait fouiller partout. Quand il aurait déclaré qu'il avait déchiré et brûlé la lettre, qu'Amélie serait lasse de ses recherches indiscrètes, alors, il rapporterait la lettre chez lui. Pour dormir, ainsi qu'aux petites filles qui veulent coucher avec leur poupée, il lui fallut avoir toute la nuit la lettre dans sa main et il l'appuyait sur ses lèvres. Le lendemain soir, lorsque Maurice fut rentré, sa sœur lui dit qu'elle avait été aux renseignements rue de Lacuée. Effectivement, cette nuit-là, une femme qui restait de l'autre côté de la rue, presque en face de la maison où son frère demeurait, s'était suicidée, disaient les uns, avait été empoisonnée, disaient les autres, était morte d'un anévrisme, disaient les amis... Bref, ç'a avait été un événement, parce que morte la nuit sans secours, on n'avait constaté la mort que le lendemain soir. Il était vrai que la police était venue, que de nombreux rassemblements avaient stationné devant la porte pendant cette journée, que le corps avait été porté à la Morgue, et depuis on n'en avait pas entendu parler; et Amélie concluait :

— Tu conçois qu'il suffisait de demander le plus petit renseignement, pour savoir que la victime était une femme; donc, je n'accuse pas Cécile, puisqu'elle était malade, presque folle, et ne pouvait agir; mais c'est chez elle que le petit complot a été organisé.

Maurice, la tête baissée, ne répondit pas; il pensait. Décidément le sort était contre eux; sa sœur ne savait pas que Cécile l'avait quitté le croyant mort; qu'elle devait croire aveuglément; que c'est plutôt en apprenant qu'il vivait qu'elle aurait pu douter; pour les autres, sa vie leur était tout à fait indifférente; au contraire, ils aimaient mieux croire à sa mort que d'y aller voir. La cause de tout, c'était son départ à la campagne avec sa sœur, leur absence de Paris justifiant ce qu'on pensait et, disons le mot, ce qu'on désirait. Il dit à sa sœur :

— Il ne faut accuser que le sort : je suis maudit!

Ils dînèrent et se couchèrent. Le lendemain, au point du jour, on frappa à la porte de leur petit logement. Maurice sauta du lit et, à peine vêtu, il alla à la porte; à cause de son négligé, il demanda :

— Qui est là?

— Au nom de la loi, ouvrez!

— Oh! mon Dieu! exclama Amélie, qui passait sa tête curieuse par l'entrebâillement de la porte.

Maurice ouvrit tout étonné et tremblant. Un commissaire, ceint de son écharpe, entra, suivi de deux agents; il demanda :

— Maurice Ferrand?

— C'est moi, monsieur, fit le jeune homme stupéfait.

— Au nom de la loi, je vous arrête.

DEUXIÈME PARTIE

LE

CRIME DE LA RUE DE LACUÉE

I

CE QUI S'ÉTAIT PASSÉ RUE DE LACUÉE, DANS LA NUIT DU 20 JUIN.

Nous demanderons au lecteur la permission de le ramener au jour qui suivit la nuit pendant laquelle s'ouvre cette histoire. Il était environ six heures du soir, un rassemblement nombreux stationnait, rue de Lacuée, devant la maison placée juste en face de celle où nous avons vu Maurice conduire Cécile, la nuit précédente, petit hôtel moderne, ouvrant de plain-pied sur la rue. Les curieux racontaient qu'une personne qui habitait l'hôtel, une jeune dame étrangère, très mystérieuse, inconnue du quartier, avait été assassinée ; en entrant dans sa chambre, on l'avait trouvée morte, les uns disaient étranglée, les autres empoisonnée. Une de nos connaissances, Chadi, était dans la foule, et il racontait :

— C'est le jour des femmes, aujourd'hui ; ce matin, il y en a une qui se jette à l'eau, ce soir on en trouve une empoisonnée. A qui le tour?... Et elles sont jolies toutes les deux.

— Vous la connaissiez? vous la connaissiez? demanda-t-on de tous côtés.

— Je la connaissais sans la connaître, comme un homme connaît une jolie femme de son quartier, c'est-à-dire que chaque fois que je la voyais passer, monter ou descendre de voiture, je l'admirais et je me disais que j'aimerais mieux qu'elle me tombe dans les bras que le tonnerre. Une grande blonde, entre vingt-cinq et trente ans, toujours mise avec un chic étourdissant, des yeux superbes, des mains si petites qu'on en aurait mis quatre dans une seule des miennes... Elle vivait seule ; on dit même qu'elle ne venait là que certains jours pour y rencontrer quelqu'un ; toujours est-il que la femme qui faisait le ménage ne venait que deux fois par semaine et ne la voyait presque jamais ; c'est Catherine, la femme à Gudin, le tonnelier. C'est elle qui, tout à l'heure, venant pour faire le ménage, l'a trouvée morte, à moitié tombée du lit...

— Oui, on dit même, ajouta une petite femme à l'œil égrillard, qu'elle n'était guère vêtue.

— Je crois bien, elle est nue comme Ève... C'est moi qui aurais bien voulu être appelé pour les constatations.

Une voiture qui venait obligea les curieux à s'écarter, et Chadi dit :

— C'est le commissaire.

En effet, c'était le commissaire qui descendit devant la porte du petit hôtel, suivi par trois agents de la sûreté. Il frappa; le coup retentit lugubre, portant écho comme dans les maisons vides. Aussitôt la porte s'ouvrit, le commissaire entra avec les gens qui l'accompagnaient, et la porte se referma sur le nez des curieux désappointés. Le commissaire, s'adressant à la femme de ménage qui venait de lui ouvrir, lui demanda :

— C'est vous, madame, qui étiez chargée de la garde et du ménage de cette maison.

— Oui, monsieur le commissaire.

— Vous veniez ce soir, ainsi que vous faisiez ordinairement?

— Oui, monsieur: tous les vendredis, madame venait dans la journée et ne repartait que le samedi vers midi; je venais alors vers deux heures ou plus tard, à mon choix, quand je n'avais pas d'ordre pour tout remettre en ordre...

— Et ce soir, vous veniez dans ce but... A quelle heure?

— Vers cinq heures.

— Et vous avez trouvé votre maîtresse morte?...

— Oui, monsieur.

— En entrant, vous n'avez constaté aucun bouleversement? rien n'était dérangé?

— Absolument rien, monsieur le commissaire...

— La porte était fermée?

— Oui, monsieur le commissaire, la porte était fermée à clef et la clef était emportée.

— Et vous avez tout laissé dans l'ordre?

— Oh! monsieur le commissaire, depuis que je suis entrée et que je l'ai vue, je me suis sauvée de la chambre et je n'ai pas osé remonter seule... J'ai envoyé mon mari vous chercher et je suis restée dans cette pièce.

— Bien! veuillez nous diriger.

— Dans la chambre? demanda la femme en frissonnant.

— Oui!

— Montez, fit-elle, désignant l'escalier et s'effaçant pour les laisser passer devant elle. Ils montèrent au premier et entrèrent dans un grand salon dont la porte était ouverte. La femme désigna une autre porte également ouverte qui se trouvait à droite du salon et dit :

— C'est là, monsieur.

— Est-ce que les portes étaient ouvertes lorsque vous êtes entrée ici?

— Non, monsieur, non; c'est moi qui, en me sauvant lorsque j'ai vu le corps, n'ai plus pensé à rien fermer.

Ils entrèrent dans la chambre à coucher; c'est à peine si l'on pouvait se diriger : les persiennes étant fermées ne laissaient pénétrer que le jour qui passait entre les lames de bois, et ce jour était encore affaibli par les rideaux; la chambre était dans une demi-obscurité qui ne permettait de distinguer que le corps dont le blanc mat tranchait dans cette ombre.

Sur l'ordre du commissaire, on ouvrit une fenêtre et, les persiennes ouvertes, on la referma aussitôt; on entendit monter de la rue le bruit tumultueux de la foule. Le commissaire regarda autour de lui et chargea un des agents de prendre les notes nécessaires au premier rapport. La chambre dans laquelle le crime ou le suicide s'était accompli était une vaste pièce; le lit, en ébène sculpté, était très large, presque carré; il occupait, sous une vaste tenture bleue et blanche, le fond de la chambre. Il était à colonnes cannelées et ornées de chapiteaux; on y montait pour se coucher par trois marches couvertes d'une ample peau d'ours noir; en face du lit s'ouvraient les deux fenêtres qui donnaient sur la rue de Lacuée; entre ces fenêtres était un bureau-chiffonnier; très bas, sur le marbre noir, s'étalait tout un arsenal de toilette en nacre, brosses, peignes, ongloirs, limes... Au-dessus, une glace de Venise biseautée, à large cadre de chêne sculpté, un peu penchée en avant, et dans laquelle se reflétait à cette heure le corps de la victime. Dans chaque coin de la chambre un petit fauteuil bas, capitonné de soie bleue et blanche, une chaise longue capitonnée de même. A droite du lit, une haute cheminée garnie de bronzes magnifiques; devant, un guéridon bas qu'on avait dû pousser là en se couchant, et sur lequel étaient encore dressés deux couverts, deux coupes à champagne et deux bouteilles de ce vin, vides.

Avant de se coucher, la victime avait fait une petite collation; car, dans les assiettes, on ne voyait que des débris de fruits et de gâteaux... Sur la chaise longue deux jupons de batiste à traîne, un grand peignoir de faille bleu clair, garni de valenciennes; à côté, des bas de soie fins, transparents; à terre, au pied de la chaise longue, des jarretières de soie bleue et des petites bottines d'enfant...; sur le bateau du lit, tranchant de son blanc bleu sur l'ébène noir, une chemise fine et diaphane comme une toile d'araignée, toute garnie de dentelle.

Après avoir inspecté la chambre et constaté que tout était bien en ordre, les hommes regardèrent la victime et, malgré eux, ils eurent un mouvement d'admiration.

Le corps, complètement nu, était étendu sur les marches du lit, plus blanc de l'intensité du noir de la peau d'ours sur laquelle il était couché; les pieds étaient restés sur la marche du haut, la tête en bas, un peu penchée sur le bras droit recourbé et sur ses cheveux d'un blond éclatant formant comme une auréole; l'autre bras abandonné avait un mouvement pudique, et, n'est le froid éprouvé au contact des chairs, le corps avait gardé une souplesse qui faisait douter de la mort. Un statuaire n'aurait pas plus gracieusement posé son modèle pour une nymphe endormie.

La victime était absolument belle...

Après avoir pris les notes et en attendant le médecin qui devait constater la mort, le commissaire cherchait vainement sur le visage une contraction douloureuse; au contraire, le visage doux, reposé, souriait; on eût dit qu'un songe voluptueux l'endormait. Le commissaire demanda à la femme de ménage:

— Avez-vous vu la dernière personne reçue par la victime le jour qui a précédé le crime?

— Non, monsieur.

— Connaissez-vous les gens qu'elle recevait ordinairement?

— Non, monsieur.

— Vous n'avez jamais vu entrer personne chez elle?

— Si, monsieur le commissaire; mais je les ai vus de loin et ne pourrais les reconnaître. J'en ai vu deux.

— Quelles allures avaient-ils? A quel monde vous ont-ils paru appartenir?

— L'un était un jeune homme, l'autre était un prêtre.

Le commissaire fit la grimace, en disant :

— Ah!

Puis il rectifia :

— Vous voulez dire qu'il portait un costume de prêtre?

— Cela peut être, car je n'ai pas vu son visage.

— Elle n'avait pas de relations dans le voisinage?

— Non, monsieur.

Après quelques minutes d'observation, le commissaire dit :

— Il va falloir faire une minutieuse enquête dans le quartier, savoir si elle est venue hier seule ou accompagnée.

S'adressant à la femme de ménage, il demanda :

— Est-ce que vous avez une cave ici?

— Oui, monsieur.

— Et ce vin en sort? interrogea-t-il, en montrant les bouteilles à champagne restées vides sur la table.

— Non, monsieur; il n'y a pas de vin dans la cave. Une fois, on a reçu un panier de bouteilles de vin de Bordeaux; madame me l'a fait placer dans l'office.

— Ce panier est venu par le chemin de fer et vous devez avoir l'adresse de l'envoyeur.

— Non, monsieur, c'est madame qui un jour l'a apporté elle-même, en voiture, et c'est mon mari qui l'a descendu, et mon mari, qui s'y connaît, en voyant les bouchons, a dit que c'était du vin qui valait plus de quinze francs la bouteille...

— Savez-vous le nom de votre maîtresse?

— En entrant ici, elle avait loué sous le seul nom de Léa...; mais comme elle recevait deux lettres par mois ici, j'ai vu son nom, elle se nommait Ella Médan...

— D'où venaient ces lettres?

— D'Allemagne et de Prusse.

— Toujours?

— Oui, monsieur, toujours.

— Et à date fixe?

— A date à peu près fixe, c'est-à-dire tous les quinze jours.

— Quels sont ses fournisseurs habituels?

— Il n'y en a pas, c'est moi qui achetais tout, et comptant; elle ne voulait même pas que je laissasse entrer ici pour livrer la marchandise; je devais la porter moi-même.

— Vous ne pouvez nous renseigner par aucun indice?

— Non, monsieur, je suis terrifiée, épouvantée depuis deux heures; personne ne venait ici, elle n'avait pas d'ennemis, elle était aussi bonne que belle, et très généreuse.

— Savez-vous si elle avait des valeurs ici?

— Non, monsieur!...

Le commissaire se pencha sur le cadavre, regardant les mains et les oreilles, et il demanda :

— Portait-elle ordinairement des bijoux?

— Pas toujours, monsieur, des fois elle venait avec des boucles d'oreilles très belles en diamant; d'autres fois rien.

— Avait-elle des bagues?

— Souvent, oui...

Un des agents, qui n'avait pas cessé de fouiller partout, dit aussitôt.

— Il est facile de le voir.

— Il se baissa et regarda les mains du cadavre.

— Elle avait trois bagues à une main, deux à l'autre, la trace est visible...

— Ah! très bien, le vol est le mobile de l'affaire.

— Assurément, et par quelqu'un connaissant la maison, et un soigneux, car tous les meubles sont refermés.

— Aviez-vous de l'argenterie? demanda le commissaire.

— Oui, monsieur.

— Regardez si elle est encore là.

La femme de ménage courut dans la salle à manger et revint aussitôt en disant :

— L'argenterie est là; on n'y a pas touché.

Le commissaire, s'adressant à l'agent, lui dit :

— Boyer, vous devez avoir votre trousseau?

— Oui, monsieur le commissaire.

— Ouvrez donc les armoires.

L'agent obéit. Il ouvrit l'armoire, le chiffonnier et un petit secrétaire; dans l'armoire seulement, on trouva du linge de corps, de toilette et de literie...

Assez désappointé, le commissaire relisait les notes prises par le troisième agent lorsque le médecin appelé entra; il procéda aussitôt à un examen minutieux du corps et déclara que la jeune femme était morte empoisonnée; elle devait être sur le lit et, dans un spasme, elle avait roulé et était tombée sur le tapis à moitié morte, comme ivre, et s'était endormie là pour ne plus s'éveiller; il concluait à un suicide. Le commissaire se rangea aussitôt de son avis. Elle avait dû employer, pour se donner la mort, l'ivresse d'abord qui l'avait fortifiée, puis un de ces poisons mystérieux amenant la mort au milieu des rêves les plus étranges; sur son visage l'agonie n'avait laissé que la trace du plaisir.

— Nous devons avoir devant nous, conclut le médecin, une malheureuse atteinte d'hystérie, qui s'est tuée dans un de ses accès par un poison qui apporte la mort dans la volupté.

L'agent, droit comme un I, le menton dans une de ses mains, le coude dans l'autre, réfléchissait en mordillant ses lèvres, et lorsque le médecin eut donné son avis, que le commissaire lui demanda :

— Qu'en pensez-vous, Boyer?

L'agent Boyer se contenta de hocher la tête. Le médecin le regarda et dit :

— Vous croyez à un crime?

Après une pause d'une minute, il répondit :

— Oui.

— Et quels indices vous font conclure ainsi?

L'agent fit quelques pas dans la chambre sans répondre, regardant, fouillant partout, puis, revenant vers le commissaire et le médecin, il dit :

— Ce qui me fait conclure au crime, je vais vous le dire. Auguste, mettez en note ce que je vais faire remarquer. Monsieur le docteur, comment expliquez-vous qu'une femme élégante se suicide nue?

— L'atroce chaleur qu'il faisait hier et qu'un orage a suivie.

L'agent haussa légèrement les épaules et, de sa canne désignant la chemise jetée sur le panneau du lit, il reprit :

— On n'a pas trop chaud avec cette toile d'araignée; il y a dans ceci la révélation claire des mœurs impudiques de la victime, et voilà tout; voici dans le lit la place occupée par elle, sur l'oreiller la trace de sa tête; sur le lit, l'empreinte du corps; à côté, dans l'oreiller et sur le lit, l'empreinte d'un autre corps. Penchez la tête, monsieur le docteur, cet oreiller a gardé le même parfum qui s'exhale de cette chevelure. Celui-ci n'a pas la même senteur : deux personnes étaient couchées dans ce lit.

— C'est possible.

— C'est absolu!... On ne s'est pas mis à table pour faire une collation; il n'y a pas eu de siège autour, on a bu et grignoté des gâteaux étant couchés, des miettes de gâteau restent dans le lit. La table était là sur cette peau d'ours, près des marches du lit; on l'a repoussée au moment où la femme, ivre et mourante, attribuait à l'ivresse les prodromes du poison, se laissant glisser sur cette peau d'ours noir, sur laquelle elle s'endormit en se posant voluptueusement; elle n'est pas tombée, elle s'est couchée lascive, pour se montrer plus belle, plus blanche à celui qu'elle croyait son amant et qui fût son assassin... Maintenant regardez les coupes : l'une est transparente, les dernières gouttes du champagne ont la teinte d'or; l'autre est terne et trouble; une des bouteilles était empoisonnée... Celui qui a fait le coup a dû proposer de boire chacun une bouteille; on a pris chacun la sienne; voyez, les derniers coups n'ont pas été bus dans les coupes; regardez, la trace des lèvres est restée sur la cire brune des goulots... Il reste un demi-verre dans la bouteille de champagne pur, et rien, pas une goutte dans l'autre; pour l'expertise, on devra se servir du verre... Cherchez là, dans la cheminée, voyez-vous les cendres mouillées? Ce qui restait de la bouteille est là... Cette femme avait aux oreilles des bijoux; regardez, et vous verrez le petit sillon rouge sur le blanc de l'oreille : les

— Je l'ai vu, dit gaiement la gentille commère... (PAGE 96).

doigts portent encore l'empreinte des bagues. Eh bien, docteur, croyez-vous toujours à un suicide?

Le docteur avait suivi avec attention les remarques et les déductions de l'agent, et il n'osait plus se prononcer ; ce dernier reprit :

— Il y a crime. L'amant de cette femme l'a empoisonnée pour la voler. Peu importe qu'elle soit morte sur le lit ou qu'il l'ait placée ainsi après sa mort. Cette femme est morte sans agonie, elle est morte heureuse. Nos recherches doivent donc se porter sur celui ou ceux qu'elle recevait ici, car pour nous il n'y a pas encore de doute de ce côté. Cette femme n'avait ici qu'un pied-à-terre, sorte de petite maison qui lui servait pour ses rendez-vous. Ce luxe, sa mise, cette élégance particulière du linge intime, nous disent assez devant quel genre de femme nous nous trouvons. Nous avons affaire ici à un Philippe de haute école.

On frappait en bas. La femme de ménage étonnée regardait le commissaire et les agents, semblant leur demander ce qu'elle devait faire.

— Ce sont sans doute ces messieurs du parquet, M. le juge d'instruction ; vite, allez ouvrir.

La femme obéit, et l'agent Boyer recommença son inspection rigoureuse. C'était en effet le juge d'instruction, accompagné de son greffier et d'une autre personne. Le commissaire s'empressa d'aller au-devant de lui, et, après lui avoir présenté le docteur et les agents et raconté ce qu'il avait constaté depuis son arrivée, il l'introduisit dans la chambre du crime. Le juge d'instruction dit alors :

— Avez-vous fait une perquisition?

— Une perquisition sommaire et inutile, tout a été enlevé, il ne reste que le linge de corps et de toilette.

— Ah ! vous n'avez pas trouvé de papiers ?

— Non, monsieur.

— Dans les notes que je reçois du parquet, le mobile du crime serait le vol de ces papiers, très importants à avoir.

L'agent regardait le médecin.

— Monsieur le juge, est-ce que vous avez des notes constatant l'identité de la victime ?

— Absolument ; elles ne vous ont pas été remises ? Elle se nomme Ella Kermedan, dite Léa de Médan. Elle demeure dans un appartement de la rue Byron, aux Champs-Elysées ; c'est un sujet autrichien, elle est née à Vienne... Il faut à tout prix trouver le coupable. Qui allez-vous prendre pour commencer une enquête adroite ?

— J'ai là Boyer que j'ai eu l'honneur de vous présenter et qui, déjà, avait à peu près constitué le crime, contre M. le docteur qui concluait à un suicide...

— Ah ! très bien... Qu'allez-vous faire, monsieur Boyer ?

— Monsieur, j'ai deux hommes avec moi, et je vais chercher dans le quartier.

— Dans le quartier ?

— Nous savons par madame qu'il n'y a pas de vin de Champagne en cave : nous allons envoyer pour savoir où ont été achetées ces deux bouteilles, et par qui ; voici des gâteaux, nous en ferons autant ; avec les renseignements obtenus, nous aurons des données certaines ; d'abord le signalement. Il faut que nous sachions ensuite à quelle heure cette femme est venue ; si elle est arrivée seule, à pied ou en voiture.

La femme de ménage dit alors :

— Je puis vous dire que madame est arrivée tard dans la soirée, car moi je suis venue à neuf heures apporter du linge et personne n'était à la maison...

Madame ne venait jamais en voiture jusqu'ici ; elle descendait toujours à la place de la Bastille, et venait à pied...

— Voilà un précieux renseignement.

Le juge se fit expliquer dans tous les détails ce que nous savons, puis il signa l'ordre de lever le corps pour le porter à la Morgue où devait avoir lieu l'autopsie; il ordonna l'apposition immédiate des scellés et se retira en pressant le commissaire et les agents de hâter l'enquête et de l'informer des premiers résultats obtenus. A peine était-il parti que les porteurs, qui attendaient en bas, placèrent le corps sur une civière et le portèrent à la Morgue. Un garçon du greffe fit un paquet des vêtements et l'emporta. Après avoir fait procéder, en sa présence, à l'apposition des scellés, le commissaire se retira suivi des agents ; il était tard ; on se sépara, remettant au lendemain les premières recherches.

L'agent seul résolut, malgré l'heure avancée, de commencer le soir même. Avant de quitter la chambre du crime, il avait pris, dans une petite boîte de carton, une pincée de cendre mouillée qu'il avait remarquée dans la cheminée ; ayant quitté ses acolytes au coin de la rue, il cherchait, tout en marchant, comment il allait commencer, lorsqu'il fut presque aveuglé par la lumière rouge que jetaient sur lui les globes d'un pharmacien; il leva machinalement la tête et vit sur le vitrage de la porte ces mots :

« Chimiste expert. »

— Tiens ! exclama-t-il, commençons par là !

Et il entra dans la pharmacie et exposa au pharmacien qu'un accident étant arrivé, une personne s'étant empoisonnée, il désirait savoir avec quelle substance, et il lui remit la boîte en disant :

— C'est tout ce que j'ai trouvé.

Le chimiste regarda et dit qu'il lui fallait un peu de temps... Craignant que ce retard ne fût demandé pour un autre motif, Boyer montra sa carte d'agent de sûreté.

— Oh ! monsieur, fit aussitôt le chimiste, je n'hésitais pas... il me faut véritablement ce temps ; le poison, assurément, est mêlé à une boisson quelconque qui prend tout dans cette cendre, et je ne le trouverai que par quantité infinitésimale...

— La boisson dans laquelle le poison a été jeté est du vin de Champagne.

— Du champagne !

— Oui...

— Tiens ! c'est singulier.

— Qu'y a-t-il ? demanda vivement l'agent flairant une piste.

— Ce matin, déjà, on est venu me demander le contre-poison pour un poison absorbé dans du champagne.

— Ce matin ?

— Ayant cette indication, vous pouvez immédiatement voir si c'est le même.

— Oh ! tout de suite... Je vous demande une minute.

Le vieux chimiste passa dans son laboratoire, et l'agent, anxieux, attendit dans la boutique. Cinq minutes après le pharmacien reparaissait et disait :

— C'est absolument la même chose...

— Ah! ah! et ce matin on est venu vous demander le contre-poison?

— Oui, monsieur.

— Vous l'avez donné ?

— Immédiatement, naturellement; d'autant plus que ce narcotique, excessivement dangereux, se prend assez souvent depuis certains articles de journaux qui ont révélé son effet étrange; la jeunesse est imprudente, elle voit le plaisir et ne voit pas le danger... et, en cherchant la volupté, elle risque de trouver la mort... C'était le cas : je le vis aussitôt, car celle qui accourait était échevelée comme une folle ; c'est une jeune fille de dix-huit à vingt ans, qu'il me semble avoir vue dans le quartier.

Boyer écoutait attentivement, mordant ses ongles ; il demanda :

— Quel genre de personne?

— Une petite ouvrière ; ces malheureuses petites se trouvent toujours prises aux récits fantaisistes des ateliers; elles imaginent qu'une goutte les conduit au paradis de Mahomet... le vice dans le sommeil..., en restant sages...

Boyer laissait dire ; mais sa pensée était loin de ce que disait le pharmacien. Après avoir pris sur la jeune fille les renseignements nécessaires et les avoir soigneusement notés, il se retira.

Seul dans la rue, il regagnait sa demeure, jouant avec sa canne, pensant et parlant sans s'en apercevoir; il marchait, disant à mi-voix :

— L'assassin est du quartier ; il a été obligé assurément de prendre, lui aussi, un verre de la bouteille empoisonnée pour engager ou rassurer sa victime... Il en avait pris trop peu pour tomber là ; mais, une fois chez lui, il a envoyé sa maîtresse, assurément, car elle était épouvantée, chercher le contre-poison... On n'est pas revenu, donc il est sauvé... C'est dans le quartier qu'il faut chercher... Demain, je saurai cela... Il faudra bien que nous trouvions le marchand qui a vendu le champagne et celui qui a vendu les gâteaux... C'est là que j'aurai le signalement de l'homme.

Et, clignant de l'œil, satisfait de lui-même, l'agent Boyer rentra chez lui se coucher.

L'agent Boyer, à qui était confié le soin de rechercher le coupable dans l'affaire de la rue de Lacuée, était un grand gaillard de bizarres allures, maigre et long comme une latte; sa tête, en lame de couteau, avait l'aspect d'une tête de fouine; son œil, petit et plein d'éclairs, semblait chercher sans cesse, sans s'arrêter jamais. A peine âgé de trente à trente-cinq ans, il avait le crâne fauché par un calvitie précoce, qui ne lui laissait, de chaque côté de la tête, que deux touffes de cheveux plats. Vêtu de vêtements courts et étroits, ses pieds et ses mains paraissaient immenses ; les mains surtout avaient de gigantesques proportions.

Le lendemain, les trois agents fouillaient le quartier. Le soir, à une heure déterminée, ils devaient se trouver tous les trois dans un cabaret du quai de la Râpée, portant l'enseigne du *Renseignement*. C'est là que les canotiers, montant le dimanche en Marne, écrivent aux amis attardés, sur un grand tableau placé devant le comptoir, l'endroit où ils se rendent en bateau. De là l'enseigne : *Au Renseignement*.

Les trois agents, le premier jour, n'avaient rien trouvé, et l'agent Boyer était de mauvaise humeur. Ils se quittèrent pour se donner rendez-vous le lendemain.

Le lendemain au soir, l'agent Borel entrait, lorsque Boyer lui demanda :

— Eh bien ! avez-vous quelque chose de nouveau ?

— Oui, monsieur Boyer.

— Ah ! asseyez-vous et dites vite.

— J'ai trouvé le marchand de vin chez lequel ont été achetées les deux bouteilles de champagne.

— Ah ! très bien.

— Il se nomme Bérard et sa maison est située rue de Lyon, près de la gare. C'est samedi soir qu'un jeune homme d'une vingtaine d'années, très pâle, mais paraissant calme, s'est présenté et a demandé deux bouteilles d'excellent champagne ; il a payé les deux bouteilles seize francs. On lui a offert de les faire porter et il a refusé en disant qu'il demeurait à deux pas de là.

— Avez-vous demandé le signalement ?

— Oui, et je l'ai bien complet. Pendant que le mari était descendu à la cave chercher le vin, la femme Bérard était dans le comptoir, et comme le garçon était fort joli, elle l'admirait. C'est l'expression même dont elle s'est servie, ajoutant même : « Si beau, ma foi, qu'un moment je me demandais si ce n'était pas une femme habillée en homme. »

— Hein ! fit l'agent Boyer, dressant l'oreille. C'est un détail qu'il ne faut pas oublier... Une femme, mais cela serait possible... Vous avez ce signalement ?

— Le voici, dit l'agent, cherchant dans son portefeuille et en tirant un papier qu'il lut :

« Assez grand, bien pris, paraissant vingt ans, l'air distingué, yeux noirs aux regards doux, cils et sourcils châtains, nez droit, bouche petite, teint clair, moustaches rousses, cheveux blonds qu'il porte longs, air timide. Vêtu d'une jaquette de drap couleur sombre, pantalon et gilet de même étoffe, chemise à grand col rabattu, cravate noire, petit chapeau rond... habitant assurément le quartier, car la femme Bérard prétend l'avoir vu passer le soir et le matin assez souvent devant chez elle.

— Voilà qui est parfait...

L'agent Auguste entrait dans le cabaret et cherchait du regard si ses deux collègues étaient arrivés ; Boyer lui fit signe de venir s'asseoir près d'eux.

— Eh bien ! Auguste, avez-vous trouvé quelque chose, vous ?

— Oui.

— A la bonne heure.

— Place de la Bastille, à la pâtisserie de la rue Saint-Antoine, on est venu samedi soir, vers huit heures, acheter deux livres de petits gâteaux assortis. Ceux que j'ai présentés au maître de la maison sortaient de chez lui.

— Ah ! très bien. A-t-il remarqué celui qui est venu les acheter ?

— Oui, car il a longtemps hésité s'il ne devait pas prendre une grosse pièce avec, pour faire un souper, a-t-il dit.

— Et vous avez le signalement ?

— Complet, vous allez voir.

À son tour, l'agent tira un papier de sa poche et lut :

« Le samedi 20 juin, vers huit heures du soir, s'est présenté chez le sieur X..., pâtissier confiseur, place de la Bastille, un jeune homme de vingt ans environ, ayant un visage de femme...

— N'oublions pas ce détail que nous retrouvons encore, dit Boyer à Borel.

— Qu'est-ce que vous dites ?

— Rien, Auguste, continuez.

» ...Assez grand, bien fait, très convenablement vêtu, les yeux noirs, le nez droit, la bouche petite, la moustache châtain clair, les cheveux blonds, l'air timide ; il portait un paletot-jaquette en drap sombre, le gilet et le pantalon de la même couleur ; il était coiffé d'un chapeau rond et avait l'allure d'un ouvrier ou employé aisé. On ignore s'il est du quartier : c'est la première fois que le sieur X... le voyait. »

— Parfait, le signalement est le même...

— Oui, Borel a trouvé le marchand chez lequel les bouteilles de champagne ont été achetées, par le même individu. Nous connaissons maintenant notre homme... ou notre femme... C'est assez pour aujourd'hui ; demain vous battrez le quartier, toutes les rues environnantes, en vous informant si l'on connaît chez les commerçants un homme se rapportant à ce signalement... Moi, je ferai la rue de Lacuée.

— Bien, c'est entendu... et toujours rendez-vous ici?

— Oui; donnez-moi vos notes, je ferai ce soir mon rapport pour M. le procureur chargé de l'instruction.

Les deux hommes donnèrent leurs notes et ils se séparèrent.

Cette fois, l'agent Boyer avait des renseignements précis ; il n'y avait pas à en douter, celui que l'on cherchait était bien ce singulier jeune homme, aux traits féminins. Il ne restait qu'une chose : savoir qui il était et s'en emparer. Pour assurer l'enquête et ne pas donner l'éveil au coupable, on n'était plus retourné dans la maison du crime, et l'on pouvait croire que, en raison de circonstances exceptionnelles, l'affaire en était restée là. Ce bruit avait même été adroitement répandu dans le quartier de la Râpée. Le lendemain, Boyer entrait dans la maison de la rue de Lacuée, demandait si ce n'était pas là que demeurait un jeune homme, dont il avait oublié le nom, mais dont il donnait le signalement.

Il avait déjà vu six maisons sans résultat, lorsqu'il arriva dans une maison sans concierge. En l'entendant monter et descendre l'escalier, un des boutiquiers ouvrit la porte qui donnait sur l'allée, et lui demanda assez durement ce qu'il faisait :

— Mon Dieu, monsieur, je cherche un jeune homme dont j'ai oublié le nom, et qui reste ici, je crois.

— Qu'est-ce qu'il fait ?

— Voilà ce que je ne sais pas.

— Vous cherchez quelqu'un que vous ne connaissez pas du tout, alors?

— Pardon! c'est un jeune homme de vingt ans. Et il donna le signalement qui avait été décrit la veille.

— C'est le petit du troisième : Ferrand, un garçon qui travaille dans le bronze...

— C'est peut-être ça... Il se nomme Ferrand... oui...

— Maurice Ferrand...

— Vous dites : au troisième, Maurice Ferrand. Et l'agent se disposait à monter.

— Mais il ne demeure plus ici; il y demeurait...

— Comment cela?... Depuis longtemps?

— Depuis deux jours...

— Ah!... Et savez-vous où il est allé?...

— Ma foi, non, il ne me l'a pas dit, et je n'ai pas été le lui demander.

— Monsieur, voulez-vous m'accorder quelques minutes d'entretien?... dit Boyer, entrant résolument chez le fruitier étourdi. Je suis agent de la sûreté et à la recherche de ce Maurice Ferrand. Je vous prie de vouloir bien me donner sur lui tous les renseignements possibles.

Étonné, étourdi, le fruitier fit rentrer l'agent dans son arrière-boutique et dit :

— Monsieur, je ne sais pas grand'chose; c'est à peine si je le connaissais, mais dites-moi ce que vous voulez savoir, et si je puis vous répondre, je le ferai.

— Ce Maurice Ferrand avait-il une vie régulière?

— Oh! monsieur, la sagesse même; tous les jours, au moment où je balayais le devant de la porte, je le voyais sortir se rendant à son travail...

— Il y a trois jours, l'avez-vous vu?...

— Il y a trois jours, c'était dimanche, non; ce jour-là il se levait plus tard, et c'est ce jour-là que je l'ai vu vers quatre heures partir à la campagne, du moins c'est ce qu'ils ont dit; il partait pour quelque temps... Le lendemain, sa sœur est revenue, elle a payé le terme et elle a fait enlever les meubles sans rien dire de plus : je crois que c'était pour les vendre, et qu'elle allait rejoindre son frère loin de Paris.

— Entendez-vous lorsque l'on monte et descend dans l'escalier la nuit?

— Oh! pas du tout, monsieur; notre chambre est de l'autre côté et on n'entend rien...

— Vous ne connaissez personne avec qui Maurice Ferrand était lié?

— Non, monsieur, il était très réservé, timide même, et on le voyait toujours seul... Il ne doit pas être recherché pour une chose bien grave, car je ne le crois pas capable de mal faire...

— Non, c'est pour une affaire de famille. Mais, tout en restant seul chez lui, il avait besoin de différentes choses; savez-vous où il se fournissait le plus fréquemment?

— Oui, chez l'épicier marchand de vin, au coin de la rue, là; je vais vous faire voir.

Et le fruitier, sortant de sa boutique, indiquait du doigt le commerçant dont il parlait. Boyer le remercia et se rendit aussitôt chez l'épicier; le maître de la maison n'était pas là ; la femme se mit à sa disposition, si c'était pour affaire, disant qu'elle en savait autant que son mari. L'agent lui dit à mi-voix le but de sa visite ; la femme eut la seconde de frayeur qu'éprouvent tous les bourgeois aux seuls mots : « Police de sûreté. » Mais, bavarde, aimant par-dessus tout les médisances et les cancans, elle fit entrer l'agent dans la salle à manger, qui se trouvait derrière la caisse, et lui dit :

— Monsieur, je suis à vos ordres. Que voulez-vous me demander?

— Vous connaissez, madame, M. Maurice Ferrand?

— M. Maurice, un très joli garçon d'une vingtaine d'années, blond, de jolis yeux, qui restait rue de Lacuée?

— C'est cela même.

— Oui, monsieur, je le connais, parce qu'il venait assez souvent chez nous... Un innocent, je le faisais rougir en le regardant... Est-ce que ce garçon a fait quelque chose? Ce n'est pas possible !

— Non, madame ; ce garçon est disparu, et nous le recherchons, craignant qu'un accident ne lui soit arrivé, ou qu'il n'ait été victime d'un crime...

— Oh ! il n'y a pas de danger ; s'il a été victime de quelque chose, c'est d'un enlèvement, ajouta en riant la belle épicière.

— Quand avez-vous vu ce jeune homme la dernière fois ?

— Je l'ai vu, dit gaiement la gentille commère, probablement à l'heure de sa disparition.

— Que voulez-vous dire? demanda l'agent, mis en éveil.

— Vendredi soir.

— Vendredi dernier? interrompit Boyer, anxieux.

— Oui, vendredi ; je revenais du théâtre, avec le garçon, que mon mari avait envoyé au-devant de moi, lorsque, sur la place de la Bastille, j'ai vu M. Maurice, enlacé avec une jeune fille qui m'a paru très belle, et ils s'embrassaient que ça vous stimulait le sang ; je n'osais plus les regarder, et ils se dirigeaient chez lui.

— Enfin ! j'en étais certain, exclama Boyer... Il faut que nous le trouvions.

L'agent Boyer ne put retenir une exclamation de joie ; cette fois il était bien sur la piste ; il demanda :

— Quelle heure était-il, madame?

— Environ onze heures et demie.

— C'est bien cela... Aviez-vous vu arriver la jeune femme?

— Non, monsieur ; lorsque je les vis, ils étaient enlacés et s'embrassaient ; dame ! ça se comprend, car il est très joli, mais très joli garçon, vous savez...

— Et la femme, vous l'avez vue?

— Pas très bien, si ce n'est au moment où ils sont passés dans la lumière du réverbère ; elle m'a paru très jolie aussi, elle lui souriait ; ils avaient l'air de s'adorer.

— C'était une jeune fille de taille ordinaire, blonde?

— Je ne peux pas vous dire ; vous savez, la nuit, on ne distingue guère une blonde d'une brune.

— Élégamment vêtue?

Le bal.

— Oui, elle me paraissait mise élégamment; je vous le répète, il faisait nuit et le boulevard Contrescarpe n'est pas bien éclairé.

— Ils se dirigeaient vers la rue de Lacuée, m'avez-vous dit?

— Oui, monsieur; ça, j'en suis certaine, car nous les avons perdus de vue juste au moment où ils tournaient pour y entrer.

— Vous les avez suivis?

— Non, monsieur; seulement notre garçon ne couche pas chez nous; alors, comme il faisait une belle soirée, je l'avais obligé à rester un peu avec moi pour me promener sur le boulevard, dans un coin assez sombre, et nous voyions sans être vus.

En disant cela, la belle épicière était un peu embarrassée, et malgré elle le rouge lui montait au visage; mais Boyer sembla ne pas s'en apercevoir, et il continua :

— C'est tout naturel... Vous êtes restés assez tard ?

— Oui, monsieur, peut-être jusqu'à deux heures du matin... Il y avait de l'orage, vous savez, et il faisait si lourd !

— Je comprends cela parfaitement... Ne les avez-vous pas entendus se parler?

— Si, monsieur... des mots que disent les amoureux... surtout rentrant chez eux à cette heure... Il disait, lui : « Je souffre, je ne puis vivre sans toi. » Et elle répondait : « Je t'aime ! je voudrais mourir dans tes bras... »

— Vous n'avez pas vu sortir Maurice ? Il n'est plus repassé ?

— En voilà une question ! Mais non, monsieur, je vous dis qu'ils rentraient chez eux, qu'ils semblaient s'adorer...

— Vous avez raison. Je vous remercie bien, madame. Depuis cette nuit, vous ne l'avez pas revu ?

— Non, monsieur. J'ai revu sa sœur une fois; elle est venue acheter de la corde chez nous ; c'est avant-hier ou lundi.

— Merci, madame; et, dans le quartier, vous ne lui connaissez pas d'amis ?

— Non, monsieur.

— Je n'ai pas besoin d'interroger votre garçon, n'est-ce pas?... Vous en savez autant que lui.

— Oui, monsieur, fit la gentille épicière en rougissant.

— Au revoir, madame.

Et l'agent se retira, reconduit par la jeune femme jusqu'à la porte de la rue.

Seul, l'agent Boyer regarda sa montre et se dit :

— J'ai le temps de faire mon rapport ; maintenant, je vois l'affaire comme si j'y étais. Le petit ouvrier, en voyant une jeune et belle fille couverte de diamants venir une ou deux fois par semaine en face de chez lui, s'est dit qu'il y avait là les moyens d'une fortune rapide; beau, il s'est trouvé sur son passage et s'est fait remarquer d'elle ; la conquête a été facile. On se sera vu une fois ou deux, on aura convenu des rendez-vous chez elle, lui aura galamment offert une petite collation, qu'il aura été chercher chez lui, deux bouteilles de champagne achetées à huit heures et qu'il a eu le temps de préparer. Il a été au-devant de la belle Léa, au rendez-vous, vers onze heures ; celle-ci arrivée, ils sont venus bras dessus, bras dessous ; elle est entrée chez elle ; il est monté chez lui chercher la collation préparée ; il a traversé la rue ; elle lui avait donné la clef; il est entré et il l'a retrouvée déjà couchée ; ils se sont mis au lit, et, en riant, ils ont bu et mangé. Le poison a agi : elle est morte entre ses bras ; il l'a déposée sur le tapis ; alors il a fouillé les armoires, il a pris les bijoux et est sorti ; il avait la clef, il a tout refermé derrière lui, et il est rentré chez lui, croyant que le crime ne serait pas découvert avant le jour où elle avait l'habitude de venir, lorsque la femme de ménage viendrait tout préparer. Chez lui, il s'est trouvé indisposé. Peut-être, sans le vouloir, avait-il bu une gorgée du vin empoisonné; il a aussitôt envoyé sa sœur chercher du contre-poison. Le crime était découvert le jour même, alors il a perdu la tête; il s'est sauvé et a envoyé sa sœur pour déménager ses meubles. Tout cela est clair, limpide; où est-il? Il va falloir trouver le chemin qu'ont suivi les meubles. Bientôt nous les tiendrons; mais déjà aujourd'hui l'affaire est instruite.

Et, content de lui, se frottant les mains, l'agent se rendit dans un cabaret placé près de l'écluse; il s'assit sous un bosquet, commanda à déjeuner et demanda une plume et de l'encre.

Il tira de sa poche un gros portefeuille; il en sortit de longues feuilles de papier à en-tête de la préfecture de police, et, en attendant son déjeuner, il écrivit son rapport.

Le soir même, l'agent Boyer le remettait au juge d'instruction Oscar de Verchemont, et on lui donnait, le lendemain matin, un mandat d'amener pour procéder aux recherches et à l'arrestation du nommé Maurice Ferrand, âgé de vingt ans, ciseleur, monteur en bronze, sans domicile connu. L'agent Boyer chercha pendant trois mois, et ce fut parce que la sœur de Maurice vint rue de Lacuée savoir ce que voulait dire la lettre de Cécile en parlant d'un suicide qui avait eu lieu le même jour, qu'elle fut reconnue, suivie, et, le lendemain matin, nous l'avons dit, Maurice était arrêté.

II

OU NOUS PRÉSENTONS ENFIN NOTRE HÉROINE AU LECTEUR.

Ce soir-là, c'est-à-dire le lendemain du mariage de Cécile, le lendemain de l'arrestation de Maurice, il y avait fête de nuit dans un charmant hôtel d'Auteuil, bien connu des gens qu'on est convenu d'appeler le *Tout-Paris*. Le charmant hôtel est situé tout près du bois de Boulogne. A cette heure, les grilles dorées scintillent sous la lumière des becs de gaz qu'on a placés dans la journée; la porte s'ouvre sur une cour dont le milieu est occupé par un massif de fleurs, dont les couleurs resplendissent sous la lumière des globes qui les éclairent. Le perron est abrité par une marquise garnie de grands rideaux de velours à franges et glands d'or, sur chaque côté desquels deux grandes statues lampadaires jettent la lumière. L'hôtel a deux étages, les fenêtres hautes et étroites ont des rampes dorées. Élégant de construction, riche de sculpture, le pavillon se dresse illuminé, tranchant sur le fond noir du bois, mais entouré comme d'une auréole que produit l'illumination en verres de couleur du jardin qui est derrière. Les fenêtres du rez-de-chaussée et du premier sont illuminées, et l'on voit par les fenêtres briller les dorures, les cuivres dorés des meubles, scintiller les verroteries sous l'éclat des lustres.

Les salons et les jardins étaient pleins vers onze heures; c'était une indéfinissable cohue, et, sur les toilettes brillantes, sur les épaules nues des femmes tout étincelantes de bijoux, tranchaient les habits noirs des hommes. Dans ces grands salons, tous les mondes se coudoyaient; cependant disons que le monde artistique dominait; de là certaines beautés autour desquelles se pressaient des groupes nombreux d'adorateurs.

Au milieu de ce monde se promenaient deux hommes, graves comme des magistrats, l'un ayant passé la cinquantaine, l'autre en paraissant à peine quarante, et fort beau garçon, ma foi. Le premier, qui paraissait être un habitué de la maison, dit au second :

— Mon cher ami, j'étouffe. Si vous m'en croyez, nous irons fumer quelques minutes loin de cette cohue.

— Mon cher maître, faisons encore le tour du salon. Je voudrais la revoir.

— Pour cela, il faudrait nous enfoncer dans les masses compactes que vous voyez là-bas... Patience! que diable, puisque je vous assure que nous avons parlé de vous.

— Eh! mon Dieu, qu'a-t-elle pu dire? Elle ne me connaît pas...

— Vous dites qu'elle ne vous connaît pas. Partout où elle va, vous y êtes; et dès la minute où elle rentre jusqu'à l'heure où elle sort, vos yeux ardents sont fixés sur elle; lorsque son regard tombe sur vous, vous rougissez comme un enfant et vous baissez les yeux; lorsqu'elle passe près de vous, vous tremblez... Elle ne vous connaît pas! c'est-à-dire, mon cher, qu'elle ne connaît que vous... En entrant tout à l'heure, vous avez vu son regard se promener partout dans le salon. Qui croyez-vous qu'elle cherchait?

— Vous allez dire que c'est moi!

— Mais je l'affirme... Il y a trois jours, à la soirée du ministère de la justice, elle m'a demandé votre nom. Lorsque je lui ai dit : « C'est un juge d'instruction récemment nommé; il arrive de Poitiers et se nomme Oscar de Verchemont; » elle m'a demandé aussitôt : « N'est-ce pas lui qui est chargé de l'instruction de l'affaire de cette pauvre Léa Médan?... » Vous voyez, mon cher, qu'elle vous connaît, qu'elle s'intéresse à vous.

— Ou peut-être à cette malheureuse fille Léa Médan, qui fut son amie, m'a-t-on dit?

— Je ne crois pas...

— Mais quelle est-elle, enfin? Je sais bien, je vous ai déjà fait cette indiscrète question, et vous avez répondu de votre air goguenard : « C'est une bien grande dame, et bien puissante partout... C'est surtout, indiscutablement, la plus jolie femme de Paris... » Cela n'est pas suffisant.

— Je vais vous dire tout ce que je sais; mais, pour Dieu, allons au fumoir; presque tout le monde est dans le jardin, nous serons à notre aise...

Et le plus vieux entraîna son ami au bout du salon, dans un petit fumoir organisé sur une terrasse. Ils choisirent des cigares, les allumèrent, et l'un assis sur un divan, l'autre en face de lui sur un fauteuil, tous les deux accoudés sur le bord de la fenêtre qui s'ouvrait sur le jardin, ils causèrent.

— Il faut que je vous réponde franchement. Que fait cette femme? Personne ne le sait. Sa vie est un mystère pour tous, sa conduite irréprochable ; elle mène grand train ; d'où vient cet argent ? on l'ignore. Cependant on sait qu'elle est bien en cour, qu'elle est souvent au ministère des affaires étrangères, mais elle n'est officiellement reçue nulle part. Voici pour la vie. Ce qu'on dit d'elle, tout ce qu'on peut dire... Que c'est une espionne allemande, car elle n'est pas Française, elle est Moldave, mais travaillant pour la Prusse. D'autres disent qu'elle a autrefois fait prêter beaucoup d'argent à l'empereur ; d'autres enfin disent qu'elle est sa maîtresse, et je crois pouvoir dire, sans l'affirmer, que tout cela est faux... Revenons au point de fait, elle se nommait Iza Georgina de Zintsky. Elle était un peu princesse là-bas. Elle vint, il y a quelques années, en France, et épousa un riche financier, Fernand Séglin. Elle se nomme donc aujourd'hui Mme veuve Séglin ; vous la connaissez plutôt sous le nom de la belle Iza Séglin de Zintsky. Le banquier fit ce que font la plupart des banquiers qui épousent des princesses ; le train de maison mangea la maison... Il fit de mauvaises affaires et mourut fou. La liquidation rendit à la veuve l'argent qu'elle avait apporté, dit-on, et que les gogos avaient versé. Aujourd'hui, elle est très riche ; elle dit à qui veut l'entendre qu'elle voudrait aimer, et elle dit également qu'elle a horreur du mariage. Voilà, mon cher ami, tout ce que je peux dire sur elle... A quoi pensez-vous donc ?

Le jeune juge était penché sur l'appui de la croisée et regardait dans le jardin.

— Ah ! reprit l'autre, eh bien, vous voyez que nous avons eu raison de venir ici, nous risquions de ne pas pouvoir l'aborder dans les salons et il semble qu'attirée par vous, elle vient justement ici.

Le jeune homme se recula rapidement, en baissant les yeux et en portant vivement la main à son cœur. Son regard venait de se croiser avec celui de la reine de la soirée.

— Ah ! sapristi, mon cher... Vous en tenez pour de bon : il va falloir soigner ça ! dit son ami en riant.

La jeune femme qui inspirait cet amour en était bien digne au reste ; elle s'avançait souriante, entourée d'admirateurs, sous l'éclat des lumières qui ajoutait encore à sa beauté.

Elle paraissait de vingt à vingt-cinq ans ; les yeux bruns avaient la douceur du velours ; leurs cils longs et recourbés à l'extrémité jetaient de la langueur dans le regard, augmentant le brun des pupilles en rendant plus net le blanc de l'orbe ; le nez, légèrement busqué, était fin et franc de lignes ; les narines roses, presque diaphanes, se dilataient suivant l'impression ressentie ; les lèvres, d'un rouge ardent, étaient admirablement dessinées et formaient dans le rire un splendide écrin pour les dents d'une blancheur nacrée ; les oreilles, toutes petites, étaient d'une transparence rose ; le front était pur et superbe dans l'encadrement des cheveux, si noirs, qu'ils avaient les reflets bleus des ailes de corbeau.

Nous pouvons dire la couleur, le ton des chairs et des cheveux ; mais ce que nous ne pouvons peindre, c'est le charme, la grâce sauvage, l'allure étrange et distinguée de l'admirable femme ; c'est ce corps charmant dans sa douce langueur, ce corsage robuste et fin, ces formes puissantes, jeunes et élégantes. Faite comme les beautés antiques dont la sculpture grecque nous a conservé l'image, elle était grande, forte et souple ; l'œil et la bouche étaient provocants, et l'éclair de son regard révélait une ardeur que démentait cependant sa vie.

La belle Mme Iza Séglin de Zintsky était superbement vêtue, d'une longue robe de faille blanche, qui la dessinait dans les étroitesses de la mode nouvelle, révélant sa charnelle beauté ; le corsage de la robe était étroit comme une ceinture et laissait voir les splendeurs de sa gorge et de ses épaules ; ses bras admirables, dans les longs gants blancs, avaient des mains presque ridicules par leur petitesse. Un cri qui sortait de toutes les bouches disait d'un mot l'effet produit :

— Oh ! qu'elle est belle !

Le regard de la belle Iza avait croisé celui d'Oscar de Verchemont, et celui-ci, tremblant sous cette flamme, avait baissé les yeux.

Machinalement il avait jeté son cigare ; il avait entendu son ami lui dire :

— Puisque l'occasion se présente, profitons-en.

Et il avait senti qu'il lui prenait le bras et qu'il l'entraînait vers le groupe où se trouvait la belle Iza. Oscar de Verchemont avait l'air d'un homme ivre ; il se laissait conduire, paraissant n'avoir aucune force de volonté pour agir ou pour réagir : il ne se rendait pas bien compte de ce que son ami faisait de lui et il se laissait faire ; ils descendirent les quelques marches qui conduisaient du fumoir au jardin où se passait principalement la fête à cette heure, et ils se dirigèrent vers la belle veuve. Arrivé à deux pas d'elle, le jeune juge se cramponna à son ami, qui crut qu'il allait défaillir, et il ne bougea plus ; il ne releva la tête qu'en entendant :

— Chère madame, permettez-moi de vous exprimer mon admiration, vous êtes la plus belle et la plus gracieuse, l'astre autour duquel chacun tourne sans cesse.

— Cher maître, vous êtes le plus aimable et le plus galant homme.

— Voulez-vous me permettre, madame, de vous présenter mon jeune ami, Oscar de Verchemont, un de vos admirateurs les plus passionnés...

— Je serai très flattée, monsieur, si vous voulez bien vous laisser conduire à mes petites soirées par M. Mathieu des Taillis, mon conseil et mon bon ami.

Le jeune juge d'instruction restait devant elle comme pétrifié, ému par son sourire, étourdi par son regard ; tenant toujours dans sa main le bout des doigts qu'elle lui avait tendus, il balbutia :

— Je suis bien heureux, madame, bien fier... je serai ravi... car mon plus grand bonheur...

Celui qu'elle avait appelé Mathieu des Taillis souriait de l'embarras de son ami et il avait échangé avec la belle jeune femme un signe qui voulait dire :

— Vous avais-je menti ? n'est-il pas amoureux fou de vous ?

Il voulait tirer son ami d'une situation qui, en se prolongeant, le rendait ridicule ; l'orchestre placé au fond du jardin faisant entendre le prélude d'une valse, il dit :

— Mon cher Oscar, vous entendez, c'est une valse, et chère madame, il n'ose vous inviter.

— Excusez-moi, madame ; je suis émerveillé de tant de grâce et de beauté... Je n'ose vous demander l'honneur d'une valse.

— Venez, fit-elle, en glissant son bras sous le sien.

Et ils se dirigèrent vers la salle de bal ; Iza radieuse, l'air satisfait, Oscar, il faut bien le dire, tremblant, fiévreux, marchant péniblement comme un homme ivre. Lorsque, se préparant à la valse, il glissa son bras autour de sa taille, lorsqu'il sentit son bras s'appuyer sur son épaule, lorsqu'il eut sous les yeux les éblouissements de sa gorge et de ses épaules, lorsqu'il sentit sous sa main les frémissements de sa chair, qu'il sentit sur ses lèvres glisser son haleine, il crut un moment qu'il allait défaillir ; il pâlit... mais, tout à coup, se domptant, il se dressa, la pressa sur lui assez fortement pour que son regard allât croiser le sien, et il dit à mi-voix :

— Oh ! que je suis heureux !

— Que dites-vous ? demanda-t-elle vite.

— Rien ! rien... pardon.

Et, aux accords de l'orchestre, il l'entraîna... et c'étaient deux admirables valseurs, que l'on regardait avec envie : c'était un groupe voluptueux qui faisait rêver les petits jeunes gens invités pour faire danser les mamans.

Lorsque la valse fut terminée, Oscar se disposait à la reconduire vers le petit salon, pour se reposer ; mais, négligemment appuyée sur son bras, elle lui dit :

— Non, je ne veux pas m'asseoir. Si vous le voulez bien, nous ferons le tour du bal.

— Si vous saviez quelle joie je ressens ainsi près de vous... que d'envieux je vais faire !...

— D'envieux ? et en quoi ?...

— La faveur d'être votre cavalier... Si vous saviez, madame, depuis combien de temps j'aspirais au bonheur que m'a donné mon maître et ami Mathieu des Taillis en me présentant à vous.

— Depuis longtemps ?

— Oh ! oui, depuis bien longtemps.

— Il y a quelques jours seulement, au bal du ministère, qu'il m'a parlé de vous, en me demandant à vous présenter à moi. Je ne vous avais pas remarqué...

Ces derniers mots ne fâchèrent pas Oscar ; elle continua :

— Au reste, vous êtes depuis peu de temps à Paris.

— Oh ! depuis quatre ans, madame.

— Mais, votre nomination de juge...

— Ma nomination de juge d'instruction est toute récente : il y a six mois.

— Juge d'instruction... C'est celui qui recherche les criminels, n'est-ce pas ?

— Oui, madame.

— Ce doit être souvent bien pénible et bien triste.

— Oui, mais l'on s'y fait... Les trois quarts des gens contre lesquels on instruit sont si peu dignes de pitié !

— Moi, j'aime bien voir cela, les grandes assises ; souvent, grâce à M. des Taillis, j'ai pu assister à des jugements ; je ressens là une émotion que je n'éprouve nulle part : les grandes robes rouges, les robes noires, les soldats, ce monde costumé d'un côté, ces curieux presque gais de l'autre, c'est très saisissant.

Le jeune juge avait voulu deux fois ramener la conversation sur un sujet plus en situation et moins personnel, et la belle Iza était obstinément revenue aux affaires criminelles, ce qui semblait bien un peu singulier à Oscar. Mais on lui avait dit que cette femme était étrange, et puis elle avait un si bizarre accent, si agréable, si musical que le sujet le plus aride ne fatiguait pas; elle continua :

— N'avez-vous pas de graves affaires en ce moment?...

— On en a toujours... Mais, chère madame, nous parlons de bien vilaines choses.

— J'adore cela... Dites-moi, si vous avez une affaire curieuse et prochaine, il faudra m'avoir des places... Je suis certaine que vous avez quelque affaire que vous craignez de dire... Vous savez que j'aime ça; demandez à M. des Taillis, j'adore les affaires de cour d'assises... Voyons, avez-vous une grosse affaire?

— Oui, j'ai été chargé de l'instruction d'une mystérieuse affaire... Au fait, on m'a dit que vous connaissiez la victime.

— Moi?...

— Une jeune femme, excessivement belle, Léa Médan.

— Je n'ai jamais connu cela... J'ai lu dans les journaux cette affaire, et, comme j'avais vu cette femme au bois, j'ai pu dire cela, mais je ne la connais pas autrement.

— Tant mieux, fit en souriant le juge.

— Et où en est cette affaire? demanda curieusement Iza.

— Nous tenons un des coupables.

— Ah!

— Mais, jusqu'à ce jour, tout cela me paraît mystérieux et inexplicable; je ne suis pas convaincu.

— Si vous avez le coupable, ce sera pour bientôt.

— Mon Dieu, madame, si désagréable que soit mon métier, je le prends au sérieux. Je mets tout mon bon sens, toute ma logique à son service; les agents que nous employons vont vite dans leur accusation, dans leur construction d'enquête; mais, contrairement à certains de mes collègues, je n'accepte pas absolument leur enquête sans contrôle. J'ai fait une contre-enquête, et je suis moins persuadé qu'eux... Or l'affaire est reculée pour supplément d'instruction.

— Ah! fit la belle Iza d'un ton singulier, vous faites recommencer tout?

— Oui... et je m'en mêle un peu.

Il y eut un silence de quelques minutes; la jeune veuve dit qu'elle était fatiguée et se fit conduire par le jeune juge d'instruction dans un petit salon où étaient dressées quelques tables de jeu abandonnées à cette heure. Elle s'assit, fit asseoir Oscar devant elle et, jouant avec son éventail, elle dit d'un petit air enfantin qui troubla le jeune homme :

— Je vous demande bien pardon, monsieur de Verchemont, de mes curiosités; je dois vous ennuyer profondément.

— Y pensez-vous, madame?

— Mais, voyez-vous, j'adore ça, les affaires criminelles... où il y a de l'amour et du sang...

— Vous aimez ça comme un gros mélodrame? dit en riant Oscar.

— Oui... Racontez-moi donc cette affaire de la rue de Lacuée... ce que vous avez découvert... ce que vous en pensez...

Iza écoutait attentive (PAGE 108).

— Mon Dieu ! il y a bien peu de chose jusqu'à présent. Vous avez lu dans quelles conditions la découverte du cadavre a été faite?

— Oui, oui ! fit-elle en souriant et en ouvrant vivement son éventail pour se cacher le visage.

— Il y avait donc là l'assurance que le crime avait été commis par un amant, lequel avait tué pour voler, puisque tous les bijoux, les valeurs avaient disparu. Nous n'avons trouvé qu'un ouvrier, un très beau, très beau garçon, c'est vrai, dont le physique pourrait justifier le caprice d'une femme de mœurs aussi équivoques que la belle Léa... Mais c'est tout... Le garçon, que j'ai longuement interrogé, me semble incapable de commettre un crime semblable, et, malgré de nombreuses preuves contre lui, je me refuse à le croire coupable, et je cherche...

— Avez-vous au moins des indices d'un autre côté?

— Oui, dit simplement le jeune magistrat.

— Ah! fit Iza, qui eut un tressaillement, et dont un pli soucieux traversa le front.

Oscar vit le froncement de front et le mouvement de la belle mondaine, mais il les attribua à la pensée du crime de la rue de Lacuée; la femme aimait les âpretés des séances de la cour d'assises, à cause des cruelles émotions qu'elle ressentait, et l'idée que la recherche des coupables pouvait s'égarer et amener sur les bancs un innocent lui avait donné ce mouvement. Mais comme Iza semblait prendre beaucoup d'intérêt à cette mystérieuse affaire, il s'empressa de continuer :

— L'affaire a pour moi une grande importance : c'est presque mon début; l'instruction bien menée et donnant des résultats clairs, logiques, apportant la vérité et la lumière dans une affaire aussi mystérieuse et dans laquelle entre un certain intérêt politique...

— Oui, j'ai entendu parler de ça.

— Des papiers très compromettants pour un ambassadeur ont été soustraits. Si je pouvais retrouver le coupable, le vrai coupable; car, je vous le disais, nous avons arrêté quelqu'un ; est-il innocent? Non, nous avons des preuves certaines qu'il en était, mais ce n'est pas lui qui a agi; il est complice. Ce qu'il faut trouver, c'est le vrai coupable.

— Mon Dieu, que cela doit être difficile, que je voudrais voir dans tous ses détails cette recherche mystérieuse, cela m'intéresserait infiniment. Vous cherchez de tout côté?

— Nous cherchons partout.

— Encore vous faut-il une piste à suivre.

— Lorsque nous avons la piste, nous ne sommes pas longs à avoir le coupable; dix pistes déjà ont été suivies sans résultat, et cependant je suis certain que j'en viendrai à bout.

— Mais celui que vous avez arrêté proteste de son innocence.

— Absolument; il suit du reste le système de tous les inculpés lors de la première partie de l'instruction. Le crime dont on l'accuse est si épouvantable, son passé et sa vie parlent tant en sa faveur qu'il ne veut pas même répondre, et lorsqu'on lui prouve qu'il a acheté des objets trouvés dans la chambre du crime, il hausse les épaules; lorsqu'on lui demande de justifier de l'emploi de son temps la nuit du crime, il dit qu'il ne veut pas répondre; se défendre est indigne de lui, tant l'accusation lui semble monstrueuse.

— Alors il dit qu'il ne connaissait pas la victime?

— Il prétend même ne l'avoir jamais vue, et, ayant demeuré en face, n'avoir pas même eu connaissance du crime; en voulant trop prouver, il s'accuse.

— Dans les recherches nouvelles que vous faites, vous me disiez que vous aviez des indices. Oh! je vous en prie, racontez-moi ça, et dites-moi comment vous espérez arriver à la vérité... Je vous parais bien enfant d'être si curieuse de semblables affaires; mais, lorsque je lis les romans judiciaires, rien ne m'intéresse, ne m'amuse comme l'agent, lorsque, sur les moindres détails, sur de petites observations, il reconstruit le crime...

— D'abord nous avons certains titres de rente volés dont nous avons les numéros et que nous avons frappés d'opposition.

— Mais il peut garder longtemps ces valeurs...

— C'est même ce qu'il fera probablement. Nous pouvons encore espérer, par la sévérité, obliger celui que nous tenons à livrer son complice. Comme les papiers intéressants dont je vous parlais n'ont de valeur que pour certaines gens, nous faisons surveiller activement autour de ces gens... et pour moi, aujourd'hui, ce n'est plus qu'une affaire de temps.

— Mais enfin, vous n'avez rien trouvé, rien vu chez cette malheureuse qui puisse vous diriger?

— Rien!

— Et vous êtes convaincu que vous trouverez un autre coupable?

— Absolument.

— Monsieur de Verchemont, voulez-vous me rendre la plus heureuse des femmes?

— Vous n'en doutez pas, madame.

— J'espère que maintenant que nous nous connaissons, vous me ferez l'honneur de venir à mes petites soirées du jeudi.

— Je suis bien heureux, madame, de votre invitation, et serai, croyez-le, un fidèle.

— Eh bien, faites-moi suivre votre instruction, que je sache, que je comprenne comment la justice arrive à trouver les misérables qu'elle recherche.

— Tous les jeudis j'irai vous faire mon petit rapport.

— Merci. Mais l'individu que vous avez arrêté, sur quels indices l'avez-vous trouvé?

— Dans la chambre où nous avons trouvé le corps de la malheureuse fille, il y avait, sur une table, deux bouteilles de champagne et des gâteaux... Les agents ont simplement cherché d'où provenait le vin... La victime n'avait pas de cave; donc le vin avait été acheté le soir même, puisque nous savons qu'elle était venue à pied et ne l'avait pas apporté. On a trouvé le marchand de vin et le marchand de gâteaux.

— Vous l'avez trouvé, et ce sont eux qui vous ont dit que c'était le jeune homme que vous avez arrêté?

— C'est eux qui nous ont donné son signalement. Ils ont reconnu les bouteilles, les gâteaux; et enfin, confrontés avec le jeune homme, ils l'ont reconnu, et lui-même a été obligé d'avouer.

— Et ils l'ont reconnu; et il a avoué?

— Il ne pouvait faire autrement.

— Et que dit-il aujourd'hui?

— Il refuse de répondre. Vous voyez que son système est très compromettant. Il en est assurément ; mais ce n'est pas lui.

— Voilà ce que je voudrais savoir. Sur quoi vous appuyez-vous pour soutenir cela ?

— Mon Dieu ! madame, je ne saurais rien vous refuser ; mais, c'est assez embarrassant à dire.

— Bah ! fit Iza d'un air bon enfant, parlez-moi comme à un petit homme, un camarade. Je ne suis pas une jeune fille... Je suis veuve.

— Vous vous souvenez des circonstances dans lesquelles le crime fut découvert ?

— Comme si je les lisais aujourd'hui ; cela avait un caractère si étrange, si scandaleux, que cela intéressait surtout les femmes. Tout ce qui est amour nous intéresse, nous autres, et je ne voulais pas croire à un assassinat ; je voulais ne voir là qu'un suicide accompli dans un moment de passion.

— Vous vous souvenez, on constata que la femme était couchée avec son amant, l'empreinte du corps était encore sur le lit, sur les oreillers surtout, dont chacun exhalait le parfum que la tête y avait laissé... Comment le crime s'est-il accompli, nous n'avons que des hypothèses ; lorsque l'on leva les scellés, qu'on défit le lit, sur l'oreiller de l'homme on trouva quelques cheveux...

Iza écoutait attentive et, lorsque Oscar dit : On trouva..., elle répétait machinalement la phrase tout bas :

— On trouva une mèche de cheveux... Ah !...

— Et celui que nous avons arrêté, continua le jeune juge, que nous accusons, Maurice Ferrand, est blond. Or les cheveux trouvés arrachés par le bouton de nacre de la taie d'oreiller sont très bruns, et la victime était blonde.

— Ah ! fit Iza, pâlissant.

— Le jeune homme que nous avons arrêté était le complice de l'autre ; c'est lui qui s'est chargé d'acheter tout, de préparer le poison, mais c'est l'autre qui a agi ; c'est celui qu'il faut que nous trouvions et que nous obligerons Maurice à nous livrer.

— Mais vous n'avez aucun autre renseignement sur cet inconnu ?

— Aucun... Nous les obtiendrons de celui que nous tenons.

— Il faut l'espérer, dit Iza se levant, visiblement oppressée...

— Qu'avez-vous ? demanda Oscar.

— Oh ! rien... J'ai chaud. On étouffe dans ce salon, et votre récit m'a tellement bouleversée... Monsieur de Verchemont, voulez-vous m'offrir votre bras ; nous allons retourner au jardin.

— A vos ordres, madame.

Iza prit le bras du jeune juge d'instruction, et ils se dirigèrent vers le bal. Oscar, en marchant, sentait le bras de la belle veuve trembler sur le sien, et il pensait :

— Elles sont toutes les mêmes : les récits de crimes, d'assassinats leur donnent le cauchemar, les rendent malades, et toujours elles en veulent entendre.

III

OU TUSSAUD EST BIEN HEUREUX.

L'affaire de la rue de Lacuée, malgré ses circonstances étranges, s'était peu répandue dans le public, les journaux s'en étaient à peine occupés, le fait avait passé dans les nouvelles diverses, et beaucoup, en raison de sa crudité et de son mystère, l'avaient prise pour un canard, inventé par un reporter aux abois. L'instruction s'était faite sourdement, sans bruit; il semblait que l'affaire contenait en elle-même des détails qu'on voulait cacher au public. Lorsque celui que l'on supposait être le coupable avait été arrêté, quelques journaux seulement en avaient fait mention; encore l'avaient-ils fait avec la plus grande réserve, ne donnant ni le nom ni l'adresse de l'inculpé, se bornant au cliché des faits sans importance, c'est-à-dire à cette phrase :

« Hier, un sieur F..., qu'on suppose être l'auteur principal de la mystérieuse affaire de la rue de Lacuée, aurait été arrêté dans le quartier Ménilmontant et immédiatement écroué à la Conciergerie. »

Et c'était tout; assurément, on voulait garder le silence sur cette affaire, on obéissait à un mot d'ordre; le crime n'avait pas le vol pour mobile, des choses plus graves l'avaient dirigé et, en cherchant les coupables, craignant de trouver des personnalités embarrassantes, les détails de l'enquête restèrent mystérieux; on aurait voulu que le public oubliât l'affaire. Ce mystère, cette réserve firent négliger le crime et ses circonstances singulières. Le public, n'étant pas journellement tenu en éveil sur cette cause, n'y attachait plus d'importance; on n'en parlait pas, la nouvelle de l'arrestation de l'assassin présumé ne produisit aucune sensation. Aussi, dans le Marais, parmi les amis mêmes de Maurice, tout le monde ignorait-il son arrestation et la terrible accusation qui pesait sur lui.

Chez les Tussaud, depuis le mariage de Cécile, le pauvre garçon était absolument oublié. Au reste, on n'y connaissait pas du tout l'affaire de la rue de Lacuée; le jour où les journaux avaient raconté le crime, c'était le jour où Cécile, mourante, avait été portée à la Pitié, et l'on juge que la famille Tussaud et ses amis avaient bien assez à s'intéresser sur le drame réel qu'ils voyaient sans s'occuper de ceux que racontaient les journaux.

Pour tous, pour Claude et Adèle Tussaud, pour Houdard et pour Cécile, Maurice, rétabli, revenu de la campagne, travaillait dans un autre quartier, maudissant et cherchant à oublier celle qu'il accusait de l'avoir trompé.

Presque tous les jours Cécile venait retrouver sa mère rue Saint-François; c'est elle qui tenait les livres, nous l'avons dit; ce travail terminé, les deux femmes causaient ensemble, Adèle consolant son enfant, que le chagrin, le remords poursuivaient sans cesse.

Dans leurs longues causeries désolées, la consolation était tout entière dans l'avenir, dans l'espoir d'un veuvage prématuré, qui permettrait à Cécile de retourner vers celui qu'elle aimait, Maurice Ferrand; cela se raisonnait froidement, tranquillement, comme la chose la plus simple du monde. La mort d'Houdard, c'était l'espoir, c'était le but que l'on voulait atteindre. D'Houdard il n'en était jamais question entre les deux femmes. Au reste, il venait très rarement chez les Tussaud.

Trois jours après son mariage, il était venu rue Saint-François, avait emmené Tussaud dans son bureau, s'était assis près de lui, et avait dit :

— Maintenant que tout ça est fini, causons affaires; combien te faut-il pour marcher carrément et remettre la maison sur ses pieds?

— Mon Dieu, avait dit Tussaud tout rouge et embarrassé d'être obligé de parler clairement sur sa situation, mon Dieu, je vais te dire ce que je comptais te demander. Tu m'as déjà avancé une certaine somme qui doit aller dans les dix-huit à vingt mille francs; si tu pouvais compléter cinquante mille francs, nous aurions un apport égal, et je réponds du reste. Je vous assure, à toi et à ta femme, mille francs par mois sans que vous ayez à vous occuper de rien.

En disant ces mots, Tussaud regardait son gendre anxieux, cherchant sur son visage l'impression de ce qu'il disait, redoutant un refus. Au contraire, Houdard lui dit aussitôt.

— Ne parlons pas de ce que j'ai versé, ça rentre en compte sur les livres; mais, puisque c'est employé, ça ne met pas un sou dans la caisse, et c'est de l'argent dans la caisse qu'il te faut.

— Évidemment, dit machinalement Tussaud.

— Parlons peu, mais parlons bien. Je suis ton gendre, tu n'as qu'une fille, la maison est à nous deux, et naturellement, après toi, elle est à moi. Ce que je verse est mis à mon avoir. Il s'agit avant tout de faire une vraie maison. J'ai quatre-vingt mille francs de valeurs qui me rapportent six mille francs; en employant ces fonds-là chez toi, j'en aurais bien le double.

— Le double! exclama Tussaud tout bouleversé à l'idée de voir une pareille somme entrer dans sa maison, mais c'est quatre fois autant qu'elles te rapporteront.

— N'exagérons rien; avec cinquante mille francs, peux-tu marcher rondement?

— Avec la moitié. Songe donc que nous ne devons rien, puisque j'ai payé avec les fonds que tu m'as avancés.

— Il vaut mieux en avoir de trop que pas assez.

— Du moment où ça ne te gêne pas, oui.

— Ça ne me gênera pas, puisque ce que je vais aliéner je le retrouverai chez toi chaque mois.

— C'est entendu.

— Claude, mes valeurs sont des valeurs cotées : elles sont bonnes, et je ne veux à aucun prix m'en défaire.

— Oui, mais l'on prêtera dessus partout, s'empressait de dire Tussaud.

— Je le sais bien. Mais tu conçois facilement, je ne veux pas faire comme ces imbéciles qui vont porter leurs titres chez un changeur, demandent des avances dessus, puis le jour où ils veulent les retirer, trouvent la boutique fermée et le bonhomme envolé avec les valeurs.

— Ah non! ce saurait trop bête, fit Tussaud, riant gracieusement à son gendre.

— Voilà ce qu'il faut trouver. J'ai, je te l'ai dit, de quatre-vingt à cent mille francs de valeurs. J'ai les numéros des titres; je veux les déposer en garantie pour un prêt de soixante mille francs, nous en payons l'intérêt, mais les titres ne sortiront pas de la caisse de celui auquel je les confie. Les coupons me seront donnés à moi; c'est moi qui les toucherai. Tu comprends que je connais du monde dans les administrations; j'ai l'habitude de les toucher moi-même, et je ne veux pas avoir l'air de m'être servi de mes titres. Bien entendu, nous payons les intérêts; mais il faut que ma petite fortune soit là autant à l'abri qu'elle l'est chez moi.

— Je te comprends parfaitement. C'est très sagement agir; mais nous ne pouvons faire l'affaire ainsi qu'avec un particulier, un ami.

— Oui, voilà ce qu'il faudrait; as-tu dans tes amis une personne pouvant faire l'affaire?

Tussaud réfléchit quelques minutes pendant lesquelles Houdard, qui l'observait, tortillait sa moustache.

Le fabricant de bronzes s'écria tout à coup :

— J'ai notre affaire.

— Qu'est-ce que c'est?

— Une amie d'Adèle, ou plutôt une ancienne amie de sa mère, qui quelquefois m'a obligé pour mes payes; elle avait une maison rue Saint-Paul qu'elle a fait vendre cette semaine ou la semaine passée; elle veut s'acheter des obligations afin de se faire des rentes sûres et n'avoir plus à s'occuper de la gérance d'une propriété. Eh! tu la connais bien; elle était à la noce, la mère Marianne Paillard, cette vieille qui avait un châle de 1815, une chaîne qui lui faisait trois fois le tour du cou et un saint-esprit sur la gorge.

— Ah! oui, je sais!

— Eh bien! il faut s'en occuper. Tu lui demanderas soixante mille francs, les titres au taux du jour en représentent quatre-vingt-seize mille, on peut lui donner huit pour cent; mais il est bien entendu qu'elle ne se servirait en aucun cas des valeurs, que c'est moi qui détacherai et prendrai les coupons chaque trimestre.

— Oui, oui; enfin c'est un dépôt qu'elle ne peut toucher.

— C'est bien cela!

— Eh bien, mon cher André, apporte-moi les valeurs, et j'envoie aussitôt Adèle faire l'affaire.

— Les titres, je les ai; les voici.

En disant ces mots, il tira de sa poche un gros rouleau de titres qu'il remit à Tussaud.

Le soir même l'affaire était négociée, et la mère Paillard, qui était venue dîner chez les Tussaud, en apportant la somme, retourna chez elle, remportant les titres d'André dans une enveloppe qu'elle avait fait cacheter devant lui, pour l'assurer qu'elle ne s'en servirait pas.

André versait cinquante mille francs et gardait dix mille francs pour lui-même. A dater de ce jour, si quelqu'un était venu dire à Tussaud du mal de son gendre, assurément il l'eût immédiatement étranglé. La maison Tussaud était relevée.

Tussaud était transformé ; enfin ses rêves avaient pris un corps. La maison ruinée, sans crédit, le magasin désert, l'atelier incomplet, avaient tout à coup repris de l'activité ; c'était le bourdonnement perpétuel du travail ; aux chants joyeux des ouvriers se mêlaient le cliquetis gai des marteaux des ciseleurs, le cri aigu de la gouge mordant le cuivre, avec l'accompagnement du roulement des tours ; les éclairs de la forge illuminaient les ateliers.

C'était la ruche travailleuse.

Dans les magasins, les surmoulés couvraient les tablettes et les comptoirs, attendant l'acheteur, pour du bronze en *blanc*, passé au vert ou à la dorure, se transformant ainsi en bronze d'art.

Dans son petit bureau, Tussaud recevait les sculpteurs, achetant sans cesse de nouveaux modèles, heureux, satisfait, disant à tout propos :

— Faites-moi des concessions. Avec moi vous ne risquez rien ; je ne fais les affaires qu'au comptant.

Au comptant ! rien ne peut exprimer la façon dont il disait ces mots, comme ils sortaient gros de sa bouche, comme il était heureux de les dire ! Lorsqu'il y avait du monde dans le bureau, il aimait à laisser sa caisse entr'ouverte.

On voyait sur les planches de longues rangées de pièces de cent sous en argent, une sébile pleine de pièces d'or et un gros portefeuille. Il recherchait l'occasion d'un compte à payer ou d'un achat à envoyer faire, afin de tirer le gros portefeuille ; il cherchait dans chaque poche ; et, feignant de se tromper, il disait, de façon à être entendu :

— Non, pas ça ; ce sont des billets de mille ; ceux-là, c'est de cinq cents. Où sont donc mes liasses de cent ? Au fait ! je puis bien donner de l'or.

Et il refermait son portefeuille, le replaçait dans la caisse, en sortait la sébile pleine d'or, dans laquelle il tripotait, pour finir quelquefois en disant :

— Au fait, ce n'est pas pressé, j'irai le payer moi-même ce soir.

Mais il était satisfait : il avait fait voir à tous que la maison Tussaud était relevée. Ah ! il était bien heureux, Tussaud : il fallait voir avec quelle activité dévorante il allait de l'atelier aux magasins et des magasins à l'atelier ; il fallait le voir la face enluminée, l'œil brillant, les cheveux en toupet sur le front, en bras de chemise, les pouces passés dans ses bretelles, comme il se promenait dans ses ateliers, donnant un conseil ici, un compliment là, comme un général d'armée passant devant le front de ses troupes un jour de manœuvre.

Les premiers modèles lancés amenèrent quelques commissions pour l'exportation. Ah ! ce fut un beau jour pour Tussaud que celui de l'emballage des pendules et des candélabres ; toute la rue Saint-François était encombrée de caisses devant sa porte ; il aurait volontiers fait mettre à chaque bout de la rue l'écriteau : « *Rue barrée par ordre.* » Quelle joyeuse chanson pour ses oreilles que le bruit monotone et continu du marteau des emballeurs ; Tussaud allait, venait, regardant la mine jalouse des confrères qui passaient et auxquels il courait jus-

— Allons, finissons-en, tu seras ma femme, et pour de vrai (PAGE 114).

qu'au milieu de la rue serrer la main; aux félicitations il répondait dédaigneusement :

— Ah ! c'est une petite commission qui m'a donné plus d'ennui qu'elle ne vaut; je ne suis pas fâché qu'elle soit terminée; je vais pouvoir me mettre aux grands travaux que j'ai de commandés.

En somme, la maison Tussaud avait reconquis la considération ; la médisance s'était tue, ceux qui avaient blâmé le mariage de Cécile avec Houdard félicitaient le père à cette heure.

Le scandale rêvé par Houdard la première nuit de ses noces ne s'était pas produit; conseillé ou mieux avisé, il ne l'avait pas tenté de nouveau; au contraire, les jeunes époux passaient pour faire un heureux ménage.

On pensait que Cécile avait pris facilement son parti de la situation; jeune, belle, se trouvant liée à un homme encore jeune et beau, fort galant avec elle, apportant peut-être dans son intimité une légèreté qui devait séduire la nature toujours curieuse d'une jeune fille; on croyait enfin qu'ils vivaient bien ensemble. Houdard se montrait peu dans le quartier, il avait pu faire deux voyages sans qu'on s'en aperçût; naturellement, Cécile ne lui en avait pas ouvert la bouche. La mère seule savait ce qui se passait dans le ménage de sa fille; c'est près d'elle que Cécile venait chercher des consolations à sa situation de femme-demoiselle. Dans des moments de crise violente, la mère, désespérée de voir l'état de sa fille, et se reprochant le sacrifice qu'elle avait dû lui faire, désolée, perdant la tête, avait été jusqu'à lui proposer de revoir Maurice; mais d'un seul mot Cécile l'avait avertie, disant avec un geste outragé :

— Pour qui me prends-tu ?

Et la mère s'était tue. Cécile voulait bien qu'on parlât du passé, de Maurice, de sa sœur; elle voulait bien qu'on supposât une catastrophe plus ou moins éloignée, et qu'alors on envisageât la possibilité d'un mariage avec Maurice, mais c'était tout; tant que son mari vivrait, elle resterait ce qu'elle était. Au fond d'elle-même, elle était heureuse et fière, sa conscience était pour elle; car, mariée, elle restait toujours fidèle à celui qu'elle avait aimé, à celui qui l'accusait.

Le père Tussaud seul était convaincu que sa fille aimait son mari et qu'elle en était adorée.

Un jour, il s'invita à dîner chez eux en disant à Cécile :

— Il y a longtemps que je n'ai vu Houdard, j'irai dîner avec vous ce soir.

Cécile regarda sa mère; celle-ci s'excusa disant qu'elle ne pouvait y aller, que son mari irait seul.

Tussaud dîna le soir avec ses enfants. Cécile était d'habitude réservée, sa tenue ne l'étonna donc pas; Houdard fut très gai, très enjoué, et Tussaud en était tout joyeux. La jeune femme s'étant trouvée par deux fois indisposée, Claude plaisanta gaiement son gendre; Houdard devint livide, pendant que Cécile, accoudée sur la table, le regardait en souriant méchamment. En reconduisant son beau-père, Houdard dut subir ces plaisanteries de mauvais goût; il rentra furieux, bousculant tout, jurant, sacrant. Cécile se préparait à gagner sa chambre et restait impassible. La voyant se disposer à rentrer dans son appartement, il se plaça devant elle, les bras croisés, et dit :

— Ah çà! cette vie-là ne va pas durer!

— Elle durera toujours, monsieur Houdard!

Houdard eut un geste brusque et s'élança sur elle en disant :

— Allons, finissons-en, tu seras ma femme, et pour de vrai.

Il allait la saisir et l'entraîner dans sa chambre, lorsque Cécile, d'un mouvement félin, échappa à son étreinte, courut à la table et prit un couteau.

— Si vous faites un pas, je vous tue.

Houdard vit dans les yeux de la jeune femme qu'elle n'hésiterait pas à accomplir sa menace; il exclama un juron grossier et la laissa passer. Cécile partie, il entendit le bruit du verrou et de la serrure qu'elle fermait; alors, exaspéré, il s'écria :

— Mais je suis donc lâche de reculer ainsi devant elle?

IV

OU MAURICE NE COMPREND PLUS RIEN.

Lorsque l'on était venu arrêter Maurice chez lui, sa sœur s'était précipitée sur les agents en s'écriant :

— Vous n'emmènerez pas mon frère!

Celui-ci l'avait embrassée et lui avait dit doucement en la repoussant légèrement :

— Mélie, veux-tu te taire, il y a une méprise, une erreur, on n'arrête pas les gens qui n'ont rien à se reprocher; je vais aller avec ces messieurs, tout s'expliquera là-bas et je serai bientôt de retour... Prépare le déjeuner.

Tout en s'efforçant d'être calme, Maurice était tout bouleversé, sa voix tremblait et Amélie demanda en pleurant au commissaire :

— Mais, monsieur, de quoi l'accuse-t-on?

— Mademoiselle, fit le commissaire ému et pris de pitié pour la jeune fille, ma mission s'arrête à l'exécution de mon mandat, j'en ignore les motifs. Ainsi que le dit votre frère, s'il est victime d'une erreur, en arrivant à la préfecture, en deux mots il s'expliquera. Laissez-le donc partir sans crainte.

— Monsieur, voulez-vous me permettre de l'accompagner? supplia la jeune fille.

— Non, mademoiselle, cela est impossible; des personnes qui nous accompagnent — et il désigna les agents — ont à faire ici une perquisition, et doivent vous demander quelques renseignements.

— Une perquisition! répéta Maurice avec étonnement.

Le commissaire lui dit alors sur un ton de commandement assez sec : « Allons, monsieur, hâtez-vous de vous vêtir... ; il faut que nous partions... »

Maurice interdit, effrayé, rentrait dans sa chambre; les deux agents le suivirent. Le commissaire faisait entrer trois autres agents; en désignant la jeune fille, il dit à l'un :

— Voici la sœur...

Amélie, en voyant tant de monde entrer, s'était regardée, et toute honteuse de se voir si peu vêtue, elle voulut se sauver dans sa chambre. Un des agents la retint par le bras :

— Où va-t-on donc?

— Mais, monsieur, fit-elle tout interdite, m'habiller...

— Restez là... Vous vous habillerez après la perquisition.

Et, faisant signe à ses compagnons, l'agent dit :

— Entrez vite et cherchez...

Les agents ayant obéi, il se disposait à interroger la jeune fille ; mais le commissaire l'arrêta en disant :

— Attendez que nous soyons partis.

Amélie, toute confuse, s'était blottie dans un coin. Nous l'avons dit, elle n'avait qu'un jupon, elle cherchait à cacher ses épaules dans un petit châle qu'elle avait décroché ; honteuse d'être presque nue, effrayée, la pauvre petite pleurait. Au bout de quelques minutes, Maurice sortit de sa chambre suivi de deux agents ; sa sœur fondant en larmes, se jeta dans ses bras, en s'écriant :

— Oh ! reviens vite, mon frère, reviens vite... j'ai peur ; et comme elle se penchait pour lui dire le même mot dans l'oreille, le commissaire, croyant qu'elle avait une recommandation mystérieuse à lui faire, fit signe aux agents. L'un repoussa vivement la jeune fille et l'autre entraîna Maurice.

Le pauvre garçon marchait en titubant ; il croyait rêver ; sorti de chez lui, n'ayant plus de raison de se maintenir pour rassurer sa sœur, l'effroi se peignit sur son visage ; il tremblait, et ses jambes vacillaient sous lui. Un fiacre attendait en bas, on dut l'aider à y monter ; le commissaire de police se plaça près de lui, les deux agents en face, et la voiture se mit en route. Maurice voulait parler, et il ne trouvait pas de mot pour commencer. Les trois hommes qui l'avaient arrêté et qui, chez lui, avaient paru composer leur visage pour le rassurer, avaient à cette heure l'aspect dur et sévère. Hébété, il regardait par la portière et il voyait les ouvriers matineux qui se pressaient pour se rendre à l'atelier ; il se demanda alors ce qu'on allait dire de lui quand, ne le voyant pas venir à l'ouvrage, on apprendrait qu'il avait été arrêté. Il fit un effort et demanda au commissaire :

— Monsieur, vous avez refusé devant ma sœur de me dire le motif de mon arrestation ; voulez-vous me l'apprendre maintenant?

— Je n'ai rien à vous dire, vous devez le savoir.

Et le commissaire et les agents échangèrent un regard et eurent un mouvement d'épaules qui semblait dire :

— Il va faire l'innocent. Nous connaissons ça.

Maurice avait vu le signe, et comme il ne lui disait rien qui vaille, il eut peur et redemanda :

— Je vous jure, monsieur, que je ne sais absolument rien ; je reste consterné de ce qui arrive ; rien dans ma vie, dans mes actes, ne pouvait me faire redouter une chose semblable. Je ne suis qu'un ouvrier ; je vis honnêtement de mon travail, sans dettes.

— Sans dettes, dit d'un ton singulier le commissaire. Vous les avez payées, vous n'en avez plus.

— Mais, monsieur, je n'en ai jamais eu.

— Nous verrons ça.

— Je n'ai rien fait de mal ; je ne m'occupe pas de politique.

— Vous savez bien que la politique n'a rien à voir là dedans, épargnez-nous cette comédie; on ne vous demande rien, vous répondrez tout à l'heure. Préparez-vous. Ils sont tous les mêmes.

— Les mêmes! Pauvre Amélie, doit-elle être dans un état, pauvre petite, après tous les tourments que je lui ai donnés par ma maladie.

— Oui, c'est vrai! Vous avez été malade, dit le commissaire échangeant un regard avec les agents.

— J'ai été malade pendant deux mois, monsieur.

— Oui, oui. Vous en aviez bu un peu aussi, vous; nous savons ça!

A ces mots, Maurice eut un soubresaut; il regarda les agents et le commissaire, qui, de l'œil, se prévenaient de l'effet que ces seuls mots avaient produit; le pauvre garçon était mal à l'aise; il ne savait comment échapper à ces trois regards inquisiteurs; il était tout interdit. On savait la tentative de suicide, et c'est pour cela qu'on l'arrêtait. Cependant, quelle autre cause, et ces mots qu'il venait d'entendre étaient assez clairs:

« Vous en avez bu un peu aussi, vous. »

Il baissa les yeux, consterné et disant malgré lui:

— Oh! on sait ça!

— Oui, oui, on sait ça! dit le commissaire d'un ton goguenard; vous ne demandez plus le motif de votre arrestation.

Maurice releva les yeux et les regarda tous trois; il ne comprenait pas. Le commissaire ajoutait, pour le confondre:

— C'est votre sœur qui a été chercher le contre-poison le lendemain matin; nous avons reconnu son signalement.

Le pauvre garçon était atterré; il n'y avait plus de doute, c'était pour cela qu'il était arrêté; mais quel délit pouvait-il avoir commis dans sa tentative de suicide? C'est sur ce sujet qu'on allait l'interroger, et il avait juré qu'il ne dirait rien. La lettre de Cécile s'expliquait; elle avait eu connaissance de l'enquête faite à ce sujet, et c'est pour cela qu'elle l'avait prévenu, qu'elle lui avait fait jurer de ne rien dire.

Le commissaire et les agents semblaient triomphants. Maurice avait la tête baissée; sachant de quoi il allait être question, il était décidé à se taire, quoi qu'il advînt; il l'avait juré. Le pauvre garçon, blotti dans son coin, se creusait la tête pour trouver le motif de son arrestation. Il n'y avait rien eu, cependant; Cécile vivait; la seule victime, ç'avait été lui... Vainement il cherchait, il ne trouvait rien. Mais il était plus qu'inquiet, il avait peur, les agents l'effrayaient; deux grosses larmes coulèrent silencieusement sur ses joues.

On avait traversé Paris; bientôt la voiture s'enfonça sous les voûtes sombres de la Conciergerie; en entendant la lourde porte se refermer, un frisson courut dans ses veines. On le fit descendre au greffe; le commissaire montra son mandat d'amener; le greffier ouvrit le gros livre d'écrou, et, tout en confrontant des yeux le papier et les déclarations, il écrivit à mesure que Maurice répondait:

— Vos nom, prénoms?

— Maurice Ferrand

— Votre âge?

— Vingt ans.

— Votre profession?

— Ciseleur et monteur en bronze.

— Où demeurez-vous?

— Rue Moret.

— Bien.

Le greffier signa, fit signer le commissaire, et s'adressant à un geôlier :

— Conduisez-le au n° 6.

Un des agents prit brutalement Maurice par l'épaule et l'entraîna en disant :

— Allons, viens...

Pauvre garçon, il ne sentit rien ; il entendit en s'éloignant le greffier qui disait au commissaire :

— Allez donc vous douter de ça, en voyant l'homme! On lui donnerait le bon Dieu sans confession.

— Eh bien, il m'a l'air d'un malin et d'un fort...

Le malheureux, entraîné par le geôlier dans les couloirs sombres, marchait comme un homme ivre; un brouillard était devant ses yeux... Un frisson courut dans ses veines, dans ses os et glaça ses moelles, lorsqu'il tomba épuisé dans sa cellule et qu'il entendit la serrure et le verrou se fermer sur lui.

Seul entre les quatre murs de sa cellule, ne voyant le ciel qu'à travers les quadrilles d'une grille de fer, le pauvre Maurice ne put pas plus longtemps contenir ses sanglots. C'est en vain qu'il cherchait, qu'il fouillait dans sa conscience, il ne trouvait rien, rien à se reprocher dans sa conduite passée, et moins encore dans sa conduite présente. Et cependant l'accusation qui pesait sur lui devait être bien grave : il l'avait senti aux façons d'agir de ceux qui l'avaient conduit, aux regards qu'ils avaient échangés; il le sentait encore à l'isolement dans lequel on le plongeait. Et la douleur et la colère crispaient le malheureux, qui gémissait :

— Mais j'ai donc des ennemis, moi qui n'ai jamais fait de mal à personne!

Toute la journée — et qu'elle lui parut longue!... — toute la journée, assis sur son lit, le regard fixe, les mains jointes serrées entre ses genoux, le pauvre diable se creusa le cerveau pour deviner les motifs de son arrestation. L'heure du déjeuner se passa sans qu'il vît apporter son repas, mais l'appétit ne le tourmentait pas ; le soir on lui apporta sa nourriture ; il voulut interroger son gardien, mais il ne put obtenir la moindre réponse. Une chose le tourmentait : c'était l'état de sa sœur. Maurice ne mangea pas ; il s'étendit sur sa couche, accablé, trop fiévreux pour espérer y trouver le sommeil ; il cherchait un moyen d'informer sa sœur sur sa situation, et de la rassurer. La nuit vint, on entra dans sa cellule et on le fouilla ; il fit observer qu'il avait déjà été fouillé au greffe, et qu'on lui avait pris tout ce qu'il avait. On ne lui répondit pas. Les gardiens sortirent; il entendit les lourds verrous qu'on tirait, puis tout rentra dans le silence. Quelle nuit! Il ne put fermer la paupière, les idées les plus épouvantables hantèrent son cerveau toute la nuit. Tout entier occupé de sa sœur, il se demandait si, aux façons dont il l'avait vu traiter en partant, on ne l'avait pas arrêtée à son tour après la perquisition. Il se souvenait que, dans la voiture qui l'avait amené, le commissaire avait dit :

— C'est votre sœur qui a été chercher le contre-poison le lendemain matin; nous l'avons bien reconnue à son signalement.

— Est-ce que la pauvre Amélie ne se trouvait pas mêlée à tout ça, la pauvre chère petite? Toute la nuit il y pensa : il vit la malheureuse affolée après son départ, brutalisée par les agents, effrayée, perdant la tête et peut-être défaillante et se trouvant sans soins au milieu de ces gens qui la traitaient comme une coupable. Enfin, le jour revint et avec lui le calme. Il s'étendit sur sa couche et dormit. En s'éveillant, il essaya de toucher aux aliments qu'on lui avait apportés la veille; mais il ne le put. Vers dix heures, on vint le chercher; en voyant le geôlier se placer devant lui et lui dire de le suivre, il eut un gros soupir de soulagement; enfin, on allait l'interroger, et comme il était bien sûr de lui, il ne tarderait pas à être mis en liberté. On le mena dans une petite chambre, à peine éclairée par une unique fenêtre donnant sur le bord de l'eau, et on le fit attendre; quelques minutes après, deux gardes vinrent le prendre et le dirigèrent à travers une longue suite de couloirs, puis il monta deux étages et on l'introduisit dans une pièce assez grande, basse de plafond, éclairée par deux fenêtres étroites qui donnaient sur le boulevard Sébastopol; entre les deux fenêtres se trouvaient placés deux bureaux, l'un devant lequel était assis un greffier, l'autre plus vaste, devant lequel, dans un large fauteuil, se trouvait assis le juge d'instruction, Oscar de Verchemont, qui dit en le voyant :

— Ferrand, avancez; vous avec feint, lors de votre arrestation, d'en ignorer les motifs; nous avons contre vous des preuves nombreuses : il faut donc cesser cette comédie et parler franchement.

Maurice regarda l'individu qui lui parlait, la bouche ouverte, l'œil fixe, semblant ne pas comprendre, et ne pouvant trouver une réponse.

— De votre sincérité dépend votre sort et notre façon de vous traiter; vous n'êtes pas seul, nous le savons; dites le nom de celui que vous avez aidé.

Après un grand effort, Maurice finit par dire :

— Monsieur, je ne comprends absolument pas un mot à ce que vous venez de me dire.

— Songez-y bien, Ferrand, depuis un mois l'enquête et l'instruction se poursuivent; nous sommes absolument renseignés; vos dénégations et vos mensonges n'auraient d'autres résultats que d'augmenter la sévérité avec laquelle vous devez être traité.

— Monsieur, je vous jure, je vous donne ma parole d'honneur que je suis prêt à répondre à tout ce que vous me demanderez. Je vous jure que je ne demande pas mieux. Mais sur ce que j'ai de plus sacré, je vous déclare que je ne comprends pas un mot à ce que vous me dites.

La physionomie de Maurice était si pleine de franchise que le juge le regarda quelques minutes bien fixement; le jeune homme soutint le regard.

— Vous connaissiez depuis longtemps Léa Médan.

— Je ne connais pas du tout la personne dont vous me parlez là. Du reste, je suis certain que je suis victime d'une méprise.

— Répondez. Vous connaissiez Léa Médan, et vous alliez chez elle.

— Monsieur, je vous répète que je ne connais pas de Léa Médan.

— Vous niez, naturellement ; nous vous confondrons tout à l'heure.

Il fit un signe au greffier, qui fouilla dans une armoire et rapporta deux bouteilles de champagne vides. Maurice, inquiet, le suivait des yeux.

— Niez-vous avoir acheté, le 20 juin, vers huit heures du soir, ces deux bouteilles de champagne chez le sieur Bérard, marchand de vin rue de Lyon, près de la gare?

Maurice était devenu tout rouge. Il répondit :

— Non, monsieur... Je reconnais avoir acheté ces deux bouteilles de champagne.

— Bien. Reconnaissez-vous avoir acheté, à la pâtisserie Saint-Antoine, des gâteaux semblables à celui-ci, le même jour, à la même heure?

— Oui, monsieur ; je le reconnais.

— Étiez-vous chargé par quelqu'un de ces acquisitions?

— Non, monsieur.

— Vous reconnaissez les avoir achetés pour vous?

— Oui, monsieur.

— A quel emploi les destiniez-vous?

— Pour ma consommation.

— Vous savez bien que cette bouteille ne contenait pas du champagne pur?

— Oui, monsieur... Elle contenait un poison.

— Ah ! vous l'avouez enfin. Et ce poison, qu'en avez-vous fait?

— Monsieur, je voulais me suicider, et j'avais préparé ces bouteilles à cet effet.

Le juge d'instruction haussa les épaules.

— Ferrand, il faut trouver un autre système de défense. Ce que vous me répondez est absurde... Vous avez acheté ces deux bouteilles, et vous les avez préparées. Vous avez acheté ces gâteaux dans la soirée du 20 juin. En sortant de les acheter, vous êtes rentré chez vous, rue de Lacuée?

— Oui, monsieur.

— Vous les avez préparées là. Où avez-vous acheté le poison?

— Je l'ai acheté la veille, rue des Lombards ; on m'aurait refusé chez un pharmacien. Voulant une mort douce, j'ai, dans un traité sur les poisons du docteur Claude Bernard, découvert un poison composé qui donne une mort douce, en même temps qu'avec le sommeil il apportait des songes heureux ; c'est de ce poison que j'ai composé — et dont on trouvera la recette chez moi — que je me suis servi.

— Votre poison préparé et mêlé au vin, vous êtes descendu de chez vous, et vous êtes retourné à la place de la Bastille.

— Oui, monsieur.

— Là, vous avez attendu jusqu'à onze heures, et à cette heure Léa Médan est venue vous rejoindre.

— Monsieur, dit Maurice rougissant encore, je vous le répète, je ne connais pas de Léa Médan.

— Bien !... Une femme alors est venue vous rejoindre, vous lui avez offert votre bras...

— Moi, asassin!... (PAGE 124).

Maurice avait baissé la tête. Qu'allait-il répondre?... Il avait juré que l'histoire de cette nuit était effacée de sa mémoire ; mais cependant il avait été vu ; il se décida, et quand le juge lui dit d'un ton singulier :

— Eh bien! vous ne répondez pas?...

Il releva la tête et dit :

— Non, monsieur, je n'ai vu personne sur la place de la Bastille.

— Ah! fit le juge avec un sourire narquois, vous voulez nier. Avant de continuer, et pour que vous ne vous égariez pas, je dois vous dire, Ferrand, que nous connaissons absolument vos actes; vos dénégations ne serviront à rien. Depuis onze heures du soir jusqu'à une heure, où vous êtes rentré avec votre victime, vous avez été suivi heure par heure.

— Ma victime! répéta Maurice étonné, se demandant ce que ce mot signifiait.

Est-ce qu'il serait arrêté sur la plainte des parents? du mari peut-être? Est-ce que Cécile avait été obligée de tout avouer, et que, au nom de la morale ou pour satisfaire au scrupule du mari, on allait transformer cette nuit d'ivresse en un guet-apens? Est-ce que sa complice allait être transformée en victime? Est-ce qu'il était arrêté pour détournement de mineure?

Le juge parlait, lui assurant qu'il était inutile de nier, qu'il valait mieux pour lui, dans son intérêt, entrer dans la voie des aveux; Maurice n'entendait pas. Sa pensée allait du côté de cette piste nouvelle. Cette fois, il devait être dans le vrai; ce n'était certainement pas Cécile qui l'accusait : c'étaient les parents. On avait vu la jeune fille entrer chez lui; elle y avait passé la nuit. Le mari l'avait appris, et il menaçait d'une séparation. Alors la famille disait qu'elle avait été trompée, la jeune femme déclarait qu'elle avait été victime : on lui avait fait boire un narcotique, un breuvage spécial, et la malheureuse, enfin, avait succombé dans l'odieux guet-apens tendu par l'amant repoussé. Ce devait être cela. Cécile avait dix-sept ans. C'était un crime épouvantable, qui devait entraîner les travaux forcés à perpétuité, et, à cette pensée, des frissons couraient dans ses membres. Que faire? Se taire. Il le fallait, puisque la lettre de Cécile le lui demandait, surtout puisqu'il l'avait juré. Il fallait s'abandonner aux événements; de la confrontation qu'on serait forcé de faire de lui et Cécile jaillirait le moyen de salut. Il fallait donc être réservé et attendre.

Toutes ces pensées avaient rapidement traversé son cerveau, et le juge, qui ne s'expliquait pas son mutisme, lui demandait pour la troisième fois :

— Vous êtes confondu. Vous refusez de répondre.

— A quoi? fit-il comme sortant d'un rêve, à quoi, monsieur?

— Quelle était la personne avec laquelle vous suiviez le boulevard Contrescarpe, le 20 juin, vers onze heures et demie, à laquelle vous avez dit : « Je souffre, je ne puis vivre sans toi, » et qui vous répondit : « Je t'aime et je voudrais mourir dans tes bras. »

— Je n'ai rien à répondre.

— Et c'est ainsi que vous croyez égarer la justice. Vous avouez avoir acheté le poison, vous avouez l'avoir préparé. Lorsque l'on vous demande dans quel but, vous dites que ce poison vous était destiné... Effectivement, nous savons que vous en avez pris, mais bien malgré vous et de façon à ne pas vous faire trop de mal. Enfin, puisque vous avouez avoir acheté le vin, les gâteaux..., les gâteaux aussi pour vous suicider, vous ne vouliez pas partir pour l'éternité le ventre creux..., bonne précaution, enfin. Ce système ne tient pas debout, mais puisque vous y tenez, continuez. C'est absurde. Nous savons ce que vous avez fait jusqu'à l'heure où, ayant acheté les deux bouteilles de champagne, vous êtes rentré chez vous les préparer. Dites-nous maintenant quel a été l'emploi de votre temps à compter de cette heure?

— Je ne sais ce que vous voulez me dire, répondit Maurice pour parler, très embarrassé de voir qu'ils avaient été vus, suivis, et qu'on les avait même entendus.

— Enfin, qu'avez-vous fait dans la nuit du 20 juin?

— Je n'ai rien à dire...

— Vous refusez de répondre?

— Oui, monsieur, puisque l'on refuse de me croire.

— Prenez bien garde à ce que vous allez faire, car ceci est déjà un aveu; votre embarras, votre impossibilité de donner l'emploi de votre temps la nuit du crime.

— La nuit du crime! répéta Maurice, bien convaincu que la nuit d'amour, d'ivresse qui devait finir dans l'éternité, était ainsi transformée de par la loi et s'appelait du nom «odieux» qu'il n'osait prononcer, et qu'il redoutait de provoquer sur les lèvres du juge d'instruction.

— Vous ne voulez pas revenir sur votre système, Maurice Ferrand, vous vous refusez à répondre?

— Oui, monsieur, je nie absolument connaître la personne dont vous me parlez, et au besoin, je demande à être confronté avec elle...

— Oh! fit le juge avec un mouvement répulsif. C'est trop de cynisme...

Maurice le regarda étonné, se demandant en quoi il faisait preuve de cynisme. Le juge Oscar de Verchemont répondit:

— Cette confrontation aura lieu, et nous verrons si votre audace, votre calme tiendront devant le cadavre de votre victime.

Maurice releva la tête; que voulait encore dire cela?.. le cadavre de sa victime! Depuis quatre ou cinq jours qu'il avait reçu la lettre de Cécile, qu'était-il arrivé à cette dernière?

— Que me dites-vous, monsieur, le cadavre de ma victime?

Cette fois, ce fut le juge qui le regarda avec surprise, disons plutôt avec admiration, tant la demande était faite avec un accent de sincère étonnement.

— Nous ferons exhumer le cadavre de Léa Médan.

— Le cadavre de Léa Médan! Mais de quoi m'accuse-t-on enfin?

Le juge se contenta de hausser les épaules. A cette minute seulement Maurice se douta qu'il était victime d'une erreur; on l'accusait d'une chose bien plus épouvantable que tout ce qu'il pouvait redouter, et vite il s'avança vers le juge et s'écria anxieusement:

— Mais enfin, monsieur, répondez-moi, de quoi m'accuse-t-on? Depuis une heure vous me tourmentez en me disant et me demandant des choses auxquelles je ne comprends absolument rien... De quoi m'accuse-t-on?

Le jeune juge d'instruction échangea avec le greffier un regard qui voulait dire:

— Mais c'est très bien joué! il est très fort.

Il se dressa dans son fauteuil et dit d'un ton glacial:

— Ferrand, n'ayez pas de ces emportements, veuillez être calme, si vous ne voulez que je prie les gardes de vous veiller de plus près.

— Mais enfin, monsieur, regardez-moi ; aux derniers mots que vous avez dits, cette agitation qui me fait trembler m'a saisi... Je vois que vous vous trompez ; dites-moi de quoi vous m'accusez.

Alors le juge eut un mouvement de tête indifférent, un imperceptible mouvement d'épaules ; il était bien convaincu que Maurice savait tout, et essayait une dernière comédie ; c'était une nouvelle scène qu'il jouait ; il dit nonchalamment, comme obéissant à un usage :

— Maurice Ferrand, vous êtes appelé devant nous, inculpé de l'assassinat de la fille Léa Médan, assassinée chez elle, rue de Lacuée, dans la nuit du 20 juin...

Rien au monde ne peut peindre l'expression du visage de Maurice en entendant ces mots... Il s'attendait à tout, et cependant pas à cela. Un tremblement secouait tous ses membres, les traits de sa face étaient contractés, le teint devint livide, ses yeux hagards allaient du juge au greffier ; le regard semblait dire : « Ce n'est pas possible, vous voulez m'effrayer ! » Une sueur abondante perlait sur son front à la racine des cheveux ; il râla plutôt qu'il ne dit :

— Assassin !... Moi, je suis un assassin... Non ! vous n'avez pas dit ça?... Je ne suis pas accusé d'assassinat?... Moi, assassin !...

Et sa tête tournait de tous les côtés, cherchant quelqu'un qui affirmât qu'il ne pouvait être un assassin.

Le jeune juge Oscar de Verchemont fut frappé de l'effet produit ; si habilcomédien qu'il le jugeât, il ne put croire à une comédie en voyant le bouleversee ment des traits ; il chercha du regard conseil à son greffier, et celui-ci, commlui, était tout étonné de l'état du malheureux inculpé ; d'une voix plus doucee encourageante, il lui dit :

— Ferrand, voyons..., répondez à une seule chose... Dites-nous l'emploi de votre nuit du 20 juin.

Maurice le regarda, cherchant à comprendre ; il vacillait sur ses jambes ; enfin, cachant son visage dans ses mains, il sanglota en s'écriant :

— Mais je ne peux pas, monsieur... je ne peux pas...

Et, suffoqué par l'émotion, cherchant à respirer, il répétait en hoquetant :

— Assassin... assassin, moi !... Oh !..

Et, écrasé par cette affreuse accusation, se sentant défaillir, il étendit les bras, cherchant à se soutenir ; ne rencontrant rien, il jeta un cri et tomba raide sur le tapis.

V

CE QU'ÉTAIT L'AGENT BOYER.

C'est l'agent Boyer qui, en sortant de la geôle de la Conciergerie, avait répondu au greffier qui s'étonnait de l'air honnête et de l'aspect doux de celui qu'on lui livrait comme un assassin :

— Eh bien ! il m'a l'air d'un malin et d'un fort.

L'agent Boyer, que nous avons à peine entrevu, était un type; d'honnêteté? Non; Boyer était un déclassé, enfant de Paris, du quartier Saint-Paul, fils d'une dévote et de père inconnu, excepté dans la sacristie de l'église qu'elle fréquentait; le jeune Boyer avait été élevé par les bons jésuites; c'est là qu'il avait reçu les premiers principes du fin mouchard. C'est là que, en même temps que l'amour de Dieu et des saints, il avait appris le mépris des autres; c'est là qu'obligé de reconnaître que la loi de la société était dans l'Évangile, il s'était moqué du code, et avait appris à le suivre sur les marges... Il lui était, à cause de cela, arrivé de nombreux mécomptes en entrant dans la société, l'Ancien Testament ayant sur les mœurs une morale assez élastique. Sa mise en pratique ne tarda pas à envoyer le jeune Boyer, d'abord dans un pénitencier, puis dans une maison centrale. Là, par cet air doux qu'il avait appris chez les bons frères, il capta la confiance de ses gardiens; par sa dévotion, celle de l'abbé. Il n'en fallait pas plus pour le faire gracier, et comme on lui avait reconnu une certaine qualité d'observation et une manie de délation, dans l'intérêt du malheureux, on résolut d'utiliser ces petites qualités. Il entra à la police secrète, inavouée; c'était bien ce qu'il fallait à la nature de l'élève des bons frères... Sur la vie et les coutumes, les mœurs de l'agent :

Glissez, mortels, n'appuyez pas.

L'agent Boyer, disions-nous, en sortant de la Conciergerie, se rendit chez le juge d'instruction, Oscar de Verchemont. Il raconta l'arrestation, et lorsque le jeune magistrat lui dit que, dans son idée, Maurice ne devait être que le complice du crime, il déclara être de son avis.

— C'est même à ce propos, monsieur, que je suis venu vous demander des ordres.

— Vous allez tout de suite vous mettre en campagne. Nous avons pu trouver l'agent de change chargé d'acheter les valeurs de la malheureuse, et nous avons eu par lui les numéros des derniers titres acquis par elle. C'est vers ce côté qu'il faut diriger votre surveillance.

— Il faut mettre des oppositions.

— Cela est fait depuis plusieurs jours, avec ordre de nous aviser immédiatement si quelqu'un se présentait. Les bijoux qui nous ont été signalés ont été vendus à Londres trois jours après le crime, alors qu'aucun avis n'était parvenu là-bas. Nous avons reçu un signalement qui ne se rapporte en rien avec celui de l'inculpé. Ce signalement est avec les notes qui vont vous être remises par mon greffier, et sur lesquelles vous trouverez l'énumération des valeurs et les numéros.

— Vous n'avez pas d'autres renseignements?

— Aucun. Je vais interroger Ferrand, chaque jour le harceler, pour obtenir un aveu; il suffit d'un mot lui échappant pour nous mettre sur la voie.

— Je l'ai observé; je vous ai dit sa tenue, son allure, beaucoup de calme, un air innocent, très contenu, vous aurez de la peine à en obtenir quelque chose. C'est un fort.

— Cependant, il en est à son début; les renseignements obtenus sur lui sont excellents.

— C'est vrai; mais c'est facile de tromper le monde par les dehors. Les trois quarts de ceux qui semblent les plus extravagants sont les plus raisonnables; les plus fous, les plus rieurs sont les gens les plus sérieux au fond... Ce n'est qu'une question de soins, les renseignements, et je ne m'y laisse jamais prendre. Il y a une chose à voir : avait-il de la religion? Non. Voilà le mauvais renseignement.

— Je jugerai ça tout à l'heure, dit M. Oscar de Verchemont pour clore l'entretien; demain, mon greffier vous donnera les notes qu'il a dû préparer pour vous.

Boyer, obéissant, se retira en se faisant bien humble devant le magistrat; une fois dehors, il se rendit au bureau pour toucher sa prime d'arrestation, et, s'étant levé matin, il regagna sa demeure pour se reposer; il restait rue du Petit-Musc. Au moment où il franchissait l'allée, il fut arrêté par sa concierge, qui lui dit :

— Monsieur Boyer, on vient de venir de chez votre tante, qui a eu une attaque, et elle vous faisait demander.

— La mère Paillard?

— Oui, monsieur; c'est le fils de sa concierge qui est venu, il y a environ une heure.

— Merci, je vais y aller.

Et Boyer sortit aussitôt, se dirigeant vers la rue Saint-Paul; arrivé chez la mère Paillard, on lui dit que la vieille femme avait eu le matin comme un coup de sang et qu'elle allait un peu mieux. Son fils n'étant pas à Paris, on l'avait fait prévenir, lui son neveu. Boyer grimpa les deux étages, et, arrivé chez sa tante, il se précipita dans la chambre, l'air tout à coup bouleversé, en s'écriant avec des larmes dans la voix :

— Comment, mère Marianne, mère Marianne, tu es malade!... Ah! mon Dieu, mon Dieu! lorsque j'ai appris ça, j'ai quitté mon bureau, tout sens dessus dessous... Qu'est-ce que tu as?

— Rien, rien, mon enfant, rien; ça va mieux, dit la vieille femme attendrie par les marques d'affection que lui prodiguait son neveu; et elle ajoutait à mi-voix, presque pleurant : pourquoi mon fils n'est-il pas comme toi?

— Voyons, ma tante, ce n'est pas l'heure de parler de ça... Ce garçon est encore jeune, ça reviendra... Vous ne manquerez pas de soins tant que je serai là...

— Oui, mon enfant, je le sais bien; tu es mon second fils, toi... Tu vaux mieux que le premier.

— Ma tante, qu'est-ce que vous avez besoin? J'ai du temps, et je ne vous quitte pas; j'enverrai une lettre à mon chef de bureau.

Boyer se faisait passer pour être employé dans les bureaux de la préfecture, ce qui lui permettait certaines relations que son véritable métier aurait empêchées. Le rôle de Boyer dans la maison de la vieille Marianne Paillard s'expliquera en deux mots. Le fils de la vieille était un brave garçon, la tête un peu chaude, qui, ayant touché quelque argent à la mort de son père, l'avait mangé dans des spéculations plus hardies qu'heureuses; depuis il travaillait pour se relever; sa mère l'aimait, mais la nature indépendante de Louis Paillard l'effrayait; ses idées sur la religion l'épouvantaient; il osait dire qu'on pouvait adorer le bon Dieu sans avoir des gens chargés de votre ouvrage : c'est ainsi qu'il parlait des prêtres... Il scandalisait la mère Paillard lorsque, rentrant le soir, il lui disait plaisamment :

— Je vais te lire un passage de la *Vie des Saints*.

Et il lisait dans un journal la condamnation d'un prêtre pour attentat à la pudeur. C'était alors des scènes qui faisaient rire le fils et bouleversaient la mère; aussi elle citait comme exemple son neveu Boyer. Alors Louis se fâchait pour de bon; il disait :

— Ce mouchard, ce cafard... qu'il ne vienne jamais ici quand j'y serai... ou alors...

Boyer savait tout cela, il avait envenimé la chose, et la mère et le fils s'étaient brouillés; ils se voyaient, mais fort peu. Boyer le remplaçait et il espérait que la mère Paillard, ainsi qu'elle le lui avait promis, lui donnerait une part dans sa petite fortune. Aussi guettait-il la fin prochaine de sa tante; c'était lui qui lui avait conseillé la vente de sa maison; ayant les valeurs chez elle, il était plus facile en cas de malheur de les recevoir de la main à la main.

Boyer dit à la vieille femme :

— Vois-tu, tante Marianne, on ne sait pas ce qui peut arriver; je vais passer la journée avec toi, je ne te quitterai que lorsque tu seras debout.

— Merci, mon garçon... Oh! j'ai eu bien peur tout à l'heure, j'ai cru que c'était la fin, je ne voyais plus, je n'entendais plus.

— Et a-t-on été vous chercher un prêtre, au moins...

— Non, mon enfant; mais je tiens à en voir un. Tu l'iras chercher; ça ne fait pas mourir plus tôt et on est tranquille.

En entendant ces mots, Boyer regarda sa tante. Il fallait qu'elle se sentît bien mal pour parler ainsi. Et il fut confirmé dans sa pensée lorsqu'elle ajouta :

— Tu enverras en même temps une dépêche à Louis; je veux le voir... Tu ne lui diras pas que j'ai demandé un prêtre.

Boyer se dit, en clignant de l'œil :

— Décidément, la mère Marianne va mal.

Ce qui pouvait se traduire par : « Il faut prendre nos précautions. La mère Marianne va mal; ce sont mes intérêts qu'il faut soigner. » D'abord, il rassura la vieille femme sur son état, et, après avoir proposé tout ce qui lui était nécessaire, il alla chercher un médecin et alla trouver un prêtre de sa connaissance.

Ce dernier, en le voyant, lui demanda de quoi il s'agissait.

— Mon père, dit Boyer, en prenant son air cauteleux et en pleurant en parlant, mon père, c'est un bien grand malheur qui m'arrive : ma tante, presque ma mère, celle enfin qui m'a presque élevé, est mourante. C'est la seule affection que j'aie en ce moment, et je crains que Dieu ne veuille me la prendre.

— Mon enfant, si telle est la volonté du Seigneur, il ne faut point pleurer. C'est dans un monde meilleur qu'il l'appelle. Qu'elle meure chrétiennement.

— Mon père, on n'est pas maître de ses douleurs... Ma tante est une chrétienne qui veut mourir en état de grâce, et je viens vous demander votre secours. Je ne sais, mon père, si elle pratiquait régulièrement; mais, à cette heure suprême, elle préfère le secours d'un ministre du Seigneur qui lui soit inconnu.

— Je vais me rendre à son désir, mon enfant.

Et pendant que le prêtre se disposait pour son office, Boyer causait :

— Ma pauvre tante est une sainte femme; elle a un fils qui fait le désespoir de sa vie, mécréant, libre penseur, créature sans honneur, sans foi; le misérable, lors de la mort de mon oncle, son père, toucha la part d'héritage qui lui revenait et n'en fit qu'une bouchée; ma pauvre chère tante voudrait le mettre dans l'impossibilité d'en faire autant... Au reste, il est moins son fils que moi-même, par l'affection que je lui porte. Ma tante est, sinon très riche, fort bien dans ses affaires, et, monsieur l'abbé, je vous serais reconnaissant à cette heure suprême de lui apporter le concours de vos lumières... de ne pas permettre que, par un respect de la loi mal entendu, la pauvre vieille se croie dans l'obligation de laisser tout à celui qui n'est son fils que par le nom. Vous me connaissez assez, monsieur l'abbé, pour savoir que je ne parle pas pour moi; mais nous sommes une famille de pauvres, qui avait souvent recours à elle et qui se trouvera sans ressource et pour qui? S'il était possible de rappeler à ma pauvre Marianne que ces gens-là vont être bien malheureux; que je pourrais, si elle le voulait, m'en occuper après elle?

— Mon cher enfant, je vous connais trop pour douter de vos sentiments; je rappellerai, selon votre désir, à votre parente, ce que je crois être le bien, et l'engagerai à le faire.

Ayant placé ce jalon, toujours larmoyant, Boyer précéda le prêtre et le conduisit chez sa tante. La vieille femme ne s'illusionnait pas sur son mal; elle accueillit le prêtre avec joie et remercia Boyer en lui disant :

— Tu n'as pas trouvé mon confesseur, tu as été en chercher un autre, tu as bien fait, car je ne me sens pas bien.

Boyer se retira, et le prêtre s'assit au chevet de la malade. L'agent, ayant fermé les portes de la pièce où il se trouvait, vint se placer près de la porte et colla son oreille à la serrure. La pauvre moribonde s'accusait d'avoir commis des fautes d'enfant; ce qui l'affligeait le plus, c'était d'avoir été si sévère avec son fils, qui au fond l'adorait; le prêtre voulut parler de Louis Paillard dans les termes dont lui en avait parlé son cousin; la vieille femme l'arrêta en lui disant aussitôt :

— Non, mon père, non; Louis est un honnête homme; c'est en travaillant qu'il a mangé l'héritage paternel, par de mauvaises spéculations, mais c'est un bon fils et un honnête homme; il ne dit pas de mal de la religion, il ne la pratique pas. Le bien que je faisais à ma famille, il le fera après moi et plus largement que moi; c'est pour cela que je n'ai pas fait de testament et n'en veux pas faire; tout ce que j'ai est à lui, et à ma mort, tout doit lui revenir, puisqu'il est mon unique enfant...

— Il faut toujours penser au bien... et, en donnant tout à votre fils, ne pri-

— Louis, là, pris... (PAGE 134).

vez-vous pas d'autres parents ayant pour vous une affection égale... et que vous traitiez comme vos propres enfants?...

— Mon père, peut-être me voulez-vous parler de Boyer : c'est un bon garçon, mais qui est bien placé et gagne bien sa vie... C'est ce qu'il me dit ; il n'a besoin de rien, et si jamais il était malheureux, Louis serait incapable de le laisser dans le besoin.

L'abbé parlait de ses pauvres, de l'Église, qu'il ne fallait pas oublier.

Boyer n'écoutait plus. Il s'était redressé et, mordillant ses lèvres, les traits rudes, les sourcils froncés, il répétait :

— Ah! tout à lui... Ah! rien!... C'est ce que nous verrons!

Et il marchait dans la chambre.

— Tu n'as pas fait de testament, pas de legs; pas d'inventaire... Nous verrons.

Il entendit marcher. Son visage se transforma aussitôt; et quand le prêtre reparut, il lui demanda :

— Eh bien! monsieur l'abbé; elle est bien mal, n'est-ce pas?

— C'est une sainte et digne femme, dit le prêtre, évitant de répondre. Avez-vous prévenu son fils?

— Oui, oui, j'ai envoyé une dépêche.

— Il faut absolument qu'elle le voie. Renvoyez-en une autre... Qu'il se hâte.

Et, serrant la main de Boyer, il ajouta plus bas :

— Adieu, mon ami; priez pour elle.

A peine le prêtre était-il sorti que le médecin entra.

Un rapide examen lui suffit. Il fit une ordonnance, et, en se retirant, après avoir rassuré la malade, il entraîna Boyer sur le carré, et lui dit :

— Boyer, ta tante est perdue; elle en a à peine pour la nuit. C'est une attaque de paralysie, et c'est la quatrième. Dans une heure, elle ne pourra plus parler... Il faut immédiatement prévenir Louis. Qu'il vienne; il faut qu'il soit là!... Si sa mère mourait sans qu'il fût là, il t'en voudrait toute sa vie.

— C'est fait, docteur; j'ai envoyé une dépêche.

— Ça m'étonne qu'il ne soit pas encore arrivé. Il faut une heure pour venir de chez lui. Envoie une autre dépêche; il y a urgence.

— Je vais y aller tout de suite.

— Va et reviens vite, car il ne faut pas la laisser seule... Je t'attends.

Boyer mentait, il n'avait pas envoyé de dépêche; mais, cette fois, assuré qu'avant une heure la paralysie clouerait la langue de la moribonde, il se décida. Et il courut au télégraphe en disant :

— Avant qu'il soit arrivé, j'aurai fait mon affaire.

Le docteur était retourné près du chevet de la malade, à laquelle il disait pour la rassurer :

— Mère Marianne, c'est une crise comme vous en avez déjà eu, je vous en sortirai comme des autres; mais, faire ses affaires, ça ne fait pas mourir et il vaut mieux arranger ça tout de suite. Louis est maintenant un garçon raisonnable, vos attaques à présent peuvent devenir plus fréquentes, il faut donc qu'il soit au courant de vos affaires.

— Docteur, dit la vieille d'une voix faible, c'est ce que je veux faire, je ne veux plus m'occuper de rien, je vais lui laisser tout et il vivra avec moi.

— C'est une bonne idée.

— J'ai des valeurs qui ne sont pas à moi, sur lesquelles j'ai prêté, il faut que je lui explique ça... Pour le reste, ce n'est rien, parce que c'est chez mon notaire, et il trouvera ça.

— Voulez-vous me charger de quelque commission, en l'attendant?

— Non, non, il n'y a qu'à lui que je peux parler de ça.

— Vous pouvez me dire le nom de vos emprunteurs?

— Non! non!... Je ne pourrais le dire qu'à lui.

Le docteur était fort embarrassé; il n'osait dire à la malade la gravité de son état, que pareil aveu aurait assurément aggravé, et cependant il craignait que le fils n'arrivât trop tard. Pour Boyer, le docteur, vieil ami de la famille, n'avait jamais pu le sentir, d'autant plus qu'il savait son véritable métier, et il se serait bien gardé de conseiller à la vieille femme de le prendre pour confident.

Boyer revint du télégraphe; il présenta le petit reçu bleu qu'on donnait alors, pour justifier d'avoir fait ce qu'on lui demandait. Le docteur partit après avoir dit à Boyer qu'au cas où la mère Marianne serait dans l'impossibilité de parler à l'arrivée de son fils, — si celui-ci arrivait avant une heure, — il l'envoyât immédiatement chercher.

Seul, Boyer vint se placer au chevet de la moribonde. Celle-ci semblait toujours tendre l'oreille, et, avec l'ouïe particulière au mourant, elle entendait chaque fois que la porte de la rue s'ouvrait et elle disait d'une voix qui devenait de plus en plus faible :

— Vois donc, Boyer, voilà Louis...

Boyer était allé dans la cuisine préparer la potion recommandée par le docteur. Quand il revint, il voulut la faire prendre à la malade; il se recula étourdi. La malheureuse râlait, ne pouvant plus parler, et ses yeux devenaient vitreux. L'agent changea aussitôt de physionomie et d'allure; sa face de cafard se contracta, un rire méchant crispa ses lèvres, et il se redressa, se promena dans la chambre, la tête haute, semblant dire :

— Enfin, je suis chez moi...

Et cynique, épouvantable, se tournant vers la vieille, dont le regard à moitié éteint suivait avec étonnement cette soudaine transformation, il s'écria :

— Vieille bête qui ne veux rien me donner... Je prendrai ma part alors, et comme c'est moi qui la ferai, je la ferai large, entends-tu, vieux pot?

Les yeux de la moribonde semblaient prêts à sortir des paupières; son regard épouvanté suivait le misérable; elle ne pouvait ni crier ni bouger; la paralysie la clouait sur son lit, à la merci du monstre.

— Ah! tu n'as rien pour moi. Crève donc alors; quand Louis viendra, j'aurai ma part d'héritage et tu prieras pour moi là...

Et accompagnant ces mots d'un rire atroce, il se dirigea vers le secrétaire qui se trouvait en face du lit de la mourante. L'agent Boyer avait toujours un trousseau de clefs sur lui; en deux minutes le meuble fut ouvert et, calme, il s'assit devant.

On n'entendait dans la chambre que le bruit monotone du balancier de la pendule, qu'accompagnait le râle lugubre de la moribonde.

Et c'était un sinistre spectacle que cette mourante étendue sur le lit, anéantie, immobilisée par la paralysie et ayant encore toute sa connaissance, voyant, entendant, comprenant, les yeux encore hagards de l'effroi éprouvé lorsque le misérable avait vomi sur elle ses injures et ses cyniques imprécations.

La malheureuse mère Paillard sentait la mort l'entraîner lentement, et elle ne pouvait réagir; elle essayait de crier et cela augmentait à peine son râle; elle aurait voulu avertir quelqu'un que les seules valeurs qu'elle avait dans son secrétaire étaient un dépôt. Elle aurait voulu raconter les conditions de ce dépôt, et cela était impossible.

Le misérable qu'elle avait cru, celui qu'elle avait un moment préféré à son fils n'était qu'un voleur; et, à cette heure où elle se débattait dans les affres de la mort, il la pillait, il allait prendre le dépôt qu'on lui avait fait, et la mère Paillard mourait laissant cette tache sur sa mémoire : qu'elle s'était servie des valeurs, qu'elle avait vendu les titres qu'on lui avait confiés.

Le mal empirait, et ses yeux se voilèrent au moment où Boyer, ayant fouillé tous les tiroirs, ayant lu rapidement tous les papiers, détruit ou confisqué plusieurs, mettait la main sur la grosse enveloppe cachetée, en brisait le cachet et jetait un cri de joie en voyant que les titres étaient tous au porteur.

Il les examina un par un, fit l'addition des chiffres, et dit, satisfait :

— La vieille, elle ne disait pas qu'elle en avait autant que ça... une fortune!... J'ai ma part, mère Marianne; je ne t'en veux plus, meurs tranquille; je te jure de te payer une belle couronne et de te faire dire des messes. Au moins, le partage est juste. Louis aura ce que tu as chez le notaire.

Il s'avança jusqu'au chevet de la vieille femme.

— Allons, c'est la fin... Ça commence vite, mais que c'est long à finir! Voilà quatre grandes heures qu'elle râle. Elle n'a besoin de rien, soyons prudent.

Et après avoir remis en ordre les papiers dans le secrétaire, après avoir soigneusement fermé tout, l'agent Boyer composa son visage et descendit; en passant devant la concierge, il avait les joues baignées de larmes. On lui demanda :

— Eh bien! monsieur Boyer, et votre tante, comment va-t-elle?

Il ne put contenir ses sanglots et c'est avec peine qu'il répondit :

— Elle est perdue, ma pauvre tante, ma seconde mère..., ma chère mère Marianne. Oh! mon Dieu! mon Dieu!

— Voyons, monsieur Boyer, il faut se faire une raison, il ne faut pas pleurer comme ça; on devait bien s'attendre à ça un jour ou l'autre, à l'âge qu'elle a.

— C'est vrai; mais si vous saviez ce que c'est cruel de voir souffrir ainsi ceux qu'on aime. Et si Louis était là, seulement, ça aurait adouci ses derniers moments.

— Vous croyez que c'est bien fini, donc? Plus d'espoir?...

— Pauvre chère femme, depuis plus d'une heure elle ne reconnaît personne, elle râle; je vais à l'église faire dire les prières de l'agonie.

— Ah! mon Dieu! mon Dieu! dit la concierge en faisant le signe de la croix, et, en rentrant dans sa loge vivement impressionnée, elle ajouta : Pauvre garçon, il l'aimait comme sa mère.

Boyer courut aussitôt à l'église Saint-Paul faire sa petite commande de prières, et en sortant de la sacristie il courut chez lui tout d'une traite; avant d'entrer, il prit cet air que nous lui connaissons et sembla suffoqué par les larmes. Sa concierge, en le voyant ainsi, lui dit :

— Ah! mon Dieu, elle va mal, votre tante?

— Elle est morte!... et il éclata en sanglots.

— Oh mon Dieu! mon Dieu! pauvre monsieur Boyer, c'était votre seule famille.

— Vous dites vrai. La mère Marianne n'existant plus, je quitterai Paris.

— Il faut avoir de la raison... et votre place?

— Je donnerai ma démission; j'irai vivre en province avec le peu que j'ai.

C'était la première fois que la concierge lui entendait dire cette phrase, et cependant elle la trouva toute naturelle; elle lui demanda:

— Avez-vous besoin de mes services?

— Merci, j'attends son fils, s'il le veut, je la veillerai avec lui. Je monte vite chez moi, je vais chercher un petit crucifix pour le mettre sur le lit.

Il monta chez lui, la concierge rentra chez elle en disant:

— Quel saint homme! Pourquoi faut-il que le malheur s'acharne sur ceux-là?

Rentré chez lui, Boyer ferma soigneusement toutes les portes: il baissa minutieusement les rideaux afin qu'aucun regard indiscret ne pût se glisser dans la chambre. Il s'assit alors devant son petit bureau et cacha dans un tiroir secret la liasse de titres qu'il avait pris chez la mère Marianne. Avant de les serrer, il avait transcrit tous les numéros sur son carnet; en faisant ce travail, il se souvint que le matin même le juge d'instruction lui avait dit:

« Vous demanderez à mon greffier le signalement et les notes prises, sur lesquelles vous trouverez l'énumération des valeurs volées et leurs numéros. »

Il était sorti des bureaux après avoir touché sa prime; mais il avait oublié d'aller demander ces notes au greffier.

— Au fait, tant mieux, je n'ai plus de dossier ici, j'ai été payé ce matin, j'ai besoin de mon temps pendant quelques jours; je vais profiter de l'occasion pour donner ma démission... et je vais vivre en rentier.

Alors il prit dans son bureau une feuille de papier et écrivit:

« Monsieur,

» Un grand malheur vient de m'arriver; en rentrant ce matin chez moi, j'appris que ma tante, la sœur de ma mère, celle qui fut ma mère, était gravement malade; je me rendis en toute hâte chez elle; la pauvre femme est morte dans mes bras; en mourant, elle a réclamé de moi que je quittasse le vilain métier que j'exerce; j'ai promis de lui obéir; j'ai peu d'économies, mais je peux cependant, avec ce que j'ai, vivre dans une petite ville de province; c'est ce que je vais faire.

» Je vous prie donc, monsieur, de recevoir ma démission. Je crois, ayant toujours fait mon devoir, que l'*administration* n'a aucun reproche à me faire. Si mes ressources se trouvaient insuffisantes, je vous demanderais, lorsque j'aurai choisi mon lieu de résidence, de vouloir bien me recommander à l'administration du département.

» Dévoué au gouvernement de l'empereur, je mettrai tout mon zèle à le servir dans un ordre moins bas; si je ne veux plus être agent de la sûreté, je pourrais être un agent politique utile, dans un pays où je suis peu connu.

» J'ai bien l'honneur d'être, monsieur, votre tout dévoué serviteur.

» BOYER. »

— Là, fit-il en préparant son enveloppe, avec ça, partout je serai protégé, et je vivrai riche et tranquille loin des quelques curieux qui pourraient s'étonner de ma fortune rapide. Ayant mis l'adresse sur l'enveloppe, cacheté sa lettre, il descendit avec son petit crucifix. Il jeta sa lettre à la poste et courut chez la mère Paillard.

La vieille femme avait le sinistre râle hoqueté des dernières minutes. Boyer la regarda.

— Elle va finir tout à l'heure.

Et, calme, il fouilla dans le buffet, prit un verre, une bouteille et se versa un verre de bon vin.

— J'ai eu chaud, fit-il, à courir comme ça... Et il but d'un trait ; il allait chercher dans le buffet s'il n'y avait pas de quoi faire une petite collation, lorsqu'on frappa à la porte. Du revers de sa manche il essuya ses lèvres, prit sa mine larmoyante et alla ouvrir.

Le râle de la moribonde s'était arrêté, elle semblait mieux respirer, et son regard éteint se rallumait se dirigeant vers la porte ; ses lèvres se remuaient, on pouvait presque entendre : « C'est lui ! »

La porte s'ouvrit, et aussitôt un jeune homme se précipita dans la chambre, bouleversant Boyer, qui venait de lui ouvrir, et courant vers le lit en s'écriant :

— Mère, mère, me voilà !

A ce cri, à cette voix, le corps de la vieille femme tressaillit ; par un effort inconcevable, la mère Marianne se redressa dans son lit, son bras déjà raidi s'étendit dans la direction du secrétaire. Elle râla :

— Louis, là, pris...

Et elle retomba morte dans les bras de son enfant. Le jeune homme, en sentant le corps retomber de tout son poids sur lui ; en voyant la tête inerte penchée sur son épaule, regardait effrayé la vieille femme, croyant à une syncope ; il se hâta de l'étendre sur le lit et s'écria :

— Ah ! mon Dieu, elle se trouve mal... Maman, maman, c'est Louis !

Il tourna la tête, cherchant ce qu'il allait donner à la mère Marianne pour la ranimer ; alors seulement il vit Boyer. L'agent était dans un coin, tremblant, livide ; il avait eu une minute d'épouvantable effroi, lorsque la vieille, dans un dernier spasme, s'était dressée sur son lit et avait montré à son fils le secrétaire. La phrase qu'elle avait râlée, il lui semblait qu'elle l'avait prononcée tout entière, qu'on l'avait entendue, car il l'entendait encore.

« Louis, au secours, c'est là qu'il a pris l'argent que j'avais. »

Et il redoutait ce que Louis allait faire ; celui-ci, en le reconnaissant, dit :

— Toi, tu es toujours là quand il y a un malheur, comme les corbeaux. Tu vois qu'elle se trouve mal, tu ne bouges pas.

— Louis, elle ne se trouve pas mal. C'est un grand malheur. Le médecin m'avait prévenu.

— Qu'est-ce que tu dis ? s'écria Louis épouvanté, courant vers le lit et prenant la tête de sa mère ; il la regarda deux secondes en disant : « Maman, c'est Louis, » et il jeta un cri de douleur en tombant à genoux.

Boyer se glissant le long du mur disait :

— Je cours chercher le médecin.

Et il sortit.

— Mère, mère, gémissait le pauvre garçon, agenouillé au chevet du lit, tenant la morte dans ses bras, l'embrassant et l'inondant de ses larmes. Mère, mère, non, tu n'es pas morte, tu ne m'as pas attendu pour mourir ! Maman, réponds-moi... Oh ! mais ce n'est pas possible, d'arriver juste pour la voir partir ! Ils ne l'ont pas soignée, on m'a caché qu'elle était malade... Je l'aurais sauvée, moi... Mère Paillard, tu laisses ton Louis tout seul ; tu sais bien qu'il n'a personne à aimer que toi... Oh ! ma pauvre mère chérie !

Et, la tenant, il la couvrait de baisers ; il semblait, en laissant longtemps ses lèvres sur les lèvres de la morte, qu'il cherchait à lui rendre le souffle, à lui jeter de sa vie dans la poitrine; puis il se dressait, la regardait encore; ses yeux cherchaient ce regard qui avait éclairé sa vie, et l'œil vitreux l'épouvantait. Le grand garçon fit un effort ; de sa manche, il essuya ses larmes, et, haletant par les sanglots qu'il réprimait, il se leva, ferma les yeux de sa mère et dit :

— Adieu, m'man, adieu !

Et, malgré ses efforts, il éclata en sanglots. Après quelques minutes, il revint près de sa mère ; il replaça sa tête sur l'oreiller, lissa ses cheveux blancs, lui mit un petit bonnet, et la toilette de la morte terminée, il s'assit près du lit, devant elle, et prit une de ses mains, qu'il garda dans la sienne, appuyée sur le lit. Les larmes coulaient sur ses joues, et son regard ne quittait plus la tête calme, endormie, souriante de la morte, car la mère Paillard avait souri à son fils en retombant dans ses bras pour mourir.

Louis resta ainsi ; il pensait : toute sa vie passait devant ses yeux, et il lui semblait que, quand ce corps glacé partirait, toute une partie de sa vie allait s'envoler, toute sa vie heureuse ; il allait rentrer dans le noir, dans le vide. Il n'allait plus sentir ce soutien moral : la famille. Seul !... Et des mots tombaient de ses lèvres, lentement, comme les larmes de ses yeux !

— C'est donc vrai... on s'en va ! on quitte tout !... Ma pauvre maman, je ne verrai plus ta bonne figure qui se gonflait pour me gronder et pour cacher ton bon rire. Je ne verrai plus ton regard inquiet quand je disais : « Maman, je souffre là ou là... » Pauvre mère, tu me refusais ce que je te demandais, et tu me le faisais donner par un autre, en disant : « Il faut l'habituer à ne pas compter toujours sur moi... » Pauvre mère, devais-tu souffrir en ne me voyant pas venir ; tu m'attendais pour mourir... Ah ! maman ! maman !

Et il fondait en larmes.

Le médecin vint tout essoufflé; en le voyant, Louis ne bougea pas, il lui tendit sa main libre, et dit en pleurant :

— Vous voyez, c'est fini... je n'ai plus maman...

— C'était prévu, je te l'avais fait dire ; pourquoi es-tu venu si tard ?

Louis leva la tête, et dit étonné :

— On ne m'a rien dit ; je suis venu aussitôt que j'ai reçu une dépêche...

— Tu en as reçu deux ?

— Une, il y a une heure... La voici : « Viens si tu peux, ta mère est indisposée. » Vous pensez, docteur, si je m'attendais à ce malheur-là! dix minutes plus tard et elle mourait sans moi.

Le docteur cherchait Boyer qui était venu avec lui ; mais celui-ci avait jugé prudent d'éviter les explications. Il était parti.

— C'est ce tartufe qui a encore fait ça.

Louis ne répondit pas, tout entier à sa douleur ; il n'entendait plus. Il était écrasé par ce malheur. Le médecin, nous l'avons dit, était un vieil ami de la famille Paillard ; c'est lui qui avait soigné la mère lorsqu'elle avait mis son enfant au monde ; c'est lui qui avait soigné le père, c'est lui qui l'avait assisté à ses derniers moments. Il était plein de pitié pour cette douleur vraie, terrible dans sa sincérité. Il s'appliqua à arracher l'enfant de cette chambre mortuaire, et ce fut difficile. A chaque instant, les amis et les indifférents venaient voir pour une dernière fois leur vieille amie, et chacun voulait voir le fils, voulait lui parler. On voulait un souvenir de la pauvre vieille ; Louis ne comprenait rien ; le docteur l'arracha à cette curée et l'emmena chez lui. Ce fut un écœurement constant pour le malheureux lorsqu'il fallut régler les détails de l'inhumation, et le vieux médecin, haussant les épaules, lui dit :

— Il y a trente ans, lorsque je griffonnais dans les journaux, voilà ce que j'écrivis ; juge aujourd'hui s'il y aurait un mot à changer.

Il fouilla dans sa bibliothèque et lui présenta un journal. Louis lut :

LA RELIGION DES SOUVENIRS

Vitaque cum gemitu fugit indignata sub umbras.

« Alors qu'il est là agonisant sur son lit, se débattant contre la mort, dans la lutte suprême de l'agonie, chaque visage se penche assombri ; la souffrance sans remède force les hommes à mouiller leurs paupières.

Plus d'arrière-pensée, plus de désir. La mort, dans sa terrible majesté, n'emplit les cœurs que d'un respect morne et compatissant.

L'heure terrible sonne!... Il n'est plus!...

L'âme n'a pas encore quitté sa charnelle enveloppe ; sa flamme invisible est encore dans l'air vicié, dans la chambre mortuaire, et cependant l'intérêt humain reprend ses droits.

Un parent va dire :

— Changeons-le de lit, ça perdrait les matelas!

Déjà! hélas!!!

— Il faut donner à celui que nous regrettons des funérailles dignes de lui, dit-on.

Hypocrites! des funérailles dignes de nous, qui survivons..., de nous qui en ferons une réclame à notre position, que l'on estimera sur ce sombre cortège... Alors commencent les horribles détails du convoi... On loue des pleureurs!!! Comment mesure-t-on les larmes?...

Débarrassée des matérielles discussions des pompes funèbres, l'âme enfin va

— Tu m'as volé les derniers moments de ma mère (PAGE 144).

se rasséréner au divin logis... La prière, cette sublime larme de la pensée pour ces croyants, va rendre au cœur la sérénité que la mort a chassée.

— Payons tout, dit-on ; que l'on ne réclame rien aux assistants.

L'homme auquel la fabrique a confié ses intérêts écrit sur sa facture :

Pour l'offrande . . . . »
Pour les chaises. . . . . »
Pour les employés. . . . . 50 fr.

On doit donc tout cela?...

Dieu fit l'égalité de la mort! A quand l'égalité de la tombe?

L'on continue les apprêts de la funèbre comédie.

Le monde, en quittant pour toujours celui qu'il vient de conduire à sa dernière demeure, ne peut voir si le terrain est acheté ou loué...

Un terrain ne coûte que 500 francs! Il était riche; on pourrait donc...

— Bah! ça ne se voit pas, disent les héritiers..., et puis le terrain est à nous pour cinq ans...; dans cinq ans, nous verrons!

Au bout de cinq ans, quelquefois on renouvelle...; souvent, on oublie...

Il y en a tant auxquels il ne faut même pas ce temps-là pour oublier!...

O souvenir!

Tout est fini!

Il dort sous la pierre ou sous les fleurs... C'est alors qu'apparaissent les membres de cette immense secte :

La religion des souvenirs.

Quels sont-ils? dites-vous.

Ce sont vos amis, vos parents, quelquefois vos sœurs, vos frères.

La mère n'est jamais du nombre; elle appartient à cette autre religion qu'un mot change et qu'un monde sépare :

La religion *du* souvenir.

Un parent vient alors que l'inventaire se fait chez l'oncle à héritage. Les mains se pressent...; on se parle à voix basse :

— Pauvre garçon, va! Qui aurait jamais cru ça?

— Hélas!

— Ah! c'est que j'aimais bien ton oncle, moi; c'était un vrai parent, celui-là! (*Demi-sanglot.*)

— Dame, je comprends ça; c'était plutôt votre frère que votre cousin.

— Ah! le pauvre vieux! (*Sanglot.*) Sais-tu pourquoi je viens, mon ami? Je voudrais avoir un souvenir de lui.

— Comment donc! mais certainement.

Et le neveu cherche mentalement ce qu'il donnera; il pense à la pipe, au verre, au portrait-carte du défunt.

— Si j'osais, reprend le cousin, je te demanderais sa montre.

Le neveu a un sourire qui ressemble à une grimace.

Le cousin continue :

— Ah! vois-tu, c'est elle qui a marqué l'existence à ce pauvre ami! (*Double sanglot.*) Et puis chaque fois que je regarderai l'heure, ça me le rappellera. (*Émotion, larmes et sanglots.*)

Le neveu est atterré; mais il l'a dit lui-même :

— C'était plutôt un frère qu'un cousin.

Comment refuser? Il donne.

Le cousin part pour cacher son émotion.

Seul, dans l'escalier, il presse son souvenir; il va peut-être embrasser cette montre où se posaient les doigts du défunt!

Non! il l'ouvre et dit avec un mouvement de mauvaise humeur :

— Bon! je croyais la cuvette en or.

Un ami vient d'entrer... un vrai ami, celui-là, compagnon de classe... il le dit du moins. Il presse la main du neveu :

— Eh ben! mon pauv' garçon, not' vieil ami n'est plus là.

— Hélas!

— Ah! c'est toujours comme ça ; les bons s'en vont, les mauvais restent. V'là c'que c'est que d' nous! pourtant, quand nous allions à l'école ensemble..., c'était un vrai lapin. Faut dire qu'il changeait depuis quelque temps.

— Vous trouvez?

— Ah! je crois ben... j' lui disais toujours : Fais attention, ma vieille, fais attention, tu gonfles. — Bah! qui disait : c'est signe de santé... — J'y disais : Prends garde, ça te jouera un mauvais tour. — Eh ben! tant mieux, qui répondait, autant plus tôt que plus tard. Quand je casserai ma pipe, tu sais, tu demanderas à mon neveu mes boutons de manchettes.

— Les boutons de brillants? demande vite le neveu.

— Oui, ceux qu'il portait toujours...; mais dites donc, faut pas que vous croyiez que c'est pour vous les demander que je dis ça, au moins.

— Bon, je crois bien! mais s'il vous les a promis, grimace le neveu.

— Oh! pour ça! et puis, vous savez, c'était pas la première fois!... Ma foi, ce pauvre garçon, ça me ferait plaisir d'avoir cette vétille-là de lui; mais, cependant, vous savez...

— Oh! non pas! ces promesses sont sacrées..., rage le neveu. Tenez, les voici.

— Oh! je vous en prie, ne me les donnez pas comme ça! ça me fait mal à voir; enveloppez-les. (*Sanglots.*)

Le paquet est ficelé; après un : Merci! sorti en rabotant le sternum, le vieux camarade d'école s'éloigne.

Où va-t-il?

Chez un bijoutier; il va sans doute commander un écrin qui préserve de tout contact son cher souvenir.

— Tenez, dit-il, voilà deux panas; vous retirerez les brillants qui sont après et vous m'en ferez monter des boutons d'oreilles. Vous savez, quelque chose de gentil. Pour après-demain, sans faute; c'est pour une fête!

Et il s'éloigne, se disant à lui-même :

— C'est une bonne idée que j'ai eue là... C'est au moins cent écus de gagnés. Oh! cette Nini, elle me mangera la tête.

O souvenir!

L'on revient du cimetière, la nièce du défunt ne s'est pas senti la force d'aller au delà de l'église; elle est revenue seule; seule elle est entrée dans la chambre vide; seule, elle est tombée à genoux près du lit souillé par la décomposition, au mépris de sa santé, de sa vie, aspirant l'air mortel de la sombre demeure, elle a prié, elle a pleuré!

Et quand le neveu est revenu du cimetière, laissant quelques amis titubant sous l'influence de l'arrosement du morceau de fromage consacré, il cherche sa femme; étonné, il la trouve près du lit funèbre, évanouie, mourante; il la voit, serrant contre sa poitrine, sa main fermée. Elle aussi voulait sa part de la curée mortuaire.

Sainte enfant, quand sa main s'ouvre, il en tombe une mèche de cheveux. »

VI

LES ADIEUX DU COUSIN.

Louis Paillard fit faire à sa mère le service qu'elle avait réclamé. Lorsqu'il ne resta d'elle que le souvenir et qu'il fallut s'occuper des affaires matérielles, le notaire le mit vite au courant de la situation; c'est ce dernier qui s'étonna qu'elle fût bornée à ce qu'il avait chez lui, d'autant que la maison de la rue Saint-Paul avait été récemment vendue. Mais on ne s'y arrêta pas. Louis disait que sa mère, tout à fait tournée à la religion dans les dernières années de sa vie, avait dû employer cette somme en fondations pieuses... Si, par hasard, elle en avait prêté une partie, peut-être les gens viendraient-ils d'eux-mêmes l'en informer. En somme, il se trouvait encore à la tête d'une fortune assez ronde.

Louis était un fils pieux; il pensa qu'il se trouverait mieux dans la vieille maison qu'habitait sa mère, qu'avait habitée son père, et dans laquelle il était né. Il vint s'installer dans l'appartement de la rue Saint-Paul, ne changeant rien aux dispositions des meubles, afin de se trouver toujours avec le souvenir de celle qu'il avait perdue. Seul pour s'occuper des dispositions nécessaires à l'inhumation, seul pour adresser les lettres priant d'assister au service funèbre, et ne connaissant guère les relations de sa mère, il ne put en adresser à la famille Tussaud, qu'il ne connaissait pas; ce qui fit que ceux-ci ne furent pas informés du décès de celle qui leur avait avancé la somme de soixante mille francs sur les titres et valeurs volés par Boyer.

Boyer était venu offrir ses services lorsque tout était terminé; la vieille femme était vissée dans sa bière et était exposée dans sa chambre transformée en chapelle ardente. Le docteur avait emmené Louis pour lui éviter les attristantes condoléances des indifférents. L'agent se retrouvait à l'aise, et son hypocrisie dévote put se développer dans toute sa hideur devant les voisins qui venaient jeter l'eau bénite sur la bière et qui s'en allaient tout émus d'avoir vu ce neveu agenouillé devant le cercueil de la vieille mère Marianne, pleurant, sanglotant, gémissant, et que rien ne pouvait consoler. Et plus d'un ne manquait pas de mettre en regard la presque indifférence du fils, venu lorsque la mère était morte, se hâtant de l'ensevelir et s'éloignant aussitôt de cet attristant tableau, pour ne revenir qu'à l'heure de l'héritage; c'était le fils qui faisait cela; le neveu, au contraire, au premier mot de la maladie de la vieille femme, était accouru, il s'était transformé en garde-malade, il n'avait plus quitté son chevet, la veillant, la soignant, allant à l'église faire prier pour elle.

La pauvre vieille était morte, elle était comme abandonnée, et lui, le bon neveu, le digne Boyer, il était encore là, épuisé de fatigue, mais toujours agenouillé, pleurant et priant autour de la dépouille mortelle de la vieille tante qu'il avait mieux aimée que son fils... Et il en était bien récompensé, le pauvre homme : elle ne lui avait pas seulement laissé un mouchoir pour la pleurer. Ainsi pensaient les bonnes voisines qui venaient secouer la branche de buis, mouillée d'eau sainte, sur le corps de leur vieille amie. Boyer était donc resté jusqu'au bout; une fois la vieille femme couchée pour l'éternité dans sa tombe, il était venu se placer à côté de son cousin, à la porte du cimetière, pour remercier ceux qui avaient bien voulu rendre les derniers devoirs à la mère Marianne.

Il avait encore ému l'assistance par sa mine attristée. Il est vrai que sur la tombe, la douleur muette du fils tombant, écrasé, épouvantablement convulsé, dans les bras du docteur en entendant la lugubre pelletée de terre heurter sur le bois du cercueil, avait bouleversé chacun, les larmes avaient jailli des yeux de tous : on avait senti qu'il y avait là une grande, une vraie douleur, et l'estime était vite revenue à celui qui la méritait.

Quand Louis Paillard avait pris le bras du docteur pour revenir à Paris, Boyer avait tendu la main à son cousin, en lui disant qu'ayant trouvé une bonne situation dans une petite ville de province, il allait bientôt s'y rendre. Et lui faisant ses adieux, il ajouta :

— Louis, jusqu'au bout, tu l'as vu, j'ai fait mon devoir près de ma tante; tu sais combien je l'aimais... puisque, je crois, tu en as même été jaloux.

Louis ne répondit pas, il se contenta de regarder le docteur; Boyer continua :

— Ta mère était pour moi une seconde mère; je l'aimais et la considérais comme telle; aujourd'hui, je serais bien heureux si tu voulais me donner un petit souvenir.

Malgré la tristesse de l'heure, le docteur ne put s'empêcher de rire en regardant Louis. Boyer vit le regard et devint pâle, surtout lorsque le docteur, plaisantant, lui dit :

— Veux-tu un titre de rente?...

Boyer eut un tressaillement; que voulait dire cela?

Louis lui dit, pour se débarrasser de lui et sans amertume :

— Avant ton départ, viens à la maison, je te donnerai ce que tu voudras; je regrette que tu n'aies pas cru devoir me prévenir plus tôt du malheur qui me menaçait.

— J'ai envoyé deux dépêches et celle que tu as montrée est la première. Je n'ai pas rédigé la seconde ainsi, puisque je quittai le docteur lorsque je te l'envoyai et qu'il m'avait prévenu de la catastrophe qui menaçait de nous frapper.

— J'aime mieux avoir à accuser le sort que toi... N'y pensons plus, toutes récriminations seraient vaines. Ce soir en rentrant je penserai à ce que tu me demandes.

Il serra la main de son cousin et, accompagné du docteur, il se dirigea vers Paris. Boyer resta là, cloué à sa place. Pourquoi Louis ne lui disait-il pas de l'accompagner? il était le dernier membre de la famille; pourquoi cet abandon voulu, ce manque de considération? Il n'aimait point son cousin et son cousin l'aimait moins encore, il savait bien cela; mais, à cette heure, généralement tout s'oublie : il devait savoir une chose grave. Les mots cruels du docteur résonnaient encore à son oreille. Assurément celui-ci y avait mis une intention malveillante; mais cela allait-il jusqu'à la connaissance de ce qu'il avait fait? Le docteur, ami de la maison, savait-il que la mère Marianne avait chez elle une liasse de titres représentant quatre-vingt-dix mille francs au moins? Boyer était oppressé; lui qui jusqu'alors avait poursuivi les autres, qui les avait fait trembler, il avait peur, il tremblait à son tour; il se secoua pour chasser cette mauvaise impression, puis se redressant et mordillant ses lèvres, de sa main jouant avec sa canne comme avec une épée, il dit, se commandant :

— Allons, debout, et face à tous...

Et droit, l'air insolent, il descendit du Père-Lachaise vers sa demeure de la rue du Petit-Musc. En route, il résumait sa situation et la raisonnait en agent.

— La mère Paillard avait ces titres chez elle, enfermés, bien cachés, les destinant à une acquisition qu'elle n'a pu accomplir, ou, ce qui est plus que probable, les ayant achetés lorsqu'elle a reçu le prix de la maison de la rue Saint-Paul. Elle seule savait cela, et elle était très discrète à ce sujet, puisque Louis a toujours ignoré sa situation positive, et que moi, avec lequel elle était assez expansive, en dehors des rentes que j'ai quelquefois touchées chez le notaire pour elle, je n'ai pu savoir ce qu'elle avait. Tout le monde ignore ce qu'elle avait chez elle, c'est certain; rien à redouter par là. Le docteur, qui ne peut me voir, en disant son impertinence, n'a pas fait autre chose que satisfaire à sa passion de faire de l'esprit méchant. Admettons que l'on se doute de cela, que l'on recherche ce qu'est devenu l'argent de l'acquisition de la rue Saint-Paul, on cherche, et ce n'est jamais chez moi qu'on ira chercher; ma situation me met à l'abri de semblable chose. Cependant, j'ai fait une faute, je n'aurais pas dû donner ma démission si vite; mais cela s'explique en raison du peu de sympathie existant entre moi et mon cousin. Son retour à Paris m'engage à le quitter. Ensuite, il y a un autre moyen audacieux à prendre. Dire : j'ai une liasse de titres, c'est vrai; c'est ma tante qui me les a donnés de la main à la main, et la preuve, c'est que, pour pouvoir le faire, elle a vendu sa maison et acheté ces titres au porteur : — ce sont les seuls qu'elle ait eus; toutes ses autres valeurs sont nominatives. Elle avait pour moi une grande sympathie, elle m'aimait plus que son fils; la loi ne lui permettant pas de déposséder celui-ci en ma faveur, elle n'avait qu'un moyen à prendre, celui de me donner ce qu'elle me destinait de la main à la main, sachant bien que son fils, qui me hait, se refuserait à reconnaître un legs important... Ainsi je me trouverai, par cette déclaration, à l'abri de toute poursuite, et je n'aurai à redouter qu'une action civile en restitution. Il faut donc, par un placement intelligent, mettre les fonds à l'abri, qu'aucune action civile ne puisse m'atteindre. Il faudra que je consulte un roué en affaires, un de ces agents moitié honnêtes, moitié escrocs, qui connaît le Code dans ses coins dangereux, et qui s'intitule homme d'affaires..., un fort, ayant déjà mérité dix fois les travaux forcés. C'est à chercher!... Maintenant, un mot peut avoir été dit au docteur, et lorsque Louis, plus calme, va s'occuper de ses affaires, si le docteur sait, qu'il lui en parle et qu'il ne trouve rien, je suis bien certain que la déduction de cette vieille canaille sera de m'accuser de la soustraction ; il pourra ainsi provoquer une enquête, une perquisition... Sur tout cela, je m'y connais assez pour ne rien craindre ; il s'agit de mettre les papiers à l'abri des indiscrets, et cela rapidement. J'ai vu trop de coquins travailler pour ne pas savoir travailler comme eux.

Et Boyer, ayant un plan arrêté, descendit plus tranquille la rue de la Roquette. Arrivé à la place de la Bastille, il suivit la rue Saint-Antoine et enfin la rue du Petit-Musc. Pour entrer chez lui, il reprit naturellement la mine triste et allongée du malheureux qu'une grande douleur vient de frapper. Il devait dans son plan être accosté par la concierge, et ce fut ce qui arriva :

— Eh bien, monsieur Boyer, vous revenez de là-bas ; je n'ai pu aller que jusqu'à l'église ; mais vraiment ça fait plaisir à une famille de voir du monde comme ça à l'enterrement. Vrai, on peut dire que c'était un joli convoi, et vous devez être content.

— Je suis épuisé par cette secousse et par toutes ces démarches ; je vais me reposer. Je vais me coucher, et demain je me disposerai pour partir à la campagne...

— Pauvre homme ! fit la concierge.

Et l'agent monta rapidement les quatre étages. Arrivé chez lui, il s'enferma ; son but était atteint d'un côté : la concierge l'avait vu, lui avait parlé, et elle demeurait persuadée qu'il montait se coucher ; si une enquête se faisait, elle devrait le déclarer. Boyer s'empressa de changer de costume ; il se plaça devant sa glace, fouilla dans un coffret qui se trouvait sur un meuble et dans lequel il prit des estompes, des crayons, du blanc, du rouge. Ce coffret était ce qu'au théâtre les artistes nomment la boîte à maquillage. En quelques minutes, son visage, comme son costume, fut tout à fait transformé ; les cheveux grisonnants revenaient un peu rares sur les tempes ; des favoris, taillés en pattes de lapin, s'appliquaient sur chacune de ses joues, le regard luisait gai sous des sourcils poivre-sel qui remontaient comme des flammes de grenade, le bout du nez rouge attestait d'un goût prononcé pour la boisson.

Après avoir soigneusement enveloppé la liasse de valeurs, il la glissa dans la poche de son paletot et sortit sans bruit de chez lui ; il ferma doucement la porte, puis il descendit tranquillement. La concierge le vit passer et supposa que c'était un individu qui venait de rendre visite à l'un de ses locataires.

Une demi-heure après, l'agent Boyer arrivait à la gare de l'Est ; il prenait un billet pour Reims ; il y descendait le soir même, il allait à quelques lieues de là, chez un notaire qu'il connaissait, lui parlait de certaines propriétés à vendre, indiquait le prix qu'il y voulait mettre, déposait ses titres contre un reçu ; dans la nuit il était de retour à Paris, et rentrait même chez lui sans être remarqué.

Vers midi, la concierge, qui n'avait pas encore vu paraître son locataire, montait frapper à sa porte assez inquiète. Boyer venait lui ouvrir en costume de nuit ; la concierge s'excusait alors de l'avoir dérangé ; mais l'agent insistait pour l'obliger à entrer, la priant de faire son ménage pendant qu'il achevait sa toilette. Pendant que la vieille femme obéissait, Boyer engagea la conversation :

— Vous ne seriez pas venue, madame Baptiste, que je dormirais encore, j'étais épuisé ; toute la nuit j'ai été tourmenté par le souvenir de la pauvre mère Marianne... j'étais malade, agité...

— Monsieur Boyer, vous auriez dû appeler, je vous aurais soigné.

— Oh ! ça s'est passé comme ça est venu, un peu de fièvre et voilà tout. Je vais aller voir mon cousin et je partirai à la campagne après. Il me faut du repos.

— C'est que vous devez être fatigué, vous vous êtes épuisé là, près de la pauvre mère Paillard ; passer la nuit, le jour à la veiller et faire toutes les démarches...

— J'étais très las, c'est vrai, mais songez que je suis resté dix-huit heures au lit.

— C'est vrai !... Ah ! vous vous êtes couché en rentrant hier ?

— Oui, je ne tenais plus debout.

Ce que voulait l'ancien agent était fait : sa concierge était convaincue qu'il était resté chez lui toute la journée et la nuit de la veille ; il n'avait pas quitté Paris, il pouvait désormais, s'il était accusé, attendre l'enquête et la perquisition de pied ferme, on ne trouverait rien chez lui et personne n'irait chercher où il les avait déposées les valeurs qu'il avait volées chez la vieille femme.

Il se rendit chez son cousin, Louis Paillard. Celui-ci ne cacha pas le sentiment de répulsion qu'il éprouvait à sa vue ; lorsque Boyer lui renouvela ses adieux en lui disant qu'il était bien décidé à s'en aller à la campagne, il alla prendre une des bagues de la mère Paillard et la lui donna :

— Tu m'as demandé un souvenir d'elle, prends cette bague. Tu vas partir de Paris, j'en suis satisfait ; ta présence me gêne, et quoi que tu puisses faire, toute ma vie je t'en voudrai, car c'est toi qui as été la cause des petites affaires que j'ai eues avec ma mère, et c'est par ta faute que la pauvre femme n'a pu avoir les soins pieux que je lui devais ; tu m'as volé les derniers moments de ma mère.

En entendant la dernière phrase, Boyer était devenu tout pâle, la chute le rassura. Il se défendit mollement et se retira. Paillard connaissait la situation de son cousin et son départ subit à la campagne aurait pu l'étonner, s'il n'avait su le métier qu'il faisait. A cette époque, chaque fois que le gouvernement avait une loi à faire voter, une élection à préparer, un petit complot contre la sûreté de l'État était improvisé, découvert ; il effrayait, et le gouvernement de l'empereur sévissait à son aise. Paillard pensa que son cousin était envoyé en province pour ce service ; on allait le faire passer pour un petit rentier et il allait exploiter un centre quelconque. Il ne se préoccupa donc pas de ce départ subit et n'y attacha aucune importance. Avant que son cousin partît, il lui avait dit très vertement :

— Quand ma pauvre mère vivait, je ne pouvais t'empêcher de la voir, et ainsi nous nous rencontrions ; nous n'avons plus cette occasion, et, dans une entente commune, Boyer, si tu veux, nous éviterons de nous voir.

— Je devais m'attendre à cette ingratitude ; mais j'ai assez de religion pour supporter tes injures et te pardonner ; quoi que tu me fasses, je serai toujours prêt lorsque tu auras besoin de moi.

Et sans colère, mais en affectant un chagrin profond, il était parti.

— Je jure que je ne connais pas cette femme (PAGE 148).

Dans l'escalier sombre, seul, il se tourna vers la porte fermée, et, montrant le poing, menaçant, il dit :

— Tu ne sais pas ce qu'est ma haine, imbécile, tu verras comment je me venge. C'est à mort entre nous deux... A mort.

L'agent Boyer fit un soubresaut en sentant une main qui lui frappait sur l'épaule ; il devint blême en entendant dans un éclat de rire la voix du docteur qui lui disait : Ainsi soit-il !

VII

UNE LUGUBRE MATINÉE.

L'instruction de l'affaire de la rue de Lacuée n'avançait pas, et M. Oscar de Verchemont en était furieux. L'agent qui avait si rapidement mené le commencement de l'enquête ayant donné sa démission, il se trouvait arrêté tout à coup dans une affaire qui semblait presque être terminée.

Lorsque le malheureux Maurice, après son premier interrogatoire, avait été ramené par les gardes dans le cabinet du juge d'instruction, et porté sans connaissance jusqu'à l'infirmerie de la Conciergerie, M. Oscar de Verchemont avait été bouleversé, l'assurance du magistrat s'était ébranlée; pendant tout un jour, il s'était demandé s'il ne suivait pas une fausse piste, mais les preuves étaient si abondantes, si accablantes, qu'il revint à sa première idée que, quoique jeune et à ses débuts dans le crime, Maurice Ferrand était un adroit et redoutable coquin.

Remis en quelques heures et reconduit dans sa cellule, Maurice était dans un état affreux et ne cessait pas de répéter :

— Assassin, moi! moi!

Toute la journée, il se promena fiévreux, agité dans sa prison; mais, la nuit fut terrible, les pensées les plus lugubres tourmentaient son cerveau, toutes les erreurs judiciaires, depuis Calas jusqu'à nos jours, lui revinrent en mémoire. Il se voyait poursuivi, accusé, jugé, condamné et exécuté, malgré ses protestations. Pas une minute il ne put dormir. Il se tordait sur son lit comme sur une claie, souffrant mille morts à la pensée de l'opprobre qui allait le couvrir... Un assassin, lui! et sa vie, courte encore, mais si honnêtement remplie, ne suffisait pas, à ces gens, pour les persuader qu'ils se trompaient.

Lors de la découverte du crime, le cadavre de la victime avait été embaumé après l'autopsie, qui avait pleinement confirmé la croyance de tous, que la malheureuse jeune femme avait été empoisonnée à la suite d'une scène de débauche et d'orgie.

Maurice commençait à reprendre un peu d'assurance; à la suite de la scène qui s'était passée chez le juge d'instruction, il lui parut qu'il était mieux soigné, plus humainement traité, et il attribuait le changement survenu dans les façons des geôliers à ce que l'accusation portée contre lui perdait de sa valeur, les preuves manquant, ou les renseignements nouveaux survenus détruisant les premiers indices qui l'avaient fait arrêter. Il commençait enfin à se rassurer; on ne l'interrogeait plus, on abandonnait peut-être son affaire; il l'espérait, lorsqu'un matin, de très bonne heure, on vint le prendre dans son cachot, on le fit monter en voiture dans la cour de la Conciergerie, des agents furent placés près de lui; en montant, il vit une autre voiture dans laquelle prenait place le juge d'instruction et son greffier.

Maurice se demanda où on le menait. Les voitures suivirent les quais, se dirigeant vers la Bastille; là, elles remontèrent la rue de la Roquette; Maurice pensa qu'on le transférait de la Conciergerie à la prison de la Roquette et il en fut inquiet. La voiture dépassa la prison. Cette fois, c'est en vain qu'il se demanda où on le conduisait. La voiture entra dans le cimetière du Père-Lachaise par la petite porte. A cette heure, tout était désert; le grand cimetière de Paris s'ouvrait spécialement pour eux. Les agents firent descendre Maurice. M. Oscar de Verchemont venait de descendre et il le rejoignit. Maurice le regardait avec inquiétude; lorsqu'il fut près de lui, le jeune juge lui dit :

— Nous vous avons donné le temps de réfléchir, Ferrand; persistez-vous dans vos dénégations?

— Mais plus que jamais, monsieur... Que me veut-on encore? pourquoi m'amène-t-on ici?

— Vous allez le savoir. Suivez-nous et veillez, dit le juge aux agents qui conduisaient Maurice. Arrivés derrière la chapelle du cimetière, on s'arrêta. Maurice remarqua, à quelques pas de lui, le trou béant d'un caveau provisoire et tout près un long cercueil de chêne; il en ressentit une lugubre impression, qui se manifesta par un tressaillement qu'observèrent le juge et son greffier.

Le juge, se tournant vers le jeune homme, lui dit solennellement :

— Encore une fois, Ferrand, devant la dépouille mortelle de votre victime, je vous adjure de dire la vérité.

— La vérité! la vérité... balbutia le malheureux, devenu tout à coup livide, et sur le front blême duquel perlèrent de grosses gouttes de sueur, pendant que ses membres furent secoués par un tremblement nerveux.

Il était pitoyable à voir, le pauvre gars; il détournait la tête, et il se sentait saisi par les agents et traîné jusqu'au bord de la tombe, si près qu'il craignait d'y tomber.

Sur un signe du juge on retira le couvercle du cercueil, préalablement dévissé; un des agents écarta le suaire jauni, et apparut livide, marbré, le visage de la belle Léa!... Belle, hélas! les joues ossifiées, les yeux rentrés dans un cercle de bistre, le nez serré, les lèvres comme collées sur les dents, ce qui les faisait paraître noires. Pendant que les agents forçaient Maurice à se pencher sur le corps, le juge disait :

— Ferrand, reconnaissez-vous enfin la malheureuse que vous avez assassinée?...

Maurice ne répondait pas; il tremblait, il sentait ses jambes fléchir sous lui, il chancelait comme un coupable.

— Comment, misérable, disait le juge, vous n'avez pas un sentiment humain, pas une seconde de remords, pas un mot de regret...? Vous n'avez que la peur.

Le regard hébété de Maurice regardait l'un et l'autre; tout à coup, mugissant, se redressant, il releva la tête, et, écartant les agents, dont l'un faillit tomber dans la fosse, il essuya son front humide de sueur et s'avança résolument jusque sur le cadavre; là, il regarda la face, et quand le juge disait à son greffier :

— Enfin!

Il répondit d'une voix forte :

— Je répète ici, devant ce cadavre, ce que je vous ai déjà dit : non, je ne suis pas un assassin, je n'ai tué ni empoisonné personne ; je ne connais pas, je n'ai jamais connu cette femme... Que voulez-vous de plus, monsieur?...

Le juge était étonné, stupéfait ; il interrogeait son greffier du regard. Maurice s'avança encore, et, étendant la main sur le corps, il dit gravement :

— Devant Dieu, sur le corps de cette malheureuse, je jure que je ne connais pas cette femme, je jure que je ne suis pas un assassin... Maintenant, monsieur, faites de moi ce que vous voudrez, je ne me défendrai plus.

Encore une fois, l'accent de sincérité de Maurice impressionna le jeune juge d'instruction. Il dit, bien plus pour procéder régulièrement que pour combattre la déclaration de l'inculpé :

— Devant le corps de la victime, vous niez absolument, vous déclarez ne l'avoir jamais vue ni connue, et vous affirmez n'être pas l'auteur du crime de la rue de Lacuée ?

— Tout est faux.

— Écrivez, fit-il au greffier.

Celui-ci, obéissant, plaça ses feuilles de papier sur la marche d'une tombe, tira de sa poche plume et écritoire, et écrivit.

Il écrivit en quelques lignes ce qui venait de se passer. Il donna à lire à Maurice ce court interrogatoire. Celui-ci le signa, ainsi que M. Oscar de Verchemont, et ils partirent pendant que les hommes se hâtaient de revisser le cercueil sous les yeux du commissaire. On redescendit vers les voitures. M. de Verchemont dit au chef des agents chargés de la surveillance du jeune homme de les rejoindre au bureau. Il monta en voiture et se fit conduire au Palais de justice.

Seul avec le greffier, le jeune magistrat, visiblement impatienté, s'écria :

— Je suis tout ému par cette scène ; il est impossible qu'un garçon joue une semblable comédie, et je vous jure que j'ai peur de me tromper... On n'invente pas ces accents-là... Il faut absolument qu'une enquête soit faite à nouveau ; puisque nous n'avons plus Boyer, on reprendra du jour du crime sans parler de l'arrestation faite, et nous verrons si le résultat est le même.

— Avez-vous reçu les rapports des perquisitions ?

— Oui, il n'y a rien, absolument rien.

— Alors nous ne pouvons continuer l'instruction sans preuves. Sur quoi nous appuyons-nous ?

— Sur une chose grave.

— Ah ! laquelle ?

— Les perquisitions n'ont rien donné ; mais j'avais quelques raisons de croire, d'après le rapport des agents, que la sœur de l'inculpé avait été mêlée au crime : c'est elle qui, le matin, avait été chez le pharmacien chercher du contrepoison. Je fis procéder à son arrestation, et avec votre collègue qui vous suppléait il y a quatre jours, je l'interrogeai ; elle est jeune, sympathique ; le premier effroi passé elle fut absolument sincère : elle me raconta ce qu'elle savait : c'était peu, mais cela est une charge contre son frère ; elle l'ignorait, convaincue de son innocence. Le matin qui suivit le crime, se rendant, ainsi qu'elle le faisait habituellement, pendant l'heure de son déjeuner pour faire le ménage de son frère, elle trouva celui-ci couché, mourant. Elle s'empressa de le secourir, et lorsqu'elle voulut l'interroger sur la cause de ce mal étrange, il se refusa absolument à répondre. Elle ne put nous donner aucun renseignement sur la victime ; elle crut pouvoir assurer que son frère, pris d'une violente passion pour une jeune fille qu'il ne pouvait épouser, était incapable d'avoir des relations avec une autre femme. La pauvre enfant assurait que son frère était un parfait honnête homme. Je la fis remettre en liberté ; elle vient tous les jours m'apporter les renseignements qu'elle peut trouver. Elle attribue l'état de son frère à une tentative de suicide : la jeune fille qu'il aimait épousant un autre que lui. Dans le voisinage, nous avons appris que, vers trois ou quatre heures du matin, la porte de la maison habitée par Ferrand s'est ouverte et fermée. Or, tout le point obscur est là, et nous ne pouvons croire aux dénégations de Ferrand tant qu'il ne nous aidera pas à l'éclaircir.

— Mais comment ?

— Vous ne comprenez donc pas !... Ferrand a été vu entre onze heures et minuit, attendant une personne sur la place de la Bastille. On l'a vu ensuite donnant le bras à cette personne, une femme répondant au signalement de la victime, puis l'enlaçant en se dirigeant avec elle vers la maison où le crime a été commis. A compter de ce moment, nous perdons ses traces ; il prétend être rentré seul chez lui ; c'est faux ; que serait devenue la femme à cette heure ?

— Peut-être était-ce une fille soumise qu'il abandonnait devant le bal.

— Mais je vous répète que cette femme répond au signalement de la victime ; cette femme était jeune, élégante, et paraissait de manières distinguées. Enfin, nous savons aujourd'hui l'heure à laquelle il est rentré chez lui : vers quatre heures du matin, puisque la personne habitant le premier étage de la maison dans laquelle il résidait a entendu la porte de la rue s'ouvrir et se fermer.

— Ah ! ceci est grave... Mais l'a-t-elle reconnu ?

— Non, on ne l'a pas vu... C'est à Ferrand à nous éclairer sur ce point. Qu'il justifie de l'emploi de son temps entre minuit et quatre heures, qu'il nous fasse connaître la femme avec laquelle il se trouvait, et que nous déclarons, nous, être la malheureuse Léa Médan.

— Tout dépend, si nous nous trompons, si nous nous égarons, d'un mot pour tout rétablir. Nous n'avons pas à avoir de scrupules.

— C'est votre avis, n'est-ce pas ?... Car tout est pour lui : son passé, le présent, sa vie, ses façons, ses manières, sa famille... Sur tout cela, pas un mot à dire, et je vous avoue que, en le voyant effrayé le premier jour, au point de tomber devant nous dans une syncope qui n'était pas feinte, je suis hésitant.

On était arrivé au Palais de justice. Oscar de Verchemont, suivi de son greffier, gagna son bureau et s'assit. Il demanda les rapports de l'affaire, et, accoudé la tête dans ses mains, il lut les pièces avec attention.

Quelques minutes après, le garçon de bureau l'informait de l'arrivée de Maurice.

Maurice, douloureusement impressionné par la scène du cimetière et épuisé par sa vaine défense, voyant qu'aucune de ses déclarations n'était écoutée, que sa formelle dénégation n'était pas acceptée, commençait à s'abandonner, ainsi que l'homme qui se noie et ne voit personne venir à son secours cesse tout à fait de se débattre et s'abandonne ; le pauvre garçon, las, épuisé, découragé, ne résistait plus : il était pris dans une toile d'araignée dont il sentait les mailles sans les voir.

Lorsqu'il se trouva de nouveau devant le juge, dans son bureau, un long soupir s'échappa de sa poitrine. M. Oscar de Verchemont releva la tête après avoir consulté ce dernier, et, regardant fixement le jeune homme, qui au reste soutint le regard sans en être gêné, il lui dit :

— Ferrand, c'est de cet interrogatoire que tout va dépendre; vous avez soutenu très énergiquement que vous ne connaissiez pas Léa Médan. Bien, nous adoptons votre système; mais il faut que vous nous renseigniez alors positivement sur des faits que vous avez reconnus.

Reprenant un peu courage en voyant que l'assurance du juge commençait à s'ébranler, Maurice déclara aussitôt :

— Monsieur, je suis prêt à vous répondre.

— Le soir du 20 juin, vers onze heures, vous attendiez une femme sur la place de la Bastille, au coin du boulevard de la Contrescarpe; cette femme est venue, on vous a vu avec elle, entre onze heures et minuit, vous dirigeant vers la rue de Lacuée. Quelle était cette femme?

Dès les premiers mots, Maurice se dressa, se raidissant pour lutter, et il dit d'une voix ferme où se sentait la volonté d'un parti pris :

— Je ne peux pas vous répondre.

— Pensez bien à ce que vous dites, c'est votre liberté, votre vie qui dépendent de vos réponses ; réfléchissez bien, Ferrand.

— Monsieur, je vous le répète, je n'ai rien à dire.

— Mais enfin, Ferrand, cette femme c'était Léa Médan, c'était la malheureuse que vous venez de voir?

— Non, monsieur, non, je vous le jure, cette femme n'était pas celle que vous appelez Léa Médan.

— Cette femme vit?

— Oui...

— Faites-nous-la connaître... et vous êtes sauvé; songez-y, d'un mot l'instruction est anéantie: c'est vous qui tenez votre sort entre vos mains.

— Je ne puis le dire.

— Allons, allons, tout cela devient absurde : cette femme, c'était Léa Médan, vous l'emmeniez dans le guet-apens tendu par vous pour la tuer et la voler ensuite.

Maurice effrayé et comme si, en même temps que le juge parlait, le tableau du crime dont on l'accusait se dessinait devant lui, mit les mains sur son visage et pleura. Cette fois, M. Oscar de Verchemont impatienté, et reconnaissant que le jeune homme était bien le coupable, puisqu'il ne pouvait donner le nom de celle qui l'accompagnait, ce qui établissait naturellement que la femme vue avec lui était la victime, changea tout à fait de façons et lui dit sévèrement :

— Ferrand, vous avez été rencontré vers minuit avec la fille Léa Médan, et vous n'êtes rentré chez vous que le matin, vers quatre heures, un de vos voisins nous le déclare. Dites-nous quel a été l'emploi de votre temps pendant ces quatre heures?

Maurice avait baissé la tête et il pleurait.

— Mais répondez donc, fit le juge impatienté.

— Monsieur, je n'ai rien à dire... Je ne veux pas le dire.

— Vous ne le pouvez pas, misérable, avouez-le donc enfin. A minuit, vous entrez chez Léa Médan, et, dans une nuit de débauche, d'orgie préparée par vous, vous avez donné la mort à celle qui vous offrait l'amour... Vous vous êtes trompé de verre, et, pour lui faire boire le vin auquel elle trouvait un goût singulier, vous avez dû boire un verre du vin que vous aviez empoisonné, et, votre crime accompli, ayant dévalisé la malheureuse, vous vous êtes sauvé, vous êtes rentré chez vous... Voilà l'emploi des quatre heures que je vous demande. Prouvez le contraire de ce que j'avance.

— Mon Dieu, monsieur, c'est atroce, c'est épouvantable, mais je ne peux pas me défendre; croyez cela si vous le voulez, je ne vous démentirai pas.

Cette fois, M. Oscar de Verchemont haussa les épaules, semblant dire :

« Je le croyais fort, adroit, ce n'est qu'un niais. »

Le juge d'instruction fit à son greffier signe d'écrire ce qui venait de se passer, et il ajouta négligemment :

— Vous convoquerez pour demain les témoins, il faut en finir avec cette affaire, aujourd'hui absolument claire pour nous. Le matin nous irons sur le lieu du crime... avec lui. Ferrand, avez-vous quelque chose à dire?

— Je dis encore, monsieur, que je suis innocent.

Et le malheureux fondit en larmes, pendant que, sur un signe du juge Oscar de Verchemont, les deux agents le faisaient sortir du bureau pour le ramener à sa prison. Il était à peine sorti, lorsque le garçon de bureau vint informer le juge qu'une jeune femme demandait à lui parler.

Le jeune juge fit demander le nom de celle qui désirait lui parler, et, ayant appris que c'était Amélie, il donna l'ordre de l'introduire immédiatement. La jeune fille entra; elle était bien changée : ses joues roses étaient devenues pâles, creusées; ses yeux bleus étaient cerclés de bistre, et, au lieu du sourire plein de quiétude étendu sur ses lèvres, la pauvre belle avait les lèvres contractées par le tourment, le visage fatigué par les larmes. Pour la jeune ouvrière, la journée de prison avait duré dix ans, et jamais les traces ne s'en effaceraient entièrement.

Le juge d'instruction lui offrit une chaise et la fit asseoir près de lui, en lui disant doucement :

— Que me voulez-vous, mon enfant?

— Monsieur, lorsque, grâce à vous, je pus sortir de prison, il y a trois jours, vous m'engageâtes à chercher autour de nous tout ce qui pourrait vous aider dans la voie de la vérité afin de sauver mon frère de l'affreuse accusation portée contre lui.

— Oui, mon enfant.

— D'abord, je voulus retourner à mon ouvrage, et je me réservais de penser le jour en travaillant à ce que je pourrais faire, puis le soir, après ma journée, à aller chercher mes renseignements. Je comptais sans l'injustice du monde... A tort ou à raison, quand on nous met en prison, ça ne peut pas se cacher, et le lendemain, dans l'atelier, je le vis bien : mon patron n'avait pas osé me renvoyer, mais toutes les ouvrières me traitaient comme une voleuse, et je dus le soir même remercier moi-même mon patron. Cela m'a permis de me mettre entièrement aux recherches que je voulais faire.

— Ah! très bien! et vous avez obtenu des résultats?

— Je ne sais si cela sera bon ou mauvais; mais en bavardant dans le quartier, où tout le monde ignore au reste l'arrestation de mon frère et où l'on croit que l'instruction de l'affaire de la rue de Lacuée a été abandonnée...

— Ah! on croit cela... Et quelle raison en donne-t-on?

— On dit, monsieur, que les gens qui ont fait ça sont des gens de la haute que l'on ne veut pas compromettre, et qu'il y a là dedans de la politique.

— Sur quoi s'appuie-t-on pour dire cela?

— On dit que cette femme-là venait assez souvent à la petite maison de la rue de Lacuée avec des femmes et des hommes, mais surtout avec un homme brun, jeune, très beau et très comme il faut, qui devait être un personnage important...

— Un personnage important?

— Oui, monsieur, parce qu'une autre fois, il y a longtemps, une grande voiture noire et jaune, avec des armoiries sur les panneaux, est restée près d'une heure devant la porte.

— Qui était venu dans cette voiture, un homme, une femme?

— Je n'ai pu le savoir : je vous raconte ce que j'ai appris, en deux jours de bavardage, chez tous les gens du quartier; moi, je ne saurais assembler tout cela; je n'ai vu là dedans qu'une preuve utile à tirer pour nous : c'est que mon frère ne pouvait être mêlé à ce monde-là.

Sur un signe du juge d'instruction à son greffier, celui-ci écrivait tout ce que disait la jeune fille.

— Ma chère enfant, votre frère aurait un moyen d'en finir : ce serait de répondre à nos questions; nous ne pouvons obtenir de lui l'emploi de son temps dans la nuit du 20 juin.

— Monsieur, lorsque je lui demandai cela, il a toujours répondu qu'il était rentré chez lui désespéré de ce que la jeune fille qu'il aimait se mariait le lendemain, et qu'alors il s'était décidé à se tuer; voilà ce qu'il m'a toujours dit.

— Cela n'est pas possible; mais continuez sur ce que vous avez appris.

— On m'a dit que, la nuit du crime, vers quatre heures du matin, un ouvrier avait vu sortir de la maison de la rue de Lacuée un jeune homme, et que cet homme s'était sauvé vers le boulevard de la Contrescarpe, où une voiture de maître attendait...

Le juge d'instruction avait dressé l'oreille, et il demanda avec vivacité :

— De qui tenez-vous ces renseignements?

— D'une blanchisseuse qui demeure en face du pont d'Austerlitz, et qu'on nomme Denise.

— Tu peux bien le dire à monsieur... je lui ai dit (PAGE 156).

— C'est très important ce que vous nous dites là... Répétez-nous absolument ce qui vous a été dit et dans quelles circonstances.

— Je vous l'ai dit, monsieur, depuis deux jours je ne quitte pas le quartier où je suis connue au reste, puisque depuis trois ans je l'habitais avant de me mettre dans le même logement que mon frère, rue Moret; je vais chez toutes les personnes avec lesquelles j'ai eu des relations. Mme Denise était notre blanchisseuse, j'allai la voir, on finissait de déjeuner, on m'offrit le café, et en le prenant nous

nous mîmes à causer. Je demandai naturellement si on avait trouvé l'assassin de la femme de la rue de Lacuée. Elle me dit alors, en haussant les épaules : « On ne le trouvera jamais, on fait passer ça pour un suicide, vous savez bien que ç'a été fait par des gens de la haute... D'abord tout le monde sait que souvent il allait dans cette maison-là un prêtre. »

— Ah ! elle vous a dit cela... Elle l'a vu ?

— Je ne sais pas, monsieur.

— Continuez.

— Elle ajouta qu'on aurait beau dire, elle était convaincue que la femme avait été empoisonnée à la suite d'une nuit d'orgie, par des gens très haut, très haut, et qu'on n'oserait pas attaquer. Qu'au reste un de ses clients lui avait positivement affirmé avoir vu, la nuit du crime, sortir un homme de la maison ; que cet homme, qui était très pâle, était très bien mis, qu'il tenait à la main un grand portefeuille comme en ont les avocats ; il avait couru vers le boulevard de la Contrescarpe, et là s'était précipité dans une voiture de maître qui attendait ; la voiture était partie aussitôt... et cet ouvrier est certain que c'est l'assassin...

— Mon enfant, vous allez nous donner l'adresse de cette femme, et vous êtes prête à affirmer devant elle qu'elle a dit ce que vous venez de dire ?

— Oui, monsieur.

— Si les renseignements que vous nous donnez se confirment, vous aurez peut-être sauvé votre frère...

— Oh ! monsieur..., je suis bien certaine que mon frère sera sauvé... ou alors il n'y aurait plus de justice.

— Cette blanchisseuse vous a-t-elle dit le nom de son client ?

— Non, monsieur.

La jeune fille donna l'adresse qu'on lui demandait au greffier, qui la transcrivit, et le juge lui demanda :

— Mademoiselle, avez-vous appris autre chose ?

— Non, monsieur ; mais je vais continuer à chercher aujourd'hui.

M. Oscar de Verchemont se leva pour reconduire Amélie. Lorsqu'elle fut sortie, il donna des ordres afin de faire citer la blanchisseuse.

Il avait hâte d'arriver à un résultat : le mystère qui enveloppait cette affaire et qui l'avait fait s'y intéresser au début l'agaçait, l'impatientait à cette heure ; il ne se trompait pas sur ce qu'il avait obtenu ; il voyait bien que, jusqu'à ce jour, tout ne reposait que sur des hypothèses, et les preuves véritables manquaient. La force de l'instruction était dans le silence gardé par l'inculpé sur l'emploi de son temps pendant la nuit du crime. Chaque jour, matin et soir, Maurice était interrogé, harcelé, tourmenté, et toujours il répondait :

— Je n'ai rien à dire.

Denise, la jeune blanchisseuse appelée par le juge, confirma tout ce qu'elle avait dit ; cela avait été affirmé par un ouvrier nommé Aristide Leblanc, qui parut être au juge dans les meilleurs termes avec elle, car lorsque celui-ci lui demanda :

— Et vous croyez à la sincérité de cette personne ?

— Oh ! M. Aristide ne ment jamais.

— Vous le connaissez bien?

Denise était une petite ouvrière de vingt-cinq à vingt-huit ans, très gentille, très gracieuse et dont le minois chiffonné invitait les lèvres au baiser. A la demande du juge, elle rougit bien un peu; mais, sans être trop embarrassée, elle répondit :

— Oh! oui, monsieur, je le connais bien..., intimement...

— Ah! très bien!... C'est votre...

— Mon amant ; oui, monsieur, fit-elle crânement à M. Oscar de Verchemont, qui hésitait à prononcer le mot.

— Et vous le voyez toujours?

— Tiens, je crois bien ; je suis libre, Dieu merci ; quand il ne travaille pas ou qu'il n'est pas dans son canot, il est chez nous... Et, en ce moment, il est là dans le grand couloir ; il m'attend.

— Ah! il vous a accompagnée?

— Oui, monsieur. Dame! vous savez, je ne suis pas habituée à recevoir des papiers comme ça, et, depuis deux jours, je n'en dormais pas. Je ne savais pas ce que ça pouvait être. J'avais peur. Alors Aristide m'a dit : Denise, n'aie pas peur ; je perdrai une demi-journée, et j'irai avec toi. Et il est venu.

— Et il est là? demanda le juge.

— Oui, monsieur ; à moins qu'il ne se soit impatienté et qu'il soit descendu en face, pour prendre un verre.

— Voudriez-vous, mademoiselle Denise, me redire son nom.

— Aristide Leblanc, monsieur.

Le juge d'instruction sonna ; et Mlle Denise le regarda étonnée et parut assez inquiète lorsque le garçon de bureau, paraissant, il lui dit :

— Il y a, dans le couloir, un jeune homme qui accompagnait madame, qui n'est pas régulièrement cité, et qui se nomme Aristide Leblanc. Appelez-le et faites-le entrer.

Le garçon de bureau sortit, et Mlle Denise demanda :

— Mais, monsieur, pourquoi l'appelez-vous? Il ne vous en dira pas plus que moi. Il n'a rien fait.

— Mais il n'a rien à redouter non plus, mademoiselle, fit le juge en souriant.

La porte s'ouvrit et on introduisit dans le cabinet du juge une de nos vieilles connaissances, Chadi, qui s'avançait tout rouge, le regard inquiet, tenant sa casquette à la main, buttant dans les chaises, en se demandant vainement pourquoi on l'appelait à son tour.

Le sourire de Denise même ne le rassura pas, et c'est en tremblant qu'il regarda M. Oscar de Verchemont, lorsque ce dernier lui dit :

— Aristide Leblanc, avant de vous interroger, veuillez étendre le bras. Vous jurez de dire la vérité, toute la vérité, rien que la vérité.

Chadi restait devant le juge la main étendue, ayant la physionomie d'un homme qui reçoit une douche d'eau glacée sur la tête.

Il se remit peu à peu, rassuré par le sourire de Denise et par ces mots qu'elle lui dit :

— Eh bien, qu'est-ce que tu as? on ne va pas te manger. Monsieur veut te demander si c'est vrai que tu as vu un homme sortir de la maison de la belle fille, rue de Lacuée.

— Ah! c'est pour ça? balbutia Aristide, et étendant la main, il répéta la formule consacrée et jura.

— Vous vous trouviez, le matin du 20 juin, rue de Lacuée?

— Je vais vous dire, monsieur : je venais de me lever; comme nous devions faire le tour de Marne le lendemain, qui était un dimanche, j'allais pour laver notre canot *la Brise*, qui est garé en face de chez nous, quai de la Gare; je marchais vers le pont.

— Mais, interrompit le juge, comment se fait-il que, pour aller vers votre bateau garé en face de chez vous, quai de la Gare, vous vous dirigiez vers le pont en passant rue de Lacuée, de l'autre côté de l'eau?

Chadi restait la bouche béante, regardant le juge, puis Denise, gêné, embarrassé; celle-ci rougissait, et baissant la tête elle dit :

— Tu peux bien le dire à monsieur... je lui ai dit.

— Alors, vous comprenez, monsieur, j'étais allé chez Denise la prévenir que nous faisions le tour de Marne le dimanche, et... comme il était tard, j'étais resté couché... C'est à cause de ça que je revenais par là, car Denise reste rue de Lacuée.

— Très bien! Vous descendiez donc vers le quai? fit le juge, souriant.

— Oui, monsieur; il faisait beau... Moi, je me connais au temps; alors, pour voir si nous aurions du soleil le lendemain, je regardais la Seine, qui était couverte de brouillard : c'est signe de chaleur; je dis : chic! nous aurons un temps épatant... et j'allais me diriger vers le pont, lorsque je suis bousculé par un homme qui courait; je me retourne pour le secouer, — j'aime pas qu'on me touche, moi, — et je vois un grand gaillard très bien mis qui avait un grand machin comme vous en avez là...

— Une serviette.

— Qu'est-ce que vous dites? une serviette?... Non, un grand portefeuille.

— Cela se nomme une serviette d'avocat...

— Tiens, c'est drôle!... Il portait donc une serviette et il courait vers l'écluse; comme il ne dit pas un mot d'excuse, qu'il ne se retourne seulement pas, je lui dis : « Dis donc, toi, espèce d'imbécile, je vais te rendre ça! » Et je cours après; je le vois tourner le boulevard de la Contrescarpe, sauter dans une voiture de maître et cavaler... Je lui ai envoyé deux ou trois compliments que je ne vous dis pas... et ce fut tout.

— Et vous supposez que cet homme sortait de la maison du crime?

— Oui, monsieur, de la maison de la belle fille.

— La maison de la belle fille? interrogea le juge.

— C'est le nom qu'on donne à la maison depuis que cette femme-là y demeurait.

— Vous l'avez vu sortir de la maison?

— Non, monsieur; mais vous allez comprendre que c'est de là qu'il est sorti... Denise demeure deux maisons au-dessus, je sors et je ne vois personne dans la rue... Je marche, et tout à coup derrière moi un individu jaillit : il ne pouvait sortir que de là.

— C'est logique. Dites-moi comment était cet homme?

— Il ne devait pas être vieux, parce qu'il était alerte, bien pris, assez grand et brun et très bien mis, un monsieur, un chapeau haute forme. Pour le visage, je ne peux pas vous le dire, je ne l'ai vu que de dos.

— Et la voiture, était-ce une voiture de louage, de remise ou une voiture de maître?

— Ça, monsieur, je ne m'y reconnaîtrais pas... Si c'était un bateau, je vous le dirais tout de suite, mais la voiture, je n'ai remarqué qu'une chose, c'est qu'elle était jaune et noire, et très belle; j'ai pensé que c'était une voiture de maître.

— En montant dans la voiture, l'homme n'a pas parlé au cocher?

— Non, monsieur, la portière était ouverte, il a sauté dans la voiture, et, avant qu'elle soit refermée, elle était déjà en marche... et vite, c'est à peine si j'ai eu le temps de la voir.

— Se dirigeant vers la Bastille?

— Oui, monsieur.

— Et reconnaîtriez-vous l'individu?

— Oh! non, monsieur, de derrière, excepté les bossus, tout le monde se ressemble.

— Vous n'avez pas d'autres renseignements?.. Recueillez bien vos souvenirs. Le moindre détail peut être utile.

— Oh! monsieur... je me souviens de cette matinée... C'était la journée aux aventures, j'en ai assez eu pour m'en souvenir...

— Oh! oui... il peut s'en souvenir, affirma Denise avec fierté.

— Que voulez-vous dire? demanda M. de Verchemont.

— Je continuai ma route et j'allai de l'autre côté de l'eau pour laver mon canot. Je ne pensais plus du tout au bonhomme : j'étais sous le pont d'Austerlitz, mon bateau amarré à une pile, et je le lavais, quand tout à coup, à dix pas de moi, flouff! j'entends tomber une masse et je suis éclaboussé; je me retourne vite, et, au chahut que ça avait fait dans l'eau, je me dis : C'est un macchabée, un bonhomme qui se fiche à l'eau. Je n'avais justement que ma cote troussée jusqu'aux genoux et mon maillot de canot, je pique une tête et ramène une femme.

— Une femme? fit le juge attentif.

— Oui, monsieur... et belle, je ne vous dis que ça — ajouta Chadi en portant le bout de ses doigts à ses lèvres et en les baisant pour exprimer son admiration.

— Vous écrivez tout cela? demanda vivement M. de Verchemont à son greffier.

Celui-ci fit de la tête un signe affirmatif.

— Et vous sauvâtes cette jeune fille?

— Sauvâtes!!! répéta Chadi, ahuri par ce temps de verbe. Je la sauvai, oui.

— Elle vit?

— Oui, monsieur. Justement un docteur se trouvait là, nous l'avons portée à la Pitié et moi j'ai été prévenir les parents.

— Vous la connaissez? vous savez son nom?...

— Moi... ah! pardi, depuis ce temps je travaille chez eux... Ce sauvetage, ça m'a fait perdre ma journée, le père P... m'a flanqué à la porte, parce qu'un samedi ce n'est pas un jour à perdre; comme je suis ciseleur, que les parents de la jeune fille sont justement des fabricants de bronzes, je suis entré là et avec une belle journée.

— Sait-on pourquoi cette jeune fille voulait se suicider?

— Oh! oui, parce qu'elle ne voulait pas épouser celui qu'on lui destinait... et le bouillon qu'elle a bu ce jour-là lui a fait changer d'avis. Elle est mariée.

— Elle se nomme?

— Il y a quelque temps elle se nommait Mlle Cécile Tussaud, et maintenant Mme Houdard.

Après avoir pris les adresses d'Houdard et de Tussaud, le jeune juge d'instruction remercia Chadi et Denise, et, les prévenant qu'ils seraient bientôt interrogés de nouveau, il les congédia.

Seul avec le greffier dans son bureau, le juge lui dit:

— Voilà une singulière coïncidence! Vous allez faire lire tous ces rapports à l'agent que nous avons repris, et vous lui direz de diriger ses recherches de ce côté, pour savoir s'il n'y a pas de lien entre cette tentative de suicide et notre affaire.

— N'allez-vous pas aujourd'hui continuer les interrogatoires?

— Non, notre journée est terminée; rendez-vous près de l'agent avec vos notes. Je n'aurai besoin de vous que demain matin.

Pendant que le greffier mettait ses papiers en ordre, se disposant à partir, le jeune juge d'instruction s'accoudait sur la table et, la tête dans ses mains, il pensa longuement. C'est à peine s'il se retourna pour répondre à l'adieu du greffier qui prenait congé. Il pensait. Était-ce au crime de la rue de Lacuée? Cela n'était guère probable; ses soupirs douloureux ne pouvaient venir que d'un chagrin profond, la crispation de ses mains dans ses cheveux ne pouvait être que le résultat de l'agitation fiévreuse d'une pensée opiniâtre.

Il était perdu dans son rêve, n'entendant rien autour de lui, lorsque le garçon de bureau ouvrit et introduisit M. Mathieu des Taillis. Celui-ci s'avança vers son jeune ami, et, lui mettant la main sur l'épaule:

— Eh! mon cher Oscar, qu'avez-vous donc?

Le jeune homme sursauta, et reconnaissant son ami, le vieux magistrat, il lui tendit la main.

— Eh quoi! est-ce toujours cette mystérieuse affaire qui vous occupe ainsi?

— Non, mon cher maître, l'instruction suit son cours et sera bientôt terminée. Ce qui m'occupe, ce qui me tourmente sans cesse, à chaque heure, la nuit, le jour, ce qui me fait mener mon instruction comme un fou... vous savez bien ce que c'est...

— Quoi, toujours cette passion!

— Hélas!

— Mais, enfin, vous êtes au mieux ensemble; elle-même m'a dit qu'elle vous voyait chaque jour.

— C'est vrai, l'heure que je passe près d'elle est la plus cruelle et la plus douce.

— Mais, à force de se voir, l'amour va vite.

— Non, mon cher maître; non, cette femme tient ma vie, je lui appartiens corps et âme et je n'ai d'elle que ses sourires... Elle sait que je l'aime et avoue presque m'aimer.

— Eh bien ?

— Mais elle me dit tranquillement, et avec le plus grand calme, que je ne dois pas espérer plus.

— La légende ne la dit pas si sévère...

— Eh mon Dieu ! la légende est une calomnie, comme tout ce que l'on dit sur elle ; c'est une femme étrange, une charmeuse ; toutes les beautés, toutes les grâces sont réunies en elle : le mystère qui entoure sa vie est un charme de plus... Chaque jour je sors de chez elle en me disant demain, et ce lendemain ne vient jamais.

— Mais c'est une passion...

— Une passion, mon cher ami...? Dites une folie ; j'adore cette femme ; aujourd'hui, quoi que je puisse apprendre sur elle, je refuserais d'y croire ; c'est la femme la plus pure du monde. Je l'aime, je l'aime enfin... et je la veux... Mais vous ne croiriez pas, mon cher maître, que parfois je me prends à rêver au suicide si je ne devais la posséder un jour.

— Allons, allons ! vous avez raison, cela devient de la folie. Mon cher ami, vous n'êtes plus un enfant et votre cerveau malade ne doit pas être écouté... Au reste, je crois votre désespérance prématurée.

— Mais si vous saviez quelle souffrance j'endure... Nous nous voyons, c'est vrai, presque tous les soirs.

— Elle vous y autorise ?...

— C'est elle qui me l'a demandé, me trouvant d'un commerce agréable, et elle m'appelle son petit frère. J'arrive chez elle, nous parlons de choses et d'autres ; puis je m'enflamme ; plein d'ardeur, dévoré de passion, je lui parle avec le feu qui me dévore ; elle m'écoute ; j'ai sa main dans ma main, sa taille dans mes bras, nos lèvres se touchent presque, nos haleines se confondent ; alors les mots les plus ardents coulent de ma bouche ; elle entend, elle écoute : son sourire semble approuver. Je deviens pressant ; elle se lève rapidement et m'échappe ; puis, toujours souriant, le regard plein de promesses, elle me dit : « Partez, Oscar, et à demain... A demain nous reprendrons l'entretien, » et elle sonne sa femme de chambre. Et je sors de là comme ivre, fou, abruti... Des jours, je reste en bas sous ses fenêtres, guettant sa silhouette derrière ses rideaux, et je rentre chez moi la tête perdue, pour venir ici le lendemain faire la plus mauvaise besogne.

Mathieu des Taillis avait attentivement écouté et observé son jeune ami, et c'est en souriant qu'il lui dit :

— Mais ça ne va pas si mal que ça. Vous avez affaire à une coquette — elle est assez jolie pour l'être — et il ne s'agit que d'être à l'affût ; attendez et guettez l'occasion.

— Mais comment?

— Ah! diable, vous êtes embarrassant. Cela ne va guère avec l'austérité du magistrat.

— Ah! ne plaisantez pas. Je suis bien malheureux..., bien malheureux.

VIII

UNE NOUVELLE PISTE.

En quittant le bureau du juge, le greffier se rendit aussitôt dans le cabinet du chef de la sûreté, et il lui demanda un agent intelligent, non seulement pour remplacer l'agent Boyer, démissionnaire, mais pour faire une contre-enquête sur celle déjà faite. Le chef de la sûreté lui demanda deux heures pour trouver l'homme qu'il lui fallait.

Les deux heures n'étaient pas écoulées que l'agent Huret entrait dans le bureau du juge d'instruction, où le greffier attendait seul. Il lui communiqua les pièces, et, après une longue heure d'étude, ayant pris ses notes, l'agent dit qu'il allait se mettre à l'œuvre, convaincu qu'avant peu de jours il aurait des résultats concluants, l'affaire étant déjà dégrossie et offrant beaucoup de points dont on avait eu le tort de ne pas s'occuper.

C'est sur cette assurance que l'agent partit.

Le lendemain, à l'heure du rapport, l'agent Huret ne parut pas; on sut seulement qu'il était tout entier à l'affaire. Quatre jours seulement après que les pièces lui avaient été communiquées, il se présentait devant le juge d'instruction. Il était sur une piste, celle indiquée par Chadi; il avait trouvé la voiture jaune et noire.

M. Oscar de Verchemont était soucieux; sa pensée flottait et il n'écoutait qu'avec peu d'attention; mais, à ce mot, il releva aussitôt la tête et dit :

— Vous avez retrouvé la voiture?

— Oui, monsieur, la voiture est une voiture de louage; elle était louée à une femme dont on ignore le nom, mais qui l'avait fait demander en se recommandant du nom de la victime, laquelle la louait ordinairement.

— Cela est singulier.

— Depuis l'époque du crime, le cocher qui l'avait menée avait changé de maison; je dus le chercher... enfin je le trouvai. Il se rappela parfaitement avoir conduit, le soir, un homme et une femme, qu'il mena au bout du boulevard de la Contrescarpe, en face l'écluse.

— Un homme et une femme!... Mais cela bouleverse tout ce que nous avons établi...

— Assurément. Au reste, monsieur le juge, je ne dis pas cela pour médire de mon collègue, mais j'estime que cette instruction a été menée avec la plus grande légèreté.

— Vous croyez que celui que nous tenons n'est pas coupable?

En voyant près d'elle dormir un inconnu... (PAGE 168).

— Oh ! je ne dis pas cela ; il a contre lui un fait capital ; c'est qu'il reconnaît avoir acheté les bouteilles de champagne et empoisonné le vin.

— Revenez à ce que vous avez appris.

— Voici. Le cocher avait ordre d'aller attendre à la porte du concert des Champs-Élysées à dix heures. A l'heure dite il y était ; il vit sortir une femme qu'il avait déjà menée deux fois, et dont le signalement répond absolument à celui de la victime. Elle s'appuyait sur le bras d'un individu dont j'ai le signalement très étendu, lequel ne répond pas du tout à celui du jeune homme qui est écroué. C'est la femme qui dit au cocher de la conduire boulevard de la Contrescarpe, en face l'écluse. Le cocher ne fut pas étonné; c'était dans ce quartier, à la place de la Bastille, qu'une fois déjà il avait conduit la femme. En passant sur le boulevard, on le fit arrêter devant un café, où l'homme descendit et prit un petit panier, semblable au panier à huîtres.

— Avez-vous été dans ce café?

— Oui. On se souvient vaguement qu'un soir, il y a quatre ou cinq mois, un monsieur très élégant descendit devant le café dans la soirée, prit une consommation et chargea le garçon de garder un panier, qu'il vint reprendre le soir. Mais c'est tout; l'homme leur était inconnu.

— Continuez la déclaration du cocher.

— Arrivé au boulevard de la Contrescarpe, la femme descendit en premier, et, pendant que l'homme, tenant le petit panier, descendait à son tour, elle recommandait au cocher d'être de retour au même endroit entre trois ou quatre heures du matin. Le cocher revint à l'heure dite, il était à son poste depuis un quart d'heure à peine, lorsqu'il vit arriver l'homme qu'il avait conduit la veille; seul, il sauta en voiture et par une des fenêtres il lui dit : « Faubourg du Roule, vite! »

Il partit. En arrivant à l'endroit où le boulevard traverse, on lui fit signe d'arrêter. Il obéit. L'homme descendit et donna vingt francs de pourboire, puis le cocher le vit attendre, pour se diriger, qu'il fût parti.

— C'est tout?

— C'est tout *grosso-modo*... Le cocher lui-même vous donnera tous les détails qui pourront vous paraître importants, c'est un témoin qui vous appartient et duquel vous vous servirez mieux que moi.

— Vous allez citer ce cocher et le loueur pour après-demain, dit aussitôt le juge à son greffier; puis s'adressant à l'agent : C'est bien ça, monsieur Huret, il faut continuer comme ça.

— Mais ce n'est pas tout, monsieur.

— Qu'avez-vous encore?

— J'ai vu que, dans les perquisitions, on avait fouillé partout excepté dans l'endroit où le jeune homme se trouvait le plus souvent.

— Comment cela?

— On a fait des perquisitions chez lui, chez la vieille femme où il était allé se rétablir, puis dans l'ancien domicile.

— Oui, enfin on n'a rien trouvé.

— Moi, j'ai été à l'atelier où il travaillait, et le patron, je dois le dire, s'y est prêté de fort bonne grâce...

— Et vous avez trouvé quelque chose?

— Oui, monsieur; mais j'avoue ne pas bien comprendre.

— Qu'est-ce?

— Une lettre.

Et, en disant ces mots, l'agent cherchait dans son portefeuille et en tirait une lettre soigneusement pliée.

Et le juge lut à mi-voix, en soulignant certaines phrases :

« Mon ami,

» Je viens te demander pardon. Aujourd'hui seulement j'apprends que tu vis, et je ne m'appartiens plus ; il y a un mois, mes parents auraient consenti à tout. Je te dois le récit fidèle de ce qui s'est passé, le voici : Tu t'en souviens, nous nous embrassâmes une dernière fois, et ma tête retomba ; je t'entendis encore dire : « Adieu, nous allons nous retrouver bientôt ! » et je perdis connaissance. Je revins à moi lorsque le jour commençait à poindre ; j'étais effroyablement malade, et ne pouvais m'expliquer où je me trouvais, lorsque je te vis, étendu à mes côtés ; je t'appelai, épouvantée ; je tâtai ton front, tes mains, tu étais froid et je te crus mort... C'était horrible ! Juge, tu étais mort, et j'étais là, près de toi, vivante, tu étais mon époux, mon homme, et j'étais veuve ! C'était impossible ! Puisque je t'avais appartenu, je n'avais plus d'espérance, et je voulus, fidèle au serment que je t'avais fait, mourir... »

Le jeune juge relut la phrase, cherchant à se l'expliquer ; puis, regardant la signature et ne comprenant pas, quoique intéressé, et sentant qu'il tenait le nœud de l'affaire, il continua.

Plusieurs jours s'étaient écoulés depuis la déposition de Chadi, et le jeune magistrat était trop tourmenté dans sa vie intime pour que le souvenir des faits ne s'effaçât pas rapidement de sa mémoire ; c'est grâce aux notes prises par son greffier qu'il pouvait suivre l'affaire ; à plus forte raison avait-il encore moins le souvenir des prénoms, et, en lisant celui de Cécile au bas de la lettre, il ne pensa pas que la lettre venait de celle dont la tentative de suicide coïncidait si singulièrement avec la catastrophe de la rue de Lacuée ; il contitua sa lecture :

« Je regardais si je pouvais me jeter par la fenêtre, lorsque je vis la Seine qui coulait presque au bas de chez toi ; mon parti fut pris aussitôt ; je me hâtai de me revêtir, je t'embrassai et j'allai me précipiter à l'eau par-dessus le pont.

» Te dire ce que je souffris, ce que je fis d'efforts pour arriver jusque-là serait impossible ; enfin j'y parvins. En tombant dans l'eau j'eus comme une impression de bien-être ; tout mon corps était en feu, et je perdis presque immédiatement connaissance ; quand je revins à moi j'étais sur une civière, entourée de monde qui me regardait. On me mena à l'hôpital, on envoya chercher mon père, et je restai, presque folle, délirant, sans cesse entre la vie et la mort, deux mois... Tu comprends si tout cela m'a changée. Je suis entrée en convalescence, épouvantée de ce que j'avais fait. Pour moi, certainement tu étais mort, puisque je t'avais quitté froid, raidi sur ton lit.

» Tu comprends que pendant ma maladie personne ne parla de toi ; ton nom ne fut jamais prononcé.

» Mes parents — et tout le monde — croient que je me suis sauvée de chez nous le matin seulement, pour aller me jeter à l'eau. Si j'avais douté de ta mort un instant, ce doute se serait évanoui. Mon père avait reçu une lettre de son ami Crochard — tu te souviens, Crochard, que tu as vu souvent à la maison ? — mon père l'avait invité au mariage : il était venu d'Orléans, où il réside ordinairement, lorsque ma tentative de suicide bouleversa tout; il partit le soir même, et, en passant en voiture devant la rue de Lacuée, il vit un grand rassemblement; il n'avait pas le temps de descendre, mais il apprit dans la gare que c'était ou un crime ou un suicide qui venait de se découvrir; on avait trouvé quelqu'un de mort dans ta maison, c'est ce qui motivait ce rassemblement. »

Cette fois encore, le jeune juge relut les dernières lignes; il commençait à entrevoir l'importance de la pièce qu'il avait entre les mains. Cette lettre adressée à Ferrand, c'était la justification de sa nuit, l'explication de son empoisonnement. L'agent qui avait découvert la lettre n'était pas encore assez au courant de l'affaire pour en voir l'importance, et M. Oscar de Verchemont, redevenu le magistrat, était tout fier de reconstruire seul la nouvelle instruction; pendant que l'agent Huret attendait dans l'angle du bureau, debout, droit comme un soldat, le juge accoudé sur son bureau continua sa lecture à voix basse, imposant à son visage de ne plus exprimer les impressions que lui donnait sa découverte.

« ... De ce jour, je n'eus plus de doutes... hélas! Tout cela a-t-il été inventé et raconté pour me retirer tout espoir et me décider au mariage que je viens de faire? Je ne sais, mais j'ai cru que tu n'étais plus, et depuis ce jour ton ombre aimée n'a cessé de hanter mon chevet... J'ai bien pleuré, va, j'ai bien souffert...

» Que pouvais-je faire seule désormais? Car c'est encore une chose qui m'affermissait dans ce que je croyais: je n'ai jamais revu ta sœur depuis ce jour et elle n'est pas même venue s'informer de moi... »

Oscar de Verchemont s'arrêta encore; il pensait:

— Ah çà, que signifie ceci? La petite Amélie savait tout céla, et n'en a pas dit un mot, quand elle voit nos recherches constantes... Dans quel but? Elle savait ce qu'avait fait son frère... Il y a autre chose là-dessous.

Et, nerveux, il reprit sa lecture:

« Maurice, tu as bon cœur, tu sais quelle affection j'ai pour mes pauvres parents, en voyant leur désolation, en voyant le changement opéré en eux par la seule idée de la possibilité de ma mort, je me suis trouvée sans force pour résister et j'ai dit: « Oui. »

» Pardon, Maurice! pardon! mais je ne suis pas coupable, je suis une victime. J'ai été trompée. Ton souvenir aimé restera éternellement en moi; mais tu sais que je suis trop honnête pour consentir maintenant à te revoir, et si je ne peux effacer le passé, si l'heure d'amour et de bonheur immuables que j'ai passée près de toi, croyant la payer de ma vie, ne peut s'effacer, je viens à genoux te demander en grâce de l'oublier... Je sais que tu as le cœur trop haut pour me refuser. Si la médisance pouvait dire un jour que j'ai été ta maîtresse une heure, tu affirmeras qu'on ment, et tu le jureras.

» Voilà, Maurice, la dernière grâce que je viens te demander; je pourrai vivre malheureuse, je ne saurais vivre méprisée.

» Maurice, jure-moi que, quoi qu'il advienne, tu déclareras que je né suis jamais allée chez toi dans la nuit du 20 juin, que tu ne m'as pas vue ce jour; que, ainsi qu'ils le croient, je suis partie le matin de chez nous pour aller me jeter dans la Seine. »

— Ah ! exclama malgré lui le jeune juge. Voilà donc la raison du mystère !... Enfin.

Et comme le greffier se levait, comme l'agent fixait sur lui un regard curieux, Oscar de Verchemont était trop heureux de savoir, pour le dire aux autres ; lui seul voulait désormais diriger... Il redevint calme et dit froidement :

— Ce n'est pas la lettre, c'est la réalisation de certaines hypothèses que je devine. Il continua à lire bas.

« Aujourd'hui, mariée à un homme que je méprise, que je hais, que j'exècre, tu comprends que ma pensée sera toujours avec toi, amour pur de rêve et d'illusion qui ne s'éteindra jamais, mais que j'aurai la force de contenir et de ne jamais satisfaire. Mon mari, tu le devines, est jaloux, il me l'a déjà déclaré, et je suis l'objet d'une surveillance active. Je le sais assez peu scrupuleux pour violer le secret d'une lettre qui me serait personnellement adressée et tomberait entre ses mains... Tu vas répondre à ma prière ; adresse ta lettre poste restante...

» Adieu, mon bien-aimé, et pardonne à celle qui t'aime et souffre.

» CÉCILE. »

Ayant lu la lettre, le jeune juge plongea sa tête dans ses mains et pensa. Cette fois, il voyait clairement la situation de Maurice Ferrand ; l'instruction s'était tout à fait égarée. Le malheureux garçon était victime d'un serment ; fidèle à la parole donnée, il se sacrifiait. Mais rien dans tout cela ne touchait au crime de la rue de Lacuée. M. Oscar de Verchemont se réservait, le lendemain, d'avoir une entrevue avec Maurice et de lui rendre la liberté. Il écrivit même un mot au directeur de la prison pour qu'on le traitât mieux, et fit porter le papier par le garçon de bureau. Il ne remit pas la lettre au greffier pour la joindre au dossier ; il la plaça dans son portefeuille, se réservant sans doute de la rendre directement à Maurice, en raison du secret de famille qu'elle contenait. Puis il se tourna vers l'agent et lui dit :

— Monsieur Huret, cette lettre est sans importance dans l'affaire ; mais vous êtes maintenant dans la vraie piste, marchez donc.

— Monsieur, j'ai encore un mot à vous dire.

— Parlez.

— Je dois avoir ce soir ou demain — selon que je pourrai rencontrer mon homme — des renseignements sur un individu qui fréquentait souvent la maison de la rue de Lacuée ; j'ai de fortes raisons de croire celui-là un des complices... S'il est cité régulièrement, il fuira. Il faut qu'il soit saisi où je le trouverai. Et je vous demande l'autorisation de procéder, en cas de rencontre, à une arrestation préventive.

— Très bien, j'ai confiance en votre prudence pour agir ; et, se tournant vers le greffier : « Faites un mandat d'amener. Savez-vous le nom ? »

— Non, monsieur, mais mettez : « L'homme de la rue de Lacuée. »

— C'est cela ! Et quand aurai-je de vos nouvelles ? demanda le juge après avoir signé.

— Demain, j'espère, monsieur, répondit l'agent en se retirant, pendant que M. Oscar de Verchemont se frottait les mains et disait gaiement :

— Eh bien, je suis content de ma journée. Ah ! le pauvre garçon, qu'il va être heureux !

IX

OU ANDRÉ HOUDARD, DIT LA ROSSE, PASSAIT SES SOIRÉES.

La Grande Iza, la belle veuve, habitait avenue Friedland le rez-de-chaussée et le premier étage d'une haute maison moderne. Les locataires des autres étages entraient par une grande porte cochère, ouverte sur une cour. L'appartement de la veuve Séglin, dite la Grande Iza, s'ouvrait comme un hôtel particulier sur l'avenue. C'est là que nous allons diriger le lecteur.

En entrant, on montait quatre marches; la porte refermée, on se trouvait dans une grande antichambre peinte en chêne et marbre, sur le parquet de laquelle s'étendait un grand tapis de crin et sur laquelle s'ouvraient trois portes : l'une à gauche, qui permettait de gagner les appartements particuliers en passant par un étroit escalier dérobé; une autre à droite, ouvrant sur une vaste salle à manger, et enfin une au milieu, s'ouvrant par de larges tapisseries, et devant laquelle se trouvait l'escalier au pied duquel une statue de l'*Aurore*, grandeur nature, signée de Blezer, étalait sa grâce et son nu en portant une torchère allumée le soir. En montant l'escalier, on arrivait dans un petit salon tendu d'étoffes algériennes, et qui, donnant sur un jardin, servait de fumoir. C'est là que la belle mondaine recevait les inconnus, les fâcheux; les habitués, les intimes étaient immédiatement introduits dans le salon. De cette pièce, on passait dans un large couloir servant de serre, appelé galerie, à cause de nombreuses peintures accrochées le long des murs : un Corot, des Daubigny, un Defaux, des fleurs, de Petit, de Jubréaux, un Beyle, un Bail, un O. de Cocquerel à côté du maître Volon; enfin toute la pléiade des modernes choisie par le caprice d'une femme. De la galerie, on entrait dans le salon, le salon bête et luxueux des appartements modernes, or et blanc; le Louis XV dans ce qu'il a de plus criard, avec ses bronzes dorés rocaille, un meuble en satin rouge avec les bois dorés et un tapis étalant sur un fond blanc un immense bouquet de fleurs rouges; au plafond un ciel extraordinaire dans lequel il poussait des fleurs, rouges toujours.

Une porte s'ouvrait sur un petit boudoir tendu d'une étoffe de soie pompadour à petits dessins de fleurs, avec un meuble capitonné de même étoffe; ce boudoir communiquait à la chambre à dormir; en soulevant la tenture de la portière, l'huis s'ouvrait sur la chambre superbe, toute tendue de soie jaune rouge. Le lit capitonné occupait, sous une ample tenture, le fond de la chambre; c'était un lit immense, aussi large qu'il était long, et qu'on n'atteignait pour s'y coucher qu'en gravissant trois marches, couvertes d'un épais tapis de couleur sombre. En face du lit se trouvait une glace immense, où la Grande Iza aimait à s'admirer; car les indiscrétions d'une camériste avaient répandu dans le quartier le bruit que la grande fille, pour dormir, avait des habitudes de sauvage : elle couchait entièrement nue, les cheveux dénoués, et elle dormait sans se couvrir, comme les fauves;

— mais, ajoutait-on, les draps du lit étaient de velours noir. On se contait ça chez la fruitière avec des airs de mépris et de dégoût, il fallait voir! Pouah! l'impudique! — Continuons : les meubles de la chambre étaient d'ébène lisse : ils se composaient d'un guéridon, de quatre fauteuils, d'une dormeuse, et d'une haute armoire de vieil ébène à moulures; sur la cheminée en face de l'armoire, une garniture de bronze Louis XVI, doré au vif; au plafond, couvert de la même étoffe jaune plissée, pendait un lustre flamand; les fenêtres étaient masquées par des tapisseries de même couleur. Au matin, quand le jour glissait à travers les interstices des persiennes, il ensoleillait la chambre...

On racontait que souvent, chez elle, la Grande Iza s'habillait étrangement, en zingari, se couvrant, non de brillantes étoffes, mais de vêtements sordides... Et cela était vrai, nous devons le dire, puisque enfin nous conduisons le lecteur chez notre héroïne, la Grande Iza; la superbe mondaine, la veuve de Séglin le banquier, celle qu'on croyait descendue des comtes de Zintski, était venue à Paris amenée par un saltimbanque; elle avait gardé dans la vie molle et douce des courtisanes ses habitudes farouches; il y avait des jours où les parfums qu'elle répandait sur son corps la brûlaient, des nuits où le linge qui touchait sa peau la piquait; alors elle avait besoin de reprendre ses haillons tout un jour, de se coucher comme un chien toute une nuit; elle n'avait plus de la femme que les vices. Si celui qu'elle avait aimé jadis, le grand Moldave Golesko, qui faisait des exercices de force dans les fêtes, avait vécu, elle aurait été souvent lui demander le souvenir de ses nuits de route.

La belle grande table où elle mangeait dans la vaste salle à manger la rendait triste; l'odeur des plats exquis, de la bonne cuisine, lui portait au cœur; la superbe chambre où elle dormait lui paraissait lugubre : elle étouffait, elle avait besoin d'air, de poussière, de clair soleil... Elle avait des envies folles de manger en tenant d'une main son couteau et de l'autre un morceau sur lequel son pouce retiendrait un bout de fromage puant... Elle avait la nostalgie de la boue; ses poumons auraient mieux respiré dans l'air empesté d'une baraque *entre-sort*; il lui aurait plu de presser avec son doigt mignon une tranche de jambon sur son pain noir, et de graisser ses belles lèvres pures en mordant à même; elle étouffait, et elle ne se dégrafait pas : elle arrachait sa robe pour rendre à sa poitrine ses contours robustes. Sa vie, sa vie de bohème, de traînée, elle la revoyait en mettant la main sur ses yeux.

Ces jours-là, elle revêtait son vieux costume, son costume peu long à mettre, fait d'un corsage au ton criard, bordé de galons éraillés, jaunis, sur du velours déteint; sur ses reins, une jupe faite de haillons aux couleurs extravagantes pendait; ses pieds mignons et haut cambrés chaussaient de hideuses savates jaunes.

Elle s'accrochait au bras, au col et aux oreilles, des bijoux étranges, faux, mais brillants; puis l'œil ardent, les lèvres lippues, pleine d'appétit sauvage, elle courait à la nuit dans une fête foraine, étonnant les gens par sa splendide beauté et sa mise sordide, arrachant à tous des cris d'admiration, heureuse d'entendre glisser dans ses oreilles des propos obscènes et y répondant de son regard provocant.

C'était bien la bohémienne farouche, pleine d'appétit sensuel, mais réservant ses faveurs à ceux de sa tribu ; ainsi pensait qui la voyait et qui n'expliquait pas autrement tant de beauté dans tant de misère...

Dans une de ses attaques — c'est ainsi qu'un médecin qualifierait ces étrangetés — un homme l'avait suivie sans cesse, ordurier dans ses propos, dans ses façons, cynique, audacieux, et alors que, lasse, elle avait voulu fuir, il l'avait poursuivie, et rejointe loin du bruit de la fête ; il avait été grossier, brutal ; il lui avait montré une passion bestiale, qui n'aurait pas reculé devant le crime ; il l'avait menacée, presque battue... Elle avait été vaincue, et elle avait désiré avoir cet homme inconnu ; elle l'avait accepté. Dans cette boue, l'amour était né... Cet homme était devenu son amant secret, honteux...

C'est ainsi que la Grande Iza avait connu André Houdard, dit la Rosse.

De quelles étranges choses était fait cet amour, cette passion, on en juge ; né de sentiments mauvais, il en devait vivre. La grande Moldave se vautrait à nouveau dans le fumier où elle avait été élevée ; elle retrouvait du charme à être fouaillée et injuriée comme autrefois ; mais cela était un caprice, cela ne durait pas ; comme le gourmet qui a besoin un jour de s'enivrer de piquette et qui, revenu de l'ivresse, veut purifier son palais par les vins exquis auxquels il est habitué, la Grande Iza était vite lasse de ce qu'elle appelait « soûler son cœur. »

Un observateur attentif ne s'y serait pas laissé tromper ; ces amours ne pouvaient durer, et si, à cette heure, la femme vaincue se livrait, s'abandonnait à l'homme qui la domptait, les rôles seraient bientôt changés : c'est l'homme qui serait dompté à son tour... Mais, pour la belle courtisane, enviée, adulée, ces heures de sauvagerie étaient du bonheur, cette vie nouvelle l'amusait, elle s'y grisait ; et qui l'aurait observée aurait vu que c'était là plutôt un caprice qu'une passion ; ce n'était plus Iza la Moldave, l'alouette de route sautillant sur la crête des ornières séchées, secouant sa tête huppée : c'était la Belle Iza, la fausse comtesse de Zintski, la superbe qui se déguisait en bohémienne, comme certaine grande dame en grisette, pour aller courir le guilledou dans les fêtes foraines des environs de Paris.

Elle était partie au bras de son amant, et ils avaient été passer la nuit dans un garni de barrière.

En se réveillant dans le bouge infect, guérie de l'attaque de la veille, en voyant près d'elle dormir un inconnu, elle eut un tressaillement de dégoût, de honte... Elle ferma les yeux, et son imagination lui montra la chambre d'ocre où ses cheveux étaient si noirs et ses petits pieds si mignons et si blancs sur le tapis noir... Elle avait des frissons au contact du linge grossier et sordide qui touchait sa peau ; il lui semblait que les vêtements de misère qui couvraient son corps la brûlaient ; elle cherchait dans des torsions les caresses du linge fin, blanc et parfumé, qu'elle portait chaque jour.

Elle regarda l'homme qui dormait près d'elle ; il lui parut beau, mais il lui sembla grossier, sale. Elle se leva, et, dans la glace à teinte verte, elle se trouva moins belle... Elle éprouva des haut-le-cœur. Il lui semblait qu'elle n'avait jamais vécu ainsi. Elle s'habilla vivement et elle sortit sans bruit. Il était quatre ou cinq heures du matin. Elle se jeta dans un fiacre et se fit conduire chez elle.

Elle éveilla sa femme de chambre. Celle-ci connaissait ses accès et ne fut pas

— Je n'ai pas trop mauvais goût, tout de même... (PAGE 172).

surprise. Elle prépara le grand *tob* en argent, et l'emplit d'une eau tiède et parfumée. La Grande Iza avait vivement quitté ses haillons.

Elle était debout dans la vaste coupe, et sa femme de chambre versait sur elle l'eau parfumée pendant qu'une autre fille l'essuyait, en la massant.

Lorsque le corps fut rafraîchi, lasse de ce bain oriental, elle courut à son lit, elle s'étendit, nue et superbe, sur les draps de velours noir, se souriant en s'admirant dans sa haute glace, et elle s'endormit.

A son réveil, elle avait tout oublié.

Un jour, elle revenait du bois soucieuse; dans la journée, des gens étaient venus lui rendre visite et, après un entretien assez long, l'avaient laissée, ennuyée, énervée; elle avait été au bois, cherchant vainement à éloigner les pensées qui la tourmentaient. Nous l'avons dit, elle revenait du bois et elle n'avait pas encore eu le temps de changer de toilette pour se mettre à table, lorsque le timbre retentit. Quelques minutes après, la femme de chambre venait lui dire qu'un homme qui avait déclaré se nommer André demandait à lui parler.

— André! répéta-t-elle, André qui?

— C'est tout ce qu'il a dit.

— Qui l'envoie? Sont-ce les personnes que j'ai reçues ce matin?

— Oh! je ne crois pas, madame; il n'a pas l'allure de ces messieurs; ça a l'air d'un employé peu aisé.

— Et il ne t'a pas dit ce qu'il voulait?

— Il m'a dit avoir absolument besoin de vous voir et de vous parler.

— Fais-le monter dans le fumoir... J'y vais.

La femme de chambre se retira, obéissante, et Iza, ayant retiré ses gants et donné un dernier coup d'œil à sa toilette, se dirigea vers le petit salon qui, nous l'avons dit, précédait toutes les autres pièces. Elle entra et vit un homme qui regardait par la fenêtre le grand jardin, semblant très embarrassé. Elle lui dit :

— Vous désirez me parler, monsieur, que me voulez-vous?

L'homme se tourna et balbutia pendant qu'Iza, le regardant et le reconnaissant vaguement, se demandait où elle l'avait rencontré.

— Vous allez me trouver bien audacieux. Aussi je ne me serais jamais douté...

Et il tournait bêtement son chapeau rond entre ses mains, continuant :

— Vous ne voulez peut-être plus me reconnaître. Mais, voyons, il ne faut pas me la faire, on se souvient de ces aventures : la fête de Neuilly, c'est pas si vieux.

— Ah! exclama tout à coup Iza, et son sourcil se fronça, sa joue eut une rougeur; mais cela dura dix secondes à peine, et sa physionomie changea; elle sourit, et carrément, effrontément, elle dit :

— Ah! c'est toi! Comment m'as-tu trouvée ici?

Mis à son aise, André lui répondit :

— Voilà huit jours, je t'ai vue en voiture dans les Champs-Élysées; depuis ce jour-là, tous les jours je te guette et te suis.

Iza le regardait et pensait :

— Mais ça peut être mon homme, celui-là. Il est beau... Bien refait, décrassé...

Elle dit tout haut :

— Tu as bien fait de venir..., et la preuve, c'est que tu vas rester à dîner avec moi.

— Je veux bien! fit André simplement... Et il ajouta : Dis donc, est-ce que l'on ne s'embrasse pas?...

— Oui, oui, répondit-elle en lui offrant ses lèvres... Et tu te nommes? demanda-t-elle.

— André.

— Ce n'est pas tout.

— André Houdard.

— Mon petit André, viens à table ; et, lui prenant le bras, elle lui fit descendre l'escalier et le conduisit à la salle à manger.

Un domestique attendait à la porte ; il ouvrit et elle lui dit :

— Jean, mets un couvert et laisse-nous, nous nous servirons nous-mêmes ; dis à ta femme que si l'on sonne, je n'y suis pour personne.

André Houdard était embarrassé; il ne savait comment marcher dans ce luxe criard : il avait les bras bêtes et un sourire niais ; en évitant le regard froid des domestiques, il ne savait où placer son chapeau. Ce fut Iza qui le prit et l'accrocha dans l'antichambre. Le feutre en paraissait rougi ; il aurait voulu le cacher. Comme il ne marchait pas, qu'il restait près de la porte, elle le poussa et dit en riant :

— Entre donc, nous serons seuls, nous causerons à notre aise en dînant.

Ils se mirent à table en face l'un de l'autre. Lorsqu'on eut apporté le premier plat, Iza éloigna le domestique et servit elle-même son convive. André était seul avec la grande fille, et cependant il ne pouvait se retrouver à l'aise, malgré ses efforts, pour lui parler ainsi qu'il l'avait fait à la fête de Neuilly. Les mots les plus simples s'éteignaient sur ses lèvres.

Il était gêné dans ce luxe ; la belle Iza lui en imposait ; en un mot, les rôles étaient changés : c'était elle qui le dominait. Elle l'appelait négligemment : mon petit

Ils causaient peu, ils mangeaient. Dans un repos, il lui dit :

— J'ai longtemps hésité à sonner.

— Pourquoi?

— D'abord parce que j'ai cru me tromper. Je croyais à une ressemblance.

— A quoi m'as-tu absolument reconnue ?

— En demandant ton nom dans le quartier... On m'a donné sur toi des renseignements insensés.

— Lesquels? demanda vivement la Grande Iza, en montrant dans un rire la double rangée de ses petites dents laiteuses.

— Oh ! tu ne te figurerais pas. Ils ne se gênent pas, les voisins.

— Dis donc, ça m'amusera.

— D'abord, et c'est là où j'ai su que je ne me trompais pas : on m'a dit que tu étais étrangère et que tu avais des manies singulières; qu'il fallait que tu sois protégée par la police pour qu'on les permît; que tu t'habillais en bohémienne et que tu courais les fêtes. Tu comprends que j'ai dit : C'est elle.

— Et puis?

— Et puis, répondit-il en riant, on ajoutait que, si je me renseignais à cause de fournitures à faire, qu'il fallait me faire payer comptant. On m'a dit que l'on ne te connaissait pas d'amant, mais qu'il venait souvent des gens très bien chez toi. En somme, ils te prennent pour une riche étrangère qui a un grain de folie.

La Grande Iza éclata de rire, et elle dit :

— Tu sais mieux qu'eux ce que je suis. Je suis libre, indépendante, et personne n'a le droit de m'empêcher de faire ce que je veux. Et toi, que fais-tu?

— Moi, je suis sans place.

— Ah ! Mais quelle place avais-tu ?

— J'étais chez un commissionnaire, et maintenant je cherche quelque chose... Mais nous ne sommes pas là pour parler affaires.

— Si, au contraire, rectifia Iza, parlons-en. Tu as eu, peut-être, une bonne inspiration en venant.

— J'avais peur d'être mis à la porte.

— Qu'aurais-tu fait ?

— Rien ; seulement, ça m'amusait de voir ta tête en me reconnaissant. Mais, vrai, je ne croyais pas être aussi bien reçu.

— Pourquoi ? Je suis bonne fille. Si nous nous sommes connus à Neuilly, c'est que tu me plaisais, que je te trouvais beau. Si, le lendemain, je me suis sauvée avant ton réveil, c'est que j'ai craint qu'il ne pût y avoir de relations possibles entre nous, à cause de nos situations différentes.

— Oui, je l'ai pensé. Tu es riche, tu es bien. Moi, je suis pauvre.

— Mais tu es beau, très beau. Et si tu veux, moi, je peux te trouver une situation.

— Vrai ?

— Oui, mais c'est que ce que j'ai à te proposer serait difficile à faire.

— Dis toujours... D'abord, pour toi, je ferais bien des choses.

— Ce n'est pas moi, je n'ai besoin de personne... Et elle ajoutait en souriant et en lui tendant la main par-dessus la table : J'ai besoin de te voir quelquefois, moi, voilà tout ; mais pour cela je te voudrais plus heureux.

— Qu'est-ce que cette place ?

— Ce n'est pas une place. Des gens que je connais... des étrangers m'ont dit qu'ils voudraient connaître un homme sans scrupule, un homme d'action, ayant besoin et ne reculant pas pour avoir ce qu'il voudrait...

— Avec ce programme-là, on peut aller loin.

— Il est probable qu'il faut le faire aussi.

— Ah !

Il y eut un silence ; elle versa et dit en changeant de ton :

— Mais ne parlons pas de ça... Ce n'est pas le jour... Viens donc ici, André, près de moi ; nous parlerons de tes affaires une autre fois.

André obéit vivement ; il tourna autour de la table et vint s'asseoir près de la Grande Iza ; celle-ci le regardait bien effrontément dans les yeux, et en souriant elle dit :

— Je n'ai pas trop mauvais goût, tout de même... tu es beau.

Houdard écoutait et recevait ça en pleine figure, sans gêne, sans embarras ; c'était vrai, et on le lui avait dit souvent. Ils s'embrassèrent, puis ils causèrent en échangeant toutes les banalités des vulgaires amours ; ils parlaient, et ni l'un ni l'autre ne disait ce qu'il voulait dire... Enfin Iza interrogea André sur sa vie, sur sa jeunesse ; elle lui demanda s'il avait aimé avec passion, s'il avait été jaloux ; elle, elle avait été jalouse, mais cela était passé ; elle avait vu des choses trop terribles, amenées par la jalousie. Et André dit à son tour qu'un jour il avait eu aussi une affaire par jalousie ; ça avait même été la cause du changement de sa vie : il avait tué un homme...

— Tué! exclama Iza sans effroi.

— Tué! c'est-à-dire que nous nous battions, et il est mort des suites... ; mais je n'avais pas l'intention de tuer, je me défendais.

— Et tu as été jugé, condamné?...

— Non, je me suis sauvé, et je n'ai jamais été poursuivi...

— Par le remords? demanda Iza.

André haussa les épaules et éclata de rire.

— Ainsi, toi, tu n'as pas de scrupules?

— Aucun.

— Je suis certaine que, si les gens dont je te parlais te connaissaient, tu ferais leur affaire.

— Écoute, Iza, veux-tu m'obliger? Parle-leur de moi, nous causerons, et si nous ne nous entendons pas, tout sera dit.

— Non, ça ne se peut pas ainsi; il faut qu'ils aient confiance en l'homme que je leur présenterai.

— Enfin, sais-tu ce qu'il y a à faire?

— Tout, fit Iza en le regardant en face.

Il y eut encore un silence, au bout duquel André releva la tête et répondit :

— Eh bien! parle de moi, je serai cet homme-là!

— Beau comme tu l'es, ça doit t'ennuyer de vivre misérable?

— Oh! oui!

— Tu es malheureux?

— Oui, malheureux... méprisé... et plein de désirs... et de haine...

— Moi, je t'aime et je serai la cause que tu vivras heureux... Écoute, tu vas partir ce soir.

— Ce soir? Tu me renvoies?

— Oui... il le faut... Tu reviendras demain... Ce soir même, je vais m'occuper de toi.

— Ah! tu me renvoies... comme ça... fit André, l'air niais.

— Voyons, nous avons le temps de nous voir, puisque tu m'as retrouvée. Ne sois pas bêta; occupons-nous de choses sérieuses. Demain, j'aurai pour toi une bonne réponse, et alors, si tu viens ici, tu m'embarrasseras moins vis-à-vis des domestiques.

Cette brutale franchise d'Iza fit monter le rouge aux joues d'André, qui jeta un coup d'œil sur sa toilette délabrée.

Iza continua :

— Je peux leur dire : l'homme que je vous propose veut gagner de l'argent; payez-le bien, il est capable de tout.

— Oui... qu'ils payent bien.

— De tout?... Tu pourrais avoir encore des accès de jalousie... et tuer celui qui te gênerait?

André releva la tête; cette fois, il pâlit, mais il répondit :

— Oui, je serais jaloux de toi.

— Ne dis pas de bêtises.

Pour troubler tout ce qu'il entendait, André se versait et buvait coup sur coup; il levait son verre pour boire.

Iza appuya sur son bras et lui demanda :

— Où demeures-tu ?

— Boulevard de la Villette, numéro 44.

—En garni ?

— Oui.

— Sous ton nom ?

— Oui, André Houdard.

— Eh bien, si je trouve ton affaire, demain matin tu recevras une lettre, avec ce qu'il faudra pour te transformer... Tu changeras de demeure aussitôt et tu viendras demain soir ici.

— C'est entendu. Et tu veux que je parte maintenant? demanda-t-il, l'œil brillant.

— Il le faut.

Et elle l'entraîna vers le vestibule, n'appelant pas les domestiques, le reconduisant elle-même à la porte; il lui dit :

— Embrassons-nous au moins.

Elle l'embrassa vite et le poussa dehors en disant : A demain! Elle se hâtait de le faire partir, car il buvait beaucoup; elle avait peur qu'il ne se grisât, et les ivrognes épouvantaient la Grande Iza. Seule, elle s'accouda sur la table en grignotant un dessert et disant bas en mangeant :

— Oui, c'est bien l'homme qu'il me faut!

Le lendemain, le maître de garni d'André Houdard n'était pas peu surpris d'entendre le facteur lui demander le numéro de la chambre de son locataire, pour lui remettre une lettre chargée. On juge de la joie d'André lorsqu'il eut signé sa réception sur le livre; dès que le facteur et son propriétaire furent sortis, il brisa les cachets et ouvrit la lettre; il eut un cri de joie en voyant un billet de cinq cents francs. L'envoi était accompagné de ces quelques mots :

« Voilà pour te vêtir convenablement. Viens demain soir... Iza. »

André était comme ivre; il froissait le billet sans pouvoir y croire, il le pressait et regardait au travers lisant: Cinq cents francs!... Le misérable n'avait jamais eu pareille somme entre les mains; enfin, il allait pouvoir réaliser le rêve de sa vie : il allait être bien vêtu, il allait pouvoir lutter avec la société qui ne lui donnait pas la place qu'il voulait.

André Houdard était paresseux, ayant reçu l'éducation restreinte de l'école des frères, bon élève, souple, doux, beau; il avait été placé par eux dans une maison de commerce; ne retrouvant plus dans le magasin les tendresses qu'il avait trouvées chez ses professeurs, il changea du tout au tout; le studieux et aimable élève devint un déplorable commis; chassé de la maison pour faits graves, il alla de côté et d'autre, ne pouvant rester nulle part.

Gagnant peu et affamé de plaisir, il courait les bals et les tripots, escroquant partout; très beau, il était aimé et ne rougissait guère des bénéfices que lui donnaient ses amours. Lorsque la Grande Iza l'avait rencontré, il était fatigué de la vie errante qu'il menait : il était décidé à en finir par un coup où il risquerait tout. Il se savait assez adroit, s'il sortait de la misère, pour n'y jamais retomber. D'abord, il s'était dit : J'attendrai l'occasion. Puis : Je ferai naître une occasion. L'occasion n'était pas venue, et chaque soir, lorsqu'il rentrait pour être tourmenté par celui qu'il appelait « son marchand de sommeil, » lorsqu'il se voyait seul dans la chambre de garni, toujours misérable et pauvrement vêtu, il avait des accès de rage, et, un soir, il se prit à dire : Il faut que je fasse un coup... Il cherchait ce qu'il devait tenter lorsqu'il rencontra la Grande Iza.

Nous savons ce qui s'était passé. Ayant reçu l'argent, il descendit aussitôt, fit de la monnaie, et se rendit dans un des grands magasins de confection où il s'habilla des pieds à la tête, puis il alla louer une chambre dans le Marais. Huit jours après, il était tout à fait transformé.

L'argent qu'il avait reçu de la Grande Iza n'était qu'un acompte; pendant une quinzaine il allait passer ses soirées chez Iza; que lui disait-on? que faisait-il? Toujours il revenait le soir au café de la rue Vieille-du-Temple, les poches pleines, et il se mettait à jouer à une petite table du fond où tous les soirs les négociants du quartier jouaient ce qu'ils appelaient un *jeu d'enfer*. C'est là qu'André Houdard connut Tussaud; celui-ci, le voyant dépenser l'argent facilement, toujours convenablement vêtu, s'était pris d'amitié pour lui : il l'avait emmené plusieurs fois chez lui.

Houdard avait raconté qu'il avait quelques rentes; mais il se trouvait trop jeune pour rester inactif, il cherchait une maison lancée dans laquelle il placerait son argent en trouvant à s'occuper.

Du jour où il eut dit cela à Tussaud, celui-ci ne le quitta plus. La maison Tussaud ne se soutenait que par des prodiges, non que Tussaud fût inintelligent, ne connût pas son métier, mais par une faute assez commune aux vieilles maisons de bronze.

Tussaud avait hérité de la maison de son père; la maison du père était justement citée; en la prenant, on trouvait les modèles, mais peu d'argent en caisse. Or les modèles étaient vieux, rococos; ce qui avait fait les délices de nos pères, faisait éclater de rire les modernes; le père Tussaud avait refusé de suivre le courant du progrès qui a transformé la fabrication du bronze pendant ces quarante dernières années. Or, le fils s'était trouvé à la tête d'une jolie collection de rossignols et la clientèle, qui veut toujours du nouveau, avait déserté la vieille maison, si renommée. Pour rétablir la maison, il fallait de l'argent; avec de l'argent, on ferait du nouveau, et on se relèverait vite. Et pendant quatre ans, Tussaud ne s'occupa que de faire la conquête de son ami; il lui avait proposé une association, celui-ci avait refusé...; mais Tussaud avait trouvé dans André ce qu'il avait vainement cherché, un prêteur, un banquier. Aussi André était-il le commensal de la maison; son couvert était mis à toute heure; il était gai, enjoué; dans les moments difficiles, c'est lui qui venait essuyer généreusement la trace du passage de l'huissier. Et Mme Tussaud le trouvait charmant; il était très galant, très obéissant avec elle... Enfin, c'était grâce à lui que la maison se soutenait.

Mme Tussaud pourtant était très intriguée; tous les deux jours André passait sa soirée en ville ; elle le lui demanda ; il répondit qu'il allait chez une vieille tante presque mourante, de laquelle il devait hériter.

Souvent on plaisantait André à cause de ses amours ; les histoires les plus scandaleuses couraient sur lui : c'était un faune auquel aucune femme ne résistait. Mme Tussaud ne manquait pas de remarquer qu'il était au contraire excessivement convenable. On avait raconté à Mme Tussaud une nouvelle escapade de leur ami, lorsqu'un jour, seule avec lui dans la salle à manger, elle lui dit :

— Ah ! vous en faites de belles dans le quartier ; tous les jours c'est une nouvelle histoire sur vous.

André la regarda et ne répondit pas ; elle continua :

— Écoutez, Houdard, vous devriez être raisonnable, vous êtes à l'âge où vous devriez songer à vous caser. Vous ne devriez pas courir comme ça.

— Que voulez-vous que je fasse ?

— On se marie...

— Je ne peux pas.

— A cause donc ?

— Parce que celle que j'aime est mariée.

— Ah !... c'est ennuyeux ça, dit tout bonnement Adèle. Je comprends, vous courez comme ça après les jeunesses, vous faites des folies pour oublier.

— Oui, pour oublier, pour combattre le désir qui me pousse vers *elle*... pour ne pas mal faire.

— Ah ! quel malheur !... Est-ce que je la connais, moi, celle que vous aimez ?

— Oui, fit-il en fixant ses yeux sur elle avec un regard singulier ; et il ajouta : Si je m'ennuie, si je fais la noce, ainsi que vous dites..., c'est que je souffre... ; c'est parce que je vous vois chaque jour... Je vous aime, et vous êtes la femme de mon meilleur ami.

— Oh !

Et Adèle s'arrêta toute tremblante, devenant rouge du col à la racine des cheveux, n'osant le regarder et ne trouvant pas un mot à dire... Enfin elle balbutia :

— Monsieur Houdard, il ne faut pas avoir de ces pensées-là, il ne faut pas dire ça.

— Je le sais bien ; il faut souffrir...

Et, sans dire un mot de plus, il sortit, la laissant toute bouleversée, toute décontenancée. Jamais, assurément, même le jour où Tussaud l'avait demandée en mariage, elle n'avait éprouvé une pareille émotion. De ce jour, il y eut une certaine gêne dans les relations de Mme Tussaud et d'André. La mère, quand il était là, s'occupait sans cesse de sa fille, de Cécile, alors âgée de treize ans ; c'était un prétexte pour n'avoir pas à lui parler.

Mais, ayant commencé, André ne se tint pas pour battu ; il ne laissait jamais échapper une occasion, et alors il jetait dans les oreilles de la malheureuse femme les déclarations les plus brûlantes. Cela devint si cruel, si outrageant pour elle, qu'elle le menaça enfin de tout dire à son mari.

Mais, à ce moment, il n'y avait pas de jour où l'on ne reçût du papier timbré, et Tussaud était aux petits soins pour André ; lorsqu'Adèle lui avait défendu de

Il la fit tomber sur le grand canapé (PAGE 183).

remettre les pieds chez eux, c'était Tussaud qui le forçait à venir dîner le soir, ignorant ce qui se passait, et la pauvre femme, qui savait que le misérable était la dernière ressource de la maison, se taisait.

Un jour, Tussaud revint harassé de fatigue; il avait été toute la journée chez les hommes d'affaires; il n'y avait plus de ressources, plus d'espoir; si le lendemain, avant midi, il n'avait pas d'argent, sa faillite était déclarée. Il tomba accablé sur une chaise et se mit à pleurer. Sa femme, émue, cherchait vainement à le

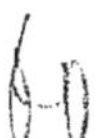

consoler... C'est elle qui lui parla d'Houdard. Tussaud répondit qu'André, depuis quelques jours, était plus réservé avec lui; il semblait vouloir l'abandonner, tremblant déjà pour l'argent qu'il avait avancé...

Et le malheureux fondit en larmes en disant :

— Je suis perdu... C'est fini... Je devrais me tuer; vois-tu, on aurait pitié de vous.

— Ne dis pas cela, s'écria Mme Tussaud affolée, en tombant à genoux.

Après l'avoir consolé, après avoir essuyé ses yeux, il fallut bien envisager la situation telle qu'elle était, c'est-à-dire avec la déclaration de faillite pour le lendemain, si l'on ne trouvait pas les fonds, et, pour trouver cet argent, il n'y avait qu'un homme auquel on pût s'adresser, c'était André. On résolut donc de l'inviter le soir même à dîner et de lui dire la vérité; cela répugnait bien à Adèle, mais on ne pouvait faire autrement; il fallait donc se résigner.

Tussaud se rendit à son café, il rencontra Houdard et l'invita à venir avec lui. Celui-ci refusa net en disant qu'il était trop mal reçu par Mme Tussaud. Cette déclaration bouleversa le brave homme. Comment, c'était sa femme qui était la cause du refroidissement de son ami, et Tussaud se dit aussitôt : « Toutes les femmes sont les mêmes ; parce que ce n'est pas un freluquet qui ne dit pas un mot sans faire un compliment, parce qu'il traite les femmes de ses amis comme des camarades, la coquetterie de la femme se révolte. Quoi! elle est belle, on n'y fait pas attention ; elle est coquette, et on ne lui fait pas un peu la cour. » Il se promit d'en parler sévèrement à Adèle. Et il affirma à Houdard qu'il se trompait absolument à l'égard de Mme Tussaud; car c'était elle, au contraire, qui se plaignait de ce qu'il ne vînt plus dîner. André fit semblant d'y croire et accepta. Quand ils arrivèrent, Tussaud prit sa femme à part; Houdard se douta de ce qui se passait; le mari priait naïvement sa femme d'être plus gracieuse avec son ami, et Adèle restait confondue et ne trouvait pas un mot à répondre lorsqu'il terminait en disant :

— Toi, tu me feras perdre toutes mes relations par ton exécrable caractère et par ta coquetterie... Ah! si André était un petit monsieur qui te fasse du pied sous la table en dînant, qui te dise des bêtises, ça t'amuserait et tu le trouverais charmant; tu n'as pas besoin de me faire de gros yeux; je ne dis pas que tu te conduirais mal, je dis que ça t'amuserait... Quand une femme est dans les affaires, elle doit être aimable, selon l'importance de ses relations..., et tu sais que nous ne pouvons pas nous passer d'André...

Adèle ne répondit pas; elle disposa les chaises autour de la table et dit en souriant :

— Monsieur Houdard, placez-vous là, à côté de moi...

Et ce fut pendant tout le temps que dura le dîner une affectation d'amabilité qui aurait fort embarrassé André s'il n'avait pas su ce qui se passait. Il fallut bien venir à la grosse affaire. Tussaud raconta franchement sa situation, et demanda à André s'il pouvait lui rendre ce dernier service. Houdard jouait avec le bout de son couteau, regardant dans son assiette, écrasant les restes de fruits ; il ne répondait pas, ce qui gênait Tussaud, qui rajoutait sans cesse des lambeaux à sa phrase pour provoquer une réponse.

Les deux époux étaient anxieux, et leurs regards ne quittaient pas André. Cécile, enfant encore, avait pour André une répulsion d'instinct; elle avait quitté la table et était allée aider la bonne à la cuisine... Tussaud répétait :

— C'est un dernier service que je te demande... il me sauvera. Veux-tu? Peux-tu?

André releva lentement la tête et, regardant bien fixement Mme Tussaud, il répondit :

— Cela dépend... Je crois que oui; mais je ne pourrai te dire ça que demain, vers onze heures...

— Mais c'est à midi.

— Cela ne dépend pas de moi.

Adèle était devenue rouge : elle avait baissé la tête; puis, en même temps qu'une sueur froide lui mouillait le front, le rouge de la honte s'effaçait sous une pâleur livide... Elle fit un effort, se leva et alla se mettre à la fenêtre, comme pour laisser les deux hommes parler librement. André l'avait entendue murmurer en se levant :

— Le misérable.

Mais, très calme, il continuait :

— Pour que je ne le fasse pas, il faudra une circonstance indépendante de ma volonté. Ne m'en accuse pas. Moi, je ne demande pas mieux. Cela dépend d'une réponse que j'irai chercher demain matin, et tu me retrouveras chez toi.

— Je te retrouverai...

— Oui, parce que demain, à l'ouverture de l'étude, de huit à neuf heures, tu partiras, tu iras voir ceux qui te poursuivent, et tu diras que tu seras en mesure à midi, qu'on suspende tout.

— Alors tu fais l'affaire...

— Mais, je l'espère! je te le répète, cela ne tient pas absolument à moi... Cependant, j'espère qu'en raison de la situation, je réussirai... Je vais plus loin, si je réussis, je ne m'en tiendrai pas là : je m'arrangerai à te relever tout à fait par une commandite...

— Oh! mon ami, s'écria Tussaud, lui prenant affectueusement la main... Oh! mon ami, tu nous auras sauvés. C'est une bonne action que tu vas faire.

Et le malheureux pleurait, il se retenait pour ne pas lui sauter au cou et l'embrasser...

— Vois-tu, reprit André, il y a quelquefois de sottes raisons de convenance, de morale, qui ne retiennent que les imbéciles, et qui risquent de plonger dans la misère les familles de ceux qui s'en préoccupent.

— Je ne comprends pas, disait Tussaud, le regardant avec ses gros yeux de phoque encore tout mouillés.

— Je fais allusion à celle à laquelle je dois m'adresser... Enfin, n'en parlons plus, je crois que ce sera fait. Madame Tussaud, n'oubliez pas qu'il faut que Tussaud soit parti d'ici vers neuf heures; qu'il puisse voir ses gens avant midi...

Adèle ne répondit pas; elle appuya son mouchoir sur sa bouche pour qu'on n'entendît pas ses sanglots étouffés; et c'est Tussaud qui répondit :

— Sois tranquille, je serai de retour à onze heures.

Lorsqu'on se quitta, André alla serrer la main de Mme Tussaud, et il lui dit en la pressant si singulièrement qu'on eût pu voir le tressaillement qu'elle en éprouva :

— A demain, madame Tussaud.

— Adieu, fit-elle...

— Oui, à demain, reprit Tussaud; si je ne suis pas là, c'est elle qui te recevra... Et, faisant allusion à ce qu'Houdard lui avait dit dans la soirée, il ajouta en riant : Et elle te recevra gentiment, tu ne diras plus qu'elle n'est pas aimable.

Adèle faillit tomber sous cet écrasement; elle s'accrocha à un meuble; André rit franchement; et Tussaud donc, c'est lui qui riait, bruyamment; il se trouvait le plus spirituel des hommes.

Le lendemain, au moment où Tussaud, sortant de chez lui, se rendait à ses affaires suivant l'avis d'André, celui-ci qui, depuis une demi-heure, se promenai dans les environs, le voyant tourner la rue, entra chez lui. Habitué de la maison, il en connaissait les êtres; il passa par la porte de la cuisine, se heurtant à la bonne qui conduisait Cécile à la pension; il entra dans la salle à manger, ne faisant pas sonner le timbre et ne donannt l'éveil ni au contre-maître dans l'atelier, ni à Mme Tussaud occupée à sa toilette dans sa chambre. Sans hésiter, c'est vers ce lieu qu'il se dirigea; la clef était sur la porte, il la tourna, entra et ferma la porte sur lui. Adèle, absolument en négligé du matin, croyant que la servante seule entrait avec ce sans-gêne, se retournait tranquille. Lorsqu'elle le vit, elle recula aussitôt effrayée, exclamant :

— Vous, vous ici... Sortez!

— Adèle, il faut en finir; j'ai l'argent là, voulez-vous?

— Vous êtes un misérable... Sortez! sortez! s'écria-t-elle au comble de la honte et s'enveloppant comme elle le pouvait dans un peignoir, se cachant dans les rideaux du lit.

Nous l'avons dit, Adèle Tussaud était fort belle; elle était surtout admirable dans son demi-nu du matin, et, en la voyant ainsi, la nature de faune du misérable s'enflamma, ses yeux brillèrent, ses lèvres tremblèrent...

— Sortir, jamais! tu es trop belle et tu seras sauvée malgré toi... Et il s'élança vers elle...

Adèle jeta un cri :

— Au secours! à moi!

Mais André s'était précipité, il l'étreignait dans ses bras robustes, ses lèvres arrêtaient ses cris sur sa bouche; elle râlait...

— Laissez-moi... bandit... lâche... vous m'assassinez!

Et elle appelait au secours, mais le tactac régulier des marteaux des ciseleurs couvrait ses cris...

Quand Tussaud revint, André l'attendait dans la salle à manger.

— Eh bien? demanda-t-il.

— Je t'apporte l'argent.

— Oh ! mais, s'écria-t-il, se jetant dans ses bras et l'embrassant, tu me sauves l'honneur.

André avait rougi sous le baiser ; il restait bête, embarrassé ; il ne sut plus quelle contenance tenir, surtout lorsque Tussaud se précipitant vers la chambre de sa femme descendit en la traînant, disant :

— Regarde donc, André, elle pleure... pauvre ange ! mais nous sommes sauvés, grâce à lui. Ne pleure plus, Adèle, embrasse-le, c'est lui qui nous rend l'honneur...

André était comme un homme ivre : il trébuchait en marchant vers sa victime. Celle-ci, en sentant les lèvres sur son front, jeta un petit cri ; il lui sembla qu'on l'avait brûlée.

Adèle depuis ce jour avait dû subir André, plus libre de l'aveuglement de son mari. Mais la nature odieuse du misérable n'était pas satisfaite. Sans connaître la maxime de La Rochefoucauld : « Quand l'amour cesse de craindre, il cesse d'exister, » il en était l'image ; les relations devenues faciles n'avaient plus d'attrait pour lui. Il s'occupait à peine de Mme Tussaud, lorsque tout à coup l'on surprit les amours enfantines de Maurice, l'apprenti de la maison, et de Cécile — qui venait d'atteindre ses quinze ans — amour pur, sacré, qui ne vivait que d'avenir ; les pauvres petits se promettaient d'être l'un à l'autre, quand ils auraient atteint leur majorité, c'est-à-dire un an après pour Maurice.

Si le misérable n'avait pas été là, les parents auraient volontiers souscrit à ces fiançailles. Adèle Tussaud approuvait ; mais André, qui n'avait considéré Cécile jusqu'alors que comme une enfant, la regarda et s'aperçut qu'elle était devenue femme. Tous les vices du libertin se ravivèrent à la pensée de la possession de cette candeur virginale ; puis, il faut bien aller jusqu'au bout, la répulsion de la mère augmentait son désir.

André ne parla pas à la mère, il ne parla pas à la fille : il fit chasser l'apprenti en invoquant la morale, et, cela fait, chaque soir, en causant avec Tussaud, il lui parla de son désir de changer son existence, du besoin qu'il avait de se créer un ménage, une maison, et ce fut un jour Tussaud, croyant avoir trouvé ce beau plan, qui lui proposa :

— André, si tu épousais ma fille, tu deviendrais mon associé...

— C'est une idée, cela ; mais elle est bien jeune.

— Tu ne vas pas te plaindre que la mariée est trop belle? Elle est jeune, c'est vrai ; mais elle n'est pas jeune de caractère ; c'est une femme posée, raisonnable.

André, qui faisait quelques difficultés, sembla se laisser convaincre. Le soir même, Tussaud en parlait à sa femme ; on juge de quelle façon Adèle accueillit la proposition ; elle croyait que l'idée venait seulement de Tussaud, et elle était assurée de l'en faire revenir ; mais lorsque celui-ci lui dit qu'il en avait parlé à André, que ce dernier acceptait, elle fut atterrée. Non, elle ne pouvait en croire ses oreilles : c'était impossible. Mais c'était pis que l'adultère, ça, c'était l'inceste. Plutôt toutes les hontes que celle-là. C'en était trop, et elle fut un instant sur le point de se jeter aux genoux de son mari et de lui avouer tout. Elle se perdait, elle ;

mais elle sauvait son enfant. Hélas! la maison Tussaud était retombée dans l'état qui avait été la cause de sa faute. André n'avait versé que de quoi éviter la faillite; il n'avait rien liquidé, et les atermoiements duraient presque depuis trois ans; c'était de nouveau la dégringolade: la maison, depuis la première catastrophe évitée, avait perdu une chose : l'estime de tous. On savait, et on accusait le mari d'accepter le ménage à trois. C'était couvrir d'écailles infamantes le bon et loyal aveugle Tussaud, qui assurément serait mort et aurait tué les siens s'il avait su le premier mot de l'infâme comédie qui se jouait chez lui.

Nos lecteurs savent ce qui suivit; malgré tout, Houdard avait épousé Cécile. Nous avons vu l'intérieur du ménage, aucun changement ne s'était produit. Cécile voyait son mari quelquefois au repas du matin. Le soir, il partait et ne revenait que très tard dans la nuit; mais il lui importait peu de savoir où son mari passait ses soirées.

Houdard allait souvent chez Iza; là, il n'était plus le même homme; ce n'était plus le galant enflammé, plein d'audace; c'était au contraire un timide. Le temps des amours était passé; il n'était plus l'amant, il était l'ami de la Grande Iza; celle-ci ne se gênait pas plus devant lui que devant ses servantes, pendant qu'elle faisait sa toilette; lorsque, debout, nue, dans son *tob* d'argent, semblable à la Phryné de Gérome, abandonnée aux soins de ses femmes qui la parfumaient, elle voulait parler à André, elle le faisait entrer dans le cabinet de toilette; il s'étendait sur le canapé et fumait des cigarettes en causant. L'amour pour Iza était mort, tout à fait mort, et c'est elle au contraire qui lui parlait de ses maîtresses. Un des thèmes favoris d'Iza, c'était sa jeune femme qu'elle aurait voulu connaître.

Un soir, André sortait de chez Iza, le cerveau brûlé par les conversations qu'il avait eues avec elle, toujours sur sa femme. Il pensait à la situation ridicule qui lui était faite chez lui; à la fin, cela n'était pas tenable. Au fond, il s'était familiarisé avec l'idée que sa femme avait appartenu à un autre. C'était avant son mariage, elle était libre, et il arrivait à ce faux raisonnement de se dire : « Elle ne m'a pas trompé : c'est moi qui me suis trompé. »

L'état de Cécile, loin de le repousser, au contraire, l'enflammait davantage; la frêle jeune fille était devenue plus forte, elle inspirait des appétits charnels à cette nature avide de plaisirs grossiers.

Au reste, Cécile était très belle, et sa situation était peu visible.

Un soir, disions-nous, André rentrait chez lui; Cécile, qui se savait toujours seule à cette heure, était dans le salon communiquant à sa chambre; elle s'était mise à l'aise, c'est-à-dire qu'elle était simplement vêtue d'un léger peignoir; encore, se sachant seule et n'ayant pas à se gêner, était-il à peine agrafé. En entendant la porte s'ouvrir, elle releva la tête et, voyant André, elle jeta un petit cri et, fermant pudiquement son peignoir, elle se leva vite, se dirigeant vers sa chambre. André la retint et lui dit fort doucement :

— Ne te sauve pas, j'ai à te parler.

— Je ne me sauve pas, je vais revenir...

— Non pas, reste...

Elle obéit, agrafant vivement son peignoir, et se drapant pudiquement, elle demanda :

— Que me voulez-vous ?

— Assieds-toi, je te prie.

— Elle s'assit, et le regarda, l'observant ; il lui dit :

— Ma chère Cécile, je tiens à avoir avec toi un entretien sérieux.

— Je vous écoute...

— Je te prie de le faire sans m'interrompre... Voilà quelques mois que nous sommes mariés, je ne t'ai pas tourmentée. Sur les terribles choses que tu m'as révélées, je me suis tenu dans la plus grande réserve... Cependant, ce n'est pas pour un jour qu'on se marie, c'est pour la vie, et il faut que nous causions à ce sujet. Le passé est le passé; tu n'étais pas mariée, tu as eu un amant, tu étais libre... bientôt tu seras mère ; cette paternité, à laquelle je ne puis échapper, je l'accepte sans récrimination. Je me dis, ce n'est pas une jeunefille que j'ai épousée, c'est une veuve... Tout est donc pour le mieux ! Maintenant, ceci entendu, nous n'allons pas passer notre vie à faire ménage à part ?

— C'est là ce que vous aviez à me dire ?

— Oui, fit-il, surpris du ton de la jeune femme ; je crois être conciliant.

— Vous vous trompez... Nous resterons ainsi ; pour moi, sachez-le, je ne suis pas mariée avec vous ; je suis condamnée à vivre près de vous, c'est vrai ; mais je ne serai pas votre épouse... Vous avez voulu prendre une place occupée ; cette place reste toujours à qui je l'avais donnée... Ce n'est pas pour moi que vous acceptez la situation : vous y êtes contraint par la force des choses... Si vous révéliez ce qui se passe ici, vous seriez ridicule.

Le front d'André s'était plissé ; ses lèvres s'étaient contractées, et il répondit sèchement :

— Oui, je suis ridicule... Aussi suis-je décidé, coûte que coûte, à ne plus l'être.

— Que voulez-vous dire ?

— Je veux dire que tu es ma femme et que, bon gré mal gré...

— Vous êtes fou ! dit Cécile en courant vers sa chambre.

Mais, plus rapide qu'elle, il lui barra le passage et du pied il ferma la porte.

— Quoi, misérable ! vous allez recommencer la scène de l'autre fois ?

— Oui, tu aurais voulu prendre ton revolver; allons, allons, finissons cette comédie : madame Houdard, il est l'heure de se coucher ; vous coucherez avec votre mari.

— Je me tuerais plutôt.

Et, en disant ces mots, elle cherchait à se dégager de l'étreinte d'André qui venait de la saisir et qui la traînait vers le canapé. Cécile était jeune et vigoureuse ; elle se débattait et ses doigts serraient la gorge de son mari ; celui-ci, une seconde suffoqué, arracha le bras qui l'étranglait et déchira le peignoir qui couvrait la jeune femme. La honte, la rage donnèrent à la malheureuse Cécile une force nouvelle; elle parvint à lui échapper; mais il courut sur elle, la prit brutalement, sans ménagement; lui passant un croche-pied, il la fit tomber sur le grand canapé ; à peine couverte de ses vêtements déchirés, les cheveux épars, folle, égarée, se sentant vaincue, Cécile râlait :

— Vous me faites mal... A moi, au secours !

On frappa violemment à la porte; la jeune femme repoussa le misérable d'un suprême effort; celui-ci n'entendait rien, il disait :

— Tu céderas, madame Houdard !

Tout à coup il lâcha Cécile en se redressant vivement, et il devint livide ; il venait d'entendre :

— Au nom de la loi, ouvrez !

Ces quelques mots avaient immédiatement éteint l'ardeur d'André. Son visage, tout brillant de luxure, s'était tout à coup transformé ; il restait inerte, effrayé devant sa victime. Cécile, délivrée, s'était accroupie dans l'angle du canapé, se faisant petite, cherchant à se couvrir de ses bras, car, nous l'avons dit, dans la lutte, son mari avait arraché, en les déchirant de dessus son corps, et le peignoir et la chemise qui la couvraient.

Au dehors, les agents avaient frappé à la porte. André n'avait pas entendu ; on n'ouvrait pas, et les agents, entendant les meubles tomber dans la lutte que Cécile soutenait contre son mari, crurent que celui qu'ils cherchaient se barricadait. C'est alors que, frappant plus vigoureusement, l'on cria : « Au nom de la loi, ouvrez. »

La domestique avait entendu alors, et elle était accourue, effrayée; avait ouvert ; les agents avaient fait irruption dans la chambre sombre, et, croyant qu'on voulait leur échapper, repoussant la servante, guidés par la lumière qui jaillissait des interstices de la porte du salon, ils ouvrirent cette porte. On juge de leur stupéfaction en voyant une femme presque nue se réfugier épouvantée sous les tentures de la fenêtre. L'agent Huret, regardant autour de lui, fronça les sourcils ; sur le tapis, on voyait les vêtements déchirés de la jeune femme ; partout les meubles renversés comme par une lutte, et à une main d'André, pris dans le chaton d'une bague, quelques cheveux bruns, et cette femme jeune, effrayée par leur présence, et qui cependant les regardait cachée derrière les grands rideaux et semblait délivrée par eux.

L'agent Huret se dit qu'il se passait là quelque chose d'extraordinaire, et il se réserva d'instruire à ce sujet ; se dirigeant vers Houdard, il dit :

— André Houdard ?

— C'est moi ! balbutia André.

— Au nom de la loi, je vous arrête, dit Huret en lui mettant la main sur l'épaule et le poussant vers les agents.

Il montra Cécile et demanda :

— Quelle est cette femme ?

Aussitôt, revenant à la situation, André se redressa et dit :

— C'est ma femme ! monsieur. Votre devoir est de m'arrêter et vous n'avez pas à vous occuper de ce qui se passe ici. Il est déjà assez inconvenant que vous soyez entré ainsi. Sortez, je vous suis.

— Vous pouviez nous dispenser d'entrer si brusquement en nous ouvrant

— Je viens pour coucher (PAGE 187).

lorsque nous avons frappé, fit Huret haussant les épaules ; mais, se rendant cependant à la vérité de la plainte et obéissant, il dit :

— Sortons !

Et, poussant André, entraîné par les agents, il se retourna avant de sortir et dit :

— Excusez-nous, madame.

Il sortit : la porte se referma. Cécile se vêtit aussitôt en toute hâte et revint dans le salon; elle se penchait sur la porte, cherchant à comprendre le colloque de son mari avec les agents. Elle ne put rien entendre, excepté lorsque la porte de l'escalier s'ouvrit : la voix de l'agent disait :

— Si vous voulez faire vos adieux à votre femme.

— C'est inutile, répondit André, qui ajouta, sans doute parce que sa réponse étonnait : « L'erreur dont je suis victime sera assez vite reconnue pour que mon absence soit inaperçue ici. »

Puis la porte se ferma.

La servante vint alors, le visage bouleversé, pour demander à Cécile si elle avait besoin d'elle, mais surtout espérant que sa maîtresse allait lui parler de l'arrestation.

Cécile lui répondit avec calme qu'elle pouvait se coucher, et la servante se retira.

Seule, alors, la jeune femme se laissa tomber dans un fauteuil; elle était épuisée, rompue; la scène odieuse, la tentative à laquelle elle venait miraculeusement d'échapper, se placèrent devant ses yeux; ses regards voyaient autour d'elle les meubles renversés, les vêtements déchirés; quelle force avait-elle eue pour résister? L'amour vivant encore pour Maurice... Mais elle était protégée, mais Dieu l'aidait dans sa lutte contre cet homme; car, c'est à l'instant suprême, lorsque vaincue elle était en son pouvoir, presque défaillante sur le canapé, qu'elle allait devenir la proie du misérable, que le satyre s'était reculé, épouvanté des mots qu'il venait d'entendre... « Au nom de la loi!... » Elle avait été sauvée, elle était restée digne de Maurice... Dieu lui avait épargné cette honte, cette souillure... Elle était tout entière à la pensée du péril auquel elle avait échappé. Pas une seconde l'idée que son mari, celui dont elle portait le nom, venait d'être arrêté, ne la tourmenta; on était venu l'arracher, au milieu de son attentat, de dessus sa victime; on l'arrêtait, on l'emmenait, et Cécile ne cherchait pas plus loin. Elle ne se demandait pas, à cette heure, quel pouvait être le motif de son arrestation; elle était délivrée du misérable, et, malgré son étourdissement, elle se trouvait libre, heureuse.

Un instant, elle se dit qu'André pouvait reparaître; il avait dit en partant que son absence serait si courte qu'elle serait inaperçue. Il pouvait donc revenir, il espérait donc être là bientôt. Jusqu'alors, la jeune femme avait lutté; si, ce jour encore, elle avait échappé, c'était grâce à une circonstance providentielle; elle avait pu voir qu'il était décidé à tout, il le lui avait dit, pour finir une situation qu'il ne voulait pas accepter. Une nouvelle tentative pouvait réussir; de plus, maintenant qu'elle l'avait vu à l'œuvre, brutal, grossier, elle avait peur; et elle résolut, l'occasion se présentant, de la saisir pour briser...

Il n'y avait pas à reculer devant le scandale, tout venait de lui; au contraire, elle serait plainte et estimée; elle sonna la servante : celle-ci vint à moitié déshabillée, elle lui dit :

— Juliette, rhabillez-vous, ma fille; je ne sais ce qui se passe, mais j'ai peur; vous allez faire un paquet de linge, vous viendrez chercher le reste demain. Nous allons aller chez mes parents.

— Oh ! madame a bien raison ; moi, je n'oserai pas me coucher... Si vous aviez vu comme les gens de la police traitaient monsieur ! Il faut qu'il ait fait quelque chose.

Cécile ne répondit pas ; elle aida sa bonne et, fiévreuse, elle la fit se hâter ; puis, se couvrant d'un manteau et suivie de Juliette, elle quitta la maison. Elles arrivèrent bientôt chez Tussaud. Celui-ci, éveillé en sursaut par les coups que la bonne frappait sur les volets, se mit à la fenêtre pour demander ce qu'il y avait :

— C'est moi, père, ouvre-moi, répondit Cécile.

— Toi... Je descends.

Et Tussaud cherchait dans l'obscurité ses pantoufles. Adèle, éveillée et inquiète en reconnaissant la voix de sa fille, dit :

— Oh ! mon Dieu, qu'est-ce qu'il y a ?

— Ce qu'il y a, dit Tussaud en allumant une bougie, ce qu'il y a, je m'en doute, va. Elle doit s'être sauvée de chez son mari, et elle croit que je vais la soutenir... Je vais la remuer, tu vas voir.

— Ce n'est peut-être pas ça.

Et, redoutant une catastrophe, Mme Tussaud s'était levée, avait passé sa robe de chambre et descendait avec son mari.

La porte ouverte, Cécile entrée dans la salle à manger, Tussaud lui demanda d'un ton sévère :

— Ah çà ! comment se fait-il que tu viennes ici à cette heure ?

— Je viens pour coucher.

— Comment ça... ? qu'est-ce qu'il y a ?

Et Tussaud avançait ses grosses lèvres, fronçait les sourcils et faisait de grands yeux. Cécile dit avec calme :

— On vient de venir arrêter mon mari.

— Ah ! mon Dieu ! qu'est-ce que tu me dis là ?

Et les deux bras de Tussaud retombèrent le long de son corps, et sa physionomie changea du tout au tout. Adèle eut comme un choc : elle eut peur pour sa fille ; car elle savait Houdard capable de tout.

— Et pourquoi ?

— Est-ce que je sais, moi... ?

Et comme Cécile, d'un mouvement naturel levait la main pour replacer ses bandeaux, Adèle, lui montrant sur son bras une marque noire, lui dit :

— Qu'est-ce que tu t'es fait ?

— C'est un souvenir de mon mari, répondit-elle avec un sourire plein d'amertume.

— Il te bat ? firent les parents effrayés.

— Il a commencé ce soir.

— Et c'est toi qui l'as fait arrêter ? exclama Tussaud.

— Non, non... Laissez-moi, ce soir ; je vais me coucher dans ma chambre. Demain nous causerons.

Et comme sa pâleur, son tremblement attestaient qu'elle avait besoin de repos, ils la conduisirent à sa chambre, ajournant au lendemain les explications.

Seule, dans sa chambre de jeune fille, Cécile tomba à genoux, et souriant et pleurant au milieu de tous ses souvenirs d'enfant, elle dit :

— Oh ! mon Dieu, vous ne m'abandonnerez pas..., j'ai tant souffert !

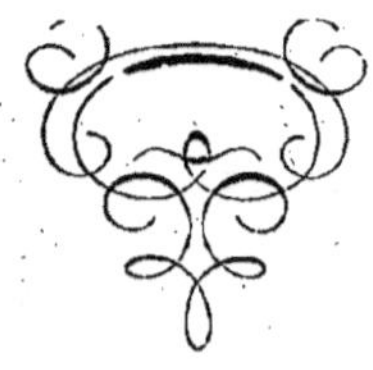

TROISIÈME PARTIE

IZA LA RUINE

I

LA MAISON TUSSAUD ET Cie.

Tussaud, tourmenté par ce qu'il venait d'apprendre, et attribuant à sa fille ce qui s'était passé chez elle, avait regagné sa chambre en grommelant, se promettant bien d'aller au point du jour aux renseignements ; car, ou il y avait là erreur, ou bien, à la suite d'une scène, les cris de Cécile avaient pu attirer des agents ; ce dernier cas cependant lui semblait bien improbable. Sa femme le désespérait ; car, au lieu des consolations qu'il recherchait, il n'obtenait d'elle que plaintes et récriminations sur André et sur lui, qui avait voulu ce mariage. Couché, Tussaud se tordait dans son lit, cherchant vainement le sommeil. André ne pouvait qu'être une victime ; lui, si bon, si loyal, si riche, de quoi pouvait-on l'accuser ? et il cherchait sans rien trouver qui pût s'appliquer à la nature de son gendre. Tout à coup, il se dressa dans son lit et exclama :

— Ah ! mon Dieu !

— Eh ! qu'as-tu donc ? fit Mme Tussaud effrayée.

— Je parie qu'il y a de la politique là-dessous. J'ai lu dans mon journal qu'on faisait des arrestations.

Si banale que soit la phrase exclamée par Tussaud, elle est typique pour l'époque. L'Empire avait fait entrer dans nos mœurs l'accusation politique, et lorsque l'on était quelque temps sans voir paraître un ami, sous cet étrange gouvernement, la première explication qui venait aux lèvres était : « Il est arrêté. »

On lisait dans les journaux le matin, entre deux faits, cette phrase, qu'on aurait pu faire clicher, tant elle servait souvent :

« Hier matin, quelques arrestations ont été faites dans le douzième arrondissement. La police aurait à cette heure, entre les mains, les principaux auteurs d'un vaste complot contre la sûreté de l'État. »

Ou encore :

« De nombreuses arrestations ont été faites hier, dans différents quartiers de Paris. Les inculpés sont membres de l'Internationale. »

Tout individu qui, en causant, touchait à la question sociale était naturellement de l'Internationale. Aussi, la pensée qui venait de jaillir du cerveau de Claude Tussaud était-elle toute naturelle; cependant Mme Tussaud se contenta de hausser les épaules, en disant :

— Je le souhaiterais, pour nous et pour lui.

Il faisait petit jour lorsque Tussaud, sortant de chez lui, se rendait au domicile de son gendre pour se renseigner sur ce qui s'était passé la veille au soir. A peine était-il parti de la chambre qu'Adèle se levait à son tour et allait trouver sa fille dans sa chambre. Cécile avait passé, on s'en doute, une mauvaise nuit; elle était toute meurtrie par la lutte qu'elle avait soutenue la veille, et à cette heure elle ressentait vivement sa fatigue; de plus, elle était fiévreuse, agitée. Nous l'avons dit, Cécile adorait sa mère; elle lui raconta tout ce qui s'était passé. Toutes deux cherchèrent vainement la cause de l'arrestation d'André; ce fut Adèle qui, connaissant la nature vicieuse du misérable, dit que ce devait être le résultat de quelque tentative faite sur une femme ou une jeune fille. Cela pouvait être, la vie d'André se passant entièrement en dehors de chez lui.

— Que ce soit cela ou autre chose, conclut Cécile, je suis débarrassée de lui.

— Si ce n'est rien, il sortira bientôt.

— Cela m'importe peu; car, quoi que dise mon père, je suis décidée à rompre, je suis lasse de cette vie.

— Oh! mon Dieu, quel scandale!

— Quand tu sais ce qui se passe, quand tu connais le misérable, toi, mère, tu me donnerais le conseil de ne pas le quitter pour éviter le scandale; mais c'est la mort lente que la vie avec cet homme. Il a commencé à me frapper et n'arrêtera plus... Je n'ai, devant le tribunal, qu'une chose à invoquer : sévices graves. J'en porte la trace sur moi, et je suis certaine qu'il n'en dira pas la cause; de plus, il y a incompatibilité d'humeur.

— Ton père ne voudra jamais.

— Lorsqu'il s'est agi de sauver mon père, je l'ai fait: il y allait de sa vie, de son avenir. J'ai obéi; aujourd'hui, rien ne peut détruire la situation financière que mon mariage a créée; la séparation que je veux obtenir ne changera rien, j'ai mes droits, et de plus ceux de l'enfant que je vais avoir.

— Tout cela m'effraye; ce sont bien des affaires.

— Point du tout; j'ai malheureusement passé par de plus terribles situations. Mon mari est en prison, et mon intention, bien entendu, est de me mettre à l'abri.

— Tu consulteras ton père.

Cécile secoua légèrement la tête et dit avec un triste sourire :

— Pauvre père, je n'ai pas de conseil à lui demander : il faut que je l'oblige à accepter ce que je veux faire.

Entendant du bruit dans le magasin, Mme Tussaud descendit; son mari venait de rentrer. Il était furieux; il n'avait rien appris; au contraire, c'est lui — et il le regrettait — qui avait dit au concierge l'arrestation de son gendre. Le concierge n'avait rien vu. M. Houdard ayant l'habitude de sortir et de rentrer assez tard dans la nuit, il ne s'était pas préoccupé de ça; il se rappelait bien que la veille un homme, accompagné de deux autres, lui avait demandé à quel étage demeurait M. André Houdard, mais il avait cru que c'étaient des amis qui venaient lui rendre une visite, et il ne s'en était pas plus préoccupé; au reste, la chose s'était faite sans bruit, car personne dans la maison ne le savait.

— J'en reviens à ce que je t'ai dit, conclut Tussaud : il doit y avoir de la politique là-dessous.

Ce mot exaspérait Mme Tussaud, et alors elle raconta à Claude qu'elle avait interrogé sa fille : celle-ci avait avoué avoir journellement des scènes avec son mari; que celui-ci la battait, et que, la veille, c'est justement cette arrestation qui l'avait sauvée; qu'au reste, les agents l'avaient vue et qu'ils en témoigneraient; et Claude pouvait s'en assurer quand sa fille serait levée, elle avait les membres meurtris.

Cette fois, Tussaud en resta stupéfait; Houdard, son ami, si doux, si gai, battait sa femme, oh! mais cela était impossible, et cependant il fallait se rendre à l'évidence. Tussaud aimait bien sa fille, son unique enfant, et cette idée qu'elle était malheureuse en ménage le navrait; il devait y avoir dans tout cela quelque chose qu'il ignorait; il dit à Adèle qu'il questionnerait sa fille et que, selon ce qu'il constaterait, il agirait...

— Après tout, conclut-il, avec la large ingratitude du parvenu, je n'ai pas besoin de lui, ses fonds sont dans sa maison, il en touche grandement l'intérêt, et puis c'est le bien de ma fille aussi bien que le sien, plus que le sien, puisque Cécile est enceinte, et elle doit penser à son enfant.

Le voir ainsi plut à Mme Tussaud; c'est qu'aussi il y avait pour le fabricant de bronze une chose qui le révoltait, lui le père qui avait élevé son enfant avec amour, qui jamais ne lui avait donné une pichenette; il la mariait à un ami, et aussitôt le misérable abusait de cette autorité pour frapper. Si coupable qu'elle fût, on ne devait pas battre sa fille. Est-ce qu'un homme bat des femmes? Qu'est-ce que ces hommes-là?

Et Tussaud s'enflammait, s'enflammait à ce point, qu'Adèle crut voir qu'il serait satisfait de se fâcher avec son gendre; — disons au fond que c'était vrai : maintenant que la maison marchait, cela l'ennuyait de voir Houdard s'attribuer ce relèvement. Et pendant que sa femme courait raconter à sa fille ce qu'il venait de lui dire en apprenant qu'André avait levé la main sur elle, Tussaud, assis devant son bureau, la tête dans ses mains, pensait :

— Au fond, qu'est-ce qu'Houdard? Un viveur, qui n'entend rien aux affaires, qui sans moi aurait mangé le peu qu'il avait et que je fais valoir... et, Dieu merci! ça lui rapporte; il faut que je sois naïf comme je le suis pour avoir consenti à lui laisser une telle part des bénéfices; il gagne autant que moi, et il ne fait rien... Il est vrai que c'est mon gendre et que j'ai fait ça pour ma fille... Mais, du moment où il ne se conduit pas dans son ménage comme il le doit, je n'ai pas de scrupule à avoir... Je suis certain que la scène sera arrivée parce qu'il délaisse sa femme, douce, une femme de mon sang, et dix-sept ans... avec un gaillard qui a passé les quarante-cinq... et qui fait la vie au dehors... qui est un... Je parie que c'est arrivé à cause d'une scène de jalousie... Cette enfant, elle a raison, et il la bat pour ça. Ah! mais non! Ah! mais non! C'est qu'au fond je conseillerais très bien à ma fille, dans son intérêt et dans celui de son enfant, de plaider... Il faudra voir... Je lui servirai les intérêts de son argent...

La bonne venait d'apporter le journal. Aussitôt l'idée d'Houdard lui revint; on était peut-être dans une série d'arrestations pour la sûreté de l'État. Il déplia son journal et courut à la place où cela se trouvait habituellement; il lut et exclama :

— Ah! en voilà une bonne!...

Et il courut vers la salle à manger, où se trouvaient sa femme et sa fille; celle-ci semblait malade, mais Tussaud ne le vit pas et il s'écria tout bouleversé.

— Eh bien, en voilà une forte!

— Qu'y a-t-il? demanda Cécile inquiète.

— Lis donc ça! fit Tussaud en lui donnant le journal et en lui désignant la place de l'article.

Cécile prit vivement le journal et lut.

A mesure qu'elle lisait, elle devenait livide; puis le journal lui glissa des doigts; elle jeta un cri, et sa mère effrayée se précipita vers elle et la soutint; ses yeux se fermèrent, sa tête retomba inerte sur l'épaule d'Adèle, et elle perdit connaissance.

— Ah! mon Dieu! mon Dieu! gémissait Tussaud c'est moi qui suis cause de ça...

Voici ce que la jeune fille venait de lire :

« A la dernière heure, nous apprenons qu'une importante arrestation a été opérée dans le quartier du Marais : on aurait enfin trouvé un des complices de la mystérieuse affaire de la rue de Lacuée.

» Nos lecteurs n'ont pas oublié cette affaire, dont le principal inculpé est, depuis quelque temps déjà, entre les mains de la police. C'est un nommé Maurice Ferrand, ouvrier en bronze. D'abord il aurait fait d'importants aveux; puis il se serait tout à coup retranché dans un système absolu de négation. L'instruction de l'affaire de la malheureuse Léa Médan a été très habilement menée par M. le juge d'instruction Oscar de Verchemont.

» Lorsque l'on a appris dans le monde galant que cette affaire allait être mise au rôle des prochaines assises, un nombre incalculable de demandes a été adressé à M. le président Mathieu des Taillis pour obtenir des places. Les billets seront aussi recherchés que pour une première à sensation. Nos lecteurs se souviennent sans doute de l'étrangeté du crime; puis la victime, — une des beautés les plus renommées du highlife, — se trouvait dans un état de nudité qui promet à ces petites dames de curieuses révélations devant le tribunal.

» L'accusé est très jeune, il a vingt ans; c'est un de ces jeunes beaux qui font les délices des habituées de bals publics : son cynisme dépasserait tout ce qu'on peut imaginer; après avoir reconnu avoir lui-même acheté le vin, avoir préparé le poison, il nie s'en être servi contre d'autre que lui-même, et, lorsqu'on veut le confondre, il hausse les épaules en répétant : « Je vous demande une preuve. » Naturellement, il affirme ne pas avoir connu la victime.

En arrivant, elle se jeta dans les bras de son amie (PAGE 200).

» Nous tiendrons nos lecteurs au courant de cette étrange affaire, assurément une des causes les plus curieuses de ces dernières années. »

On le pense bien, ce ne sont pas les premières lignes de ce fait divers qui avaient bouleversé la jeune femme. Son mari pouvait être un voleur, un escroc, un assassin, elle n'aurait jamais pour lui plus de mépris qu'elle n'en avait; cela n'était pas possible. Peu lui importait ce qui arrivait à celui duquel elle avait pris le nom pour pouvoir mieux se venger de lui.

Ce qui avait douloureusement frappé la pauvre Cécile, c'était l'arrestation de Maurice Ferrand, c'était l'épouvantable accusation portée contre lui. Non, cela n'était pas possible; il y avait là quelque monstrueuse machination ou quelque déplorable erreur, et puis, ce nom de la rue de Lacuée, où avait eu lieu le crime, ce vin acheté et empoisonné, tout cela l'avait d'abord effrayée; n'était-ce pas à la suite de leur tentative de suicide qu'une faute avait été commise?

Tout cela l'avait frappée violemment; elle avait voulu parler, sa voix s'était éteinte dans sa gorge; elle s'était sentie défaillir; ses yeux s'étaient fermés malgré elle, et la pauvre petite, épuisée, fatiguée par ce qui s'était passé la veille, était tombée dans les bras de sa mère véritablement effrayée. On l'assit sur un fauteuil, et chacun s'empressa autour d'elle. Adèle, à ses genoux, lui parlait en frappant dans ses mains, pendant que les bonnes lui faisaient respirer des sels.

— Cécile, ma belle mignonne, Cécile, tu ne m'entends pas... Nous serons la cause de la mort de cette enfant-là; nous l'avons condamnée en la mariant à ce misérable.

— Mais non, c'est ma faute, elle pense toujours à Maurice; moi, j'oubliais ça et je lui donne un journal où l'on raconte qu'il est arrêté. C'est juste le contraire de ce que je croyais qui arrive.

— Tu es sans pitié! ma pauvre Cécile, mon enfant... Ah! elle revient... Je suis là, Zizille, je suis là, ma chérie! Et Adèle lui souriait sous ses larmes.

— Ainsi, achevait Tussaud à mi-voix, je voulais lui dire : Tu vois que nous avons bien fait d'empêcher ce mariage, ce garçon-là devait mal tourner et je...

C'est Mme Tussaud qui lui coupa la parole. Cécile reprenait connaissance, elle écoutait ce que disait son père, et son beau front se plissait. Tussaud vit ce qui se passait, il se tut aussitôt, balbutiant :

— Ma belle Zizille, voyons, il ne faut pas croire tout ce que disent les journaux.

Cécile ne répondit pas, elle rendait à sa mère les baisers consolateurs qu'elle lui donnait, puis vainement elle voulut lutter contre sa peur, sa douleur; elle éclata en sanglots.

— Mais, Cécile, voyons, je ne veux pas que tu pleures comme ça à cause de moi.

— Laisse-la, dit Mme Tussaud : pleurer lui fait du bien.

Au bout de quelques instants, la jeune femme dit à Adèle :

— Mère je suis bien souffrante, aide-moi à gagner ma chambre. Ne sois pas inquiet, père, j'ai besoin de repos.

— Va, Zizille, et tu sais, n'en veux pas à ton père s'il t'a fait de la peine; je vais me rattraper, je vais courir pour savoir le motif de l'arrestation de ton mari, et si c'est aussi grave que ce que nous avons lu, nous causerons.

Cécile essaya un sourire, et, appuyée sur le bras de sa mère, elle regagna sa chambre. Lorsque la jeune femme fut couchée, les bonnes se retirèrent. Alors Adèle, empressée près de son enfant, souffrant doublement de la voir ainsi, car elle s'accusait d'en être la cause, lui demanda :

— Ma chère Cécile, vas-tu mieux maintenant?

— Oui, mère.

— Désires-tu quelque chose?

— Oui, fit Cécile, dirigeant vers elle un regard embarrassé et suppliant.

— Quoi donc?

Alors à voix basse, elle dit à sa mère :

— Je souffre trop : il faut, mère, que tu envoies chercher Amélie, j'ai besoin de parler de Maurice.

Cet aveu étonna bien Mme Tussaud; n'était-ce pas bien imprudent, le matin même du jour où elle quittait le domicile conjugal, de voir la sœur de celui qui avait été son fiancé, de celui que son mari savait avoir été son amant? Mais Mme Tussaud n'avait qu'une idée : celle de sa fille. Son enfant souffrait, obéir à ses caprices, à ses volontés, c'était diminuer ses souffrances et cela suffisait pour qu'elle ne s'arrêtât devant aucun scrupule. Il était inutile d'en parler à Tussaud et plus simple de profiter de son absence pour agir.

Le fabricant de bronze allait aux renseignements; il voulait savoir si l'arrestation dont on parlait dans son journal était celle de son gendre; c'était bien improbable; d'abord pour le quartier, ensuite parce qu'il ne pouvait y avoir rien de commun entre lui et Maurice qu'il exécrait. Un moment, il se demanda si son ancien apprenti étant arrêté, et ayant toujours conservé pour son rival la haine jalouse d'un amoureux, n'avait pas fait une dénonciation contre André. Mais cela allait peu avec le courant d'idées dans lequel il glissait depuis que sa fille avait parlé de sévices et de séparation. En allant aux informations, il en était arrivé à redouter d'apprendre que l'arrestation était le résultat d'une erreur : il désirait que son gendre fût coupable. Cela simplifiait d'un coup la situation; coupable, c'est lui qui, père et tuteur naturel de sa fille, reprenait l'entière direction des affaires, sans contrôle, et, tout en marchant, il se demandait si le fait de l'arrestation, dont le bruit répandu dans le monde de ses affaires était très compromettant, n'était pas un motif suffisant pour en finir. Insensiblement, il en arriva à dire qu'une erreur n'était pas possible; c'est lui qui, au besoin, aurait trouvé un délit justifiant l'arrestation. Aussi, est-ce tout joyeux qu'il sortit de la préfecture de police, et en se frottant les mains; il venait d'apprendre l'arrestation, et on lui avait dit qu'il était inculpé de complicité dans un crime épouvantable.

— Je savais bien qu'il finirait comme ça... Mieux vaut plus tôt que plus tard... Il s'agit maintenant de penser à l'intérêt de mon enfant et de prendre des mesures conservatoires. Il faut que je fasse rentrer les capitaux avant toute chose... Ah! fit-il sous le coup d'une idée subite et en changeant de chemin, avant de rentrer chez nous, je vais aller chez la mère Paillard; nous avons passé l'époque du payement des coupons; il faut s'occuper de ça.

Son gendre arrêté, accusé d'assassinat, sa fille ayant abandonné le domicile conjugal, tout cela ne bouleversait pas le calme de Tussaud; il ne voyait qu'une chose, la liquidation à son profit d'une situation qui le fatiguait, et sa seule pensée était :

— Heureusement que nous n'avons pas changé la raison sociale de la maison; c'est aujourd'hui que ce nom m'embarrasserait!

Il se dirigea vers la rue Saint-Paul, et, arrivé à la maison de la mère Paillard, il demanda à la concierge s'il y avait quelqu'un chez elle.

— Il y a son fils...

— Bien, merci! je vais toujours monter, et le fils lui dira que je veux lui parler.

Il grimpa les trois étages, le fils le reçut. Louis Paillard ne connaissait guère Tussaud que pour l'avoir vu une ou deux fois chez sa mère; il le reconnut cependant, et lui tendit la main, en le remerciant, croyant à une visite de condoléance.

— Et la maman va bien? demanda Tussaud.

— Comment! fit Louis étonné, vous ne savez pas? vous n'avez pas reçu de lettre?

— De lettre, pourquoi?

— Ma pauvre mère est morte il y a deux mois...

— Qu'est-ce que vous me dites là?

— La vérité, hélas!... Excusez-moi de ne pas vous avoir envoyé de lettre, je ne connaissais pas les adresses.

— Ah! voilà une chose qui me bouleverse... Comment, la pauvre mère Paillard n'est plus!... Oh! que ma femme va avoir de chagrin; vous savez, elle l'avait connue enfant...

— Oui, oui, souvent elle m'en parlait...

— Eh bien, alors, puisque vous êtes son unique héritier, parlons affaire.

— Est-ce que vous aviez des affaires avec elle.

— Oui, elle ne vous en a pas parlé?

— Hélas! la pauvre chère femme est morte bien rapidement. J'ai été prévenu très tard : j'étais à la campagne; en recevant le télégramme je suis parti et je suis arrivé juste pour recevoir son dernier soupir.

— Et elle n'avait chargé personne de vous parler de nos intérêts communs?

— Du tout... Qu'aviez-vous donc ensemble?

Et, en disant ces mots, Louis offrait un siège à Tussaud. Celui-ci s'assit et dit :

— C'est que c'est très important; vous avez dû faire un inventaire?

— Dame, oui; mais vous savez, bien sommaire, bien rapide; comme je suis le seul héritier de ma pauvre mère, j'ai atténué autant que j'ai pu pour avoir le moins possible de droits de succession à payer.

— Cela était facile à ne pas déclarer.

— De quelle affaire parlez-vous, monsieur Tussaud?

Le fabricant de bronze dit en souriant :

— Voici ce dont il s'agit : Votre mère *m'avait* avancé une grosse somme de soixante mille francs, il y a un peu plus de trois mois...

— Ah! exclama Paillard, voilà ce que nous cherchions avec le notaire, où était passée une somme semblable qu'elle avait touchée en vendant sa maison. Et elle vous l'a prêtée?

— Oui, c'est à moi qu'elle l'a prêtée.

Louis saisit dans ses deux mains la main de Tussaud, et la pressant affectueusement il dit :

— Ah! monsieur Tussaud, voilà qui vous honore. Mon Dieu, je n'ai pas trouvé un mot parlant de cette somme, rien qui puisse indiquer qu'elle avait été prêtée, rien qui établisse que vous la deviez à ma mère, et spontanément vous venez me dire : c'est moi qui dois cela... C'est bien, monsieur Tussaud. Voilà où l'on reconnaît l'honnête homme.

Le fabricant de bronze était bien un peu surpris de tant d'éloges, mais il dit modestement :

— Mon cher enfant, je ne fais que mon devoir...

— Vous savez que la mort de ma mère ne change rien aux conditions qu'elle vous avait faites, au contraire, je les étendrai plutôt.

— Je vous remercie... Vous avez trouvé les garanties que nous lui avons données?

— Quelles garanties, demanda Louis, assez étonné.

Tussaud eut un sourire bienveillant, semblant dire : Vous avez trouvé les valeurs, vous savez bien qu'elles ne sont pas à la mère Paillard ; qu'elle n'aurait pu dissimuler une aussi forte somme, et qu'elle n'aurait pas prêté un sou sans en avoir ; il dit :

— Les valeurs, actions et obligations, le tout enfermé dans une large enveloppe, cachetée avec le cachet de ma maison, C. T.

— Que me dites-vous là? Je n'ai rien vu de semblable.

— C'est un paquet assez volumineux. Vous n'avez pas encore tout inventorié ?

— Je vous demande pardon, et très soigneusement ; justement, à cause de cette somme, le notaire m'ayant dit que ma mère avait vendu sa maison et touché une somme de soixante mille francs comptant ; j'ai su qu'effectivement, les quatre mois de purge d'hypothèques écoulés, elle avait reçu et je ne trouvai pas trace de cette somme. J'ai tout remué, tout collationné, tout lu et rien! Pour ce que vous me dites, je suis certain qu'il n'y avait rien de semblable.

— Mais, monsieur Paillard, moi je vous affirme qu'elle l'avait...

— En somme, quel genre d'affaire avez-vous fait?

— Voici, dit Tussaud visiblement inquiet : lorsque je mariai ma fille...

— Ah! votre demoiselle est mariée?

— Oui, pour mon malheur! Enfin, mon gendre, devenant mon associé, apportait dans ma maison une somme ronde de cinquante mille francs... N'ayant que des valeurs auxquelles il tient absolument...

— Des valeurs de famille?

— Oui, probablement ; nous avons cherché à emprunter dessus ; votre maman cherchait un placement pour son argent ; je lui offris l'affaire : elle accepta.

— Elle vous a prêté soixante mille francs sur ces valeurs... que nous ne trouvons pas? Et en disant ces mots, Louis Paillard avait un air si singulier, il dit d'une telle façon « que nous ne trouvons pas, » que Tussaud ajouta aussitôt :

— Mais j'ai un papier de Mme Paillard qui règle nos conditions et reconnaît avoir ces titres en dépôt.

— Ah! ceci est bien alors... Ainsi, vous aviez remis à ma mère un certain nombre de valeurs, en garantie d'un prêt de soixante mille francs, à des conditions convenues entre vous?

— C'est cela même; j'ai le détail des valeurs.

— Mais où peuvent-elles être?

— Chez le notaire.

— Non; le notaire n'avait que des titres nominatifs, et c'est lui qui m'a signalé la disparition de ces soixante mille francs.

— Ce ne peut être perdu...

— Non, des actions ne se perdent pas; ou ma mère les a mises en sûreté, ou elles ont été volées. En somme, monsieur Tussaud, je suis très inquiet de ce que vous me dites.

— Mais si vous en doutez, j'ai...

— Je ne vous dis pas que j'en doute, au contraire... Et quelle somme représentent ces titres?

— Quatre-vingt-dix à cent mille francs... au taux variable.

— Vous m'effrayez... Une somme aussi considérable!... Et ces titres sont au porteur?

— Oui, tous.

— Il n'y a pas un instant à perdre : il faut que vous m'apportiez le reçu de ma mère et le détail des titres que vous lui aviez confiés...

— J'y vais tout de suite... Attendez-moi.

— Je vous attends, et nous irons d'abord à la préfecture de police...

Et Tussaud, tout sens dessus dessous, sortit pour courir chez lui.

Paillard était étourdi de ce qu'il venait d'apprendre; cependant sa mère était une femme d'ordre. Pourquoi n'avait-elle pas parlé à son notaire de ce prêt, et des valeurs données en garantie? Il n'y avait pas à en douter, puisque M. Tussaud avait le reçu de la mère Marianne; alors qu'étaient-elles devenues? Louis se mit aussitôt à fouiller tous les meubles.

Au bout de quelques minutes, il fut bien assuré que les valeurs n'étaient pas chez lui; qu'on les eût dérobées, cette idée ne lui vint même pas; il pensa que sa mère, en raison de l'importance de la somme qu'elles représentaient, les avait soigneusement cachées. Cependant, comme il fallait prendre des précautions, il irait à la préfecture de police faire sa déclaration. Et lorsque Tussaud, de retour, lui apporta le papier signé de la main de la mère Paillard, ils se rendirent d'abord chez le notaire, puis à la préfecture de police. Là, Tussaud se trouva fort embarrassé: son gendre était arrêté et il lui sembla un peu compromettant de parler de lui et de faire connaître sa parenté; il s'expliqua simplement d'une autre façon, en déclarant que les valeurs confiées à feu Mme Marianne Paillard et disparues de chez elle, étaient à lui. Il raconta qu'il les avait déposées en garantie d'un prêt d'une somme moindre. Cela fait, ils revinrent ensemble, et Paillard lui dit:

— Pour moi, vous savez, les valeurs ont été cachées dans quelque coin par ma mère. On n'a pas volé chez nous: il y avait autre chose à prendre et je m'en serais aperçu.

— Je suis de votre avis, dit Tussaud ; c'est la manie des vieilles femmes de cacher soit dans des fauteuils, soit dans des matelas.

— Vous m'y faites penser, je vais faire faire les matelas... mais, après le décès, je les ai déjà fait faire.

— Eh pardi! peut-être ceux qui les ont cardés ont-ils trouvé ça...

— Il n'est guère probable que des commerçants fassent des choses semblables.

— Les commerçants occupent toute sorte de monde.

— Enfin nous allons toujours y aller... Mais, au cas où je ne pourrais retrouver ces valeurs, que comptez-vous faire?

— Mon cher enfant, je comprends que ça n'est pas de votre faute ; mais, vous savez, ici je ne suis que le représentant de mon gendre, lequel ne vous connaît pas, et cette somme est une bonne partie de sa fortune... Il l'estime de quatre-vingt-dix à cent mille francs... Nous compterons au plus bas, c'est-à-dire à quatre-vingt-dix mille, et vous nous rendrez cette somme comme vous pourrez.

— Plus je réfléchis et plus je me persuade qu'il est impossible que nous ne retrouvions pas ces titres. Ce qui me renverse, moi qui connaissais la nature de ma mère, c'est qu'elle n'ait parlé de cette affaire à personne.

— Est-ce qu'elle s'est vue mourir?

— Hélas! oui!...

— Et qui était près d'elle?

— C'est vrai : Boyer est resté deux jours près d'elle ; peut-être lui a-t-elle dit quelque chose ; il me l'aurait dit cependant... Il est vrai que nous n'avons pas eu bien longs entretiens ensemble depuis ce malheur.

— Il faut toujours le voir et lui demander ; le moindre mot peut être un renseignement.

Ils allaient rentrer lorsque Louis dit :

— Le docteur était un vieil ami de maman. Il l'a vue trois ou quatre fois, allons-y donc.

— C'est une idée.

Chez le docteur, ils n'obtinrent rien, si ce n'est que le docteur se souvint que la mère Marianne avait hâte de voir son fils, qu'elle disait avoir à lui parler, et lorsqu'il lui demanda de le lui dire, elle refusa. Mais il conseilla de s'adresser à Boyer d'abord et au prêtre qui avait confessé la vieille femme : ce prêtre, où le trouver? Par Boyer? mais Boyer n'était plus à Paris et l'on ne savait pas où il était. En apprenant l'éloignement de Boyer, le docteur releva la tête et dit :

— Dis donc, Louis, tu ne trouves pas que voilà un départ bien singulier?...

— Oh! fit aussitôt le brave garçon, vous ne pensez pas qu'il soit capable de ça ; je ne l'aime pas, je le méprise même, mais je me porterais garant pour lui en pareil cas.

— Avoue que ce départ précipité est au moins singulier...

— Vous savez bien le vrai métier qu'il fait, et les gens de son espèce appartiennent à un chef qui les envoie un jour ici, un jour là ; il ne faut donc pas se préoccuper de ça. Mais pour avoir dérobé quelque chose chez ma mère, non, non, j'en suis convaincu.

— Enfin, fais ce que tu voudras ; je t'ai dit ce que je savais ; mais je crois peu que des papiers de cette importance s'égarent.

Ils se retirèrent, et Louis, après avoir assuré à Tussaud qu'il ne perdrait rien dans tous les cas, lui dit qu'il n'allait pas cesser de fouiller, et qu'il le tiendrait au courant du résultat de ses recherches.

Pendant que Tussaud s'occupait ainsi que nous l'avons vu, Adèle, obéissant à sa fille, s'était hâtivement habillée : elle avait pris une voiture et s'était fait conduire à l'atelier d'Amélie Ferrand, rue des Terres-Fortes. Là, elle avait appris son déménagement et son changement d'atelier. Elle s'était fait conduire alors rue Moret où elle trouva Amélie qui venait de rentrer chez elle toute joyeuse.

En reconnaissant Mme Tussaud, elle courut vers elle, et lui dit :

— Vous venez savoir des nouvelles ?

— Oui..., c'est donc vrai !

— Hélas ! mais nous sommes au bout, Dieu merci.

— Pourquoi cela ?

— Le juge d'instruction m'a dit qu'il allait être relâché... S'il le voulait, ce serait déjà fait ; il n'aurait qu'un mot à dire.

Mme Tussaud raconta brièvement à Amélie l'état dans lequel était sa fille depuis qu'elle avait appris la situation de Maurice. Tous les griefs qu'Amélie avait contre son ancienne amie s'effacèrent aussitôt ; du moment où on s'intéressait à son frère, on retrouvait toute sa sympathie.

— Enfin, ajouta Adèle Tussaud, lorsque Cécile eut lu ce journal, je te le dis, elle s'est trouvée mal, et, en revenant à elle, le premier mot qu'elle m'a dit, c'est : Mère, va me chercher Amélie que nous parlions de Maurice.

— Ma chère madame Tussaud, je vais y aller tout de suite, dit Amélie.

— Mais j'ai une voiture en bas, et je t'emmène.

— Tant mieux, nous irons plus vite. Oh ! aujourd'hui, si vous saviez comme je suis gaie, si vous m'aviez vue ces jours-ci, je devenais folle. Comprenez-vous, ce pauvre Maurice accusé d'une chose semblable. Ah ! quand ce matin le juge m'a dit : « Allons, mon enfant, ne pleurez plus, votre frère est un brave et loyal garçon qui va vous être rendu, » je l'aurais embrassé. Ce matin, ce vilain monument sombre m'a semblé beau comme un palais.

— Pauvre petite. Allons, viens vite.

Tant que dura le court trajet de la rue Moret à la rue Saint-François, Mlle Amélie ne cessa de caqueter joyeusement ; elle était bien heureuse, la pauvre petite, et elle voulait que tout le monde partageât sa joie. En arrivant, elle se jeta dans les bras de son amie, qui l'attendait impatiemment ; elles pleuraient toutes deux. Au bout de quelques minutes, Amélie, regardant Cécile, lui dit :

— Oh ! comme tu es changée...

— J'ai tant souffert !

— C'est vrai ?

— Hélas !

Mme Tussaud avait compris que les deux amies désiraient être seules, et elle se retira discrètement.

Il ne put fermer l'œil de la nuit (PAGE 207).

— Tu l'aimes toujours ? demanda Amélie.

Cécile ne répondit pas, elle pleura…

— Eh bien ! je te jure que je ne comprends absolument rien de vous… Vous vous aimiez au point enfin qu'il a voulu se tuer pour toi.

Sous ses larmes, Cécile eut un sourire ; fidèle à la parole donnée, Maurice n'avait pas même révélé à sa sœur leur mystérieuse union. Amélie continua :

— Tu sais qu'il est arrêté ; voici pourquoi : la même nuit, tout justement, où il voulut se tuer, un assassinat fut commis dans sa rue, en face de chez lui ; une jeune femme empoisonnée !

— Empoisonnée !

— Oui ; lui aussi avait voulu s'empoisonner ; or, chez les marchands du quartier on apprit qu'un jeune homme avait acheté les bouteilles de champagne, du poison... Les soupçons se portèrent sur lui, on l'arrêta. Mais ce qui était affreux, c'est qu'il ne pouvait pas se défendre.

— Pourquoi ?

— Parce que, probablement, la tentative qu'il a faite en voulant s'empoisonner a porté sur son cerveau et lui a enlevé la mémoire, et il se souvient bien avoir acheté le poison, il se souvient bien avoir voulu s'empoisonner, mais pour le reste, plus rien. Alors, tu comprends, on lui dit : C'est vous qui avez été chez cette femme, c'est vous qui l'avez empoisonnée, parce qu'à cette heure-là on vous a vu avec une femme, dans la rue de Lacuée, vous rendant chez elle ; on a entendu votre porte s'ouvrir au petit jour quand vous êtes rentré... A tout cela il dit : Non ! non ! ce n'est pas vrai ! Naturellement, on lui dit alors : Eh bien ! justifiez de l'emploi de votre temps pendant la nuit du 20 juin. Eh bien, ma chère, quand on lui demande ça, il baisse la tête et il répond : Je n'ai rien à dire... « Ah ! mon Dieu ! qu'as-tu ? »

Amélie regardait Cécile qui, toute pâle, les lèvres tremblantes, lui prenait les mains et lui demandait d'une voix singulière :

— Et parce qu'il ne peut pas dire l'emploi de son temps, parce que personne ne peut affirmer qu'il n'était pas dans la maison du crime, on le tient enfermé ?

— Mais oui !

— Oh ! le pauvre bon, brave et loyal ! Ne crains rien, Amélie, nous sauverons ton frère.

— Le juge m'a donné de l'espoir aujourd'hui.

— Moi, je te l'affirme.

— Que veux-tu dire ?

Sans lui répondre, se parlant à elle-même, Cécile dit :

— Je me perdrai. Mais qu'importe si je le sauve.

II

DEUX GRAVES AFFAIRES.

Le juge d'instruction Oscar de Verchemont était dans son bureau, assis dans un large fauteuil ; il écoutait le rapport de l'agent qui l'aidait dans l'instruction ; au contraire du commencement de l'affaire, aujourd'hui les renseignements abondaient.

— Ainsi, Huret, il n'y a pas d'erreur possible à ce sujet ?

— Non, monsieur ; le cocher l'a parfaitement reconnu, il l'avait déjà mené une fois rue de Lacuée. Est-ce lui qui a fait le coup? c'est ce que nous verrons, mais ce qui est acquis, c'est que dans la nuit du crime, vers minuit, il était encore chez Léa Médan, et c'est bien lui qui en est sorti vers trois ou quatre heures du matin.

— Et il se nomme?

— André Houdard, il est nouvellement marié ; menant une vie dissipée, il fait, paraît-il, assez mauvais ménage. Je vous ai raconté les singuliers détails de notre arrestation... Avant son mariage, il prétendait vivre de ses rentes ; depuis, il est associé avec son beau-père. Jusqu'à présent, les renseignements sont détestables ; il est connu de toutes les filles galantes de haut ton. Ç'a été comme une chaîne, ayant eu des relations avec une, il en a eu successivement avec toutes ; il nous a paru que, pendant un certain temps, ç'a été le plus clair de ses revenus.

— Que répond-il?

— Il avoue avoir passé une partie de la nuit avec Léa Médan ; il est parti, et celle-ci est restée couchée ; il la quittait parce qu'il devait se marier le lendemain, et ils avaient convenu de passer ensemble sa dernière nuit de garçon. Pour les bouteilles empoisonnées, il dit n'y rien comprendre ; ces bouteilles ont dû être apportées après son départ. Et voici pourquoi, je vous le répète, je crois qu'il est nécessaire de garder Maurice Ferrand, qui ne peut justifier de l'emploi de sa nuit, et qui reconnaît avoir acheté et empoisonné le vin de champagne que les marchands ont absolument reconnu.

— Vous avez raison.

— Pour l'autre, le nommé Houdard, sa femme a abandonné le domicile conjugal ; elle est partie derrière nous, et pour faire perquisition, nous avons dû avoir recours au serrurier.

— Avez-vous trouvé quelque chose?

— Rien de positif ; mais nous avons constaté que de nombreuses factures, depuis longtemps en souffrance, ont été payées quelques jours après le crime ; de plus, il a apporté en se mariant une somme considérable représentant sa part d'association dans la maison de son beau-père.

— Une somme considérable?

— Oui, cinquante mille francs...

— Et, l'avez-vous interrogé à ce sujet?

— Oui, monsieur : il dit avoir acquitté toutes ces dettes étant pour se marier, et il justifie de la possession de la somme en disant avoir fait d'heureuses affaires à la Bourse. Il nous a indiqué un agent de change chez lequel nous avons été pour contrôler son dire. Nous avons appris qu'effectivement il avait fait, à une date antérieure au crime, quelques affaires heureuses, mais d'un chiffre beaucoup moins considérable.

— Et votre pensée, à vous, au sujet de cet homme?

— C'est que si ce n'est pas lui qui a fait le coup, c'est lui qui l'a préparé... et l'autre a été un complice inconscient, peut-être. Maintenant voici ce qui nous arrive de nouveau depuis deux jours : le bureau des objets volés avait envoyé une note donnant les numéros des titres disparus de chez Léa Médan ; or ce matin un inspecteur est venu me dire qu'une note portant les mêmes titres avait été de nouveau envoyée hier. J'allai au bureau pour savoir la raison de ce double emploi, et j'ai appris qu'on est venu avant-hier déclarer que des valeurs mises en dépôt chez une nommée Marianne Paillard avaient disparu depuis son décès. Ces titres ont les mêmes numéros que ceux que nous recherchons.

— Il y a peut-être là une confusion provenant du bureau des objets perdus ou volés.

— Monsieur, ça été ma première pensée; aussi ai-je été m'en rendre compte par moi-même. De là je me suis rendu chez la personne qui avait fait la réclamation; c'est un jeune homme qui m'a très sincèrement répondu qu'il ignorait que ce dépôt avait été fait à sa mère; il ne l'a su que sur la réclamation du déposant, sa mère étant morte presque subitement. Il avait été étonné de ne pas trouver chez elle trace d'une somme de soixante mille francs qui lui avait été payée quelques jours auparavant, lorsque, spontanément, un homme se présenta chez lui et vint lui dire que cette somme lui avait été prêtée; il avait déposé en garantie un lot d'actions et de titres divers. — Ces titres, il ne les trouva pas chez lui. Or, la personne qui a déposé les titres lui a montré le reçu du dépôt écrit tout entier de la main de sa mère et, en même temps, la liste portant les numéros des pièces.

— C'est bien singulier.

— Je m'informai aussitôt; mais là je restai bouleversé : celui qui l'a déposée est un négociant très recommandable, une vieille maison de bronze très connue, la *maison Tussaud et Cᵒ*, ce qui me gêne un peu pour instruire.

— Vous avez raison, je crois que voici ce qui est arrivé : les titres auront été négociés avant nos oppositions; ce négociant s'en sera rendu acquéreur, et nous allons avoir à suivre au-dessus de lui la chaîne par laquelle ils sont passés.

— Mais comment faire?

— Rien de plus simple : je vais l'inviter à passer dans mon cabinet, pour lui parler de sa réclamation; en deux mots, je lui expliquerai l'affaire et nous aurons des renseignements précis.

— Ne serait-il pas utile que vous vissiez la femme de cet André Houdard?

— Avant de rien faire de ce côté, je veux, dans un interrogatoire sommaire, m'assurer de sa culpabilité; mais vous me disiez que la jeune femme avait pris la fuite?

— Non, non; elle est allée demeurer chez ses parents : elle l'a déclaré au concierge.

— Avez-vous pris leur adresse?

— Non, mais c'est facile, je vais y aller aujourd'hui.

— Interrogez toujours; faites-les parler sur le jour du crime; s'ils pouvaient se souvenir des heures de rentrée et de sortie de leur locataire, cela nous servirait beaucoup.

— Je l'ai déjà fait; ils ont une raison pour se souvenir : le matin, Houdard devait se marier; tout était prêt, excepté la fiancée qui, paraît-il, refusa, et le mariage n'eut lieu que deux mois après. Cet incident leur permet de se rappeler exactement ce qui s'est passé.

— Eh bien, voyez tout cela aujourd'hui. Je vais faire citer celui qui a déposé les titres. Prenez l'adresse et faites la lettre, dit M. de Verchemont en se tournant vers son greffier.

Huret lui dit :

— Monsieur Tussaud, fabricant de bronze, rue Saint-François...

— C'est cela. Allons, Huret, je crois que nous allons bientôt pouvoir terminer notre instruction; nous touchons au but.

L'agent se retira, et Oscar de Verchemont s'accouda sur son bureau, la tête dans ses mains, réfléchissant profondément. Assurément le jeune magistrat, tout entier à la terrible affaire qu'il instruisait, assemblait ce qu'il savait et ce qu'il venait d'apprendre, cherchant la logique, la lumière dans le groupement des faits. Pénible tâche qu'il devait accomplir avec mesure, avec prudence, car c'était sinon la vie, au moins la réputation des gens qui en dépendait; une arrestation préventive, faite par erreur, suffit à ruiner un homme, et, dans notre société absurde, souvent à le déconsidérer. Assurément le jeune juge d'instruction ne voulait pas avoir cela à se reprocher, et il pensait longuement... Tout à coup il prit la plume, il avait sans doute une note utile à prendre... Il écrivit en tête du papier :

A IZA

Nous avons souvent, dans le même verre,
Bu le vin clairet, qui rend le cœur franc,
Et dans un baiser que j'ai cru sincère,
Tu m'as dit : Je t'aime! en me tutoyant;
Puis, quand, épuisé d'une longue attente,
Je te suppliais tombant à genoux,
Tu me relevais en me disant vous : *Vous*,
Méchante!

Je t'ai demandé — pour savoir, ma belle,
Si je me berçais d'un trop fol espoir —
Si tu m'aimerais?... et tu m'as, cruelle,
Quand j'ai dit : *Adieu!* fait dire : *Au revoir!*
Ton front approchait ma lèvre brûlante,
Nous causions d'amour, et tu promettais
Pour le lendemain. — Tu ne tins jamais,
Méchante!

Je garde, enfoui dans mon portefeuille,
Un petit bouquet que ta main pressa.
Il est tout fané, mais je sais la feuille,
Qu'en me le donnant ta lèvre froissa.
Puis j'ai ton portrait où toujours riante,
Tu reçois le soir mes tristes aveux,
Lorsque je lui dis essuyant mes yeux :
Méchante!

Le magistrat relisait tout bas ses vers ; tout à cette douce affaire, il n'entendait pas qu'on frappait à la porte du bureau ; le greffier le lui fit remarquer ; il se tourna et dit impatienté :

— Entrez !

Le garçon de bureau parut, et il lui dit sèchement :

— Qu'est-ce que vous voulez encore, je ne vous ai pas sonné.

— Pardon, monsieur, c'est une dépêche.

— Ah ! donnez. Il lut :

« Havre.

» Un individu a présenté chez un changeur une action portant un des numéros signalés dans vos dernières instructions. Nous avons saisi le titre et arrêté le porteur. Attendons vos ordres. »

— Tenez, fit-il à son greffier, répondez à cette dépêche ; dites qu'on nous envoie l'individu.

— Bien, monsieur.

Et le jeune magistrat se remit à polir ses rimes.

Le greffier écrivit la dépêche et la remit au garçon de bureau qui se retira. Après avoir attendu quelques minutes, croyant son jeune juge occupé de l'affaire, et ne le dérangeant qu'avec timidité, le greffier rappela à M. Oscar de Verchemont que ce jour même il devait interroger sommairement celui que Huret avait arrêté. Impatient, ennuyé, mais enfin obéissant à son devoir, le jeune magistrat donna l'ordre de faire prendre à la Conciergerie et de lui amener André Houdard.

Celui-ci, depuis son arrestation, était resté dans un mutisme absolu ; il avait répondu négativement aux questions que l'agent lui avait faites, très réservé sur ce qu'on lui demandait, semblant redouter un piège, mais reconnaissant cependant qu'il connaissait Léa Médan et avait eu des relations intimes avec elle.

Il avait été écroué à la Conciergerie, pour être plus près du Palais de justice et faciliter les premiers interrogatoires, desquels dépendait ou sa mise en liberté ou son incarcération définitive. Les trois quarts des malheureux, dès qu'ils sont écroués, demandent du papier, de l'encre, afin d'écrire et de se recommander de personnes qui les connaissent ; ces lettres hâtives servent le plus souvent à diriger les recherches de la justice, car les lettres des prisonniers passent par le greffe avant d'être envoyées. André Houdard savait tout cela. Était-il mêlé à l'affaire mystérieuse de la rue de Lacuée, nous l'ignorons ; en arrivant à la Conciergerie, il demanda aussitôt de quoi écrire, ce qui lui fut immédiatement donné. Il écrivit, puis, tout à coup se ravisant, il déchira sa lettre en menus morceaux après avoir griffonné ce qu'il avait écrit. Il reprit la plume et écrivit une seconde lettre, plus courte que la première ; sur l'enveloppe il écrivit : « Très pressée, à Madame veuve Séglin de Zintsky, avenue Friedland. »

Cela fait, il cacha la lettre dans la doublure de son paletot ; puis il écrivit encore une autre lettre adressée à sa femme et dans laquelle il lui disait que, victime d'une erreur, il attendait d'être interrogé pour être immédiatement mis en liberté ; il la priait de ne pas ébruiter cette arrestation, qui, quoique arbitraire, était toujours préjudiciable vis-à-vis du monde, surtout de n'en pas parler aux parents, qu'elle affligerait et tourmenterait, étant certain d'être mis bientôt en liberté; ils ne s'en apercevraient même pas. Puis il s'étendit sur la légèreté avec laquelle les arrestations s'opéraient maintenant. Cela était bien écrit dans l'idée que la lettre serait lue au greffe. Il mit l'enveloppe et l'adresse de sa femme. Quand l'employé de la prison vint, il lui remit la lettre, et, calme, il attendit. Un jour se passa sans qu'il vît personne; le second jour, appelé au greffe, il croyait trouver un magistrat qui allait l'interroger; il se trouva devant un inspecteur de police et Huret, l'agent qui l'avait arrêté; on lui présenta le cocher qui l'avait mené la nuit du 20 juin, au coin du boulevard de la Contrescarpe. André pâlit en le reconnaissant. L'inspecteur demanda :

— Reconnaissez-vous cet homme?

— Non, fit André, sa figure ne m'est pas inconnue, mais je ne le reconnais pas.

— Vous souvenez-vous, le 20 juin dernier, être monté dans une voiture de grande remise, vers dix heures du soir, en sortant d'un concert des Champs-Élysées, et de vous être fait conduire boulevard de la Contrescarpe?

— Oui, monsieur, je m'en souviens parfaitement.

— Vous ne reconnaissez pas monsieur, qui vous a conduit?

— Je n'ai pas fait attention au cocher, ce peut être lui...

— Reconnaissez-vous l'inculpé? demanda l'inspecteur au cocher.

— Oh! absolument, monsieur.

— C'est bien, c'est tout ce que nous avions à constater... Vous serez cité par le juge d'instruction, vous pouvez vous retirer.

Puis, sans s'occuper de lui, les deux agents se retirèrent, et on le ramena dans sa prison. Seul, il chercha sa lettre dans sa poche et se disposait à briser l'enveloppe pour ajouter quelque chose lorsque, se ravisant, il la cacha de nouveau. Cette seconde journée se passa, longue, interminable, mais sans nouvel incident. Il était très inquiet sur ce qui se passait chez lui; il avait quitté sa femme dans de telles conditions qu'il n'avait guère à espérer d'elle beaucoup d'intérêt et de sympathie; il redoutait surtout qu'on n'en parlât à son beau-père; celui-ci était capable, en son absence, d'aller trouver la femme qui avait avancé l'argent sur les titres; il pouvait, dans l'idée de diminuer d'autant les intérêts à verser, demander qu'elle détachât les coupons pour aller les toucher lui-même, et cela semblait le tourmenter beaucoup.

La seconde nuit fut terrible, il ne put fermer l'œil; agité par la fièvre, il se levait sans cesse, marchant dans sa cellule, parlant seul, semblant répondre à un interrogatoire, puis il se jetait sur son lit dur, la tête cachée dans ses mains. On était en automne, les nuits étaient froides et cependant il était ruisselant de sueur. Les nuits étaient longues, et il semblait que l'obscurité l'étouffait; enfin, en voyant le jour, il respira. Il se coucha de nouveau sur son lit et put dormir.

Quand il s'éveilla, neuf heures sonnaient; il écouta à la porte de sa prison, rien ne bougeait... Allait-il passer une longue journée sans qu'on s'occupât de lui? Il le craignit et, impatient, lorsqu'on vint lui apporter sa nourriture, il interrogea le geôlier; celui-ci parut surpris de la question; il lui répondit :

— Assurément non, vous ne serez pas interrogé aujourd'hui.

— Et pourquoi?... Qu'y a-t-il donc de nouveau?

— Mais rien; M. le juge d'instruction ne vient jamais au Palais le dimanche.

— Et c'est dimanche aujourd'hui?

— Oui...

— C'est vrai, vous avez raison... il me semble qu'il y a huit jours que je suis ici.

Cette fois, quand il fut seul, il se laissa tomber avec désespoir sur son lit... Qu'allait-il faire? Comment passer ce temps infini?... Est-ce qu'André avait hâte de subir un interrogatoire, bien convaincu qu'aux premiers mots, le juge instructeur reconnaîtrait l'erreur? C'était cela, peut-être, mais ce n'était pas tout; ce qu'André voulait, c'était surtout trouver le moyen, sans qu'elle passât par le greffe, de faire parvenir à son adresse la lettre qu'il cachait avec tant de soin. Il s'était un moment hissé jusqu'à l'étroite fenêtre qui éclairait sa cellule, mais la fenêtre donnait sur une cour intérieure.

Toujours et de plus en plus tourmenté par l'idée qu'en son absence, et peut-être même sur les conseils de sa femme, Tussaud irait retirer les coupons des titres, il eut l'idée d'écrire à son beau-père; il appela, on vint. Il demanda alors s'il ne pouvait pas, à l'occasion du dimanche, voir quelqu'un de chez lui qui lui donnât des nouvelles des siens. La demande était naturelle, et il espérait qu'on y ferait droit; mais il apprit alors qu'il était au secret le plus absolu, et qu'il en serait ainsi jusqu'à son interrogatoire; après, le juge donnerait des instructions ou maintiendrait le secret. Il demanda si l'on pouvait porter une lettre. On lui répondit qu'il pouvait l'écrire et qu'on aviserait. Il comprit qu'on l'encourageait à écrire pour savoir ce qu'il pensait, mais que la lettre ne parviendrait pas le jour même, toujours à cause du dimanche. Alors il parut en prendre son parti et dit qu'il attendrait qu'on eût statué sur sa prévention. On lui offrit, s'il le voulait, car il avait de l'argent au greffe, un supplément à sa nourriture ordinaire.

Il refusa, il n'avait plus d'appétit, et son unique préoccupation était de savoir ce qui se passait chez lui; chaque heure écoulée augmentait sa fiévreuse inquiétude. Il aurait payé ce qu'on aurait voulu un soporifique qui l'aurait endormi pour jusqu'au lendemain. Encore, était-ce le lendemain qu'on allait enfin s'occuper de lui? Pendant qu'il était là, enfermé, sans défense, que faisait-on contre lui, quelles accusations accumulait-on? Et à cette pensée il avait des tressaillements. La justice anglaise permet à l'inculpé de donner caution et de se livrer tout entier à la recherche de ce qui peut le défendre; là, on l'enfermait sans lui dire clairement quelle accusation était portée contre lui; on accumulait, sans discerner, toutes les charges possibles, à mesure qu'on lui retirait les moyens de démontrer leur fausseté.

Le jour fut long, mais la nuit fut plus longue, avec le cortège de terreur niaise que l'obscurité apporte. Il ne put fermer l'œil la nuit; il était abattu, épuisé, littéralement écroulé sur son lit, lorsqu'au matin la porte de la prison s'ouvrit. Un individu entra, s'enferma avec lui et procéda au nettoyage de la cellule; cet homme avait l'aspect d'un ancien détenu, la mine était hypocrite, toujours souriante.

En balayant, il passa près d'André, jeta sur la porte un regard rapide comme

— Je dus presque m'arracher de ses bras (PAGE 214).

pour s'assurer qu'il n'était pas surveillé, et il lui dit vivement et à voix basse :

— Avez-vous quelque chose à faire dire… ou des lettres à porter ?

— Qu'est-ce que vous dites ? fit aussitôt André, craignant d'avoir mal entendu.

L'individu lui fit signe de la main en disant : Chut ! puis il alla près de la porte et écouta ; n'ayant rien entendu, il revint et dit, toujours de la même voix :

— Si vous avez des commissions à faire au dehors, je peux vous faire ça… Lettre à porter ou mot à dire.

— Comment vous payerai-je, demanda André, craignant que son manque d'argent ne fît manquer l'occasion qu'il avait tant désirée.

— On me payera où vous m'enverrez.

— C'est vrai!

— Donnez vite, fit l'autre, votre lettre.

Ce mot arrêta André tout net; il allait fouiller son vêtement. Il se dit que celui qui demandait avec une telle assurance : « Votre lettre, vite! » pourrait bien être chargé de le faire parler. Il se garda de donner sa lettre et il dit :

— Je vais l'écrire.

— Ah! fit le balayeur.

Ce : ah! assura André qu'il ne se trompait pas, on lui envoyait un *mouton* pour le faire parler avant le premier interrogatoire. André écrivit trois lignes qu'il adressa à Tussaud. Il lui disait de ne pas se tourmenter, qu'aussitôt qu'il aurait pu parler à quelqu'un il serait mis en liberté, et qu'on s'apercevrait de la regrettable erreur; il le priait de démentir son arrestation en disant qu'il faisait un voyage d'affaire; il lui recommandait surtout la plus scrupuleuse observation de leurs conditions financières et terminait en disant qu'il espérait être de retour le lendemain soir.

Il cacheta la lettre et la remit au balayeur; celui-ci lui dit :

— S'il y a une réponse, vous la trouverez demain matin sous la porte.

Il sortit, laissant André très perplexe, se demandant si cet homme n'était pas sincère, regrettant presque de ne s'en être pas servi. La porte de la cellule s'ouvrit, des gardes venaient le chercher.

Enfin il allait donc pouvoir parler à quelqu'un, se défendre; il suivit les gardes; ce qu'il avait espéré se produisit; après avoir traversé plusieurs cours intérieures et de longs couloirs, il dut traverser, toujours conduit par ses gardes, la grande cour du Palais; il allait s'engager sous la voûte lorsqu'il fouilla dans ses poches. André avait coupé la poche de son pantalon, il avait gardé dans sa main la lettre qu'il adressait à Iza; la main dans sa poche, il lâcha la lettre qui, glissant le long de sa jambe, tomba sur la chaussée, sans que ceux qui le conduisaient s'en aperçussent. Au moment de disparaître dans le couloir où se trouve l'escalier qui aboutit dans les différents cabinets des juges, il jeta un rapide coup d'œil, la lettre était sur le milieu de la chaussée.

Ce qu'André avait prévu arriva; il était à peine entré sous la voûte qu'un passant, voyant une lettre, la ramassa; la lettre était propre, l'écriture élégante, la suscription ne laissait pas supposer que la lettre venait d'un détenu; celle à qui elle était adressée portait la particule; le passant alla porter la lettre dans la boîte des postes. Cela était si naturel qu'Houdard l'avait prévu.

Arrivé dans le cabinet de M. Oscar de Verchemont, Houdard attendit avec l'apparence du plus grand calme. Quand le jeune magistrat releva la tête, il regarda quelques minutes l'homme qu'on lui amenait; il ne put dissimuler l'étonnement qu'il ressentit. A la place d'un bon coquin, à la figure rude, aux traits menaçants, il se trouvait en présence d'un homme élégant, aux traits distingués, à l'air sympathique. Il se remit vite et dit à Houdard, après lui avoir demandé ses nom et prénoms :

— Vous connaissez la grave accusation qui pèse contre vous.

— Cette accusation est si grave, si épouvantable, que je refusais d'y croire; aussi, monsieur, trouvais-je bien long le temps qui s'est écoulé depuis mon arrestation, persuadé que d'un mot vous seriez éclairé sur moi.

— Vous connaissiez Léa Médan?

— Oui, monsieur; elle était ma maîtresse.

— Depuis longtemps?

— Depuis deux ou trois mois.

— Où la rencontriez-vous habituellement?

— Dans la maison de la rue de Lacuée.

— N'alliez-vous jamais chez elle?

— Jamais...

— Si vous étiez l'amant de cette femme, comment se fait-il que vous consentiez à ne la voir que là?

— Mon Dieu, monsieur, je n'étais pas son amant, j'étais un de ses amants. Vous savez ce qu'était Léa; j'étais pour elle ce que les femmes comme elle appellent un caprice.

— Singulier rôle que vous acceptiez.

— Monsieur, à cette époque j'étais garçon, libre; ma position ne me permettait pas d'entretenir des femmes vivant comme vivait Léa, et tout en dépensant beaucoup avec elle, j'étais encore très heureux d'être son caprice.

— Son amant de cœur?

— Non, monsieur, cela n'est pas la même chose. Je vous le répète, j'étais son caprice, je satisfaisais un désir passager, sans avoir aucun droit jaloux sur elle. Je l'ai connue deux mois environ et je l'ai vue quatre fois dans ces deux mois.

— La dernière fois que vous avez vu Léa Médan, c'est la nuit du crime?

— Oui, monsieur.

— Comment se fait-il que lorsque vous avez appris la catastrophe vous ne soyez pas venu offrir d'aider la justice dans ses recherches en racontant au moins à quelle heure vous aviez quitté la victime?

— Parce que, monsieur, c'était la dernière fois que je voyais Léa, cela était convenu entre nous, je lui donnais ma dernière nuit de garçon; je partais de chez elle dans la nuit pour avoir le temps de me reposer chez moi. Or, il arriva que mon mariage fut rompu le lendemain matin; dans le bouleversement d'une chose semblable, je ne me suis pas occupé de mon ancienne maîtresse, je n'ai pas lu les journaux. J'avais bien autre chose à faire, et ce n'est que plus d'un mois après que j'appris la catastrophe; pour moi, monsieur, d'après ce qui m'a été dit, la pauvre belle n'a pas été assassinée, elle est morte d'accident.

— Comment, d'accident?

— Oui, monsieur, elle était étrangère; c'était, je crois, une bohémienne. Comme les gens de sa race, elle avait toujours des spécifiques particuliers. Je vous demande pardon des détails que je suis obligé de vous donner, et qui pourraient vous faire croire que je veux calomnier la pauvre morte. Je vous dois la vérité et suis obligé de tout dire pour repousser ce dont on ne craint pas de m'accuser.

Léa avait une nature étrange, toute de vice, l'ardeur des amours de fauve, que la dépravation avait encore augmentée; elle était absolument dévorée de luxurieux désirs. Elle avait souvent, étant seule, recours à des stupéfiants, des philtres dont elle avait le secret, qu'elle composait elle-même, qu'elle mêlait au champagne, et qui lui donnaient des songes étranges, desquels elle sortait épuisée; malgré tout ce que je lui disais, elle ne pouvait renoncer à ces débauches, et j'attribue la mort, surtout dans l'état où elle m'a été dépeinte, à l'abus qu'elle aurait fait de son philtre.

M. Oscar de Verchemont regardait et observait avec attention celui qui lui parlait; il s'exprimait facilement et simplement, et avec un accent convaincu qui l'embarrassait.

— Vous concluez à un accident?

— Oui, monsieur.

— Voulez-vous, monsieur, me dire ce qui s'est passé dans la soirée du 20 juin, où vous avez trouvé Léa Médan?

— Monsieur, environ huit jours avant, le 10 ou le 12 juin, nous avions déjeuné avec Léa au pavillon d'Armenonville, et mal à l'aise dans le cabinet, ne voulant pas me recevoir chez elle...

— Mais pourquoi ne voulait-elle pas vous recevoir chez elle?

— Je vous l'ai dit, monsieur, elle ne voulait pas que je me trouvasse avec celui qui l'entretient probablement, et avec un amant de cœur.

— Ce rôle d'amant de passage vous convenait, fit le juge avec une grimace de dégoût.

André vit l'effet et dit vivement :

— C'est même, monsieur, le seul qui pouvait me convenir; je rencontre une femme jolie, qui est la maîtresse d'un autre homme; si cette femme y consent, il pourra me plaire de l'aimer un jour pour l'oublier aussitôt, mais il ne me conviendrait pas d'être un amant de cœur; c'est un nom qui en déguise trop souvent un que je n'ai jamais porté. J'étais, si vous l'aimez mieux, le complice d'une infidélité qu'elle faisait à son amant.

Ces distinctions semblaient bien puériles au jeune magistrat; elles étaient peu de son goût, il passa.

— Reprenez, je vous prie.

— Léa me proposa de la venir trouver le 20 juin au concert des Champs-Élysées, vers neuf heures; nous devions partir ensemble pour passer la nuit dans une petite maison mystérieuse, rue de Lacuée.

— Vous connaissiez cette maison?

— Oui, monsieur, j'y avais été une fois déjà.

— Vous deviez passer la nuit ensemble... mais vous ne lui aviez pas parlé de votre mariage?

— Si, monsieur, j'omettais de vous le dire; ce fut cet aveu qui motiva son rendez-vous; elle me dit de lui donner ma dernière nuit de garçon.

— Continuez.

Et le jeune juge, accoudé sur son bureau, le menton dans la paume de la main, mordillant ses ongles, le regard fixé sur le visage d'André, ne perdait pas un mouvement de sa physionomie.

André, l'air doux, affable, et ne paraissant nullement gêné par l'observation attentive du juge d'instruction, continua :

— Je vins au rendez-vous; il n'était pas encore dix heures; je rencontrai Léa et elle voulut partir aussitôt.

— Elle était seule?

— Oui, monsieur.

— Mais les femmes n'entrent qu'accompagnées par un cavalier, au concert dont vous parlez.

André tout embarrassé :

— Peut-être était-elle venue avec quelqu'un qu'elle quitta en me voyant.

— Nous avons un rapport qui constate que Léa Médan est entrée au concert au bras d'un cavalier de votre taille, et qu'elle paraissait être dans un état d'ébriété bruyante qui faillit lui faire refuser l'entrée.

— Ce n'était pas moi, dit vivement André avec un mouvement nerveux.

— Continuez.

— Nous sortîmes aussitôt; sa voiture nous attendait; c'est ce cocher que l'on m'a montré qui, probablement, nous conduisait, puisqu'il m'a reconnu ; mais je ne savais pas que la voiture était louée, je croyais que c'était à elle. Elle commanda au cocher de nous conduire où il savait — car la petite maison de la rue de Lacuée servait, je vous le répète, aux caprices de Léa, — et le cocher n'y a pas mené que moi. Très rapidement arrivés où nous allions, nous descendîmes. C'est moi qui rappelai alors à Léa que le lendemain je devais être chez moi de très bonne heure, et je dis au cocher de revenir vers trois heures du matin.

— Pourquoi si tôt?

— Ainsi j'avais le temps de rentrer chez moi, de me reposer, et le lendemain, si quelque parent venait très matin, il me trouvait chez moi.

— Que fîtes-vous alors ?

— Nous montâmes chez elle ; elle avait toujours une petite collation de gâteaux qui attendait, avec deux ou trois bouteilles de champagne.

— Où cela se trouvait-il?

— Dans un buffet, dans la salle à manger; elle me dit que la femme qui soignait la maison devait toujours veiller à ce que cette espèce d'en-cas fût prêt.

— Bien... continuez.

— Elle avança le guéridon du lit, y plaça le plateau, et nous nous couchâmes ; nous buvions et mangions dans le lit.

— Et il y avait combien de bouteilles de champagne?

— Une seule, monsieur. Je sais, on en a trouvé deux, dont une seulement où se trouvait ce stupéfiant poison... C'est justement ce qui établit ce que je dis. Lorsque je suis parti, elle a débouché une autre bouteille de champagne et y a versé son philtre, puis elle a bu... elle a bu trop...

— Ainsi, ce vin était chez elle, vous l'affirmez?

— Je l'affirme.

— Ceci est très important.

— Je l'affirme, monsieur, ces deux bouteilles étaient chez elle dans l'armoire.

— Que contenait un petit panier que vous avez pris en passant sur le boulevard et que vous teniez à la main en entrant chez Léa Médan?

Tout bouleversé, André dit :

— Je ne me souviens pas de ça.

— Rassemblez vos souvenirs, fit le jeune juge avec un singulier sourire.

— Je vous répète, monsieur, que je ne sais pas ce que vous voulez dire.

En disant ces mots, André était visiblement embarrassé; il sentait qu'il venait de faire une faute; il avait nié, et cette négation allait devenir insoutenable; il s'en aperçut aussitôt, car le jeune magistrat lui dit :

— Ainsi, Houdard — c'était la première fois que le juge d'instruction ne disait pas monsieur — vous niez avoir fait arrêter votre cocher sur le boulevard, être descendu de voiture pour entrer dans un café et y prendre un petit panier carré soigneusement attaché que vous aviez confié à un garçon quelques heures auparavant et avoir emporté ce panier chez Léa Médan.

— Mon Dieu, monsieur, je ne nie pas absolument, je vous dis que je ne me souviens pas de ce détail sans importance.

— Sans importance! dites-vous. Mais je puis supposer que ce panier contenait les provisions, vins et gâteaux, qui servirent à votre souper.

— Je n'aurais pas moi-même apporté si minces provisions.

— Enfin, vous serez confronté avec le garçon de café. Revenons où nous en étions : vous avez mangé quelques gâteaux et bu une seule bouteille de champagne avec Léa Médan?

— Oui, monsieur.

— A quelle heure l'avez-vous quittée?

— De trois à quatre heures, au petit jour.

— Elle était endormie?

— Oh! non, monsieur, au contraire, je dus presque m'arracher de ses bras; elle insistait pour que je restasse, disant que je pouvais bien achever ma nuit près d'elle, puisque c'était la dernière que nous devions passer ensemble.

— Elle ne manifestait aucune idée de suicide?

— Non, monsieur, je n'ai pas dit que je croyais à un suicide. Quand je l'ai quittée, elle était dans un état... embarrassant à expliquer, très fréquent chez elle; elle était furieuse de mon départ.

— Et vous croyez qu'elle était seule? Personne n'a pu venir après vous?

— Je le crois.

— Vous prétendez enfin que, sujette à des attaques d'hystérie, la malheureuse se trouvait dans ce cas, et, seule, elle a cherché dans un breuvage dangereux la satisfaction de ses désirs : l'abus a amené la mort.

— Oui, monsieur, c'est cela.

— C'est bien là votre système?

— C'est la vérité.

D'abord étonné par l'allure, le ton, les manières d'André, M. Oscar de Verchemont s'était demandé s'il n'avait pas été un peu vite en autorisant son arrestation; dès les premiers mots, il avait cru à une erreur, mais cette impression s'était bien vite modifiée, et plus André maintenant se défendait, et plus le jeune magistrat s'affirmait qu'il était coupable. Houdard ne s'y était pas trompé, il croyait l'instruction moins avancée, il croyait que l'on n'avait trouvé pour l'accuser que le cocher qu'on lui avait montré; il se trouvait fort embarrassé, craignant d'augmenter les charges par des contradictions; il n'osait parler et se décidait à répondre seulement pour ne point s'égarer.

M. Oscar de Verchemont lui dit le plus simplement du monde :

— La vérité, Houdard, je vais vous la dire... Vous avez, dans une soirée de débauche, enivré la malheureuse Léa Médan, puis abusant de son état, vous l'avez fait boire le champagne empoisonné qui l'a tuée.

— Moi, moi! Oh! mon Dieu! monsieur, que me dites-vous là...

Le ton avec lequel cette phrase fut exclamée fit hocher la tête au jeune juge, souriant; c'était un mouvement admiratif pour son accent de sincérité; mais il ne s'y trompa pas et reprit :

— Je vais vous dire ce qui s'est passé. Vous avez passé la fin de la journée du vingt juin avec Léa Médan, vous avez dîné avec elle au pavillon d'Ermenonville, non huit ou dix jours avant, mais le jour même; elle aimait beaucoup à boire et vous l'avez aidée à sacrifier à ce vice; quand vous êtes sorti avec elle du restaurant vous la souteniez, et comme elle faillit tomber dans le jardin, que vous vîtes rire des garçons, vous avez envoyé chercher une voiture; cette voiture vous a conduits au concert des Champs-Élysées. Léa se tenait mieux, mais parlait haut, riait bruyamment. Voyant que le contrôleur vous remarquait, vous l'avez engagée à s'observer. Vous êtes entré au concert et vous avez attendu dix heures, c'est l'heure où la voiture devait vous prendre. A dix heures vous sortez et vous montez en voiture, recommandant au cocher de prendre par les boulevards. Au boulevard Montmartre, vous avez fait arrêter la voiture, vous êtes descendu dans un café où vous étiez venu quatre heures avant prendre un verre de madère. Vous aviez confié au garçon un petit panier carré, c'est ce panier que vous avez repris; vous êtes alors remonté en voiture pour en descendre au boulevard de la Contrescarpe... Avez-vous quelques observations à faire sur cette première partie?

— Monsieur, répondit André, dont le calme semblait plus grand à mesure que l'accusation devenait plus formelle, monsieur, je vous répéterai que je n'ai rencontré Léa qu'à dix heures, au concert où elle m'avait donné rendez-vous, qu'elle n'était pas ivre, mais dans l'état d'excitation commun à la maladie qui la dévorait. La voiture a suivi les boulevards; j'ai pu descendre et entrer dans un café où je vais quelquefois pour me rafraîchir, mais ce n'est pas ce jour que j'ai déposé et repris un panier, c'est une autre fois.

— Le cocher vous a vu revenir avec un panier.

— Ce n'était pas la première fois que le cocher me menait avec Léa, et le cocher se trompe de jour, c'est la fois précédente où nous nous étions fait conduire rue de Lacuée, à la même heure; cette fois, nous devions souper et, dans la soirée, j'avais été acheter un petit panier d'huîtres.

— Très bien, il est pris note de votre déclaration; vous serez confronté avec le cocher et le garçon... Enfin, arrivés rue de Lacuée, vous avez tiré de votre panier les gâteaux et les deux bouteilles de champagne; vous avez d'abord débouché celle qui n'était pas apprêtée, vous avez bu. Ivre, la malheureuse n'avait aucune retenue; elle se mit complètement nue, excitée par la débauche, altérée, vous la poussiez sans cesse à boire; c'est alors que vous avez débouché la seconde bouteille, vous réservant pour vous ce qui restait de la première. Léa vous appartenait tout entière, elle vous aimait et elle était ivre; il n'est pas utile de rechercher votre débauche, nous ne visons que le crime; elle a bu la liqueur empoisonnée par un poison composé que nos experts ont trouvé, et dont l'effet est étrange, puisqu'en même temps qu'il donne la mort il donne le plaisir. La malheureuse fille était entre vos bras, et elle a cru s'endormir alors qu'elle commençait sa voluptueuse agonie; vous l'avez rejetée et elle est tombée, ainsi qu'on l'a trouvée, au pied de son lit, souriante et comme endormie sur la peau d'ours noir. Vous vous êtes levé et habillé en toute hâte, vous avez fouillé les meubles et vous avez volé...

— Ah! je suis aussi un voleur?

— Un paquet de titres, et de plus toute une correspondance étrangère enfermée dans une serviette d'avocat; puis vous avez vidé ce qui restait du champagne empoisonné dans les cendres de la cheminée et vous vous êtes sauvé; il était trois heures et demie du matin, la voiture vous attendait boulevard de la Contrescarpe, vous courriez pour vous y rendre, et vous avez heurté un ouvrier qui, furieux, vous poursuivit... Voilà la vérité, André Houdard.

Le visage d'André n'avait pas bronché, il était resté calme; seulement les veines des tempes étaient gonflées et battaient plus rapides. Il dit doucement :

— Mon Dieu, monsieur, je n'ai rien à répondre, votre imagination féconde vient de bâtir une scène originale. Ce qui s'est passé rue de Lacuée n'avait qu'un témoin, c'est moi. Je vous dis la vérité. Il vous plaît de n'y pas croire, et votre fantaisie me fait assassin, puis voleur. Que voulez-vous que je dise?... Je suis voleur, j'ai volé des titres; on a fouillé chez moi, les a-t-on trouvés? où est cet argent? qu'en ai-je fait? mes dépenses sont toujours les mêmes, avant comme après le crime... Je comprendrais au moins l'invention de votre fable si vous aviez la moindre preuve contre moi...

— Qui vous dit que je ne l'aie pas?

André fronça le sourcil.

— Vous vous trouverez bientôt en face de celui auquel vous avez confié ces valeurs.

Cette fois, André ne put cacher son impression; son regard se fixa sur celui du juge, cherchant à lire si celui-ci disait la vérité.

C'est en vain qu'il aurait cherché à le cacher, il avait été touché cette fois. Toutes les craintes qui le tourmentaient depuis son arrestation revinrent le troubler. La mère Paillard avait probablement, sur la demande de Tussaud, détaché les coupons des titres qu'il lui avait confiés, et on était allé les toucher; ce qu'il redoutait était arrivé, les numéros des valeurs étaient signalés, les titres étaient frappés d'opposition, on avait saisi les titres et arrêté celui qui les présentait.

— C'est un assassin! râla le brave négociant (PAGE 223).

Cela dura une minute à peine, et lorsque M. Oscar de Verchemont se flattait d'avoir confondu l'inculpé et espérait obtenir des aveux, André s'était remis et un sourire dédaigneux était sur ses lèvres.

— Vous avez les numéros des titres volés chez Léa ; cette circonstance, monsieur, est heureuse pour moi ; si vous venez réellement d'arrêter celui qui voulait les vendre, vous tenez le voleur, l'auteur du crime dont vous m'accusez; mais, comme je suis bien persuadé qu'il n'y a pas eu crime, comme je ne crois pas que si Léa avait une somme en actions ou autre, elle l'aurait été porter dans sa petite maison d'amour de la rue de Lacuée, je crois qu'il vous sera bien difficile de trouver l'auteur d'un vol qui n'existe pas.

Oscar de Verchemont commençait à s'impatienter de ce calme et de cette audace ; nous l'avons dit, le juge qui doutait au commencement de l'interrogatoire, était maintenant absolument convaincu de la culpabilité d'André Houdard. Ce qui énervait le juge d'instruction, c'était le calme de l'inculpé, qui ne s'était démenti qu'une seconde ; cet homme semblait être assuré de l'impunité ; dans ses façons, dans ses réponses, il paraissait être plus ennuyé qu'inquiet.

— André Houdard, je vous le répète, nous vous présenterons les valeurs, et ceux auxquels vous les aviez confiées. Dites-nous, qu'avez-vous fait des papiers que vous avez emportés dans un grand portefeuille ?

— Quels papiers, monsieur ?

— Une volumineuse correspondance étrangère.

— Je vous répète, monsieur, que je suis sorti de chez la pauvre Léa au matin pour me rendre chez moi.

— Bien ; vous avez vu le cocher, vous serez de nouveau confronté avec lui ; il affirme que vous êtes monté dans sa voiture vers trois heures et demie du matin.

— Je ne nie pas cela.

— Il vous affirmera que vous vous êtes fait conduire faubourg du Roule, et vous demeuriez à cette époque rue de Rivoli ; vous n'êtes donc pas rentré chez vous en sortant de chez Léa.

— Je me suis fait conduire au bois de Boulogne, parce qu'il faisait cette nuit-là une effroyable chaleur, et qu'après la nuit agitée que j'avais passée, j'avais besoin d'air. Arrivé faubourg du Roule, j'ai préféré quitter la voiture afin de gagner les Champs-Élysées pour revenir à pied chez moi, et le cocher devra vous déclarer qu'en descendant de voiture je n'avais que ma canne à la main, je n'avais pas de portefeuille sous le bras.

— Vous pouviez l'avoir caché sous vos vêtements... Vous refusez de nous dire ce que vous avez fait de ces papiers ?

— Mais je ne sais de quels papiers vous voulez parler.

— Ainsi vous persistez dans votre système, vous n'êtes pas l'auteur du crime, vous n'avez rien dérobé chez Léa Médan ; cette fille est morte empoisonnée par elle-même accidentellement et rien n'a disparu de chez elle ?

— Oui, monsieur.

— C'est bien, nous allons terminer aujourd'hui ; demain, vous serez confronté avec tous ceux qui vous ont vu...

Puis, s'adressant à son greffier :

— Vous allez préparer un ordre de transfert et d'écrou à Mazas.

André releva aussitôt la tête.

— Mais, monsieur, jusqu'à cette heure vous n'avez pas une preuve, pas un fait qui vous autorise à me maintenir en état d'arrestation. Je réclame hautement ma liberté me tenant à votre disposition.

M. de Verchemont se contenta de hausser les épaules, et il fit signe aux gardes d'emmener l'inculpé.

— C'est une indignité, monsieur, vous abusez de votre autorité, je suis innocent de ce dont vous m'accusez. Prenez garde... à ce qui arrivera... prenez garde!

— Gardes, emmenez cet homme, dit sèchement le jeune magistrat.

Et Houdard, entraîné par les gardes, sortit furieux, se contraignant pour ne pas injurier le juge d'instruction ; on le reconduisit à la prison et quelques heures après il pleurait de rage en montant dans la voiture à cellules qui devait le conduire à Mazas.

M. Oscar de Verchemont, seul, donna les ordres nécessaires pour que l'affaire fût pressée ; il fallait citer tous les témoins pour le lendemain ; absolument convaincu de la culpabilité d'Houdard, il voulait au plus tôt terminer son instruction. Un nouveau télégramme lui apprit que l'homme qu'on avait arrêté au Havre, porteur des titres disparus, était dirigé sur Paris ; on n'avait pas retrouvé tous les titres, mais un reçu trouvé dans sa malle avait éclairé la justice. Les titres étaient déposés chez un notaire. À toutes les questions cet homme avait refusé de répondre ; il avait seulement déclaré qu'une de ses tantes, morte récemment à Paris, lui avait donné ces titres ; en se sentant mourir, elle les lui avait donnés de la main à la main, voulant ménager la jalousie de son fils. On avait trouvé sur lui une carte d'agent de la sûreté au nom de Boyer.

— Qu'est-ce que ça veut dire! exclama M. de Verchemont, il n'est pas possible qu'il soit question de Boyer.

— Oh non! fit le greffier, c'est une carte volée.

— Enfin, il arrive ce soir, nous saurons cela demain.

On frappa à la porte du bureau, c'était l'agent Huret.

— Eh bien? demanda le juge en le voyant.

— J'apporte du nouveau.

— Dites.

— J'ai été chez cet homme qui était venu réclamer les titres volés.

— Le fabricant de bronze?

— Oui, Tussaud... C'est le beau-père de l'homme que nous avons arrêté...

— Ah!

— Il est absolument ignorant de la situation de son gendre. Ce dernier, André Houdard, a dans le quartier la plus épouvantable réputation ; il passe pour avoir été l'amant de la mère avant d'avoir épousé la fille...

— Oh!

— En s'associant avec son beau-père il a apporté les titres ; ces titres furent déposés par lui chez une femme Paillard, en garantie d'un prêt de soixante mille francs, à un taux très élevé, que ne justifiait guère un placement aussi solide, puisqu'il était fait sur des valeurs, mais sous la condition que ces titres resteraient sous enveloppe, que lui seul en prendrait les coupons.

— Il avait pris ses précautions... Nous avons bien notre homme.

— La famille ne se doute absolument de rien, mais le plus malheureux de tout cela, c'est que ce sont de très braves gens qui ont été dupés par ce misérable, c'est que la jeune femme est enceinte.

— Oh ! les pauvres gens ! Vous ne leur avez rien dit ?

— Rien ! J'ai questionné relativement aux valeurs qu'ils recherchent ; l'arrestation n'a pas semblé avoir porté un coup bien terrible à la jeune femme. Le beau-père croit que son gendre est arrêté pour une cause politique. En somme, j'ai été si bouleversé que j'ai peu questionné ; il serait nécessaire que vous citassiez tous ces gens demain.

— C'est ce que l'on va faire ; vous allez nous aider, dictez les noms.

L'agent s'assit près du greffier, et M. Oscar de Verchemont ayant regardé l'heure à sa montre, se disposait à sortir, lorsque se ravisant, il dit :

— En même temps, faites un ordre d'élargissement que je signerai, pour ce jeune homme, ce Ferrand.

— Monsieur, un jour de plus ou de moins, c'est peu ; je vous demanderai de le garder encore ; il faut, dans les confrontations que nous allons faire, que nous soyons bien renseignés sur certains points.

— Assurément, il n'est rien dans l'affaire.

— Je ne veux pas dire qu'il soit le principal coupable, mais je crois qu'il en est ; il connaît Houdard.

— Que me dites-vous là ?

— J'en suis certain : ce nom, prononcé devant lui, lui a fait tourner la tête ; de plus, il y a une chose que nous ne pouvons nous expliquer, c'est lui qui a acheté le champagne et les gâteaux.

— Mais puisque ce cocher vous a dit avoir vu Houdard prendre et porter un panier la nuit du crime chez la malheureuse Léa ?

— C'est bien Houdard qui a porté les gâteaux et les bouteilles dans le panier, mais je crois que c'est Ferrand qu'il avait chargé de les lui procurer ; je suppose que c'est Ferrand, chez lequel nous avons trouvé le traité du poison de Claude Bernard, qui a composé le poison.

— Vous devez vous tromper ; mais, enfin, comme nous n'avons aucune raison d'agir légèrement, attendons ; après nos interrogatoires, nous serons fixés et nous aviserons.

— Devons-nous citer la jeune femme ?

— Non... il sera assez temps si nous y sommes obligés.

Le jeune juge sortit pour déjeuner, il devait revenir dans l'après-dîner. Quand il revint, un domestique l'attendait depuis une grande heure ; il lui remit une lettre parfumée dont le toucher seul lui fit monter le rouge au front ; il voulut le cacher et alla briser l'enveloppe et lire dans l'embrasure de la fenêtre. Il lut :

« Cher ami,

» Vous m'oubliez donc ! êtes-vous fâché après moi ? Il faut que je vous voie ce soir. Il faut, ingrat, un bon baiser de votre amie.

» IZA. »

— J'irai, dit-il au domestique d'une voix étranglée par l'émotion.

Le domestique se retira.

M. Oscar de Verchemont se mit à son bureau, cherchant à mettre de l'ordre dans ses dossiers ; mais ce fut vainement ; le travail était impossible, sa main tremblait et ne pouvait écrire, et sans cesse il fouillait sa poche et en tirait la lettre pour la relire et en respirer le parfum.

Depuis le jour où il avait appris la disparition des valeurs confiées à Mme veuve Paillard, le pauvre Tussaud ne vivait plus. Il n'en avait pas dit un mot à la maison ; mais cela était lourd à garder tout seul. Il passait des nuits blanches ; cette disparition coïncidant avec l'arrestation de son gendre lui faisait faire de mauvais rêves. Dès l'aube, il était levé et se renseignait. Nous avons dit sa manie de croire que la politique était cause de l'arrestation d'Houdard ; peu à peu il se demanda si les fonds de celui-ci n'étaient pas à l'Etat, s'il ne s'était pas compromis en allant à la préfecture. La lettre d'Houdard, au lieu de le rassurer, le bouleversa ; car, il comprit bien qu'elle lui ordonnait la plus grande réserve sur cet argent ; il avoua à sa femme les transes par lesquelles il passait depuis l'arrestation de son gendre, il lui raconta la mort de sa vieille amie, la mère Marianne Paillard, et la disparition des titres qui lui avaient été confiés. On juge facilement du bouleversement que ces nouvelles produisirent sur Mme Tussaud ; le malheur était dans l'air, on était menacé d'une grande catastrophe. Mais l'aveu fait à sa femme donna un peu de courage à Tussaud, et il s'apprêta pour se rendre au Palais de justice, se répétant ce qu'elle lui avait dit.

— Quoi, après tout ! qu'est-ce que je puis craindre ? ai-je la moindre des choses à me reprocher ? Si c'est pour une chose grave que mon gendre est arrêté, je n'en suis pas responsable. On me dira que j'aurais pu, avant de le donner pour époux à ma fille, me renseigner plus à fond sur lui ; mais, dans les affaires, est-ce que l'on prend des renseignements sur les gens qui ont de l'argent ? Claude Tussaud peut lever la tête haute, il n'a rien à se reprocher ; la maison Tussaud a pour raison sociale : Ancienne maison Tussaud, Claude Tussaud successeur de son père ; le nom de mon gendre est dans la commandite, dans les livres de la maison, mais pas du tout dans ses affaires extérieures. S'il est indigne de nous, eh bien ! les tribunaux sont là, et tout est dit. Allons chez le juge d'instruction.

Et, après s'être fait faire par Mme Tussaud le nœud de sa cravate, après avoir embrassé sa fille et Adèle, il partit.

Cécile était toujours souffrante ; lorsqu'elle avait reçu Amélie, qu'elle avait pu causer avec la jeune fille de tout ce qui était advenu à son frère depuis le jour de sa tentative de suicide, elle avait bien longuement pleuré, elle s'était reproché surtout sa faiblesse, son manque de courage ; c'est à cause d'elle que tous ces malheurs étaient survenus. Eh ! mon dieu ! si, fidèle au serment donné, elle avait refusé positivement à son père d'épouser jamais le misérable dont elle portait le nom, les créanciers de Tussaud l'auraient dépossédé ; mais, plus pauvres, on se serait mis sérieusement au travail, les jeunes auraient travaillé pour les vieux, et aujourd'hui, au lieu d'être attachés pour toujours au malheur, on serait pauvres, mais gais, mais heureux enfin. Elle voulait dans la mesure du possible racheter le mal qu'elle avait fait, et décidée à tout, elle dit à Amélie qu'elle savait une chose qui peut-être pourrait sauver son frère, et qu'elle était prête à l'accompagner chez le juge d'instruction; Amélie refusa, elle était presque assurée que son frère allait sortir, il n'était pas nécessaire de venir rien raconter maintenant au juge; alors qu'on croyait servir Maurice, peut-être lui nuirait-on; de plus, depuis la soirée de l'arrestation de son mari, l'émotion qu'elle avait ressentie dans l'état de grossesse où elle se trouvait l'avait rendue malade; on avait craint un instant une catastrophe; depuis ce jour elle était très faible et avait besoin de ménagements et de soins; il fut donc décidé entre les deux amies qu'on ne ferait une démarche près du juge que si l'arrestation de Maurice était maintenue.

Le jour où Tussaud s'était rendu au Palais de justice où il était appelé par le juge d'instruction, Adèle, dès que son mari avait été dehors, était montée chez sa fille et lui avait raconté ce qu'elle venait d'apprendre. La jeune femme eut aussitôt le pressentiment que la chose était grave; elle ne redoutait rien pour son père, mais elle dit très franchement à sa mère :

— Il est capable d'avoir volé l'argent qu'il nous a apporté.

— Oh ! tu es folle.

— Je ne suis pas folle, je le juge capable de tout, de mal faire surtout... Mais son indignité ne m'embarrasse guère, au contraire, et je demande si le motif de son arrestation est si grave qu'il ne puisse recouvrer sa liberté...

— Oh ! pauvre enfant ! Quelle existence, toute la vie seule !

— Seule... avec mes souvenirs... Songe donc, mère, je ne suis point comme les malheureuses victimes d'une faute qui, prêtes à enfanter, ont pour le père, pour l'homme qui les a abandonnées, mépris et haine. Au contraire, moi, ce père, je l'aime toujours, et puisque je n'ai pu l'avoir pour époux, puisque je ne puis le revoir, il revivra pour mon affection dans mon enfant, le sien. L'homme auquel je suis condamnée haïra mon enfant; il pourrait, puisqu'il est légalement son père, le diriger, l'éloigner de moi; il serait assez misérable pour se venger de la mère sur l'enfant... et si le bonheur voulait que la prison m'en séparât, que son indignité me permît de plaider, je serais heureuse, et je ne vivrais pas seule, puisque je vivrais libre avec mon enfant.

— Il n'y a pas besoin de cela pour que tu sois libre, nous l'avons décidé avec ton père. En raison de sa conduite avec toi, nous obtiendrons une séparation, nous n'avons plus rien à redouter de ses calomnies, aujourd'hui on ne le croira plus.

Lorsque Tussaud, le lendemain de l'arrestation, avait été s'informer à la préfecture de police après avoir lu le journal, il était sorti des bureaux content; nous l'avons dit, ayant appris qu'André maltraitait sa fille, et qu'elle voulait se séparer d'avec son mari, il avait vu dans la séparation la réalisation du rêve qu'il caressait : « être maître chez lui. » Car depuis qu'André avait apporté des fonds, il était forcé de subir son contrôle, et cela le blessait. Or, il se disait :

— Cécile va être mère; non seulement on doit s'occuper d'elle, mais aussi de son enfant. Son mari la bat, il se conduit mal; dans l'intérêt de cette famille, la séparation de biens, qui est prononcée en même temps que la séparation de corps, doit être faite en nous laissant le capital que je fais valoir, et en lui servant, à lui, une rente annuelle... Ainsi j'en suis débarrassé.

Pour obtenir la séparation qu'il rêvait, il fallait prouver la conduite d'André; or, s'il était sorti content ce jour des bureaux de la préfecture, c'est qu'on lui avait dit qu'il n'était qu'indirectement inculpé dans l'affaire d'une femme qui s'était suicidée, dont il avait été l'amant; on prétendait qu'il avait vu cette femme la veille de son suicide. C'était tout ce qu'il fallait à Tussaud, André risquait de manger le bien de sa femme et de ses enfants chez des entretenues. Comme l'accusation d'avoir été l'amant d'une suicidée ou assassinée ne suffit pas pour justifier une incarcération, on n'avait dit à Tussaud que ce que l'on avait voulu pour ne pas gêner l'instruction, et celui-ci pensait qu'André allait être bientôt remis en liberté; c'est à cause de cette idée qu'il s'était prudemment dit :

— Avant de déposer la demande en séparation, et avant la sortie d'André, je vais faire mettre les valeurs en sûreté.

Et il avait été chez la mère Paillard pour faire détacher les coupons, afin de les toucher, puis pour que celle-ci déposât chez son notaire les titres. Nous avons vu ce qui s'était passé, et, depuis ce jour, la vie agitée que menait le malheureux commerçant.

Mme Tussaud et sa fille, entendant une voiture s'arrêter devant la porte, pensèrent que c'était Tussaud qui revenait; elles descendirent aussitôt. Elles ne s'étaient pas trompées; quand elles arrivèrent dans la salle à manger, le fabricant de bronze entrait, livide, blême, le visage décomposé; il s'appuyait au mur comme un homme ivre, se soutenant à peine; il s'affaissa plutôt qu'il ne s'assit sur un siège, les yeux hagards, les bras tombants. Les deux femmes, étonnées, s'écrièrent inquiètes :

— Ah mon Dieu! mais qu'y a-t-il?

Et elles se précipitèrent vers lui, l'entourant, essuyant son front ruisselant de sueur. Il les regardait d'un air hébété, et elles redemandèrent, véritablement effrayées de le voir ainsi :

— Mais que t'est-il arrivé?

— Père, qu'y a-t-il, réponds-nous donc...

— C'est épouvantable! parvint-il à balbutier pâteusement.

Cécile regardait son père, et elle dit :

— Tu viens de chez le juge d'instruction, que t'a-t-on dit?... pourquoi est-il arrêté?

— Oh!... fit-il en secouant la tête.

— Mais réponds-nous donc... demandait la jeune femme avec impatience... Quoi, c'est un voleur, il avait volé les titres qu'il nous a apportés?

Tussaud hocha la tête en signe d'assentiment, et il répéta :

— Oui... oui, c'est un voleur.

— Oh mon Dieu! mais, fit Mme Tussaud, nous sommes déshonorés...

— Voleur! oui... hocqueta Tussaud, et ce n'est pas tout...

— Quoi?

— C'est un assassin! râla le brave négociant, laissant tomber sa tête sur sa poitrine; les deux femmes jetèrent un cri en se cachant le visage, comme si le criminel était devant elles.

Si loin qu'ils eussent été dans leurs suppositions, jamais ils n'auraient cru chose aussi épouvantable. Voleur, cela avait paru possible à Cécile, mais assassin! Ah! ils avaient désiré un délit grave qui permît de briser à jamais, ils étaient servis au delà de leur désir. Il fallut bien revenir de l'affolement dans lequel cette nouvelle les plongeait et s'occuper raisonnablement de faire ce qu'il y avait à faire. Cécile semblait la plus calme; elle n'avait eu au fond avec cet homme que des relations de haine et de mépris; tout ce qu'elle avait deviné, ce qu'elle avait dit, ce qu'elle avait pensé de lui se réalisait. Elle en était délivrée à tout jamais; c'était un grand scandale, mais elle sentait qu'elle en sortirait avec le respect et la pitié de tous; on n'allait pas manquer de parler d'elle au tribunal; on raconterait assurément, car c'était un argument pour l'accusation, la répulsion qu'elle éprouvait pour André, répulsion telle qu'elle avait cherché à échapper au mariage par le suicide. Si André cynique voulait se venger en la déshonorant, c'est-à-dire s'il racontait que l'enfant qu'elle portait dans ses flancs n'était pas le sien, qu'il n'avait jamais été véritablement le mari de celle qu'il avait épousée, alors, bravant tout, elle raconterait la vérité: la mort n'avait pas voulu d'elle. Mais l'histoire rendue publique l'obligerait à marcher sur toute convenance au travers de la loi qu'elle ne pouvait briser, et puisqu'elle ne pouvait divorcer, c'est-à-dire se débarrasser à jamais du nom de son mari, pendant que le misérable expierait ses fautes au bagne, elle vivrait avec le père de son enfant; ce serait lui qui l'aurait poussée là. Toutes ces pensées traversaient rapidement son cerveau; elle se dressa tout à coup... l'échafaud pouvait la faire veuve. Cette idée ne l'effraya pas, au contraire. Celui qu'elle aimait savait qui elle était, et en lui donnant son nom, il effaçait la souillure qu'André avait laissée sur elle.

Adèle Tussaud était atterrée; elle ne pensait qu'à une chose, ce qu'allait dire le monde; tous les envieux, tous les jaloux que le relèvement de la maison avait faits, tous allaient comme une meute hurler après eux. On allait parler d'elle, qui avait voulu marier cet homme, son amant, à sa fille, et dans les recherches que la justice allait faire sur le criminel, qu'allait-on découvrir? Et le rouge lui montait au visage. Sacrifié, n'ayant plus rien à ménager, le misérable, pour se venger des Tussaud, n'allait-il pas raconter devant les tribunaux ce qui avait été le malheur de la vie d'Adèle?... Et en pensant à ces probabilités, elle n'osait relever la tête pour regarder son mari.

Celui-ci était un homme positif; il avait désiré une situation compromettante pour son gendre, afin de pouvoir s'en débarrasser; avec l'égoïsme du bourgeois, il était gêné de la reconnaissance qu'il devait à celui qui l'avait sauvé, et il était heureux d'avoir du mal à dire sur lui. Mais ce n'était plus ça. Un assassinat, ce n'était pas seulement de la honte pour le seul André, c'étaient des éclaboussures pour les parents, pour ceux qui, dans leur âpreté à avoir de l'argent, avaient jeté leur fille au premier coquin venu. Qu'allaient penser les jurés, tous négociants, d'un homme qui, ayant une fille à marier, la livre à un individu qui ne peut justifier de la possession de ses biens, qui n'a aucun moyen d'existence?... Au jour où il

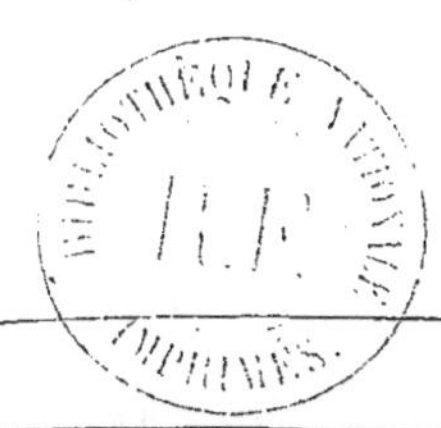

— Oh! je t'aime, je t'aime (PAGE 232).

avait besoin, il ne pensait guère à cela, il avait sa maxime : « Quand un homme a de l'argent, c'est un honnête homme. » Elle lui avait suffi pour faire son ami, puis son gendre, d'André. Mais l'argent avec lequel sa maison s'était refaite, l'argent apporté par Houdard était sanglant ; c'était le produit d'un assassinat, le résultat d'un vol!... Cet argent, le juge d'instruction lui avait dit qu'il était retrouvé ; bien ; mais naturellement il allait retourner à sa source ; on le reprenait pour le rendre aux héritiers de la victime, et il se trouvait de nouveau ruiné, cette fois la honte en plus, et il avait été le recéleur inconscient, et sa fille, séparée violemment de son mari par la condamnation, lui revenait flétrie, pour lui donner la charge d'élever l'enfant d'un assassin. Il était ruiné, perdu, ses charges augmentaient, et il n'avait pas le droit de se plaindre : c'est lui qui avait voulu ce mariage, contre tous... Lui aussi, le malheureux, il n'osait relever la tête, de crainte de rencontrer le regard de sa femme. A cette heure, Tussaud pensa au suicide!

Le timbre de la porte sonna, un homme entra; c'est à peine s'il le vit. Adèle, les yeux mouillés, alla prendre la main de sa fille et l'entraîna dans sa chambre, en disant à Tussaud :

— Claude, vois donc, voici quelqu'un.

Et les deux femmes sortirent.

Claude eut un gros soupir et releva la tête; reconnaissant Louis Paillard, il eut un mouvement de douleur et de honte. Celui-ci s'avança vers lui et, lui tendant la main, lui dit :

— Monsieur Tussaud, en vous voyant sortir du cabinet du juge d'instruction si bouleversé, je n'ai osé vous parler; je viens, car nous avons à causer ensemble...

— Je suis à votre discrétion... monsieur, dit Tussaud d'une voix étouffée... en lui tendant une chaise, et je vous jure que j'ai été la victime...

— Monsieur Tussaud, c'est parce que je sais cela que je viens... Vous n'avez rien à me dire, je sais tout. Vous êtes assez malheureux pour que je ne vienne pas ajouter à une semblable catastrophe.

— Merci, monsieur, dit Tussaud en lui serrant la main, et en cherchant à lire dans ses yeux ce qu'il voulait faire...

— Maman vous avait prêté soixante mille francs sur des garanties qu'un coquin vous avait données... Ces titres étaient volés, il n'en reste rien; nous allons déchirer le papier que maman vous a fait, et vous en ferez un autre par lequel vous reconnaîtrez que je vous ai versé la même somme; elle est placée chez vous au taux légal pour le temps que vous voudrez... Ça vous va-t-il?

— Ah! monsieur Paillard, vous me sauvez... Si ça me va!... Si ça me va!... Mais j'échappe ainsi à la honte; ce n'est plus à ce coquin, à ce misérable, c'est à vous que je dois cet argent, et vous me le prêtez personnellement...

Et Tussaud serrait affectueusement les mains de Paillard. Toutes les sombres pensées qui l'avaient assailli venaient de s'envoler. Que lui importait que son gendre fût un assassin, puis un forçat, il reniait le misérable; quoi! sa fille avait fait un mauvais mariage, mais cela était très fréquent, et puisqu'il gardait sa fille avec lui, qu'il élevait son enfant et qu'il leur faisait porter son nom, tout était sauvé. Est-ce qu'ils étaient coupables, eux! Il lui vint même aux lèvres le vers célèbre :

Le crime fait la honte et non pas l'échafaud.

Il avait une commandite de soixante mille, le taux extravagant des intérêts demandés par la mère Paillard était abaissé, c'était lui seul qui était en nom, c'était à lui seul, sans garantie, sur sa seule réputation de probité, que cette somme relativement énorme était prêtée. Mais Tussaud était le plus heureux des hommes!

Il allait en parler de son gendre ! il allait dire ce qu'il en pensait de ce misérable gueux, de ce coquin ; il battait sa fille !... André pouvait être assuré d'avoir en lui un témoin qui ne le ménagerait pas, et si cela ne tenait qu'à lui, il ferait sa fille veuve, car, dans un crime semblable, et avec un brigand pareil, si l'on trouvait des circonstances atténuantes, c'est qu'il n'y aurait rien à espérer de la justice... l'échafaud se montrait dans ses pensées tout ensoleillé. — Sa fille veuve ! et après les assises, quel beau mariage on pourrait lui faire faire ; car, il allait ressortir des débats que Tussaud avait été indignement trompé, qu'il n'avait pas besoin de son gendre, puisque seul il avait trouvé sa commandite. Il raconterait même qu'en apprenant l'arrestation d'André, sa première pensée avait été de livrer à la justice des valeurs qui lui paraissaient suspectes, et c'est pour cela qu'il avait été chez Paillard, c'est à cause de cela qu'ils s'étaient aperçus du vol.

Subitement transformé, Tussaud dit gaiement à Paillard :

— Vous allez déjeuner avec nous, mon cher enfant, après déjeuner nous ferons nos affaires. Nous causerons ; je veux vous montrer comme ce misérable nous a trompés... Puis, vous verrez que votre argent est bien placé, je vous ferai voir mon magasin, mes ateliers...

Et ne lui laissant pas le temps de parler, il courut à la porte de la chambre de sa femme et cria :

— Adèle, Adèle, descends...

Celle-ci descendit aussitôt ; en voyant le changement de son mari, elle resta stupéfaite ; elle n'y comprit plus rien, lorsque son mari lui dit gaiement :

— Je te présente M. Louis Paillard, le fils de ta pauvre amie, qui nous fait le plaisir de déjeuner avec nous... Veille à ce que nous ayons un fin déjeuner.

Adèle, étonnée, après avoir dit quelques mots au jeune homme, se dirigea vers la cuisine.

III

LE PRIX DE L'AMOUR DE LA GRANDE IZA.

L'instruction de l'affaire Léa Médan avait traîné en longueur ; mais tout à coup, ainsi que cela arrive ordinairement, il avait suffi d'un indice pour tout éclairer à la fois. Par les interrogatoires et les confrontations qui avaient eu lieu le même jour, la culpabilité indiscutable d'Houdard était démontrée.

Il ne s'agissait plus que de reconstruire pas à pas l'action. André, pendant toutes les scènes terribles auxquelles les témoignages avaient donné lieu, avait gardé le même calme, semblant assuré qu'une protection mystérieuse le tirerait de là, ne se livrant jamais, répondant avec la plus grande réserve et se retranchant dans un système de demi-négation qui gênait les témoins, réclamant toujours des preuves. Ainsi il disait : « Qui m'a vu entrer et sortir de la maison ? Qui peut affirmer qu'il m'a vendu du poison ? Qui m'a procuré du champagne ? Une seule chose était bien invraisemblable : il prétendait que les valeurs étaient bien à lui, que c'était Léa Médan qui s'était chargée pour lui d'en faire faire le transfert pour d'autres plus productives, chez son agent de change. Cette opération remontait à plus de quatre mois, et cette affaire lui avait rapporté plus de quarante mille francs.

L'agent de change déclarait, en effet, que Léa Médan, souvent très bien informée sur les bruits extérieurs, faisait et faisait faire à ses amis de ces opérations, et, dans l'affaire, c'était vrai que, couvert par une trentaine de mille francs de valeurs à la liquidation, il lui avait donné les soixante-dix mille qui, depuis, avaient encore augmenté; il avait fait l'affaire au nom de Léa. Était-ce pour un autre? il ne pouvait affirmer ni nier. Cela paraissait bien fantaisiste au jeune juge.

L'affaire était donc en bonne voie, prête à être livrée à la chambre des mises en accusation. M. Oscar de Verchemont pouvait penser entièrement à celle qui tourmentait son cœur.

Il s'était rendu au rendez-vous qu'Iza lui avait donné. Il l'avait trouvée plus belle et plus étrange encore; lorsqu'il avait voulu parler d'amour, elle l'avait écouté d'abord, semblant s'abandonner; puis tout à coup, plus réservée, elle l'avait obligé à changer le sujet de l'entretien. Alors elle lui avait dit qu'un juge d'instruction devrait toujours se servir d'une femme dans les affaires mystérieuses et embrouillées, comme celle de la fille Médan. Souvent il lui en avait parlé, mais il ne lui avait raconté où ils en étaient qu'avec des réserves; elle voulait maintenant tout savoir.

Iza lui dit cela avec de petits airs provocants, ajoutant que la vraie preuve d'amour qu'un homme pouvait donner à une femme, c'était de lui raconter en détail toutes les affaires qui l'intéressaient. Comme Oscar paraissait un peu surpris de ce caprice, elle disait vite, avec des façons d'enfant, qu'elle adorait les causes célèbres; souvent le soir, chez elle, elle lisait ces horribles récits, et les émotions âpres qu'elle en éprouvait lui faisaient plaisir; il lui semblait qu'elle voyait un gros mélodrame; elle trouvait dans ces guerres sanglantes que les misérables et les déclassés livrent à la société des scènes qu'elle avait vues jadis enfant dans son pays aux mœurs farouches.

Lorsque Iza voyait l'effet que ses confidences produisaient sur le jeune magistrat, elle s'arrêtait, le regardait, semblant inquiète et lui disant :

— Je vous épouvante, n'est-ce pas? J'ai des idées et des goûts que n'ont pas les autres femmes?

Il la regardait alors longuement, et, lui prenant la main, il disait :

— Vous n'avez pas d'affection, vous n'avez pas de famille; rien autour de vous; vous ne jugez la société que dans ses vices.

— Si, j'ai une affection.

— Ah! fit Oscar de Verchemont, la regardant avec inquiétude.

— Oui, j'ai un ami, presque un frère, que là-bas on m'avait dit de surveiller, de garder toujours... que j'ai abandonné... qui peut-être meurt de misère... Et de grosses larmes coulaient de ses yeux, et elle ajoutait : Allons, ne parlons pas de ça...

— Pauvre enfant!... Parlons-en au contraire. Je le ferai chercher; est-il à Paris, le croyez-vous?...

— Non, non, plus tard nous en parlerons... quand nous nous connaîtrons mieux. Quand vous serez moins tenu par cette grosse affaire... Vous ne voulez me raconter rien?

— Certainement si, mais nous sommes encore un peu dans le vague...

— Et vous ne voudriez pas de mes conseils?

— Enfant!

— Quand serez-vous libre, enfin? quand aurez-vous terminé cela, et pourrai-je vous voir? Vous allez bientôt avoir achevé cette instruction?

— Oui, dans quelques jours, à la fin de la semaine.

— Enfin!...

— Cela vous sera agréable de me voir souvent?... Iza, ne savez-vous pas que c'est mon plus grand désir et que j'en abuserai... que je serai près de vous sans cesse... qu'alors il faudra m'aimer?

— Et je vous aimerai peut-être! Moi, je veux un homme à moi tout entier; si vous m'aimez, tant pis; mais alors il n'y a plus rien qui pourra vous tenir; il n'y a que mon caprice, que ma volonté. L'homme que j'aimerai devra m'obéir... Je n'ai jamais aimé, et, pour sentir en moi ce feu, il faudrait que l'homme me prouvât, par un sacrifice, par un acte, par une folie, par une lâcheté, je ne sais enfin, qu'il met mon amour au-dessus de tout, au-dessus de la considération, au-dessus de la fortune, au-dessus de son nom, de sa famille, de tout enfin... et moi alors, je sens bien que rien ne pourrait me retenir; je me livrerais, je serais l'esclave...

Le jeune magistrat souriait, il écoutait ce débordement de folie, et cela lui paraissait des idées d'enfant.

— Iza, on ne peut espérer d'amour qu'en le rendant.

— Je l'entends ainsi...

— Celui qui aime est jaloux...

— Et je serais jalouse... et permettrais la jalousie... Ma vie est pure, si l'on médit sur moi, je défie qu'un homme trouve depuis mon veuvage motif à jalousie... Je n'aime que moi!

Oscar de Verchemont la regarda bien fixement, cherchant à lire dans ses yeux admirables. Il n'osait croire ce qu'il entendait :

— Vous vivez si étrangement que la médisance a pu vous juger sur la liberté de votre vie.

— Et n'en ai-je pas le droit? Lorsque, amenée du pays par un de mes oncles, j'épousai M. Séglin, menant la vie à grandes guides, tout le monde autour de nous nous enviait et nous jalousait; mon mari vivait en fou, tentant les spéculations les plus hardies et menant chez nous un train princier. Habituée aux sobriétés de notre vie sauvage, je fus ravie de ma nouvelle existence; mon mari m'aimait et me respectait; il me laissait libre; j'étais presque une enfant; alors je me jetai à corps perdu dans cette nouvelle vie, gâchant l'or, ne comptant pas, dépensant follement, y prenant des habitudes de luxe desquelles je ne puis me défaire et qui me font aujourd'hui dévorer le capital sur lequel je devais vivre.

— Pauvre enfant! mais c'est de la folie.

— Bah! ou je trouverai une fortune nouvelle, ou je saurai bien mourir quand je n'aurai plus rien.

— Ce jour ne viendra pas, dit Oscar.

— Je suis effrayée parfois de la pente sur laquelle je glisse. Je vous dis ça, Oscar, parce que vous m'aimez; parce que, si je devais succomber à cet amour, vous ne savez pas la redoutable compagne que vous prendriez. J'ai été la cause de la ruine de mon mari, et, je le sens, rien ne pourrait m'arrêter dans mes désirs, dans mes goûts... Je suis une goule, je dévore tout ce qui m'aime...

— Vous êtes la plus franche, la plus sincère, la plus belle... Iza la Belle?

— Non, je suis Iza la Ruine...

— Eh bien, savez-vous, Iza, que je serais bien heureux de me ruiner pour vous?

— Tenez, Oscar, je commence à vous aimer, vous n'êtes point sot, niais, comme ceux qui m'entourent, et je le sais, je porte malheur .. L'ami que l'on m'avait confié, je l'ai abandonné; le mari que j'ai épousé, je l'ai ruiné... J'ai le malheur avec moi, vous êtes bon, vous, vous êtes jeune, un brillant avenir s'ouvre devant vous; passez, fuyez-moi : si je vous aimais, je vous perdrais; il en est temps encore, oubliez-moi; car je le sens, je vous aimerai...

— Si vous m'aimiez, Iza, vous dites que ce serait le malheur; mais c'est la vie au contraire, c'est le rêve réalisé. Si vous saviez de quelle joie profonde vous m'avez rempli en me disant que, farouche, sauvage, vous aviez vécu brillante au milieu du monde, sans le connaître; enviée, désirée par tous et passant calme au travers, en ne donnant que vos sourires. Si vous saviez de quel amour mon cœur est plein et combien vos aveux lui ont été doux, combien je redoutais que d'autres eussent eu ces baisers que j'implore!

— Oh! fit Iza comme indignée, oh! je n'ai jamais aimé.

Oscar tenait ses deux mains dans les siennes, il les dégagea et lui prit la taille; il était assis sur une dormeuse, il attira la jeune femme sur sa poitrine et l'œil brillant, les lèvres tremblantes, il lui dit :

— Iza, vous venez de mettre la folie dans mon cerveau; je vous aimais ardemment; à cette heure, je le sens, si le rêve que j'ai fait ne devait pas se réaliser, je me tuerais... Iza, ne me trompez pas, soyez sincère, je vous aime assez pour tout entendre... Veuve, vous êtes restée l'épouse honnête et honorée?

— Mais oui, fit-elle simplement?

— C'est vrai? jamais un autre n'a pu trouver l'amour que je vous demande?

— Sur les mânes des miens, je le jure! fit Iza avec un accent de sincérité qu'on ne pourrait surpasser, en levant sur lui son beau regard plein de franchise.

Alors, Oscar se laissa glisser à ses genoux et, comme fou, il lui dit :

— Iza, je vous aime, tout ce que vous commanderez je le ferai. Libre de moi, si la carrière que j'ai choisie devenait une entrave, j'y renoncerais. Je suis riche, très riche : nous pouvons vivre indépendants; ce luxe que vous aimez, c'est avec moi que vous le connaîtrez... J'exaucerai tes rêves, je réaliserai tes souhaits; réponds, ô Iza, tu m'aimeras?...

Iza avait mis sa main dans les cheveux du jeune homme; elle le regardait en souriant, mais ses yeux n'avaient plus la même ardeur, elle semblait plus calme, et elle lui dit :

— Je voudrais vous croire...

— Vous doutez de moi ?

— Je ne parle pas de ces promesses qui ne peuvent augmenter ni diminuer l'amour... Je vous ai dit que l'amour serait grand en moi, si j'avais la preuve que celui auquel je le donne est capable de tout sacrifier pour moi.

— Ne vous l'ai-je pas dit ?

— Je voudrais trouver une occasion d'avoir cette preuve... Je voudrais pouvoir dire : si vous faites ce que je vous demande, je suis bien certaine que vous m'aimez... et je voudrais que ce fût assez grave pour, si votre amour s'éteignait, vous rappeler que nous avons un secret commun qui nous oblige à vivre toujours ensemble.

Oscar de Verchemont la regardait assez embarrassé, cherchant à comprendre ; il dit en souriant :

— Mais, Iza, c'est presque un crime que vous semblez désirer.

— Eh bien, reculeriez-vous donc ?...

Et, en disant ces mots, elle était penchée sur lui, ses yeux se rallumaient, son regard était fixé sur le sien, et de ses lèvres tremblantes, son haleine glissait sur les joues d'Oscar, douce comme un baiser.

La belle Iza était une coquette qui savait faire valoir ses attraits ; c'était une charmeuse, dont chaque mouvement avait sa grâce ; elle connaissait la finesse de ses sourires, la puissance de son regard ; elle savait la coiffure nécessaire à ses cheveux pour faire valoir leur éclat, en même temps qu'elle faisait ressortir l'éclat de son teint et le charme sauvage de son visage ; elle connaissait les mouvements, les tors qui faisaient valoir la souplesse élégante de son corps ; mais, à tout cela, elle ajoutait une science, elle faisait de ses baisers comme un écrasement de fleurs, et en claquant sur vos lèvres il vous jetait au visage une bouffée de violette et d'iris. Et, pour cela, la Grande Iza avait dans sa poche un petit flacon garni d'or ; sans qu'on la vît, elle pressait un ressort, versait sur son doigt quelques gouttes d'une essence enivrante ; elle glissait nonchalamment son doigt sur ses dents, et dans chaque petit hoquet de ses rires elle jetait au nez des gens des parfums qui rendaient fou.

Et l'austère petit substitut de province, — auquel les dames de là-bas, les dames de la *Société* de petite ville, n'avaient jamais jeté au nez que la bonne et saine odeur de lessive irisée, — restait penché sur la superbe créature, émerveillé et enivré. Et pendant les vingt secondes que leurs regards furent noyés l'un dans l'autre, que leur haleine se confondit, il se produisit dans son cerveau un bouleversement semblable à celui qu'amènent, dit-on, certains poisons indiens, qui, lorsqu'on les respire seulement, font éclater les cellules cervicales. Il se passa dans son esprit des choses étranges, anormales ; il y eut une confusion de la folie et de la logique, de la morale et du scandale ; il était comme fou, il ne discernait plus ; son esprit suivait ses yeux en admiration devant la coquette, et c'est le plus naturellement du monde qu'à la demande audacieuse de la Grande fille, il répondit :

— Non, je ne reculerais pas, je ne reculerais devant rien... Pour toi, pour toi que j'aime, qui me rends fou, tout ce que tu voudras, Iza, je le ferai ; tu commanderas, j'obéirai... Je t'aime... je t'aime.

Et il disait cela sur des tons différents, avec des tremblements dans la voix.

Et Iza, ainsi que les oiseaux curieux, penchait gracieusement sa tête d'un côté, puis de l'autre, comme si elle écoutait une agréable chanson. Alors, la saisissant dans ses bras d'un mouvement passionné, toujours à genoux, il plongeait la tête dans la soie de sa robe, en râlant :

— Oh! je t'aime, je t'aime.

Iza se leva aussitôt en écartant ses bras, se dégageant ; comme il était toujours à genoux devant elle, elle lui releva la tête en lui plaçant la main sur le front, et, semblant l'admirer une seconde, elle dit :

— Assez, grand fou... ; assez ! Moi aussi, je deviendrais folle... Relevez-vous !

Et elle courut s'asseoir à l'autre bout du boudoir ; il se releva lentement, vint vers elle en souriant, et il lui récita :

Puis, quand épuisé d'une longue attente,
Je te suppliais, tombant à genoux,
Tu me relevais en me disant : Vous !
Méchante.

— Voyons, fit-elle gaiement, monsieur de Verchemont, relevez-vous ; asseyez-vous là près de moi, et causons sérieusement : revenons à votre grosse affaire, cette instruction qui tient tout votre temps ; il faut que vous me mettiez au courant de ça... Jugez donc, chaque fois qu'une amie vient me voir, comme personne n'ignore que j'ai l'honneur et le plaisir de vous recevoir souvent...

— On l'a remarqué?

— Je crois qu'ils ajoutent un peu même ; mais vous savez le cas que je fais de la médisance. Ces bonnes amies, disais-je, me disent toujours : Vous devez le savoir ; a-t-on trouvé le vrai coupable? Comment est-elle morte?... Et comme je ne puis répondre, on prétend que j'y mets de la mauvaise grâce, que je sais et ne veux rien dire...

— Et vous seriez contente de satisfaire ces curieuses?

— Très contente... et très fière surtout, mon cher juge.

— Eh bien, ma belle Iza, demain, en sortant du Palais, j'emporte le dossier chez moi pour le revoir avant les collations ; je l'apporterai...

— Oh ! c'est cela... et vous travaillerez là.

— Ici... Oh ! que non ! En entrant chez vous je n'ai plus la tête à moi...

— Si ça sauve celle de... l'autre..., j'en serais fière...

— Il faut garder la pitié pour les bons...

Iza le conduisit jusqu'à la porte, lui tendit ses joues à baiser et lui dit :

— A demain !

Puis elle remonta chez elle et, seule dans son boudoir, elle s'assit devant un guéridon, s'accouda et, la tête dans ses mains, les doigts crispés dans ses cheveux de jais, elle resta pensive. Un mot sortit de ses lèvres :

Aussitôt des agents, postés dans le bureau, s'emparèrent de lui (PAGE 236).

— Comment y arriverai-je?

Elle resta longtemps ainsi, pensant toujours, parfois l'œil assombri, parfois souriante, selon la réussite imaginaire du plan qu'elle concevait. Enfin, elle se redressa, secoua ses beaux cheveux d'un mouvement de tête léonin, répétant encore :

— Oui, il y arrivera...

Elle se dirigea vers un petit bureau, s'assit, prit du papier et écrivit une longue lettre. Pendant ce temps, le jeune juge redescendait l'avenue des Champs-Élysées, sans pensée, un peu comme ivre, le cerveau martelé par cet entretien sans suite qui, passant du grave au doux, ne lui avait pas permis un instant d'assembler deux idées; il était émerveillé et charmé de cette ivresse, cela était nouveau pour lui. Quelle étrange femme, à la fois amoureuse, aimante, semblant tendre ses lèvres à toutes les amours, puis tout à coup sévère, austère, drapée dans son voile de veuve, vivant comme une courtisane en apparence, et gardant dans sa vie les principes sévères de la morale; l'étrangeté de ses goûts l'étourdissait; cette femme, bonne, douce, aimait les lugubres lectures des causes célèbres : tout cela l'amusait, et il se demandait, à mesure que la fraîcheur du soir ramenait le calme dans son esprit, s'il n'y avait pas là un trouble amené par la vie solitaire de la veuve; cette nature avait des emportements de sens, de passions qui devaient s'éteindre sans être satisfaits, ce qui peut-être était la raison de ces singularités. Au reste, cela lui paraissait naturel; une chose seule l'avait vivement frappé, c'était ce baiser parfumé qu'il avait bu; il était enivré de ce charme nouveau, il fermait les yeux en marchant et il humait encore l'haleine qui l'avait ravi, et il marmottait, — l'austère juge d'instruction :

La prunelle qui toujours bouge,
Sous un balcon de longs cils bruns,
Des perles sous la lèvre rouge,
Haleine faite de parfums...

Il était pris, c'était fini; il le sentait et il ne luttait pas; il s'abandonnait, il envisageait les suites de cette passion, et il ne reculait pas; il pouvait y perdre sa situation, peu lui importait : l'amour d'Iza était assez grand désormais pour emplir sa vie.

Oscar de Verchemont était jeune encore; il avait à peine quarante ans et était loin de paraître cet âge.

Grand, bien fait, il était svelte et élégant; le geste était aisé et calme, les mouvements souples. Toujours très soigneusement vêtu, il représentait l'homme distingué par excellence...

La tête était fort belle; l'œil bleu avait cette douceur lourde qu'on qualifie de regard somnolent; mais la discussion, l'attention, la passion y apportaient aussitôt un éclair qui l'illuminait d'esprit; il était peut-être un peu enfoncé sous des sourcils châtain brun courbés d'une ligne pure; mais les paupières étaient épaisses et garnies de cils très bruns et très longs, qui faisaient encore ressortir le charme et la douceur du regard; le nez était droit et fin; la bouche moyenne avait des lèvres un peu lourdes entre lesquelles le sourire montrait des dents toutes petites; les lèvres et le menton étaient rasés suivant la coutume de la magistrature; il portait de petits favoris blond roux; le visage était d'un ovale un peu long; la peau était claire de teint, fraîche; on y sentait la santé conservée dans la vie sage de province; ses cheveux fins comme de la soie étaient bien plantés; ils étaient blonds.

On le voit, Oscar de Verchemont était beau et bien digne — physiquement

— de la belle créature à laquelle il voulait se sacrifier. La vie de province, aux amours difficiles, l'avait rendu timide et craintif près des femmes. Le difficile métier de juge d'instruction n'avait pas encore bronzé son cœur à la vue des hontes de notre société; nous avons dit qu'il était encore à ses débuts. Le meurtre de Léa Médan était la première grosse affaire qui lui était confiée. N'étant pas encore apprivoisé aux mœurs du Palais, à la vie parisienne, il paraissait timide.

Oscar de Verchemont était le dernier descendant d'une vieille famille de soldats; sa mère, veuve d'un soldat, n'avait pas voulu que la guerre lui prît son unique enfant. Michel de Verchemont était mort en Afrique, et sa veuve se consacra tout entière à l'éducation de son fils; de là venait la timidité, la douceur et, disons le mot, la candeur du jeune magistrat; l'éducation des femmes laisse toujours à l'enfant son caractère féminin. Il avait fait son droit dans une Faculté de province, près de sa famille. Ses amours s'étaient bornées aux petites servantes de la maison et à quelques femmes mariées qui avaient été obligées de lui faire leur déclaration... Il avait bien eu aussi, — et ça avait été un grand scandale, — une veuve bien plus âgée que lui, qu'on surnommait, à cause de cela, la voleuse d'enfant... Enfin, ayant débuté dans la magistrature en province, grâce à de hautes protections, il était venu bien vite à Paris.

Nous avons dit qu'il était de vieille noblesse. Eloi, sire de Verchemont, nommé, dans un édit de Charles le Chauve de 857, vidame et seigneur de Vaux, comte d'Evecquemont, laissa un fils, Michel de Vaux, comte de Verchemont. On retrouve un descendant de la famille dans un rescrit de Charles de Gonzagues lorsqu'il fit de la petite ville d'Arches : Charleville, en 1608. Éloi-Michel de Vaux est nommé sire et comte de Verchemont, sire et baron de Gaillon, grand baillif d'épée du duché de Mantes, prince du saint-empire romain, commandeur de l'ordre de Saint-Jean de Jérusalem, de Malte. Un comte Élie de Vaux de Verchemont fut pris, sous la République, correspondant avec l'armée de Condé; jugé et condamné, il fut exécuté le 5 janvier 1793, pendant que son frère, Michel Verchemont, recevait de la Convention un sabre d'honneur pour sa belle conduite devant l'ennemi. Sous l'Empire, ce dernier était colonel; il avait repris la particule de son nom, Michel, comte de Verchemont. Tué pendant la campagne de Russie, il laissait un fils, Oscar-Charles de Verchemont, le père du juge d'instruction. Oscar de Verchemont avait été nommé juge d'instruction à Paris quelques mois après la mort de sa mère; on le disait deux fois millionnaire. En venant à Paris, il était assuré d'un avancement rapide. Iza devait tout briser.

En descendant l'avenue des Champs-Élysées, vainement il aurait voulu chasser la pensée d'Iza pour s'occuper du gros travail que lui donnait la fin de l'instruction; mais le fantôme charmant était toujours devant ses yeux : il n'avait qu'une pensée, la possession de celle qu'il adorait; il rêvait d'elle et cherchait ce qu'il pourrait faire pour la charmer. Les idées les plus folles lui venaient au cerveau : il voulait agir en grand seigneur.

— Que ne l'ai-je rencontrée, pensait-il, à l'heure où elle vint à Paris avec son oncle, pure, chaste ! Toujours la pensée qu'un autre avant moi a reçu ses caresses, ses baisers, me tourmentera. Je suis fou!... Je voudrais qu'elle me dût tout ce qu'elle a... Ah! voilà ce que je ferai. Je vais acheter un petit hôtel que je ferai magnifiquement meubler, puis je l'emmènerai; le soir où elle consentira à m'appartenir, elle entrera et, dans l'antichambre, elle se dévêtira pour revêtir les vêtements que j'aurai fait faire pour elle. Je l'aurai à moi seul, sans souillure. On vendra ce qu'elle a et elle fera ce qu'elle voudra de l'argent..., et de cette heure, c'est à moi qu'elle devra tout, tout... et elle sera à moi, rien qu'à moi...

Et comme le malheureux sentait bien que, dans ses extravagantes pensées, il y avait un peu de folie, il se découvrait pour que la bise du soir fraîchît son crâne, et il passait la main sur son front. Mais la pensée revenait toujours la même, et il rentra fiévreux, agité, chez lui; cependant, en se laissant tomber épuisé sur un divan, il prit sa tête dans ses mains et se demanda :

— Que veut-elle donc de moi? Qu'est-ce que cette preuve d'amour qu'elle demande et qui pourrait aller jusqu'au crime?

Et il s'habituait déjà à la faute. Il eut une seconde de logique; se jugeant lui-même, voyant son état d'inertie, il s'écria :

— C'est effrayant; mais pour cette femme je suis capable de tout... Qu'il es vrai ce mot : « En tout, cherchez la femme! »

Etil s'étendit sur le canapé, rêvant d'Iza, heureux de ses douleurs.

IV

COMMENT LE BON BOYER SAVAIT SE TIRER D'AFFAIRE.

Nous avons appris, par une dépêche envoyée au juge d'instruction Oscar de Verchemont, le malheureux sort du pauvre agent Boyer. La fortune encore une fois était inconstante et abandonnait le saint mouchard. Si grave que cette arrestation puisse paraître à nos lecteurs, elle avait semblé peu toucher l'agent. Lorsqu'il s'était présenté dans la maison de change, demandant à vendre un de ses titres, on lui avait donné un chèque touchable le soir même, et le changeur, qui avait vu le numéro et constaté que le titre était frappé d'opposition, n'avait pris ce moyen que pour avoir le temps de prévenir l'autorité. Boyer vint le soir pour toucher, et aussitôt des agents, postés dans le bureau, s'emparèrent de lui; il sembla n'éprouver que de la surprise; emmené aussitôt au commissariat, il fut interrogé. Le commissaire resta stupéfait, lorsqu'à sa question habituelle :

— Quel est votre nom?

— Monsieur le commissaire, je me nomme Désiré Boyer; je réside à Paris.

— Votre profession?

— Agent du service de sûreté.

— Vous dites?...

— Agent de la sûreté, monsieur le commissaire, répéta Boyer, en tirant de sa poche une carte qu'il présenta.

— Cette carte est à vous?

— Oui, monsieur le commissaire. Voici d'autres papiers qui vous le prouveront.

Le commissaire regardait les agents qui avaient procédé à l'arrestation, très embarrassé et les consultant du regard, craignant d'avoir fait exécuter une sottise.

— D'où tenez-vous les valeurs que vous avez voulu vendre?

— D'un héritage, monsieur le commissaire.

— C'est le seul titre que vous ayez?

— Oh! non, monsieur; j'en ai pour une somme assez ronde.

— Où sont-ils?

— Chez un notaire que j'ai chargé de me trouver une petite propriété, et auquel je les ai confiés.

— Vous avez la liste de ces valeurs?

— Oui, monsieur le commissaire.

Et, fouillant encore dans ses poches, il en tira un petit papier qu'il donna au commissaire; celui-ci, l'ayant lu et confronté avec ses ordres, dit aussitôt;

— Mais toutes ces valeurs sont volées?

— Que me dites-vous là?

— Toutes ces valeurs ont été volées chez la fille Léa Médan.

— Léa Médan! exclama Boyer; est-ce que je deviens fou?... Volées!

— Enfin, d'où les tenez-vous?

— Je vous le répète, c'est une tante à moi, morte il y a deux mois, qui me les a données en mourant; assurément il y a erreur, ou la pauvre femme avait acheté ces titres au voleur.

— Enfin, vous vous expliquerez; vous affirmez vous nommer Désiré Boyer, ancien agent de la sûreté?

— Oui, monsieur.

— Nous allons télégraphier à Paris.

— Monsieur, j'allais vous demander de le faire. Si les valeurs sont volées, je suis une victime et prêt à les restituer; je désire me disculper du vol.

— Je dois, en attendant, monsieur, vous mettre en état d'arrestation.

— C'est votre devoir, monsieur, dans l'état.

On le voit, l'arrestation s'était faite le plus simplement du monde, et l'ex-agent semblait plein de quiétude dans l'avenir. Le soir même, une dépêche ordonnait d'envoyer le prévenu à Paris, et Boyer se trouvait dans le bureau de son ancien chef le lendemain avant dix heures du matin.

Celui-ci, en le reconnaissant, ne put retenir sa surprise.

— Comment, c'est vous, dit-il, vous, Boyer, vous qui êtes ici recommandé par de si honorables et si pieuses personnes, vous si religieux! Je refusais d'y croire, j'espérais qu'un coquin s'était emparé de votre carte et se faisait passer pour vous. Je n'en reviens pas, vous qui, chargé d'une instruction, découvrez des titres volés et vous vous en emparez. Mais vous avez fait cela dans une heure de folie, car vous saviez bien que ces titres étaient frappés d'opposition.

— C'est justement, monsieur, ce que je vous prie de considérer d'abord pour ma défense; en admettant que je fusse capable de pareille chose, ou je suis fou ou j'aurais été le dernier des sots, en m'appropriant des titres signalés à la justice, en cherchant à les vendre les sachant frappés d'opposition! C'est seulement au Havre que le commissaire qui a procédé à mon interrogatoire sommaire m'a appris que ces titres provenaient du vol qui a suivi le crime de la rue de Lacuée.

— Vous prétendez ici, ainsi que vous l'avez dit là-bas, que ces titres proviennent de l'héritage d'une tante morte quelques jours avant votre démission.

— Je le prétends et je l'affirme, et je vous prie, monsieur, de me permettre de m'expliquer clairement; vous me connaissez de longue date et vous me savez incapable d'une telle action.

— Vous avez des principes religieux qui ne me permettent pas de vous mal juger.

— J'avais une tante qui remplaça presque ma mère lorsque celle-ci mourut; c'est elle qui me fit entrer chez les bons frères; ma vie pauvre, mais honnête, ma conduite toujours exemplaire, la firent me continuer ses faveurs, contre son fils, un renégat, un athée, un vaurien qui fut le tourment de sa vie... Jusqu'à la dernière heure, je fus au chevet de ma chère tante. Elle se nommait Marie-Anne Paillard et restait rue Saint-Paul, 40. Lorsque la mort approchait, je fis prévenir son fils; celui-ci ne vint pas; il ne vint que lorsqu'il n'y avait plus qu'à hériter; par ce seul fait, vous jugez ce que vaut mon cher cousin Louis Paillard. Le fils peut être un ingrat, un bambocheur, un vaurien, un libre penseur, la loi ne permet pas à la mère de le déshériter au profit d'un parent plus digne, et puis la pauvre chère mère Marianne savait à peine lire et écrire; elle ne fit jamais de testament. Sentant sa dernière heure approcher, me voyant, malgré ses appels réitérés, seul à son chevet d'agonisante, elle me dit, — pauvre mère, je l'entends encore de sa voix chevrotante, — et Boyer, qui pleurait, essuya ses larmes; elle me dit :

— Mon enfant, je ne veux pas qu'un ingrat, un fils indigne te prive du bien que je voulais te faire. Puisque la loi ne me permet pas de tester en ta faveur, je vais te donner de la main à la main ce que je te destine, et personne n'aura le droit de te le reprendre.

Je refusai, mais elle m'obligea d'accepter; sachant que cette fortune qui m'arrivait si inopinément était l'œuvre de Dieu seul, qui dictait les dernières volontés de la mourante, je me décidai à l'accepter, me promettant de reporter à Dieu partie de la somme qui m'arrivait. Alors la pauvre vieille me dit de fouiller dans son armoire, que j'y trouverais dans une enveloppe, cachetée de cire rouge, à ces deux lettres : C. T., un lot d'actions et de titres divers, qu'elle me destinait et qu'elle avait enveloppé ainsi à cet effet. Je trouvai l'enveloppe et la lui montrai. Elle me dit :

— C'est cela, c'est pour toi; quitte le métier et vis saintement en remerciant Dieu.

Sentant la mort venir, elle me pria d'aller quérir un prêtre. Je lui obéis. Je voulais aller chercher son confesseur ordinaire; elle s'y refusa. Je dus alors m'adresser au premier venu. J'eus recours à cet effet à un saint homme, l'abbé Dutilleul, celui qui fonde en ce moment l'*Œuvre du Redressement moral, maison de refuge hospitalier pour les jeunes gens de douze à dix-huit ans qu'un déplorable abandon a livrés aux vices et qui ont été condamnés pour outrage aux mœurs* — non pour les voleurs et les escarpes — pour les malheureux mal élevés. Vous connaissez l'œuvre, dans laquelle, au reste, je comptais verser les fonds. Le digne abbé vint la confesser. Elle lui raconta la faveur qu'elle me faisait — c'est lui qui me le dit quelques jours après, lorsque j'allai lui promettre de souscrire à son œuvre. C'est un digne homme, dont vous ne pouvez suspecter le témoignage, et qui n'hésitera pas, dans le cas, à dévoiler le secret de la confession, d'autant que ceci était plutôt un détail de l'entretien qu'ils eurent ensemble que de la confession même.

— Cet abbé témoignerait de ce que vous dites là?

— J'en suis certain... et j'ajoute, monsieur, que le commissaire du Havre en attestera ; dès que j'ai su que les titres que j'avais étaient volés, j'ai spontanément offert de les restituer, sans qu'un seul en ait été distrait, si ce n'est cinq titres versés à l'*Œuvre du Redressement moral des égarés.* — Je me croyais riche, je me suis trompé : prêt à subir en toute chose la volonté du Seigneur, je ne me plaindrai pas ; — je suis redevenu pauvre, je retravaillerai, voilà toute l'affaire... Et, permettez-moi d'insister, vous êtes mon chef, je désire que vous vous renseigniez près de M. l'abbé Dutilleul, afin que, convaincu de ma bonne foi, vous me rendiez la démission que j'ai donnée.

Tout cela fut dit avec un accent de sincère loyauté qui ne permettait pas de douter et qui convainquit absolument le chef du service ; il demanda encore :

— Croyez-vous que la mère Paillard savait la provenance des titres?...

— Oh ! assurément non ; mais ma vieille tante faisait un peu de banque, elle tripotait, elle escomptait les effets des négociants du quartier... Elle a dû acheter ces valeurs au coquin qui les avait volées, en croyant faire une bonne affaire...

— Avec ces valeurs, on pouvait avoir de l'argent partout.

— Justement, le coquin les aura confiées en demandant un prêt ; elle aura fixé une limite à ce prêt ; n'ayant pas été remboursée, les valeurs seront devenues ainsi sa propriété ; elle ignorait que le coquin avait un intérêt à se contenter du prêt...

— Vous avez raison... Boyer, vous allez rester à Paris, dans votre domicile ; ainsi que vous faisiez autrefois, vous viendrez chaque jour au bureau ; sous ces conditions, je prends sur moi de vous laisser libre.

— Si vous le voulez, je viendrai avec M. l'abbé.

— C'est inutile, je vous crois.

C'est le cœur léger que l'agent Boyer sortit de la préfecture de police. Il se dirigea aussitôt rue d'Enfer et s'arrêta devant une maison ayant la calme apparence d'un presbytère. Sur une plaque de marbre placée à la porte, au-dessus de la sonnette, était gravée une croix latine, et au-dessous, en lettres d'or : *Œuvre du Redressement moral des jeunes égarés, administration au premier.* Ayant sonné, la porte s'ouvrit et l'agent entra. Un gros gaillard, jeune encore, à la face luisante et tuberculeuse, aux cheveux gras bien lissés tombant en rouleaux sur le cou, et vêtu d'un long vêtement boutonné jusqu'au col tenant le milieu entre la redingote et la soutane, se présenta et lui demanda d'une voix d'enfant :

— Qui demandez-vous, monsieur?

— L'abbé Dutilleul.

— Veuillez me suivre, je vais vous diriger...

Le portier monta au premier étage, suivi par Boyer. D'un côté se trouvait une porte sur laquelle on lisait: *Cercle;* au-dessus, ces mots : *Sinite parvulos venire ad me.* De l'autre côté du carré se trouvait une autre porte sur laquelle on lisait : *Cabinet de M. le directeur.* C'est dans ce cabinet que Boyer fut introduit. Un homme à la face réjouie, à l'œil vif, aux cheveux fins et frisés, paraissant avoir dépassé la quarantaine, vêtu d'une soutane noire, s'avança vivement en reconnaissant Boyer, et, lui tendant une main fine et blanche, il pressa affectueusement celle de Boyer, la caressant de son autre main, en disant avec un léger accent méridional :

— Ah! vous voilà, mon cher enfant; entrez donc et asseyez-vous, nous allons causer... Laissez-nous, Gustave.

Lorsque le jeune homme fut sorti, Boyer assis devant le bureau du prêtre, celui-ci lui dit :

— Mon cher enfant, j'ai reçu votre lettre ce matin seulement; elle m'a fort inquiété, mais je l'avais comprise et j'aurais agi ainsi que vous me disiez... C'est une question de défense commune : aidons-nous les uns les autres. Mais ce qui m'a surpris, c'est que, datée de province, elle ne soit pas arrivée par la poste.

— J'étais très surveillé, mais vous savez que je connais les petits moyens. On me ramenait par le chemin de fer en seconde; j'avais écrit la lettre avant le départ, étant seul au dépôt; je reconnus un de ceux qui voyageaient avec nous pour un ancien que j'avais arrêté autrefois; lui-même me regardait, me reconnaissant vaguement; il avait parfaitement vu que j'étais entre deux agents; d'un clignement d'yeux je lui indiquai que j'avais besoin de lui, et, en fouillant dans mes poches, je laissai voir un coin de la lettre. Il comprit et me fit signe que oui. A un moment d'arrêt, un des agents se pencha à la portière pour voir la cause de l'arrêt; je plaçai la lettre sur la banquette avec une petite pièce de cinq francs en or. L'individu — ce doit être un nommé Golard, un voleur à la tire, si je me souviens bien, — se pencha aussitôt comme pour regarder et mit la main sur la lettre... Je connais ces gens-là, vous savez, ils se soutiennent entre eux; me prenant pour un des leurs, il m'a servi.

— Vous êtes arrivé quand?

— Cette nuit.

— Eh bien, j'avais votre lettre dans notre boîte ce matin. Causons-en vivement.

Celui qu'on appelait l'abbé Dutilleul n'était peut-être pas bien en règle avec l'archevêché; il avait plusieurs fois été forcé de renoncer à la soutane, mais toujours il y revenait, ne demandant à personne l'autorisation.

Deux ou trois fois déjà, des sociétés religieuses créées par lui avaient liquidé sur les bancs de la correctionnelle. Ordonné prêtre, malgré ses défaillances et les défenses, prêtre il voulait rester.

La société nouvelle qu'il venait de créer était assez singulière; son but était de réunir tous les soirs et tous les dimanches, dans un cercle où se faisaient des lectures morales, des jeunes gens que la loi avait punis pour outrage aux mœurs; dès leur sortie de prison, des agents de l'œuvre leur trouvaient du travail et les faisaient recevoir membres du cercle; on les arrachait ainsi aux fréquentations

— Eh bien, que voyez-vous? (PAGE 246).

désastreuses des malheureux qui sortent de prison. Là ils trouvaient des protecteurs, car le cercle comptait beaucoup de membres dans les classes élevées, et ils ne dédaignaient pas de venir quelquefois les dimanches passer une partie de la journée avec leurs protégés. C'est dans cette œuvre de haute morale que l'agent Boyer prétendait avoir versé quelques-unes des valeurs que lui avait données sa pauvre sainte tante, ainsi que le disait le plus saint Boyer. L'œuvre offrait de bons bénéfices; tous ceux qui s'y intéressaient donnaient largement, et déjà il était question de faire plus grand; jusqu'alors on n'avait eu que des externes; on parlait de fonder des lits. Nos lecteurs ont pu juger certainement quel singulier abbé nous leur présentons. Des renseignements plus précis les éclaireraient encore si nous pouvions leur mettre sous les yeux le casier judiciaire de l'abbé Dutil. C'était son vrai nom.

— Causons, avait dit l'abbé en se levant et en allant s'adosser à la cheminée sur laquelle était la statue en plâtre de l'Immaculée Conception.

— Vous m'avez compris; lorsque ma tante Marianne allait mourir, je courus chercher un confesseur; ne voulant pas m'adresser au sien, j'allai à l'église la plus voisine.

— Pourquoi ne vîntes-vous pas? fit Dutilleul.

La grimace que fit Boyer indiqua suffisamment combien il avait peu confiance dans le directeur de l'Œuvre du redressement moral des gens égarés; il continua :

— Le cas était pressant, et cela devait aboutir au même résultat. Ce prêtre vint, la confessa, et je ne le revis plus... J'ai déclaré dans mon interrogatoire que c'était vous qui aviez reçu la confession de la mourante, avec laquelle vous étiez déjà en relation pour votre œuvre.

— Très bien.

— J'ai dit que, lui ayant donné l'absolution, elle avait désiré que vous restassiez quelques minutes près d'elle pour la conseiller dans ses dispositions dernières; vous étiez seul avec elle; j'attendais dans la pièce voisine; elle vous dit que, vivant en mauvaise intelligence avec son fils, elle désirait, à moi qui avais toujours agi avec elle comme si elle avait été ma mère, me donner une part de ses biens sans que la loi pût intervenir; elle vous déclara qu'à cet effet, elle avait préparé des valeurs sur lesquelles elle avait fait un prêt, et qu'on n'était pas venu réclamer dans les délais; ses valeurs lui étaient acquises. Elle me les donnait; car ni son fils ni son notaire n'en avaient connaissance... Vous avez cherché à lui faire comprendre que son fils était son seul héritier, qu'il valait mieux ne pas le déposséder, qu'elle ferait mieux d'écrire un mot que vous vous chargiez de lui porter, et de l'engager à exécuter, dans lequel elle commandait à son fils de me donner la part qu'elle me destinait. Elle ne voulut rien entendre. En sortant de la chambre de la pauvre femme, vous m'avez informé de ce don et vous vous êtes retiré... Alors j'ai reçu, après votre départ, le don de la mère Marianne, et, en reconnaissance de vos bons offices, car je vous attribuai le conseil, j'ai souscrit à l'*Œuvre du Redressement moral des jeunes égarés*.

— Très bien, c'est compris... Mais comment êtes-vous libre?

Boyer raconta à son saint directeur ce qui s'était passé, et l'abbé Dutilleul conclut :

— En somme, ce que vous m'avez versé est bien à moi... Vous avez trompé, mais vous agissiez de bonne foi. Vous avez donné à l'Œuvre, c'est à elle.

— Ceci vous regarde.

— Oh! soyez tranquille, je ne le rendrai pas; vos fonds sont à nous... et vous en profiterez comme nous...

— Je compte sur vous pour cela.

— Vous avez dû rendre le reste, il le fallait. Et vous croyez que je serai interrogé?

— Mon Dieu, mon chef avait l'air très convaincu; mais il se peut que l'instruction exige ma déposition et l'appui de la vôtre.

— Mon cher enfant, vous pouvez compter sur moi.

— Est-ce que vous avez la lettre que je vous ai écrite?

— Oui, la voici, dit l'abbé Dutilleul, en tirant la lettre de la poche de sa soutane.

— Voulez-vous me la rendre?

— Volontiers... Que craignez-vous donc? dit l'abbé en voyant Boyer allumer une allumette, mettre le feu au papier et ne le lâcher que lorsqu'il fut consumé.

— Voyez-vous, monsieur l'abbé, on ne peut jamais répondre du lendemain; aujourd'hui on fait des descentes de police partout, et il ne faut pas laisser traîner les papiers compromettants.

— Vous avez raison, mon enfant, c'est de la bonne prudence, et j'en ferai mon profit, dit l'abbé, ne s'étonnant pas de la supposition et trouvant toute naturelle la possibilité d'une descente de police dans le cercle de l'Œuvre du redressement moral des jeunes égarés.

Boyer se leva, et, tendant la main au prêtre, il lui dit :

— Monsieur l'abbé, je me retire et m'abstiendrai pendant quelques jours de venir; nous pouvons être surveillés, je vous prie même de donner des ordres pour qu'au cas où des renseignements seraient pris, on déclare que nous ne nous sommes pas vus depuis la mort de ma pauvre tante.

— Ce sera fait...

— Et si quelque chose de nouveau advenait, avisez-m'en.

— Dormez sur vos deux oreilles. Adieu, mon enfant.

Et l'abbé le reconduisit jusqu'à la porte.

Boyer, calme et sifflotant un air, regagna sa demeure; en arrivant, il ne fut pas peu stupéfait d'entendre sa concierge dire :

— Je savais bien que vous viendriez aujourd'hui.

— Pourquoi donc?

— Une lettre qu'un commissionnaire a apportée pour vous ce matin.

— Un commissionnaire! Qu'est-ce cela?

Et il brisa l'enveloppe et lut :

« Monsieur, quelqu'un qui a besoin de vos services désire vous voir ce soir; veuillez vous trouver, vers six heures, place de la Concorde, au pied de la statue de Lille. En cas d'impossibilité, fixez un rendez-vous en écrivant poste restante. — C. T. »

— Tiens, fit Boyer, ces lettres qui étaient sur le cachet!... Nous irons.

Et il grimpa chez lui.

V

CHERCHEZ LA FEMME.

Le lendemain, ainsi qu'il l'avait promis, Oscar de Verchemont se présentait chez Iza, portant sous son bras le dossier de l'affaire de la rue de Lacuée. La grande Moldave courut au-devant de lui, lui tendant ses lèvres parfumées pour lui donner la bienvenue. C'était à son entrée lui tendre la coupe du vin capiteux qui allait le griser. A peine avait-il franchi la porte du boudoir, était-il assis devant le guéridon, la belle Iza penchée au-dessus de lui, qu'il n'avait déjà plus son libre arbitre. Les frôlements de ses chairs sur son cou, le chatouillement de ses cheveux qui touchaient parfois son front, la caresse de son haleine qui glissait sur ses joues lui donnaient des tressaillements nerveux. Ils étaient penchés tous les deux sur le gros dossier comme sur un album intéressant. Oscar lui raconta toutes les circonstances supposées du crime, les deux individus arrêtés, les charges qui pesaient sur chacun, et enfin il termina en disant :

— Celui qui me paraît être le véritable coupable, c'est cet André Houdard, et cependant je dois reconnaître qu'il n'a contre lui aucune preuve absolue, si ce n'est la possession des valeurs ; mais nous ne procédons que par hypothèse ; rien ne nous prouve que ces valeurs appartenaient bien à la malheureuse Léa Médan. Il était l'amant de cette femme ; il a passé une partie de la nuit du crime chez elle : voilà le grand point de notre instruction.

La grande Iza, qui paraissait très attentive, avait pris un siège, l'avait avancé près de celui du jeune magistrat, s'était assise presque devant lui ; accoudée sur la table, la tête dans ses mains, elle écoutait, et quand celui-ci, levant la tête, sembla la consulter du regard, elle dit :

— Pauvre garçon !

— Ce jeune Maurice, n'est-ce pas?...

— Mais non, fit-elle, c'est André ; assurément, il est la victime de son amour pour cette femme ; c'est parce qu'il était chez elle cette nuit-là qu'il est tourmenté, poursuivi ; mais je ne vois rien contre cet homme-là, moi.

— Ma chère Iza, c'est votre nature romanesque qui vous fait vous intéresser à celui-là...

— Non, c'est ma raison. S'il avait besoin d'argent, et si cette fille en avait, étant son amant et le personnage que vous en faites dans l'accusation, il n'avait pas besoin de la tuer pour l'avoir... Cet argent qu'on l'accuse d'avoir pris, il en explique très nettement la possession en disant que, sachant sa maîtresse mêlée à la politique, sur son avis, il a fait vendre, puis acheter des valeurs... N'ayant pas d'agent de change, il a chargé sa maîtresse de faire faire cette opération chez le sien. Quel confident plus naturel, quel conseil plus simple que la femme qu'on aime, avec laquelle on a des relations depuis un certain temps déjà...?

— Certainement, vous avez raison ; c'est très logiquement raisonné... Vous serez la digne compagne d'un juge d'instruction, et vous voyez juste ; quel conseil plus sincère que celui de la femme qui aime ? dit en souriant de Verchemont.

— Maintenant, pour bien les juger, il faut se mettre à la place des gens...

— Oui.

— Je me figure être Léa Médan : j'ai un amant que j'aime.., et j'ai, pour vivre, des relations obligées ; pour conserver celles-ci, je loue, dans un quartier éloigné, une petite maison ; cette demeure, je la meuble spécialement pour l'amour... Je n'y mets aucune chose de valeur, tout y est agréable, mais simple ; la seule valeur est dans le goût dépensé. Et vous supposez que le jour où je fais une partie avec mon amant, après laquelle je dois l'emmener passer la nuit dans cette petite maison, je porterais sur moi quatre-vingt mille francs de valeurs !...

— Vous avez absolument raison... Je suis fort heureux de votre logique, de votre bon sens..., dit très sincèrement le jeune magistrat.

— Si on a assassiné la jeune fille pour la voler, c'est que l'on savait qu'elle portait des bijoux d'une grande valeur, ces bijoux ont disparu... Un seul de ces bijoux retrouvé fixerait véritablement votre accusation et vous n'en trouvez pas trace.

Oscar de Verchemont regardait son dossier, le feuilletant, assez embarrassé ; Iza, dont l'œil ardent suivait avec attention sur son visage l'effet de ce qu'elle disait, continua :

— Maintenant la fille Médan a été empoisonnée, on a fait des perquisitions chez cet homme que vous appelez ?... Hubard ? Ebard ?

— André Houdard.

— André Houdard ; vous n'avez pas trouvé de trace de ce poison, pas trouvé de vin semblable, vous ne trouvez personne qui lui en ait vendu !...

— C'est vrai !

— Quel est le mobile du crime ? Cet homme était dans une situation heureuse.

— A partir du crime.

— Mais non, puisque son mariage, racontez-vous dans votre rapport, devait avoir lieu juste le matin qui suivit le crime, — ce qui est bien audacieux pour un assassin, tuer une femme juste la veille de ses noces. — Or, il se mariait : il avait dû fournir la dot, il devait avoir en main ce qu'il avait promis, puisque son beau-père, chaque fois qu'il avait besoin d'argent, avait recours à lui... Ce n'est pas le vol qui pouvait diriger cet homme.

— Vous m'étourdissez ; mais vous avez raison, Iza ; il n'y a que les femmes pour voir juste. Vous avez entendu tout, eh bien quelle est votre idée alors ?

— Moi, je crois que Léa Médan n'a pas été empoisonnée seulement pour être volée ; elle passait pour servir ici des intérêts politiques étrangers, elle savait beaucoup de choses, des secrets d'État peut-être, et on l'a fait assassiner parce qu'elle était dangereuse, et l'assassin peu scrupuleux se sera emparé des bijoux.

— En admettant cela, que concluez-vous ?

— Je conclus que vous avez fait fausse route ; cet Hulard... Houvard n'est pour rien dans tout cela, et c'est un malheureux garçon qui va être ruiné, perdu à cause de cette arrestation, de cette accusation.

— Cela n'a pas d'importance.

Le jeune Oscar de Verchemont disait cela tout légèrement, exprimant bien sa pensée. Iza continua.

— Celui qui me paraît coupable, c'est ce jeune homme; celui-là, c'est absolu. Ce Maurice Ferrand, il reste en face de la maison du crime; dans la nuit, on l'a entendu aller et venir; vous avez trouvé les gens qui lui ont vendu le vin, il avoue avoir composé le poison, il ne peut justifier de l'emploi de son temps.

— Oui, mais on l'a vu le soir avec une femme, à la même heure où Houdard reconnaît qu'il était avec Léa Médan.

— Sa complice, sans doute. Qui a pu diriger ce crime? Une femme. C'est elle qui a dirigé ce garçon, c'est elle qui l'a poussé au crime, l'attendant chez lui, et la lettre que vous avez entre les mains en est la preuve; cette femme s'est livrée à lui sous la condition qu'il exécuterait le crime qu'elle préméditait. S'il n'était pas coupable, est-ce qu'il se serait sauvé le lendemain matin?

— Vous m'effrayez, Iza. Vous venez de jeter une nouvelle lumière sur tout cela; oui, vous devez avoir raison; cette lettre contient autre chose que ce qu'elle semble dire : écrite la veille de l'arrestation, elle lui défend de parler en termes de convention.

— Avez-vous cette lettre?

— Oui.

— Relisez-la, dans l'intention que je vous dis...

Oscar de Verchemont, absolument bouleversé par la façon dont la jeune femme rétablissait les faits, fouillait dans son portefeuille; il n'avait pas joint la lettre au dossier. Il prit la lettre et la lut lentement tout haut. La Grande Iza s'était rapprochée de lui; elle avait mis son bras sur son épaule, et sa joue touchait les cheveux du jeune juge. Il lisait sans bien comprendre, abandonnant à Iza le soin d'expliquer à sa façon ce qu'elle entendait. Quand il eut terminé la lecture, n'ayant rien trouvé de semblable à ce qu'elle croyait y voir, sans remuer la tête de crainte de déplacer Iza, il dit :

— Eh bien, que voyez-vous?

— Mon cher Oscar, comprenez que cette lettre a été pensée, faite longuement; il faut, pour trouver ce qu'elle contient, presque la traduire : ce serait aussi long qu'une lettre chiffrée...; mais je ne vous en signale maintenant que cette phrase absolument claire.

Et de son doigt blanc, passant sa main presque sur les lèvres du juge, elle désigna les phrases des derniers paragraphes :

« Voilà, Maurice, la dernière grâce que je viens te demander, etc., etc. »

Et c'est elle qui, ne lisant que certains fragments, en arrêtait l'explication finale par, etc., etc.! Elle reprit, toujours promenant son doigt sous les lignes :

« Maurice, jure-moi que, quoi qu'il advienne, tu déclareras que je ne suis jamais allée chez toi dans la nuit du 20 juin, que tu ne m'as pas vue ce jour-là..., etc. »

— Il me semble que cela est assez clair!

Oscar de Verchemont hocha la tête, semblant découvrir l'importance du document.

— Tenez, dit Iza tout à coup, vous avez confiance en moi. Cette instruction m'amuse; voulez-vous me confier cette lettre cette nuit? Je la déchiffrerai, moi, et demain vous aurez votre instruction terminée... J'en suis certaine, tout est là.

Le jeune magistrat hésitait, non qu'il se méfiât; mais il lui répugnait de donner ce singulier travail à la femme qu'il aimait. Iza, l'œil étincelant, la lèvre frémissante, attendait, tendant sa main qui tremblait pour prendre la lettre; elle insista en disant :

— Est-ce que vous avez peur que j'en fasse un mauvais usage?

— Que me dites-vous là? Non; mais je recule à l'idée d'occuper votre esprit de si laides choses.

— Vous vous trompez absolument, cela occupe mon désœuvrement; je serais très fière, moi, de fournir en moins d'une nuit les preuves que vous cherchez depuis des mois, et de trouver ce que vous n'avez pas vu dans cette lettre que vous avez depuis longtemps... Enfin, déjà vous avez pu me juger, puisque je vous ai prouvé que le vrai coupable est celui que vous alliez abandonner..., tandis que le malheureux Letard, Évard, je ne me souviens pas, payerait pour ce Maurice Ferrand...

Un observateur attentif, un homme dont l'esprit entier n'eût pas appartenu à la Grande Iza, aurait remarqué que chaque fois qu'il s'agissait de parler de l'individu véritablement menacé par l'accusation, la belle fille ne paraissait trouver son nom qu'avec difficuté; elle l'appelait Oulard, Évard, Letard, voulant affirmer qu'il lui était bien inconnu; tandis que, lorsqu'il s'agissait de l'autre, son nom venait franchement avec le prénom. C'était une petite manœuvre naïve qui n'aurait pas trompé un homme moins ému que l'était l'ex-substitut de province. A cette heure, la destinée des deux inculpés appartenait à la Grande Iza; Oscar de Verchemont surpris, émerveillé de sa perspicacité dans cette affaire embrouillée, n'avait pour elle que de l'admiration; alors qu'il croyait naïvement avoir un aide dans l'accusation, il ne devinait pas qu'il luttait contre le défenseur, dont l'action était d'autant plus redoutable que le juge lui appartenait et qu'elle pouvait tronquer les pièces. Le jeune magistrat plein de confiance, et surtout voulant lui être agréable, — en même temps que la singularité du fait le charmait, — lui remit la lettre.

Il ne vit pas l'éclair qui brilla dans les yeux de la jeune femme, le sourire satisfait qui glissa sur ses lèvres, le tremblement de ses mains en saisissant le papier et le tressaillement de son corps en le cachant dans son corsage.

— Cette lettre, dit-elle, est écrite par une femme et, si fort que vous soyez, si clairvoyant que vous puissiez être, vous ne trouverez pas ce qu'il y a dedans; moi, je suis sûre de le découvrir; il y a des mots particuliers qui ont une importance immense pour une femme; le placement d'un trait venant immédiatement après une ligne amoureuse cache une chose qu'il faut deviner... Je la trouverai... Que voulez-vous, mon cher juge? je veux vous prouver jusqu'où va la finesse d'une femme... J'aurai pour votre lettre tous les soins, quoique peut-être vous y attachiez peu d'importance, vous.

Cette phrase était dite avec intention, et le regard de la Grande Iza cherchait sur le visage du jeune homme si elle avait été comprise. Il dit :

— Oh! mais si, une grande importance, maintenant surtout; avant, je n'avais même pas voulu la joindre au dossier, ne voyant là qu'un secret intime pouvant porter le trouble dans une famille honorable, et j'avais l'intention, demain, en mettant le jeune homme en liberté, de la lui rendre.

— Demain vous comptiez libérer ce misérable!...

— Mais oui.

— Quelle heureuse inspiration vous avez eue de venir ici avec votre dossier... Et cette lettre?

— Cette lettre est unique, je n'en ai naturellement pas fait faire de copie...

— Ah! fit la Grande Iza; et un soupir de soulagement glissa doucement sur ses lèvres; le but était atteint : elle savait que la lettre qu'elle avait dans son corsage n'avait pas été copiée. Elle reprit un air léger et s'accoudant sur le gros dossier placé sur le guéridon, en mettant son frais visage bien en face de celui du jeune juge, presque nez à nez, — Oscar lui souriait, — elle lui dit :

— Direz-vous encore que vous ne pouvez travailler ici?... Direz-vous que je ne puis pas être un utile secrétaire?

— Secrétaire utile et charmant, qui prend tout le travail pour lui, qui fait rapidement la besogne et auprès duquel le temps s'envole... Et mon charmant secrétaire est content de sa soirée?

— Je crois bien... J'ai apporté la vérité, j'ai peut-être sauvé quelqu'un... Je suis heureuse comme lorsque l'on vient de faire une bonne action.

— C'est aussi une bonne action que de défendre les innocents contre les coupables.

— Mais il faut que je sache bien une chose.

Et en disant ces mots, la Grande Iza cambrée, appuyée par ses bras croisés sur le gros portefeuille placé sur le guéridon, le visage en pleine lumière en face de celui du juge, ajouta :

— Ce n'est pas pour faire le galant que vous êtes de mon avis?

— Non, ma chère amie...

— Vous pensez bien comme moi maintenant. L'innocence de ce... de celui enfin...

— D'André Houdard.

— Oui, c'est cela, d'André Houdard, vous semble bien démontrée.

— Eh, mon Dieu, cela vous a été d'autant plus facile, ma chère Iza, qu'en venant ici je vous ai dit tout d'abord mon embarras pour envoyer mon rapport au parquet : je manque de preuve, si ce n'est la possession des valeurs, et encore est-ce nous qui en attribuons la propriété à Léa Médan sur la déclaration vague d'un agent de change qui faisait quelquefois des affaires pour elle. Nous nous trouvions sans preuve... et cependant c'est mon début, la première affaire qui m'est confiée, et je ne peux, je ne veux pas revenir bredouille, alors que depuis si longtemps je prétends avoir les auteurs du crime entre les mains. En me démontrant que nous nous étions trompés, vous me dites : Voici le coupable, avec l'intuition

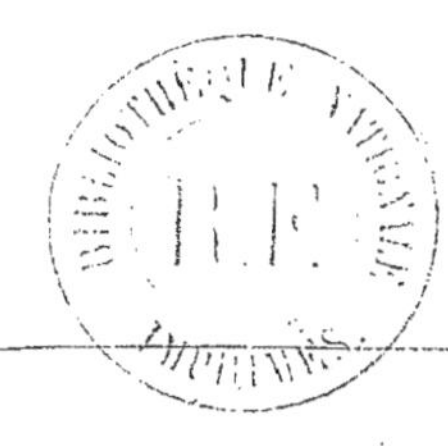

Elle était tombée dans les bras d'Oscar (PAGE 254).

particulière aux femmes, bien impartiale, puisque vous ne connaissez ni l'un ni l'autre; ne les jugeant que sur les rapports des témoins et des agents, que je vous ai lus, vous rétablissez tout, et là, dans la lettre qui était à mes yeux la preuve de son innocence, vous me montrez aujourd'hui que c'est au contraire une charge terrible contre ce Maurice Ferrand, auquel, je l'avoue, moi, je m'intéressais, tandis que l'autre m'effrayait un peu par son calme arrogant.

— Ainsi, vous êtes bien convaincu?

— Je suis surtout, ma chère belle, un peu humilié; il vous a suffi d'une heure pour trouver ce que nous n'avons pas trouvé en plus de six mois...

— Eh bien, je suis bien heureuse, dit-elle d'un air enfant.

Puis elle resta quelques minutes pensive. Oscar le remarqua et, inquiet, lui demanda :

— Qu'avez-vous donc, Iza?

— Je pense à une phrase que vous avez dite tout à l'heure.

— Laquelle?

— Bien impartiale, disiez-vous, puisque vous ne les connaissez ni l'un ni l'autre.

— Oh! je voulais dire que, ainsi que moi, vous ne les aviez pas vus, interrogés, et n'aviez pas pu être entraînée par l'allure plus ou moins sympathique de l'un ou de l'autre.

— Ne vous défendez pas, je l'ai bien compris ainsi, fit-elle en souriant.

— Que voyez-vous alors dans cette phrase?

— Je pensais que je me crois un don, je suis très physionomiste; l'impression que je ressens à la première vue d'une personne ne se modifie pas en moi, je me fais une idée d'elle et jamais je ne me suis trompée.

— C'est une heureuse faculté.

— Oui, et je veux la mettre au service de *notre affaire*, fit-elle en riant. Voulez-vous?

— Comment cela?

— Il n'est pas défendu de voir les prisonniers.

— Ah! je comprends. Ça n'est pas permis absolument; mais enfin j'ai la possibilité de lever pour vous cette défense... sous prétexte de vous faire visiter Mazas.

— Ah! il faudrait que nous fussions ensemble?

— Cela lèverait toute difficulté.

— Eh bien, mon cher Oscar, voulez-vous me faire faire cette visite? Vous me montrerez les deux inculpés.

— Oui, je suis curieux d'avoir votre impression sur chacun.

— Mais vous me laisserez leur parler?...

— Cela est bien grave, mais ça ne regarde que moi, et je vous y autoriserai... Vous seriez seule, tout en ayant l'autorisation de les voir, que les gardiens ne vous laisseraient pas communiquer avec eux.

— Il le faut... Vous savez que je suis presque une bohémienne : les enfants de nos pays ont des dons pour la divination; eh bien, au visage, aux mains, à la voix, je vous dirai leur nature et ce dont ils sont capables... Mais il faut que je leur parle.

— Vous le voulez? Ce sera fait.

— Quand?

— Vous ne voulez pas ce soir, je pense? fit-il en riant.

— Non, mais demain.

— Demain, soit... C'est entendu, accorda Oscar de Verchemont.

Il avait, nous l'avons dit, son visage tout près de celui d'Iza; les cheveux de l'une caressaient le front de l'autre; il la regarda alors bien fixement, et celle-ci, soutenant le regard, lui demanda :

— Que voulez-vous dire ?

— En venant ce soir, je devais vous parler de mes affaires, mais je ne venais pas pour ça; je venais pour vous voir, pour parler de vous... Croyez-vous qu'il n'est pas temps de donner à mon cœur le bonheur qu'il vient chercher chaque soir ?

— Il est trop tard, fit-elle en riant, je suis lasse et j'ai à travailler pour *notre affaire* cette nuit... A demain...

— Comment, déjà ?

— Vous m'avez rappelé l'heure et vous aviez raison...

Et en disant ces mots, elle appuya sur un timbre qui résonna aussitôt.

— Justine va vous reconduire.

— Oh ! méchante !...

— Au revoir ! A demain !...

Et elle tendait ses belles lèvres en faisant la beube ; il l'embrassa, et comme Justine paraissait, il la suivit et se retira après avoir fixé l'heure du rendez-vous.

Restée seule, Iza s'enferma chez elle; elle se plaça devant son bureau, tira un petit coffret d'un tiroir secret, en disant :

— Oui, travaillons...

Dans le petit coffret qu'elle ouvrit se trouvraient, bien soigneusement rangés et étiquetés, des flacons, des herbes sèches et, dans de petites boîtes, des poudres diverses. Toute la nature de la fille des monts Karpathes était là ; dans sa jeunesse de bohème, élevée par un Zingari, la belle Iza avait appris la science des simples : elle connaissait, pour tous les maux, des remèdes étonnants, et surtout, pour les finir, des poisons merveilleux.

Iza prit deux flacons et en versa quelques gouttes dans une tasse ; cette mixture composée, elle relut attentivement la lettre, puis, l'ayant bien lue, elle l'appliqua sur une petite planche de bois, sur laquelle elle étendit une feuille de papier. Alors, avec un pinceau qu'elle trempa dans la tasse, elle étendit la mixture sur l'écriture, affectant dans son tracé d'imiter ce qu'aurait produit un vase d'acide se brisant et se renversant sur le papier. Elle passa deux fois le pinceau, puis, sur une petite lampe à esprit-de-vin, elle chauffa un petit fer à peu près semblable à un fer à repasser. Lorsqu'elle le jugea assez chaud, elle le promena légèrement sur le papier ; il s'en échappa une légère fumée en même temps qu'un parfum sauvage se répandit dans le boudoir. La lettre séchée, elle la regarda et parut satisfaite ; les trois quarts de l'écriture étaient effacés, formant les taches qu'aurait pu faire un flacon de parfum renversé dessus ; seulement pas un seul caractère ne restait. Ayant bien regardé la lettre de tous les côtés, satisfaite de son ouvrage, elle rangea avec soin ses fioles, ses poudres, referma son coffret, qu'elle enfouit après dans une case secrète dissimulée derrière un tiroir de son petit bureau ; puis, contente d'elle, l'éclair dans les yeux, le sourire aux lèvres, Iza s'accouda et relut ce qui restait de la lettre.

« Mon ami, je viens te demander pardon. Aujourd'hui seulement, j'apprends que... auraient consenti à tout, je te dois le récit fidèle de ce qui s'est passé, le voici... Nous nous embrassons une dernière fois... tête retomba... encore dire : adieu... perdis connaissance... étendu... à mes côtés, épouvantée... tâtai ton front, tes mains... c'était horrible, juge... mort et j'étais là... Je regardai si je ne pouvais me... par la fuite... chez toi, mon parti fut pris aussitôt, je me hâtai de me revêtir... Te dire ce que je fis d'efforts pour arriver jusque-là, serait impossible, enfin, j'y parvins... mon corps était en feu... Tu comprends si tout cela m'a chang... épouv... ce que j'avais fait... quitté froid... raid... sur son lit..., tout le monde croi... que je me suis... de chez nous le matin seulement... tu te souviens... que tu as vu souvent à la maison... il était venu... il... ordinairement, ma tentative... bouleversa tout... le soir même rue de Lacuée un grand rassemblement... de descendre... qui venait de se découvrir...

» De ce jour, je n'eus plus... hélas!... n'étais plus; depuis ce jour, son ombre... n'a cessé de hanter mon chevet... J'ai bien souffert... Maurice, tu as bon cœur... Pas coupable, je suis... ne peut s'effacer, je viens te demander en grâce... pouvait dire un jour que j'ai été ta... tu diras qu'on ment et tu le jureras. Voilà, Maurice, la dernière grâce que je viens te demander ; je pourrai vivre malheureuse, je ne saurais vivre méprisée. Maurice, jure-moi que, quoi qu'il advienne, tu déclareras que je ne suis pas allée chez toi dans la nuit du 20 juin, que tu ne m'as pas vue ce jour-là, qu'ainsi qu'ils le croient je ne suis partie de chez nous qu'au matin... que je méprise, que je hais, que j'exècre, tu comprends que ma pensée sera toujours avec toi... et je suis l'objet d'une surveillance assez active... Adieu... pardon... »

Après avoir lu avec une visible satisfaction ce qui restait après son petit travail, la Grande Iza dit :

— Et s'il le veut, je remplirai ce qui est effacé.

Puis, prenant la lettre, elle se rendit dans son cabinet de toilette... Sur une tablette de marbre, au-dessus de la vaste toilette, se trouvaient rangés les flacons dans lesquels étaient les essences avec lesquelles elle se parfumait.

Suivant l'habitude galante de beaucoup de femmes, Iza, après avoir lu une lettre, la glissait dans son corsage. Ce qui lui avait attiré un jour ce madrigal d'un galant qui regardait une lettre disparaître dans les splendeurs de sa gorge...

— Curieux, que regardez-vous là ?... Ma lettre ?...

— Non, la boîte.

Iza, disons-nous, cachait ses lettres dans son corsage, et souvent en se déshabillant la lettre tombait dans le cabinet de toilette ; elle la ramassait et, n'ayant pas le temps de la serrer, elle la mettait sous un des flacons de la tablette qui faisait l'office de presse-papier. C'est ce qu'elle fit pour la lettre de Cécile ; seulement elle la plaça sous un flacon vide dans l'angle duquel, avec un fer à friser, elle frappa afin de le fêler, ce qui arriva... Ainsi, l'explication, lorsqu'on lui réclamerait la lettre, serait des plus simples. Capricieuse et oublieuse comme une jolie femme, dès qu'Oscar de Verchemont s'était retiré, elle n'avait plus pensé à la lettre ; elle s'était mise au lit ; le lendemain, en s'habillant, elle avait trouvé la lettre par terre, et la fantaisie de la veille étant passée, elle l'avait placée où elle mettait ordinairement ses lettres, dans l'idée de la lui rendre... Un accident était survenu, et la lettre était *légèrement* effacée... Ce n'était pas de sa faute... Ainsi sa fable était prête, et elle était trop fine pour aller au-devant; ce devait être lui qui réclamerait, et lui qui s'apercevrait de l'accident. Cela bien arrêté dans son cerveau, Iza n'appela pas sa femme de chambre, elle se dévêtit elle-même.

Debout devant sa grande glace, s'admirant à mesure que ses vêtements tombaient, gaie lorsqu'elle fut nue, en se souriant, elle secoua la tête pour inonder ses épaules de ses cheveux. Elle s'aimait, la Grande Iza... Puis, courant vers sa chambre, elle alla s'étendre sur le velours noir de son lit, et comme le grand miroir de Venise lui jetait sa beauté aux yeux, elle se sourit encore en disant :

— Il est temps; demain il sera fou, et nous en finirons.

Le lendemain matin, à l'heure convenue, Iza, dans une toilette simple, attendait impatiente; elle avait passé sa matinée à écrire une longue lettre qu'elle avait encore cachée dans son corsage. Lorsque le coupé d'Oscar de Verchemont s'arrêta à la porte, Justine guettait : elle ne laissa pas monter le jeune homme, et lui dit que madame descendait, ne voulant pas perdre de temps. Iza descendit. Oscar la conduisit à sa voiture, y monta près d'elle. Le cocher avait l'ordre, et il partit aussitôt.

Iza était gaie, rieuse, elle babillait. Ça l'amusait d'aller visiter une prison. Lorsque de Verchemont lui dit plaisamment :

— Eh bien, ma jeune secrétaire, avez-vous bien travaillé hier soir?

— A quoi? fit-elle ingénument.

— Comment, à quoi? cette lettre si curieuse...

— Ah! je n'ai plus pensé du tout, mais du tout... Oui, je me souviens, j'étais fatiguée, je me suis mise au lit tout de suite après votre départ.

— Vous ne me l'avez pas perdue, au moins?

— Rien ne se perd chez nous... Je vous la rendrai ce soir; je dois l'avoir mise où je mets toujours mes lettres en me déshabillant dans le cabinet de toilette... Mon Dieu, quel singulier caractère j'ai. Hier, cela m'intéressait au dernier point, et puis je l'ai oubliée, mais absolument oubliée.

— Il n'en est pas de tout ainsi, dit de Verchemont en lui prenant la main.

— De tout, comment cela?

— Vous n'oubliez pas aussi vite vos promesses.

— Mes promesses, répondit-elle, en lui rendant l'affectueuse pression de sa main, je ne les oublie jamais.

— Mais quand les réalisez-vous?

— Quand on fait ce que j'exige.

— Ah! toujours cette grande preuve.

— Mais certainemant.

— Et si cette occasion ne vient jamais?

— Vous la ferez naître.

— Voyez-vous ça!... méchante... Et il disait ça d'un ton, avec de tels yeux et en avançant la tête à ce point, qu'Iza se recula dans la voiture... Mais elle remarqua que, depuis quelques jours, le jeune juge était moins timide, moins embarrassé ; il était apprivoisé à elle, et elle pouvait avoir à redouter même un coup d'audace... Le moment psychologique était venu, il fallait faire les conditions pour vaincre, sinon l'on serait obligée de se rendre.

Ils arrivèrent à Mazas. Descendue de voiture, Iza prit le bras du juge. Les murs sombres de la prison firent sur la grande Moldave leur effet habituel : elle devint triste, et, en passant sous les voûtes et dans les couloirs, Oscar de Verchemont, la sentant à son bras tressaillir et trembler, fut obligé de la rassurer. Quand on ouvrit la porte de la cellule dans laquelle était enfermé André Houdard, le jeune juge entra, donnant toujours le bras à Iza ; il dit :

— Houdard, vous n'avez...

Un cri effrayant retentit, et Oscar sentit qu'Iza se cramponnait à son bras... Houdard recula jusqu'au fond de la cellule ; la jeune femme avait chancelé, puis, se raidissant, elle était tombée entre les bras d'Oscar et des gardiens qui s'étaient précipités à son secours ; en proie à une crise de nerfs, on la fit sortir aussitôt... On la descendit au greffe où des soins intelligents lui firent rapidement reprendre ses sens.

— Comme Oscar voulait l'interroger, elle lui dit doucement :

— Mon ami, faites-moi reconduire chez moi... et venez aussitôt; disposez-vous à me sacrifier votre journée : j'ai besoin de vous parler. Je ne puis rien vous dire ici.

Oscar, obéissant, s'empressa de la conduire à la voiture, disant à son cocher de revenir aussitôt le prendre chez lui. Quand la voiture fut partie, contrarié, dévoré d'inquiétude, il se dirigea sur la place, prit un fiacre et se fit reconduire chez lui.

Dans la prison, lorsque Houdard, entendant ouvrir la porte de sa cellule, avait tourné la tête, il n'avait pas été peu stupéfait de voir Iza au bras du juge d'instruction ; puis, effrayé par le cri d'Iza, étonné par la scène qui avait suivi, il était resté tout niais dans le coin de la pièce. Seulement, quand la porte fut refermée, il aperçut à terre une lettre. Il sourit alors et la ramassa vivement en disant :

— Ah ! très bien ! tout s'explique...

Et, ayant écouté à sa porte, certain d'être seul, il brisa l'enveloppe et lut.

VI

LES DOULEURS ET LES AMOURS D'IZA.

Lorsque le jeune magistrat arriva chez Iza, après avoir été chez lui, ce fut Justine qui le reçut ; en voyant son air bouleversé, il lui demanda aussitôt :

— Qu'y a-t-il, Justine ?

— Oh ! monsieur, madame est revenue dans un état effrayant ; nous avons eu toutes les peines du monde à la faire sortir de la voiture pour la faire monter chez elle ; elle était livide ; aidée de mon mari, nous l'avons conduite jusqu'à sa chambre ; là, elle a été prise d'une crise nerveuse, et nous deux, mon mari et moi, nous étions à peine assez forts pour l'empêcher de se blesser sur les meubles ; inquiète, j'ai envoyé chercher le médecin.

— Vous m'effrayez, et qu'a-t-il dit ?

— Il a d'abord été très étonné, il a questionné madame, et il a compris ; il paraît qu'elle a eu une commotion terrible, vous devez savoir cela.

— Mais non, je ne m'explique rien de ce qui est arrivé.

— Enfin il lui a donné une potion qui l'a calmée et l'a fait dormir...

— En somme, elle va mieux...

— Oh ! oui, monsieur, elle dort. Elle a bien recommandé quand vous viendriez de vous faire monter aussitôt ; mais je crois qu'épuisée comme elle l'est après ces crises, il vaut mieux la laisser un peu reposer.

— Oui, vous avez raison. Je ne comprends absolument rien à ce qui s'est passé. Est-ce la vue de la prison, les gardiens, le prisonnier ? Ça lui a pris tout d'un coup. Elle a jeté un cri au moment où l'on ouvrait une cellule de prisonnier, et elle est tombée dans nos bras ; elle n'a repris connaissance que quelques minutes après, et pour me dire de la faire reconduire chez elle, et de l'y venir joindre.

— Quand madame est arrivée, en la voyant ainsi, nous avons craint qu'il ne fût arrivé quelque chose à monsieur ; car nous savons l'affection de madame pour monsieur.

Oscar de Verchemont rougit un peu, et Justine, qui savait bien ce qu'elle avait à dire, continua :

— Monsieur nous excusera, j'ai pris la liberté de demander au cocher ; il nous a dit qu'il ne savait rien. Nous pouvions croire à un accident de voiture en voyant madame revenir seule.

— Heureusement rien de tout cela : c'est une crise nerveuse...

— Je crois que c'est parce que madame vit trop isolée ; autrefois, madame était toujours gaie, insouciante, allant aux soirées, recevant elle-même... Depuis quelque temps, madame est tout à fait changée ; elle ne pense qu'à monsieur, elle ne vit qu'en attendant l'heure à laquelle il viendra... Et comme elle est très réservée, qu'elle ne veut pas montrer ce qu'elle ressent, elle se fait du mal... J'ai tort, monsieur, de dire cela, mais c'est que, après ce que j'ai vu aujourd'hui, la santé de madame m'inquiète... Je sais bien que je fais mal, mais j'aime mieux risquer, par une indiscrétion, de me faire renvoyer que de voir par ma réserve la santé de madame compromise.

Et comme, tout rouge du col à la racine des cheveux, déjà le cerveau un peu pris, le cœur plein de bonheur, Oscar de Verchemont glissait dans la main de la soubrette un billet de cinquante francs en disant :

— Ne craignez rien, Justine, vous avez bien fait d'agir ainsi.

Justine feignit de refuser le billet.

— Oh ! monsieur est trop bon... Je ne veux rien, je ne dis cela que dans l'intérêt de ma maîtresse.

— Prenez, Justine, prenez... Et Iza est couchée ?

— Non, monsieur, lorsqu'elle est revenue nous l'avons déshabillée, et sur le conseil du médecin, madame, au reste, en ayant l'habitude, avec Louise, nous lui avons fait prendre une douche d'eau froide, puis, comme elle allait mieux, elle a revêtu son costume d'appartement, et elle s'est étendue sur la chaise longue, dans le petit boudoir.

— Enfin, elle va bien?

— Oh! tout à fait bien... Si monsieur veut monter, peut-être madame est-elle éveillée.

— Oui, montons.

Et de Verchemont, suivant Justine, alla rejoindre Iza. Ils entrèrent dans le petit boudoir, évitant de faire le moindre bruit; effectivement Iza dormait. Oscar dit à Justine, à voix basse :

— Laissez-moi, j'attendrai qu'elle s'éveille.

Justine sortit, et seul, Oscar, debout, une main appuyée sur le guéridon, regarda ou plutôt contempla la belle dormeuse.

Un jour doux était ménagé dans le boudoir et donnait un ton plein de mystère à tout ce qui l'entourait. Iza était adorable, vêtue d'un long peignoir de soie blanche, brodé d'or et de soie cerise, à peine attaché sur elle, et laissant voir par ses échancrures la batiste et la dentelle diaphane, à travers lesquelles on voyait sa chair veloutée; dans ses cheveux épars son bras superbe, recourbé, supportait sa tête endormie... sa tête, à laquelle le sommeil donnait un aspect angélique... Ce vêtement indiscret, ce visage riant, cette langueur du sommeil, ces révélations de contour, et le jour discret dans lequel se trouvait ce tableau, jetaient le trouble dans le sang du jeune magistrat; il avait des tressaillements qui lui piquaient la peau; il aurait voulu, abusant de cette torpeur, se précipiter sur la belle Iza, l'éveiller par des caresses, la rassurer par des baisers, et, brûlé de désirs et de passion, il n'osait bouger... Iza dormait-elle ou s'amusait-elle de lui? Longtemps il resta ainsi, la dévorant du regard, et seul avec elle, n'osant faire un pas, n'osant dire un mot. Tout à coup Iza ouvrit les yeux; elle regarda autour d'elle comme si elle cherchait à reconnaître le lieu où elle était; en voyant Oscar de Verchemont debout devant elle, elle retomba sur son siège, et, portant ses deux mains à ses yeux, fondant en larmes, elle s'écria :

— Ah! mon Dieu! mon Dieu!

Étonné, inquiet, effrayé de la voir ainsi, Oscar s'avança vers elle, cherchant à lui prendre les mains :

— Iza, mon enfant, qu'avez-vous? qu'y a-t-il? pourquoi ces larmes?... Répondez-moi, voyez mon inquiétude; depuis deux heures je ne vis plus; est-ce donc moi qui suis cause de cela?... Voyons, mon enfant, répondez-moi, parlez-moi...

Alors Iza, qui était étendue sur le canapé, reposa tout naturellement ses pieds à terre, s'asseyant et faisant ainsi près d'elle une place au jeune magistrat; c'est elle qui, en lui prenant les mains, montrant ainsi ses beaux yeux inondés de larmes, le fit s'asseoir près d'elle en lui disant :

— Oh! non, mon ami, non, ce n'est pas vous... au contraire, vous êtes mon soutien, mon conseil, mon ami... Si vous saviez ce que je souffre!...

— Voyons, Iza, ma belle et chère amie, ne pleurez pas.

— Si tu reviens ce soir, c'est que... Georges sera libre... (PAGE 261).

Il fallait bien, se trouvant près d'elle, qu'il la prît dans ses bras, qu'il l'attirât vers lui pour la consoler, pour essuyer ses yeux, et, nous l'avons dit, le peignoir qui couvrait Iza était fait de ces étoffes arabes près desquelles la dentelle est un tissu épais, et ce peignoir ne couvrait qu'une fine chemise de batiste; sous ses mains, c'est à peine s'il sentait ces toiles d'araignée. C'est la chair robuste et palpitante qu'il touchait; et, alors ainsi qu'en frôlant une pile on reçoit un choc électrique, son sang sous ce toucher s'agitait, ses nerfs tressaillaient, et, pour achever cette ivresse de son cerveau, inconsciente (?) de son négligé, Iza, en proie à la plus vive douleur, s'abandonnait se blottissant dans ses bras, sanglotant sur sa poitrine..., et lui presque abruti, sans force, il sentait lui monter au cerveau la chaleur parfumée de la belle Iza. Ah! pour contenir ses sens à cette heure, il fallait l'inexplicable douleur de la jeune femme, et ses larmes, et ses sanglots déchirants.

— Voyons, fit-il tremblant, presque balbutiant, Iza, vous ne pouvez souffrir ainsi et m'en cacher le motif... Iza, tu entends, Iza, je veux savoir... Réponds...

— Non, non, vous m'aimez... et je risquerais de perdre l'affection que vous avez pour moi.

— Tu sais bien que cela n'est pas possible... Réponds-moi...

— Si vous saviez ce que j'ai ressenti là; j'ai cru que j'allais mourir. C'était le remords..., c'était comme une voix qui me disait : c'est toi qui es cause de cela...

— Iza, ma belle aimée, voyons, ne pleure plus...

Et il l'embrassait sur les yeux, longuement, pour boire ses larmes, et ses mains caressaient ses épaules, relevant ses cheveux, et il cherchait à la consoler.

— Regarde-moi avec tes beaux yeux clairs; reprends un peu de calme et dis-moi ce que tu as. Tu ne sais plus ce que tu dis; on ne peut te comprendre... Sois raisonnable... Dis-moi, qu'est-il arrivé?

— Alors qu'il serait indigne, n'est-ce pas? Il ne faut rejeter de cette indignité sur les autres et me repousser pour cela... Vous m'aimerez quand même...

— Mon Dieu! mais, malheureuse enfant, tu m'épouvantes... Mais parle, parle donc.

— Oui, écoutez!

Et, se dégageant des bras du jeune homme stupéfait, se mettant à genoux devant lui, fondant en larmes, elle courba la tête... Oscar dit, véritablement effrayé:

— Mon Dieu! mais qu'est-ce donc?

Et comme une coupable qui redoute que l'aveu n'entraîne aussi le châtiment, d'une voix éteinte et suppliante elle dit :

— Oscar, l'homme que vous m'avez montré ce matin ne se nomme pas André Houdard; cet homme, c'est le compagnon de mes jeunes années, c'est le pauvre hère qu'ingrate j'ai oublié quand j'ai été heureuse... Il ne se nomme pas Houdard, il se nomme Georgeo Golesko...

Et après cet aveu, qui n'avait été fait qu'au prix d'un violent effort, elle resta comme accablée, écrasée...

— C'est cela! oh! je comprends, ma pauvre Iza... Relevez-vous... Asseyez-vous près de moi et ne pleurez pas.

Oscar de Verchemont la souleva et l'assit près de lui; il l'enlaça encore et lui dit doucement :

— Pauvre amie! je m'explique maintenant cette crise subite qui m'a tant effrayé...

Paraissant ne pas l'entendre, Iza, qu'il tenait près de lui, avait ses deux mains entre ses genoux, et le regard fixé à terre elle hochait la tête en répétant :

— Lui! lui!... en prison!

— Voyons, Iza, il faut être raisonnable : mon Dieu, la prison préventive n'est pas infamante... Voyez, c'était comme un pressentiment lorsque hier vous le défendiez et vous me montriez nos errements en l'accusant.

— Oh! cela, j'en suis certaine maintenant, Golesko ne peut pas être coupable.

— Écoutez-moi, ma mie aimée, ma belle Iza, vous vous souvenez qu'hier nous l'avons reconnu, et, malgré un nouveau rapport qui m'est arrivé ce matin... je le crois innocent ; vous n'avez donc pas à vous tourmenter... Ce n'est que quelques jours à attendre, pendant lesquels je vais donner des ordres pour qu'il soit mieux traité...

Iza avait tressailli en entendant Oscar de Verchemont lui dire qu'il avait encore reçu le matin même un rapport contre Houdard, et elle demanda :

— On l'accuse encore? Oscar, dites-moi, quelle nouvelle accusation vous est arrivée...? Dites, je vous en prie.

— Mais, ma chère enfant, ne vous désolez pas ; je vous répète, j'en fais peu de cas...

— Oh! je veux savoir.

— Sachez, Iza, qu'André Houdard a refusé de répondre à toutes nos questions ; il s'est borné, dans les confrontations, à hausser les épaules ; il se fait appeler André Houdard, il est marié sous ce nom...

— C'est vrai, vous me l'avez dit, il est marié.

— Je vous parle sincèrement, à vous, m'engageant à faire tout pour lui ; mais l'existence de cet homme est singulière, les plus mauvais renseignements nous ont été donnés sur lui ; il déclare être le véritable possesseur des valeurs... Mais où a-t-il pu les avoir?... Vous-même dites ici qu'il était pauvre...

— Je n'ai pas dit cela ; j'ai dit que c'était un fou, un extravagant qui avait besoin d'être surveillé parce qu'il était joueur et débauché... ; mais il est incapable d'une mauvaise action... Que dit-on encore de lui? Je veux le savoir.

Oscar de Verchemont n'avait aucune raison de refuser ce qu'on lui demandait ; il tira de sa poche une petite note signée Huret, et lut :

« Je ne viendrai pas au bureau aujourd'hui, nous sommes sur une piste nouvelle ; si nous ne nous sommes pas trompés, nous aurons une preuve accablante devant laquelle Houdard ne pourra nier. J'espère vous la donner demain. »

— Ils sont fous!...

— Nous le saurons demain, dit le juge pour clore l'entretien sur ce sujet. Iza, ne parlons plus de cela ; de ce jour il sera mieux soigné, et demain, si, ainsi que je l'espère, nous n'avons rien, je signerai une ordonnance de non-lieu.

Changeant de ton, il dit :

— Ma belle et chère Iza, dans quelle inquiétude mortelle vous m'avez plongé depuis ce matin ; si vous saviez quel tourment me donnaient vos larmes! vous voir souffrir et ne pas comprendre pourquoi, ne pouvoir vous soulager, vous consoler.

Il la serrait dans ses bras, et Iza s'abandonnait, paraissant à peine entendre ce qu'il disait ; et, en la tenant ainsi, le jeune magistrat éprouvait les mêmes sensations qu'il avait ressenties quelques minutes avant... Son sang le brûlait, et ses regards cherchaient le regard de la Grande Iza...

— Tu ne peux te douter combien je t'aime, Iza, et de quelle passion folle je suis dévoré; si tu savais quel feu nouveau je sens en moi en te tenant ainsi... tes beaux cheveux.

Et il roulait sa tête dans les grands cheveux noirs, sur les épaules chaudes d'Iza, et à mesure ses yeux étaient plus brillants, ses lèvres plus épaisses... Il semblait être déjà comme un homme qui, peu à peu, s'enivrant, va perdre la raison; ses mouvements étaient plus nerveux, ses caresses avaient des brutalités.

— Jamais, jamais, Iza, je n'ai ressenti ce que je ressens près de toi à cette heure; il me semble qu'en te disant simplement : je t'aime, je rapetisse ce que j'éprouve ; Iza, tu ne réponds pas... Iza, regarde-moi, parle-moi... Iza, je deviens fou.

Iza sembla comme sortir d'un rêve; son regard se fixa sur celui du jeune homme; elle parut étonnée d'être ainsi dans ses bras, presque assise sur lui; bien vite de chacune de ses mains elle prit une des mains d'Oscar, dégageant son corps, et alors penchant sa tête, plaçant son visage près du visage du jeune homme, l'œil étincelant, les lèvres frémissantes... elle lui dit, d'une voix dont rien ne pourrait rendre l'expression :

— Vous m'aimez?

— Oh! oui, je t'adore!

— Avec passion?...

— À la folie...

— Eh bien, moi aussi je t'aimerai, si tu veux; qu'importe ce qui arrivera? j'écouterai mon sang; moi aussi je serai folle... mais souviens-toi de ce que tu m'as dit...

— Je n'ai besoin de me souvenir de rien... Commande, j'obéirai...

— Lorsqu'il y a quelques jours tu m'as dit : j'exaucerai tes souhaits, je réaliserai tes rêves, Iza, mais tu m'aimeras.

— Je le dis encore...

Était-ce faiblesse, inattention, entraînement, une des mains d'Iza avait quitté celle d'Oscar et il avait repris la grande fille dans ses bras; il la serrait sur sa poitrine, et leurs lèvres se touchaient presque; elle continua :

— Alors je t'ai répondu : Je voudrais croire à un amour semblable, je ne parle pas de ces promesses qui viennent aux lèvres et ne sont que l'expression des sens altérés... Je veux l'amour grand, l'amour qui se montre par un sacrifice...

— Commande, Iza, commande, ma belle adorée... Commande, j'obéirai... Je t'aime.

Et il la couvrait de baisers.

— Un sacrifice assez grave, pour si l'amour s'éteignait te rappeler que nous avons un secret commun qui nous oblige à vivre toujours ensemble...

— Mais parle donc... que je dise oui... et que tu me rendes enfin les baisers que je te donne, dit-il avec passion...

— Eh bien, fit Iza s'abandonnant tout à fait, et prenant la tête du jeune juge pour l'embrasser deux fois, si tu le veux je serai à toi... car je t'aime, Oscar... je t'aime...

Oscar de Verchemont était tout à fait ivre; il la tenait dans ses bras, il la souleva, fou de passion, d'ardeur, voulant l'entraîner; mais, vive comme une grande couleuvre, en même temps que le jeune homme se levait, elle l'écarta de ses bras et se laissa glisser, se baissa; échappant à son étreinte, et reculant de deux pas, elle lui dit :

— Que Georgeo... qu'André Houdard soit libre... et je t'attends...

— Que dis-tu ?...

— C'est la preuve d'amour que je te demande... Sauve-le... et je t'attends...

Oscar était retombé sur le canapé; il regardait Iza, et assurément il ne se rendait pas bien compte du jeu de scène — comme on dit au théâtre — qui venait de s'opérer. Iza, qu'il tenait dans ses bras, dont les lèvres touchaient ses lèvres, qui semblait se livrer tout entière, se retrouvait debout devant lui, et elle lui demandait une chose impossible, la seule chose qu'il était obligé de refuser.

— Oscar, tu m'as entendue; ce matin, tu me disais encore : « Quand réaliserez-vous vos promesses? — Quand on fait ce que j'exige. » Et tu ajoutais : « Mais si cette occasion ne vient jamais? » Et je t'ai répondu : « Je la ferai naître... » Oscar, si tu m'aimes, il faut que ce soir And... — elle se reprit — Georgeo soit libre.

— C'est impossible !

— Adieu, alors...

— Iza..., vous me demandez une infamie, une lâcheté... Vous n'aimeriez ni un lâche ni un infâme.

— J'aimerais qui m'aime... Adieu, Oscar, adieu, ou au revoir... Justine aura des ordres. Si tu reviens ce soir, c'est que... Georgeo sera libre... A ce soir...

Et achevant par un regard de le rendre fou, elle disparut dans sa chambre en lui souriant.

— C'est épouvantable ! fit le jeune magistrat, se relevant en arrachant sa cravate blanche qui l'étouffait; et, titubant comme un homme ivre, il prit son chapeau et descendit en se retenant aux tapisseries... Et une fois dans la rue, il marcha vers les Champs-Élysées, répétant pour se commander à lui-même ;

— Jamais !... jamais !...

En sortant de la maison de l'avenue Friedland, le jeune magistrat se sauvait; il voulait s'éloigner au plus tôt de celle qui le possédait; il espérait, par la fuite, échapper aux charmes qui l'attiraient; il espérait qu'à chaque pas qu'il faisait il résistait d'autant à celle qui voulait lui faire commettre une infamie... En sortant, tout était sens dessus dessous dans son cerveau, les pensées d'amour s'y heurtaient aux interrogatoires du criminel; il voyait le grand lit sculpté et les tentures de la chambre à dormir se confondre avec la cellule sombre de la prison Mazas. Il marchait vite, vite, ne s'apercevant pas que les gens se détournaient sur son passage et le regardaient, étonnés de voir un homme de mise élégante, aux manières distinguées, se promener avec le col de sa chemise ouvert et sa cravate blanche flottant sur les revers de son vêtement.

On était à la fin de l'automne, presque en hiver, et la température, ce jour-là, ne justifiait guère ce décolletement négligé, et, à chaque minute, il se décoiffait pour essuyer son crâne et son front moites de sueur... Les gens se regardaient entre eux, et cela pouvait bien vouloir dire : C'est un fou!...

Un instant, dans les Champs-Elysées, il s'arrêta, il rattacha son col, prit sa tête dans ses mains et réfléchit quelques minutes. Était-ce la raison qui revenait? Non, c'était fini, l'amour, la passion avaient chassé le bon sens : c'était seulement le calme. Il pensait, il mettait de l'ordre dans ses idées. Il marcha sans savoir où il allait, devant lui, mais plus tranquillement.

— Mon Dieu, la malheureuse, je le comprends, a été bouleversée en retrouvant dans un cachot, sous le poids d'une terrible accusation, celui qu'elle avait mission de surveiller... Et elle est dans son rôle de femme, en agissant ainsi, elle est bonne, elle écoute son cœur, et si elle sauve cet homme, elle croira avoir racheté l'oubli... Elle ne peut le juger mauvais, puisqu'elle l'a connu lorsqu'elle était enfant... Et cependant c'était un mauvais gars!... Ce n'est pas l'homme que nous cherchons... ; mais c'est un mauvais gars!... Après tout, ce qu'elle demande n'est que justice... Je n'ai pas de preuve absolue contre lui, je devrais le laisser libre, le faire surveiller seulement... J'abuse de mon pouvoir en le tenant sous les verrous... Où ai-je vu une infamie là dedans?... Je n'ai plus de raison, ça ne peut durer ainsi; le fait m'a effrayé et je suis sorti ridiculement, grossièrement en disant : Jamais! Et de quel droit, jamais? C'est elle qui avait raison, hier comme aujourd'hui; son cœur loyal va droit à la vérité, et l'épreuve qu'elle m'impose est, au contraire, une bonne action, un acte de justice qu'elle me fait accomplir...

Et Oscar de Verchemont s'arrêtait une minute et essuyait son front ruisselant, puis sa pensée continuait :

— Si j'obéis à son désir, si je donne la liberté à cet homme... et si demain j'apprends que j'ai délivré l'assassin...? Demain!... Demain ne m'appartient pas, la prison préventive comme je m'en sers en cette circonstance est une infamie, je n'ai pas de preuves... Au contraire, hier j'ai eu la pleine assurance que le vrai coupable, c'est l'autre... Je dois rendre sur cet homme une ordonnance de non-lieu... Et puis cet homme n'est pas un sujet français, et est-ce que je ne me compromets pas en l'enfermant sans raison...? Il faut que j'éclaircisse cela...

Il s'arrêta encore; il suivait les quais et s'appuya sur un parapet.

— Pauvre belle! que ma sortie grossière a dû la blesser! Comment rachèterai-je ça?... Il ne suffit pas que j'accomplisse son désir...

Et alors, s'accoudant sur le parapet, paraissant regarder couler l'eau, il souriait, l'ex-petit substitut de province...; il souriait à un rêve qui allait se réaliser.

Si Oscar de Verchemont s'était dompté devant Iza, lorsque, seul avec elle, elle était assoupie devant lui; s'il avait été peu pressant, c'est que, dans son cerveau, il avait arrêté comment il deviendrait l'amant d'Iza. Il était jaloux du passé; que le meuble dont elle était entourée, les vêtements dont elle était vêtue lui vinssent d'un mari ou d'un amant, il en souffrait; il lui semblait que la vue de ces objets, leur toucher lui rappelaient ceux à qui elle les devait... Et il la voulait seule pour ses amours à lui; il la voulait entière, son corps, son âme et ses pensées... Et, à cet effet, il avait acheté dans l'avenue de Chaillot un ravissant petit hôtel tout meublé, un nid d'amoureux; il avait chez les faiseurs ordinaires de la Grande Iza, les couturiers à la mode, commandé tout un trousseau et toute une garde-robe somptueuse. Il avait enfin, depuis dix jours, jeté au bijoutier, aux couturières et aux tapissiers quelques centaines de mille francs, l'ex-petit substitut, dont les appointements de juge d'instruction étaient de 700 francs par mois! Mais nous avons dit que le dernier descendant des barons de Vaux, comtes de Verchemont, était plusieurs fois millionnaire.

Nous ne pouvons cacher que les couturières et le bijoutier avaient été indiscrets. Iza savait partie de la surprise qui lui était destinée, elle ne savait pas le plan du jeune magistrat; elle ignorait l'acquisition du trousseau et du petit hôtel; mais ce qu'elle savait l'avait déjà satisfaite. Elle n'en dit rien, mais c'est de ce jour qu'elle avait dit :

— Il est temps, il faut agir.

C'est en pensant à cette surprise qu'il ménageait à celle qui s'était si justement appelée Iza la Ruine, qu'Oscar de Verchemont souriait; il se redressa et continua sa route en disant :

— Je vais étudier consciencieusement le dossier... et je ferai ce que je devrai faire.

Et sur cette parole, qu'il se dit pour se persuader qu'il ne s'écartait pas de son devoir, il reprit son allure droite de magistrat et redescendit les quais vers le Palais de justice.

Lorsqu'il arriva dans les grands couloirs, les garçons de bureau furent étonnés; c'était presque l'heure de la fermeture.

Il entra dans son cabinet; le greffier travaillait; il lui dit :

— Je suis content de vous trouver... Faites un...

Il s'arrêta et dit :

— C'est le dossier de l'affaire Houdard que vous avez?

— Oui, monsieur...

— Donnez-le-moi... J'ai des éclaircissements nouveaux... Cet homme est victime d'une erreur... Il faut immédiatement que vous me fassiez un ordre pour le libérer au plus tôt...

— Comment cela?... fit le greffier stupéfait.

— Écrivez vite et envoyez au greffe.

Et, en disant cela, le jeune magistrat était tout rouge et il allait et venait, semblant consulter les pièces du dossier, évitant de rencontrer le regard de son greffier, et haussant les épaules après la lecture de chacune des notes qu'il lisait. Le greffier, obéissant, avait terminé; il signa et lui dit en regardant à sa montre :

— Hâtez-vous, allez-y vous-même, pour lever toute difficulté, car il est l'heure où les bureaux ferment, et qu'on me l'amène immédiatement.

Le greffier partit en hochant la tête, paraissant trouver bien légère l'action de son supérieur.

Seul dans son bureau, Oscar de Verchemont assembla toutes les pièces de l'instruction relatives à Houdard, en fit un dossier et le mit dans la serviette d'avocat qu'il portait toujours, répétant :

— Qu'il soit coupable ou pas coupable, la vérité est que ce soir, à l'heure où je signe la sortie et le non-lieu, nous n'avons pas de preuves.

Et, en affirmant cela, il suffoquait; il ouvrit la petite fenêtre et respira un instant. En entendant du bruit, il se retourna : c'était Houdard qui entrait accompagné du greffier seulement. De Verchemont ferma vivement la fenêtre, et, se plaçant devant son bureau, il dit à Houdard :

— Pourquoi, Houdard, nous avez-vous caché votre véritable nom?

— Monsieur, depuis que je suis en France je n'ai porté que le nom d'André Houdard. Je me nomme Georgeo Golesko.

— Vous connaissez la comtesse Séglin de Zintsky?

— C'est ma protectrice! la fille de mes maîtres.

— C'est à elle que vous devez votre liberté.

— Je suis libre! Oh! merci, monsieur.

— Sans les renseignements qu'elle nous a donnés, l'enquête continuerait

— Monsieur, étant innocent, je souffrais, mais j'étais certain d'être bientôt libre.

— Allez, et d'un mot immédiatement adressez vos remerciements à Mme de Zintsky.

— C'est la première visite que je vais faire.

Il sortit, et le juge soupira en baissant la tête. Le greffier, qui paraissait abasourdi de ce qui se passait, rangeait ses paperasses et se disposait à partir. Il demanda timidement :

— Est-ce que l'instruction est abandonnée par ordre supérieur?

Oscar de Verchemont baissa la tête pour cacher le rouge qui lui montait encore au visage.

— Non pas, j'ai l'assurance que nous tenons le coupable. Huret s'est trompé; Boyer était sur la bonne voie.

— C'est ce jeune homme, Maurice Ferrand?

— Oui, il a une femme pour complice; j'ai une lettre de cette dernière qui ne laisse aucun doute. Je vous la remettrai demain.

— C'est Ferrand?

— Oui, vous pouvez vous retirer; je reste encore quelques minutes ici; j'ai des notes à prendre à ce propos.

Le greffier se retira aussitôt. Oscar griffonna en souriant vingt lignes sur une belle feuille de papier, qu'il glissa sous une enveloppe sur laquelle il écrivit :

« Madame Iza Séglin de Zintsky, avenue Friedland. »

Si, en sortant du palais, un de nos législateurs avait rencontré le jeune magistrat, celui-ci se serait emparé de lui, et il l'aurait obligé à entendre une longue conférence sur l'odieux abus de la prison préventive; il lui aurait dit que, outré de voir subsister semblable chose dans nos mœurs, il venait de libérer un malheureux qui, depuis près d'un mois, gémissait, au secret, dans une des cellules de la prison Mazas; que ce pauvre homme avait une femme dans un état intéressant.

Il se précipita sur Houdard (PAGE 272).

Il aurait menti en ajoutant qu'il ignorait tout cela; mais il aurait été heureux de se justifier vis-à-vis de lui-même en donnant à un autre toutes les mauvaises raisons qu'il trouvait pour s'excuser. Et cependant une vérité aurait jailli de ses mensonges; le peu de respect que l'on a, en France, pour la liberté individuelle, la facilité avec laquelle, sur une calomnie dénonciatrice, on lance un mandat d'amener : la lettre de cachet moderne; la légèreté, l'abandon avec lesquels on laisse se morfondre, se désoler dans une prison, pendant de longs jours, des malheureux qu'un interrogatoire sérieux permettrait de libérer aussitôt. Il aurait dit tout cela, appuyant par une bonne raison toutes les mauvaises qu'il se donnait à lui-même afin de justifier l'acte odieux qu'il venait de commettre.

Mais, en même temps qu'il sortait du palais pour confier sa lettre à un commissionnaire, avec mission de la porter à son adresse, toutes ses idées noires s'envolèrent; il s'affirma qu'il n'avait fait que son devoir; et puis, pour pousser les choses au bout, si un reproche lui était adressé, il avait son excuse: en apprenant que le prévenu était de nationalité étrangère, et en le maintenant en état d'arrestation sans preuve, il avait craint des réclamations du consulat...; puis, d'un autre côté, maintenant il ne mentait pas, il était convaincu de la culpabilité de Maurice Ferrand.

Le sourire aux lèvres, les yeux brillants, il sauta en voiture et se fit conduire rue de Chaillot, au petit hôtel qu'il avait acheté, et qui devait le soir même être préparé pour recevoir du monde, car c'était là qu'il comptait vivre désormais, c'était pour lui et pour Elle qu'il avait organisé tout cela. Pour le monde officiel, il gardait toujours son appartement de la rue de Beaune, cet appartement triste et calme, si propre à l'ingrat travail du juge austère tout entier aux instructions qui lui sont confiées. L'homme sobre qui se grise n'a plus de retenue et dépasse tous les ivrognes; il en était ainsi du jeune Oscar. Homme d'ordre, économisant chaque année sur ses revenus considérables, il vivait calme, cachant à tous ses amours timides, vivant tout entier dans ses dossiers, régulier dans sa vie, et n'ayant d'autres distractions que les soirées officielles, où il allait bien plutôt à cause de ses relations qu'entraîné par ses goûts, et la chasse qu'il allait ouvrir dans le vieux château de famille dans un coin du Poitou, une terre immense que l'ennui avait pris pour résidence. La rencontre d'Iza avait bouleversé tout cela; il avait dédaigné les soirées, regretté sa situation qui lui prenait trop de temps, oublié la chasse; il n'avait pensé qu'à une chose : se faire aimer de la belle comtesse de Zintsky, de la Grande Iza, l'éblouir par son luxe, la surprendre et la ravir par une attention délicate. C'est à cette dernière phase de ses amours qu'il s'occupait, puisque le soir même la Grande Iza devait l'attendre, si André Houdard... Houdard était libre; et c'était lui qui venait d'écrire à Iza qu'il l'attendrait chez elle à minuit, avenue de Chaillot, dans certaines conditions.

Revenons à Houdard, lorsque le juge d'instruction lui avait dit :

— Allez, vous êtes libre.

Il avait bien vu, lui, qu'on ne le libérait pas en ayant la conviction qu'il était innocent; il avait senti la pression occulte à laquelle le juge obéissait; au reste, dans tous ses interrogatoires, sa force avait été dans l'assurance qu'il serait bientôt délivré, quoi qu'il arrivât. De là son calme, ses refus de répondre à toute question qui pouvait l'embarrasser ou le compromettre. Lui aussi il le savait, il n'existait pas une preuve contre lui. Les valeurs seulement, mais ces valeurs étaient à lui et, au besoin, il aurait affirmé que c'était Léa, sa maîtresse, qui les lui avait données. Mais il avait véritablement joué à la Bourse de moitié avec Léa, et cela il pouvait le prouver. Il restait donc contre lui le cocher qui l'avait amené et reconduit; mais cela était tout naturel, puisqu'il avouait lui-même avoir passé la nuit avec Léa et l'avoir quittée au chant de l'alouette, la laissant bien vivante...

Houdard sentit bien que sa situation n'était pas régulière, qu'elle était imposée et hâtée; car il remarqua que le jeune juge s'abstint de toute recommandation; il ne lui dit pas qu'on regrettait son arrestation préventive en le reconnaissant innocent; il ne lui dit pas non plus que, devant à une haute protection sa mise en liberté, il eût à être très réservé dans l'avenir, car désormais on avait l'œil sur lui. Rien! on lui disait, non pas seulement de sortir, mais presque de se sauver, et sa mise en liberté lui semblait être une évasion. On se hâtait, craignant d'être surpris. Il comprit tout cela, et aussitôt dehors, rue de Lyon, il respira bruyamment en répétant trois fois :

— Libre..., libre..., libre!...

Il y avait trop longtemps qu'il était enfermé pour ne pas désirer marcher un peu, et, quoique pressé d'arriver chez Iza, il ne prit pas de voiture et se mit à courir en remontant les boulevards; en plein jour, on n'aurait pas manqué de le remarquer; mais la nuit tombait, nous l'avons dit, et on était aux premiers jours d'hiver... Il était heureux, le misérable, de courir à travers Paris; il était libre enfin! Ce soir-là, il faisait du brouillard, et il était à son aise en courant dans les Champs-Élysées; il bondissait, il parlait haut : on l'eût pu prendre pour un fou; c'est que ses jambes avaient besoin d'exercice violent après ce mois de calme, et ses lèvres avaient besoin de parler après ce mois de silence.

Quand il sonna chez Iza, Justine, en le reconnaissant, dit aussitôt :

— Montez vite, madame vous attend.

Il monta et trouva Iza dans le boudoir. Il lui tendait les bras; elle lui prit la main; mais il connaissait ses caprices et ne s'étonna pas; il dit :

— Je suis libre et viens te dire merci.

— Tu vois que je tiens mes promesses, et c'est par ton imprudence que tu as risqué de tout compromettre.

— C'est vrai.

— Nous n'avons pas de temps à perdre; d'un moment à l'autre quelqu'un peut venir qui ne doit pas te trouver ici. Tu as suivi les instructions de ma lettre... As-tu été interrogé?

— A peine; il m'a demandé mon vrai nom; j'ai répondu comme disait ta lettre; je l'avais apprise par cœur au cas où on me demanderait d'autres renseignements...; mais je n'en ai pas eu besoin. Il paraissait avoir hâte d'en finir, et c'est moi qui semblais presque l'obliger en m'en allant.

— Bien! Tu comprends que tout cela ne tiendra pas à la moindre enquête... Aujourd'hui, c'est-à-dire cette nuit, demain et après-demain, tu n'as rien à craindre; il vient ce soir; il ne sortira pas demain; après-demain, c'est dimanche; tu as trois jours pleins; abuses-en pour aller le plus loin possible. As-tu de l'argent?

— Non, ils m'ont tout pris.

— Ne crains rien, je me le ferai rendre autrement, et tu l'auras... Voici toujours trois mille francs, pars et écris-moi... comme tu sais...

Et elle lui remit trois rouleaux d'or.

— Bien!... fit Houdard en empochant la somme.

— Et pars cette nuit. Ne fais pas d'imprudence; je ne pourrais pas te sauver une seconde fois...

— Au revoir, Iza; tu ne m'embrasses pas?

— Si, mais pars vite... Et écris-moi aussitôt arrivé, afin que je sois assurée que tu es à l'abri.

Et elle lui tendit ses lèvres; ils s'embrassèrent, et Houdard allait partir, lorsqu'elle lui dit :

— Surtout ne va pas chez toi... Ce sont tes pires ennemis.

— Je te le promets.

Houdard descendit, reconduit par Justine; il était de mauvaise humeur, il avait espéré une autre réception; il ne dit rien cependant; mais, une fois dans la rue, il maugréa :

— Toi, Iza, tu me payeras cette réception-là... Je mets ça sur ton compte; mais d'abord tu rendras l'argent, et je verrai après; il ne faut pas être ingrat avec moi... ou on s'en repent...

Il entra chez un coiffeur, se fit raser et coiffer soigneusement, puis il prit une voiture et se fit conduire rue Saint-François, en disant :

— Pourquoi n'irais-je pas? Là aussi, j'ai un compte à régler.

Il n'y avait pas dix minutes qu'il était sorti de chez Iza lorsque le timbre résonna de nouveau dans la maison de l'avenue Friedland. Justine alla ouvrir. C'était le commissionnaire qui apportait la lettre d'Oscar de Verchemont.

— Y a-t-il une réponse?

— Non, mademoiselle.

La porte fermée, la soubrette monta la lettre à sa maîtresse. Celle-ci était dans son cabinet de toilette; elle la lui remit, et Iza, assez intriguée, s'approcha de la lampe pour la lire; elle avait à peine fini qu'elle éclata de rire... et, tendant la lettre à Justine, elle dit :

— Lis ça, Justine, il devient fou... Ah! ah! ah!

La femme de chambre lut, et, riant à son tour :

— Ah! en voilà une idée! Ah! ah! c'est très drôle... J'espère qu'il vous aime, celui-là, madame!

— Oui, mais c'est trop!...

— Jaloux du passé... Mais il sait bien faire excuser cette jalousie-là!...

— Voilà donc le secret de toutes ses commandes... Ah! mais quelle idée! Ah! ah! ah!...

Et, superbe dans son négligé d'intérieur, elle riait, se roulant sur son canapé, et le rire donnait à tout son corps d'adorables mouvements.

— Eh bien, Justine, il faut nous préparer, ma fille. J'ai promis... Et demain nous serons riches.

VII

UNE PETITE SCÈNE DE FAMILLE.

Depuis le jour où Claude Tussaud s'était entendu avec Louis Paillard, où il avait reconnu devoir à celui-ci la somme que la mère Paillard avait prêtée, et cela aux conditions les plus douces, c'est-à-dire au taux ordinaire d'intérêt et remboursable quand il le voudrait et comme il le voudrait, la gaieté était revenue dans la maison.

La demande en séparation avait été obtenue par défaut au bénéfice de Cécile; on était tranquille chez le fabricant de bronze; le gendre était renié et jamais son nom n'était prononcé : on disait Mme Cécile en parlant de la jeune femme. Claude, qui avait revu plusieurs fois l'agent Huret, l'aidait même dans ses recherches et avait appris par lui que les charges les plus graves pesaient sur Houdard; le doute n'était plus possible, et ce malheur avait absolument réjoui Claude. Avec la férocité du bourgeois qui se venge, il aurait voulu déjà savoir son gendre à Cayenne; car il « n'osait espérer » — c'est le mot dont il se servait — la guillotine.

Le soir où nous conduisons le lecteur dans la vaste salle à manger de Claude Tussaud — c'est le même soir où André venait d'être rendu à la liberté — il y avait fête chez le fabricant de bronze. C'était la Sainte-Cécile, et on avait passé par tant de vilains jours qu'on était bien heureux d'avoir une occasion de s'amuser un peu, surtout à l'occasion de la pauvre enfant qui avait été sa victime. *Nunc est bibendum.* On avait eu de bonnes nouvelles; le matin même Amélie avait été au cabinet du juge d'instruction; elle n'avait vu que le greffier, mais celui-ci l'avait accueillie en souriant et lui avait assuré qu'avant quelques jours Maurice sortirait indemne de cette pénible affaire. Cécile avait repris chez son père les habitudes d'autrefois; ayant absolument abandonné le logis conjugal, elle avait rapporté chez elle son trousseau, sa garde-robe et elle était revenue habiter sa petite chambre, et ça avait été pour la pauvre enfant une bien douce joie de se trouver à l'abri du misérable, et, pouvant vivre aimée et respectée de tous malgré sa faute, ça avait été pour elle un grand soulagement que de pouvoir envisager l'avenir sans crainte, elle élèverait son enfant sans avoir à redouter la vengeance jalouse du mari trompé. Cécile n'était pas une oublieuse; lorsque, revenue en la possession d'elle-même, à la suite des catastrophes qui l'avaient poursuivie, elle s'était demandé comment elle vivait encore, elle s'était souvenue du grand garçon qui s'était jeté à l'eau pour la sauver et elle avait voulu le revoir. Chadi était venu, et, tout rouge de plaisir en recevant une seconde fois des compliments sur sa belle action, il avait dû consentir à entrer chez Tussaud, qui prétendit avoir besoin d'un ciseleur, et le brave garçon était dans la maison du fabricant de bronze considéré comme s'il était de la famille. C'était l'homme de confiance; il ne restait pas toute la journée à l'étau, il s'occupait des livraisons et des recettes, et ce va-et-vient allait admirablement à son activité.

La grande salle à manger était brillamment éclairée; sur la nappe bien blanche scintillaient les faïences et les cristaux; dans tous les coins de la pièce, de larges et superbes bouquets étalaient leurs multiples couleurs, répandant leurs doux parfums. Tout le monde avait tenu, à l'occasion de la fête de la jeune femme, à venir lui témoigner sa sympathie, l'assurer que l'opprobre du misérable, duquel elle était condamnée à porter le nom, ne rejaillissait en rien sur elle; ces témoignages étaient nombreux; la salle à manger était littéralement encombrée de fleurs... Cécile avait dû se rendre à l'atelier pour remercier les ouvriers, qui avaient chacun apporté un bouquet à leur « *pauvre petite patronne*, » et Tussaud avait offert un punch. Cécile avait trinqué, et la journée avait eu deux heures de moins; on n'avait pas veillé. Cécile était heureuse, elle renaissait sous ces marques d'amitié.

Tussaud était un gueulard; c'est lui qui, accompagné de Chadi, avait été faire les provisions à la Halle, et les deux bonnes étaient occupées au dîner depuis leur retour, c'est-à-dire depuis dix heures du matin : c'était donc un vrai gala. Il y avait longtemps que l'on avait entendu autant de rires dans la maison.

Les invités étaient peu nombreux. C'étaient Louis Paillard, devenu le commensal de la maison, et qui disait toujours à Tussaud :

— Si vous avez besoin de plus, monsieur Tussaud, ne vous gênez pas, j'ai de l'argent qui ne fait rien.

Puis Amélie Ferrand, l'amie et presque la compagne journalière de Cécile. Enfin Chadi, qui avait dit à Tussaud :

— Patron, je me charge du vin; vous mettrez les bouteilles derrière moi, et je m'engage à les arranger tous. Vous verrez que l'on ne sera pas triste.

Tussaud, naturellement, se chargeait de découper et Mme Tussaud de servir. Cécile occupait le milieu de la table, entre Louis Paillard et Chadi, et Tussaud, placé en face de sa fille, tournant le dos à la porte d'entrée, avait à ses côtés Mme Tussaud et Amélie... Quand la porte de la cuisine s'ouvrit, jetant dans la salle à manger les parfums aromatisés des sauces et des rôtis, les fleurs furent oubliées, et un murmure de satisfaction se fit entendre...

— Crédié? fit Chadi en reniflant : on en prend plus avec le nez qu'avec une pelle.

— Catherine, cria gaiement Tussaud, « si votre ramage ressemble à votre plumage, vous êtes la reine de ces bois. » Bon sang, mes enfants, je crois que nous allons bien dîner.

Et Tussaud se passait gloutonnement la langue sur les lèvres.

Naturellement, il y eut devant le potage le silence qui précède les grandes actions; puis chacun baissa la tête dans son assiette, et l'on n'entendit plus que le bruit des cuillers heurtant la porcelaine. Après le potage, Chadi se leva droit comme un I, et, prenant son verre, il s'écria :

— Mesdames et messieurs, je bois à la Sainte-Cécile...

— A la Sainte-Cécile! firent tous les convives en choquant leurs verres, pendant que Chadi ajoutait :

— Et à la prochaine et heureuse délivrance de notre petite patronne...

On but, et Tussaud dit tout bas à Paillard :

— C'est le malheur, ça... c'est la chose qui nous restera de ce coquin-là... Pauvre petit !

Cécile et Adèle avaient entendu ; elles échangèrent un regard en souriant; mais Tussaud ne savait pas que la maternité était la suprême consolation de Cécile.

Chadi s'acquittait fort bien de son rôle d'échanson, et la gaieté ne chôma pas; les propos joyeux volaient assez hardis; Adèle Tussaud était forcée de dire en riant à Chadi de faire attention; Paillard était très galant avec la gentille Amélie, placée à son côté; Tussaud faisait un cours de dissection sur la volaille.

Il s'était mis à son aise, en bras de chemise; la cuisinière avait apporté devant lui une dinde énorme dont le ventre tigré expliquait suffisamment le parfum de truffes qui venait de se répandre dans la salle.

— Crédié! exclama Chadi, au comble de l'enthousiasme et tenant une bouteille de chaque main, si on pavait les rues comme ça, je marcherais sur les dents...

Tussaud avait le bout du nez ruisselant de sueur; ses lèvres, qui s'étaient gonflées, luisaient comme si elles étaient vernies; d'une main, il plongeait la grande fourchette dans l'estomac de la dinde et brandissait de l'autre un couteau immense... Il continuait son cours :

— Mes enfants, savez-vous pourquoi cela s'appelle une dinde? Eh bien, c'est parce que c'est une poule...

— Ah! ah! ah! elle est bonne! elle est bonne! éclata de rire Chadi, peu difficile sur les mots.

— Tu ris, Chadi, mais ce n'est pas risible; tu m'as interrompu; je disais : on dit une dinde, parce que c'est une poule qui nous vient des Indes; on disait d'abord poule d'Inde, puis dinde en abrégé, et c'est pour cela qu'on doit toujours le dire au féminin, une dinde.

— Moi, je dirais toujours un dinde, fit Chadi.

Le timbre sonna.

— Qui vient à cette heure-ci? demanda Tussaud; on aurait dû fermer la porte; vois donc, Chadi.

Chadi allait se lever lorsque la porte s'ouvrit; un homme parut; en le voyant, Cécile se dressa comme mue par un ressort, et, les yeux brillants, l'air épouvanté, elle s'écria :

— Vous ici! que voulez-vous?

Nous avons dit que Tussaud, sa femme et Amélie tournaient le dos à la porte, se trouvant devant Cécile; Chadi et Paillard lui faisaient face, et la première seule connaissait André qui venait d'entrer, et qui, debout devant la porte qu'il avait fermée derrière lui, les bras croisés, le chapeau sur la tête, le regard farouche, l'air insolent, dit :

— Tiens, tiens! Pendant que je suis là-bas, on fait des parties ici!...

En entendant la voix, en voyant leur fille, Adèle et Tussaud s'étaient retournés vivement; tout le monde s'était levé : chacun se regardait, n'osant comprendre... Tussaud s'écria, hors de lui :

— Toi ici... Tu t'es sauvé, coquin... Va-t'en, ou je te fais arrêter... Chadi, cours chercher un sergent de ville.

— Ah! en voilà assez! toi, espèce d'imbécile... Vous êtes en famille, j'en suis; je veux parler et l'on m'écoutera... Je sais ce que vous avez fait : c'est vous qui m'avez le plus chargé. Je m'en irai, mais pas avant d'avoir rendu ici le malheur que l'on m'a fait; je n'ai plus rien à craindre ni à ménager, moi...

Cécile comprit ce que venait faire le misérable; elle se leva aussitôt pour aller vers lui, en disant d'une voix sèche et brève :

— Vous ne direz pas un mot de plus, et vous allez partir...

André éclata de rire, et, haussant les épaules :

— D'abord, vous, madame Houdard, qui n'avez jamais été ma femme..., taisez-vous; allez faire vos petits; mais si tu n'as pas été ma femme, ta mère...

Avant qu'il eût achevé, Cécile avait pris sur la table le couteau à découper, et s'était précipitée vers lui.

Elle levait l'effroyable couteau et elle allait frapper; elle s'écria :

— Si vous ajoutez un mot, André, je vous tue.

Il n'y avait pas à douter de la parole de la jeune femme. Houdard le vit à l'éclair de ses yeux, à la vigueur de ses mouvements : aussi n'acheva-t-il pas. Il s'était instinctivement reculé, relevant les bras pour parer le coup.

On juge facilement l'effet qu'avait produit cette scène. Seule, Adèle Tussaud, en entendant Houdard dire : « Mais si tu n'as pas été ma femme, ta mère... » était retombée sur sa chaise, baissant la tête, déjà écrasée par le danger qui menaçait... Tussaud n'avait rien compris; en voyant sa fille prendre un couteau et se précipiter sur Houdard, ainsi que les autres, il s'était élancé pour empêcher une semblable catastrophe. Tout cela avait été si prompt, si rapide, qu'il n'avait même pas entendu la phrase d'André. Il n'avait vu dans ce qui se passait que la haine et la répulsion profonde de Cécile pour le misérable. Les deux hommes, Paillard et Chadi, s'étaient élancés, avons-nous dit, sur Cécile pour lui arracher son arme; mais, les yeux ardents, les lèvres tremblantes, échevelée, poussée par la rage, la jeune fille brandissait le couteau, refusant de s'en dessaisir. En voyant qu'on voulait la désarmer devant Houdard, sachant qu'il ne se taisait que sous le coup de l'épouvante, elle dit à Chadi :

— Non, laissez-moi ce couteau!... Chassez ce misérable, ou je le tue! Je le tue si j'entends un mot sortir de sa bouche...

— Ça, c'est autre chose, fit Chadi; je m'en charge...

Et pendant que Paillard retenait Cécile, presque folle de rage, il se précipita sur Houdard. Celui-ci, un peu remis de son effroi, résista.

— Laissez-moi, vous, et mêlez-vous de vos affaires! Je suis ici chez moi; j'y veux rentrer, et, avant d'en partir, je veux que cet imbécile sache...

Cécile, par un effort suprême, s'était dégagée des bras de Paillard, et elle s'élançait de nouveau en criant :

— Il faut qu'il meure.

—J'ai la tête d'un honnête garçon, n'est-ce pas?... (PAGE 279).

Mais Chadi avait été plus rapide et en disant :

— Puisqu'on te défend de parler, tais-toi donc... et chasse donc,

D'un vigoureux coup de poing, il écrasa le visage d'André, dit la Rosse; ce fut une lutte qui s'engagea. Obéissant à Cécile, Paillard les poussait dans le couloir et fermait la porte.

Houdard se dégagea des bras robustes de Chadi et courut vers la rue en disant :

— Viens donc là...

— Tu n'as pas besoin de m'inviter, répondit Chadi qui le suivait.

Ils se précipitèrent l'un sur l'autre ; nous devons reconnaître que si les coups étaient également portés, ils n'étaient pas également reçus ; à chaque coup, Chadi semblait reprendre plus de vigueur, tandis qu'Houdard paraissait accablé. On entendait les heurts lourds du poing sur la chair, des cris de rage, des blasphèmes que vomissait Houdard, tandis que Chadi, au contraire, s'écriait :

— Crédié, coquin : je vas te le rendre... Tiens, nom de nom... je vais faire une panade avec ton museau ; puis ils se prenaient à bras-le-corps et Chadi, agi'e et fort, roula son adversaire dans le ruisseau. Il le tenait sous ses genoux, la main sur le col, et le poing levé, il disait :

— Dis donc, crois-tu que si tu n'es pas gentil, je peux te finir ?...

Tout à coup, et sans qu'il y comprît rien, Chadi se sentit soulevé et alla rouler à trois pas en arrière ; il se relevait vite pour se mettre en garde, lorsqu'il vit Houdard, dit la Rosse, qui se sauvait à toutes jambes... Tout décontenancé, le grand gaillard ne put que dire en lui montrant le poing de loin :

— Grand fainéant... va !... que je ne te repince pas...

Et comme il se regardait pour remettre ses vêtements en ordre, il vit par terre un papier soigneusement plié ; il le ramassa :

— Qu'est-ce que c'est que ça ?... Une lettre. Si elle lui est utile, il viendra me la réclamer, et nous réglerons ça... Tu n'as qu'un acompte, mon vieux.

Il peut paraître singulier que deux hommes laissaient ainsi les deux autres se colleter, sans plus s'occuper d'eux. C'est que Paillard, sur l'ordre de Cécile, les avait poussés dans le couloir et avait fermé la porte ; la jeune fille lui avait dit à voix basse :

— Je vous en supplie, monsieur Paillard, restez là et empêchez mon père de sortir.

Et Paillard avait eu, en effet, toutes les peines du monde à empêcher le fabricant de bronze de sortir.

— Je veux avoir affaire à lui ; c'est moi le chef de la famille ; il nous insulte ; personne n'a charge de me défendre... Laissez-moi, Paillard, je vous en prie...

— Non, monsieur Tussaud, non... Vous n'avez rien à voir avec cet homme, et si Chadi n'était pas suffisant à la correction qu'il mérite, ce serait à moi, dont il a volé, trompé la mère, à lui demander une explication...

— Je vous en prie, allons voir au moins ce qui se passe.

Alors c'était Cécile qui prenait son père dans ses bras, et lui disait presque en pleurant :

— Père, c'est moi qui ne veux pas que tu sortes... Tu n'es pas d'un âge à faire une chose semblable. Je t'en prie... Ne vois-tu pas dans quel état des scènes semblables me mettent ?... Veux-tu me faire du mal ?

— Mais non, ma chérie... non ! eh bien, monsieur Paillard, allez, allez voir ce brave Chadi...

La porte s'ouvrait et Chadi reparaissait, dans un pitoyable état, il faut le dire, le visage en sang, les vêtements déchirés, mais surtout les poings sanglants, quoiqu'ils ne fussent pas seulement égratignés. Ah! c'est que Chadi avait au bout des bras de fortes mains à durillons qui pouvaient servir de mailloches, et dame, il avait tapé ferme avec.

— Eh bien? lui demanda-t-on.

— S'il court toujours, il doit être loin. Mais s'il ne tient pas à être reconnu, pour quelques jours il peut être tranquille. Je lui ai mis dans le nez de quoi le changer...

— Mon pauvre garçon! disait Tussaud en lui serrant les mains, tu es tout en sang.

— Oh! c'est rien, ça. Je vais à la cuisine, un coup d'eau fraîche et c'est fini. Dites donc, j'ai fermé la porte pour ne plus être dérangés pendant le dîner.

— Oui, fit Tussaud, tu as raison; n'y pensons plus. Allons, à table. Demain, nous verrons ce que nous avons à faire.

Le dîner était désorganisé; néanmoins, on se remit à table. Cécile avait été s'asseoir près de sa mère et l'avait embrassée; Adèle, toute tremblante, lui avait dit tout bas :

— Ma pauvre enfant, j'ai cru que nous étions à jamais perdues!

— Allons, mère, du courage, c'est fini maintenant.

— Pauvre chérie, qu'allais-tu faire?

— Je l'aurais tué, mère, je l'aurais tué, s'il avait dit un mot. Jamais je n'ai ressenti ce que j'ai éprouvé tout à l'heure. Tiens, prends mes mains, vois comme elles sont brûlantes.

— Oh! ma pauvre Cécile, tu brûles et tu trembles. Qu'as-tu?

— Ce n'est rien, tout est sauvé... Sois plus gaie, père nous regarde.

En effet, Tussaud venait vers elles, inquiet :

— Qu'y a-t-il? Est-ce que tu es malade, Cécile?

— Je n'ai rien, père...; un peu surexcitée.

— Ma belle et brave fille, il y a de quoi. Jamais je ne t'avais vue comme ça. Ah! sapristi! j'aime mieux être de tes amis que de tes ennemis.

Chadi reparaissait débarbouillé, un œil un peu cerné, mais riant toujours, et il dit gaiement :

— Dites donc, patron, qu'on ne mange pas sans moi, ça m'a redonné appétit.

— Allons, à table, dit Tussaud, et n'y pensons plus. Demain je m'occuperai pour que des scènes semblables ne puissent pas se renouveler. A table!...

Chacun reprit sa place, et le dîner s'acheva, moins gaiement. A un moment, Amélie, remarquant la pâleur de Cécile, vint lui dire tout bas :

— Est-ce que tu es malade?

— Oui, je ne me sens pas bien. Ne dis rien; tout à l'heure, en raison de ma situation, je demanderai la permission de me retirer; tu coucheras ici ce soir; je crains d'être plus mal cette nuit et je ne veux pas inquiéter maman.

Mme Tussaud regardait sa fille avec inquiétude; elle demanda :

— Qu'est-ce qu'il y a donc, Amélie?

— Madame Tussaud, je disais à Cécile qu'elle paraît fatiguée, ce qui n'est pas étonnant après ce qui s'est passé, et que, dans sa situation, elle devrait aller se reposer.

— Amélie a raison, fit Tussaud.

On approuva, et Cécile et son amie quittèrent la table, et le dîner continua joyeusement.

A minuit, on était encore à table lorsque Amélie descendit dire que Cécile était malade et réclamait immédiatement un médecin.

Chadi naturellement se leva et dit :

— Dans dix minutes il sera là...

Mme Tussaud dit à son mari en pleurant :

— C'est à la suite de cette secousse... Pauvre enfant !... Tussaud, Tussaud, j'ai peur.

— Bon Dieu ! exclama Tussaud en frappant sur la table, s'il arrivait malheur à notre Cécile, aussi vrai que je m'appelle Tussaud, je le tuerais...

Lorsque le médecin arriva, sa consultation ne fut pas longue ; il déclara à la mère que les pénibles émotions par lesquelles la jeune femme avait passé produisaient en elle une commotion telle, que sa délivrance allait en être avancée, et qu'à cet effet il ne quitterait pas son chevet. Sur la demande de Tussaud, s'il ne craignait pas quelques redoutables complications, il répondit qu'il ne pouvait se prononcer. L'état fiévreux, surexcité, dans lequel il trouvait Cécile, l'inquiétait; mais il resterait là, les parents pouvaient donc être tranquilles. Tussaud consentit à aller se coucher, car il était inutile. Adèle et Amélie restèrent près de Cécile, prêtes à aider le docteur. Chadi insinua bien que tout était pour le mieux, que si Mme Cécile mettait au monde un beau garçon, il valait mieux fêter son entrée dans la vie par une belle chanson, — comme pour Henri de Navarre, — et attendre les résultats à table ; d'abord, ça pouvait être urgent ; si le docteur avait besoin de quelque chose, il aurait ainsi du monde sous la main. Mais l'idée ne germa pas, l'inquiétude était visible, et la raison en était assez naturelle : c'est que Cécile entrait à peine dans son septième mois de grossesse. A cela, Chadi voulant ramener sinon la gaieté, au moins la tranquillité, raconta que Voltaire était venu au monde ainsi, et que pour cela il n'en était pas mort plus jeune. Rien ne réussit, et Chadi dut prendre le bras de Louis Paillard pour retourner chez lui.

Ce fut une nuit cruelle pour les malheureux parents. Tussaud, dévoré d'inquiétude, ne pouvait dormir; il se leva afin de savoir des nouvelles ; il trouva sa femme et Amélie en pleurs ; l'état de Cécile était rapidement devenu très mauvais, et, à un moment, la mère vit bien que sa fille était entre la vie et la mort... Il fallut employer les procédés les plus dangereux, et la pauvre Cécile mit au monde un enfant mort... Au matin, elle était délivrée ; elle reposa et l'on était enfin rassuré; mais, lorsqu'elle s'éveilla, il fallut en toute hâte courir chercher encore le médecin. Cécile était délivrée, elle n'était pas sauvée, car, après l'avoir observée attentivement, le docteur eut un hochement de tête significatif. Une maladie grave, des plus graves, se déclarait. A dater de ce jour, la fièvre avait bouleversé le cerveau de la jeune femme, le délire ne la quittait plus, elle n'entendait, ne comprenait ni ne reconnaissait personne ; parfois, devant sa mère épouvantée, elle se dressait sur son lit et semblait chercher à ses côtés, en disant :

— Il est mort... il est froid... Maurice..., Maurice, m'entends-tu?

Une fois elle montra le coin de son alcôve, en s'écriant :

— Là, là, arrachez-le donc, ils vont le guillotiner... C'est son cadavre. Voyez-vous, voyez-vous, ils le guillotinent...

Elle jeta un cri effroyable et retomba sans connaissance dans les bras de sa mère épouvantée.

Le lendemain de la fête, après la délivrance de Cécile, alors qu'on espérait qu'elle allait se trouver mieux, Amélie avait demandé à Mme Tussaud la permission de se retirer pour s'occuper des affaires de son frère dont elle espérait la prochaine mise en liberté. Adèle l'avait chaleureusement remerciée et lui avait dit qu'elle pouvait prendre tout le temps qu'il lui plairait. Amélie avait été au Palais de justice ; cette fois encore elle n'avait trouvé que le greffier, mais bien changé d'allure à son égard. Il lui avait dit :

— Mon enfant, il faut renoncer à l'espoir que nous vous avions donné ; des preuves accablantes sont venues fondre sur votre frère... Maintenant, c'est la justice qui statuera sur son sort.

On juge facilement de l'effet que produisirent ces paroles. Amélie s'accrocha au dossier d'une chaise pour ne pas tomber ; des larmes abondantes jaillirent de ses yeux, et elle répéta en sanglotant :

— Des preuves accablantes... Il sera jugé... Oh! mon Dieu! mon Dieu! mais nous sommes donc maudits!

Le greffier fit un signe au garçon de bureau qui l'entraîna hors du cabinet. Là, dans le grand couloir, elle tomba sur le banc et, pleurant, elle se laissa aller au désespoir. Elle se releva tout à coup sur un mot qu'elle entendit.

Les gens appelés au parquet pour leurs affaires regardaient avec compassion cette fille, jeune, belle, qui pleurait et gémissait dans un coin ; ils s'informaient aux garçons de bureau et, entre deux sanglots, la pauvre fille entendit un garçon qui répondait à voix basse :

— C'est la sœur de l'assassin de l'affaire de la rue de Lacuée.

Alors elle se leva comme une folle ; elle essuya ses yeux du revers de sa manche, et elle dit d'un ton farouche :

— Non! non! vous mentez... Mon frère n'est pas un assassin... Je suis la sœur d'un honnête homme.

Et, les yeux égarés, pâle, échevelée, elle se sauva pour courir chez son amie Cécile. C'est près d'elle qu'elle espérait trouver espoir et consolation. Un jour, proche encore, Cécile ne lui avait-elle pas dit, lorsqu'elle racontait que l'accusation qui pesait sur son frère ne tenait que parce qu'il refusait de répondre sur l'emploi de son temps, pendant la nuit du 20 juin, qu'elle l'aiderait à le sauver? Elle entendait encore les phrases ; elle avait dit :

» — Et parce qu'il ne peut pas dire l'emploi de son temps, parce que personne ne peut affirmer qu'il n'était pas dans la maison du crime, on le tient enfermé?

» — Mais oui ! avait-elle dit.

» — Oh ! le pauvre bon, brave et loyal ! s'était écriée Cécile ; ne crains rien, Amélie, nous sauverons ton frère.

» — Le juge m'a fait espérer qu'il sortirait...

» — Moi, je te l'affirme.

» — Que veux-tu dire ? »

Et Cécile avait dit à mi-voix :

« — Je me perdrai, mais qu'importe ! si je le sauve. »

A cette heure de désespérance, en courant chez son amie, elle se rappelait ce dialogue ; Cécile savait quelque chose qui pouvait sauver son frère ; il suffisait donc qu'elle apprît qu'il était tout à fait compromis pour qu'elle n'hésitât pas à venir déclarer au juge ce qui devait le justifier. C'était le dernier espoir de la pauvre enfant, et, à mesure qu'elle arrivait près de la rue Saint-François, elle avait plus d'assurance ; il n'y avait plus de doute qu'un mot de Cécile ne sauvât son frère.

Lorsqu'elle arriva chez les Tussaud, c'était au moment le plus aigu de la crise ; Tussaud sanglotait, Adèle pleurait et priait, et une des jeunes bonnes dit à la jeune fille étonnée que l'on croyait que Mme Cécile était perdue. Ce n'était pas seulement pour son frère, c'était bien aussi pour sa pauvre amie que la malheureuse jeta un cri déchirant :

— Ah ! nous sommes tous maudits : il est perdu...

Et elle tomba sans connaissance. On s'empressa autour d'elle. Louis Paillard qui, dès le matin, était venu pour savoir des nouvelles, s'occupa spécialement d'Amélie quand elle revint à elle... Il voulut la consoler sur le sort de son amie, lui disant que les parents affolés s'exagéraient la situation fort grave cependant de Cécile ; mais tout espoir n'était pas perdu.

Elle l'écoutait et le regardait comme hébétée... Louis craignit un moment que la malheureuse ne fût devenue folle, tant son allure était singulière, tant son regard était étrange ; il allait insister sur la maladie de Cécile, lorsqu'elle l'interrompit :

— Mais ce n'est pas seulement pour elle que je souffre... ; mais mon frère est perdu.

Ce fut Paillard qui, cette fois, n'y comprit rien, et lui demanda qu'elle voulût bien s'expliquer. Alors la pauvre belle raconta en pleurant la terrible accusation qui pesait sur son frère. Cet aveu fit bien un peu tressaillir le jeune homme ; mais il se remit aussitôt : les affirmations de la jeune fille le persuadaient qu'il y avait là une erreur, et, comme un courant sympathique existait déjà entre eux, il la consola en l'assurant qu'il allait se consacrer tout entier à aider à la justification de Maurice. Lorsqu'elle lui dit qu'elle revenait du parquet avec une nouvelle désespérante, mais qu'elle comptait sur ses amis pour sauver son frère, et elle trouvait sa Cécile presque mourante...

— Mais pourquoi n'avoir pas, dès le jour où Mme Cécile vous dit cela, exigé qu'elle vînt immédiatement le déclarer au juge d'instruction ?

— Elle me l'a offert, monsieur ; mais, ce jour-là, le juge m'avait donné l'assurance que mon frère allait sortir le soir ou le lendemain matin, le vrai coupable étant trouvé.

— Mieux valait toujours cette justification.

— Mais je vous ferai observer qu'il avait été convenu entre Cécile et moi que nous n'emploierions ce moyen qu'à la dernière extrémité.

— Pourquoi?

— Je l'ignore... Mais je l'avais entendue dire : « Je me perdrai ; mais, qu'importe! si je le sauve... » Il y a des choses sur lesquelles on ne peut insister, surtout dans la situation délicate de Cécile vis-à-vis de mon frère ; je vous ai dit qu'ils étaient fiancés, et c'est ce gueux que vous avez vu hier qui a fait tout le mal.

— Et qui doit le faire encore... Eh bien, mademoiselle Amélie, dit Louis Paillard en se plaçant devant elle et en lui prenant les deux mains, ne pleurez plus, regardez-moi bien en face, j'ai la tête d'un honnête garçon, n'est-ce pas?... et qui pense ce qu'il dit?... Eh bien, vous avez en moi un ami fidèle, et je vous promets que j'y perdrai mon nom ou nous sauverons votre frère...

— Oh! que vous êtes bon, monsieur Louis.

Louis Paillard l'attira vers lui et l'embrassa affectueusement. Amélie pleura plus fort.

— Est-ce que je vous ai fâchée, mademoiselle Amélie?

Elle releva son beau regard mouillé sur le brave garçon ; elle devint rouge comme une cerise, en disant :

— Non! c'est l'émotion... Ça fait un si drôle d'effet de trouver des gens qui ont un bon cœur.

— Oui! je le ressens en vous voyant, pauvre petite.

Il la regardait et elle baissait les yeux ; elle était très embarrassée, car il lui tenait toujours les mains ; elle fit un effort et dit :

— Monsieur Louis, excusez-moi, il faut que je monte voir Cécile.

Il lui lâcha les mains. Ils se sourirent. Et elle courut vivement vers la chambre de son amie.

VIII

UNE NUIT D'AMOUR.

C'était une belle nuit d'automne ; à la fin du jour le brouillard était tombé, mais quelques heures après il s'était dissipé, et l'atmosphère s'était aussitôt transformée ; au froid humide de la buée succédait une température tiède ; on eût pu se croire à la fin de l'été. Iza était dans son cabinet de toilette ; elle était dans le costume primitif et avait la pose de la Phryné dans le tableau de Gérome. Debout au milieu du vaste *tob* d'argent, Justine versait sur sa peau frissonnante les essences avec lesquelles elle avait coutume de se parfumer ; sous son bras gauche relevé et inondé de ses cheveux noirs, sa tête rieuse resplendissait. Iza demanda à sa femme de chambre :

— Fait-il froid au moins ce soir?

— Heureusement non, fit en souriant celle-ci. C'est qu'il y a de quoi s'enrhumer dans ces fantaisies-là. Quel vêtement madame mettra-t-elle?

— Le plus sommaire, tu comprends, Justine, puisque c'est autant de perdu. Mais hâte-toi ; car voici l'heure où il doit attendre.

Et Justine passait par-dessus la tête de sa belle maîtresse une chemise garnie de dentelle, diaphane comme une toile d'araignée.

— Oh! vous serez prête, madame, votre toilette n'est pas longue.

Iza s'était assise, et la femme de chambre glissait sur ses jambes admirables des bas de soie, puis la chaussait de petites mules de chambre... Iza se redressa et se plaça devant son miroir :

— Je vais me coiffer moi-même; donne-moi cette grande robe de velours noir.

— C'est une robe de chambre... taillée comme une robe de moine.

— C'est cela même... En une seconde on la jette... va...

Et Iza, véritable artiste, attachait ses magnifiques cheveux; elle se faisait une coiffure dont le négligé aurait fort embarrassé le plus adroit coiffeur; d'un seul mouvement elle pouvait dégager sa tête et rejeter sur ses épaules les masses lourdes et luisantes. Justine apporta la robe, qu'elle revêtit vivement. Rien ne saurait dépeindre la beauté vraie de la Grande Iza, dans cette splendide draperie de velours, sans un atour, sans un bijou, devant tout à elle-même. Justine apporta un châle de dentelle avec lequel elle se coiffa comme d'une mantille, se voilant à moitié le visage. Elle était prête.

Elle alla dans son boudoir, prit la clef d'un petit chiffonnier, où nous l'avons vue écrire, une petite clef d'or, un peu plus forte qu'une clef de montre, et elle la cacha dans ses cheveux. Puis, se tournant vers Justine :

— Il est probable que je ne pourrai revenir avant quelques jours, en me cachant; tu nettoieras toi-même les cheminées ; que l'on ne voie pas les papiers que nous avons brûlés avant de partir... et à demain.

La Grande Iza descendit. Une voiture l'attendait. Elle y monta.

Justine donna l'ordre au cocher d'aller à la place de la Concorde, au coin du pont.

Quelques minutes après, la voiture s'arrêtait place de la Concorde.

Aussitôt, d'une voiture qui stationnait, un homme descendit, et vint demander au cocher s'il ne conduisait pas une dame.

Sur sa réponse affirmative, il ouvrit la portière.

C'était Oscar de Verchemont, qui dit :

— C'est vous, Iza? Donnez-moi la main... Venez.

Il la fit descendre et la conduisit dans sa voiture, qui partit dès qu'ils furent montés tous les deux. Oscar prit alors la main d'Iza et lui dit :

— Iza, êtes-vous contente de moi?

— Oui... et vous le voyez, je viens me livrer.

— Si vous saviez, Iza, de quelle fièvre je suis agité; l'heure était passée et j'ai craint que vous ne vinssiez pas.

— Oh! quand je promets, je tiens...

Il vit, mal cachée dans les rideaux, la splendide créature (PAGE 285).

— Tu me promets de m'aimer?

— Je vous aime, vous le savez bien...

— Tu m'aimeras toujours?

— Toujours...

— Si tu savais ce que tu es pour moi, ma vie, mon avenir... Si je n'avais dû te posséder, je me serais tué, Iza... La vie sans toi ne m'était plus possible.

— Ne dites pas de folie... Pourquoi n'êtes-vous pas venu chez moi?

— Écoute, Iza, et ne te moque pas de moi...

Il avait glissé un bras autour de sa taille et il avait attiré la grande fille sur lui; celle-ci s'abandonnait; elle le regardait en souriant doucement et, dans son regard, Oscar lisait l'amour... Il lui dit :

— Iza, je t'aime avec passion..., n'ayant jamais rien vu autour de toi qui pût éveiller mes soupçons; — car je suis jaloux — j'ai été jaloux de ce qui t'entourait...

— Comment cela?

— Oui, jaloux de tes pensées... Je sais bien que ta vie est à toi, que je n'ai pas le droit de fouiller dans ton passé.

— Au contraire. Mon passé est sans tache; c'est celui d'une honnête fille, puis d'une honnête femme...

— Je te crois, Iza; mais je suis jaloux de ce mari mort : ces objets, ces meubles au milieu desquels tu vis, et qui furent les siens, te le rappellent sans cesse; son souvenir est dans ta maison..., et cela me fait du mal à penser; je suis niais, je suis sot, je suis fou; que veux-tu? on ne peut pas se refaire; cette pensée me faisait souffrir. Tu es heureuse, tu as tout ce que tes caprices exigent, et il me fait mal de penser que ce n'est pas à moi que tu le dois...

— Grand enfant, fit Iza candidement; mais ma pensée n'est qu'avec vous depuis le jour où je vous ai vu.

— C'est bien vrai, cela? Écoute, Iza, une douleur pour moi, c'est de penser que tu as appartenu à un autre; c'est qu'un autre, comme je te tiens à cette heure, t'a tenue dans ses bras, qu'un autre t'a parlé comme je te parle, qu'un autre a pris sur tes lèvres les mêmes baisers que j'y cueille...

— Taisez-vous, fit Iza, en lui mettant câlinement la main sur la bouche, vous me feriez dire des choses que je dois cacher.

— Dis, dis, je t'en prie, ma belle aimée, si tu savais la délicieuse musique que tes paroles.

— Eh bien, lorsque je me suis mariée, je ne connaissais pas celui qu'on me destinait; ce fut un mariage d'affaires, entendu, débattu, réglé par correspondance. Quand je vins à Paris, on me fit voir non un homme que je pouvais aimer, mais l'homme que je devais épouser. Je venais me marier; tout était prêt, arrangé, annoncé, et je ne connaissais pas M. Séglin. Est-ce que vous croyez possible que l'amour vienne jamais dans un semblable mariage? Je vous l'ai déjà dit, Oscar, je n'avais jamais aimé lorsque je vous ai vu pour la première fois, et est-ce que vous n'en avez pas la preuve dans mes folies?

— Pauvre chère belle aimée... C'est à grands pas que nous allons ensemble dans ce beau chemin fleuri, l'amour...

— Mon mari était pour moi un ami, un compagnon; il ne me demandait que la société douce de la femme du monde, la compagne du foyer, la consolation des tourments de chaque jour... Et je ne fus que ça pour lui...

— C'est bien vrai..., cela?

— Mais vous croyez donc qu'on peut aimer deux fois, que le cœur peut s'arracher par lambeaux pour se distribuer à tous? Ah! que les hommes sont singuliers, de voir si petite cette grande chose, l'amour!

— Tu me ravis, Iza...

Et elle disait cela si adroitement, elle semblait si honnête, si pure en parlant; dans le tremblement de la voix, il y avait comme de la honte, de l'embarras et de la passion. Oscar de Verchemont était heureux, il l'écoutait, il buvait ses paroles; elles tombaient goutte à goutte, et chaque mot, comme une goutte d'alcool, augmentait encore le feu qui le dévorait.

— Enfin, qu'importe, je veux, mon Iza, que tu me doives tout... Tu ne m'en veux pas de t'obliger à abandonner tout pour moi?

— Moi!... je ne veux que ce que vous voudrez.

— Oh! tu ne regretteras rien, rien; je veux faire de ta vie le bonheur... C'est chez toi que je te mène. Puisqu'un jour tu m'as dit que folle, habituée au luxe, sans t'occuper de ce qui te restait, tu dépensais ton capital, abandonne ta maison à ceux auxquels tu dois, tu vas retrouver maison neuve... Et j'ai voulu te recevoir là, comme le père reçoit son enfant du créateur, nue. A la porte tu secoueras tes sandales, avec ta robe que tu jetteras au feu tu brûleras le passé et tu rentreras dans ta vie nouvelle, vie d'amour et de bonheur, que je veux passer à tes genoux...

— Je suis toute honteuse des folies que je vous fais faire... et toute confuse des preuves d'amour que vous me donnez, quand je doutais...

— Oh! mon Iza, n'est-ce pas le bonheur pour moi que te donner tout ce que j'ai? Je suis riche et je vivais comme un ladre dans le gris d'une vie de magistrat, sans joie, sans émotion. Je t'ai vue, et j'ai vécu; j'ai senti vibrer en moi une corde que j'ignorais. Si tu savais comme c'est bon d'aimer! Mais mon amour, à moi, c'est presque l'amour d'un écolier; il occupe toute ma pensée. Je suis fou, je suis heureux, je te tiens près de moi, dans mes bras, sous mes lèvres. Ce bonheur que j'ai tant rêvé, je l'éprouve, je le ressens... O Iza, je suis le plus heureux des hommes...

Et il l'embrassait, et elle lui rendait ses baisers, et, entre deux baisers, il disait:

— Je t'aime...

Elle se tordait dans ses bras comme si elle avait des frissons, des désirs d'échapper qu'elle s'appliquait à réprimer; elle disait d'une voix tremblante:

— Mais tu m'aimeras toujours ainsi... Tu le jures?

— Je t'aime, je t'aimerai... je mourrai pour toi... Mon Iza, je t'aime. Il me semble que je ne retrouverai jamais dans ma vie l'heure ineffable que nous passons... Demain, je voudrais ne pas m'éveiller...

— Oh! ne parlons pas de mourir à cette heure...

La voiture s'arrêta une seconde, pour tourner et suivre au pas une allée sablée, afin de s'arrêter devant les quelques marches qui ascendaient à un vestibule. Oscar dit aussitôt:

— Nous sommes arrivés chez vous, madame... Mme la comtesse Séglin de Zintsky n'est plus. Veuillez descendre, madame Iza, baronne de Vaux, comtesse de Verchemont.

Iza fut si stupéfaite qu'elle fit un mouvement en arrière. Les aïeux, les balafrés des grandes guerres de la vieille France, les preux amis des vieux rois durent faire une singulière grimace de l'étrange galanterie avec laquelle leur petit descendant, l'homme de robe, accueillait sa maîtresse pour la première fois.

Iza s'était vite élevée à la hauteur de la situation; elle était descendue de voiture en jouant merveilleusement l'émotion. Les pieds à terre, elle avait regardé autour d'elle, et, dans cette nuit profonde, elle avait paru avoir peur, et, pendant que la voiture repartait, elle s'était approchée d'Oscar, en lui disant tout bas :

— Où sommes-nous? j'ai peur...

Peur! Iza! En descendant, son regard avait fouillé le jardin; elle avait des yeux de chat, la belle Moldave, et, dans sa jeunesse passée sur les routes, elle voyait loin, loin dans la nuit lorsqu'un danger menaçait... En mettant pied à terre, et s'accrochant au bras d'Oscar pour réclamer sa protection, deux fois elle avait tourné la tête, et cela avait suffi. Elle avait vu, perdus dans l'ombre, les massifs de verdure que commençait à dépouiller le vent d'automne, le bassin entouré de roseaux devant la grosse masse sombre de la maison. Tout était silencieux; mais, à travers les interstices des portes, à travers les feuilles des jalousies, on distinguait une lueur; l'intérieur du petit hôtel était éclairé, et les lourdes tapisseries des fenêtres et des portes en tamisaient la lumière. A cette heure, le petit hôtel paraissait plus grand, le petit jardin plus profond, et Iza eut un tressaillement de joie, qu'Oscar prit pour de la peur, car il lui dit :

— Ne crains rien, Iza, tu es ici chez toi...

— Entrons vite, j'ai peur... j'ai froid...

Et comme elle s'approchait de lui plus frileusement, il la prit dans ses bras et l'entraîna en lui disant :

— Iza, tu consens à ce que je te demande?...

— Oui, dit-elle, puisque je suis votre esclave...

Il la porta jusque sur le perron, et comme, la tête appuyée sur son épaule, la Grande Iza promenait partout son regard curieux, elle vit l'escalier superbe, les rampes sculptées, les grands vases, la marquise dorée, les grandes statues de bronze qui soutenaient des lampadaires. Quand la porte s'ouvrit, elle se jeta dans les grandes tapisseries qui masquaient l'entrée, remuant les épaules et touchant des doigts, en pensant :

— C'est à moi... Je suis chez moi.

Ils étaient dans le vestibule, tout était silencieux; assurément Oscar de Verchemont n'avait voulu personne dans le pavillon; le vestibule était éclairé faiblement par une petite lanterne qui pendait au plafond; Oscar ferma la porte, et il vit Iza qui n'osait avancer et restait droite, toute confuse, les bras relevés pour cacher la rougeur pudique qui sans doute couvrait son visage... Tout enfiévré, Verchemont vint près d'elle et lui dit, suppliant :

— Pardonne à mon caprice..., Iza, puisque de cette heure tu es ma femme... Tu n'es point fâchée, n'est-ce pas?... Je m'en veux du rouge que je te fais monter au front...

Et Iza restait toujours muette, baissant un peu plus la tête, il semblait que sa confusion augmentait; puis elle eut comme des tressaillements nerveux... Oscar, qui le vit, lui dit avec émotion :

— Iza..., Iza... voyons... Je t'en supplie...

— Je vous appartiens... faites de moi ce que vous voudrez... mais je n'ose.

Elle eut encore un frisson, et vint cacher sa tête sur la poitrine du jeune homme, absolument égaré à cette heure... Il avait le cerveau bouleversé. Il prit la grande robe de velours par le col et la déchira, l'arrachant par lambeaux du corps de la jeune femme; il était comme fou, il disait avec égarement :

— C'est le passé que j'arrache..., Iza...

Puis, d'un seul coup, il arracha la fine chemise; en se sentant nue, honteuse et confuse, Iza jeta un petit cri et se recula pour se cacher dans les hautes tapisseries de la porte, perdant ses mules et se trouvant nu-pieds. Oscar ramassa les lambeaux de velours et de batiste, les mules de satin rouge. Il en avait plein les bras et il poussa une porte qui s'ouvrait sur un salon éclairé seulement par un grand feu de bois allumé dans la vaste cheminée. Il jeta tout au feu et ce fut un grand embrasement à la lueur duquel, en se retournant, il vit, mal cachée dans les rideaux, la splendide créature qui le rendait fou. Pas un marbre de Phidias ou de Praxitèle ne pouvait dépasser en beauté la vivante statue qu'il avait devant lui; ravi, il courut, et, comme en cachant son visage dans une pose adorable, cherchant à se faire petite, Iza s'enfonçait sous la tapisserie, il la prit dans ses bras... Un moment, en sentant sous ses doigts les palpitations de la chair et sa tiédeur, il crut qu'il allait tomber avec son splendide fardeau...

Iza l'avait pris au col, inondant ses épaules de ses admirables cheveux, et cachant son visage dans son cou...

Il la porta au premier étage, traversant salon, boudoir, à peine éclairés par des veilleuses.

— Tu es revenue chaste et pure..., mon Iza..., ma femme...

Il la déposa à la porte d'une vaste chambre toute semblable à celle de l'avenue Friedland, avec le même grand lit, les mêmes tentures, le même velours noir sur lequel Iza aimait tant à s'endormir. Par une porte ouverte sur la chambre sortait une buée parfumée... Oscar soulevait la tenture, et il dit :

— Iza, voici ta chambre, tu es chez toi.. Tu trouveras tout ici... Dans quelques minutes je reviendrai.

Et il se retira laissant retomber la portière.

La Grande Iza ne s'attendait guère à cela; elle en resta vraiment confuse, mais Oscar ne le vit pas : il était dans la pièce voisine. La belle fille eut bien de la peine à retenir un grand éclat de rire. Mais, revenant tout de suite à elle, insouciante cette fois d'être nue, elle courut dans sa chambre, regardant partout et admirant; elle entra dans la pièce de laquelle s'échappait cette buée odorante; c'était le cabinet de toilette, et dans une baignoire d'argent, un bain chaud parfumé attendait. Oscar de Verchemont voulait la purification jusqu'au bout. Sur un fauteuil, du linge neuf attendait, semblable à celui qu'il lui avait arraché. Iza n'hésita pas, elle se plongea dans la baignoire, heureuse et souriante au luxe qui l'entourait et se répétant sans cesse, à elle :

— Et tout cela est à moi... Plus de créanciers!... la vie calme, sans lutte...

Et elle avait des torsions de bonheur dans l'eau; elle vit un gros cordon de sonnette; la fantaisie lui prit, quoiqu'elle fût certaine qu'il n'y avait qu'Oscar et elle dans la maison, de sonner; elle tira le cordon... Presque immédiatement une porte s'ouvrit et une femme parut... Iza, surprise, jeta un petit cri d'étonnement. Celle qui venait d'entrer lui demanda, dans le pur idiome de son pays :

— Madame m'a appelée?

Et celle qui parlait était vêtue comme les servantes des grandes maisons de là-bas, du pays natal, le costume criard, étrange des campagnes, avec les grandes nattes dans les tors desquelles sont suspendues des petites médailles de saints protecteurs. Elle éprouva un grand plaisir, Iza, à parler la langue de son pays. Et en deux minutes elle sut que la jeune Moldave était arrivée le matin même du pays, où Oscar avait fait demander trois servantes, lesquelles ne savaient pas un mot de français. L'attention était délicate; elle plut et fit rire Iza. Elle se fit habiller par sa nouvelle camériste, puis elle entra dans sa chambre, ferma la porte du cabinet de toilette et chercha une cachette; dans le coin d'un meuble elle plaça la petite clef d'or de son chiffonnier, et, s'étendant sur le lit, elle attendit.

Oscar de Verchemont, en déposant Iza à la porte de sa chambre, avait fait un suprême effort; c'était trop en une seule journée, il était brisé par l'émotion. Lorsque la tapisserie était retombée sur Iza, il était venu en chancelant s'affaisser sur un canapé : il étouffait. Il resta ainsi quelques minutes, puis, un peu remis, il alla respirer à la fenêtre; enfin, ayant entendu la porte du cabinet de toilette qui se fermait, il sourit et vint d'un pas chancelant jusqu'à la porte...

Il frappa, on ne répondit pas; il entra... Il avança sans bruit. Nous l'avons dit, la chambre était doucement éclairée par une lampe d'albâtre accrochée sous le lustre; à sa lueur, il vit Iza, tranchant de ses chairs éclatantes sur le velours noir du lit; elle feignait le sommeil, en riant, laissant bien voir que c'était un jeu, car un œil était mi-clos. Oscar s'avança, la dévorant des yeux, l'admirant; puis, tombant à genoux, il s'écria avec passion :

— Que je suis heureux, Iza!... Que je t'aime!...

. . . .

Trois jours après les incidents que nous venons de raconter, l'agent Huret se présentait avenue Friedland et demandait à parler à Mme veuve Séglin; on lui répondit chez le concierge que depuis l'avant-veille Mme Séglin de Zintsky était retournée dans son pays, en Moldavie; un homme d'affaires avait été chargé de faire vendre le mobilier pour payer les créanciers, et cette vente devait avoir lieu dans une quinzaine. L'agent, dépité, se retira, et en revenant il maugréait :

— Ils ont beau me dire que je me suis trompé, je suis certain que nous tenions l'homme... Il est parti avec elle, juste le jour de sa mise en liberté... Mais qu'importe! je suis sur une piste et je la suivrai; c'est pour ma satisfaction personnelle... et puis pour ce petit bonhomme, qu'on ne va pas faire payer pour ces coquins-là... Il y a eu là dedans des ordres partis de haut... Nous verrons ça... Dans tous les cas, on vend dans quinze jours, je viendrai voir cette vente-là.

QUATRIÈME PARTIE

MAISON
BASILE, TARTUFE ET CIE

I

LA PETITE POLICE.

L'instruction de l'affaire de la rue de Lacuée était terminée; le jour où l'accusé Maurice Ferrand devait passer devant la cour d'assises était fixé. Le président de la cour, M. Mathieu des Taillis, était fatigué de recevoir des demandes de cartes pour l'audience. Tout le public s'occupait de la mystérieuse affaire; quelques journaux avaient parlé de secrets d'État; l'attention était éveillée au plus haut degré, et la partie féminine du public habitué des cours d'assises était sympathique à l'accusé.

L'agent Huret avait pris un congé, furieux de voir son travail jeté au feu et persuadé qu'il était dans le vrai. D'abord il avait pensé à continuer son enquête pour sa satisfaction personnelle, et il avait à cet effet été interroger le cocher qui avait conduit André Houdard le matin du crime au haut du faubourg du Roule; le cocher lui avait dit alors qu'il ne pourrait affirmer, mais qu'il croyait pouvoir désigner la maison dans laquelle l'individu était entré.

C'est sur cet indice que l'agent Huret avait envoyé au jeune juge d'instruction la petite note que ce dernier avait montrée à Iza, et qui portait :

« Je ne viendrai pas au bureau aujourd'hui, nous sommes sur une piste nouvelle; si nous ne nous sommes pas trompés, nous aurons une preuve accablante devant laquelle Houdard ne pourra nier. J'espère vous la donner demain. »

L'agent Huret avait travaillé; on lui avait montré la maison d'Iza, en lui assurant que c'était là que l'individu était venu le matin du crime. Il avait alors fait une enquête minutieuse sur cette femme; il avait appris que c'était la créature la plus étrange du monde : elle vivait comme une courtisane et on ne lui connaissait pas d'amants; elle dépensait énormément d'argent et était couverte de dettes; elle était veuve d'un banqueroutier.

Ce dernier détail amena l'agent Huret à aller consulter les casiers de la préfecture de police. Là, il trouva sur le banquier Séglin des détails peu édifiants, mais rien sur la femme, sinon qu'elle y était traitée plus que légèrement, et qu'on pouvait avoir des renseignements sur elle en s'adressant à un ancien matelot, nommé Simon Rivet. Le soir même, l'agent Huret avait trouvé le matelot Simon, vivant heureux chez son ancien chef. Le matelot aimait boire; l'agent l'ayant invité, il l'avait fait parler *inter pocula;* sous prétexte de mariage, il lui raconta qu'un malheureux s'était pris au regard de la veuve Séglin; il la savait indigne, mais il n'avait rien de précis. Le matelot Simon était bavard et il avait horreur des femmes, de celle-là surtout; il ne se fit pas prier, et raconta qu'il connaissait le vieux misérable qui l'avait amenée en France, un ancien matelot, nommé Rigobert le Sauvage, saltimbanque et sorcier, heureusement mort, ajouta Simon. C'est ce Rigobert qui lui avait dit ce qu'était celle qui devait s'appeler Mme Séglin; un jour qu'on lui reprochait de laisser cette jeune fille dans le milieu horrible où il vivait, que l'enfant pouvait s'y perdre, le vieux saltimbanque avait éclaté de rire au mot de vertu. Il avait dit :

« Maître, quand j'ai rencontré Iza, c'était en allant de Widdin à la Sulina; je traversais un village que les Turcs avaient pillé huit jours avant. Iza, qui depuis quelque temps accompagnait les chefs de ces jolis soldats — pas comme madone — lasse des inégalités de traitement qu'on lui faisait subir, se souvint qu'elle était chrétienne et qu'elle ne devait pas vivre avec ses ennemis. Elle se sauva, et je la trouvai sur la route presque morte de faim, craignant toujours de retomber entre les mains de ceux qu'elle fuyait... Iza n'était pas née pour être vierge et martyre... Je la considère non comme une domestique, mais comme une ouvrière; je la paye, je la nourris; elle a son gîte indépendant du mien...; elle est libre et n'y rentre pas toutes les nuits... »

— C'est cette femme-là qui a un hôtel avenue Friedland et qui a épousé un banquier!

— Voilà!... Espère! espère!... C'est pas tout, mon vieux... Le père Rig le Sauvage, un jour, s'était déguisé en prince, elle en princesse de là-bas... Il ne décrochait pas un mot de français, et comme ils avaient affaire à un coquin comme eux, qui mentait aussi, ils se sont tous trompés... C'étaient Coquin, Canaille et Compagnie... Maintenant, je crois que la petite dame fait en grand le métier qu'elle faisait autrefois sur les routes.

L'on juge ce que de semblables renseignements donnèrent à penser à l'agent. Cette fois, il était certain qu'il était sur la voie; il se présenta au bureau, deux jours de suite, sans pouvoir rencontrer le juge d'instruction, et furieux, car nous l'avons vu constater que tout le monde avait abandonné la maison. Enfin, lorsqu'il put voir pendant dix minutes Oscar de Verchemont, celui-ci lui dit sèchement :

— Je vous ai commandé d'abandonner cette enquête; l'instruction est terminée, et l'affaire est maintenant au rôle; vous n'allez pas encore nous faire patauger dans vos erreurs... Je ne veux rien entendre; mon opinion est faite... Abandonnez cette affaire...

Et prenant les notes que l'agent lui avait apportées, sans les lire il les déchira.

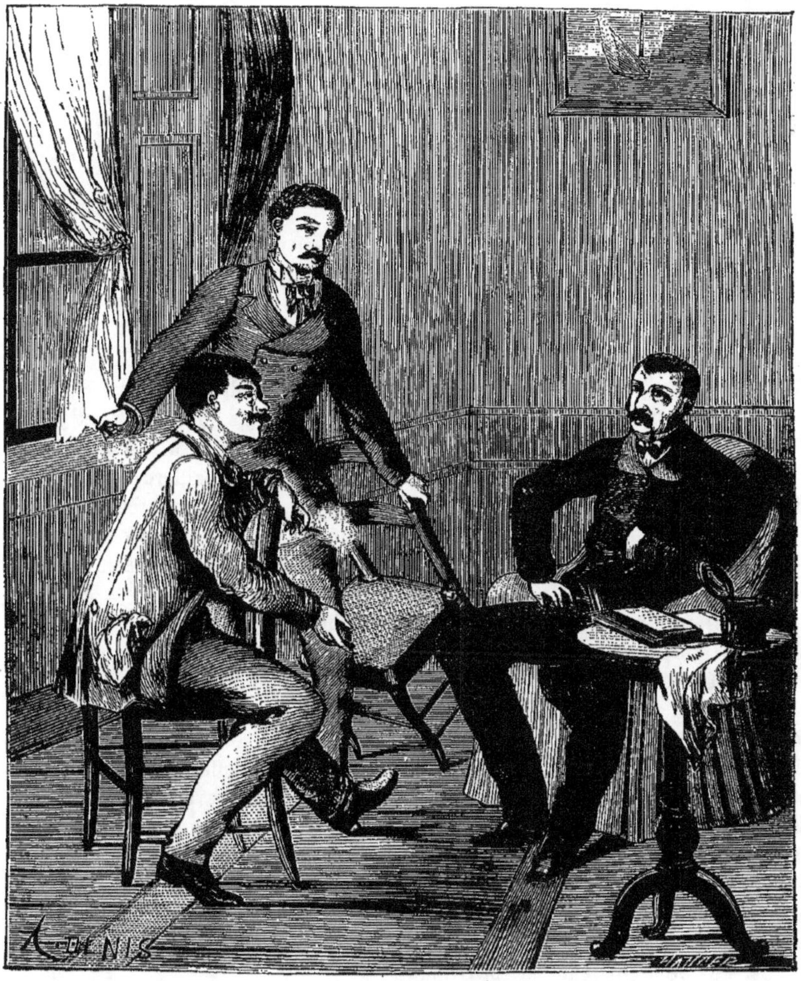

— Appelez-moi Chadi (PAGE 292.)

L'agent sortit furieux ; dehors il maugréa :

— Mieux vaut se taire... Ce n'est pas possible ; il faut qu'il y ait quelque chose là dedans,... un ordre d'en haut.

Et, dégoûté, l'agent Huret se reposait, lorsqu'un matin on frappa chez lui. Il ouvrit et fut fort étonné de voir Chadi, qu'il avait vu deux fois chez Tussaud lorsqu'il faisait l'enquête... Il lui demanda d'abord :

— Comment savez-vous mon adresse ?

— Oh! ça n'a pas été difficile. J'ai été à la préfecture.

— Et que me voulez-vous?

— Je viens pour l'affaire de la rue de Lacuée.

— Je ne m'en occupe plus; ne me parlez plus de ça, j'ai eu avec cette affaire trop de peine et peu de profit. C'est fini. Il paraît que l'homme est trouvé, et ça se juge bientôt.

— C'est justement pour ça, et, vous savez, il n'y a pas de bon Dieu qui tienne, il faut que vous vous occupiez avec nous, à cause de ça.

— Je ne comprends pas.

— Ça ne m'étonne pas; je ne sais jamais m'expliquer. En deux mots, voici la chose: nous sommes certains que Ferrand n'est pas coupable, et nous voulons le prouver.

— Ah! ah! vous êtes de mon avis.

— Et nous avons beaucoup de raisons pour ça... Mais, je vous le répète, je ne sais pas m'expliquer, moi. Je viens donc vous voir pour prendre un rendez-vous, afin de nous entendre sur ce qu'il y aurait à faire. Moi, je suis du quartier, et j'ai vu. Vous, vous avez beaucoup cherché, et mon ami, qui m'envoie, M. Paillard, est celui dont la mère avait accepté les valeurs volées en garantie. Paillard, oui, c'est lui qui est convaincu de l'innocence de Maurice Ferrand, et veut la prouver... Et vous savez, naturellement, nous ne venons pas vous dire que l'on vous payerait des déclarations fausses, nous venons vous dire : Tout travail mérite salaire; c'est votre travail, il sera payé.

— Je n'ai pas besoin de ça... Vous êtes de braves gens, je vous aiderai, d'abord parce que je pense comme vous... Le métier que je fais est souvent méprisé, parce qu'il est exercé par un tas de coquins et de vauriens, qui s'en servent ou en politique ou en affaires... Moi, je suis un ancien soldat; autrefois, je me battais contre les ennemis de mon pays; aujourd'hui, je me bats contre les ennemis de tout le monde. Je suis avec les bons contre les coquins. Voilà mon métier, et ce que vous me proposez est dans ma ligne. J'accepte. Je suis votre homme. Ils ont fini leur instruction; nous allons en faire une autre; et, lors du jugement, nous agirons quand nous aurons trouvé la vérité.

— Eh bien, vous m'allez, vous. Et, sacrédié, comme vous le dites, vous faites là un fichu métier qui ne vous attire guère de sympathie; vous vous en moquez, pas vrai? Il y a des honnêtes gens partout.

— Est-ce que le prévenu est votre ami?

— Qui, le prévenu?

— Maurice Ferrand.

— Ah! oui, c'est un camarade; nous avons travaillé ensemble; je n'ai su que c'était lui qui était arrêté, le pauvre garçon, que lorsque je suis entré chez M. Tussaud. Mais enfin vous devez savoir ça. Qu'est-ce qu'il y a de grave contre lui?

— Une chose grave et dont il refuse de donner l'explication; on a trouvé chez la victime deux bouteilles de champagne.

— Oui, je sais ça, du champagne empoisonné.

— Le soir même qui a précédé le crime, Maurice Ferrand a acheté deux bouteilles de champagne, et c'est la même maison, la même marque. Il avoue les avoir achetées et les avoir empoisonnées dans l'intention de se suicider.

Chadi fit la grimace.

— Diable! ça, c'est pas clair!

— De plus, nous sommes certains que cette même nuit on est entré et sorti de chez lui. C'était lui, puisqu'il est seul et ne peut justifier de l'emploi de sa nuit.

— Mais qu'est-ce qu'il dit?

— Il refuse de répondre; il déclare ne pouvoir rien dire.

— Tout de même, c'est pas clair. Enfin, nous causerons de tout ça.

— Oui, car cela ne fait rien; je suis persuadé que le vrai coupable, c'est l'autre...

— Dites donc, voulez-vous me fixer un rendez-vous?

— Mais, est-ce que ce M. Paillard n'est pas chez lui en ce moment?

— Si, monsieur, il m'attend pour la réponse.

— Eh bien, nous n'avons pas de temps à perdre; allons-y tout de suite.

— A la bonne heure... Eh bien, vous m'allez, vous... Et cependant il n'y a pas, vous en êtes...

Huret ne se fâchait pas, il se contenta de rire; il savait l'antipathie souvent trop justifiée que les agents des mœurs ont répandue sur le personnel de la sûreté.

Il sortit avec Chadi, se rendant chez Paillard.

Une demi-heure après, Chadi et l'agent Huret arrivaient rue Saint-Paul, chez Louis Paillard. Celui-ci dit, en deux mots, son intention à l'agent :

— Monsieur, j'ai une grande sympathie pour une pauvre enfant que le malheur s'acharne à poursuivre; petite ouvrière honnête, pure, ne cherchant sa satisfaction que dans le travail, et cependant absolument seule au monde, sans appui, sans soutien, sans conseil...

— C'est très rare, fit l'agent.

— Peut-être moins que vous le croyez. Si vous voyiez de près la classe ouvrière, la vraie, vous en seriez convaincu; le malheur, c'est qu'on juge l'ouvrier au cabaret et pas dans son ménage. Or les ouvriers qui fréquentent le cabaret ne sont pas ceux dont je veux parler. Revenons : cette petite n'avait pour toute famille que son frère, et c'est le malheureux garçon qui est en ce moment arrêté et accusé du crime de la rue de Lacuée. Je ne le connais pas, je ne puis pas juger par moi. Mais Chadi le connaît, mais toute la famille Tussaud, où il a été en apprentissage, le connaît, et chacun le déclare incapable d'une pareille action.

— Ceci ne serait pas une raison : l'assassinat n'est pas un métier, on n'est pas assassin ; une circonstance fait quelquefois de l'homme le plus doux un criminel.

— Mais encore chaque crime a un mobile, un but ; on ne tue pas pour tuer... Quelle raison pouvait diriger ce malheureux garçon? comment un ouvrier pouvait-il connaître une courtisane de haute volée, telle que celle qui a été assassinée?

— En tout cela je suis de votre avis, je ne crois pas à la culpabilité du jeune homme.

— Tant mieux. Ainsi, monsieur, voici la chose : j'ai promis à cette petite à laquelle je m'intéresse, Mlle Amélie Ferrand, de faire tout ce qui sera possible, non pour arracher un coupable à la justice, mais pour prouver que M. Maurice Ferrand n'est pas coupable.

— Il n'y a plus maintenant à compter apporter des éclaircissements à l'instruction, c'est terminé. L'affaire va venir bientôt devant les assises, et ce n'est qu'à ce moment que nous demanderons par l'avocat un supplément d'instruction, si nous apportons une véritable preuve.

— Nous en trouverons.

— Si vous le voulez, monsieur, nous allons parler sérieusement : vous me laisserez diriger les recherches; vous connaissiez le jeune homme, vous m'aiderez dans les renseignements. Puis votre caractère de bourgeois vous permettra d'obtenir des aveux qu'on refuse quelquefois à un agent. Asseyons-nous et causons.

Les deux jeunes gens prirent des sièges et se placèrent en face de Huret qui reprit :

— Vous, monsieur?...

— Je m'appelle Aristide Leblanc, mais tout le monde me nomme Chadi. Appelez-moi Chadi.

— Monsieur Chadi, vous êtes celui qui avez vu l'homme sortir le matin de la maison de la rue de Lacuée?

— Oui, monsieur.

— Je vous demande, à vous, votre pensée absolue. Croyez-vous que cet homme était l'assassin?

— Si je le crois! c'est-à-dire que j'en mettrais mes deux mains au feu.

— Et ce n'était pas Maurice?

— Puisque je connais Maurice, je l'aurais reconnu. Non, pour moi, c'est cette grande canaille de Houdard la Rosse, que j'ai rossé l'autre jour.

— Comment cela?

Chadi raconta l'aventure à la suite de laquelle la pauvre Cécile était tombée malade.

— Mais comment se fait-il, demanda l'agent, que la jeune Amélie Ferrand aille chez la famille Tussaud?

— Mais c'est une amie de Mme Cécile ; je vous ai déjà dit que Maurice était un ancien apprenti de Tussaud...

— Ah! fit l'agent, voilà bien ce que je disais, ils se connaissaient; ce Maurice n'est peut-être pas le coupable, mais il a été le complice...

— Maurice... avec la Rosse...; mais il l'aime comme un coup de poing, puisque Maurice devait se marier avec Cécile : ils s'aimaient, les pauvres petits, que c'était à donner envie d'en faire autant... Et puis Houdard, la Rosse, qui tourne la tête au père, qui fait flanquer le pauvre petit à la porte et qui veut épouser la fille... Ce qu'elle n'a pas fait de bon cœur, puisque le matin des noces elle a tenté de se suicider, et c'est moi qui l'ai repêchée.

— Attendez donc! fit tout à coup l'agent; tous ces faits ont été déclarés dans l'instruction...; mais cette instruction a été faite si singulièrement par un juge qui n'y connaît goutte, et je crois qu'il y a des ordres en dessous. Oui, je me souviens de ces faits ; aidez-moi : le matin du 20 juin, vous avez sauvé la jeune Cécile qui avait cherché à se noyer en se jetant du pont d'Austerlitz ?

— Oui.

— Le pont d'Austerlitz n'est pas éloigné de la rue de Lacuée?

— Pardi, c'est en face.

— Messieurs, reprit l'agent, ce que nous disons là doit rester entre nous; nous ne voulons attaquer la moralité de personne, et ce que je vais dire est dans le but unique d'arriver à la vérité...

— Oui, oui, parlez, firent Paillard et Chadi.

— Croyez-vous que Mlle Tussaud n'avait pas des relations avec Maurice Ferrand, et que la veille du mariage — qu'elle refusait de contracter — elle n'a pas été chez son amant dans l'intention de se suicider avec lui?...

— Ah! exclama Chadi, mais vous m'y faites penser...

— Quoi donc?...

— Attendez donc... Quand je l'ai amenée au bord et que le médecin l'a soignée, au moment où elle reprenait connaissance et que tout le monde croyait qu'elle était sauvée, elle n'arrêtait pas de vomir... Le docteur parut inquiet et demanda : « Vite, vite, une civière! » Moi, étourdi, je lui dis : « Mais, docteur, est-ce que ça ne va pas bien? Je croyais qu'elle était sauvée... » Il me répondit : « Il y a là des complications que je ne m'explique pas, et ce qui vient d'arriver n'est pour rien dans son état; les déjections sont singulières, les extrémités restent glacées et l'épigastre est brûlant... Cette enfant était malade avant de se précipiter à l'eau... »

— Vous êtes sûr de ce que vous dites là? dit l'agent avec agitation.

— Mais ce n'est pas tout. Arrivés à l'hospice de la Pitié, quand je vis que la jeune fille allait mieux, je dis : C'est pas malheureux, docteur, être si jolie et penser à se noyer. « C'est ce qui l'a sauvée, qui me répond. » Vous voyez ma tête! « Comment, en se noyant ça l'a sauvée? vous en avez des remèdes. » Alors il me dit, — c'est comme si je l'entendais encore : « La pauvre petite doit avoir eu une bien grande douleur dans sa vie; l'idée de mourir était bien arrêtée chez elle, car avant de se jeter à l'eau elle s'était empoisonnée. »

— Comment, vous saviez pareille chose et vous ne l'avez pas dit?

Et l'agent Huret prenait fébrilement des notes.

— Mais nous allons voir Mme Cécile; il faut qu'elle nous explique ça : il y va de la vie d'un homme.

— Eh! mon Dieu, je comprends, dit Paillard à son tour.

— Quoi? fit vivement l'agent, qui sentait le jaillissement de la vérité.

— Amélie m'a déclaré que Mme Cécile devait se rendre chez le juge d'instruction, elle lui avait dit : « Ne crains rien, Amélie, nous sauverons ton frère; je me perdrai, mais qu'importe si je le sauve! »

— Comment, vous saviez tout cela, et vous n'avez rien dit pendant l'instruction?

— Est-ce qu'on me l'a demandé, dit Chadi; vous êtes bon, vous, avec vos instructions : ils vous font dire ce qu'ils veulent ; quand on veut raconter, ils disent : « Taisez-vous, revenez à l'affaire ; » ou : « On ne vous demande pas ça. Répondez. »

— C'est vrai : l'instruction est déplorable, il est impossible qu'on place des niais comme ça dans des postes semblables... Enfin, nous allons commencer par éclaircir ce fait ; si je ne me trompe pas dans mes prévisions, nous avons l'emploi du temps la nuit, et l'emploi des bouteilles de champagne... Mais quelle singulière coïncidence... Je prends note et me charge de ça. Je vais aller chez M. Tussaud et discrètement j'interrogerai Mme Cécile.

— Mais vous ne savez donc pas?...

— Quoi donc?

— Mais la malheureuse jeune femme est mourante... elle est presque perdue ; elle n'a plus sa connaissance depuis deux jours. C'est fini, le médecin l'a dit,... fit Chadi avec des larmes dans la voix.

— Ah! mon Dieu! mon Dieu! quel malheur!... Mais je verrai le médecin à la Pitié, son affirmation sera déjà un indice.

— Mais, dit Paillard, ne pouvez-vous voir Maurice dans sa prison et adroitement lui dire ce que vous savez, pour l'obliger à avouer?...

— Ce n'est pas possible, maintenant il n'est plus à la Conciergerie, il est à Mazas ; nous verrons lorsque j'aurai parlé au docteur ; je verrai plutôt son avocat, qui sera bien aise d'avoir un argument de défense.

— Le crime avait, dit-on, le vol pour mobile ; or, dans toutes les perquisitions on n'a pas trouvé trace de rien chez Maurice et les valeurs que ma mère avait reçues en garantie, c'est bien l'autre, Houdard, qui les avait soustraites... Mais enfin que sont-elles devenues? Je n'ai jamais su pourquoi on avait abandonné cette affaire.

— Comment? vous n'avez pas été cité? Quelle drôle d'instruction.

— Je n'ai rien su...

— Voilà : on les a trouvées entre les mains d'un agent qui a justifié qu'elles lui avaient été données par sa tante *in extremis* de la main à la main... C'est un nommé Boyer!

— Boyer, exclama Paillard, oh! le coquin, il les a volées à ma pauvre mère.

— A propos de cet homme, quelques renseignements ne seraient pas inutiles.

— Le premier, le voici : Boyer est mon cousin ; sa mère était une vieille demoiselle, constamment fourrée dans les sacristies : elle communiait comme nous déjeunons. A force de communier comme ça, elle a rapporté chez elle un enfant. Longtemps on a appelé Boyer « l'enfant du prêtre. » Bref, la mère, sans ressources, vieillie, a été finir à l'hôpital, et c'est ma mère qui s'est occupée de l'enfant autant qu'on peut s'occuper d'un enfant placé dans un petit séminaire. Il est sorti de là avec tous les vices ; il a été pris deux ou trois fois pour outrage aux mœurs, une fois pour escroquerie ; toujours ses anciens maîtres l'ont tiré de là, et ils avaient fini par le placer à la Préfecture. Il paraît que la vie de séminaire avait développé en lui des aptitudes de mouchard. Je ne pouvais pas le voir à cause de son laid métier d'abord ; — excusez-moi.

Huret ne sourcilla pas, Paillard continua :

— Sous des dehors de bonté et de douceur, c'est le plus terrible ennemi que l'on puisse avoir; certain d'une protection occulte, il ose tout. C'est l'hypocrisie en personne; ma pauvre mère s'était laissé prendre à ses démonstrations religieuses, et le coquin en abusait pour tirer d'elle tout ce qu'il pouvait — et c'était difficile, la mère Paillard n'aimait pas dénouer les cordons de sa bourse; — il y parvenait, lui; il disait de moi pis que pendre, en feignant d'être mon ami... Voilà l'homme... vous voyez qu'il est laid.

— Mais que pensez-vous au sujet des valeurs?

— Je vous l'ai dit. Je m'explique pourquoi il ne m'a fait appeler que lorsque la pauvre femme avait perdu toute connaissance. Seul avec ma mère agonisante, il a dû fouiller partout; la mère Paillard n'avait jamais d'argent chez elle. Ces valeurs y étaient par une circonstance exceptionnelle; elle ne les considérait que comme un reçu, comme des papiers importants, non comme de l'argent, puisqu'elle s'était engagée à ne pas s'en servir, même à ne pas retirer les coupons. Ces valeurs étaient sous enveloppe cachetée; il a trouvé ça dans un meuble; il s'est dit : c'est une cachette, personne ne le saura. Et il les a volées... Et la preuve, c'est qu'il s'est sauvé aussitôt sous prétexte de congé... J'aurais dû m'en douter. Un voleur chez nous, ça ne pouvait être que lui.

— Voici ce qu'il prétend : sa tante — j'ignorais que ce fût votre mère, — vivait très mal avec son fils, et voulant que lui, qu'elle considérait comme son véritable fils, fût avantagé malgré la loi, elle lui avait donné cette somme qu'elle avait préparée, toute cachetée pour lui... Il avait refusé.

— Lui, le coquin, refuser quelque chose, le mendiant!... Est-ce que c'est avec les gens qui l'ont élevé que l'on apprend à refuser quelque chose? Là où il n'y a que des quêtes à tout propos, que des troncs sur chaque mur... Refuser, lui? voler, à la bonne heure.

Paillard était outré, il était furieux après lui-même de n'avoir pas pensé que c'était ce Tartufe qui avait volé les valeurs. Huret reprit :

— Enfin, il dit cela; alors c'est son confesseur qui lui a conseillé d'accepter.

— Son confesseur à lui... Il a un confesseur?... Eh bien, en voilà un qui doit en savoir de jolies.

— Non, celui qui confessa votre mère. Mme Paillard avait chargé ce confesseur de l'obliger à accepter le don qu'il lui faisait, et c'est sur l'insistance de ce prêtre qu'il accepta...

— Mais ce n'est pas logique, puisque ma mère savait que ce n'était pas à elle; la brave et sainte femme n'aurait pas été donner ce qui ne lui appartenait pas.

— A cela il répond : « La mère Paillard avait consulté le confesseur pour savoir si elle pouvait disposer des valeurs, disant que, sur ces valeurs, elle avait prêté soixante mille francs; on devait lui rendre l'argent avant un mois, ou les valeurs lui appartenaient. Ce délai était dépassé et on n'avait rien réclamé. Elle ne s'expliquait pas pourquoi, car les valeurs représentaient une plus forte somme. Dame, la brave femme, ajoute-t-il, ne pouvait penser que ces valeurs étaient volées... Sur l'assurance que lui donna le confesseur qu'elle pouvait en toute sécurité en disposer, elle me les avait destinées. »

— Et l'on a cru tout ça? Une femme qui, sur des valeurs, avance soixante mille francs à des gens qu'elle ne connaît pas.

— Il prétend que sa tante Paillard faisait souvent de ces sortes d'affaires, moins importantes..., mais semblables : elle prêtait, escomptait avec usure...

— La canaille! ce n'est pas assez qu'il l'ait volée, il l'insulte...

— Enfin, nous allons nous occuper de celui-là; c'est lui qui a commencé l'enquête, c'est lui qui a conclu à la culpabilité de Maurice Ferrand, qui a procédé à son arrestation, qui a trouvé les témoins... et c'est lui qui aujourd'hui a intérêt à soutenir qu'Houdard n'est pas coupable, et que les valeurs confiées à la mère Paillard étaient à lui.

— Il faut nous occuper de celui-là...

— Le ratichon, dit Chadi, voulez-vous me l'abandonner, je m'en charge, moi, et vous verrez que, moi aussi, je sais les enfoncer, les mouches.

— Eh bien, c'est entendu; je vous donnerai le nom du confesseur, vous l'irez voir au nom du fils de Mme Paillard, savoir si elle n'a rien dit à son égard et vous vous informerez du reste.

— N'ayez pas peur, pour une heure je saurai bien être aussi fin que lui; il suffit de joindre les mains, de lever les yeux au ciel. C'est pas long à apprendre, c'est pas difficile à faire; vous verrez que je sais en jouer.

— Et moi, que vais-je faire? demanda Paillard.

— Vous allez voir Mlle Amélie, — je crois que c'est un rôle qui vous plaît, — fit malignement Huret, et il faut par elle savoir sur son frère le plus de détails possible.

— Bien, fit Paillard, qui avait un peu rougi. Mais je l'ai déjà beaucoup interrogée, et elle m'a raconté la vie de son frère depuis le matin où elle l'a trouvé à moitié mort, où elle a couru chez le pharmacien.

— C'est le premier témoin qu'on ait eu.

— Elle m'a raconté ses interrogatoires chez le juge d'instruction, entre autres une lettre que son frère avait reçue, et qu'elle n'a pu retrouver.

— C'est la lettre que j'ai trouvée à son atelier, et c'est la plus grave charge qu'il y ait contre lui. Cette lettre a été livrée aux experts et aux gens qui déchiffrent, et ils ont trouvé dedans la preuve absolue que c'est lui qui a commis le crime; la lettre est d'une femme, sa complice; elle le supplie de se sacrifier et de ne pas la perdre...

— Comment, il existe une lettre semblable? fit Paillard découragé.

— La lettre dont vous parlez sans doute.

— Non, non, la lettre dont je parle lui était adressée par Mlle Cécile, c'est sa sœur qui la lui avait portée.

— Mon Dieu, fit l'agent, serait-ce cette lettre?... Aujourd'hui, je n'ai plus le droit de me mêler de cette affaire et je ne pourrais avoir communication d'aucune pièce. Enfin, je vais mettre cela en note.

Voyant que Chadi s'était levé et fouillait dans toutes ses poches, les visitant les unes après les autres, et recommençant ses fouilles après leur résultat négatif, l'agent Huret lui demanda :

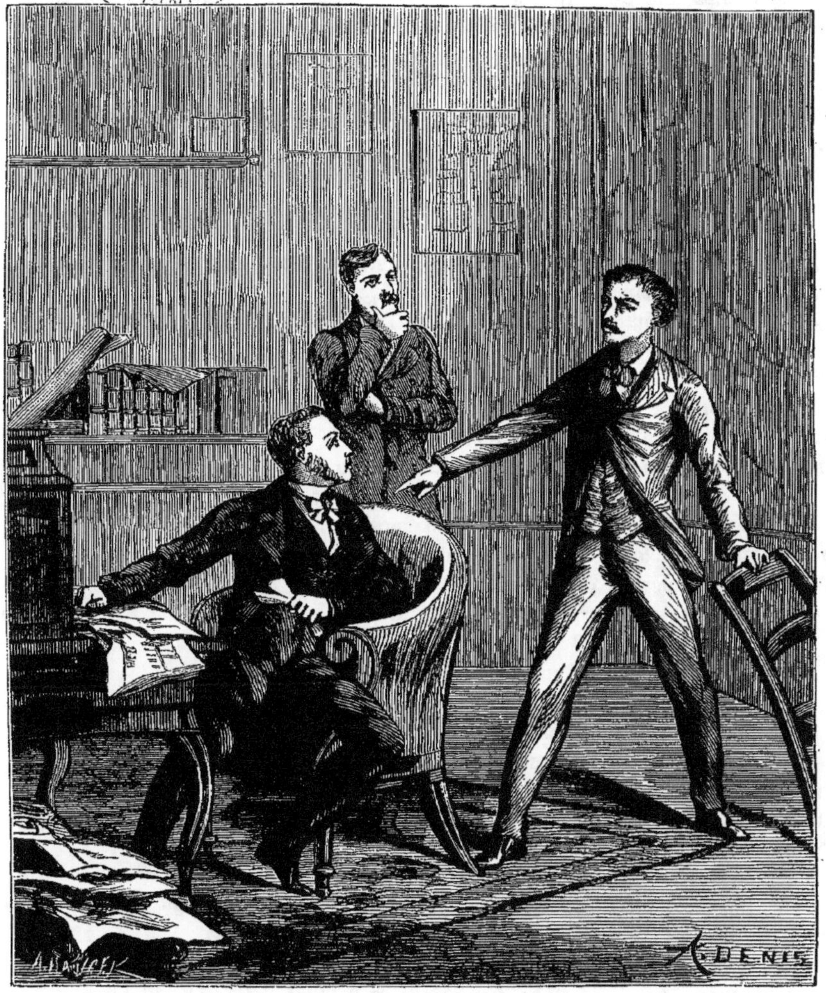

— Oh! ceux qui ont transformé cette lettre sont bien infâmes! (PAGE 301).

— Que faites-vous donc?

— En parlant de lettre, vous me faites penser que l'autre soir, lorsque j'ai secoué la Rosse, il avait laissé tomber une lettre, je l'avais ramassée; je ne la trouve plus... Peut-être qu'il y aurait là quelque chose d'intéressant.

— Il est peu probable, dit Paillard, qu'un coquin comme celui-là garde sur lui des papiers qui pourraient le compromettre.

L'agent Huret dit au contraire :

— Tâchez donc de retrouver cette lettre, c'est la manie des coquins justement de garder toujours des papiers qui peuvent les perdre, mais aussi compromettre les autres. Cherchez donc bien.

— Oh! je ne l'ai pas sur moi; c'était la fête de la petite patronne, j'étais sur mon grand tralala, toutes voiles dehors; la lettre doit être dans ma jaquette. Ce soir, en retournant à la maison, je la prendrai et demain je vous la remettrai.

— Est-ce qu'il y a des choses intéressantes dans cette lettre? demanda Paillard.

— Je ne l'ai pas lue; je l'ai mise dans ma poche et je n'y ai plus pensé.

— Écoutez, monsieur Chadi, vous êtes du quartier où le crime a été commis?

— En face, de l'autre côté de l'eau... Mais, pour certaines raisons, je suis plus souvent à côté justement de la maison, dans la rue de Lacuée.

— Oui, je connais cette *raison*-là; je l'ai vue avec vous chez le juge d'instruction...

— Ah! vous étiez là?

— Autant que je puis me souvenir, elle se nomme Denise, elle a environ vingt-cinq ans, et elle est gentille à croquer...

— C'est ça même, et je vois que vous avez du goût.

— Eh bien, si vous le voulez, nous allons, messieurs, aller nous promener de ce côté, là où le crime a été commis, non dans la maison même, mais aux alentours, afin de voir la distance de la maison qu'habitait Maurice à l'arche du pont d'Austerlitz, du dessus de laquelle Mlle Cécile s'est jetée; nous verrons le chemin suivi par l'assassin pour regagner sa voiture.

— Où j'ai vu Houdard la Rosse.

— Vous êtes persuadé que c'est lui?

— Je ne l'ai pas vu, pas reconnu; mais ça ne fait rien, j'en suis certain; il n'y a que ce coquin-là capable de ça...

— Enfin, comme vous serez près de chez vous, vous grimperez et vous irez chercher cette lettre; si cela a quelque importance, mieux vaut le savoir tout de suite; si cela ne signifie rien, vous n'aurez pas perdu votre temps, puisque nous n'y allons pas seulement pour ça.

Ils se levèrent, se disposant à partir. Paillard dit à Huret :

— Monsieur, si vous avez besoin d'argent pour ce que nous entreprenons, vous savez, ne vous gênez pas, demandez-m'en.

— Je vous remercie, j'ai mon traitement qui me suffit; si j'ai des déboursés, soit de voitures, soit d'autre chose en raison de l'affaire, je vous les réclamerai... Allons, messieurs, marchons...

Les trois hommes partirent; la rue Saint-Paul n'est pas bien éloignée du quai de la Râpée, et en quelques minutes ils se trouvèrent au bout du boulevard de la Contrescarpe; là, Chadi, désignant un endroit, dit :

— La voiture attendait ici...

— Ah! très bien!

— Maintenant, voici la rue de Lacuée. Vous connaissez la maison; et il désignait une maison dont tous les contrevents étaient fermés. Paillard regardait curieusement, et il dit :

— Depuis le crime, c'est-à-dire depuis sept mois, on n'a pas remis à louer; c'est toujours inhabité.

— C'est très utile à l'instruction; justement la victime Léa Médan avait payé l'année entière d'avance...

L'agent suivit le chemin qu'avait suivi l'homme que Chadi avait vu sortir le matin du crime; puis, pendant que Chadi montait chez lui chercher la lettre dont il avait parlé, l'agent Huret montait dans la maison qu'avait habitée Maurice; il s'arrêtait à l'étage où demeurait le jeune homme, puis il redescendait, regardant les minutes à sa montre; en comptant ses pas, il se rendit jusqu'à l'arche du pont d'Austerlitz que lui avait indiquée Chadi. Il revenait, lorsque Chadi le rejoignit et lui tendit la lettre. Huret la lut attentivement, pendant que les deux jeunes gens observaient son visage. La lettre était courte, et l'agent n'y comprit rien.

— Eh bien? demanda Chadi.

— Eh bien, je n'y comprends absolument rien, fit-il dépité, et cependant il doit y avoir là-dessous quelque chose d'intéressant. Voici ce qu'elle dit :

« Tu te souviens de Georgeo Golesko, dont je t'ai conté l'histoire. — C'est toi! ne te démens pas. — Tout le reste est faux. — Et tu seras libre. — Viens aussitôt; ils n'ont rien jusqu'ici. — Sois adroit. »

— C'est tout?

— Qu'est-ce que ça veut dire?

— Je n'y comprends rien, mais je garde toujours ça.

— Pendant que nous sommes par ici, si nous allions à la Pitié, dit Chadi.

— Oui, allons.

Les trois hommes traversèrent le Jardin des plantes; arrivés devant l'hospice, Chadi entra pour demander l'adresse du docteur qui faisait le service de la salle dans laquelle avait été portée Cécile le 20 juin. Les deux autres l'attendaient; ils le virent revenir tout consterné.

— Eh bien, qu'y a-t-il?

— Eh bien, pas de chance; le pauvre brave homme, il est mort il y a dix jours.

— Tant pis, fit l'agent; enfin nous chercherons.

Et, en revenant, l'agent distribua à chacun ce qu'il devait faire, et il fixa un rendez-vous prochain.

II

DÉSESPOIR.

Maurice Ferrand, lorsque l'instruction avait été terminée, avait été transféré à Mazas; le pauvre garçon était bien changé, les trois mois de détention l'avaient anéanti, découragé. La cruauté des interrogatoires et l'impossibilité de se défendre l'avaient rendu sombre et réservé.

Il se sentait perdu; si, à cette heure, il venait déclarer ce qu'il avait fait la nuit du 20 juin, il était convaincu qu'on ne le croirait pas. Vainement il avait cherché à se débattre dans les fils dont l'accusation l'enveloppait : il était pris. La nuit du 20 juin, il avait été vu avec une femme; il refusait de dire qui était cette femme, et l'accusation disait : « C'est votre complice, c'est à elle que vous avez remis les papiers volés chez Léa Médan. Elle ne vous accompagnait pas dans la maison du crime, elle vous attendait chez vous; de là les allées et venues constatées par les voisins. » Le crime avait été commis avec un poison spécial, mêlé à du champagne; il reconnaissait avoir empoisonné du champagne qu'il avait acheté, mais pour se suicider. A cela l'accusation répondait : « Si vous aviez l'intention de vous suicider, si vous l'avez tenté chez vous, c'est chez vous que devaient être les bouteilles vides de champagne. Ce champagne, d'une marque nouvelle, est peu répandu dans les quartiers ouvriers, à cause de sa qualité supérieure; or, on n'a trouvé cette marque que chez un marchand de vin, et c'est vous qui étiez venu l'acheter. Comment se fait-il que le champagne que vous avez acheté, que vous avez empoisonné chez vous, que vous prétendez avoir consommé chez vous, entièrement, dites-vous, et c'est à cause de la quantité prise que vous avez été sauvé, comment se fait-il que ces bouteilles se trouvent dans la chambre du crime? »

Et ces questions fort logiques de l'accusation bouleversaient le jeune homme; il n'y comprenait rien, absolument rien, et n'eussent été les déclarations des témoins, les constatations régulières, il aurait soutenu qu'on inventait tout cela pour le perdre.

Ferrand avait essayé de lutter les premiers jours; mais, peu à peu, la vie cellulaire et le secret lui avaient retiré toute énergie, tout courage. Il passait des journées entières à pleurer. Il pensait alors à la vie de misère qu'il avait menée; il n'avait eu qu'une heure de bonheur dans son existence, et cette heure, il la payait cruellement. Il pensait que celle qu'il aimait était à un autre; ses baisers, qu'il avait rêvés pour lui, pour lui seul, un autre s'en enivrait pendant qu'il souffrait mille morts; cette femme, qui était la sienne, était à cette heure dans les bras de l'autre, et elle lui donnait les caresses qu'il avait eues d'elle. Alors il avait des rages jalouses; il voulait se tuer : il avait deux fois déjà dans des accès semblables tenté de se suicider, — et cela avait ajouté à l'accusation, qui disait : « Sentant que vous ne pouvez cacher votre culpabilité avant l'heure de comparaître devant les juges, vous voulez vous tuer. »

Il avait eu quelques jours d'espoir, le juge d'instruction lui avait fait meilleur accueil; mais cela avait peu duré : la sévérité était revenue plus sèche. Un jour, la dernière fois qu'il avait été interrogé, en entrant dans le cabinet du juge d'instruction, celui-ci lui avait dit :

— Ferrand, dans votre intérêt ne niez plus : le tribunal vous saura gré d'aveux spontanés; nous avons aujourd'hui des preuves accablantes contre vous, la preuve que vous avez une complice. Quelle est-elle?

— Je ne sais pas ce que vous voulez me dire... Je vous le répète encore, monsieur : je ne suis pas coupable, je n'ai pas de complice... Je sens que beaucoup de choses inexplicables sont contre moi; mais, je vous le jure, je suis innocent...

— Qu'est-ce que cette lettre trouvée à votre atelier?

En voyant la lettre, il n'avait pu retenir un cri de douloureuse surprise, en exclamant :

— Sa lettre!

— Ah! vous le voyez bien, s'était écrié le juge satisfait, vous n'avez pu retenir ce cri qui pour nous est un aveu, une révélation : sa lettre! Dites-nous quelle est cette femme.

— Il est assez malheureux que vous ayez trouvé cette lettre; elle vous édifie suffisamment sur mon mobile et explique ce que vous me demandez sans cesse.

— Allons, vous voulez toujours jouer au plus fin. Vous avez cru que, dans ses phrases diffuses, dans sa prolixité, nous ne trouverions pas ce qu'elle voulait dire. Voyez-la et répondez.

Maurice prit la lettre, étonné de la voir effacée par place; il lut les lambeaux de phrases qui restaient, et, épouvanté, il rendit le papier en disant :

— Oh! ceux qui ont transformé cette lettre sont bien infâmes.

— Taisez-vous : il ne vous sied pas de traiter qui que ce soit ainsi.

Le jeune homme eut un triste sourire ; il se disait que la fatalité était contre lui : la trouvaille de cette lettre pouvait le sauver, sans qu'il manquât à son serment; au contraire, par une manœuvre inexplicable, cette lettre devenait la plus grave accusation portée contre lui. Il se résigna et il dit :

— Allons, c'est fini, monsieur, je suis perdu ; mais, fidèle à ma parole, elle sera sauvée.

— Enfin, vous avouez donc?

— Je n'avoue rien, moi seul sais ce que signifient mes paroles. Quoi que je puisse faire, des gens qui ont intérêt à me perdre et qui sont plus forts que moi vous donnent des armes contre lesquelles je chercherais vainement à lutter. Faites votre devoir, monsieur le juge, accusez-moi, jugez-moi, condamnez-moi, je suis décidé désormais à ne plus répondre un mot. Je suis vaincu, et cependant, je vous le répète encore, je n'a jamais vu ni connu de Léa Médan ; je n'ai jamais été chez cette femme, enfin je suis innocent de ce dont vous m'accusez.

— Vous pouvez désormais vous dispenser de répondre, nous en savons assez. Une seule parole pouvait vous attirer l'indulgence de la justice, la vérité sur cette femme qui vous a aidé...

— Monsieur, je n'ai plus rien à dire...

— Vous refusez absolument?

Maurice haussa les épaules et regarda le plafond; Oscar de Verchemont insista encore ; il resta muet. Alors on lui lut ce qu'il avait dit ; la rédaction en était bien un peu différente. Ainsi, en voyant la lettre, il s'écriait d'un air égaré :

— Ils ont trouvé la lettre, elle est perdue.

Puis il disait encore :

— Ceux qui nous ont perdus en livrant cette lettre sont bien infâmes...

Puis encore, au lieu de : « C'est fini, mais fidèle à ma parole, elle sera sauvée, » on lisait :

— C'est fini, vous savez tout, je suis perdu. Mais je serai fidèle à mon serment ; je ne dirai rien sur elle et elle sera sauvée.

A tous ces petits changements, Maurice se contentait de sourire en hochant tristement la tête, et lorsqu'on lui demanda de signer il ne fit aucune difficulté : il griffonna son nom au bas du procès-verbal.

Le juge eut un soupir de soulagement semblant dire : Enfin cette affaire est finie et je suis libre. Il signa l'ordre de transfert à Mazas.

Quand Maurice fut dans la petite case de la voiture cellulaire qui devait le conduire à la prison de Mazas, il réfléchit longuement à tout ce qui venait de se passer. Il n'y avait pas à douter, il était perdu. Il chercha vainement quel était l'ennemi qui pouvait avoir ainsi falsifié la lettre pour la livrer à la justice. Naturellement, il ne trouva personne. Alors il pensa — car il avait été question, dans ses interrogatoires, de papiers politiques importants disparus — que le meurtre pouvait bien avoir pour auteur une personnalité qu'il fallait remplacer, et lui, le pauvre petit inconnu sans famille, on l'avait choisi. Il était condamné d'avance : il fallait un coupable et on l'avait trouvé en lui.

La vie n'avait jamais été assez heureuse au pauvre petit ouvrier pour qu'elle lui donnât des regrets ; une seule chose l'occupait : sa sœur, restée seule, sans amis, sans soutien ; il se réservait bien d'en parler à l'avocat qu'on désignerait pour le défendre. Installé à Mazas, la solitude l'épouvanta ; ses idées retournaient à la mort et, encore une fois, il tenta de se suicider. On dut le surveiller constamment. Sa nature s'était changée du tout au tout. Il restait dans un coin de la cellule sans bouger ; il fallait le faire sortir presque de force aux heures de la promenade.

Le jeune avocat nommé d'office vint pour s'entendre avec lui sur ses moyens de défense ; il avait lu les pièces de l'accusation, et son idée était faite : Maurice était bien coupable ; il ne s'agissait que de plaider les circonstances atténuantes.

Dès la première entrevue, celui-ci fut bouleversé. Maurice lui déclara très nettement qu'il ne voulait pas être défendu en faisant des concessions. Il fallait alors plaider la vérité, et la vérité, c'était son innocence.

— Voyons, mon ami, disait l'avocat, un médecin est un confesseur ; laissez-moi le soin de trouver les moyens défensifs, mais dites-moi la vérité.

— La vérité, mais c'est ce que je vous dis. Je suis innocent de tout cela. La nuit du 20 juin, je l'ai passée chez moi. Seul ou non, je ne veux pas le dire ; mais je n'ai pas quittté ma chambre de la nuit. J'ai acheté du champagne, je l'ai empoisonné, non une, mais les deux bouteilles, et je l'ai bu... Comment se fait-il que les deux bouteilles vidées qui étaient dans ma chambre se soient trouvées en face ? Je l'ignore... Mais je vous affirme, monsieur, que je suis suis innocent, complètement innocent.

— Vous avez tort de choisir ce système.

— Mais, monsieur, je vous répète que ce n'est pas un système... Et, fondant en larmes, il s'écria : Je ne sais pour qui je vais payer, je sens que je suis perdu ; mais, monsieur, si vous ne pouvez sauver ma vie, je vous en supplie, ayez la conviction de mon innocence et jusqu'à la fin déclarez que je suis innocent.

L'avocat était ému ; il demanda à Maurice s'il avait de la famille ; il espérait, par les influences des parents, obtenir des aveux. Le pauvre garçon lui dit qu'il n'avait que sa sœur, et à ce propos il le pria de vouloir bien lui faire parvenir de ses nouvelles, ce que celui-ci promit.

Le défenseur se retira très perplexe, en se proposant d'étudier bien à fond les charges de l'accusation.

Maurice fut péniblement impressionné par cette première entrevue, parce qu'il jugea sur l'avocat de l'opinion publique. Ainsi, on le croyait véritablement l'assassin. Toute la journée, blotti dans le coin de la cellule, la tête dans ses mains, il pleura.

S'il avait pu avoir des nouvelles du dehors, savoir ce que devenaient les siens ; mais les circonstances mystérieuses du crime avaient obligé le juge d'instruction de maintenir le secret ; la lettre trouvée, et qui à cette heure allait servir de pivot à l'accusation, montrait assez l'état dans lequel était la complice de Maurice. On espérait que ce silence terrible fait autour de l'accusé l'obligerait à des aveux.

Le soir, il ne fut pas peu étonné de voir un gardien, en lui apportant sa nourriture, lui remettre une lettre. Son avocat s'était intéressé à lui et avait demandé la levée du secret ; il l'avait obtenue dans une certaine mesure, c'est-à-dire qu'il pourrait recevoir des lettres et en adresser ; mais toutes ces lettres passeraient avant sous l'œil du juge ; il ne pouvait avoir d'entrevue au parloir.

La lettre qu'on lui remettait était déjà datée de quelques jours ; confisquée, elle lui était enfin livrée. On juge de sa joie. Ses larmes se séchèrent aussitôt, et, heureux, il saisit le papier ; il avait reconnu l'écriture de sa sœur. Enfin, il allait avoir des nouvelles d'eux. Pour quelques heures, il n'allait plus être seul. Cette lettre, c'était la famille qui veillait sur lui.

Il la lut avidement :

« Mon pauvre bien-aimé frère,

» Mon Maurice, tu es bien malheureux, et nous nous épuisons en vain à chercher un moyen de te soulager. Nous savons tous que tu es innocent, et nous en cherchons les preuves. Aie courage. Quand on a tout un passé de travail et d'honnêteté, on ne peut être victime d'une semblable accusation.

» On nous dit que tu refuses de donner l'emploi de ton temps dans la nuit du crime. Pourquoi refuses-tu de dire le nom d'une femme avec laquelle on t'a vu le soir ? Les amis qui s'intéressent à toi m'ont dit que peut-être tu avais des relations avec une femme mariée, et que c'est à cause du scandale, si on l'appelait pour témoigner, que tu refuses de dire le nom. Ils ne savent pas que tu n'avais qu'un amour au cœur, et que ce n'est pas à l'heure où tu pensais à te tuer pour celle que tu ne pouvais plus avoir pour épouse que tu aurais été chercher une autre femme. Car, malgré tout ce que les juges et les agents pourront dire, je me souviens encore de la terrible heure que j'ai passée lorsque je t'ai trouvé le matin mourant sur ton lit. Et quand on pense que si nous n'avions pas déménagé nous n'aurions pas été tourmentés ! On me l'expliquait l'autre fois, en me disant qu'on aurait retrouvé les bouteilles chez nous, tandis que je m'étais débarrassée de tout ça. Tu sais que le mari de Cécile, André Houdard, avait été arrêté aussi pour... »

Les quatre lignes avaient été biffées au greffe, et c'est en vain que Maurice chercha à les rétablir ; — il continua :

« Pendant ce temps-là, Cécile était revenue chez ses parents, décidée à se séparer, et cela a eu lieu il y a dix jours ; je crois que tu seras content de l'apprendre ; elle pense toujours à toi, nous en parlons sans cesse, tu comprends que dans sa situation elle redoute... »

Là encore deux lignes étaient effacées.

« Ne crains rien, mon frère, nous pensons à toi, ton innocence sera reconnue et, tu le vois, peut-être que l'avenir s'éclaircira. Je ne suis pas malheureuse, ne te tourmente pas pour moi. Je ne travaille pas beaucoup, mais Cécile est très bonne pour moi et je ne manque de rien. Courage et à bientôt ! Nous t'embrassons tous bien fort et moi de tout mon cœur.

» Voyons, Maurice, je t'en prie, écris-moi le nom de la femme avec laquelle tu te trouvais. J'irai bien discrètement la voir et tout sera sauvé. Je lui demanderai la vérité ; on me dit que, lorsque dans une affaire il se présente des cas semblables qui pourraient compromettre une femme, le secret est gardé. Réfléchis bien, mon frère, le juge me le dit toutes les fois que je le vois, si tu peux justifier de l'emploi de ta nuit, tu n'as rien autre contre toi. Il ne faut pas non plus, pour une maîtresse, sacrifier sa vie, son honneur. Le tien, le nôtre valent bien le sien, à cette femme, et ce n'est déjà pas une si grande preuve d'amour qu'elle te donne, en mettant sa situation si haut que, dans la crainte de la perdre, elle préfère te laisser accuser d'une si terrible chose que, tu le vois, je n'ai pas écrit ce mot une fois. Sois raisonnable, au nom de ta petite sœur, de Mélie, de Mémé, comme tu m'appelais quand j'étais toute petite. Maurice, mon frère, je t'en prie, un mot. Le cas est trop grave pour que tu puisses y voir une malhonnêteté.

» Je t'embrasse encore, mon frère, en attendant un mot de toi.

» Ta sœur qui t'aime de tout son cœur,

» Amélie Ferrand. »

Cette lettre lui avait fait un bien infini ; il l'embrassait, il la relisait. Pauvre Amélie, la brave petite enfant, elle n'avait qu'une pensée : son frère, et, à cette heure, comme il avait besoin de ses baisers ! Toute la partie de la lettre annonçant le ménage rompu et la séparation lui avait été très agréable. La lettre, on le voit, était de vieille date, du jour où le juge avait fait espérer la libération prochaine du jeune homme.

Mais une chose l'avait douloureusement frappé, parce qu'elle était juste et parce que ce que contenait la lettre doublait encore le jugement justement porté par sa sœur sur celle pour laquelle il se sacrifiait ; et c'est les larmes aux yeux, les dents serrées, la désespérance au cœur qu'il relisait :

« Il ne faut pas non plus, pour une maîtresse, sacrifier sa vie, son honneur. Le tien, le nôtre valent bien le sien à cette femme ! et ce n'est déjà pas une si grande

— Chacun son métier, voyez-vous, monsieur, lui dit celle-ci en lui remettant la robe (PAGE 311).

preuve d'amour qu'elle te donne en mettant sa situation si haut que, dans la crainte de la perdre, elle préfère te laisser accuser. »

C'était vrai, plein de logique, de bon sens, et Maurice pensait que, puisque sa sœur voyait tous les jours Cécile, elle devait lui dire à elle ce qu'elle écrivait, et Cécile ne disait rien. Plutôt que d'avouer sa faute, elle préférait le laisser accuser d'un crime odieux, et ce n'était pas pour ne pas troubler son ménage, pour ne pas désespérer son mari, puisqu'elle avait rompu l'un et qu'elle exécrait l'autre.

Désespéré, il embrassa la signature de sa sœur et il retomba sur son siège, navré, en disant :

— Je n'aurais jamais cru ça d'elle... Mais, moi, je ne faillirai pas...

Cependant il demanda du papier et il écrivit à sa sœur une courte lettre toute pleine de tendresse fraternelle, et, ne voulant pas la désespérer, il l'assurait de son espoir d'être sauvé. Enfin il lui disait de consulter Cécile en tout, de lui lire ses lettres — qu'elle donnerait peut-être un bon conseil, — elle était femme ; qu'elle lui demandât ce qu'elle ferait dans la situation qu'elle dépeignait dans la fin de sa lettre.

Tout cela était adroitement tourné pour ne pas donner de méfiance à la geôle. Cécile seule devait comprendre. Sa lettre terminée et envoyée, il eut un peu de tranquillité.

Le surlendemain, il reçut un mot très court d'Amélie. Celle-ci lui disait que, depuis l'envoi de sa lettre, Cécile était malade. Elle était à l'article de la mort ; depuis huit jours elle n'avait pas quitté son chevet, le médecin avait dit qu'elle était perdue, et elle terminait en lui disant de prier pour elle. Maurice en fut écrasé ; le seul témoignage qui pouvait le sauver s'envolait, le seul être pour lequel il vivait mourait. Il dit avec désespoir :

— Prier pour elle et pour moi !... Je suis perdu.

L'agent Boyer, on s'en souvient, avait reçu en rentrant chez lui une petite lettre non signée, qui lui disait de se trouver le soir même sur la place de la Concorde, au pied de la statue de la ville de Lille. Il se disposait à s'y rendre, lorsqu'une nouvelle lettre vint lui dire qu'on le priait de ne pas se déranger et d'attendre un nouvel avis.

La lettre avait été adressée à l'agent sur l'ordre d'Iza ; dans le dossier qu'elle avait pu consulter, elle avait vu que c'était l'agent Boyer qui avait fait l'enquête aboutissant à l'arrestation de Maurice ; c'était cet agent qui concluait avec assurance à la culpabilité du jeune ouvrier ; elle avait vu que, Boyer donnant sa démission, celui qui avait continué l'enquête avait renversé toute l'œuvre du premier. Dans le plan d'Iza, c'est l'enquête de Boyer qu'il fallait rétablir : la justice réclamait un coupable, et c'était Maurice qu'il fallait lui livrer. Boyer n'était plus agent, et des renseignements pris sur lui à bonne source l'avaient éclairée sur la valeur du personnage. Elle lui écrivait donc pour s'entendre avec lui afin de trouver des charges nouvelles qui l'aideraient à faire libérer André Houdard.

Iza ne croyait pas que ce qu'elle voulait serait si rapidement exécuté ; en obligeant Oscar à signer la mise en liberté du misérable, elle croyait que celui-ci allait lutter avec sa conscience, et, pour l'obliger à céder, elle voulait se servir des déclarations nouvelles de Boyer. Si convaincue qu'elle fût de l'amour d'Oscar, elle ne le croyait pas si puissant ; elle ne croyait pas que, le soir même du jour où elle lui poserait son ultimatum, il céderait à son caprice. André Houdard libre, elle n'avait plus besoin de l'agent pour le moment ; c'est alors qu'elle lui fit adresser la lettre qui annulait la première. Mais la liberté d'Houdard n'était que le commencement, il fallait un coupable ; tant que ce coupable ne serait pas trouvé, jugé et condamné, on risquait de voir recommencer une nouvelle instruction, et il paraît qu'Iza redoutait absolument chose semblable. Or, elle ajourna le rendez-vous avec Boyer, attendant d'avoir des nouvelles d'Houdard pour le faire agir dans la voie utile. Le jeune juge, ayant absolument oublié sa mission, tout occupé de son amour, ne pensait plus du tout à l'instruction de l'affaire de la rue de Lacuée, n'allait plus au parquet et ne pouvait ainsi la renseigner sur ce qui se passait; elle se réservait d'avoir, par l'agent, les nouvelles qui l'intéressaient.

Boyer attendait, très intrigué par les deux lettres, lorsque enfin il en reçut une troisième lui donnant un rendez-vous dans un cabaret.

Cette lettre était encore d'Iza; depuis qu'elle habitait le petit hôtel de l'avenue de Chaillot elle ne pouvait sortir; sans cesse, nuit et jour, Oscar de Verchemont était là; enfin, un jour elle avait pu s'échapper une heure; elle s'était rendue aussitôt chez Justine, l'ancienne femme de chambre qui habitait dans un hôtel voisin de l'appartement de l'avenue de Chaillot. Elle avait appris par celle-ci que des gens singuliers avaient questionné la concierge et qu'enfin Houdard était venu, et avait été surpris de voir la maison abandonnée; sur l'avis de la concierge, qui lui avait dit que Justine venait quelquefois et devait rester jusqu'à la vente en correspondance avec Iza, il avait écrit une lettre, que Justine lui remit. Aussitôt qu'elle l'eut lue, Iza contrariée demanda de quoi écrire, et elle fixa un nouveau rendez-vous à Boyer; puis, dans une seconde lettre, elle donna un rendez-vous à Houdard. Ce fut le mari de Justine qui porta les lettres.

Oscar de Verchemont, en installant Iza dans le petit hôtel de l'avenue de Chaillot, avait fait maison neuve: tous les domestiques avaient été remplacés. A cela, au premier moment, Iza avait paru consentir; mais une femme comme la Grande Iza ne fait pas si peu de cas de sa femme de chambre, sa confidente, son conseil, sa complice, et lorsqu'elle avait écrit à ses gens pour les remercier, en envoyant ce qui leur était dû, elle avait écrit sous la dictée d'Oscar; puis aussitôt, dans une autre lettre confidentielle, elle avait prévenu Justine qu'il ne fallait pas prendre au sérieux la lettre qu'elle venait de recevoir: c'était simplement un congé, le temps de prendre bien pied dans son hôtel, de s'en assurer la propriété, et aussitôt les vieux fidèles, tous les anciens reviendraient. Et d'abord, au sujet de Justine, ça avait été, depuis son entrée dans l'hôtel, sa plainte constante: elle était mal coiffée, mal habillée... Que Justine lui manquait! si bien qu'Oscar commençait déjà à s'habituer à l'idée que Justine seule peut-être reviendrait un jour, si, *malgré sa bonne volonté*, Iza ne pouvait s'accoutumer à ses deux nouvelles caméristes... C'était donc Justine qui était chargée des intérêts d'Iza en dehors de son nouveau ménage. C'est par elle qu'elle apprit que sa vente allait avoir lieu; quatre jours après, son avoué avait réuni ses créanciers, on s'était entendu; alors Iza lui dit:

— Tu sais ce que je t'ai recommandé pour le petit meuble?

— Oui, madame, je l'ai dit à Boulard; il l'achètera quel que soit le prix.

— Mais je tiens à ce que tu sois là, qu'il n'y ait pas d'erreur possible.

— Madame sait bien qu'il n'y a pas de danger.

— Il n'a pas besoin d'y toucher; il le mettra devant sa porte le lendemain, au milieu des objets qu'il expose.

— Oui, madame, c'est convenu avec lui...

— Tu as prévenu la concierge que, lorsque la lettre chargée arrivera, c'est toi qui dois la recevoir ?

— Je lui ai montré votre procuration et j'ai été au bureau de poste voir si elle était suffisante ; on m'a dit que oui.

— Je tâcherai de te revoir dans deux jours, si je peux m'échapper.

— Mon Dieu, fit en souriant la soubrette, que madame doit s'ennuyer d'être tenue ainsi.

— Je te le laisse à penser... Voilà peu de jours que ça dure et j'en ai déjà jusque-là.

Et, en disant ces mots, elle passa sa main par-dessus sa tête.

La Grande Iza descendit de chez son ancienne caméristo, et remonta vivement en voiture ; seule, son front se plissa, et, se parlant à elle-même, elle dit :

— Oui, cette vie-là est lourde ; mais il le faut... Il faut que je le tienne jusqu'au jour du jugement... Et ce sot qui veut rester à Paris, au risque de se perdre encore : il faudra bien ce soir que je le décide... Je le veux !

La voiture passait avenue Friedland ; Iza se jeta dans le fond de son coupé en regardant son ancienne demeure ; elle vit un homme qui lisait attentivement une des affiches sur lesquelles s'étalait en grosses lettres :

« Vente volontaire pour cause de départ de Mme la comtesse veuve Iza Séglin de Z... »

Iza sourit, et le pli qui traversait son front s'effaça... La Grande Iza aurait frémi si elle avait connu l'homme qui prenait copie des objets livrés à la vente. C'était l'agent Huret, obstiné, qui suivait sa piste et qui, la veille, avait dit à la petite sœur Amélie, affolée d'avoir lu dans un journal l'annonce du jugement de son frère :

— Eh ! tonnerre de Dieu ! ne pleurez donc pas comme ça, puisque je vous dis que je le sauverai...

III

OU CHADI S'AMUSE.

La vente était prochaine, et, contrairement à ce qui se passe lorsqu'il s'agit de l'intérieur d'une femme à la mode, les journaux n'en avaient pas parlé, les affiches avaient été, à dessein peut-être, parcimonieusement répandues, et cependant la vente était composée de véritables merveilles, en toilettes et en bijoux.

Les meubles étaient d'une grande richesse, et, s'ils n'avaient pas un grand mérite artistique, ils étaient d'un luxe inouï et d'une exécution peu ordinaire. Les bronzes étaient plus nombreux que choisis, et, nous l'avons dit, il y avait chez la Grande Iza une petite galerie de tableaux, de la pléiade des jeunes peintres, au milieu desquels étaient plusieurs toiles de maîtres.

Depuis que les affiches avaient été posées, l'agent Huret ne quittait pas le voisinage de la maison, très intrigué par les allées et venues d'une petite femme qu'il apprit être la femme de chambre de celle qu'on appelait, sur l'affiche, Mme veuve Séglin de Zintsky.

Il observait si la jeune soubrette ne venait pas chercher une chose ou une autre; mais jamais il ne vit rien de suspect. Au contraire, elle venait pour mettre les toilettes, les dentelles à l'air, afin que rien ne fût chiffonné.

Les deux jours de l'exposition des objets mis en vente, l'agent Huret passa quatre heures dans les salons, fouillant partout, de son regard profond; il ne vit rien de suspect. Tout cela était bien le fouillis du luxe particulier aux courtisanes à la mode : dans tout ce qui est argenterie, orfèvrerie, le goût est sacrifié au poids; dans tout ce qui est toilette, la qualité est sacrifiée au chic.

Au jour fixé, l'agent Huret était à son poste dans un angle du salon, où la vente avait lieu; il avait laissé se placer devant lui tout le monde singulier de l'hôtel des ventes; toutes les grosses marchandes à la toilette occupaient le premier rang, étalant déjà sur la table leurs mains grasses chargées de bagues, jouant avec une tabatière; les antiquaires et les marchands de curiosités, composés au moins pour les trois quarts d'enfants de la tribu d'Israël, étaient derrière, la loupe à la main. En attendant l'arrivée du commissaire-priseur, on en disait de belles sur celle dont on vendait les meubles. Il y avait des vieux vendeurs qui reconnaissaient des bibelots et des bijoux pour les avoir vendus deux ou trois fois : un jour à M. le marquis X..., pour Mlle Nini Belles-Dents, — laquelle les avait vendus un jour de poursuites; — ils étaient tombés aux mains du vieux banquier X..., pour la célèbre jolie Mlle Chose; celle-là les avait échangés avec un duc de l'ambassade d'Autriche. — C'est de là qu'ils devaient venir... Il y avait des objets dont les marchandes à la toilette racontaient le prix, et l'étrange monnaie avec laquelle Mme veuve Séglin de Zintsky les avait payés.

Oscar de Verchemont avait trop de haine jalouse contre tous ces objets inertes pour venir les voir une dernière fois, et bien lui en prit : il eût été singulièrement édifié sur la Grande Iza en entendant les propos de certaines brocanteuses, disons plutôt les petites histoires que racontaient les marchandes à la toilette — métier qui en cachait un moins propre, — et dont elles se cachaient peu, car elles les expliquaient avec des clignements d'yeux qui voulaient dire : « Je n'invente pas; si je raconte ça, j'ai des raisons pour l'affirmer, c'est moi qui ai traité l'affaire. »

L'agent Huret ne s'occupait pas des vendeurs et des revendeuses; il avait vu entrer la femme de chambre qu'il avait remarquée depuis quelques jours; il l'avait vue causer avec un des marchands venus pour la vente, l'entraîner dans un salon pour revenir aussitôt. Qu'avait-elle été faire? Désigner un objet, le faire estimer, le recommander? A ce moment, le salon était plein de monde : il était impossible d'y circuler comme il l'aurait voulu; l'agent dut donc rester à son poste d'observation. Il s'était placé juste en face de la jeune femme, de l'autre côté du salon.

Justine était assise près de la grande table, à côté du marchand auquel elle avait parlé.

Justine avait bien remarqué l'attention dont elle était l'objet, et puis l'individu lui avait été signalé par la concierge, qui lui avait dit qu'un amateur singulier venait presque tous les jours... La jeune femme se demandait vainement quelle pouvait être l'industrie de cet individu dont l'allure toute militaire était la principale physionomie. Au moment où la vente allait commencer, le commissaire-priseur était à son bureau; les crieurs apportaient les premiers objets; au-dessus de la table, on ne voyait que des mains tendues pour saisir les lots, lorsqu'une bousculade se produisit à la porte; un homme, indifférent aux imprécations qu'il soulevait, poussait la foule et s'y faisait un passage avec ses coudes sans répondre aux cris, aux malédictions autrement que par :

— Je vous demande bien pardon, monsieur. — Excusez-moi, s'il vous plaît. — Voulez-vous me permettre? — Pardon, la maman, je vous dérange peut-être ?

Enfin, il était entré, avait aperçu Huret debout dans l'angle du salon, monté sur un petit banc et dominant tout le monde; l'agent lui avait fait un signe, et il était venu se placer à côté de lui.

— Cristi, j'en ai eu de la peine à entrer; il y a autant de monde dans l'escalier qu'ici.

— Vous êtes venu un peu trop tard...

— C'est déjà commencé, et je vous ait fait défaut?

— Non, non; mais vous vous seriez placé facilement...

— Oh! moi, ça ne m'a pas gêné, au contraire, ça m'amuse; mais, vous avez vu, ils ont beau crier, ça ne m'émeut pas... Qu'est-ce que je vais faire avec vous ?

— Je ne sais; mais, si je vois quelque chose de louche, peut-être aurai-je besoin de suivre un monsieur, emportant l'objet, et il faut que je reste jusqu'au bout...

— Ah! bien, s'il faut ressortir, fit Chadi, en riant, ils vont faire une belle vie; mais ne vous gênez pas pour ça.

— Montez près de moi, dit l'agent en lui faisant une place, et mettez-vous ainsi, là; derrière vous, je vois parfaitement et suis sûr de ne pas être remarqué; je puis observer à mon aise.

— Dites donc, on peut acheter... J'ai promis à Denise que si je voyais une belle robe de soie dans les prix doux, je l'achèterais. Elle m'a assuré que, dans les ventes de ces femmes-là, les toilettes se vendaient pour rien, et qu'elles étaient presque neuves.

La vente était commencée. Chaque fois qu'une robe ou un lot de robes passait, Chadi étourdi du prix de mise en vente : cinq francs, dix francs, enchérissait aussitôt, et jamais il ne pouvait obtenir un lot, toujours il était adjugé à une seule enchère au-dessus de lui, et le premier rang des commères éclatait de rire; il ignorait la petite manœuvre de la bande de marchands, qui consiste à empêcher tout amateur sérieux d'acheter. Il allait se fâcher, lorsque l'agent fit un signe à une marchande. Cette femme, Huret se souvenait qu'il l'avait arrêtée un jour pour proxénétisme. La marchande vint et le reconnut; elle rougit.

— Madame Tibaut, lui dit-il, vous seriez bien gracieuse d'acheter une des robes et de la céder à mon jeune ami.

— Avec plaisir, monsieur.

— Celle-là, celle-là, dit Chadi; voyant étaler sur la table une robe de soirée de couleur éclatante qui n'avait pas trois doigts de corsage — Mlle Denise pouvait supporter ça — celle-là.

— Taisez-vous donc, dit l'agent, laissez-la faire.

La mise à prix était de quinze francs; la femme en mit seize et le lot lui fut adjugé. Chadi croyait que la robe monterait de trente à quarante francs et en resta tout étonné, regardant la femme et Huret.

— Chacun son métier, voyez-vous, monsieur, lui dit celle-ci en lui remettant la robe.

— Vous avez votre affaire, dit Huret à mi-voix, occupons-nous maintenant de ce qui nous amène.

L'agent vit tout à coup la jeune soubrette causer vivement avec le marchand qui était près d'elle, lui désignant un meuble : un petit bureau-chiffonnier adorable que nous connaissons.

— Ouvrez-le, dirent les marchands.

— On ne peut ouvrir que le casier, la clef est égarée; mais le meuble est neuf.

Les enchères se croisèrent : le meuble valait neuf et fait sur commande environ quatre cents francs; les enchères atteignaient déjà trois cent trente francs. On ne couvrait plus et c'était le marchand qui portait la dernière mise; l'agent Huret se dit :

— Ou ce meuble a une importance — auquel cas on veut l'avoir à tout prix, — ou on en sait la valeur, et on n'ira pas plus loin, car il est presque à son prix et on ne céderait pas au caprice que le premier fabricant pourra satisfaire. Il n'est pas possible que ce soit la femme de chambre qui achète pour son compte. Voyons ça.

L'agent se pencha sur Chadi et dit tout bas :

— Poussez...

— Hein? fit Chadi étonné en entendant le crieur qui répétait :

– Trois cent trente..., c'est bien entendu..., trois cent trente...

— Poussez donc, répéta l'agent.

— Quarante, fit Chadi, se demandant si Huret ne devenait pas fou, et se penchant vers lui pour dire du même ton : Vous savez que je n'ai pas d'argent...

— Allez toujours...

— Trois cent cinquante...

— Quatre cents, glissa Huret, dans l'oreille de Chadi.

— Quatre cents, cria Chadi, rouge comme une cerise en sentant tous les regards se tourner vers lui avec stupéfaction.

Justine releva la tête et fut toute surprise de voir l'allure de celui qui poussait le petit meuble si cher.

— Quatre cent vingt, dit le marchand.

— Quatre cent cinquante, répondit Chadi sans attendre.

— Quatre cent soixante-dix...

— Cinq cents, fit Chadi avant qu'il eût fini.

— Cinq cent cinquante, répondit le marchand.

Chadi allait crier six cents ; Huret l'arrêta en disant :

— Ça suffit, je sais ce que je voulais savoir... Ne quittez plus ce meuble des yeux : il faut que nous sachions où il va.

— Cinq cent cinquante, répétait le crieur en regardant Chadi... C'est bien vu, pas de regrets?... Cinq cent cinquante. Adjugé !

Dans le silence qui suivit, Huret entendit parfaitement Justine dire tout bas à l'homme qui venait d'acheter le petit meuble :

— Enfin !

Et presque aussitôt, comme si ce qui allait suivre n'avait plus d'importance pour elle, la jeune femme de chambre se leva et partit.

L'agent, attentif, en voyant sortir Mme Justine, regarda aussitôt le petit meuble ; il était replacé derrière le commissaire-priseur ; on ne devait l'enlever probablement qu'après la vente ; le marchand qui avait poussé les enchères dessus restait à sa place. Huret ne le quittait pas du regard.

Chadi s'amusait énormément ; la vente se poursuivait : les gros meubles étaient vendus ; on commençait la vente des vieilleries qui encombrent toujours les appartements et dont on n'a jamais le courage de se défaire, les meubles à moitié brisés, les tables boiteuses, les chaises sans bâtons, et tous ces lots n'atteignaient naturellement que des prix dérisoires. Chadi avait déjà failli acheter quatre francs un tableau qui aurait pu faire un superbe devant de cheminée. Quatre hommes roulèrent avec peine un meuble énorme en acajou, ayant l'apparence d'un bureau ou d'une table de desserte, et dont l'épaisseur paraissait remplie par un énorme tiroir.

— Oh ! le beau bureau, fit Chadi ; il suffirait à meubler une chambre.

Le crieur mit le meuble à l'enchère à dix francs. Pas un acquéreur ne se présenta.

— Quel prix mettez-vous donc, demanda-t-il?

Chadi étourdi, stupéfait qu'une si belle pièce ne trouvât pas acheteur, allait couvrir l'enchère, lorsqu'un des marchands cria :

— Il y a acheteur à trois francs.

Chadi outré s'écria à son tour, et en regardant fixement celui qui avait mis la première enchère :

— Je mets quatre francs... moi !

Un silence profond suivit ses paroles ; le crieur seul glapissait :

— Quatre francs ! quatre francs... personne ne dit mot... c'est bien entendu. Quatre francs.

Le maillet retentit et le commissaire adjugea.

Chadi n'en revenait pas ; pour quatre francs ce meuble immense ! Le crieur lui dit :

— Depuis longtemps il ne servait pas, la clef est perdue, la serrure rouillée, vous devrez le faire ouvrir.

— Qu'est-ce que c'est que ça? exclama Denise (PAGE 316).

— Oui, oui, ne le bousculez pas en le reculant... Et, se tournant vers l'agent Huret, il lui dit :

— Quatre francs, croyez-vous que ça n'est pas cher, hein !

Celui-ci ne lui répondit pas. Chadi le regarda, et il le vit la tête un peu penchée en avant regardant un panier que l'on allait mettre en vente et que l'on ouvrait. C'était la cave que l'on allait vendre, et l'on commençait par le champagne. Ce panier était sur la table.

C'était un petit panier contenant vingt-cinq bouteilles.

Le crieur ouvrit le panier et dit :

— Vingt-trois bouteilles de champagne... Le panier était de vingt-cinq : il en manque deux...

Puis il en prit une bouteille, déchira l'enveloppe de paille, arracha le papier qu'il y avait encore dessous, et, la tendant aux acheteurs, il dit :

— Voyez la marque.

L'agent Huret était haletant, ses yeux dardaient, il tendit son long bras en disant d'une voix sèche à Chadi...

— Passez-moi cette bouteille-là.

Chadi, de plus en plus étonné, la lui passa ; Huret regarda la marque, le cachet tout spécial, et, la repassant aussitôt, il dit d'un ton de commandement :

— Remettez cette bouteille ; ne dérangez rien au panier... On achète dans l'état...

On regarda l'agent avec quelque étonnement ; mais le crieur commença aussitôt :

— Vingt-trois bouteilles champagne : cent francs.

— Poussez, fit encore l'agent à Chadi.

— Cent dix, fit celui-ci...

Il y eut une seule enchère ; le panier fut adjugé cent vingt francs. Alors l'agent Huret prit une feuille de son carnet, et il écrivit :

« Acheté par Huret, agent de la sûreté, qui prie M. le commissaire-priseur de constater, sur un papier joint à son reçu, que le panier avait été à peine ouvert, que deux bouteilles seulement avaient été prises, et surtout la marque du champagne,... le nom porté sur les étiquettes... »

Il signa et fit passer le papier avec son argent. Le commissaire lut, parut surpris de l'importance donnée à ce lot, et fit signe de la tête qu'il se rendait au désir exprimé. Effectivement, la vente fut arrêtée pendant quelques minutes. Le commissaire se fit passer une bouteille pour transcrire ce que portait l'étiquette.

Tout à coup Huret, qui avait toujours l'œil sur son meuble et sur celui qui l'avait acheté, vit celui-ci regarder à sa montre, se lever précipitamment et faire signe à un commissionnaire de prendre le petit meuble.

— Vite, vite, Chadi, dit l'agent à voix basse, sortez et suivez le petit meuble que nous avons poussé ; il faut que je sache où on le porte... C'est très grave ; vite, vite.

— Diable ! fit Chadi, ça ne va pas être peu de chose pour sortir... Enfin.

Et le brave garçon, obéissant, poussant de l'épaule et du coude, sortit du salon et parvint en bas juste au moment où le petit chiffonnier-bureau était hissé sur un fiacre.

Le marchand monta dedans.

— Bon, il ne manquait que ça, fit Chadi ; il va me faire courir. Pourvu qu'il n'aille pas trop loin... Je peux dire que je m'en paye une partie.

Le meuble était fragile et, à cause de cela, le marchand de meubles avait recommandé au cocher d'aller doucement, ce que Chadi constata avec plaisir ; il fut tout à fait heureux en voyant au bout de dix minutes la voiture s'arrêter devant la boutique d'un tapissier, faubourg Saint-Honoré.

— C'était pour aller là ! Ah bien ! ils en ont de l'argent à gâcher, ceux-là !... Prendre une voiture pour dix minutes; il ne pouvait pas mettre ça sur son dos?

Haussant les épaules, Chadi se cacha sous une porte cochère ; il avait poussé les enchères sur le petit meuble et il pouvait être remarqué par celui qui l'avait acheté, ce qu'il fallait éviter. Il vit le marchand descendre son meuble avec précaution, payer le cocher ; puis, après avoir bien essuyé le ravissant petit bureau, il le plaça bien en vue devant l'étalage de sa boutique ; cela fait, il regarda sa montre et, satisfait, il rentra.

Chadi se dit qu'il pouvait retourner retrouver Huret ; il savait ce qu'il devait savoir, et il remonta vers l'avenue Friedland en se disant :

— Voilà tout le secret des affaires ; ça n'est pas plus malin que ça : il l'a acheté cinq cent cinquante francs, il lui a donné un petit coup de fion et maintenant il en vaut huit cents !...

Lorsque Chadi arriva avenue Friedland, Huret avait pris une voiture, il avait mis son panier à champagne dedans et il attendait. Le brave garçon lui rendit compte de sa mission. Alors Huret lui demanda s'il voulait monter dans sa voiture. Chadi avait sa grande table à emporter ; il la montra au cocher en lui disant :

— Voulez-vous la charger là-dessus ?

— Comment, ce monument-là ? Mais il faut un camion.

Chadi alla soulever la table pour la peser ; c'était lourd ; en la reposant à terre, il devint pâle. Il courut à la voiture de Huret, et, lui ayant dit au revoir, il lui demanda confidentiellement :

— Dites donc, monsieur Huret, quand on achète dans une vente, qu'on a payé, si on trouve de l'argent dans les tiroirs, c'est à soi ?...

L'agent jeta un coup d'œil dérobé au meuble de Chadi, se contint pour garder son sérieux, et répondit :

— Oui, oui. Puis, lui serrant la main : Je vais voir le petit meuble, et demain je vous verrai chez M. Paillard. Je crois que nous n'avons pas perdu notre journée.

— Moi, dit tout bas Chadi pendant que la voiture s'éloignait, je suis certain d'avoir gagné la mienne.

Il courut dans le quartier chercher un commissionnaire ; aidé par lui et par deux passants, ils chargèrent la table ou le bureau sur une petite voiture à bras. Puis, ayant pris la belle robe et poussant la voiture, Chadi se dirigea vers la rue de Lacuée, chez Mlle Denise. On y arriva au bout d'une grande heure. Ce ne fut pas une petite affaire que de hisser l'acquisition de Chadi chez la jeune blanchisseuse. Tout terminé, le commissionnaire renvoyé, Chadi s'assit, en proie à une inexprimable émotion. Mlle Denise était sortie, elle n'allait pas tarder à rentrer, et Chadi pensait :

— Si nous allions être riches ! J'ai bien entendu que ça sonnait !...

Et en effet, tout le long du trajet et à chaque choc, le meuble produisait un bruit étrange, lent et métallique.

Denise entra ; il lui montra la robe ; la petite ouvrière lui sauta au cou et l'embrassa à pleine bouche, puis Chadi l'attira dans la chambre ; alors Denise eut des minauderies et devint toute rouge... Mais là, il lui montra la table.

— Qu'est-ce que c'est que ça? exclama Denise; c'est grand comme un billard?

— C'est un grand bureau ; tu vois, je te le donne, Denise... Seulement ce qui est dedans est pour moi.

— Qu'est-ce qu'il y a donc?

— La clef en est perdue! c'est rouillé par le temps et on n'a pas pu l'ouvrir. Écoute, Denise, tout le long du chemin en poussant la voiture j'avais la tête appuyée dessus le tiroir et j'entendais vibrer, sonner.

— Oh! fit la jolie petite blanchisseuse en avançant ses belles lèvres fraîches et en écarquillant ses grands yeux, si nous allions trouver un trésor!

Chadi courut chercher une pince ; il la glissa dans la serrure tout tremblant d'émotion ; à la pesée qu'il fit, on entendit encore sonner, et Denise s'écria :

— Il y a quelque chose ; j'ai entendu.

Chadi appuya, le dessus du panneau sauta en découvrant un étroit clavier.

Mlle Denise éclata de rire et Chadi tout déconfit s'écria :

— Ah! un piano!

En effet, c'était une vieille épinette.

L'agent Huret, en se faisant conduire à la préfecture de police, ordonna au cocher de passer par le faubourg Saint-Honoré; arrivé en face du tapissier que lui avait désigné Chadi, il regarda et vit, au milieu des fauteuils et des meubles en étalage, le petit bureau-chiffonnier. Il dit au cocher de continuer sa route et pensa à tout ce qui venait de se passer. Est-ce qu'il s'était trompé relativement au petit meuble? Ce qui arrivait semblait le prouver; le marchand n'avait vu qu'une bonne affaire; il l'avait acheté pour le revendre plus cher; mais alors quel intérêt pouvait avoir la jeune femme qu'on lui avait dit être la femme de chambre de Mme veuve Séglin de Zintsky? Savait-elle une valeur particulière au bureau-chiffonnier et avait-elle dirigé le marchand dans son acquisition sous la condition d'avoir un bénéfice? Cela paraissait être le plus probable. Pourtant Huret se refusait à trouver cela normal; il regretta de ne s'être pas arrêté pour marchander le petit bureau, et il se promit de revenir aussitôt.

En arrivant à la préfecture, il déposa au greffe le panier de champagne, et il le fit ficeler et sceller devant lui. Après il monta et remit à son chef, pour en prendre connaissance, la déclaration du commissaire-priseur. Cela fait, il se fit reconduire faubourg Saint-Honoré. Il descendit de voiture, paya son cocher, et alla vers la boutique du tapissier. N'ayant pu réussir à acheter le meuble à la vente, et le regrettant, il venait offrir de l'acheter à l'acquéreur. Cela était tout naturel et ne pouvait aucunement porter ombrage au tapissier.

Il entra donc tranquillement dans la boutique, et, s'adressant au marchand, qui sourit en le reconnaissant, il lui dit :

— Monsieur, combien me vendriez-vous le bureau que nous nous sommes disputé tout à l'heure?

— Monsieur, je ne puis vous le vendre...

— Pourquoi donc?

— Il est vendu.

— Comment, déjà?

— Une personne qui le connaissait et en avait envie m'avait chargé de l'acheter... Et je sais qu'on ne s'en déferait à aucun prix.

— Ah! fit l'agent, dont tous les soupçons se rallumèrent. Ne voulant pas donner l'éveil, il reprit aussitôt :

— Je le regrette, le meuble est charmant, il complétait un mobilier absolument dans le même style; mais enfin il n'est pas introuvable.

— Oh! du tout, et je vous avouerai même que je ne comprends guère l'importance qu'on y attache; je devais l'acquérir à n'importe quel prix. Je connais le fabricant, et si, ainsi que vous le dites, il vous plaisait d'en avoir un absolument semblable, je pourrais vous le vendre à meilleur marché que je n'ai payé celui-ci.

— Ah! vraiment! c'est une affaire que nous ferons probablement... Monsieur, je vous remercie, et j'espère avoir le plaisir de vous revoir.

Le marchand reconduisit Huret jusqu'à la porte. On juge facilement qu'après ce court dialogue l'agent Huret était revenu au point de départ; sa curiosité était en éveil; il ne s'était pas trompé: assurément ce meuble avait une importance... Il fallait savoir qui avait intérêt à l'acheter plus cher qu'il l'eût payé neuf.

L'agent, une fois dehors, se posta sous une porte, attentif, ne perdant pas de vue la boutique, et regardant tous ceux qui entraient et qui sortaient. Il était là depuis une grande heure, le jour baissait, lorsque tout à coup il vit un riche équipage s'arrêter devant la porte du tapissier; une femme enveloppée de fourrure en descendit, puis un homme, la tête enfoncée dans le col de son pardessus relevé. Ils entrèrent dans la boutique; la nuit venait, et, oubliant toute prudence, l'agent se plaça devant la boutique, mais de l'autre côté de la rue; il vit l'homme et la femme ressortir avec le marchand, regarder le petit bureau, puis rentrer dans la boutique; et il parut à l'agent que le marchand prenait l'adresse sur son livre et recevait de l'argent dont il donnait facture.

— Ah çà! que se passe-t-il? Est-ce que ce tapissier s'est moqué de moi? Il ne m'a même pas fait de prix et il traite avec ces gens-là; qu'est-ce que ça veut dire? Si c'était ceux qui l'ont chargé d'acheter le meuble, ils n'auraient pas besoin de venir le voir : on le leur porterait directement... Après cela, peut-être, trouvant le meuble charmant et apprenant qu'il n'est pas à vendre, en commandent-ils un neuf, qu'ils payent d'avance... Ce doit être cela.

L'agent était trop loin pour voir les visages engoncés dans les collets, presque invisibles à la nuit tombante; il vit le marchand reconduire ses deux clients jusqu'à leur voiture, et, avant de fermer sur eux la portière, il ne fut pas peu stupéfait d'entendre le tapissier dire :

— Madame peut compter sur moi, le temps de prendre une voiture, de charger le petit bureau, et on sera chez elle presque derrière elle...

Puis comme répondant à une recommandation, il dit encore :

— Que madame ne craigne rien, on prendra toutes les précautions... Oh! mes hommes ne retourneront pas le meuble sens dessus dessous... Ne craignez rien, madame, on sera soigneux.

Le marchand ferma la portière et rentra dans sa boutique; la voiture remonta le faubourg, et l'agent, les bras croisés, se disait en rongeant ses moustaches :

— Qu'est-ce que tout cela signifie?... Ah çà, de qui se moque-t-on?... Il y a là-dessous un mystère qu'il faut éclaircir. Je sens que je suis sur la piste...

L'agent Huret aurait été plus étonné encore de la déclaration du marchand, s'il avait entendu ce qui s'était passé dans la boutique.

En entrant dans la boutique dont le monsieur qui l'accompagnait ouvrait la porte en lui livrant le passage, la jeune femme avait demandé :

— Ce petit meuble, monsieur, que je vois là depuis quelques jours est neuf, ou est-ce une occasion?

— Il est neuf, madame; vous voulez parler du petit bureau-chiffonnier? Si madame veut le voir.

C'est alors qu'ils sortirent pour regarder le petit meuble et que l'homme dit au marchand de montrer l'intérieur.

— C'est inutile, fit la dame.

— Nous pouvons toujours le faire ouvrir, reprit son compagnon, vous verrez ainsi si c'est bien l'objet de vos rêves...

— Oh! je sais ce que c'est... J'ai les doigts gelés. Et en entrant dans la boutique : Songez donc, ajouta-t-elle tout bas, que je le dévore des yeux depuis huit jours... Puis haut : Combien vaut-il?

— Huit cents francs, madame.

— Oh! exclama la jeune femme,... c'est un caprice trop cher.

— Et pourquoi donc? fit aussitôt le jeune homme, retenant sa compagne qui semblait vouloir se retirer, effrayée du prix; pourquoi?... Est-il quelque chose de trop riche pour toi?

— Vous allez faire des folies... Que je regrette de vous avoir amené...

— Monsieur, dit le jeune homme au marchand, veuillez le faire porter immédiatement, si c'est possible.

— Oh! c'est facile... Si monsieur veut bien me donner sa carte.

— Prenez l'adresse et faites-moi un reçu.

— Monsieur? interrogea le tapissier la plume à la main.

— Madame Iza Séglin de Zintsky, dit le jeune homme, avenue de Chaillot. Tenez, monsieur.

Et il tendit un billet de mille francs en échange de son reçu.

— Il ne serait pas possible de le mettre près du cocher? demanda la jeune femme.

— Oh! madame, il risque de s'abîmer, et j'ai un homme tout prêt qui vous le portera immédiatement. Je vous fais suivre.

— Je compte sur vous...

— Oui, monsieur.

Et le marchand reconduisit ses clients.

L'agent Huret avait été reprendre sa cachette; il vit aussitôt un garçon arriver, traînant une petite charrette à bras; on y plaça le meuble, et le tapissier, ayant fait ses recommandations à son employé et lui ayant donné l'adresse, rentra dans sa boutique pendant que la voiture à bras remontait le faubourg Saint-Honoré.

— Je vais toujours savoir où il va, se dit Huret en suivant à distance la petite charrette.

Une demi-heure après, l'on descendait le petit meuble devant le péristyle de l'hôtel de l'avenue de Chaillot. Au moment où l'employé du tapissier revenait en traînant sa voiture à vide, l'agent se dirigea vers lui et demanda :

— Pardon, monsieur, vous sortez de ce joli petit hôtel-là ?

— Oui, pourquoi ?

— C'est que je vais vous dire, je cherche un hôtel, et je ne trouve pas... un hôtel qui appartient à un nommé Huret.

— Huret !... Vous savez, monsieur, je ne suis pas du quartier, je viens de faire une livraison là.

— Mais ça n'est pas ça quelquefois l'hôtel de M. Huret ?...

— Là ? oh ! non ; c'est une dame qui reste là... quoiqu'il y ait un homme.

— Ah ! c'est une dame !

— Mme Iza Séglin de Zintsky.

— Hein ! exclama l'agent.

— Quoi ?

— Rien... je vous remercie bien, je vais chercher.

Et, s'éloignant rapidement, clignant de l'œil, faisant nerveusement claquer ses doigts, Huret se dit :

— Décidément, je suis sur la voie. Ah ! la fille Iza fait racheter *certain* meuble qu'elle vend. Il n'y a pas à hésiter, je verrai demain M. de Verchemont ; il faut un supplément d'enquête ; il faut qu'on sache ce qu'Houdard venait faire chez la fille Iza. Il me faut des ordres pour visiter ce petit meuble-là.

Et, content de sa journée, l'agent Huret se souvint qu'il était l'heure de dîner.

IV

LE CAFÉ DU SAUVAGE

Nous avons dit qu'Iza avait écrit à l'agent Boyer pour lui demander un rendez-vous au cabaret ; ce n'était pas elle qui devait s'y rendre ; en même temps, elle avait écrit à Houdard ; elle avait vu celui-ci quelques minutes, lui avait dit ce qu'il devait faire, et c'est lui qui devait aller au rendez-vous.

Iza savait ce que valait l'agent Boyer ; dans le dossier qu'Oscar de Verchemont avait apporté chez elle, qu'elle avait attentivement étudié, elle avait vu que c'était l'agent Boyer qui avait fait l'enquête aboutissant à l'arrestation de Maurice Ferrand ; c'était lui dont le rapport, appuyé de preuves solides, concluait à la culpabilité du jeune bronzier. Elle avait vu que celui qui, après la démission de Boyer, avait repris l'instruction, se renseignait tout autrement : il avait absolument rejeté le travail du premier, pour s'occuper de l'homme qui avait passé la nuit chez la belle Léa Médan, c'est-à-dire d'André Houdard, dit la Rosse. Iza avait, à son tour, détruit l'œuvre du second agent, et dans son plan c'était l'enquête de Boyer seulement qui devait servir à l'instruction.

Elle s'était aussitôt renseignée sur l'agent démissionnaire, afin de savoir s'il pourrait la servir ; elle avait appris sur lui plus qu'elle n'avait besoin pour être certaine qu'il était facile de s'entendre avec lui... C'est alors qu'elle avait envoyé la première lettre, lui demandant une entrevue. Mais le soir Houdard était libre. Boyer devenait inutile, et elle avait envoyé la seconde lettre. Depuis, l'instruction livrée au parquet par de Verchemont semblait faible : elle avait besoin de preuves nouvelles ; il fallait à tout prix que ces recherches fussent toujours faites dans la même voie. Et, pour cela, il fallait rétablir l'agent Boyer dans ses fonctions, avec la haine de celui qui l'avait remplacé et le désir de démolir tout ce qu'il avait fait. C'est dans ce but qu'Iza avait écrit à Boyer, puis à Houdard, et qu'après avoir dit à ce dernier ce qu'il avait à faire, elle lui avait appris que l'agent qui pouvait le sauver l'attendait dans un endroit désigné par elle... et peut-être connu d'elle jadis.

La Grande Iza avait dit à Houdard :

— Pour être tout à fait à l'abri de poursuites, de recherches, il faut que la justice soit satisfaite ; il faut que celui qu'elle reconnaîtra coupable soit condamné... Lorsqu'il y aura un condamné..., tu seras tranquille... Aide donc au châtiment de celui que la justice va juger.

Houdard n'avait plus d'amour, plus d'affection pour Iza ; il se sentait méprisé par elle ; en le sauvant, elle n'obéissait pas à ses sentiments, elle se défendait elle-même, elle avait tout à craindre d'Houdard, dit la Rosse.

Houdard sombre descendait de la voiture dans laquelle il s'était promené une grande demi-heure avec Iza. Il était sombre, et ses dents mordillaient ses lèvres. Il avait pu, pendant ces trente minutes, bien juger la femme qu'il avait servie, qu'il avait aimée. Il l'avait vue ingrate : elle s'était jouée de lui, et le misérable, qui rougissait lorsque la misère lui faisait penser à elle, il avait trouvé la grande fille plus méprisable que lui. Iza vivait pour elle, ne pensait qu'à elle, n'aimait qu'elle ; son cœur n'avait pas un sentiment humain ; pour que le cœur parlât, il fallait que la chair fût atteinte : les sens lui donnaient de l'humanité. Lorsqu'elle n'aimait plus, elle poussait l'indifférence jusqu'à la cruauté. Assurément une scène navrante s'était passée entre les deux anciens amoureux — et nous la connaîtrons plus tard ; — car le misérable était descendu l'œil farouche, les dents serrées, les lèvres crispées et le regard bas, humble, — il était forcé d'étouffer sa rage et sa haine ; — il était descendu du fiacre et avait fermé la portière, sans lever les yeux sur celle qui lui disait d'un ton de commandement :

— Enfin voilà ce qu'il faut faire, tu entends, ou tu es perdu... Et, ma foi, je trouve que j'ai fait déjà beaucoup en te sauvant une fois.

— J'obéirai... j'y vais..., avait-il dit.

Et il était parti sans tourner la tête, sans dire un adieu ; il était parti marchant vite, le haut du corps en avant, battant l'air de ses poings dans des mouve-

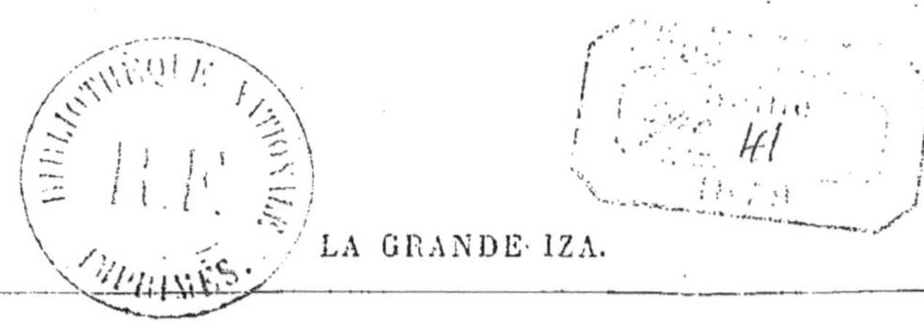

— Vous n'êtes pas bien sûr d'être vraiment libéré (PAGE 327).

ments nerveux; puis, s'arrêtant tout à coup et écartant son col, dénouant sa cravate pour respirer; alors, il paraissait, en aspirant l'air qui manquait à ses poumons, reprendre de la force, et se remettant en route, comme un fou, il parlait haut, secouant fébrilement ses mains comme s'il voulait, par un geste, affirmer ses paroles. Et ce qu'il disait était véritablement fou, insensé.

— Ah! c'est comme ça, la belle fille. Vous voulez m'écraser... C'est vous qui m'avez fait vivre de ça; j'en vivrai ou j'en crèverai, et vous avec! C'est à moi que tu viens dire ça, toi, toi, toi : « Vous tuez les gens, vous êtes un pilier de bagne; vous ne savez servir les gens qu'en risquant de les perdre, vous ne pensez qu'à vous; de l'argent, toujours de l'argent pour vous en gaver ? » Mais, la fille, tu voles l'estime publique, et le jour où ta victime, un malheureux, se présente, oubliant ce que tu es, soûle de ton luxe, de tes sous, tu n'excuses plus la misère et le malheur dont tu as été la cause... Oubliant comment on t'a connue, tu vous menaces des argousins qui devraient, depuis longtemps, avoir la main sur toi... Ah! sang de Dieu, tonnerre, ne m'abandonne pas... Ne me perds pas. Je ne serais pas perdu seul! Quoi qu'il arrive, Iza, je n'oublierai jamais ce que tu m'as dit, et un jour peut-être...

Il s'arrêta; tout à coup il vit que des gens le suivaient, que des agents l'observaient; on le prenait pour un fou. Il marcha plus vite, contractant ses nerfs pour empêcher ses membres d'agir, ses lèvres de parler. Il avait longé les quais et se trouvait dans les vieux quartiers qu'on traverse pour se rendre à Montrouge. L'automne finissait, les brises du soir avaient les froideurs d'hiver, et, avec le gris du soir qui envahissait les rues, le noir envahissait le cerveau du misérable, il faisait sombre, la nuit venait... Sombre la nature, sombre l'âme d'Houdard, dit la Rosse; sa bouche était moussue, ses dents grinçaient, ses lèvres séchées étaient gercées par la fièvre. Depuis qu'il avait vu des agents le remarquer, au moindre bruit il tournait la tête; il marcha ainsi une grande heure. Après avoir traversé la Glacière, il atteignit les premières maisons du Grand-Montrouge. Alors il s'engagea par un sentier étroit qui menait aux champs. Le vent soufflait âpre et dur, sifflant dans le squelette des arbres; il était las, incapable de penser; il s'arrêta, en voyant enfin dans le vague brumeux de la nuit tombante l'endroit où se trouvait le cabaret, lieu du rendez-vous.

C'était à cette époque un singulier lieu que ces confins de Montrouge — que nous avons peints ailleurs, à l'arrivée de la belle Iza à Paris, — et nous devons de nouveau en donner le tableau original. Où Montrouge finit et où les carrières commencent, un village étrange avait poussé; sur une terre aride, rebelle à la culture, des tentes, des échoppes, des baraques s'étaient dressées. C'était bien le plus étonnant tableau, le plus fantastique paysage, mais le moins rassurant quartier qu'on pût voir. C'était la ville de repos du monde forain; c'est là qu'avaient leur résidence fixe les colosses, les femmes à barbe, les grimaciers, les Hercules, les femmes à trois jambes, les Vénus à moignons, les tirangeurs de brême, le monde des saltimbanques. C'est dans ce lieu singulier qu'ils vivent lorsqu'ils ne font pas l'*entre-sort*. Ils appellent de ce nom le théâtre en toile, la voiture, la baraque qui sert à leurs exhibitions. J. Vallès en donne ainsi l'étymologie dans son beau livre *la Rue* : « Le mot est caractéristique; le public monte, le phénomène se lève, bêle ou parle, mugit ou râle. On entre, on sort. Voilà. »

Lorsque Houdard arriva dans le pays, il faisait presque nuit; il hésitait à avancer lorsqu'il vit à quelques pas de lui une femme vêtue de loques qui, l'épaule chargée du linge mouillé qu'elle rapportait du lavoir — ou peut-être du salissoir : la Bièvre, — le regardait curieusement; il lui demanda :

— Madame, pouvez-vous m'indiquer le café du Sauvage ?

— Là ! fit-elle en étendant le bras et en montrant une masse d'ombre.

— C'est ça ?

— Oui, la grande maison.

Houdard cherchait la grande maison ; il ne vit qu'une espèce de hutte, de tanière ; il demanda encore hésitant et la désignant :

— C'est là ?

— Oui, monsieur, répondit la femme en s'éloignant.

Houdard, assez étonné, se dirigea vers le café du Sauvage.

Depuis la malheureuse guerre de 1870, ni le singulier village ni l'étonnant cabaret n'existent plus ; les besoins de la défense ont fait jeter bas les huttes et les tanières dont nous avons parlé. Et cependant le cabaret du Sauvage offrait un curieux tableau, un saisissant spectacle.

D'abord le bouge avait été la demeure d'un vieux saltimbanque qu'on appelait Rig le Sauvage et qui était mort à la Pitié ; quand il avait abandonné son taudis pour l'hôpital, ce que ses collègues appelaient la Grande Maison, « c'était une grande hutte, une épouvantable tanière ; devant un cloaque s'ouvrait la porte étroite d'une cour non pavée, close par des planches provenant du déchirage d'un bateau ; de nombreux clous montraient leurs dents et servaient à accrocher les loques qu'une lessive hâtive avait la prétention de nettoyer. »

A droite était une écurie dont le fumier faisait tapis ; à gauche, l'*entre-sort;* au fond, la *grande maison;* c'était un hangar vitré, sans ligne, sans appui, bâti avec des débris de démolitions. C'est là que vivait l'homme étrange qu'on appelait le Sauvage ; c'est là qu'un audacieux avait ouvert un cabaret ; on disait la maison du Sauvage, puis : *Au Sauvage*... ; enfin, pour rire : le *café du Sauvage*. Disons ce qu'il était lorsque nous l'avons vu, lorsque nous l'avons peint, à l'époque où Houdard s'y rendit pour rencontrer l'ex-agent Boyer ; c'est un côté effacé du Paris d'avant la guerre.

« C'était un cabaret étrange ; nous disons cabaret, nous devrions dire bouge. Sur une rue percée dans les champs et seulement dans l'imagination des édiles de la commune, rue sans maisons, bordée de baraques, de tentes, de voitures, de chantiers, de terrains vagues, boueux et fangeux, s'ouvrait la porte commune d'une cour non pavée ; la droite était occupée par une vieille écurie dont il ne restait que le fumier, le lit de repos des consommateurs sérieux ; la gauche, par une voiture de saltimbanques qui servait d'appartement particulier au maître du Sauvage ; le fond, par un hangar vitré adossé à un chantier de bois, mal construit, penché comme si le vin qu'on buvait à l'intérieur avait produit son effet sur la bâtisse ; elle paraissait tituber ; cela avait l'aspect, le jour, d'un atelier sordide ; la nuit, d'une lanterne immense. C'était le cabaret.

» La clientèle estimait l'établissement à cause de sa situation, pour les consommations ensuite. Le premier avantage qu'offrait sa situation, c'est que, lorsque la police poussait l'indiscrétion jusqu'à venir flâner autour de ses tables, le chantier était prêt à recevoir dans l'ombre de ses piles de bois les gens timides que ces visites embarrassaient. Un autre avantage de ce bouge, c'est qu'après une bonne affaire, lorsque des libations extrêmes avaient fait glisser sous la table les imprudents qui ne s'étaient pas assez méfiés du trois-six, on en débarrassait l'établissement en les couchant, l'été, sur le fumier odoriférant; l'hiver et les jours de pluie, dans l'écurie, sur la litière chaude. Les bons rêves qu'ils faisaient, les habitués de l'odeur saine de la paille humide! Ils rêvaient qu'ils étaient honnêtes.

» Le hangar, le cabaret, non, le café du Sauvage était bâti avec les débris des maisons expropriées; son vitrage ressemblait à l'étoffe qu'on emploie pour les costumes d'Arlequin; on avait remplacé par des papiers de couleurs diverses les vitres brisées par les titubements des hôtes habituels. Bois et vitres étaient assemblés par à peu près; portes, fenêtres et vitrines formaient un tout; les araignées et les cloportes, aidés par la poussière, comblaient les assemblages mal joints. Les vitres n'avaient pas de rideaux; cependant, elles faisaient ombre devant le soleil le jour, et la nuit elles préservaient des regards indiscrets sous la lumière, tant les vapeurs avaient, comme un acide, mordu le verre et terni sa transparence. »

Il faisait nuit; il était huit heures environ lorsque Houdard y entra... La porte, en s'ouvrant, laissait passer un rayon lumineux en même temps qu'une odeur nauséabonde qui se répandaient dans le bourbier que les habitués appelaient le jardin. Le comptoir était à droite, on n'y pouvait entrer qu'en enjambant le trou noir par lequel on descendait dans la cave. La nuit, une trappe fermait cet antre; le jour, on le laissait béant : il protégeait l'hôtesse contre les tendresses de ces messieurs, et le comptoir contre les curieux qui auraient voulu plonger les pattes dans le bronze de la caisse. Devant le comptoir, c'est-à-dire en entrant à gauche, il y avait six tables : trois appuyées à la cloison, trois appuyées sur le mur. Les tables, d'une simplicité rustique, enfonçaient leurs pieds dans le sol salpêtré; il n'y avait point de tabourets, mais des bancs. Sur les murs suintants, les habitués avaient, pour la joie de leurs yeux, crayonné mille croquis impurs.

Les flacons à liqueurs — quelles liqueurs! — les bouteilles de vins fins, se trouvaient empilés derrière le comptoir, au-dessus duquel ils formaient niche; pas un flacon, pas une bouteille n'était à la portée de la main des clients de la maison.

C'est là qu'Houdard entra, visiblement étonné du lieu choisi pour le rendez-vous. A cette heure, la salle était pleine de monde; il regarda autour de lui, espérant découvrir celui qui devait l'attendre. Il vit un homme se lever d'une table et venir à lui. L'homme lui demanda :

— Vous cherchez quelqu'un?

— Oui, monsieur.

— Voulez-vous me dire son nom?

— Boyer.

— C'est moi!

— Ah! très bien!

— Si vous voulez, nous pouvons causer à notre aise à la table où j'étais.

— Volontiers.

Il suivit l'agent, et, celui-ci s'étant placé devant une table, il s'assit en face de lui.

Ils étaient, l'un et l'autre, visiblement embarrassés. Enfin Houdard commença:

— Vous savez, monsieur, sur quoi nous avons à nous entendre?

Boyer prit un air doucereux, et, souriant en penchant la tête, il répondit :

— Non, monsieur, non; je sais que vous avez une proposition à me faire, je sais qu'on me promet beaucoup d'argent si je veux bien prêter mon concours à ce que vous devez me proposer; je sais que, en dehors de l'argent, je rentrerai dans ma place... ; mais je ne sais pas ce que je dois faire... ; puis-je savoir à qui j'ai l'honneur de parler?

Houdard, sans répondre, reprit :

— Il s'agit de soutenir ce que vous avez affirmé; il s'agit de confondre celui qui vous a supplanté et qui a détruit l'enquête faite par vous sur l'assassinat de Léa Médan; il s'agit de produire, sans nous mettre en jeu, des preuves que nous vous donnerons.

— Mais, monsieur, dit Boyer tout doucement et avec le même sourire, je n'ai pas à soutenir l'enquête faite par moi, c'est celle de l'instruction; je n'ai rien à dire de celui qui avait jugé autrement que moi, car il ne m'a pas supplanté, il m'a remplacé; j'ai donné ma démission, et son enquête a été trouvée absurde, puisque le malheureux qu'il a fait arrêter a été relâché.

— Croyez-vous que cet homme n'a pas le droit de se venger?

— Ce serait peu prudent, car on a trouvé cette mise en liberté bien légèrement faite. On est convaincu que celui qui est arrêté avait un complice, et, dame! on pouvait attendre...

Houdard était de plus en plus embarrassé; il voulait parler et il n'osait, tant l'agent lui semblait réservé.

— En somme, reprit Boyer, je ne vois pas bien ce que vous voulez de moi.

— C'est simple, dit brutalement Houdard : faire pour nous, en vous payant, ce que vous faisiez pour la police.

— Chut! pas si haut, s. v. p., monsieur, dit Boyer, toujours doucement; c'est un mot qu'il ne faut pas dire ici... Je vais vous dire : à l'administration dont vous parlez, c'était pour la vérité, pour le bien que je travaillais... Est-ce dans cette idée que vous voulez m'employer?...

— Nous n'en finirons pas si nous causons ainsi; nous parlons et ne disons rien.

— Dame! monsieur, ce n'est pas à moi, c'est à vous de dire ce que vous voulez; on ne peut ainsi se livrer quand on ne se connaît pas.

— Mon Dieu! monsieur, en venant ici, je sais bien à qui je m'adresse... Nous vous connaissons, nous savons qui vous êtes, nous savons ce que vous avez fait... Enfin, nous vous connaissons, monsieur Boyer...

L'ex-agent, toujours souriant, dit avec douceur, en se frottant les mains :

— Mais, moi aussi, je vous connais bien, monsieur André Houdard...

André eut un soubresaut, et son regard s'éteignit devant l'air paterne de l'agent Boyer.

Les deux hommes s'observaient, et, tous les deux étant physionomistes, chacun était convaincu qu'il avait un coquin devant lui; or la force d'Houdard était dans la croyance qu'il avait d'être un étranger venant traiter les affaires d'un autre. Il venait, connaissant l'homme auquel il avait affaire, sachant ses qualités et ses vices, ayant entendu lire ce que contenait son casier judiciaire; il savait enfin que l'agent Boyer ne pouvait répondre à celui qui lui disait :

— Je vous connais!

que par ces mots dits humblement :

— Commandez alors, j'obéis.

Mais ce n'était pas là le cas; au contraire, l'agent Boyer avait souri quand on lui avait dit : « Je vous connais, » et avec les plus onctueuses manières, avec des mouvements de tête féminins, avec des regards ou plutôt des coups d'œil pleins de mystères, il avait répondu la même phrase, et pour qu'on ne doutât pas de ce qu'il disait, le regard fixé sur la table, les deux mains occupées à jouer avec son verre, du ton dont il aurait fait une lecture, mais d'une voix sourde qui ne pouvait être entendue que de celui auquel elle s'adressait, il continua :

— Oui, monsieur Houdard, oui, je vous connais bien, très bien... Ah! vous êtes un viveur, vous; toutes les jolies filles, vous les connaissez, et comme vous avez pour elles le mépris qu'elles méritent, que vous ne cherchez chez elles que la peau qui est douce, le regard qui est beau, la bouche qui est fraîche, que vous ne les aimez pas assez longtemps pour voir s'il y a un cœur sous cette peau, une âme sous ce regard, la vérité sur ces lèvres, que vous ne voulez aimer que la chair enfin... on vous a appelé la Rosse; je vous connais, André Houdard, dit la Rosse. Je sais que, pour vivre, il faut de l'argent et que vous n'en avez jamais gagné; je sais que Léa Médan avait des valeurs, que c'est vous qui les avez prises...

André avait baissé la tête sous cette douche de révélations, un moment saisi; mais, au nom de la fille morte rue de Lacuée, il avait jeté un regard rapide autour de lui et, bien convaincu que personne ne s'occupait d'eux, il avait interrompu Boyer aussitôt, en disant :

— Les valeurs que vous avez volées!

Boyer, toujours souriant et la tête penchée, répondit négligemment :

— Oh! voyons, monsieur André Houdard, pourquoi employer pour moi un mot dont j'hésitais à me servir en parlant de vous?... Vous m'obligez à parler brutalement et à répéter votre phrase : Léa Médan avait des valeurs, et vous les avez volées.

Houdard, mordant ses moustaches et regardant en dessous, disait :

— Monsieur, je vous répète ce que je vous ai dit, nous parlons pour ne rien dire...

— Le croyez-vous?

— Monsieur Boyer, finissons.

— Je le demande comme vous.

— Vous êtes très compromis par l'histoire des valeurs soustraites chez Mme Paillard.

— Est-ce bien sûr?

— Vous avez perdu votre place, vous êtes sans ressources; il suffit d'un mot pour que vous soyez pris pour expliquer la possession des titres déposés chez votre tante.

Boyer était toujours souriant et doux, à mesure qu'Houdard devenait plus nerveux; il reprit :

— J'expliquerai que je me suis approprié cette somme parce que j'étais convaincu que le dépositaire n'oserait pas la réclamer, sachant qu'elle était volée.

— Vous m'exaspérez, à la fin; voulez-vous ou ne voulez-vous pas nous entendre?

Boyer se redressa alors et, les deux coudes sur la table, le corps en avant, il dit :

— Monsieur, d'abord, avant de vous entendre, je veux que vous sachiez bien une chose : c'est que je ne suis pas votre dupe; vous êtes venu en disant : j'aurai bon marché de cet homme, parce que je sais qu'il a fait ceci et cela... J'en sais plus sur vous... Oh! ne haussez pas les épaules, monsieur André Houdard, dit la Rosse; si je rentrais au service et que je fusse chargé de recommencer l'enquête, celle que vous venez me proposer de maintenir serait vivement détruite. Je ne demande pas mieux que de m'entendre... Je suis sans place; j'ai besoin d'argent... Mais ne venez pas chercher à m'intimider. Ah çà, vous m'avez écrit trois fois et vous croyez que j'ai reçu chaque lettre sans me dire : Il faut que je sache d'où cela vient? Je le sais, monsieur Houdard, vous avez besoin de moi, et c'est pour cela que je tiens à ce que vous agissiez avec moi comme le doit celui qui vient demander un service — ce n'est pas un service tout à fait, — qui vient proposer une affaire.

André Houdard avait beaucoup de peine à dissimuler son trouble; il avait affaire à plus fort que lui; ce petit jésuite, ce Tartufe, ce Basile obséquieux se montrait tout à coup plus menaçant que tout le monde.

Là où il croyait commander, c'était lui qui allait obéir; il venait chercher une protection et on lui faisait peur. Houdard ne répondit pas; le front plissé, les lèvres serrées, la tête baissée, de son doigt dessinant bêtement sur la table avec le vin renversé, il restait sans force, abattu, écrasé devant celui qu'il croyait n'avoir qu'à menacer pour en faire son esclave. Après cinq grandes minutes de silence, gêné, embarrassé, Houdard accoucha :

— Enfin que voulez-vous?

Boyer, redevenu calme, répondit avec un ton mielleux :

— Vous ne m'avez pas dit ce que vous vouliez de moi...

Houdard le regarda tout confus : c'était vrai; mais Boyer répéta aussitôt :

— Je le savais en venant ici. Voyons, monsieur Houdard, remettez-vous; tenez, trinquons et causons.

Il versa, trinqua et but; puis, s'accoudant sur la table et mettant son menton dans la paume de sa main en penchant la tête vers Houdard, d'une voix sourde qui ne pouvait être entendue que de lui, il dit :

— Voici la situation : vous avez été accusé du crime de la rue de Lacuée, arrêté et très... compromis; enfin, vous êtes libre et vous craignez à chaque instant qu'une découverte nouvelle ne fasse lancer de nouveau les agents sur vous. Vous n'êtes pas bien sûr d'être vraiment libéré.

Houdard se contenta d'approuver de la tête, et, souriant, Boyer continua.

— Vous avez raison, monsieur Houdard ; j'ajouterai même que je vous trouve assez imprudent, après ce qui s'est passé, de rester là, sous la main de la police. Ceci vous regarde ; cependant nous en recauserons, si vous voulez... J'ai peut-être un refuge.

Comme Houdard avait relevé la tête, que son regard fixe semblait demander si cela était bien sérieux, Boyer affirma, en penchant la tête et joignant les mains et en levant le regard vers le ciel :

— Si mon métier m'a obligé souvent à sévir contre ceux qui sont mes frères devant le Créateur, j'ai toujours cherché à racheter autrement le mal qu'inconscient je pouvais leur faire. Je suis membre fondateur d'une société dans laquelle je puis aider et soulager mon semblable... Mais revenons à notre affaire. Vous avez été relâché ; mais tant que la justice n'aura pas trouvé le coupable, l'assassin... ou le voleur, s'il n'y a que suicide, de la belle Léa Médan, elle cherchera, et ceux sur lesquels ses regards se sont déjà jetés seront toujours peu rassurés... Je vous comprends, monsieur Houdard... Aujourd'hui, nous avons un jeune homme, inculpé, avec des preuves très, très compromettantes ; c'est moi qui ai tout trouvé... Cet homme va être jugé... et vous venez me dire : « Monsieur Boyer, c'est vous qui avez dirigé l'enquête, c'est sur votre rapport que Maurice Ferrand est arrêté, vous devez croire à sa culpabilité ; dites-nous ce que vous savez contre lui, nous avons de l'argent, nous vous aiderons à chercher..., disons le vrai mot : à *trouver* plus encore... Voulez-vous ? »

Houdard avait relevé la tête, et le regard fixé sur l'agent comme s'il lisait ses paroles sur un livre, la bouche à demi ouverte, satisfait enfin de le voir expliquer ce qu'il n'osait proposer, il s'écria :

— C'est cela, monsieur Boyer, c'est cela !...

Alors Boyer mit ses deux coudes sur la table, son menton dans ses deux mains ; son visage était à dix centimètres de la face d'Houdard, et son regard plongeant dans les yeux du coquin ; il lui dit d'une voix brève et sèche :

— En deux mots, voici... : Il faut qu'André Houdard soit sauvé ; à l'abri momentanément d'abord, puis à l'abri par un bon jugement ensuite ; enfin, que le petit bonhomme Maurice Ferrand, accablé sous des preuves, soit condamné... ce qui assure la tranquillité d'André Houdard. Est-ce ça ?

En voyant le regard ardent de l'agent, Houdard eut comme un voile sur les yeux ; ses paupières s'abaissèrent, cette flamme le brûlait ; il balbutia :

— Oui... oui, c'est ce que je demande.

— Et combien donnerez-vous pour ça ? demanda Boyer.

Houdard fut un peu surpris par la brutalité de la demande, et, ne sachant quel prix fixer, il dit :

— Que demandez-vous ?

— Très cher, répondit aussitôt Boyer ; et toujours regardant bien en face celui auquel il s'adressait, il ajouta : Savez-vous que vous êtes cause que je perds presque cent mille francs ?... Ces valeurs étaient à moi.

Houdard, un peu étourdi, fut effrayé ; est-ce que l'ex-agent voulait rentrer dans la somme qu'il disait effrontément avoir perdue ? Il demanda :

— Espère!... Espère!... On s'embossera tout à l'heure; on a soif (PAGE 332).

— Votre prix ?

— Le voici : je vous mets à l'abri de toutes poursuites.

— Sans quitter Paris ?

— Sans quitter Paris ; vous pouvez nous aider de vos conseils dans les preuves à trouver sur le jeune homme ; vous pouvez suivre le jugement. En cas de danger pour vous, je me charge de vous faire sortir de France. Ceci est établi.

— Oui, vous m'assurez ma tranquillité.

— Votre impunité, rétablit audacieusement l'agent Boyer. Vous êtes libre, vous serez libre.

— C'est cela.

— Maintenant, pour l'affaire du jeune homme, je vais trouver des témoignages accablants. Tout en n'étant pas positivement à la préfecture, j'y vais encore : j'irai savoir ce qui peut être dangereux pour vous et je vous tiendrai au courant. Est-ce cela ?

— Oui, c'est bien cela ; vous allez me servir complètement ; éviter toute nouvelle accusation contre moi.

— Oui !...

— Eh bien !, cinq mille francs...

— Hein ! fit l'agent étonné ; cinq mille francs d'acompte ?...

— Cinq mille francs comptant.

— Ce soir ?

— Non, demain, et le jugement rendu, Ferrand condamné...

— Condamné ou acquitté ; enfin, votre non-culpabilité affirmée.

— C'est cela... cinq autres mille francs.

— Je veux dix mille francs...

— Oh !... Enfin, soit... dix mille francs, et, de ce jour, je suis à l'abri...

— Pardon, spécifions ; de ce jour, je vous garantis votre liberté. Si une accusation nouvelle surgissait contre vous, je m'engage à vous faire passer outre-mer... et je demande dix mille francs comptant demain et cinq mille le lendemain du jugement ou le jour de votre arrivée dans un port sûr...

— Et cela est bien sérieux ? demanda Houdard.

L'ex-agent Boyer sourit, en disant mielleusement :

— Agent pour vous servir, je suis à vos ordres ; mais, pas une minute à perdre... S'il en était autrement, je n'hésiterais pas à vous mettre la main au collet. Monsieur Houdard, il faut être plus dissimulé...

Houdard sentit un frisson courir dans ses moelles.

— Est-ce entendu ? demanda Boyer.

— Oui, monsieur Boyer ; n'oubliez pas une chose, j'accepte vos conditions, et puisque vous me dites qu'ayant jugé ma façon d'être, si vous étiez encore l'agent Boyer, vous n'hésiteriez pas à me mettre la main au collet, je vous répondrai qu'il vaut mieux que vous n'ayez plus cette intention, car, si j'étais pris à nouveau, obligé d'expliquer la possession des valeurs, je raconterais mes conventions avec la mère Paillard, et fournirais la preuve qu'elle ne pouvait avoir rien donné à son neveu, qu'il devait l'avoir volée.

Boyer eut un mouvement d'humilité et toujours souriant il dit : — Ne nous menaçons pas, puisque nous nous entendons bien.

— C'est conclu, dit Houdard en tendant son verre pour trinquer.

— Conclu !

— Et nous nous revoyons demain...

— Il faut être prudent ; ce soir, je vous emmène et vous conduis où vous devez rester.

Puis changeant de ton :

— J'espère, monsieur Houdard, que votre existence agitée n'a pas détruit en vous le sentiment religieux.

Houdard, assez étonné de la phrase, releva la tête.

— La maison dans laquelle je vais vous conduire est une maison sainte, société fondée par des hommes pieux, pour ramener dans le bon chemin ceux que la vie infernale de Paris a égarés ; là, c'est le calme, le repos dans la prière et l'étude. Cette vie vous plaira-t-elle ?

— Momentanément, oui. Je ne vois guère qu'un établissement semblable, pour être assuré qu'en cas de recherches la police ne vienne pas y fouiller.

— C'est fort logiquement pensé. Là vous serez à l'abri, mais vous pourrez faire agir qui vous voudrez. En vous conduisant, je vous édifierai sur ceux que vous allez voir, avec lesquels vous allez vivre.

Ils se levèrent et Houdard solda la dépense. Le cabaret était en ce moment plus plein qu'à l'heure où ils y étaient entrés.

Houdard était plus tranquille, plus rassuré; il sentait en l'agent Boyer une protection utile. Il jugeait la situation avec plus de calme ; Iza commandait à celui qui pouvait diriger l'instruction, et par Boyer, il allait désormais savoir, chaque jour, ce qui pourrait se produire contre lui. A eux deux, ils avaient dans leurs mains la tête et le bras qui menaient l'affaire de la rue de Lacuée. En partant avec Boyer, il allait pouvoir lui parler plus à l'aise; il allait l'interroger sur les points obscurs, bien s'éclairer sur ce qui l'avait menacé et sur ce qui pouvait le menacer encore. Il s'était levé et se disposait à sortir; Houdard se recula tout à coup et saisit le bras de l'agent en se retournant pour éviter d'être vu ; à ce mouvement subit, l'ex-agent étonné demanda :

— Qu'avez-vous ?

— Regardez ceux qui entrent ?

— Quels sont-ils ? fit Boyer vivement.

— C'est l'agent qui m'a arrêté.

Boyer dirigea ses regards vers la porte et, rapidement, il attira vers lui son compagnon en lui disant à voix basse :

— Rasseyons-nous vite.

Houdard obéit aussitôt et les deux hommes s'accoudèrent sur la table, la tête dans les mains, évitant d'être vus.

Trois individus venaient d'entrer dans le cabaret; l'un, qui avait provoqué le recul d'Houdard, c'était l'agent Huret; l'autre, qui avait causé la prompte retraite de Boyer, c'était Paillard, et un troisième, dont le type singulier avait fait lever la tête aux habitués du café du Sauvage.

C'était un homme d'une quarantaine d'années, long comme une arête ; il avait les cheveux rares, mais bruns, les yeux bruns, les favoris qui formaient le collier autour de son visage, la peau brune, les lèvres rouges et épaisses, la bouche immense ; les dents étaient brunes aussi, les narines toujours ouvertes ; les oreilles plates et sans ourlet étaient ornées de deux anneaux d'or grands comme des bracelets ; il avait au-dessus des yeux deux touffes de poils fauves qui ressemblaient à des brosses à dents : ses sourcils; l'ensemble de tout ça était gai. Quand il riait, il faisait une épouvantable grimace, qui faisait rire les autres, à cause d'une joue énorme gonflée quand l'autre était creuse.

Quoique habillé en civil, il avait l'allure du matelot; son pantalon, étroit au genou, faisait le pied d'éléphant sur ses pieds immenses; il portait en ceinture un vieux châle à ramages rouges, et sa chemise à col lâche tombait sans empois sur sa poitrine, rattachée par des ancres d'or et laissant voir un tricot à raies bleues; par-dessus il portait une jaquette droite, semblable à une vareuse; il était coiffé d'un petit chapeau bas qu'il portait par un prodige d'équilibre sur le derrière de la tête, l'occiput; son chapeau semblait vissé comme un chignon.

En les voyant entrer, le garçon s'était dirigé vers les trois nouveaux venus, debout devant la porte, et dont les regards fouillaient attentivement l'établissement; il les avait priés de choisir une table et de s'asseoir, et le dernier avait répondu :

— Espère! espère!... On s'embossera tout à l'heure; on a soif.

Puis il s'était tourné vers ses compagnons et montrant le coin où était le comptoir, il avait parlé.

Boyer, la tête baissée, tendait l'oreille et, quoique éloigné des nouveaux venus, il avait entendu.

— C'est là que couchait le vieux Rig le Sauvage, et *elle* couchait dans la baraque que nous avons vue tout à l'heure.

Le garçon pour servir passait à côté de la table où étaient Houdard et Boyer; celui-ci l'arrêta au passage en le saisissant par son tablier, et, l'obligeant à se pencher vers lui, il lui demanda :

— Peut-on sortir d'ici sans passer par la porte?

— Hein? fit le garçon en clignant de l'œil; et plus bas : Est-ce qu'il y a quelqu'un? et il désignait ceux qui venaient d'entrer.

Boyer comprit. Le garçon demandait si un mouchard n'était pas parmi les trois qui venaient d'entrer dans le bouge; il répondit :

— Oui!

— Méfiance, alors... Mègue à nous! Vous n'avez qu'à ouvrir la petite porte derrière vous et vous sortirez par les chantiers...

— Merci, répondit Boyer, en mettant une pièce de dix sous sur la table; puis, s'adressant à Houdard :

— Filons adroitement, dit-il; ils ne nous ont pas vus...

Et ils se glissèrent le long du mur pour gagner la petite porte ouvrant sur le chantier.

Ils sortirent sans être vus, et la porte refermée, lorsqu'ils se trouvèrent dans le chantier, certains d'être à l'abri, ne redoutant plus ceux qu'ils croyaient être à leurs trousses, Boyer entraîna Houdard le long de la haie qui servait de clôture; trouvant un passage, ils sortirent et se trouvèrent dans les champs. André voulut parler; l'ex-agent lui imposa silence; il marcha devant, cherchant un chemin; ayant trouvé une sente, il y dirigea son compagnon. Après avoir regardé autour d'eux, bien convaincus qu'ils étaient seuls suivant la sente à travers les carrières qui les ramenaient sur Paris, Boyer dit :

— Si Huret est en campagne, c'est qu'on vous recherche, ou tout au moins qu'on veut ne pas vous perdre de vue; il doit y avoir du nouveau.

— Vous croyez? interrogea André avec inquiétude.

— Jugez vous-même. Quelle raison, quel motif pouvaient amener ces gens, si ce n'est le filage dont vous êtes l'objet?

— Vous croyez que depuis Paris j'ai été filé, que ces gens étaient derrière moi?

— Cela me semble assez naturel.

— L'agent Huret, je le comprends, il me connaît; mais les autres ne sont pas des agents.

— Vous ne les connaissez pas?

— Non, je n'ai reconnu que Huret.

— Huret, je ne le connaissais pas, c'est un nouveau; mais celui qui l'accompagnait, le plus jeune, c'est le fils de la femme à laquelle vous aviez emprunté sur les valeurs. Vous voyez bien que tout cela tient à la même affaire...

— Ah! c'est celui-là, votre cousin?

Boyer ne répondit pas: il se demandait le motif qui faisait de son cousin le compagnon de l'agent qui l'avait remplacé; quel motif le faisait agir, et, peu rassuré lui-même, il ne le disait pas, mais il craignait d'être également sous le coup d'une enquête faite secrètement. André Houdard, absolument inquiet de ce qu'il venait de voir, demanda:

— Mais l'autre, le troisième, celui qui semblait les guider et qui a les allures d'un matelot, le connaissez-vous?

— Non!

— Les agents quelquefois prennent des travestissements pour leurs recherches?

— Oui, mais celui-là est bien singulier!

— Peut-être est-ce un des individus qui habitent cet étrange quartier qui dirige les deux autres?

— Non, ce garçon, vous l'avez bien vu, n'en connaissait aucun.

— C'est peu rassurant...

Il y eut un silence pendant lequel, se dirigeant dans la nuit par le petit sentier, ils s'assuraient qu'ils étaient bien dans leur route; puis André demanda:

— Vous tenez toujours l'engagement pris?

— Lequel?

— Vous devez me mettre à l'abri.

— Soyez tranquille, je vous conduis. Ils étaient arrivés sur la route de Montrouge.

L'agent Boyer monta sur un tas de gravier et jeta un long regard autour de lui; puis il reprit:

— Ils sont encore là-bas; donnez-moi le bras, nous avons à causer. Il faut que vous sachiez ce qu'est la maison dans laquelle je vous conduis et le nom sous lequel vous allez y entrer.

— J'allais vous demander cela, justement.

L'agent passa son bras sous celui d'Houdard et l'entraîna en lui disant

— Nous allons dans une maison discrète où vous trouverez un gîte : à l'*Œuvre du Redressement moral des jeunes égarés*, dirigée par l'abbé Dutilleul.

— Ah! c'est dans une maison tenue par un prêtre, dit Houdard avec satisfaction, sachant bien que la soutane protège efficacement de nos jours; et j'y serai reçu?

Boyer le regarda en souriant et répondit :

— Je vous l'ai assuré... Et puis vous êtes tout à fait dans le programme de l'œuvre...

— Moi! fit Houdard étonné.

— Assurément. Voici le but de l'Œuvre et sa raison d'être.

Et Boyer raconta longuement à Houdard ce qu'était la charitable *Œuvre du Redressement moral des jeunes égarés*, indiquant à Houdard ce qu'il avait à dire, à faire, lui traçant enfin sa ligne de conduite.

Nous les laisserons se diriger vers la rue d'Enfer, à la maison dirigée par l'abbé Dutilleul, et nous reviendrons sur nos pas au café du Sauvage.

L'agent Boyer s'était trompé : l'agent Huret et ses deux compagnons n'étaient pas chargés de filer Houdard; ils venaient pour leurs affaires personnelles.

Lorsque l'agent Huret avait appris par le cocher qui avait conduit Houdard la nuit du crime, que ce dernier était descendu faubourg du Roule, pour se diriger vers une maison de l'avenue Friedland; lorsque, ayant par son enquête personnelle faite dans le voisinage, appris que cette maison abandonnée, dont on allait vendre le mobilier, était habitée lors de la visite d'Houdard par une femme étrange veuve d'un banqueroutier, nommé Séglin, dont on ignorait les moyens d'existence, l'agent Huret, nous l'avons dit, avait été à la préfecture de police consulter les casiers judiciaires. Il avait eu peu de renseignements sur la femme; mais il avait été mis sur la trace d'un matelot qui était bien renseigné à son sujet; ce matelot qu'il avait retrouvé se nommait Simon Rivet; il était comme l'intendant d'une propriété de son maître, une sinécure donnée à un serviteur aimé. Ses maîtres étaient en voyage : il avait tout son temps; il donna sur Iza les renseignements qui amenèrent l'agent à poursuivre l'enquête de ce côté. Lorsque celui-ci avait compris que la clef de l'affaire était cette femme, s'appuyant sur l'éternel : « Cherchez la femme, » il avait été retrouver le matelot Simon pour être plus amplement renseigné sur elle; de mots en mots, il était arrivé à dire que cette femme avait un amant qu'elle aimait, un enfant du pays, un Moldave du nom de Georgeo Gregoro Golesko; alors l'agent s'était souvenu que ce nom était celui sous lequel avait été relâché André Houdard : il était toujours sur la piste. Le matelot Simon lui avait affirmé que ce Georgeo avait été assassiné, il y avait deux ans, par le vieux Rig le Sauvage... Alors on avait décidé que le matelot Simon conduirait l'agent où s'était passée cette partie de la vie d'Iza. Paillard, désœuvré, s'intéressant aux agissements de l'agent Huret, était renseigné par lui chaque jour; ce que le matelot avait raconté était fantasque, singulier; il demanda à l'agent de les accompagner dans leur excursion, ce qui fut accepté.

Et c'est ainsi que les trois hommes se trouvaient dans le village singulier où les saltimbanques hivernaient.

Après avoir vu le cabaret du Sauvage, et s'étant refusés à prendre aucune consommation, ils étaient sortis tous les trois. Le matelot Simon, tendant sa blague à ses deux compagnons, leur avait dit :

— Voulez-vous vous mettre la bouche à la fraîche, un bonbon?... Moi, je m'offre ma praline.

Et il avait pris une pincée, — mais les doigts de Simon étaient si larges! — une poignée de tabac, qu'il avait glissée avec bonheur dans sa bouche. Huret en sortant avait dit :

— Le vieux Rig n'a plus d'intérêt pour nous; continuons notre excursion.

— Espère, espère, avait dit le matelot, nous sommes bien d'abord ici, et il désignait la baraque, l'*entre-sort,* qui se trouvait à gauche, et qui n'avait plus l'aspect d'une voiture; depuis le temps où il était resté immobile, les roues s'étaient enfoncées dans la terre, les pluies, les boues avaient comblé le dessous de la voiture, et cela avait maintenant l'apparence d'une baraque mise à l'abri des eaux par un monticule de terre; on y arrivait maintenant de plain-pied par une légère pente. C'est là, continuait Simon, que la petite couchait.

— Potence à l'ail! Je l'ai vue après, quand elle était grande dame; mais, foi de Simon, jamais elle n'a été aussi jolie que le matin où, avec mon lieutenant, nous l'avons vue descendre de là... Vous savez, un vrai brin de femme, et elle était vêtue de façon à en laisser voir beaucoup. Ses vêtements ne coûtaient pas cher...

— Elle était pauvre?

— Vous lui auriez mis deux sous dans la main...

— Et il y a deux ans de cela?

— Deux ans, deux ans... Mettez-en trois..., ça sera le compte... Maintenant venez par ici.

Les deux hommes suivirent Simon qui traversait la cour pour regagner la rue.

— Eh! l'ami, fit Paillard, mais vous nous faites patauger.

— Espère, espère!... vous savez flotter, aie pas peur, je suis en vigie... Suivez-moi bien, on se croirait dans du cirage, je ne sais jamais si je ne vais pas m'aborder... Là, tournez... C'est ça...

Ils marchèrent quelques minutes silencieusement, tout occupés à éviter les cloaques qui se trouvaient sous leurs pieds; arrivés devant une cahute ruinée, dont portes et fenêtres béantes tachaient de leur noir opaque le mur sombre, le matelot s'arrêta, en disant :

— Oh! ici nous sommes bien seuls; tous ces terreux-là, ça a du lait dans les veines; ils ne viennent jamais ici à cause de la peur...

— De la peur...

— Oui, c'est là qu'on a trouvé le grand Georgeo Golesko mort; il n'en restait que des morceaux; les rats venaient souper avec...

— C'est là que Georgeo est mort?

— Oui, mon petit, assassiné par le vieux Sauvage, et ça a fait assez de bruit.

— Alors, il y a eu enquête?

— Cette bêtise! Pardi! est-ce qu'il ne faut pas qu'elle mette son nez partout, la police!

— Voilà, voilà un bon renseignement!... exclama l'agent Huret.

— Pourquoi trouvez-vous préférable qu'il y ait eu une enquête?

— Mais parce que la chose est alors indiscutable, le fait est établi, et, avec les rapports, nous pouvons refaire le dossier, si toutefois nous n'en trouvons pas un tout fait. Ainsi, vous dites que ce Georgeo Golesko fut assassiné ici?

— Mais non, je vous ai mené là où Georgeo a été assassiné, dans le cabaret; puis le vieux Rig porta son corps ici. Le corps ne fut découvert que longtemps après, le jour où on arrêta le Sauvage; alors la porte fut ouverte, et on trouva le cadavre à moitié rongé par les rats. Depuis ce temps, on appelle la cahute la *Maison du mort*. Et tous ces bancals, ces bossus, qui ne croient ni à Dieu ni à diable, ne passeraient jamais devant sans faire le signe de la croix.

— Il faut que j'aie de vous des renseignements précis. Si nous établissons que Georgeo Golesko est mort ici, il y a trois ans, celui qui prétend s'appeler Georgeo Golesko est un imposteur; nous le savons bien, mais nous avons ainsi une preuve.

— Si vous voulez, dit Simon, nous allons retourner au cabaret. Moi, j'ai besoin de me mouiller un peu; ça gratte, et je vous raconterai l'histoire comme je l'ai vue.

— Vous l'avez vue?

— Un peu tard; mais enfin j'ai vu la fin...

— Allons vite, et contez-nous ça.

— Espère, espère, nous avons du temps.

Et les trois hommes retournèrent au cabaret; ils s'assirent à une table; et, tout occupés de leur affaire, ils ne remarquèrent pas que, dès qu'ils se placèrent, le vide se fit autour d'eux. Le garçon avait raconté aux habitués ce que Boyer lui avait dit.

Une fois attablés, Simon, après avoir vidé son verre, avait *fraîchi* sa bouche par ce qu'il appelait « une praline, » et, heureux de pouvoir raconter quelque chose — pour la première fois peut-être la vérité — le vieux bavard s'accouda et commença :

— Pour lors, je vous ai dit ce qu'était le Georgeo Golesko : c'était le chéri de la Grande Iza, qui l'avait un peu fait filer à cause qu'il devenait gênant pour les autres. Mais le Georgeo avait pas mal d'argent dans son sac, et il voulait retourner dans son pays. Faut vous dire que tous les saltimbanques qui nichent ici n'y passent que l'hiver; dès que le printemps revient, tout ça va courir le monde; on cloue les maisons, les portes, les fenêtres, et puis plus rien : la ville est morte. Pour lors, c'était à ce moment-là : ils étaient tous partis, il ne restait plus que le vieux sauvage Rig. Georgeo devait toucher sa part d'une affaire, et le vieux Rig, chargé de la lui donner, voulait garder tout pour lui. C'était un joli gibier de potence!... Voilà que le soir... — j'ai pas besoin de vous conter mes affaires — il fallait que nous réglions un compte avec Rig ; or, comme il ne serait pas venu, — on m'avait dit d'aller le quérir, — et j'avais répondu : « Espère, espère, je vous l'amène. » Je savais que ce serait difficile. J'arrivai donc ici, au milieu de la nuit, un ciel en cirage; j'arrive, et je vois le vieux dans la cour, sa voiture attelée, l'*entre-sort;* il se disposait à partir; il était temps... Je me cache le long de

— Voilà la fin du grand Georgeo Golesko (PAGE 339).

la haie et je guette, en me disant : pour l'amener, faut le surprendre. Tout à coup, j'allais me préparer à sauter dessus en le voyant rentrer dans sa turne, — ici, quoi ! — la lanterne de sa voiture à la main, cherchant s'il n'oubliait rien ; voilà un grand diable de gaillard qui paraît dans l'ombre et qui se met devant la porte pour barrer le passage. Espère, espère ! il avait beau être vieux, le Sauvage, il était solide et ne reculait pas ; en voyant quelqu'un devant sa porte, il lève sa lanterne et reconnaît Georgeo qui dit :

— Il était temps, Sauvage : une demi-heure plus tard, le vieux voleur était parti !

— Potence à l'ail ! que je dis, j'ai pas besoin de me montrer ; en voilà un qui va travailler pour moi ; ils vont s'attraper tous les deux et je n'aurai qu'à ramasser les morceaux. Espère, espère ! Je me colle bien dans l'ombre pour voir la comédie... S'en mêler n'aurait pas été prudent : mieux valait laisser les requins se manger entre eux... Pas si bête, Simon...

Et le matelot, changeant « sa praline » de côté, fit claquer ses lèvres en exprimant la suavité ressentie.

— Alors? demanda Huret, vivement intéressé...

— Espère, espère... Alors, le vieux Rig, en reconnaissant celui qui lui parlait, avait éteint sa lanterne. Dans l'ombre de la baraque, il n'était pas vu, et, sur la nuit un peu grise, il voyait la silhouette du grand Moldave. Moi, j'avais mes yeux habitués à la nuit et je voyais tout.

Le grand saltimbanque dit encore :

— Rig, tu as voulu me voler ; rends-moi ma part et je te laisse vivre.

— Je n'ai pas ta part, qu'il répond, le vieux filou.

— Le vieux Rig me rendra mon argent ou il mourra, que dit l'autre.

— Le vieux carcan, blotti dans un coin, manœuvrait pour tourner autour du grand ; car il avait vu, avec ses yeux de chat, un revolver dans la main de Georgeo ; il dit :

— Georgeo est un grand niais d'être venu se fâcher avec Rig !

Il avait l'œil, le vieux hibou ; car, voyant le bras du bohémien s'étendre dans la direction d'où la voix était partie, il se recula aussitôt, glissant comme une couleuvre, et l'autre dit :

— Veux-tu nous entendre et ne point garder toute la somme?

Le vieux Sauvage tira de sa ceinture un couteau à large lame, semblable à un coutelas de boucher ; il se glissait derrière le grand Georgeo. Pour tromper le dadais, il jeta sa lanterne dans le coin qu'il venait de quitter. Le Moldave y fut pris : il tira deux coups de revolver dans la direction du bruit ; en même temps, la vieille carcasse de Rig s'était relevée et avait enfoncé son couteau dans le dos du pauvre bougre, qui voulut se retourner, mais qui tomba comme une masse la face contre terre. Le vieux Rig chercha sa lanterne, la ralluma et regarda son ouvrage.

— Et vous n'avez pas bougé? demanda Paillard.

— Espère, espère ! Je me dis, laissons-lui nettoyer ses outils et porter son ouvrage... Le vieux coquin ne valait rien, mais le jeune ne valait pas grand'chose. Le Sauvage fouilla les poches de sa victime et prit ses papiers.

— Ah ! voilà un détail qu'il ne faut pas oublier.

— Vous êtes dans le vrai, mon petit ; car, en les prenant, le vieux, qui ne causait jamais à deux, et qui parlait toujours quand il était seul, disait : « Pour tout le monde, il est en route... » Et alors il prit le corps sur ses épaules et alla le porter dans la petite baraque que je vous ai montrée. C'est alors que je me dis : « Il n'a plus son arme, espère, espère, » et je le suivis ; il était baissé et étendait le corps lorsque je lui envoyai sur la tête un coup de poing qui dut l'étourdir; il tomba par terre, moi dessus, mais j'étais paré; je le ficelai aussitôt sans lui laisser le temps de crier gare. Ah! bon Dieu, si vous aviez vu ça; il revint tout de suite à lui, il voulut se débattre, mais c'était trop tard, et il sacrait en bavant de rage; moi, j'étais gai et j'y disais :

— Espère, espère, vieux coquin!... Ah! vieux galeux! t'as beau te débattre, tu sais bien que je fais très bien les épissures... Es-tu gentiment ficelé, hein! si je t'ai cassé quelque chose, as pas peur, t'es attaché solidement; tu ne perdras pas tes abatis. Il ne perdait pas la tête, le vieux coquin : il me recommanda de fermer bien la porte.

Et Simon, emplissant les verres, termina :

— Voilà la fin du grand Georgeo Golesko.

L'agent Huret avait pris des notes, et il dit :

— Maintenant, nous en savons assez; à notre tour, notre enquête est finie, et, demain, il faudra bien que M. le juge d'instruction m'entende, sinon arrive que pourra, je m'adresse aux journaux.

— Voulez-vous que je vous dise: dans votre affaire, tout vient de la femme. Celle-là, je sais de quoi elle est capable.

— Avez-vous autre chose sur elle que les préventions que vous donne la vente? demanda Paillard.

— J'ai sur elle cette note qui vient de l'instruction faite sur le mari, et qui me permet de n'avoir aucun scrupule pour agir; elle confirme et complète ce que vous m'avez dit, fit-il en s'adressant à Simon.

— Quelle jolie gueuse, mes pauvres enfants!

Et l'agent tira un papier de ses notes et lut :

« C'est une pauvresse, une tzigane, suivant dans une troupe de bohémiens les corps irréguliers qui pillaient les villages lors du dernier soulèvement. Excessivement jolie, toujours très réservée, beaucoup plus belle que ses compagnes, elle vivait avec les chefs. Au moral, c'est la dernière des créatures. C'est dans cette boue qu'elle fut un soir rencontrée, emmenée par un soi-disant comte de Zintsky; le village avait été incendié, les habitants massacrés, les soldats ivres l'avaient battue : elle était nue et couverte de coups. Le comte de Zintsky la recueillit, elle était belle : il en fit sa maîtresse. Mais cette fille a la nostalgie de la boue; à peine était-elle dans une situation possible, qu'elle nouait des relations avec un bohémien du nom de Georgeo Golesko, condamné pour vol et tentative d'assassinat; elle se sauva avec lui. »

— Qu'est-ce que je vous disais? fit le matelot.

— Ah! non; il n'y a pas de scrupules à avoir, dit Pailard; cela s'enchaîne.

— Demain, j'agis.

Les trois hommes burent et se disposèrent à rentrer à Paris.

V

LA COUR D'ASSISES.

Pendant que l'agent Huret se livrait à la contre-enquête que nous avons vue, que Chadi et lui se réunissaient chez Paillard pour mettre en ordre ce qu'ils avaient vu ou entendu, afin d'arriver avec des rapports bien clairs devant celui qui avait fait la première instruction, l'affaire avait marché, l'acte d'accusation était prêt et le jour des assises fixé.

Ce jour était arrivé; Maurice avait eu un long entretien avec son avocat; celui-ci était presque convaincu; mais, quoi qu'il eût fait, il n'avait pu obtenir de son client l'emploi de son temps dans la nuit du 20 juin. Maurice était désespéré; la maladie de Cécile n'avait pas permis de prendre des renseignements près d'elle; aussi le pauvre garçon était convaincu que la fatalité pesait sur lui et qu'il serait condamné. Amélie ne quittait pas la malade; un mieux sensible s'était déclaré depuis quelques jours, et elle avait demandé à l'avocat d'essayer de faire remettre l'affaire. La pauvre fille avait repris un peu de courage, par les consolations et les espérances que lui donnait chaque jour Paillard en venant prendre des nouvelles de Cécile. Il avait même assuré à Maurice qu'ils étaient sur la trace des vrais coupables. Tussaud et sa femme n'existaient pas; ils n'entendaient, ne comprenaient rien; une seule pensée occupait leur cerveau : la vie de leur enfant.

Le matin du jour où devaient s'ouvrir les débats, Maurice, s'étant soigneusement habillé, réfléchit sur ce qu'il devait faire; il s'arrêta à la ligne de conduite qu'il avait suivie : il dirait la vérité et affirmerait être rentré seul chez lui avec l'idée de se tuer, celle qu'il aimait devant se marier le lendemain; puis, résolu, il attendit qu'on vînt le chercher pour le mener à l'audience.

La grande salle des assises était bondée de monde, que les magistrats à robe rouge assis devant le tribunal dominaient de la tête; le banc de l'accusé était vide, la cour venait d'entrer, la grande silhouette rouge de l'avocat général était à droite; l'accusateur apportait un redoutable dossier. Sur le devant des bancs, des femmes en grandes toilettes étalaient les couleurs criardes de leurs robes de haut chic; dans le public et parmi les jeunes avocats, on se dressait sur la pointe des pieds pour les voir; on en désignait quelques-unes à voix basse : Jeanne de Sillac, qui recevait le duc X...; la Beratchi, protégée par un ministre d'Etat, et surtout la Grande Iza, la plus belle de toutes, avec ses yeux curieux, sa bouche d'enfant. Il se produisait dans la salle le brouhaha qui précède le silence lorsque chacun reprend sa place; on s'y met à son aise; sur toutes les lèvres on chute. Sur l'ordre du président, les pièces à conviction furent placées sur la table, un tableau coquet qui fit sourire au lieu d'effrayer. Les pièces à conviction, c'étaient une fine chemise de batiste toute garnie de dentelles, dans laquelle était glissé un petit ruban bleu, puis deux coupes de cristal et deux bouteilles à champagne portant une étiquette d'or sur laquelle on lisait :

GRAND-ROYAL

DE LAUNAY ET Cie

Reims.

Le soleil d'hiver, jetant par les fenêtres des rayons pâles, donnait une teinte singulière aux grandes robes rouges et rendait toute gaie cette table aux horreurs, que, ce jour, un peintre de nature morte aurait appelée : *Nuit de bal.*

Cela formait un curieux tableau : le défenseur dans sa longue robe noire, les jurés guindés dans leurs habits du dimanche, les cocottes dans leurs toilettes tapageuses, les grandes robes rouges de la cour, les cuivreries du costume des gardes municipaux, tout cela gaiement ensoleillé au moment où le président dit :

— Introduisez l'accusé.

Alors chacun s'agita, on entendit le froufrou des robes de soie des dames qui se levaient pour mieux voir, et leur chuchotement. Maurice entra entre les deux gardes ; il était pâle, mais calme, la tête un peu penchée ; il jeta dans la salle un long regard doux ; le murmure admirateur et sympathique qui le reçut fit monter à ses joues une rougeur fiévreuse. Les femmes échangeaient entre elles leurs observations ; seule, la Grande Iza restait le regard fixé sur le jeune homme, le dévorant des yeux, et sur ses lèvres entr'ouvertes glissèrent ces mots :

— Oh ! qu'il est beau !

Et ses regards ne purent se détacher de lui.

Lorsque le silence fut rétabli, le président donna la parole à l'avocat général. Pendant la lecture de l'acte d'accusation, Maurice, la tête un peu penchée, regardait son accusateur : il avait sur les lèvres un sourire méprisant.

Ce ne fut pas lui qui fut le plus impressionné de cette lecture. Nous connaissons les charges qu'il y avait contre lui : les deux bouteilles de champagne — Grand-Royal, de Launay et Cie, Reims, — achetées par lui chez un marchand de vin, rue de Lyon, la veille du crime, et retrouvées vides dans la chambre de la victime ; son absence de chez lui, la nuit du crime ; la rencontre faite sur le boulevard, où on le vit, le soir, avec une femme ; enfin une lettre prouvant qu'il avait une complice. Quand l'avocat général lut cette phrase : « Nous sommes convaincu qu'il n'est pas le seul coupable : c'est une femme qui l'a dirigé, c'est une femme qui a conseillé le crime, » la Grande Iza fronça les sourcils.

L'accusation fut longue, coulant lentement à travers le sourire édenté de l'avocat général, au milieu de ses gloussements, avec l'accompagnement de gestes gracieux et avec des effets de voix qui rappelaient les mélodrames du vieux boulevard du Crime. Assurément, cela ne s'adressait pas aux jurés ; l'avocat général parlait pour les premiers rangs, pour ce cercle féminin que Michelet appelait, dans ses cours, la « corbeille de fleurs. » A chaque détail piquant, son regard allait souriant à la rencontre de celui d'une de ces dames.

Les juges semblaient dormir les yeux ouverts, leurs regards glauques erraient sans rien voir sur le public; le regard du président Mathieu des Taillis, ayant une seconde rencontré celui d'Iza, lui avait souri; mais celle-ci n'avait rien vu, son regard et sa pensée étaient tout entiers à ce beau garçon blond, à ce bel agneau qui tendait son col, à Maurice, méprisant et indifférent.

Maurice Ferrand avait un instant cherché dans la foule et au banc des témoins des amis, des soutiens : il n'avait vu personne que des indifférents; sa sœur même n'y était pas, et alors il s'était dit que les nouvelles charges survenues contre lui avaient convaincu ses derniers amis qu'il était réellement coupable. A l'appel des témoins, sa sœur n'avait pas répondu, ni la fille Tussaud, femme séparée d'Houdard; l'une n'avait pas d'excuses; pour l'autre, un certificat du médecin constatait la gravité de son état et l'impossibilité de se rendre à l'audience; la demande de remise avait été repoussée... Tout cela avait bien indiqué à Ferrand que la cause était jugée; il était coupable! quoi qu'il dît, quoi qu'il fît. Quand son regard interrogateur se dirigea vers son défenseur, un mouvement d'épaule de celui-ci répondit : « Que voulez-vous? J'ai fait ce que j'ai pu. »

Après un interrogatoire sommaire de l'accusé, qui nia absolument et dont les négations furent accueillies par les juges et par le jury par des sourires, on procéda à l'audition des témoins.

Ferrand vit défiler alors des gens absolument inconnus, qui déclarèrent l'avoir vu à telle ou telle heure; un autre annonçant que c'était bien lui qui avait acheté, chez lui, le vin de Champagne; il n'y avait pas d'erreur possible, puisqu'il n'avait qu'une marque, celle qui était sur la table des pièces à conviction, une étiquette de papier or portant : « Grand-Royal, » un blason et au-dessous : « De Launay et Cie, Reims. » C'était bien chez lui que les bouteilles trouvées dans la chambre de la victime avaient été achetées. Le président, assuré de la confusion de l'accusé, disait :

— Ferrand, qu'avez-vous à répondre?

— Rien, monsieur le président.

— Vous reconnaissez avoir acheté les bouteilles de champagne chez le témoin?

— Oui, monsieur le président. (Marques d'étonnement dans le public sympathique à l'accusé.)

— Vous reconnaissez avoir étudié dans les œuvres de Claude Bernard la composition d'un poison qui, mêlé à ce vin, donnait une mort douce?

— Oui, monsieur le président. (Impression pénible dans le public.)

— C'est vous qui avez empoisonné le vin, et qui l'avez porté chez Léa Médan?

Là, Maurice eut un sourire triste et dit :

— Monsieur le président, je jure que les bouteilles que j'ai empoisonnées ne sont pas sorties de chez moi; je jure que n'ai jamais mis les pieds chez Léa Médan; je jure que je ne connais pas cette femme. (Marques d'émotion sympathique dans la salle.)

— Ainsi, vous avez acheté deux bouteilles de vin de Champagne, pour vous, habitué à boire du vin à bon marché; vous avez acheté du champagne extra, sans regarder le prix, ne vous occupant que de la qualité, pour vous; et vous l'avez empoisonné, pour vous?

— Oui, monsieur le président.

— Mais à qui voulez-vous faire croire ça? Vous n'êtes qu'un ouvrier; vous avez l'habitude de boire ce qui coûte bon marché, et vous allez nous faire croire que vous avez été choisir du vin supérieur. Vous l'avez fait parce que celle à laquelle vous le destiniez était habituée à boire des vins de premier ordre, et vous avez été obligé de choisir ce qu'il y avait de meilleur en vin. Vous ne craigniez qu'une chose, c'est qu'au premier verre elle ne repoussât la coupe; voilà pourquoi vous avez choisi ce vin.

— Monsieur le président, c'était la première fois que je buvais de ce vin; décidé à mourir, je ne tenais guère à l'argent, et je n'ai pas discuté sur la valeur de ce que j'achetais.

— C'est bien, MM. les jurés apprécieront. Vous prétendez être resté chez vous, avoir dormi, et quatre témoins, vos voisins, affirment avoir entendu votre porte se fermer vers deux heures du matin, l'heure où vous sortiez de chez Léa Médan.

Maurice haussa les épaules et dit :

— Je vous ai dit la vérité; maintenant, ne comprenant rien à ce que vous me dites, je ne répondrai plus.

Cette déclaration fit une profonde impression dans l'auditoire : l'accent sincère, le ton calme, la dignité de Maurice avaient frappé tout le monde; les murmures sympathiques que soulevèrent ses paroles lui firent tourner la tête, et son regard rencontra celui de la Grande Iza; la belle fille souriait et l'éclair qui brillait dans ses yeux étonna le jeune homme : la persistante fixité du regard l'embarrassa. Il voulut en soutenir la flamme, mais vainement; sa tête se pencha, ses paupières tombèrent et il sentit sur sa peau la chaleur du rouge qui lui couvrait le visage.

En entendant le public accueillir sympathiquement la réponse de Maurice Ferrand, le vieux magistrat Mathieu des Taillis, qui présidait les assises, fronça ses gros sourcils et dit sévèrement :

— Huissier, faites faire silence. Si de nouvelles manifestations antipathiques ou sympathiques se reproduisaient, je ferais évacuer la salle; appelez le témoin.

Le greffier appela : M. l'abbé Dutilleul. En entendant ce nom, la Grande Iza, dont le regard, comme celui du serpent, n'avait cessé par sa fixité de fasciner Ferrand, eut un mouvement et regarda le nouveau venu.

L'abbé Dutilleul vint se placer devant le tribunal. Il était en vêtement civil, mais d'un caractère absolument ecclésiastique, c'est-à-dire qu'il avait une longue redingote sans col, boutonnée droite par de nombreux boutons; la cravate, sans rosette ni nœud, ne laissait pas voir de linge; le pantalon, dont on ne voyait que l'extrémité, tombait droit sur le pied chaussé de souliers à boucle; sur la cheville, le pantalon avait une incision.

Dans cette redingote collante, le corps avait des aspects féminins; le bras était gras et rond, la main sortait de la manche, fraîche, potelée, émergeant de deux fines manchettes plissées ; le col était sans linge par coquetterie peut-être, pour que la peau grasse et un peu flasque, ainsi que la chair de volaille morte, parût plus blanche ; le menton était frais rasé, et assurément le costume seul obligeait à reconnaître un homme dans ces traits fins, doux, provocants même, auxquels allaient admirablement des cheveux frisés dont les anneaux étaient artistement dirigés sur les plans du front et du col ; en voyant le visage, l'œil trompé par les aspects gras cherchait dans la redingote les rondeurs de la gorge et les exagérations de la forme dans les reins. Le regard de l'abbé n'avait que des langueurs ; il échappait sans cesse à l'observation, tantôt dirigé vers le ciel, puis à droite, puis à gauche, puis absolument couvert par la paupière, et ne glissant à travers les cils que comme un rayon à travers les feuilles d'une jalousie, mais jamais fixé sur celui qui lui parlait.

Dans la chair, dans l'aspect, tout était graisseux, glissant dans les mains ; on pouvait caresser cet homme : on ne pouvait le saisir, le prendre.

Lorsque le président donna la parole à l'abbé Dutilleul, après lui avoir fait prêter serment, la Grande Iza, la tête penchée pour tendre l'oreille, mordillait son mouchoir de dentelles. Le président, Mathieu des Taillis, s'adressant aux jurés, dit :

— Nous avons entendu tous les témoins ; un point sur lequel nous n'avons pu nous éclairer est celui des relations de l'accusé et de la victime ; vous avez entendu, messieurs les jurés, les nombreux témoignages affirmant que c'est bien Maurice Ferrand qui a acheté le champagne, que c'est lui qui l'a empoisonné ; au reste, lui-même, écrasé par les preuves, n'essaye pas de nier. Ferrand nous déclare ne pas connaître la victime Léa Médan, et par conséquent n'avoir jamais été chez elle... M. l'abbé était le directeur de la malheureuse femme, et, messieurs, il ne faut pas nous en étonner, c'est un cas très fréquent que celui de malheureuses courtisanes, ne vivant que du vice et absolument confites en dévotion ; il y a là un manque de sens moral que le métier qu'elles consentent à faire révèle assez, mais que je ne saurais expliquer. C'est M. l'abbé Dutilleul qui cherchait à ramener dans le bien sa pénitente. Monsieur l'abbé, vous avez été plusieurs fois chez Mme Léa Médan ?

— Monsieur le président, j'ignorais ce que faisait cette dame ; elle m'avait été indiquée comme une personne fort charitable, étrangère très riche, toute pleine de foi, ayant éprouvé dans son pays de grands malheurs, et prête ici à toujours faire le bien pour les malheureux. C'est alors que, lorsque je fondai l'*Œuvre du Redressement moral des égarés*, je m'adressai à elle ; elle souscrivit immédiatement et me dit, me pria même de penser à elle chaque fois que j'aurais une bonne œuvre à faire.

— Comment jugiez-vous cette femme ?

— Mon Dieu, monsieur le président, je suis un simple, je l'avoue ; j'allai plusieurs fois chez cette dame, et j'étais persuadé que c'était une femme du meilleur monde ; il me sembla que, ayant commis une faute, elle voulait par ses bienfaits racheter le passé. Je vous le répète, je la prenais pour une très grande dame, et cette affreuse affaire m'a révélé ce qu'elle était. Chez elle, on l'appelait la baronne, et je ne la connaissais que sous le nom de Léa de Médan.

On s'empressa autour de la pauvre enfant (PAGE 352).

— Vous alliez assez souvent chez elle?

— Fort peu, monsieur le président; lorsque j'avais un secours à demander.

— Et lorsque vous vous présentiez, monsieur l'abbé, vous ne vîtes jamais rien de suspect?

— Oh! jamais, monsieur le président; je n'y serais pas retourné...

— Vous y rencontriez du monde?

— Toujours, monsieur le président... Mme de Médan me recevait dans son salon, où les quatre fois que j'ai eu le plaisir de la voir elle se trouvait avec du monde.

— Et vous vous souvenez d'y avoir rencontré l'accusé...

Et s'adressant à Maurice, le président dit :

— Accusé, levez-vous et regardez M. l'abbé.

Maurice se leva, obéissant avec calme ; il regarda l'abbé avec un doux sourire et attendit.

— Monsieur l'abbé, reconnaissez-vous l'accusé ?

— Oui, monsieur le président.

Il y eut dans l'auditoire un sourd et douloureux murmure.

— Et, continua le président Mathieu des Taillis, vous l'avez rencontré chez la fille Léa Médan ?

— Oui, monsieur le président.

— Vous ne vous trompez pas ?...

— Je l'affirme... Monsieur doit me reconnaître ; je l'ai vu deux fois, une fois seul avec Mme de Médan ; je le pris pour un parent ; ils se ressemblaient ; ils étaient blonds tous deux, et ils se tutoyaient.

Le président avait sur la face un bon sourire satisfait ; du coin de l'œil il regardait les jurés, et son regard paraissait dire · « Eh bien ! êtes-vous édifiés : c'est un prêtre qui parle, vous ne douterez pas de celui-là ! » L'avocat général promenait sur le public un regard suffisant, il voulait exprimer . « Trouvez-vous encore que j'ai été trop loin ? C'est un prêtre qui parle ! » Les jurés se regardaient entre eux, avançant les lèvres et secouant la tête, pensant : « Fichtre ! qu'est-ce que vous dites de ça ? Ce n'est pas peu de chose, c'est un curé qui affirme ! » Dans le public, on se regardait consterné. Le défenseur fronçait le sourcil, et l'abbé Dutilleul, tenant ses mains potelées croisées sur sa poitrine, la tête penchée, l'œil mi-clos, attendait. Pour un observateur attentif — et la Grande Iza en était — les lèvres avaient un tremblement convulsif et les tempes battaient effroyablement ; mais la face ne bronchait pas. Maurice avait bruyamment respiré et avait haussé les épaules ; seul le garde municipal n'avait pas bronché, ni moralement, ni physiquement ; il semblait sourd comme son shako. Le président, qui paraissait radieux de cette déposition claire, dit en avançant les lèvres à Maurice :

— Accusé, qu'avez-vous à répondre ?

Il y eut un silence de quelques secondes ; l'abbé avait baissé la tête ; il la relevait, lorsque tout à coup, comme s'il avait éprouvé un choc, Maurice frappa du poing sur le banc devant lui et, se dressant, l'œil brillant, le regard fixé sur celui qui venait de parler, il s'écria :

— J'ai dit que je ne répondrais pas... ; mais j'ai dit que je dirais la vérité, et je ne puis entendre cela. Ce que j'ai à dire, monsieur le président, c'est ce que j'ai dit lorsqu'on m'a confronté, il y a quelques jours, avec cet homme.

— Parlez plus respectueusement, interrompit le président, que Maurice n'entendit pas.

— Il en a menti, absolument menti. Prêtre ou évêque, qu'importe ! cet homme est un misérable qui ment. Oui, bandit, vous mentez ; si vous étiez chez cette fille, c'est que vos vices vous y menaient, et vous ne m'y avez pas rencontré; vous mentez, vous mentez.

En entendant ces mots, tout le monde s'était levé; on eût dit qu'une secousse électrique avait secoué tous les sièges; l'avocat général avait glapi :

— Il insulte un prêtre! Monsieur le président, je requiers.

— Gardes, emparez-vous de lui, qu'il se taise, avait crié le président. Accusé, si vous continuez ainsi, je vous fais emmener. Monsieur l'abbé, pardonnez-lui. Je suis confus de ce qui vient de se passer.

— Monsieur le président, j'ai dit la vérité. Fort de ma conscience, je ne me reproche rien; je lui pardonne; il est si malheureux!

Maurice haussa les épaules.

Le public anxieux attendait un nouveau mouvement de l'accusé; mais, après avoir jeté sur le témoin un regard plein de mépris, Maurice Ferrand s'était rassis. Il avait bruyamment respiré, comme si les quelques mots qu'il avait dits l'avaient soulagé, et, décidé à ne plus se mêler aux débats dans lesquels se discutait sa vie, il s'était accoudé et tournait sa tête calme du côté du tribunal, échappant ainsi au regard singulier de la Grande Iza.

Après un court moment de silence, le public désappointé avait repris ses places. Le président s'était penché vers les juges placés à ses côtés, ils avaient parlé bas; d'un coup d'œil échangé avec l'avocat général, il le prévint que, l'accusé semblant accepter la leçon, il allait passer outre; il demanda :

— Monsieur l'abbé, vous reconnaissez parfaitement l'accusé : c'est lui que, par deux fois, vous avez vu chez la fille Léa Médan?

Le prêtre répondit *oui* par un mouvement de tête.

— C'est lui que vous avez vu seul avec Léa Médan et la tutoyant. Et quelle était votre pensée sur leurs relations?

— Je vous l'ai dit; alors ne voyant dans Mme la baronne de Médan qu'une femme du monde, absolument convaincu de sa moralité, je pensais que l'accusé était un parent, ce qui justifiait cette intimité; puis, ce qui me portait à cette pensée, c'est leur ressemblance : il était blond comme elle, il avait ses mêmes traits fins, ses grands yeux bleus. Depuis, mon impression s'est modifiée, lorsque j'ai appris ce qu'était la malheureuse pécheresse; et je fus porté à croire que l'accusé était l'amant de la baronne...

— Avez-vous rencontré l'accusé dans l'appartement où le crime a été commis?

— Non, monsieur le président.

— Un témoin a dit que la fille Léa Médan recevait chez elle, rue de Lacuée, quelquefois un jeune homme, d'autres fois un prêtre.

— Monsieur le président, je n'ai vu Mme la baronne de Médan que dans son appartement de la rue Byron...

— Et c'est là où vous avez vu l'accusé?

— Oui, monsieur le président...

Malgré la réserve qu'il s'était imposée, à la question du président, Maurice avait tourné la tête pour regarder le témoin, cherchant le regard de l'abbé Dutilleul; en entendant sa réponse, ses traits furent bouleversés; il jaillit de son siège, et le corps penché en avant, le poing menaçant, outré de ce qu'il entendait, le regard ardent, le visage convulsé, l'écume aux lèvres, il s'écria furieux :

— Mais vous mentez, vous mentez, vous mentez... Mais vous avez un coupable à protéger... pour mentir ainsi; vous êtes un imposteur! Vous mentez, vous ne m'avez jamais vu... Mais si je vous tenais, je vous étranglerais, coquin... Vous n'êtes pas un prêtre, vous êtes...

Ç'avait été, cette fois, un scandale plus grand ; le président s'était levé, tout le public était debout, accueillant par un murmure sympathique les négations que Maurice jetait à la face de Dutilleul avec un accent de vérité qui avait ému tout le monde; en voyant sa fureur, ses gestes, on s'était précipité, on craignait qu'il ne sautât sur le témoin, qui, livide, visiblement épouvanté, se reculait du côté des gardes municipaux chargés de maintenir le public. Le défenseur avait couru vers Maurice, au moment où, sur un signe du président, les deux gardes le prenaient au collet; il cherchait à le calmer; le malheureux répondit en éclatant en sanglots, avec un accent désespéré :

— Mais, monsieur, il ment : je le jure... Il ment... Je ne l'ai jamais vu, je n'ai jamais été là; il ment.

Le président était debout; d'un ton sévère il imposa silence au public. Le calme rétabli, lorsque le pauvre Maurice, écrasé, retomba sur son siège presque étranglé par les deux gardes, dans le silence seulement troublé par ses sanglots, le président lui dit :

— Accusé, ces injures, ces menaces ne font qu'augmenter la gravité de votre situation. Ces moyens de défense sont indignes; je devrais sévir contre vous. Je recule devant cette extrémité, espérant que l'effet malheureux que vous avez produit vous servira de leçon. Nous allons lever l'audience; réfléchissez lorsque vous serez seul avec vous-même, et regrettez les erreurs de ce jour. Monsieur l'abbé, vous avez parlé selon votre conscience, vous avez dit la vérité, je vous demande pardon pour le malheureux qui a méconnu votre caractère et la douloureuse obligation à laquelle la justice vous a contraint.

— Ici, monsieur le président, je ne suis qu'un témoin et je vous devais la vérité. Prêtre, je pardonne au pauvre enfant égaré et je réclame pour lui l'indulgence. Je vais, en rentrant, prier pour lui et supplier le Seigneur d'être clément.

— L'audience est levée, dit le président, et remise à demain dix heures.

On n'emmena pas, on emporta Maurice; il était sans force, épuisé. Le public sortit péniblement impressionné.

En montant dans sa voiture, la Grande Iza se disait :

— Pour le sauver, comment faire?

Seuls, les gens qui avaient assisté à l'audience conservaient de la sympathie pour l'accusé; mais, dans le public, lorsque les journaux donnèrent le compte rendu, l'impression fut tout autre. Il ressortait clairement, de la première partie des débats, que les accusations portées contre Maurice Ferrand étaient fondées : il avait été l'amant de Léa Médan, il avait préparé le poison, et il ne pouvait nier avoir passé la nuit chez elle, puisqu'il se trouvait dans l'impossibilité de donner l'emploi de son temps; puisque, dans un fragment de lettre saisie, on lui rappelait clairement la nuit du crime, et qu'on le suppliait de ne pas nommer celle qui l'y avait poussé.

Le lendemain, le public était plus nombreux que la veille, surtout dans la partie féminine; les journaux du matin avaient fait de l'accusé un portrait charmant; puis la liste des témoins n'était pas absolument épuisée, il en restait un à entendre, et qui n'était pas le moins intéressant, paraît-il, pour les dames habituées du palais. C'est le rapport du médecin, qui devait raconter ce que l'autopsie lui avait prouvé, qui devait reconstruire ce qui s'était passé avant la mort. L'état dans lequel avait été trouvée la victime obligeait à certaines crudités d'expressions, et le président crut de son devoir d'avertir le public...

— Recherchant la vérité, je ne demanderai pas à M. le docteur d'atténuer les termes et les expressions de sa déposition ; il est des détails scabreux qui peuvent blesser la pudeur, j'en préviens l'auditoire, afin que les personnes qui craindraient d'être offensées de ce langage puissent se retirer...

Les femmes baissèrent la tête en rougissant et en souriant, et, au contraire, comme un gourmet qui s'apprête à mordre dans le mets aimé, elles se passèrent la langue sur les lèvres; mais pas une ne bougea. Une seule personne quitta la salle des séances : l'abbé Dutilleul. La Grande Iza était là : elle s'était placée plus près de l'accusé, et son regard ne le quittait pas.

Maurice, après ce qui s'était passé la veille, bien convaincu qu'il était désormais perdu, accablé, sans force, sans courage, se sentant oublié, abandonné, faisait pitié à voir, et déjà l'on disait :

— Les coquins, tous comme ça ! A l'heure du châtiment est-il lâche !

Le pauvre malheureux ne voyait plus, n'entendait plus. Le docteur faisait une longue déposition, de laquelle il ressortait, clair comme le jour, que Maurice avait des habitudes de débauche épouvantables, qu'après avoir passé avec Léa dans la dépravation une nuit d'orgie, il l'avait empoisonnée, et Léa était morte en lui rendant ses baisers. Après cette déposition pleine de sous-entendus, qui avait amené l'humidité dans les yeux de certaines spectatrices, qui les avait parfois obligées à cacher leur visage derrière l'éventail, le président demanda à Maurice ce qu'il avait à répondre. Celui-ci était comme hébété : il ne répondit pas. M. Mathieu des Taillis allait donner la parole à l'avocat général.

Mais, depuis quelques minutes, l'huissier était venu parler bas au défenseur de Maurice; il lui avait glissé une carte, et dès que l'avocat l'eut lue, il avait eu un mouvement de surprise et de joie; puis, se levant fébrilement et interrompant presque :

— Monsieur le président, je vous demande de vouloir bien entendre encore un témoin.

Le président eut un petit mouvement d'épaules, et il dit :

— Croyez-vous, monsieur, que MM. les jurés ne sont pas suffisamment édifiés?

— Monsieur le président, j'insiste : le témoin était malade, ainsi que l'atteste le certificat du médecin donné hier ; à cause de cette maladie, il n'a pu être interrogé pendant l'instruction; à l'heure suprême, il se présente et je réclame de votre équité qu'il soit entendu : il s'est fait porter ici.

Le président hésitait et consultait du regard l'avocat général; celui-ci acquiesça, et le président dit :

— Il va être fait droit à votre désir. Quel est ce témoin ?

— La femme Houdard...

Le public, toujours friand d'incidents, était attentif; mais ce nom ne lui dit rien : il n'en fut pas de même de l'accusé et de la Grande Iza. Au nom d'Houdard, cette dernière releva la tête, et on aurait pu lui entendre dire :

— Qu'est-ce que la femme Houdard ?

Maurice s'était dressé, et, le corps penché, tendant un peu les bras, la tête en avant, sa physionomie s'était subitement transformée; il souriait presque, son regard anxieux avait été de son défenseur au président, et il cherchait par la porte d'entrée des témoins, quand le président dit :

— Huissier, introduisez le témoin.

Il répétait sans qu'on pût l'entendre : « Cécile! Cécile! » n'osant croire ce qu'on venait de dire. Le public avait remarqué le changement qui survenait si rapidement dans la physionomie de l'accusé, et il devinait que le témoin devait avoir une importance capitale.

Quand la porte s'ouvrit et qu'on vit paraître une jeune femme pâle, se soutenant sur Amélie et sur l'huissier, il y eut dans la salle un : « Oh! oh! » de surprise.

A peine entrée, le regard de Cécile chercha Maurice, et le voyant les bras tendus vers elle, elle sourit et remua les lèvres; il comprit qu'elle disait : « Me voilà! »

Le murmure sympathique qui accueillit la jeune femme ne fut pas réprimé par le président; il commanda que le témoin fût assis, près du tribunal, et lorsque cela fut fait, il dit :

— Madame, êtes-vous assez reposée pour nous répondre ?

— Oui, monsieur, je suis forte; interrogez-moi.

On juge facilement de l'effet que produisit l'arrivée du nouveau témoin; sans savoir ce que cet incident devait amener, le public devinait que de graves choses allaient être dites. Un grand silence régnait dans la salle. Les regards ne quittaient le nouveau témoin que pour se reporter sur l'accusé, dont l'allure, le visage montraient assez l'importance de ce témoignage. La Grande Iza couvrait d'un regard farouche celle qui, par sa seule présence, avait conquis la sympathie de tous.

— Vous connaissez l'accusé? demanda le président.

— Oh! oui, monsieur, oui. Je suis bien malade, et depuis longtemps j'ignorais la situation dans laquelle il se trouve; je l'ai apprise ce matin, et quoi que le médecin ait dit, j'ai voulu qu'on me conduisît ici; il m'a dit que j'en pouvais mourir... Qu'importe, si je le sauve!

— Qu'avez-vous à dire ?

— Monsieur, je vous assure que Maurice n'est pas coupable, je vous le jure...

— Mon enfant, dit le président avec sympathie, votre affirmation est insuffisante; ce sont des faits qu'il faut à la justice...

— Oui, oui, je sais bien, il faut dire...

Et la pauvre fille, cachant son visage dans ses mains, se mit à pleurer.

— Voyons, madame, remettez-vous et parlez.

— Eh bien! oui, je vais parler... Monsieur, vous jugez Maurice Ferrand en l'accusant d'avoir, la nuit du 20 juin, assassiné une femme..., sa maîtresse.

La pauvre Cécile, en disant ces mots, essaya de sourire; puis elle continua, d'une voix saccadée, et en faisant des efforts visibles qui firent que Maurice, effrayé de son état, se mit à sangloter; il voulait qu'elle se tût; c'est son défenseur qui lui imposa silence.

— Maurice n'a pas de maîtresse, monsieur; il n'aime que moi...

— Mais vous êtes mariée?

— Oui, oui... Oh! que tout cela est difficile à dire...

Si faible que fût la voix de la convalescente, le silence était tel dans la salle des assises, qu'on ne perdait pas un mot, pas une syllabe, pas un soupir.

— Nous avons été élevés ensemble, avec lui, Maurice... On nous avait laissé croire que nous nous marierions ensemble..., et puis, on a voulu me marier à un autre homme... Alors, j'ai juré à Maurice que je mourrais plutôt que de n'être pas son épouse...

Cécile s'arrêta une seconde; le président la regardait, puis regardait ceux qui l'entouraient, semblant demander :

— Qu'est-ce qu'elle nous raconte là? Ça ne tient pas à la cause; est-ce qu'elle ne devient pas folle?

Cécile souriait à Maurice, voulant l'assurer qu'elle s'arrêtait pour reprendre haleine, mais qu'elle aurait la force d'aller jusqu'au bout; elle reprit :

— Je devais me marier le 21 juin... Je demandai à mes parents si leur volonté était irrévocable. On me dit : « Oui !... » Alors, je me sauvai le 20 au soir, à onze heures, de la maison, car nous étions convenus, Maurice et moi, que si nous ne pouvions nous marier, nous mourrions ensemble... Je l'allai rejoindre à la place de la Bastille... Il m'emmena chez lui...

— C'est vous qui, le soir du 20 juin, vous trouviez avec l'accusé sur le quai de la Contrescarpe?

— Oui, monsieur, c'est moi.

Les jurés, le public étaient attentifs; le pardon était sur toutes les figures. Elle continua :

— Il m'emmena chez lui... Alors, ainsi que nous en étions convenus, je lui dis : « Maurice, ce soir nous nous marierons... devant Dieu... » Tenez, monsieur, cette alliance que j'ai au doigt, c'est lui qui me l'a donnée; son nom, le mien et la date sont dedans... Je lui ai dit : « Je serai ta femme, mais je veux mourir... Après, je ne saurais être que ta maîtresse... » Il y était décidé comme moi, puisqu'il avait acheté ces bouteilles... Oh! je reconnais la marque; c'est bien ça : « Grand-Royal de Launay... »

Et elle montrait les bouteilles placées sur la table des pièces à conviction.

— Il avait préparé les deux bouteilles empoisonnées et puis quelques gâteaux... Nous avons fait une collation... et nous nous sommes couchés...

Cécile avait baissé la tête ; sur ses joues pâlies une vive rougeur était montée. Le président lui dit :

— Vous aviez bu le champagne, les deux bouteilles?... Mais c'est énorme!

— C'est, paraît-il, ce qui nous a sauvés... Je n'ai pu le garder... Enfin, monsieur, au milieu de la nuit, vers trois heures du matin, je repris connaissance... affreusement malade, ayant un mal de tête épouvantable et le feu dans la poitrine... Je regardai où j'étais, et je sentis Maurice près de moi. Oh ! monsieur...

Et en disant ces mots, elle eut un frisson, comme au contact du corps.

— Je le crus mort... Mort, et je vivais, moi !... Mort... Épouvantée, je sautai du lit; je courus pour me jeter par la fenêtre... J'étais femme et je n'avais plus d'époux... et je vivais... Par la fenêtre, je vis la Seine. Alors, je me... Maurice !...

Et s'affaissant, glissant de la chaise, la malheureuse femme tomba inanimée devant le tribunal.

On s'empressa autour de la pauvre enfant; les gardes durent retenir Maurice qui voulait se précipiter au secours de Cécile ; mais, bousculant ceux qui l'empêchaient de passer, Amélie était déjà près de son amie et suivait ceux qui l'emportaient hors de la salle des assises. Naturellement cet incident avait bouleversé tout le monde; le président, l'avocat général, vivement impressionnés par la déposition qui venait d'être faite, émus par la défaillance du témoin, n'entendaient pas les murmures du public, tout à coup pris de sympathie pour l'accusé. Maurice se tordait de douleur entre ses gardes dans la cage où il était enfermé, et son défenseur ne pouvait lui faire entendre que sa cause était désormais gagnée. Que lui importait sa cause ! sa vie!... Cécile souffrait, Cécile mourait peut-être, et c'était pour lui que cette imprudence mortelle avait été commise... Oh! comme il l'aimait alors, sa Cécile, comme en quelques minutes elle avait largement payé les souffrances endurées.

Dans l'auditoire, le public anxieux attendait le résultat de l'incident. Les jurés, tout à fait émus par l'accent sincère de la jeune femme, par son état maladif, par le romanesque héroïque de ce qu'elle avait raconté, causaient entre eux, déjà fixés sur le jugement qu'ils porteraient.

La Grande Iza avait des tressaillements fiévreux ; elle mordait ses lèvres et murmurait rageuse :

— Comme il l'aime !

L'huissier imposa silence, en voyant l'avocat général se lever; ce fut long à obtenir; l'anxiété était peinte sur tous les visages lorsque l'accusateur dit :

— Monsieur le président, en raison de la déposition du témoin, non acquise à l'instruction, je requiers du tribunal un supplément d'enquête et une nouvelle instruction.

Un murmure de déception se fit entendre, que le président réprima aussitôt.

Puis, se tournant vers les jurés, il dit :

— L'accusation ne reposait, comme point capital, que sur ce fait, que l'accusé ne pouvait justifier de l'emploi de son temps dans la nuit du 20 juin. La déclaration faite par le dernier témoin requis par la défense détruit l'accusation.

Puis, s'adressant à l'accusé :

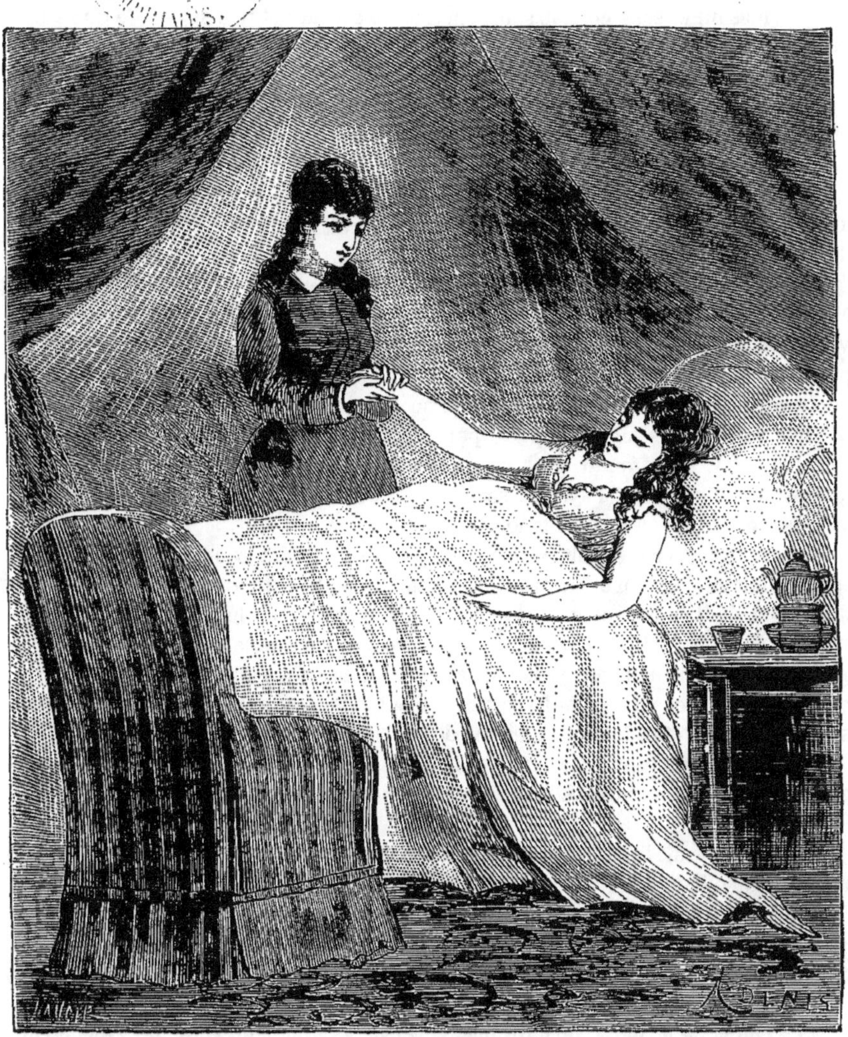

Elle prit la main de son enfant dans les siennes, et resta inerte (PAGE 358).

— Accusé, soutenez-vous ce que vient de déclarer le témoin?

Maurice se leva, essuya ses yeux, et dit d'une voix émue :

— Je m'étais engagé sur l'honneur à ne jamais révéler ce qui s'était passé dans la nuit du 20 juin... J'avais juré à ma fiancée de mourir plutôt que d'avouer; aujourd'hui, c'est elle qui me dégage de mon serment, et je déclare que la nuit du 20 juin, je l'ai passée avec Cécile Tussaud; que je n'ai pas quitté ma chambre, dans laquelle ma sœur Amélie, arrivant à dix heures, et surprise de me voir sur le lit gémissant et sans connaissance, m'a porté secours et m'a sauvé. Ce que vient de déclarer Mme Cécile... Tussaud est la vérité.

Le président dit froidement alors :

— Faisant droit à la requête de M. l'avocat général, l'affaire est renvoyée à la prochaine session pour supplément d'enquête.

Et l'audience fut levée.

Rien ne pourrait exprimer la douleur de Maurice, entraîné hors de la salle d'audience par les gardes; son défenseur l'assurait que désormais il était sauvé; il n'écoutait pas, il n'entendait pas, il ne voyait pas; sa pensée et son regard étaient fixés sur la pauvre fille qui venait d'apporter la vérité dans sa cause. Maurice ne pensait pas à ce qu'elle venait de faire, il ne pensait qu'à elle; il l'avait vue tomber devant le tribunal; il avait vu, lorsqu'on l'avait relevée, sa belle tête pâle s'incliner sur l'épaule de sa sœur, l'inondant de ses bruns cheveux; il avait vu le médecin accourir et ordonner qu'on la portât hors de la salle d'audience, il avait vu ce corps aimé, emporté par les huissiers, disparaître par la porte des témoins, et il avait voulu alors se précipiter; il avait senti la lourde main des gardes municipaux qui l'avaient saisi, et on l'entraînait, malgré ses larmes, ses cris, son désespoir, à travers le long couloir.

Lorsque la porte s'était ouverte, les gardes l'avaient conduit jusqu'à la voiture cellulaire, et il n'avait pas même remarqué, le pauvre diable, qu'une partie du public de l'auditoire était revenue là l'attendre pour lui donner encore une marque de sympathie. Au moment de mettre le pied sur le marchepied, il avait passé sa manche sur ses yeux, pour regarder la cause du bruit qu'il entendait autour de lui, et son regard, comme ébloui, avait aussitôt cherché l'ombre de sa paupière... C'était le regard ardent de la Grande Iza qui avait croisé le sien.

Il monta dans la voiture, qui partit aussitôt; la grande fille la regarda s'éloigner; puis triste, pensive, elle se dirigea vers le petit coupé qui l'attendait devant le Palais de justice.

A quoi pensait la Grande Iza? On l'aurait facilement deviné en voyant le regard farouche qu'elle jeta sur un groupe qui descendait les marches du palais. C'était Louis Paillard et Amélie soutenant Cécile pendant que Chadi courait chercher une voiture. Cécile semblait plus forte; elle souriait à ceux qui la soutenaient, et Iza ne put s'empêcher de dire :

— Qu'elle est belle !

Le coupé de la belle Moldave partit. Iza se jeta dans un coin, et, l'œil demi-clos, elle pleura. Qu'allait-elle faire? Pour Iza, un caprice était une passion, et elle aimait Maurice. Il lui avait suffi de le voir pour l'aimer. Tous les instincts grossiers de sa nature se réveillaient, comme les nuits ou, dans son costume de Zingari, elle courait les fêtes, cherchant l'amour des gars solides, aux reins robustes; elle sentait en elle les mêmes appétits, plus exigeants cette fois, car ce n'était pas seulement les sens, la chair qui parlait en elle. Il y avait du romanesque dans cette passion née sur les bancs de la Cour d'assises, et puis elle savait qu'elle tenait la vie de ce malheureux entre ses mains, qu'en échange de l'amour qu'elle lui demandait, elle lui donnerait la liberté... Mais ce fou, qui avait consenti à se taire pour sauver l'honneur d'une femme, au risque de se faire condamner lui-même, ce niais héroïque ne refuserait-il pas ce marché? Il aimait la femme Houdard, et il était capable de la repousser, elle!... Sous ses longs cils, ses yeux eurent des éclairs à cette pensée : cet homme lui résisterait parce qu'il en aimait une autre!... Elle se souvint alors que pas une fois il n'avait répondu à ses regards; l'avait-il vue seulement? et elle le voyait encore, comme en extase, lorsque Cécile était entrée : elle voyait son sourire, son regard, son geste à sa vue... Assurément, il n'y avait dans ce cerveau qu'une pensée: Cécile..., puisque c'était pour elle qu'il consentait à passer pour un assassin. Et cependant son sang lui parlait, à la Grande Iza; elle voulait Maurice, elle l'aimait, et il lui fallait son amour... La lutte avec cette femme était impossible, surtout à cette heure, où, par le sacrifice qu'elle venait de faire, elle avait repris tout ascendant sur le pauvre garçon... Que faire?...

On connaît la Grande Iza et on ne s'étonnera point de ce qu'elle trouva tout de suite... sa première pensée; enfin, la voici : Si elle sacrifiait Houdard? Si elle demandait à voir Cécile, si elle lui disait : « Je vous ai jugée, vous êtes incapable d'être une malhonnête femme, vous ne pouvez pas aimer Maurice. Voulez-vous m'envoyer, moi, trouver Maurice avec un mot de vous, déclarant que tant qu'il s'est agi de le sauver, vous avez fait le possible, mais qu'il ne doit bâtir là-dessus aucun espoir? L'amour ancien est mort; jamais vous ne le reverrez... » Alors elle se chargeait du reste; elle s'engageait à sauver Maurice et à la délivrer d'Houdard.

Elle bâtissait tout cela, l'œil demi-clos, abandonnant sa tête au mouvement de la voiture; puis tout à coup elle éclata de rire et dit :

— Je suis folle... Est-ce que je céderais jamais mon amant à une autre, moi?

Elle haussa les épaules, et, se redressant, déchirant ses gants, riant toujours, mais d'un rire nerveux, elle disait :

— N'importe comment, je l'aurai; je l'aime, je le veux... Et d'abord, il faut que mon imbécile recommence son instruction et qu'on rende une ordonnance de non-lieu... Il faut qu'il soit libre...

Et elle resta pensive quelques minutes; assurément, dans son cerveau se continuait le plan qu'elle voulait faire exécuter par Oscar de Verchemont — celui qu'elle appelait mon imbécile; — puis, tout à coup et comme se heurtant à un obstacle :

— Mais je ne peux pas livrer André!... Comment faire?

Assurément, à ce moment, on n'aurait pu reconnaître la splendide, la superbe Iza. Son front était soucieux, son regard farouche, ses dents serrées; elle pensait, cherchant un moyen et se répétant, pour ne pas céder au sacrifice qu'il fallait faire :

— Non, non, c'est impossible; livrer André... c'est me perdre. Non! il faut les sauver tous les deux!...

La voiture était arrivée; la grille de l'hôtel de l'avenue de Chaillot était ouverte; elle entra dans le petit jardin et s'arrêta devant le perron; la portière s'ouvrit et, lorsque Iza s'apprêtait à descendre, au lieu du valet de pied, elle vit un inconnu et se recula à son aspect peu rassurant.

— Que voulez-vous, monsieur?

— Madame veuve Séglin, c'est vous, madame? fit l'individu que nos lecteurs connaissent. C'était l'agent Huret.

— Oui, monsieur, c'est moi... Que voulez-vous? Qu'est-ce que ça veut dire? Et elle cria effrayée : Justin! Justin!

— Ne criez pas, madame, ne descendez pas! Au nom de la loi, je vous arrête... J'ai un mandat d'amener contre vous... Permettez-moi de prendre place près de vous, je vous le montrerai. Je vous en prie, madame, ne faites pas de scandale, ce serait inutile; mes agents sont déjà sur le siège, près de votre cocher...

— Monsieur, prenez garde à ce que vous faites,... dit Iza absolument bouleversée et sans énergie, ne s'expliquant pas la singulière scène dont elle était victime.

Huret faisait monter près d'elle un agent et lui se mettait sur le petit strapontin, en face de la jeune femme. Celle-ci s'était jetée dans l'angle, comme si elle redoutait le contact des agents et les regardait l'œil hagard, paraissant suffoquée, ne s'expliquant pas ce qui se passait. Iza n'avait plus conscience de rien, tant l'action des agents avait été prompte; et elle n'était pas revenue à elle que déjà la voiture atteignait les quais et se dirigeait vers la préfecture.

La Grande Iza, stupéfaite, comme pétrifiée, restait dans son coin, ne trouvant pas un mot à dire, et elle sembla s'éveiller, lorsque, dans la cour de la préfecture, la voiture étant arrêtée, l'agent Huret ouvrit la portière, sauta à terre et, lui tendant galamment le bras, dit :

— Nous sommes arrivés, madame; si vous voulez me donner la main?...

VI

CE QUI S'ÉTAIT PASSÉ CHEZ LES TUSSAUD.

Nous devons expliquer au lecteur comment Cécile était venue si à propos suspendre le jugement et permettre le supplément d'enquête si nécessaire à la cause.

On se souvient que, à la suite de la scène odieuse qu'Houdard était venu faire chez les Tussaud le jour de sa sortie de prison, le jour où le fabricant de bronze, se croyant débarrassé de son gendre, donnait une fête à sa fille, Cécile, épouvantée du danger moral auquel avait échappé sa mère, avait ressenti le contrecoup de l'émotion éprouvée. On avait dû la monter dans sa chambre. Elle était accouchée à moins de sept mois d'un enfant mort, et cette délivrance avait été pour la pauvre fille un affreux supplice. Elle n'était sortie d'un mal que pour retomber dans un autre : la péritonite. Et ç'avait été pour le docteur une lutte de chaque jour, où la science disputait son sujet à la mort, qui le guettait. Cécile n'était plus elle; le délire, la fièvre avaient tout éteint en elle, et la pauvre Amélie, qui la soignait, avait ce double tourment, que la vie de son frère était dépendante de la santé de son amie.

Ainsi qu'il arrive souvent dans cette maladie des mères, la période aiguë, qui peut avoir des effets mortels, peut également, et avec la même rapidité, amener un résultat heureux par une transformation immédiate ; la convalescence est presque nulle ; c'est la santé qui revient tout d'un coup, non la force ; les membres sont faibles, mais le moral revit tout entier. Ce dernier effet s'était produit. Le médecin, sortant un soir de chez Tussaud, l'avait pris par le bras au moment où il le reconduisait jusqu'à la porte, l'avait attiré dans la rue en lui disant :

— Venez me reconduire.

Et Tussaud, épouvanté, l'avait suivi et, la voix tremblante, avait demandé :

— Docteur, parlez, parlez ! Qu'est-ce qu'il y a ? Mon enfant va mal ?...

Le docteur avait pris le bras de Tussaud et lui avait répondu :

— Oui, oui, elle est très mal... Mon cher monsieur Tussaud, il faut être un homme, avoir du courage. Vous devriez éloigner la mère...

— Ah ! mon Dieu, mon Dieu ! avait gémi le pauvre homme en éclatant en sanglots... Mon enfant est perdue, dites, docteur ?

— Tussaud, il faut du courage... Elle est très mal.

— Elle va mourir ? demanda le père d'un accent déchirant.

— Elle est jeune, elle est forte ; lorsqu'il y a de la jeunesse, on peut toujours avoir de l'espoir... Mais, Tussaud, je suis un ami de la famille, moi, et je dois vous prévenir... Oui, votre enfant est mal, bien mal ; si vous avez des affaires à faire, il faut vous hâter... Elle peut ne pas passer la nuit.

Ce fut affreux de voir le pauvre homme. Il jeta un cri et pleura comme un enfant ; il oublia qu'il était avec le médecin ; sans lui parler, il l'abandonna, revenant chez lui en courant et répétant dans ses sanglots :

— Ah ! mon enfant ! mon enfant !

Quand il entra chez lui, il grimpa vivement à la chambre. Adèle, fatiguée, vieillie par les craintes et par les veilles, était penchée sur le chevet, souriant à Cécile, qui ne la voyait plus, prenant ses convulsions pour des sourires, se persuadant que, dans les mâchonnements de la fièvre, c'était son nom qu'elle voulait prononcer ; elle releva la tête au bruit, et, en voyant la tête de Tussaud, son visage inondé de larmes, elle courut vers lui. Elle le repoussa sur le carré ; d'une voix rauque, elle demanda :

— Le médecin t'a dit qu'elle était perdue ?

Tussaud ne put pas répondre ; il affirma de la tête en pleurant plus fort, et il la prit dans ses bras et l'embrassa, lui mouillant la figure de ses larmes. Adèle ne répondit pas à ses caresses ; son regard devint fixe, elle eut comme un grincement de dents ; pas une larme ne mouilla ses yeux ; la sentimentalité larmoyante de son mari lui semblait puérile, en raison de l'immensité de sa douleur. D'une voix sèche elle demanda :

— Qu'est-ce qu'il a dit ?... Bientôt ?

— Elle ne passera pas la nuit, sanglota Tussaud.

Adèle se dégagea de ses bras ; elle était comme écrasée ; elle alla toute droite, d'une pièce, jusqu'au lit; elle écarta les potions qui étaient sur la table de nuit comme des choses désormais inutiles... Elle s'assit, prit la main de son enfant dans les siennes et resta inerte, son grand œil rivé sur celui de Cécile.

Cette douleur sèche, muette était effrayante, et c'était plutôt la mère que l'enfant qui faisait peine et pitié.

La chambre des époux Tussaud se trouvait en face de celle de Cécile; Claude y était entré, il s'était laissé tomber dans un fauteuil, gémissant, pleurant, s'abandonnant à sa douleur; en bas, dans la salle à manger, se trouvaient Amélie, Chadi et Paillard; en voyant Tussaud rentrer comme un fou en venant de reconduire le médecin, ils avaient compris. Alors Amélie avait éclaté en sanglots; c'était fini : la mort de Cécile entraînait la perte de son frère; le matin même l'avocat lui avait dit que sa déposition seule, dans l'hypothèse établie par Huret, sauverait Maurice... Et Cécile était perdue! et Maurice était perdu!... Succombant sous la peine, la pauvre petite tomba à genoux et pria; c'est en vain que Paillard cherchait à la consoler. Elle savait que, sinon la vie, la liberté de son frère tenait à la déposition de Cécile, et la fatalité était que la pauvre enfant avait été malade lors de l'instruction; lorsque, sur la demande du défenseur de Maurice, elle avait été appelée, on avait espéré son rétablissement; ainsi elle aurait pu venir encore utilement à l'audience... et c'était fini! Dans quelques jours l'affaire de la rue de Lacuée venait devant les assises, et Cécile, le seul témoin qui pouvait sauver Maurice, n'y serait pas! On comprend facilement que ce n'était pas seulement son amie que la pauvre Amélie pleurait : c'était son frère, sa seule famille, son adoration qui était perdu.

Paillard parlait, mais vainement; elle n'entendait plus et gémissait :

— Mon Dieu! mon Dieu! mais nous sommes donc maudits?... Pitié! grâce!...

Chadi, accoté dans le coin du buffet, sanglotait bruyamment; le pauvre gars, en sauvant Cécile le matin du 21 juin, avait ressenti pour elle une fraternelle affection, que son entrée dans la maison Tussaud avait chaque jour augmentée; chez les Tussaud, il était comme un membre de la famille; Cécile était sa sœur, et le bon garçon gémissait :

— Pauvre petite, c'était bien la peine de la sauver pour qu'elle parte sitôt!... Il faut qu'il n'y ait pas de bon Dieu!... c'est pas juste!... Malheur!

Et ses sanglots redoublaient. Dans la chambre, Adèle restait comme pétrifiée, tenant la main de Cécile, le regard fixe, regardant la vie s'en aller de cette autre elle-même : sa fille. Elle n'entendait plus les larmes, les sanglots; il lui semblait que le silence n'était troublé que par cette respiration haletante, hocquetée, ce râle qu'elle redoutait de voir tout à coup s'arrêter. Tous ces malheureux étaient écrasés; ils ne soignaient plus l'enfant, ils attendaient sa mort, et cela dura quatre grandes heures sans qu'aucun osât venir regarder la pauvre Cécile, tant ce râle déchirait le cœur de ceux qui l'entendaient.

Ce fut Tussaud qui se leva tout à coup, livide, les traits contractés; il se soutint aux murs pour venir jusqu'au lit de sa fille; il n'entendait plus le cri d'agonie; il vit sa femme toujours à la même place, penchée sur le chevet prête à recueillir le dernier soupir de son enfant et désirant en mourir assurément. Il avançait comme un homme ivre et il balbutiait, espérant un démenti :

— C'est fini? c'est fini?...

Adèle ne l'entendait pas; il fit un grand effort pour s'approcher encore et il vint derrière sa femme; il regarda son enfant et il jeta un grand cri.

Il lui semblait que Cécile souriait et respirait librement; de la salle, en bas, Paillard et Chadi se précipitèrent épouvantés; ils arrivèrent lorsque Tussaud, tenant sa femme dans ses bras, lui montrant Cécile, lui disait :

— Adèle! Adèle! mais elle va mieux.

Et la malheureuse mère, comme folle, hébétée, penchait la tête, essayant de sourire en regardant son enfant.

Car c'était vrai, Cécile souriait et respirait librement : le sinistre râle ne s'entendait plus, et lorsque Tussaud put arriver à dire à sa fille :

— Tu vas mieux, Cécile? Il leur sembla que tout s'illuminait autour d'eux, que la chambre lugubre devenait gaie quand la malade dit d'une voix faible :

— Oui, père, oui, ça va mieux..., bien mieux. J'ai dormi longtemps, je suis heureuse de vous revoir. Oh! le vilain rêve... La gorge me brûle, j'ai soif, mère.

Les hommes tombèrent à genoux, et, toute tremblante, manquant de briser le verre, Adèle, comme ressuscitée, soulevait la tête de Cécile, n'osant l'embrasser.

Cécile était sauvée.

L'espoir ramenait la joie dans la maison; on avait vu le malheur de si près qu'on n'osait croire un changement si prompt. On eut pour la malade toutes les précautions, et, veilleuse attentive, Adèle empêchait qu'on ne parlât à son enfant d'aucune des affaires qui occupaient la maison. Amélie se mourait d'impatience; elle aurait voulu parler à son amie, mais la mère était toujours là. Au bout de cinq jours, Cécile allait tout à fait bien; elle était en pleine convalescence; appuyée sur le bras de sa mère, elle faisait le tour de la chambre. Le sixième jour, sa mère, tout à fait tranquille sur elle, agissait plus librement; elle était descendue dans la salle à manger et la bonne veillait près de la convalescente. Cécile demanda :

— Est-ce qu'Amélie est en bas?

— Oui, madame, elle a l'air bien triste.

— Évite que ma mère ne s'en aperçoive et dis-lui de monter près de moi une minute.

La servante, obéissant, descendit doucement et prévint d'un signe l'amie de sa maîtresse, qui monta aussitôt.

Elle s'avança, tremblante et soucieuse, vers Cécile ; celle-ci lui dit en lui tendant la main :

— Eh bien, Amélie, qu'y a-t-il de nouveau? et Maurice?

Quelque effort qu'elle fît pour rester calme, les larmes jaillirent de ses yeux et elle tomba à genoux près du fauteuil, prenant la main que Cécile lui tendait pour se cacher le visage. La jeune femme la regarda avec inquiétude; puis, l'obligeant à relever la tête, fixant ses yeux sur son visage, elle lui dit :

— Qu'est-ce qu'il y a? dis-le donc. Il est toujours enfermé?

— C'est aujourd'hui qu'il passe en jugement, et il y a des preuves épouvantables contre lui. Je n'ose pas y aller. Mon pauvre frère, il ne veut pas dire ce qu'il a fait dans la nuit du crime; moi, je dis que je l'ai trouvé le matin, qu'il avait voulu se tuer pour toi. Mais deux personnes affirment qu'à deux heures du matin, l'heure où le crime venait d'être commis, la porte de la rue et la porte de sa chambre ont été ouvertes et fermées.

Cécile se dressa et ramena son peignoir sur sa poitrine, se disposant à s'habiller, et elle dit :

— Vite, vite, fais avancer une voiture; donne-moi un châle et portez-moi; il faut que nous arrivions : je vais leur raconter la nuit de Maurice.

Toujours à genoux, anxieuse, la bouche demi-ouverte, l'œil mouillé et le regard fixé sur Cécile, Amélie n'osait croire ce qu'elle entendait; elle eut peur, ayant désobéi à Mme Tussaud en parlant de Maurice à la jeune femme, d'avoir ramené la fièvre, le mal...; et c'est tremblante, effrayée, qu'elle l'entendit continuer :

— Amélie, vite, appelle, qu'on m'emporte... Ils sauront comment il a passé cette nuit; c'était notre nuit de noces... C'est de ce jour que je suis sa femme, entends-tu? Tiens, vois, j'ai toujours son alliance.

Et comme, pour tout le monde, l'anneau d'or que Cécile portait au doigt était l'alliance qu'elle avait reçue d'Houdard le jour de son mariage, Amélie, l'entendant parler ainsi, crut qu'elle avait le délire et se reprocha ce qu'elle venait de faire; en parlant, elle avait peut-être tué son amie et elle n'avait pas sauvé son frère. Elle redoutait que Mme Tussaud ne montât à ce moment et ne lui reprochât ce qu'elle avait fait; elle cherchait un moyen de calmer la malade, car elle était véritablement terrifiée de son regard fixe, de ses gestes fébriles. Elle dit :

— Mais, Cécile, aujourd'hui nous ne pourrons arriver au tribunal en temps utile, l'audience doit être levée.

— Il y aura plusieurs audiences? demanda-t-elle d'une voix sèche.

— Oh! oui, c'est à peine, aujourd'hui, si les interrogatoires seront terminés.

Cécile se contenta de dire, avec un soupir et le plus grand calme :

— Ah! bien, nous irons demain; je serai toujours un peu plus forte... car j'étais citée comme témoin... Oh! je m'en souviens, je l'ai entendu dire quand j'étais très malade, et je t'ai vue pleurer.

Amélie était absolument stupéfaite; elle se demandait ce que signifiaient ces accès de fièvre subitement éteints; son amie comprit sa pensée, car, s'étant assise et l'attirant vers elle, elle l'embrassa en disant :

— Tu me crois malade, Mélie? Non, va, je suis faible, mais je vais très bien... Écoute, Mémée, tu en arrives presque à douter de ton frère.

Amélie fondit en larmes et baissa la tête.

— Lève la tête, Mémée, lève la tête; Maurice est un honnête homme qui se sacrifiait pour me sauver. Mais moi je n'ai rien à ménager aujourd'hui; le serment que je lui avais demandé, c'était à cause de notre enfant... et le pauvre petit est mort...

Cette fois encore, Amélie fixa ses regards sur ceux de la jeune femme; elle croyait que l'accès recommençait; à ses tressaillements, Cécile s'en aperçut, et, souriante, elle l'attira vers elle et lui dit à mi-voix :

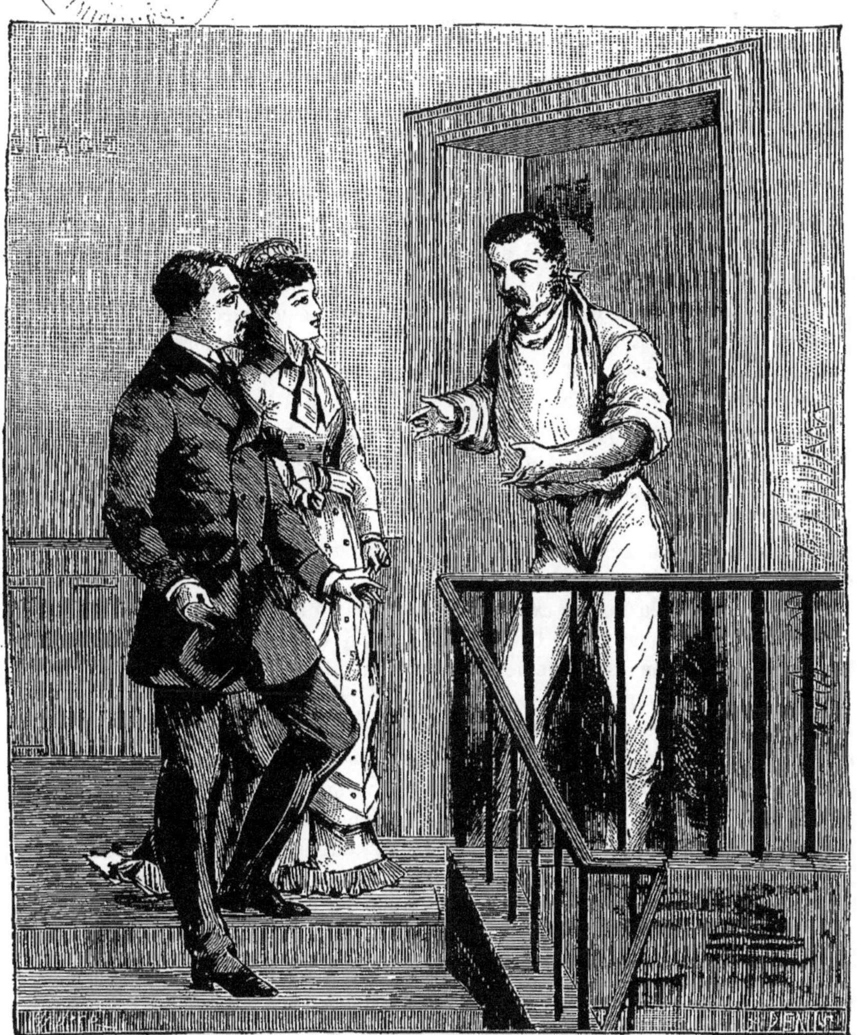

L'agent Huret avait ouvert à ses matineux visiteurs (PAGE 364).

— Ne crains rien, Mémée; je n'ai pas le délire, je te dis la vérité; tu es ma petite sœur, Maurice est mon vrai époux. — La nuit du 20 juin, nous nous sommes empoisonnés après nous être couchés ensemble... C'est moi qui, vers trois heures du matin, me suis sauvée, le croyant mort, pour me jeter à l'eau. Mon enfant était de Maurice...

Amélie était tout étourdie, elle n'osait en croire ses oreilles; c'est que tout s'expliquait bien ainsi; il n'y avait plus de doute possible, c'était la lumière apportée tout d'un coup dans le chaos de l'instruction. C'était son frère non seulement dégagé de l'accusation, mais encore honoré par l'héroïque conduite qu'il avait tenue, préférant la mort à la révélation d'un fait qui, en le sauvant, déshonorait une femme. Amélie prit son amie dans ses bras et l'embrassa en pleurant de joie, d'espoir cette fois, et en répétant :

— C'est vrai, tu es ma sœur. Oh! Cécile, comme je t'aime.

Lorsque Cécile, se sacrifiant pour sauver son père et pour venger Maurice, avait épousé Houdard, décidée à lui faire endurer dans sa vie nouvelle les tourments qu'il avait fait supporter à d'autres, elle avait tout à ménager. Pour être la maîtresse dans le ménage singulier qu'elle voulait, il fallait qu'elle eût avec elle l'opinion publique. Son mari était, par le fait même qui le couvrait de ridicule, obligé d'accepter une situation qu'il avait cherchée. Cécile alors n'était dirigée que par la pensée de son enfant. En apprenant que son époux *in extremis* vivait, en apprenant que Maurice, comme elle, avait échappé à leur tentative de suicide, Cécile avait souffert mille morts ; mais, pensant toujours à l'être qu'elle portait dans ses flancs, et lui voulant un avenir calme, un nom respecté, elle avait écrit à Maurice la lettre que nous avons vue si singulièrement transformée par Iza, et cela avait été la cause que Maurice n'avait pu réfuter les lourdes charges qui pesaient sur lui, en même temps que, tronquée, c'était une des pièces les plus compromettantes de l'accusation.

A cette heure, la femme avait quitté son mari, une séparation avait été prononcée; quoique en faveur de Cécile, elle avait fait une mauvaise impression, que le danger couru dans sa maladie avait un peu atténuée, il est vrai. La société bourgeoise a de ces cruautés; le mariage est pour la vie; une fois enrégimenté, il ne faut pas sortir du rang, si graves que soient les griefs; on est ainsi jusqu'à la mort accouplé comme des forçats. Mieux vaut, disent-ils, si la femme ou l'homme se conduit mal, fermer les yeux, mais rester ensemble, toujours ensemble; vivez chacun à votre guise, mais toujours ensemble, pour la famille, pour les enfants... La femme honnête qui quittera le foyer conjugal, duquel un fripon ou un débauché a fait un bagne, verra les portes se fermer devant elle, et cependant elle ne veut qu'échapper aux vices que le contact de l'époux rend contagieux, au crime peut-être... Mais le grand mot : « Elle a quitté son mari! » Au contraire, la femme mariée dont la conduite scandaleuse est connue de tous, qui rapporte au foyer des enfants qui de par la loi portent le nom du mari, verra toujours le même sourire sur le visage de ceux qui l'accueillent; la société aura toujours pour elle les portes grandes ouvertes... Cécile avait ressenti cette impression; mais, pour le petit être qu'elle allait mettre au monde, elle restait toujours fidèle à la ligne de conduite qu'elle s'était tracée et qu'elle avait indiquée dans sa lettre à Maurice. Lorsque l'odieuse scène d'Houdard, en hâtant sa délivrance, amena des complications dans son état et qu'elle mit au jour un enfant mort, Cécile eut de la haine et de la rage; elle n'avait plus d'enfant; alors, plus de retenue à avoir; que lui importait ce que l'on penserait d'elle! elle n'avait plus aucun ménagement à garder. La maladie la contraignit au silence; mais, revenue à la santé, elle était décidée à tout dire pour sauver Maurice.

Les deux amies causèrent longuement; Cécile raconta ce qui s'était passé dans la nuit du 20 juin, et, lorsqu'elle eut terminé son récit, elle dit à Amélie :

— Va, cours chez son avocat, il faut que je sois entendue demain. Raconte tout ce que je t'ai dit.

En deux minutes, Amélie s'était disposée à sortir; Adèle entra dans la chambre; en voyant les regards brillants de Cécile et, sur ses joues pâles, une vive rougeur, elle eut peur et s'avança en s'écriant :

— Oh! mon Dieu, Amélie t'a fait de la peine; elle t'a parlé de Maurice. Ma pauvre enfant, que tu es imprudente; te voilà encore mal.

— Mais non, mère, fit en souriant Cécile, au contraire, je vais très bien, et demain je veux sortir.

— Que dis-tu? exclama Adèle.

— Mère, c'est aujourd'hui que Maurice passe en jugement; il est accusé d'avoir assassiné une femme, la nuit du 20 juin, et il ne veut pas dire où il était cette nuit-là. C'est la mort peut-être.

— Eh bien, mon enfant, qu'y peux-tu? il faut de la raison.

— Comment, ce que je peux? Je peux le sauver en disant que la nuit du 20 juin nous l'avons passée ensemble.

— Oh! mon Dieu, tu seras perdue..., et tu vas te tuer, peut-être.

— Oui, mais je sauverai Maurice.

— Ah! fit Adèle en pleurant à la pensée du danger que risquait sa fille.

Amélie, obéissant à Cécile et craignant que sa mère ne s'opposât à sa volonté, s'était hâtée de partir. Vainement elle avait cherché l'avocat, elle n'avait pu le rencontrer. Paillard, qu'elle avait alors consulté, l'avait conduite chez l'agent Huret. C'est ce dernier qui lui avait dit ce qu'elle devait faire et ce que nous avons vu s'exécuter au tribunal.

VII

DES SINGULIERS TITRES DE NOBLESSE QU'ON TROUVE CHEZ Mme IZA, VEUVE SÉGLIN, COMTESSE DE ZINTSKY.

Il n'était pas six heures du matin lorsque Chadi, menant Paillard et Amélie, frappait vigoureusement à la porte de la petite chambre qu'occupait l'agent Huret; il frappait fort, croyant avoir à réveiller l'agent; mais au premier coup Huret ouvrait, étonné de cette visite matinale; depuis une heure il était levé, et, après avoir soigneusement brossé ses effets, ciré ses bottes, il avait déjà fait son petit ménage. Minutieux en tout, déjà sa petite chambre était rangée : tout était luisant, propre chez lui; l'ancien soldat se levait matin et ne comptait que sur lui pour les soins de son intérieur, intérieur modeste : un petit lit d'acajou, quatre chaises de crin, un vaste portemanteau, une table, une petite table à ouvrage de femme, au-dessus de laquelle étaient pendues en trophée : deux épaulettes de sergent, une croix écrasée sur un coin par la balle qui avait tué celui qui la portait; c'étaient les souvenirs de son père; au-dessous un portrait au daguerréotype, pâli, presque effacé, représentant une femme coiffée d'une marmotte, une ancienne marchande des halles, du marché des Innocents: la mère Huret. Le sol carrelé et bien rouge attestait des soins du locataire de la chambre.

Les bras troussés, la serviette au col, le menton savonneux, le rasoir à la main, l'agent Huret avait ouvert à ses matineux visiteurs; son front, plissé par la surprise inquiète de la visite, se rasséréna aussitôt, en reconnaissant ceux qui venaient le voir.

— Ah! c'est vous?... Est-ce qu'il y a du nouveau?

— Oui, exclama Chadi, oui, et du nouveau intéressant.

— Entrez, asseyez-vous... Tenez, mademoiselle, fit l'agent s'essuyant vivement le visage en offrant des sièges, et parlez.

— Monsieur Huret, dit Paillard, nous avons de très graves choses à vous apprendre. Mme Cécile va mieux, hier elle a pu parler, et nous vous amenons Mlle Ferrand qui va vous raconter ce qu'elle lui a dit; elle était chargée par Mme Cécile de voir le défenseur de Maurice; c'est en vain que nous l'avons cherché hier, et, à la première heure, nous sommes venus vous trouver pour vous demander conseil.

— Qu'y a-t-il? demanda vivement Huret attentif.

— C'est Mlle Amélie qui va vous raconter ça..., car il faut que nous nous hâtions; nous devons voir l'accusé avant l'audience.

— Cela ne sera pas possible; le défenseur de Maurice va, trois jours par semaine, à Saint-Germain; il ne revient qu'à l'heure de l'audience... Mais ne nous inquiétons pas de ça, dites toujours.

Alors Amélie raconta ce qu'elle avait appris par Cécile; l'agent Huret ne manifesta pas d'étonnement, mais de la joie; il exclama :

— Eh! pardi! ça devait être; je le savais que cet homme est innocent...; c'est l'autre, l'autre qui a tout fait, ce que je saurai, maintenant que j'ai des preuves... Il faudra bien qu'on le reprenne.

— Sauvez mon frère d'abord..., supplia Amélie.

— Ne craignez rien, mademoiselle; nous le sauverons en prenant l'autre..

— Mais que devons-nous faire?

L'agent Huret réfléchit quelques secondes et reprit :

— Vous avez raison; pendant que je vais agir vis-à-vis de l'autre, vous devez vous occuper de Maurice Ferrand. Pour voir son défenseur, il n'y a pas à y penser, je vous le répète: vous ne pouvez le rencontrer qu'au tribunal; une lettre adressée au président est plus rassurante.

— C'est ce que j'avais pensé, dit Paillard, et justement, je venais espérant que vous voudriez bien nous dire dans quels termes on doit écrire... Mais Mlle Amélie m'a dit qu'hier elle avait été pour voir ce président, et qu'elle n'avait pu y réussir.

— C'est assez naturel, expliqua Huret; concevez que, dans toutes les affaires semblables, la famille espère toujours qu'elle pourra influencer le magistrat qui préside les assises; il est du devoir de celui-ci de repousser toute entrevue, de refuser tout entretien avec la famille d'un accusé; les accusations et la défense ne doivent se produire que devant les jurés. S'il en était autrement, la justice n'existerait pas, on pourrait préparer ses juges.

— Alors croyez-vous qu'une lettre ne sera pas refusée par ces mêmes motifs, que je trouve fort justes? demanda Paillard.

— La lettre peut n'être pas adressée au magistrat chez lui, mais au président de la cour, et alors il peut, en raison de son pouvoir discrétionnaire, en donner lecture.

— Ah! mais en vertu de son pouvoir discrétionnaire seulement... Il peut donc passer outre?

— Je ne sais; nous nous trouvons là dans un cas exceptionnel; mais la recherche de la vérité étant l'unique but du magistrat, je crois qu'il lirait votre lettre... Au reste, l'homme dont nous parlons est un magistrat intègre, mal vu par ceux qui nous gouvernent, en raison de son indépendance absolue; un homme intelligent, estimé de tous..., et j'aurais voulu, pour l'instruction, un homme de sa trempe et de son caractère.

— Eh bien! monsieur Huret, dans cette affaire, tout ce qui se passe est si singulier, répondit Paillard, que j'ai peur de tout le monde, et je crains l'étendue de ce mot « discrétionnaire. » Je voudrais que nous agissions avec le droit.

— En faisant mes réserves sur M. Mathieu des Taillis, dont je connais le caractère, je suis de votre avis: jamais, dans aucune affaire, je n'ai rencontré mauvaise volonté comme en celle-ci.

Huret réfléchit un moment, puis dit vivement:

— Il y a peut-être une autre chose à faire; ce sera éclatant, cela frapperait le public, les jurés... Mais c'est bien théâtral.

— Dites, dites toujours, firent Paillard et Amélie.

Et Chadi, en entendant dire par Huret que le moyen qu'il allait proposer serait peut-être bien théâtral, avait relevé la tête et tendu l'oreille; si on faisait un éclat, du scandale, peut-être aurait-on besoin de lui; comme le limier qui donne du nez, dans le bois, en sentant les *passées*, Chadi s'animait. Huret réfléchit encore quelques secondes; puis, d'un ton qui dénotait un plan arrêté, il dit:

— Oui, cela vaut mieux; nous brusquons la situation, l'accusation est bouleversée de fond en comble, et cela oblige au supplément d'enquête qu'il me faut. Agir autrement serait imprudent, d'autant plus qu'il y a dans cette affaire des faits incroyables, des pièces disparues, tronquées. En livrant aux bureaux la grave déposition que vous apportez, on peut refuser de la prendre en considération.

— Oh! ce serait trop fort! exclama Chadi.

— Et pourquoi? Qu'est-ce que le nouveau témoin? Une femme malade... Il ne faut pas vous fâcher des hypothèses que je vais établir, mais c'est ce qu'on peut penser d'abord; moi, je connais l'honnêteté de Mme Cécile, eux ne connaissent rien et ne jugent que les faits. Or, le témoin qui vient se présenter aujourd'hui pour détruire une enquête sérieuse est une jeune fille qui voulait quitter sa famille pour vivre avec un apprenti de son père, une extravagante qui, voyant qu'elle ne pouvait réussir, a voulu se suicider, une femme qui, mariée, a quitté son mari... Quelle autorité voulez-vous qu'on lui accorde?... Puis, à la suite d'une maladie qui l'a empêchée de déposer pendant l'instruction, le certificat l'atteste, elle vient affirmer... quoi? que son ancien amant a passé avec elle la nuit du crime; que, quoique mariée, elle n'a jamais eu de relations avec son mari; que son enfant mort en naissant est l'œuvre de celui qu'elle vient défendre! Le cynisme de cet aveu — c'est ainsi que des indifférents nomment le sacrifice — les portera à déclarer qu'ils ont affaire à une folle, et que, par conséquent, ils n'ont pas à tenir compte de ses déclarations.

— Mais ce n'est pas possible, ce que vous dites là?

— Qui oserait dire cela?

— Il ne faudrait pas qu'on parlât comme ça devant moi.

Exclamèrent Paillard, Amélie et Chadi.

— Vous n'empêcherez rien; et ce que je vais vous proposer évite tout cela. C'est le public et les jurés qui, les premiers pris, entraîneront le tribunal.

— Dites-nous enfin ce qu'il faut faire.

— C'est simple. L'audience commence à dix heures; à onze heures, soyez là. Amenez Mme Cécile; je vais vous donner une carte qui vous permettra d'arriver jusqu'au tribunal; vous demanderez à un huissier que je vais vous désigner, en lui montrant la carte, de prévenir le défenseur de Maurice que Mme Cécile est là... Pensez-vous la décider à venir?

— Je m'en charge, fit Chadi; quand je devrais la porter.

Alors l'agent Huret leur expliqua longuement la marche à suivre, et termina en disant:

— Et, pendant ce temps, je vais agir...

Ils se quittèrent, les uns pour aller chercher Cécile et la conduire au Palais de justice; nous avons vu ce qu'il en était advenu; l'autre descendit de chez lui, mordillant ses moustaches et grommelant:

— Il faut n'importe comment que je mette la main dessus ce soir... Quand j'aurai celle-là, je chercherai l'autre.

Et il se rendit à la demeure du juge d'instruction, Oscar de Verchemont; celui-ci n'y était pas : la domestique, qu'il connaissait, lui avoua en souriant que, depuis quelque temps déjà, le jeune magistrat ne couchait jamais chez lui.

Ennuyé de ce contre-temps, il attendit, et, vers onze heures, il se rendit au Palais. M. de Verchemont venait d'arriver; il lui demanda audience; une fois entré, dès les premiers mots, Oscar, impatienté, lui dit :

— Ah çà, c'est une monomanie; cette affaire vous a troublé le cerveau... L'affaire de la rue de Lacuée sera terminée aujourd'hui; après l'audience d'hier, il n'y a plus à douter : le misérable est écrasé sous les faits.

— Tout cela est faux, monsieur... J'ai des preuves dans la main...

— Je ne comprends pas votre insistance, et je crains, monsieur, qu'oubliant le caractère impartial de votre métier, vous ne visiez à satisfaire une vengeance...

— Ma foi, monsieur, j'aurai la même franchise... Je crois que, dans cette affaire, il y a quelqu'un qu'on ménage aux dépens du malheureux qu'on juge...

— Que voulez-vous dire?

— Que vous devez m'entendre...

— Je refuse, et vous renouvelle l'ordre, déjà donné, de vous occuper d'autres affaires,... répondit Oscar de Verchemont.

Huret se redressa alors, et ouvrant la porte, après avoir salué, il dit en se retirant :

— Je sais ce que j'ai à faire; j'y perdrai ma place, mais je ferai mon devoir...

Et il sortit, laissant Verchemont stupéfait.

Le jeune magistrat ne s'expliquait pas cette insistance. Il était absolument convaincu de la culpabilité de Maurice Ferrand. Iza l'avait dirigé dans cette voie, et il ne voulait voir dans les recherches obstinées de Huret que la jalousie pour son collègue Boyer. C'est l'enquête de l'un qui avait servi à l'instruction; au contraire, l'enquête de l'autre avait abouti à une ordonnance de non-lieu.

Oscar de Verchemont était tranquille depuis la mise en liberté de celui qui avait prétendu s'appeler Georgeo Golesko; il avait l'amour de celle qu'il adorait. Tout entier à cet amour, aucune autre affaire ne l'occupait. Il redoutait d'être troublé par une instruction nouvelle.

L'affaire de la rue de Lacuée était complète; elle se jugeait; c'était véritablement vouloir faire trop de zèle que venir, tout étant presque terminé, recommencer une nouvelle enquête.

Les paroles de l'agent lui avaient déplu; il y avait vu une intention blessante, et il se réservait de demander sa mise à pied.

M. de Verchemont resta à son bureau; il pensait toujours à la singulière insistance de l'agent, lorsqu'un de ses collègues, entrant dans son cabinet, lui dit :

— Est-ce que vous étiez là, lors de l'incident à la cour?

— Quel incident? demanda Verchemont.

— Ah! vous ne savez rien? Le collègue raconta ce qui venait de se passer à la cour d'assises. On juge de l'effet produit sur le jeune magistrat par cette nouvelle. C'était donc vrai! c'est l'agent Huret qui avait raison! Qu'allait-on penser de lui? et si l'agent, interrogé par ses chefs, répondait en racontant les refus opposés à ses déclarations? C'est ennuyé, maussade, qu'Oscar de Verchemont quitta le Palais de justice.

L'agent Huret ne perdait pas son temps depuis sa sortie du cabinet du juge d'instruction; il allait de bureau en bureau, jurant, sacrant et constatant par lui-même, agent de la justice, combien il était difficile de se faire entendre lorsque l'on apportait la vérité.

Enfin il put arriver au procureur impérial. Celui-ci lui ayant manifesté son étonnement de l'insistance qu'il avait mise à le voir personnellement, l'agent lui dit ce qui venait de se passer. Ce que déclarait l'agent Huret se rapportait à une affaire importante et achevait d'éclairer ce qui venait d'avoir lieu à la cour d'assises; aussi trouva-t-il le procureur prêt à l'entendre.

Il raconta alors l'enquête sourde qu'il avait faite, ses déductions; il raconta le départ précipité de la Grande Iza, les ordres qu'elle avait donnés pour qu'on la crût en voyage, enfin les incidents de la vente et comment il avait retrouvé cette femme, qui était partie de son appartement de l'avenue Friedland en abandonnant le produit de la vente à ses créanciers, propriétaire d'un hôtel ravissant avenue de Chaillot. Comment, en quelques jours, sa position s'était-elle si singulièrement transformée? Celui qui avait fait le coup de la rue Lacuée, c'était André Houdard; celle qui l'avait dirigé, c'était Mme veuve Séglin. L'agent affirmait, et il achevait :

— A la vente, j'ai acheté un panier de champagne; j'ai fait attester par écrit, par le commissaire-priseur, l'état dans lequel je le trouvais; il y manquait deux bouteilles... Or, c'est ce même champagne nouveau, appelé *Grand-Royal de Launay à carte d'or*, fort difficile à trouver dans le bas commerce, qui ne se trouve guère que dans les maisons de premier ordre, c'est ce même champagne que nous avons trouvé rue de Lacuée.

— Mais l'accusé Maurice Ferrand reconnaissait avoir acheté deux bouteilles de champagne portant la même marque...

— Ici encore, monsieur, c'est une négligence du premier agent qui a fait l'enquête et c'est une faute du juge d'instruction; le champagne est de la même maison, mais celui acheté rue de Lyon ne porte pas la même carte; il s'appelle Pactole-Champagne et est pailleté d'or. En somme, monsieur, je viens vous demander de me donner un mandat, et, avant deux jours, les vrais coupables seront entre vos mains.

— Vous allez d'abord immédiatement vous rendre chez le commissaire de police du quartier des Champs-Élysées; vous lui remettrez le mandat d'arrêt que je vais vous donner contre la femme Séglin; vous vous dirigerez aussitôt chez elle et vous procéderez le plus discrètement possible à son arrestation. Je vais vous faire donner également un mandat d'amener contre le sieur Houdard, à la recherche duquel vous vous mettrez dès que vous en aurez fini avec la femme.

— Est-ce au même juge d'instruction que j'aurai affaire?

— M. Oscar de Verchemont ne peut plus occuper cette fonction, après la lenteur et le déplorable résultat de cette affaire... et pour d'autres raisons... Demain, vous saurez à qui vous devez vous adresser...

L'agent se retirait alors et attendait dans le vestibule; quelques minutes après, il partait, ayant glissé dans son portefeuille les deux mandats d'arrêt.

— Enfin! s'écria-t-il satisfait; bon Dieu! je savais bien qu'il y avait encore de la justice en France!

Nous avons vu comment l'agent Huret avait exécuté la première partie de sa mission.

A l'heure même où il faisait écrouer à la Conciergerie la belle Iza, tout étourdie de ce qui lui arrivait, et par cela anéantie, ne trouvant ni acte ni paroles pour résister, le jeune juge d'instruction Oscar de Verchemont montait tout pensif les Champs-Elysées, se dirigeant vers le nid d'amour qu'il avait donné à sa belle aimée. Il allait chercher dans les tendresses de la lune de miel les consolations de ses tourments, car Oscar de Verchemont le sentait bien, il avait mal rempli sa tâche; ce qui, sous les conseils de la Grande Iza, lui avait paru tout simple, tout naturel, prenait une autre couleur à cette heure. Dans l'instruction qui lui avait été confiée, il n'avait pas été incapable, il avait été partial, et par cela aveugle

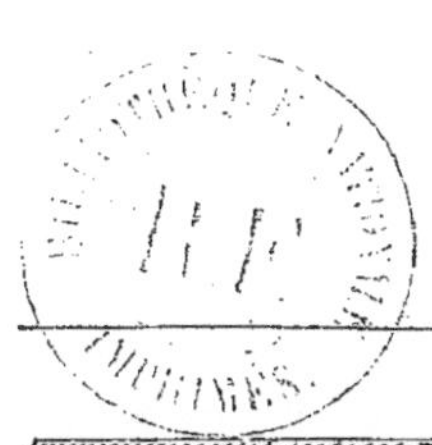

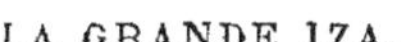

— Monsieur de Verchemont, j'ai été soldat comme mon père (PAGE 374).

volontaire. Il s'était laissé guider par la sentimentalité d'une femme : — il le croyait. Alors que, juge instructeur, il devait être sévère, il avait été faible, léger; obéissant aux caprices de la femme aimée, il avait oublié son devoir.

Ce qui s'était passé à l'audience, en détruisant ce qu'il avait si péniblement construit, le révélait ou complice ou incapable ; c'est à ce dernier mot qu'il s'arrêtait; le malheureux n'était pas complice, il était dupe; lui ne se voulait croire que maladroit. C'était, nous le savons, sa première affaire; elle était importante, et c'est grâce à M. Mathieu des Taillis qu'elle lui avait été confiée, sur l'assurance donnée par celui-ci qu'il était le magistrat austère, ambitieux, plein de zèle qui était nécessaire. Ce pouvait être un brillant début qui le lançait, et, au contraire, ç'avait été une chute. Il sentait que le moins qui pouvait lui arriver, c'était l'abandon, l'oubli; mais, en raison du scandale, il redoutait une révocation, et, tout pensif, il se demandait s'il ne valait pas mieux aller au-devant par une démission, en jetant la robe pour rentrer dans la vie privée.

La vie privée, pour lui, c'était l'existence passée près d'Iza, c'était ses baisers, ses caresses, et, à cette heure de tourment, d'ennui, il avait hâte de se retrouver près de celle pour laquelle il était prêt à tout sacrifier. Son ambition n'était plus la même qu'à son arrivée à Paris. Que lui importait maintenant le gros siège de la magistrature assise? que lui importait la grande robe rouge à parements d'hermine, la croix sur la poitrine?... Son ambition, c'était l'amour entier, exclusif de la Grande Iza. Il hâtait le pas, décidé à se consacrer entièrement à celle qu'il aimait; il allait redevenir simplement M. Oscar de Verchemont, il allait déclarer à Iza que les occupations de sa charge lui prenant trop de temps, il renonçait à tout, n'ayant plus qu'un désir : vivre pour elle et avec elle.

En arrivant, lorsqu'elle voudrait l'embrasser, il l'entraînerait jusqu'au petit bureau du boudoir, la tenant toujours enlacée dans ses bras, sa tête sur ses épaules, sentant ses cheveux caresser son cou; il écrirait sous ses yeux sa lettre au ministre de la justice, sa démission, et lorsqu'elle lui demanderait avec ses étonnements d'enfant : « Que fais-tu donc? » il pencherait sa tête pour atteindre ses lèvres, pour boire son haleine embaumée, et il lui dirait : « Je renonce à tout pour toi... Je ne veux avoir d'autre pensée que la tienne; je veux te voir, t'entendre sans cesse. Nous allons quitter Paris, nous voyagerons tous les deux, nous nous aimerons de par le monde, sans bruit; là-bas, dans le pays chrétien, en Italie, nous nous marierons et nous retournerons au vieux château des pères, vivre heureux en nous aimant. » Il bâtissait l'avenir, il créait dans son cerveau sa famille nouvelle, et lorsque la période aiguë de l'amour s'apaiserait, il aurait autour de lui les petits enfants, et, après l'amour de la femme aimée, l'amour de la mère.

En arrivant avenue de Chaillot, il se secouait comme si déjà il n'avait plus jamais à revêtir la grande robe de juge. Le sacrifice était fait : c'était décidé, il n'était plus magistrat, il n'était que l'amant, — ce mot lui répugnait, — que le fiancé heureux de Mme Iza de Zintsky.

Certes, la journée avait été triste pour lui, pleine de désenchantements, de défaillances; mais comme tout cela allait vite s'effacer en entrant dans le nid! Elle était là, belle, superbe, dans son grand peignoir indiscret, l'attendant, et il allait l'enlacer de ses bras; elle allait, en posant ses lèvres sur ses lèvres, faire retentir le baiser sonore de la bienvenue, et, à cette pensée, il avait des tressaillements de plaisir... Il faisait froid au dehors, on frissonnait; comme il allait être embrasé et comme il serait heureux devant la table mise, la voyant près de lui, devant la grande cheminée pleine de flammes, qui jetteraient ses lueurs sur son beau visage! l'illusion lui donnerait cet étrange et sauvage aspect qu'il aimait tant en elle.

Il avait la clef de la grille, il l'ouvrit discrètement; à peine entendait-on son pas sur le sable. Il entra et vit le petit salon vide. Il regarda sa montre croyant être en retard, et que, lasse de l'attendre, Iza s'était mise à table; il courut à la salle à manger; elle était vide. Inquiet, il sonna, et la domestique parut.

— Où est donc madame?

— Mais, monsieur, madame vient d'être arrêtée.

— Qu'est-ce que vous dites? exclama-t-il.

Et bouleversé, se refusant à croire ce qu'il entendait, il restait devant la femme de chambre, attendant qu'elle répétât de nouveau ce qu'elle avait dit. Arrêtée! Iza! mais c'était de la folie. La servante affirma:

— Madame était absente, nous l'attendions; un commissaire, accompagné par trois agents, nous demanda si Mme veuve Séglin, dite Iza de Zintsky, était chez elle. Je lui dis que madame, sortie le matin pour se rendre au Palais de justice, n'allait pas tarder à rentrer. L'un des agents me dit alors de ne pas quitter le vestibule et d'attendre avec eux. Il ne voulait pas que je pusse dire dans la maison ce qui se passait; je dus rester avec eux. Lorsque la voiture arriva, au moment où madame allait descendre, le commissaire se présenta et lui montra l'ordre qu'il avait de l'arrêter. Je n'ai pu voir madame; elle remonta dans sa voiture, les agents s'y placèrent avec elle en me disant que je devais me taire dans l'intérêt même de ma maîtresse; que je devais surtout observer la plus grande discrétion avec les gens de la maison, car ils allaient revenir aussitôt. Me conformant à ce qui m'avait été dit, je remontai dans ma chambre et je suis descendue à l'appel de monsieur, croyant que c'étaient les agents qui revenaient.

Oscar s'écroula plutôt qu'il ne s'assit sur un siège; une pâleur livide couvrait son visage, ses traits contractés étaient secoués par un tressaillement convulsif. Vainement il demandait à sa raison épouvantée ce que signifiait cette arrestation. Gêné par le regard interrogateur de la femme de chambre et n'osant demander d'autres renseignements, il la congédia par un signe. Seul, il se redressa; il arracha sa cravate et son col qui l'étranglaient; il était suffoqué, il ne pouvait respirer; on était en hiver, nous l'avons dit; dans la cheminée, le bois flambait, répandant une chaleur bienfaisante dans la salle à manger; mais Oscar de Verchemont étouffait dans cette atmosphère. Il souleva les lourds rideaux et ouvrit la croisée. La bise glacée d'hiver ne lui rendit pas l'air qui manquait à ses poumons; il était comme un homme ivre; il chancelait, et, pour se soutenir, il dut se cramponner à la coudière de la fenêtre. Il voulait ramener un peu de calme dans son cerveau, afin de juger et de s'expliquer la situation. Par quel ordre pouvait avoir été arrêtée Iza? De quel délit, de quel crime l'accusait-on? N'était-il pas une des causes de cette incarcération? Mais qu'avait-il fait, lui? Il s'était trompé. Est-ce que le parquet la rendait responsable de son erreur? Est-ce qu'on l'accusait, à cause de sa légèreté, de complicité? Est-ce qu'après s'être emparés de la femme, le retour annoncé des agents était dirigé contre lui et qu'on allait également procéder à son arrestation? Mais pourquoi? En obéissant à Iza, en suivant ses inductions, en libérant Georgeo Golesko, qu'on appelait André Houdard, est-ce que l'on croyait qu'il avait agi partialement, dans un intérêt particulier? Il faisait des efforts pour se souvenir; il voulait se rappeler une faute, et il était convaincu d'avoir agi avec bon sens, avec justice... Et toujours il revenait à cette idée, qu'en arrêtant Iza ce n'était pas elle, mais lui qu'on visait. Iza était pure, Iza était loyale; c'était une honnête femme, et c'était lui qui l'avait compromise... Mais comment?

Les idées les plus folles lui traversaient la tête; s'il n'avait été si tard, il se serait fait conduire chez le procureur impérial chargé de l'affaire pour lui demander des éclaircissements.

D'abord, il y avait une chose impossible à laisser dans l'état; Iza ne pouvait passer la nuit à la préfecture... Quoi! à cause de lui — il en était convaincu — l'adorable créature, l'admirable mondaine, habituée aux douceurs de la vie luxueuse, dans cette affreuse prison, livrée à ce contact odieux! Oh! Rien ne pourrait peindre l'état du malheureux magistrat; il était littéralement écrasé; il sentait bien à cette heure qu'il était sans force pour agir, pour la protéger; il était à l'index;... de plus, il en était la cause.

Les agents devaient revenir assurément pour procéder à son arrestation; cela ne l'occupait pas. Que lui importait sa liberté? A cette heure, il ne pensait qu'à arracher Iza de la situation dans laquelle il l'avait précipitée. Que faire? Attendre les agents; c'était le plus sûr moyen de trouver quelque sujet pour avoir une explication; il verrait le mandat, il saurait qui l'avait signé et peut-être quel chef d'accusation était visé.

Le calme lui revenait peu à peu; il paraissait plus maître de lui, mais il ne pouvait commander à cette oppression, à ce serrement de cœur, à cette contraction nerveuse qu'ont ressentis tous ceux qui se sont trouvés dans une situation aiguë. Il se dit : « Je vais attendre les agents. » Et, ne voulant pas leur donner le spectacle d'une faiblesse physique, il vint se regarder dans la glace. Il fut épouvanté du changement opéré en lui en quelques minutes. Son regard était fiévreux, son teint livide, ses lèvres sèches et, malgré lui, secouées par un mouvement nerveux. Il remettait sa cravate, lorsqu'il entendit des pas sur le sable. Il eut un tressaillement, presque une défaillance. La femme de chambre entra précipitamment en disant :

— Monsieur, les voici... Le commissaire n'est plus là ; c'est le même agent.

Il se dressa aussitôt, et c'est lui qui ouvrit la porte à l'agent Huret ; le reconnaissant, il s'écria, étourdi, furieux :

— Vous, vous ici!...

Et cependant, nous devons le faire observer, la stupéfaction de M. de Verchemont, en reconnaissant l'agent, fut moindre que celle qui se peignit sur le visage de ce dernier se trouvant nez à nez avec le juge d'instruction. Oscar de Verchemont souffrait de la situation ridicule que lui avaient faite les révélations à l'audience de la cour d'assises et surtout l'incarcération inexpliquée de celle qu'il aimait; cette journée n'avait été pour lui qu'une suite de déceptions ; dès le matin, l'agent avait été insoumis, irrévérencieux avec lui, et, en retrouvant le même Huret, toute la fureur, la rage qu'il comprimait en lui depuis le matin s'exhala. Ne jugeant pas, n'ayant plus de discernement, entraîné par son ressentiment, il pensa que l'agent était la cause de ce qui arrivait; Huret se vengeait de la façon dont il avait été reçu le matin même, et, debout devant l'agent, les bras croisés sur sa poitrine, le regardant avec mépris des pieds à la tête, d'un ton dont l'accent fit aussitôt monter le rouge au front de celui auquel il s'adressait, il dit :

— Ah ! c'est vous, monsieur? Parce que j'ai refusé d'entendre ce matin vos sottises, d'aider vos rancunes, vous vous vengez ce soir. Vous exercez sur moi, votre maître, votre métier de mouchard; vous êtes bien de ce que le peuple nomme : la rousse; sale espion de l'intimité, vous cherchez dans la vie de vos chefs pour les compromettre. Pour m'offenser, vous avez été raconter quelque infamie sur la femme que j'ai l'honneur d'aimer,... misérable. Pourquoi ce matin ne m'avez-vous pas demandé le prix nécessaire pour éviter vos calomnies et vos outrages? En vertu de quel ordre vous êtes-vous présenté ici, chez Mme la comtesse de Zintsky? De qui teniez-vous le mandat d'amener, puisque vous êtes à mon service? Répondez donc, monsieur le mouchard.

Huret était resté ferme devant le jeune juge, ne baissant pas la tête sous le débordement d'injures; le rouge avait d'abord envahi son visage, puis il était devenu livide et une sueur froide avait mouillé son front, mais il n'avait pas bronché; il était resté droit, ferme comme un vieux soldat sous le feu, essayant de cacher ce qu'il ressentait; il suffoquait, ses dents grinçaient, ses doigts crispés se fermaient enfonçant les ongles dans la paume de la main. Les agents, étourdis des imprécations, le regardaient, se demandant pourquoi il les tolérait. Huret voulut parler, il ne put, et aussitôt Oscar de Verchemont reprit :

— Misérable mouchard, tu trembles maintenant; tu ne savais pas que je viendrais détruire la toile que tu tramais lâchement dans l'ombre, contre une femme, misérable, une femme !... et tu n'as rien à répondre.

L'agent Huret se secoua d'un mouvement sec; il eut un cri rauque comme une toux, et, la tête haute, il avança d'un pas, l'œil flamboyant.

— Monsieur de Verchemont, cria-t-il, je vous réponds que je fais mon devoir,... moi.

— Dites-moi : monsieur le juge...

— Vous n'êtes plus mon juge, vous êtes révoqué, comme indigne, — et, avançant son doigt sous le nez d'Oscar, en secouant la main, il ajouta : — et demain, peut-être, comme complice...

Le jeune magistrat, rouge de honte, reculait devant l'agent, menaçant; celui-ci reprit :

— Monsieur, vous croyant encore mon chef — et non mon maître — vous m'avez insulté, et je vous rends votre injure; de nous deux, le misérable, c'est vous...

— Huret !... vous oubliez...

— Sacré tonnerre de Dieu ! je n'oublie rien... Vous n'êtes plus mon chef... et ici vous n'êtes qu'un homme, que le protecteur de la fille Iza...

— Taisez-vous, malheureux,... s'écria Oscar se précipitant...

— Si vous faites un pas, je vous fais mettre la main sur l'épaule par mes hommes...

Il y eut un silence, car, sur un signe d'Huret, les deux agents s'étaient avancés, et leur allure, leur mouvement ne laissaient aucun doute sur la façon avec laquelle ils allaient agir. Ce silence dura presque une minute, au bout de laquelle l'agent Huret, droit comme un soldat devant son chef, se découvrit et dit :

— Monsieur de Verchemont, celui que vous venez d'insulter est le fils d'un homme qui a payé sa dette à son pays, avec son sang ; mort sans fortune, il a laissé à son fils son nom pur et l'exemple de l'homme qui fait son devoir... Monsieur de Verchemont, j'ai été soldat comme mon père, et lorsque j'ai quitté le service, n'ayant pas de métier, j'ai dû chercher un moyen de vivre, je me suis mis agent..., agent pour chercher les êtres dangereux, les bandits, les assassins..., c'est-à-dire que, ne pouvant donner ma vie pour mon pays, je l'ai offerte à la société... J'ai refusé d'être des mœurs ; car, vous avez menti, monsieur, je suis incapable d'attaquer les femmes, qu'elles soient ce qu'elles voudront ; les hommes ont droit au vice, et c'est eux qui le donnent aux femmes — ce n'est pas pour moi un crime. — En haut, en bas, pure ou souillée, je respecte la femme... Je ne fais la guerre qu'aux méchants, je défends les bons... Monsieur de Verchemont, je ne suis pas un mouchard, je suis un agent... Oh ! je sais, ce seul mot : agent, indique un métier répulsif : je suis répulsif, comme l'araignée qui tend sa toile pour prendre la mouche charbonneuse, qui tue celui qu'elle pique. On a peur des araignées, on ne craint pas les mouches, les imbéciles !... Si j'ai arrêté une femme ici, c'est que cette femme est la complice de l'assassin que je cherche...

— Vous mentez, vous mentez..., cria de Verchemont.

— Monsieur, je vous ai dit tout à l'heure que vous n'étiez plus mon chef, et je vous ordonne de me parler autrement, si vous ne voulez que j'agisse contre vous.

— Quelle ridicule complicité attribuez-vous à Mme de Zintsky ?

— Je pourrais, je devrais même m'abstenir de vous répondre. Je suis ici dans l'exercice de mes fonctions, agissant en vertu d'un mandat. Mon devoir serait de m'emparer de votre personne pour injures aux agents. Je n'ai pas à vous rendre compte de ma conduite, mais, au contraire, je dois vous demander ce que vous faites en cette maison.

— Que signifie cette comédie, monsieur Huret ?

— Je suis l'agent chargé de faire ici une perquisition, et de m'emparer de tout ce qui me paraît suspect... D'abord je vous demande de nouveau, monsieur de Verchemont, l'explication de votre présence en ce lieu.

Oscar se contenta de hausser les épaules ; l'agent, sévère, continua :

— Monsieur, j'ai le droit de tout penser ; vous meniez l'instruction ; lorsque j'ai voulu vous parler de ceux que je cherche aujourd'hui, vous avez refusé de m'entendre, me dirigeant toujours d'un autre côté ; aujourd'hui que, passant outre, je me suis adressé au procureur impérial et qu'agissant en vertu de ses ordres directs, j'ai arrêté la principale accusée, je vous trouve chez elle... Monsieur de Verchemont, vous étiez son complice.

Le jeune magistrat n'avait pas entendu la dernière partie de la phrase ; plus calme devant l'attitude de l'agent, il n'avait retenu que sa déclaration au procureur impérial ; il était révoqué, c'était bien ; mais pourquoi le premier magistrat avait-il ordonné l'arrestation de sa maîtresse ?

— Ah ! sortant de mon cabinet vous êtes allé vous plaindre à M. le procureur ?

— J'ai été vous dénoncer ; c'était mon devoir.

Oscar haussa encore les épaules et reprit :

— Et c'est à vous que je dois ma révocation ?

— Je le crois !... J'avais les mains pleines de preuves, et vous refusiez de les voir.

Fronçant les sourcils et impatienté, de Verchemont demanda :

— Des preuves contre Mme de Zintsky ?... Vous ne m'avez jamais parlé d'elle.

— Vous refusiez de m'entendre.

Inquiet, agité, fiévreux, Oscar de Verchemont marchait dans la grande salle à manger ; Huret l'observait, se demandant toujours l'explication de la présence du jeune juge chez l'inculpée, se refusant à croire à sa complicité ; mais, assuré de sa partialité, il parla bas à un des agents ; celui-ci sortit aussitôt pour revenir une minute après ; il lui dit quelques mots à l'oreille qui firent hocher la tête de l'agent. Oscar se versa un verre d'eau, le but d'un trait, et, plus calme, il revint vers l'agent auquel il dit :

— Huret, vous me dites que je suis révoqué ; jusqu'à cette heure, je l'ignore.

— Votre révocation, signée aujourd'hui, ne vous parviendra que demain.

— Je n'en éprouve ni chagrin ni joie ; j'étais décidé à donner ma démission après ce qui s'est passé à l'audience aujourd'hui. Mais à cette heure je suis encore dans mes fonctions ; à cette heure vous êtes encore sous mes ordres, et, oubliant ce qui vient de se passer, je vous demande l'explication de l'arrestation de Mme de Zintsky, et vous prie de me donner les preuves que vous prétendez avoir.

— Monsieur, c'est vrai, vous ne serez révoqué que demain, vous pouvez me commander, quoique depuis ce matin je sois dégagé par votre supérieur hiérarchique ; j'avais le droit d'agir ainsi que je l'ai fait, et je pourrais refuser de vous répondre ; mais je n'ai pas de parti pris, moi. J'ai fait demander tout à l'heure par un de mes hommes à quel titre vous étiez ici, et tout m'a été expliqué. Vous êtes l'amant de Mme de Zintsky, et vous avez été sa dupe...

— Huret, je vous prie de suspendre vos jugements ; répondez-moi, montrez-moi ces preuves.

L'agent, en voyant sur le visage du jeune juge les souffrances qu'il endurait chaque fois qu'il était question d'Iza, eut pitié, et, après s'être recueilli, il dit :

— Vous avez encore tous les faits présents à la mémoire ?

— Oui, répondit Oscar en se laissant tomber sur un siège ; oui, parlez.

— Vous vous souvenez que, dans l'instruction relative à André Houdard, le cocher qui l'avait conduit la nuit du crime déclara que son voyageur était descendu de voiture en haut du faubourg du Roule. Le cocher, lorsque je l'interrogeai de nouveau, ajouta qu'il croyait l'avoir vu se diriger vers l'avenue Friedland et entrer dans une maison où demeurait alors Mme Iza, veuve Séglin.

— Avenue Friedland, chez Iza, c'est impossible.

— Je vous ai dit que j'avais les preuves. Cet homme que vous avez libéré sous le nom de Georgeo Golesko est André Houdard, l'ancien amant de Mme Iza, et j'ai l'acte de décès de Georgeo Golesko, un autre amant à elle, mort pour elle il y a trois ans.

— Non, non, c'est impossible; vous n'avez pas la preuve de ce que vous dites!

— Je n'avance pas un mot qui ne soit affirmé par mon instruction.

L'allure du jeune juge était tout autre; d'abord il avait repoussé toute espèce d'accusation dirigée contre son idole, mais cette fois l'épouvante se peignait sur son visage; en même temps que son cœur se déchirait à la pensée qu'un autre homme aimait Iza et était aimé d'elle, il se souvenait du prix qu'elle attachait à la liberté d'Houdard, et c'était lui qui lui avait rendu son amant. Elle avait menti en déclarant qu'il se nommait Georgeo Golesko, et pour ce mensonge elle avait pris le nom d'un autre amant. Mais non, cela n'était pas possible. Comment assembler tant de beauté, de douceur, à tant de perfidie? Non, non, son cerveau se refusait à croire. L'agent comprit et il continua :

— Du jour où je sus que l'assassin, en sortant de la rue de Lacuée, était venu dans la maison de l'avenue Friedland, je voulus voir cette maison. Alors j'appris que celle qui l'habitait était partie à l'étranger, j'appris quelle dangereuse créature elle était.

— Dangereuse créature!...

— Oui, monsieur; si, avant d'écouter votre cœur, vous aviez écouté votre raison; si vous aviez demandé au premier venu de ceux qui l'entouraient ce qu'elle était...

— Non, non, je sais ce que valent les enquêtes sur la vie des gens.

— Rien ne vous persuadera, je le vois, que le fait brutal.

— Mais les preuves, enfin?...

— D'abord un indice : c'était la rapide disparition de cette femme le lendemain de la libération d'Houdard.

— Ça, j'en sais la raison, fit M. de Verchemont avec un amer sourire; et si toutes vos déductions valent celle-là...

Huret s'impatientait de cette résistance à ce qu'il était persuadé être la vérité; il reprit :

— On avait mis le mobilier en vente; j'assistai à cette vente... et j'achetai un panier de champagne auquel il ne manque que deux bouteilles et portant cette marque : « Grand-Royal de Launay, Reims. »

— Eh, mon Dieu! mais c'est puéril, cela. Croyez-vous qu'il n'y a pas de champagne à cette marque-là?...

— Je fis attester par le commissaire-priseur l'état dans lequel je trouvai le panier. Puis, j'avais remarqué que la servante de cette femme, son ancienne femme de chambre, assistait à la vente et y avait amené un marchand.

Au nom de la femme de chambre, de Verchemont fronça le sourcil et tendit l'oreille.

La porte s'ouvrit, et Chadi parut (PAGE 383).

— Cet homme n'achetait rien depuis le commencement, lorsque l'on mit aux enchères un petit bureau-chiffonnier; la femme de chambre lui fit un signe, et, quoique je poussasse les enchères à un prix extravagant, il devint acquéreur. Ce petit meuble m'avait intrigué; la femme de chambre, en le faisant acheter à n'importe quel prix, devait avoir ses raisons. Peut-être contenait-il une certaine somme : je voulus éclaircir la chose. J'attendis qu'on vînt enlever le meuble et je suivis ceux qui l'emportaient. Arrivé chez le marchand de meubles, je remarquai qu'il était aussitôt mis en vente à l'étalage; j'entrai pour le marchander; on me dit que ce meuble était vendu. Tout à coup je vis descendre d'une voiture de maître un homme et une femme, qui marchandèrent le petit meuble à leur tour. A ceux-là le marchand ne déclara pas que le petit meuble était vendu. Il traita, et immédiatement ce bureau était porté chez l'acheteur... c'est-à-dire ici, chez celle à laquelle il appartenait d'abord...

— Ce tapissier demeure faubourg Saint-Honoré?

— Oui, monsieur.

— Et vous avez assisté à tout cela?

— Je l'affirme.

— C'est moi qui accompagnais Iza chez ce tapissier, c'est moi qui achetai ce meuble... et vous m'affirmez qu'il sortait de l'appartement de l'avenue Friedland?

— J'ai la déposition écrite du marchand.

— Oh! mon Dieu! mon Dieu! mais c'est donc vrai! Venez, venez, Huret.

Et, saisissant un candélabre, c'est lui qui dirigea les agents jusqu'au premier étage.

— Le voilà, dit aussitôt l'agent en désignant le petit bureau.

— Huret, agissez, ouvrez-le. Moi, je suis sans force.

Et le jeune juge, blême, tremblant, remit le candélabre à un des agents et se laissa retomber sur une chaise, regardant Huret qui, ayant pris dans sa poche un trousseau de clefs emporté par lui à cet effet, essayait d'ouvrir le coffre du meuble.

Les deux petites portes s'ouvrirent facilement, et Huret ne trouva que du papier à lettres au chiffre de Mme Iza de Zintsky, et trois écrins de velours bleu; il les ouvrit. Oscar de Verchemont se leva aussitôt pour regarder les bijoux, il parut tout surpris. L'un des écrins contenait une magnifique parure d'émeraudes et de brillants; les émeraudes étaient grosses comme des noisettes, et leur vue arracha un cri d'admiration aux agents.

Oscar de Verchemont était comme stupéfait et il disait :

— Je ne connais pas ces bijoux...

Et il avait des crispations de rage; il se demandait qui avait pu donner ces bijoux à la Grande Iza et quelles faveurs leur richesse avait été payée. Huret regardait négligemment et il dit tout simplement :

— Monsieur, vous ne connaissez pas tous les bijoux de Mme Iza.

— Si. Je dois les connaître, répondit fièrement le jeune juge, — qui continua, sans avoir conscience qu'il parlait; — en prenant Mme de Zintsky, j'ai voulu qu'elle abandonnât absolument tout le passé : c'est pour cela qu'elle a quitté l'appartement de l'avenue de Friedland; c'est pour cela que la vente de tout ce qu'elle possédait alors a eu lieu; c'est moi qui le voulais ainsi... Elle quittait tout ce qu'elle avait connu, n'en emportant aucun souvenir, pour vivre avec moi, seulement avec moi... Je voulais même qu'elle changeât de nom... Tout a été vendu. Tout ce qui est ici vient de moi, et c'est pour cela que je disais que vous ne trouveriez rien, si ce n'est dans ce meuble qu'elle me fit acheter, en me disant que depuis huit jours il attirait ses yeux — vous m'avez raconté qu'il provenait de la vente — et cela me fait peur! J'ai voulu que tous ses bijoux fussent vendus, et je lui ai laissé en racheter d'autres, à son choix. J'en suis certain, ceux-ci n'en sont pas.

Huret avait cligné de l'œil en entendant les déclarations du juge. Tout à son affaire, il se souvint que les bijoux de Léa Médan n'avaient jamais été retrouvés.

— Nous prenons ces bijoux, alors; il faudra que nous en connaissions la source.

Et l'agent fouillait dans les petits tiroirs sans rien trouver. Un de ses collègues lui dit que ce genre de meuble avait toujours un secret, lequel s'ouvrait en enlevant un tiroir et en retirant une petite tringle.

— Montrez-moi cela, si vous vous y connaissez.

— Je connais ça parce que j'ai été ébéniste étant jeune.

L'agent exécuta ce qu'il avait dit, et, ayant effectivement retiré une petite tringle, d'un coup de pouce, il fit basculer un panneau, qui tomba découvrant un coffre dans lequel était une boîte de bois que l'agent ouvrit.

— Qu'est-ce cela?... des fioles singulières...

C'était, en effet, comme une petite pharmacie de campagne. Il demanda au juge :

— Connaissez-vous cela?

— Non.

— Mettez ceci avec les écrins. Et il enfonça son bras et en tira une liasse de papiers...

— Qu'est-ce cela? Il arracha l'enveloppe et s'approcha de l'agent qui portait le candélabre pour lire.

Le premier papier qu'il regarda était écrit en allemand; Huret, ignorant cette langue, ne pouvait comprendre. Cependant, à peine avait-il jeté les yeux sur les premières lignes, qu'il jeta un cri de satisfaction.

— Enfin!

— Qu'y a-t-il? demanda Oscar de Verchemont en tremblant.

— Venez voir; une seule ligne vous éclairera... Je savais que je ne me trompais pas.

— Oh! mon Dieu! dit de Verchemont en s'avançant.

Et son regard suivit le doigt de Huret, qui lui indiquait une ligne; il lut :

« Ella Kermedan, » en tête d'une lettre, et sur une enveloppe : « Madame Léa Médan, rue de Lacuée, à Paris, — France. » L'enveloppe portait le timbre de Varzin.

En lisant ces seuls mots, le malheureux magistrat jeta un cri de douleur, et ses jambes ne le soutenant plus, il tomba à genoux en gémissant.

— Oh! mon Dieu! mon Dieu! c'était donc vrai!... Cette femme que j'adore est un monstre et j'étais son jouet, sa dupe; elle m'avait pris pour se protéger... Iza est la... Oh!

— Monsieur Oscar de Verchemont, jugez maintenant de votre œuvre!... Vous êtes magistrat, jugez-vous donc vous-même.

Il fit signe aux agents de prendre le meuble même, et, sachant bien qu'il ne devait plus rien trouver dans la maison, ayant eu par de Verchemont l'explication de la vente d'Iza, et par cela assuré que ce seul petit meuble était utile à l'instruction, il descendit, suivi de ses acolytes portant le petit bureau, lui tenant les papiers, la boîte et les écrins. Ils laissaient Oscar de Verchemont à genoux, écrasé de honte et de douleur, gémissant.

Ils montèrent en voiture et se firent conduire immédiatement à la préfecture.

En les entendant partir, la femme de chambre qui les avait reçus monta aussitôt; elle recula en voyant le jeune juge se tordant de douleur sur le tapis :

— Ah! mon Dieu! monsieur, qu'avez-vous? Ils vous ont donc frappé?

Oscar de Verchemont ne répondit pas; il était accablé, il sanglotait et était indifférent aux marques d'inquiétude de la jeune servante. Celle-ci, effrayée, se baissa pour l'aider à se relever, croyant à une défaillance.

— Mon Dieu! monsieur, relevez-vous; appuyez-vous sur moi...

Et il se laissait faire; elle le soutenait et le dirigeait vers le canapé.

— Asseyez-vous et je vais appeler; on va courir chercher un médecin.

Il comprit, mais difficilement; il regardait la femme de chambre avec un œil inquiet, paraissant chercher à s'expliquer ce qu'elle disait; voyant qu'elle allait sortir pour chercher quelqu'un, il la retint et dit :

— Non, n'appelez pas... Restez là... je n'ai besoin de rien.

Et il faisait les plus grands efforts pour contenir ses sanglots. En voyant cette douleur muette, la servante, sans s'expliquer la gravité de ce qui se passait, comprit la souffrance du malheureux, et, apitoyée sur lui, deux grosses larmes coulèrent sur ses joues et elle dit :

— Monsieur, il faut du courage.

— Oui, répondit-il avec un sourire amer, oui, il faut du courage.

— Il faut penser à madame.

— A madame... oui, c'est vrai!

Et balbutiant, il ajouta :

— C'est de la folie, tout cela! Elle ne peut pas passer la nuit... Oh! non!

S'adressant à la femme de chambre, il dit vivement :

— Descendez en bas et faites atteler bien vite.

— C'est cela, monsieur, ne vous désolez pas comme cela, agissez...

Et la jeune femme sortit pour obéir. Oscar de Verchemont répéta sa dernière phrase :

— Agissez! oui, il faut agir, mais près de qui?..

Il pleura de nouveau; il se souvenait de ces mots de Huret : « Maintenant, monsieur le magistrat, jugez-vous vous-même. » Il était assis sur le canapé, les mains jointes et serrées entre ses genoux; la tête penchée, il pensait. Non, ce n'était pas possible, cette admirable et capricieuse créature ne pouvait être un assassin; il y avait là une monstrueuse erreur. Oh! cet homme, ce Huret, comme il le haïssait! Coupable ou non, cela ne pouvait en rester là; il aimait trop Iza pour l'abandonner; il fallait l'arracher des griffes des agents, de l'ignoble prison... Mais comment faire?

Malgré lui sa pensée déviait, et il se reportait à ce qu'il venait d'apprendre et ce qu'il avait vu. Pourquoi cet intérêt porté à André Houdard, ce mensonge pour l'arracher aux juges, cette obstination à étudier et même à diriger l'instruction? Et il ne s'était douté de rien! Alors il se désolait, il était effrayé de l'audace de cette femme. Quoi! sous ses apparences de douceur, sous ce corps fait pour l'amour, se cachait cette âme de boue! Mais c'était épouvantable! Iza, la maîtresse d'Houdard et sa complice dans l'assassinat de Léa Médan? Cela était impossible, et cela était! La jalousie déchirait son cœur de ses dents aiguës; il eut des cris rauques, et alors qu'on eût pu croire qu'il allait avoir un emportement de haine, de dégoût, de honte... au contraire, comme épuisé, vaincu, il se roulait sur le canapé, éclatant en sanglots et répétant :

— Eh! je l'aime, je l'aime, cette femme... Mais c'est affreux cela...

Puis, voulant se prouver à lui-même qu'elle n'était pas coupable, il parlait haut.

— Non, elle n'est pas coupable... Non! c'est une malheureuse! Cet homme est l'assassin; oui, c'est André Houdard; celui-là mérite tous les supplices. Elle ne savait rien, elle a été la victime de son cœur, elle avait aimé ce misérable, elle a voulu le sauver... Mais elle n'était pas dans le crime... Non! non! Oh! je le prouverai. Oui, je le prouverai. J'ai fait une faute, c'est vrai, je la réparerai. J'irai trouver le procureur impérial, je dirai tout, je supplierai pour qu'on ne me révoque point, que l'instruction me soit confiée à nouveau. On ne peut me refuser cela, et le misérable, je le confondrai...

Il n'avait plus son bon sens, il était comme fou; il s'était levé, avait essuyé ses yeux et il marchait dans le boudoir, parlant haut, gesticulant, comme s'il s'adressait à un être visible seulement pour lui.

— Je suis magistrat,... je ferai mon devoir... Si elle est coupable, je vous la livrerai... Mais laissez-moi discerner la chose et ne vous arrêtez pas aux déductions d'un mouchard.

Après avoir marché quelques minutes, divaguant sans cesse, il s'arrêta et s'accouda sur le chambranle d'une porte, prenant son front comme pour contenir le tumulte de ses pensées. En quelques secondes toutes les scènes qui s'étaient passées entre lui et Iza, depuis le jour où il l'avait rencontrée à la soirée d'Auteuil, défilèrent devant ses yeux; il y eut comme un éclair dans son cerveau : il vit que tout cela formait une chaîne, et cette longue conquête de lui avait pour but « de sauver Houdard... » Se voyant alors bien dupe, il eut un cri déchirant.

On lui toucha l'épaule; il se retourna et, reconnaissant M. Mathieu des Taillis, il se jeta dans ses bras et s'écria en pleurant :

— Ah! monsieur! Ah! mon maître! pitié! Je suis bien coupable et je suis bien malheureux.

VIII

LE FAUX TÉMOIN.

Nous devons revenir au matin de la journée où la Grande Iza vit, en montant dans son coupé, sur la place du Palais-de-Justice, Cécile descendre péniblement les marches, appuyée sur Amélie et sur Louis Paillard.

La physionomie calme et pure de Cécile, la flamme de ses grands yeux bleu sombre, la pâleur mate de son visage, encadré de ses adorables cheveux noirs, obligèrent la Grande Iza à exclamer :

— Oh ! qu'elle est belle !

Chadi, toujours vif, s'était précipité, descendant par trois et quatre degrés le grand escalier. Il courait pour prévenir Tussaud et sa femme, qui, effrayés de l'action de leur fille, n'avaient pas eu le courage de monter à l'audience et attendaient anxieusement le résultat.

Le fabricant de bronzes et sa femme étaient entrés dans un café-restaurant en face du Palais de justice. Tout bouleversés par ce que voulait faire leur fille, ils n'avaient pas déjeuné le matin. En entrant dans le café, Tussaud avait fait la grosse voix pour dire à sa femme larmoyante :

— Puisque le médecin a dit qu'il n'y avait pas de danger, tu vas finir de gémir... Nous n'avons rien à craindre ; si elle se trouvait indisposée, elle a des amis autour d'elle, et tu serais immédiatement prévenue. Certainement que je blâme ça, non à cause de Maurice, que j'ai toujours bien aimé, pauvre garçon ; mais parce que je comprends qu'on ne fasse du bien aux autres qu'à la condition de ne pas risquer de se faire du mal à soi-même. Enfin, le docteur l'a dit : en l'empêchant d'agir, on lui ferait plus de mal qu'en la laissant faire.

— Je ne me plains pas de ça. Elle ne fait que ce qu'elle doit faire ; mais j'ai peur.

Et Adèle avait pleuré.

— Ah ! en voilà assez. C'est déjà très désagréable de se déranger de ses habitudes, sans que tu en augmentes l'ennui par tes gémissements. Moi, je sais qu'il n'y a pas de danger pour Cécile, et bien alors ?...

Ils s'étaient attablés, et quand le garçon était venu demander ce qu'ils voulaient, Claude avait dit :

— Tu sais que nous n'avons pas déjeuné ; j'ai faim, moi, et le meilleur moyen de tuer le temps, c'est de manger.

Adèle n'avait pas répondu, on avait servi le déjeuner. Tussaud, qui, au fond, malgré son égoïsme, voulait paraître plus fort qu'il n'était, avait à peine touché au plat, et à un moment, lorsqu'il avait dit brutalement :

— Ah çà, tu le fais exprès, tu ne veux pas manger pour que je ne mange pas...,

Sa femme avait éclaté en sanglots ; alors, faisant une laide grimace, il avait pleuré à son tour en balbutiant :

— Mais moi aussi, j'ai du chagrin, et ce qui l'augmente, c'est de te voir comme ça... Nous allons nous laisser mourir de faim... Est-ce que tu crois que je ne suis pas aussi inquiet que toi?

Adèle avait essayé de sourire, elle avait essuyé ses yeux, puis elle avait pris sa fourchette pour ne pas faire pleurer Claude; mais ils se mentaient tous les deux, ils n'avaient pas faim, leur estomac était serré comme dans un étau. Tous deux ils avaient peur, et ils voulaient se le cacher.

Adèle se demandait si sa fille aurait la force d'aller jusqu'au bout, et si ses aveux, qui allaient perdre son mari, n'allaient pas en même temps entraîner sa perte... Heureusement, nous l'avons vu, la scène ne fut pas longue. A peine arrivée, et la carte passée au défenseur, l'incident d'audience avait eu lieu. Tussaud, voyant sa femme soupirer en contenant ses larmes, lui disait :

— Allons, Adèle, mon enfant, il faut du courage; nos épreuves seront bientôt finies, c'est la dernière.

La porte s'ouvrit, et Chadi parut; tous les deux, anxieux, se levèrent les bras tendus :

— Enlevé, cria Chadi, — sans s'occuper du monde qu'il y avait dans la salle, — tout est bouleversé de fond en comble.

— Cécile? demanda Adèle.

— Superbe, madame Tussaud; elle a eu un moment de faiblesse, mais ça nous a servi; maintenant, elle se porte... à bras tendu... La voilà.

— Vite, vite, partons, et Mme Tussaud voulait se lever.

— Ah! mais non, fit Chadi; vous savez, nous avons faim, et surtout Mme Cécile, et c'est par ordre du docteur : un consommé, des huîtres.

Cécile entrait au bras de ses amis; Adèle courut à elle; en la voyant sourire, sa physionomie s'éclaira...

— Tu vois, disait Tussaud joyeux. Qu'est-ce que je te disais?... C'est mon sang, cette enfant-là : plus forte à mesure que le péril augmente. Eh bien, nous allons prendre un cabinet, et comme nous serons seuls, vous nous conterez ça.

Mme Tussaud interrogeait sa fille du regard; elle avait hâte de savoir ce qui venait de se passer à l'audience; quoique rassurée par son sourire, elle n'osait espérer que les tourments au milieu desquels ils vivaient finiraient sans une catastrophe. Claude était tout à fait joyeux, sa fille semblait plus forte, et la scène qu'il redoutait paraissait avoir rendu à sa Cécile un peu de gaieté.

Hors Chadi et Tussaud, l'appétit ne tourmentait personne; mais le déjeuner dans un cabinet particulier était une occasion pour se trouver en famille et pouvoir apprendre bien vite ce qui venait de se passer.

Quelques minutes après, ils étaient tous installés autour de la table et écoutaient attentifs le récit de l'incident, fait par Amélie.

Il n'y avait plus de doute possible. Maurice était sauvé.

Tous savaient, un seul ignorait ce que Cécile était venue déclarer au tribunal : c'était Tussaud, et l'on juge facilement de la stupéfaction avec laquelle il apprit que sa fille avait appartenu à Maurice avant de se marier avec Houdard, et de son étourdissement en entendant Cécile affirmer qu'Houdard n'avait été son mari que devant le maire.

Les yeux lui sortaient de la tête; son regard allait de l'un à l'autre, et, de ses grosses lèvres avancées, il ne sortait que ces mots :

— C'est vrai ce que vous contez là? C'est vrai? Vous n'avez pas inventé ça?

— Mais oui, répondait-on en souriant.

— Tu n'as jamais été la femme de ton mari?

— Jamais!

— Oh!...

Un moment il y eut bien dans son cerveau un petit discours, prêt à naître, sur la morale outragée, sur l'action incroyable de sa fille; mais il vit autour de lui si peu de sympathie pour ce qu'il voulait dire qu'il changea brusquement. Au fait, cela valait bien mieux ainsi, puisqu'il exécrait Houdard, puisque Houdard était un misérable. André n'avait jamais été son gendre! Sa fille, avec un instinct extraordinaire, avait deviné le bandit auquel on l'unissait, et malgré la loi elle l'avait repoussé. Elle adorait Maurice, un brave garçon; avec le même tact, elle avait deviné sa nature loyale, et, malgré tout, mais sans scandale, sans que personne s'en doutât — lui-même en était la preuve, — elle avait donné son amour à qui le méritait. Oh! la brave enfant! quel caractère!

— C'est fort, c'est audacieux!... Plus que ça, même : quelle nature, quel caractère sous ce petit air doux!... Je me reconnais, c'est mon sang, quoi! c'est mon sang!

En tout cela, il restait une chose : c'est que Cécile, croyant que la mort suivrait son sacrifice, s'était donnée au fiancé de son choix; elle avait survécu et, fidèle au serment fait sans la sanction de la loi, sans le couvert de l'Église, elle était restée la femme légitime et pure de celui qu'elle avait choisi, et avait repoussé l'époux légal qu'on lui avait imposé.

Si notre loi, plus humainement, plus moralement faite, satisfaisant au droit de la nature, permettait le divorce, elle aurait pu, répudiant l'époux odieux, le condamné, revenir encore pure à celui qu'elle avait choisi. Hélas! notre loi est ainsi faite, qu'alors que deux créatures ne ressentent l'une pour l'autre que de la haine, que la fatalité lie à la femme un époux coupable que le bagne lui prend; que le malheur lie à l'homme une femme indigne qui souille le foyer, déshonore le nom, ils ne trouvent que la séparation légale, c'est-à-dire l'autorisation de vivre loin l'un de l'autre, isolés, sans famille, ne pouvant l'un comme l'autre chercher que dans l'adultère la satisfaction des sens que la nature réclame; jetant au monde de pauvres petits êtres qui, de par la loi, n'ont ni père ni mère... et c'est la Loi, protectrice de la morale, qui fait la séparation.

Elle est donc possible, la séparation d'une fille de nature robuste, ayant vingt-cinq ou trente ans, d'avec un homme qu'un crime — dont elle n'est pas coupable — jette au bagne? Elle fera donc une faute si elle succombe à ses sens dans sa vie abandonnée, et la société aura donc raison de lui fermer ses portes, à cette femme qui aura des enfants lorsque l'époux traîne le boulet? Il sera donc cou-

Le prêtre, effrayé, se reculait; lui aussi, il venait de reconnaître l'agent (PAGE 391).

pable, l'homme dont l'épouse légitime appartient à d'autres, de chercher dans le concubinage la famille que l'indignité de la femme a obligé la loi à briser? Cela rappelle le mot d'un brave homme accusé d'adultère, qui répondit au président lui reprochant l'abandon de sa femme indigne :

— J'ai préféré le concubinage au cocubinage !

Revenons à la famille Tussaud. Après le déjeuner, on partit en voiture; en arrivant rue Saint-François, la bonne dit à Tussaud :

— Monsieur, il y a un monsieur, un avocat, le défenseur de M. Ferrand qui veut parler à Mme Cécile.

Mme Tussaud, un peu surprise, dit que son mari allait voir le défenseur de Maurice; Cécile devait être épuisée par les événements de la journée et incapable de le recevoir ce jour-là.

Mais, au contraire, la jeune femme déclara qu'elle se portait tout à fait bien, qu'elle se sentait forte et qu'elle voulait s'entretenir tout de suite avec l'avocat. On était, depuis quelque temps, habitué à obéir à tout ce que voulait Cécile. Quelques minutes après, Cécile se trouvait seule dans le bureau de Tussaud avec le défenseur de Ferrand.

Sur la demande de l'avocat, elle lui raconta dans ses moindres détails les événements auxquels le lecteur a assisté. Lorsqu'il fut question de la lettre, elle déclara que c'était elle qui l'avait écrite et, lorsque Me Robin lui en donna la copie, l'ayant lue, elle s'écria avec stupéfaction :

— Oh! mon Dieu! qui peut avoir commis cette infamie?

— Ainsi la lettre n'est pas accidentellement tronquée?

— Vous allez en juger, dit aussitôt la jeune femme.

Se plaçant devant le bureau de son père et prenant une plume, s'aidant des lambeaux de phrase de la copie, elle reconstitua la lettre.

L'ayant lue, Me Robin dit :

— Cette lettre, c'était sa justification... Assurément, cette falsification n'est pas l'œuvre du hasard, cela est le résultat d'un travail attentif...

— Mais, monsieur, en dehors de mon..., de M. Houdard, je ne vois personne qui ait intérêt à la perte de Maurice.

— Il y a le vrai coupable...; car maintenant, madame, vous pouvez être assurée que bientôt Maurice Ferrand sera libre, et grâce à vous.

— Grâce à moi! N'est-ce pas à cause de moi, pour moi, que le pauvre ami a si longtemps souffert? Et il faudra encore du temps, après ce qui s'est passé aujourd'hui, pour qu'il soit libre?

— Il reste une chose contre lui.

— Laquelle? Vous avez l'emploi de son temps dans la nuit du 20 juin; la lettre si effrayante, je viens de vous la rétablir; le vin de Champagne, je vous ai dit que c'était la même maison, mais point la même marque; sur les bouteilles, il y avait écrit : « Grand-Royal, — Pactole, — de Launay, — Reims. » Sur celles que j'ai vues, il n'y a que « Grand-Royal de Launay, à Reims. » Le vin que nous avions, en pétillant, agitait de petits flocons d'or, comme dans l'eau-de-vie de Dantzig.

— Voilà un détail important, une distinction qui n'est pas dans l'instruction et qui sera facile à établir par celui qui a vendu le vin.

— Vous voyez donc qu'il ne subsiste rien des charges sur lesquelles reposait l'accusation?

— Il reste une chose sur laquelle il faut nous renseigner, car elle a produit un grand effet à l'audience d'hier, et Maurice la nie absolument...

— C'est?...

— C'est la déposition d'un prêtre.

— D'un prêtre ! Et qu'a-t-il dit ?

— Il a déclaré reconnaître absolument Maurice Ferrand pour l'avoir rencontré chez la victime.

— Chez cette Léa Médan, cette fille entretenue... Il l'a rencontré?... Et que suppose-t-il ?

— Qu'il était l'amant de cette femme.

Cécile haussa les épaules, et, avec un sourire méprisant :

— Et c'est un prêtre qui a dit cela ? Maurice n'aime que moi ; il n'est... l'amant — il faut bien le dire — que de moi. Ce prêtre n'est qu'un imposteur. Et qu'a répondu Maurice ?

L'avocat raconta l'apostrophe farouche de son client et le scandale qu'elle avait produit. Il raconta ses démentis furieux, et Cécile était heureuse de l'entendre.

— Oh ! soyez-en certain, cet homme a menti...

— Mais son caractère particulier a donné à sa déposition une force considérable.

— Au fait, fit tout à coup la jeune femme, vous me disiez que les vrais coupables avaient intérêt à perdre Maurice : ceux qui ont tronqué si indignement ma lettre et celui qui vint apporter à l'audience un semblable témoignage... C'est de ce côté qu'il faut chercher.

— Cela me paraît bien audacieux ; cependant, devant les affirmations de Maurice, ce témoignage est suspect.

— Et qui vous dit que ce prêtre ne s'est pas engagé à cacher le vrai coupable, et qu'il ne reculera devant aucun moyen pour sauver la vie de cet homme ?

— Sauver la vie d'un coupable en faisant condamner un innocent serait peu chrétien.

— Il n'y a pas que les intérêts de la foi qui peuvent faire agir.

— Enfin, vous avez raison, madame. Si vous le pouvez, faites prendre des renseignements sur cet homme ; moi, je vais, de mon côté, hâter le résultat attendu.

Me Robin sortit, et aussitôt Cécile vint au milieu de sa famille, inquiète, et dit :

— Écoutez-moi, j'ai à vous parler ; à Chadi surtout.

Cécile raconta alors la conversation qu'elle venait d'avoir avec l'avocat de Maurice, et de laquelle il ressortait qu'il fallait savoir ce qu'était le prêtre qui avait déposé contre Ferrand.

On avait, le matin, acheté les journaux rendant compte de l'audience de la cour d'assises. Paillard prit la *Gazette des Tribunaux* et lut à haute voix ce qu'avait déclaré l'abbé Dutilleul.

Cécile affirma, ainsi qu'Amélie, que la déposition de cet homme était fausse, absolument fausse ; l'une avait confiance en celui qu'elle aimait, l'autre connaissait la vie et les relations de son frère. La première voulait que Chadi allât immédiatement à l'adresse indiquée par l'interrogatoire, pour se renseigner sur le directeur-fondateur de l'*Œuvre du Redressement moral des jeunes égarés*.

Mais Paillard conseilla de consulter d'abord l'agent Huret, qui, la veille, lui avait assuré qu'il était sur la trace du vrai coupable. L'agent Huret, disait-il avec raison, était accoutumé à ce genre d'informations, et il dirigerait adroitement l'enquête nécessaire.

Malgré les hésitations de Cécile, qui voulait qu'on se hâtât, on s'arrêta à l'idée de Paillard; et Chadi partit aussitôt pour prier l'agent de venir dîner le soir chez les Tussaud.

Nous savons qu'à cette heure Huret était très occupé, et Chadi revint sans l'avoir rencontré.

Ce fut une déception, et Cécile fit remarquer que, si on avait suivi son conseil, on aurait déjà quelques renseignements. Mais il était trop tard pour rien faire ce jour-là, et, d'un commun accord, tout fut remis au lendemain, Chadi et Paillard s'engageant à se trouver à la première heure chez l'agent Huret.

Adèle observait sa fille et constatait avec joie que l'activité qu'elle déployait semblait hâter sa convalescence; les forces lui revenaient plus rapidement, son sang courait plus vif dans ses veines et son teint devenait plus rose, à ce point qu'à un moment elle lui prit le poignet et tâta son pouls, pour s'assurer que cette rougeur n'était pas due à la fièvre.

La soirée se passa plus gaiement; on était presque certain que Maurice allait être promptement délivré et déchargé de l'affreuse accusation qui pesait sur lui.

Amélie avait pour Paillard de longs regards affectueux, pleins de remerciements, pour l'ardeur qu'il déployait et pour l'intérêt qu'il portait à son frère.

Ç'avait été une journée bien employée, et chacun avait besoin de repos. Aussi se sépara-t-on au plus tôt.

Au point du jour, le lendemain, exacts au rendez-vous, Chadi et Paillard se trouvaient chez Huret, déjà levé et se préparant à sortir, — car l'agent redoutait l'action d'Oscar de Verchemont. Celui qui s'était si follement compromis pour Iza, qui avait sacrifié pour elle et sa situation et sa fortune, ne pouvait pas sans lutte abandonner son idole. Il était nécessaire de veiller, et il se préparait à cet effet. Il ne dit pas un mot aux jeunes gens de ce qu'il avait fait la veille, des preuves écrasantes trouvées par lui. Avant qu'ils lui racontassent l'objet de leur visite, il leur demanda la permission de lire dans les journaux qu'ils apportaient le compte rendu des deux audiences. Suffisamment édifié après cette lecture, et surtout bien convaincu de l'innocence de Maurice en raison de ce qu'il avait découvert la veille, il vit immédiatement le point obscur, ou plutôt le côté singulier, car il exclama :

— Ah çà! mais que devient alors la déposition de cet abbé?

— C'est justement à cause de cela que nous venons, dit Paillard, qui raconta ce qui s'était passé dans l'entrevue du défenseur de Maurice Ferrand et de Cécile.

— Que faire? demanda Paillard.

— Nous allons voir ça sur les lieux. Chadi, pendant que j'achève de me vêtir, courez nous chercher une voiture, bien fermée, bien discrète. Nous allons d'abord aller à la préfecture et de là nous nous rendrons rue d'Enfer.

Chadi se précipita. Quelques minutes après, la voiture s'arrêtait à la préfecture. Huret descendait et allait au bureau se renseigner sur la capture de la veille.

Iza, d'abord traitée comme les autres, avait été vers minuit transférée dans une chambre particulière. Huret fronça le sourcil; il demanda sur l'ordre de qui cette faveur avait été accordée, s'attendant à ce qu'on lui répondît par le nom du jeune juge d'instruction; il apprit que c'était sur l'ordre du président des assises, Mathieu des Taillis, ordre motivé, la détenue devant être tenue au secret le plus absolu. Il apprit que, seule dans la chambre du Dépôt, la veuve Iza Séglin avait demandé à écrire, et que, toujours par l'ordre du même magistrat Mathieu des Taillis, elle avait écrit une courte lettre qui avait été portée par un agent à l'ambassade de Prusse. En apprenant tout cela, l'agent fronça les sourcils, et il eut un petit claquement de lèvres que nous pourrions traduire :

— Tout cela n'est pas clair! Il y a là dedans des agissements qui viennent de haut... Il faut prendre garde.

Il descendit rejoindre ses deux compagnons, se gardant bien de leur laisser voir son impression. Quelques minutes après, la voiture s'arrêtait place de l'Observatoire, et l'agent menait Chadi et Paillard dans un cabaret, en leur disant :

— Nous sommes arrivés; en cassant une croûte et en buvant un verre, nous allons arrêter ce que nous allons faire.

Lorsqu'ils furent attablés, en train de casser une croûte, — selon l'expression de Chadi, — Huret demanda :

— L'un de vous connaît-il cet abbé Dutilleul?

A la réponse négative des deux hommes, l'agent parut surpris.

— Mais vous, monsieur Paillard, vous devez, au moins, le connaître de vue?

— Moi? fit celui-ci étonné. Je ne connais pas de prêtre.

— Cependant, en étudiant le dossier, j'ai lu que c'était lui qui avait reçu la confession de Mme votre mère. C'est lui qui attesta que les titres trouvés entre les mains de Boyer lui avaient été donnés par Mme Paillard.

— Ah! très bien! c'est encore l'œuvre de mon cousin. Eh bien, monsieur Huret, tous ces gens-là sont de la même bande, et ceci me persuade de la vérité de vos déductions. Il y avait un complot pour perdre Maurice.

— C'est un point à éclaircir.

— Il est clair pour moi. Si, au lieu de demander à mon cousin les renseignements qui ont servi à sa justification, on avait pensé à moi; si seulement on avait cru devoir m'entendre contradictoirement, on n'aurait pas si facilement disculpé le coquin. Le prêtre qui a reçu la confession de ma mère est un digne homme, prêtre zélé, plein de foi, dont je puis ne pas partager la croyance, mais pour lequel je ne puis avoir que du respect. Ce sont les mauvais prêtres qui perdent la religion. Et celui qui vint au chevet de ma mère à sa dernière heure est un digne homme.

— Vous le connaissez?

— Oui.

— Ainsi, la déclaration de ce Boyer est encore fausse?

— Absolument.

— Ah! mais... tout cela est très important... Ce prêtre affirmera ce que vous dites?...

— Quand on voudra; le prêtre, l'abbé Laurin, demeure rue Saint-Victor; il connaissait Boyer, mais ne connaissait pas ma mère; c'est lui qui, quelques jours après sa mort, vint me trouver pour m'assurer que sa dernière pensée avait été pour moi. Il fut très réservé à l'égard de Boyer; mais, dans cette réserve, je sentais le mépris assurément: il avait tenté de se servir de lui pour entraîner ma mère à agir contre moi à son profit, et l'abbé Laurin s'y était refusé. Il m'affirma que ma mère n'avait rien donné à mon cousin, et, à une demande faite par lui dans l'intérêt de Boyer, elle avait positivement répondu: « Boyer est un excellent garçon, qui a une bonne place, qui gagne bien sa vie; il n'a besoin de rien; mais si jamais il était malheureux, mon fils est incapable de le laisser dans le besoin. » Son œuvre accomplie, il sortit, et, rencontrant Boyer dans la chambre de ma mère, il lui dit seulement: « Votre tante est une sainte et digne femme, faites prévenir au plus tôt son fils et priez pour elle. » Et voilà tout.

— Et ce prêtre affirmera cela?

— Il s'est mis à ma disposition.

— Très bien. Il faut agir ici; je ne connais pas ce prêtre, je vais donc m'y rendre moi-même. Vous allez, pendant ce temps, vous poster en face de la maison. Au cas où je verrais quelque chose de suspect, je paraîtrais et ferais un geste. Chadi, vous sauteriez en voiture et, très rapidement, porteriez ces deux lignes au plus prochain poste de police. Quatre hommes viendront avec vous. Pendant ce temps, Paillard empêchera de sortir qui que ce soit de la maison. Et alors nous emmènerons ce faux témoin. C'est bien compris et bien entendu?

— Absolument.

Ils se dirigèrent vers la rue d'Enfer; en arrivant près de la porte de l'*Œuvre du Redressement moral des jeunes égarés*, Chadi montra une maison qu'on était en train de repeindre; c'était l'heure où les ouvriers étaient allés faire leur premier repas. Les camions à couleurs et les brosses étaient là. Il dit:

— Voilà notre affaire: pour ne pas donner l'éveil, nous allons nous livrer à la peinture en vous attendant.

— C'est adroit. Très bien! allez, j'entre... Et attention!

Pendant que, sans scrupule, Paillard, imitant Chadi, retirait son paletot et revêtait les vêtements de travail que les ouvriers avaient laissés, Huret entrait dans la maison de l'*Œuvre*.

Le même garçon replet que nous avons déjà vu lui ouvrit.

— Je voudrais parler à M. l'abbé Dutilleul.

— Bien, monsieur; voulez-vous me dire votre nom?

— Il ne me connaît pas; je suis envoyé par une dame patronnesse pour une bonne œuvre. Puis un éclair brilla dans ses yeux; une idée lui venait, il ajouta: Je suis envoyé par la comtesse Iza de Zintsky.

— Attendez une minute, dit le jeune homme.

Et il monta. Il redescendit aussitôt disant:

— Montez, montez, monsieur.

L'agent entra dans le cabinet de l'abbé; celui s'avançait vers lui obséquieusement. L'agent, le regardant, s'écria:

— Vous!... vous!... C'est vous l'abbé Dutilleul?

Le prêtre, effrayé, se reculait, lui aussi; il venait de reconnaître l'agent, et, sans doute, il avait des raisons de redouter cette rapide reconnaissance.

L'agent Huret, l'œil brillant, se plaçait devant lui, continuant :

— Comment, monsieur Dutil, je vous retrouve? Comment! vous avez déjà acquitté les nombreuses condamnations auxquelles vous avez été condamné?... Oh! mais, je comprends ce qu'est l'*Œuvre du Redressement moral des jeunes égarés!*

L'abbé Dutilleul semblait écrasé; il n'osait lever la tête.

Il fit un effort cependant, et, esquissant un sourire, il dit :

— Mon Dieu! monsieur, je suis absolument étourdi de vos exclamations; je n'y comprends pas un mot. Assurément, vous êtes égaré par une ressemblance, car je ne comprends pas ce que vous dites.

Et comme l'abbé avait retrouvé son calme, il souriait en le regardant, la tête penchée.

— Ah! fit l'agent gaiement, vous ne me reconnaissez pas? Je me trompe?

Et, haussant les épaules, mais avec des airs de mépris que rien ne peut exprimer, il marchait dans le bureau en paraissant ne porter aucune attention aux dénégations du prêtre, semblant jouer avec lui comme le chat avec la souris.

Il alla jusqu'à la fenêtre qui donnait sur l'intérieur de la maison, et, soulevant le rideau, il dit :

— Ah! mais c'est une maison organisée, montée sur un grand pied, et cela s'appelait une Œuvre...

Et l'agent avait des rires qui faisaient monter le rouge au front du prêtre, quoiqu'il eût un air stupéfait devant le sans-gêne de l'agent.

— Mais, monsieur, je ne vous connais pas. Venez-vous au nom de Mme la comtesse de Zintsky? Que signifient ces agissements?

Huret avait soulevé le rideau pour regarder dans la cour, nous l'avons dit, et, tout à coup, son regard s'alluma, sa tête se pencha : il venait de voir une chose singulière, et il n'avait pas pu cacher son impression, car l'abbé Dutilleul, qui ne le quittait pas des yeux, se redressa inquiet, en disant :

— Mais enfin, monsieur, voulez-vous m'expliquer le motif de votre visite ou faut-il que j'appelle?

Huret ne songea même pas à répondre. Il haussa les épaules, et, absolument occupé par ce qu'il venait de voir, il ne quitta la fenêtre que pour aller à celle qui donnait sur la rue d'Enfer; et, à la grande stupéfaction du prêtre, il ouvrit la croisée.

— Que faites-vous?

L'agent, ayant fait un signe, dit en fermant la fenêtre :

— Je regarde, Dutil, quelle est l'enseigne de votre maison.

— Monsieur, je vous prie de cesser une plaisanterie trop longue et contre laquelle je...

L'abbé allait mettre le doigt sur un timbre.

Huret se précipita et lui releva la main, en disant :

— Allons! finissons-en. Pas un mot, pas un geste... Au nom de la loi, Emile Dutil, je vous arrête !

L'abbé Dutilleul se redressa alors, et, se mettant en face de l'agent audacieusement, crâne, il lui dit :

— Pour la troisième fois, monsieur, je vous répète que je suis victime d'une erreur. Je me nomme Dutilleul, et la douloureuse situation dans laquelle je suis depuis une demi-heure doit finir... Mon caractère commande le respect, auquel je suis obligé de vous rappeler, monsieur... Je consens à oublier ce qui vient de se passer; mais je vous prie, monsieur, de revenir à la mission dont vous a chargé Mme la comtesse de Zintsky.

— Je n'ai qu'une mission à remplir ici... Je t'arrête, toi et l'autre.

A ces mots, l'allure de Dutilleul changea. Il se précipita vers la porte.

Toute idée de révolte était envolée; il se sentait atteint et ne cherchait plus le salut que dans la fuite. Il ne se fâchait pas d'être si cavalièrement traité par l'agent, il était reconnu. En se sauvant, il se disposait à la lutte; il s'attendait à ce que Huret, exécutant ce qu'il venait de dire, allait se précipiter sur lui, le prendre au collet et l'empêcher de sortir, et il se faisait petit pour éviter le happement; mais, sans plus s'occuper de lui, l'agent le laissa sortir. Dutilleul, relevant la queue de sa soutane, — comme une fille qui veut montrer ses jambes, — ne descendait pas, mais dégringolait l'escalier; Huret, calme, était retourné à la fenêtre et avait fait un nouveau signe. Sans plus s'occuper de l'abbé, il descendit à son tour et, malgré les protestations du gros garçon qui gardait la porte, il s'élança dans un autre corps du bâtiment.

L'abbé Dutilleul secouait la porte qui refusait de s'ouvrir; il sacrait, jurait, appelait celui qui servait de portier à son aide. Celui-ci vint l'aider, mais ce fut en vain.

— Qu'est-ce que ça veut dire, nous sommes donc enfermés?

— Je n'y comprends rien...

— Où est-il?

— Qui donc?

— L'agent...

— Ah! mon Dieu! c'est la police, exclama le gros garçon, qui devint tout rouge et se sauva dans la cour sans en entendre davantage. L'abbé Dutilleul secouait la porte sans parvenir à l'ouvrir.

L'agent avait suivi une piste, il avait vu un homme grimper l'escalier de la cour, et il le suivait.

Au moment où ce dernier entrait dans une chambre et poussait la porte, Huret la repoussa et entra.

En le voyant et le reconnaissant, l'homme se recula effrayé. Huret restait calme devant la porte; il avait sorti de sa poche un casse-tête qu'il tenait à la main, et, menaçant, il dit :

— Ah ! ah ! je vous retrouve, André Houdard.

— Que me voulez-vous?

— Au nom de la loi, je vous arrête.

— C'est sur vos instances, madame, vous le savez, que vous êtes restée prisonnière... (PAGE 400).

Et comme il vit qu'André jetait autour de lui un regard inquisiteur, cherchant un moyen d'échapper, il continua :

— Pas un mot, pas un geste, ou je frappe...

— De quel droit m'arrêtez-vous? Je suis libéré, il y a eu confusion de noms, une ordonnance de non-lieu a été rendue en ma faveur.

— Je n'ai rien à répondre. Je vous arrête et, à la moindre tentative de résistance, je vous casse la tête... Oh! ne cherchez pas à fuir... La maison est cernée.

On entendait du bruit en bas, Huret fronçait le sourcil avec inquiétude et Houdard tendait l'oreille.

C'était l'abbé Dutilleul qui, après de nombreux efforts, était parvenu à ouvrir la porte de la rue; il se précipitait et il tomba dans un groupe d'agents que Chadi amenait. Il essaya de résister; mais, aussitôt enlevé et bâillonné, il était jeté en voiture. Paillard restait à la porte, selon la consigne donnée par Huret, et les agents entrèrent. En entendant des pas dans l'escalier, Houdard espérait qu'on venait à son secours. Il se redressait déjà, prêt à engager la lutte avec Huret. Celui-ci barrait la porte, se tenant en garde, brandissant son casse-tête; les agents parurent; en les reconnaissant, il commanda :

— Emparez-vous de cet homme — et qu'on lui mette les poucettes...

Les agents se précipitèrent sur Houdard s'attendant à une résistance; mais le misérable était sans énergie, sans courage; il se laissa prendre.

Certain que son homme ne pouvait plus lui échapper, l'agent Huret dit aux autres agents :

— Nous allons d'abord diriger celui-là à la préfecture. Sa capture est importante, qu'on prenne les précautions nécessaires.

— Mais, dit un des hommes, sur l'indication de celui qui gardait la porte, nous en avons déjà arrêté un habillé en prêtre!

— Dutil; très bien, emmenez-les tous les deux; nous allons procéder à une visite de cette maison et l'on arrêtera tous ceux qui y sont. C'est la maison Basile, Tartufe et Cie. Tout est à prendre ici, attention!

Tout à coup un homme parut, bousculant les agents et se précipitant pour venir au secours d'Houdard en s'écriant :

— Qu'est-ce que cela signifie? qui donc agit ici?

— Moi, fit aussitôt Huret, qui, reconnaissant Boyer qu'il avait vu au café du Sauvage, exclama : Ah! c'est Boyer... Encore un. Je vous arrête.

Il étendait la main pour le saisir au collet; Boyer échappa, et, se redressant hautain, méprisant :

— Vous m'arrêtez... et de quel droit? où est votre mandat? Vous faites donc de la fantaisie, monsieur l'agent de la sûreté?

— Je remplis mon devoir, et, en vertu des ordres que j'ai reçus, je vous arrête, monsieur le mouchard.

Et méprisant les airs provocants de son collègue, l'agent Huret le saisit au collet; fort et vigoureux, il avait agi brutalement, et, sous la secousse, Boyer devint pâle.

— Agent infidèle, mouchard et traître, je vous arrête! Emparez-vous de lui, fit-il en le jetant aux autres agents, et qu'on l'emmène avec l'autre.

Boyer, malgré cela, était écrasé; sous le regard farouche de son collègue il avait baissé les yeux; l'insolent devenait plat et vil. En se sentant pris, en se voyant mener à la préfecture en compagnie d'André Houdard, il comprenait qu'il était perdu. Il joignit les mains, et, d'une voix suppliante, il dit :

— Monsieur Huret, vous vous méprenez, vous ne me connaissez pas, vous me jugez mal. Si vous devez agir contre moi, je respecte trop les ordres de nos chefs pour résister; mais je vous prie de me considérer comme un collègue et de ne point me confondre avec l'autre inculpé.

Huret eut un sourire méprisant en entendant le misérable abandonner ses compagnons.

Boyer continuait :

— Il n'existe rien contre moi qui puisse motiver cette arrestation... que ma présence dans cette maison ; l'explication me sera facile puisqu'elle est nécessitée par mon service. Je vous prie donc, mon cher collègue, de me permettre de me rendre librement à la préfecture... ce que je vais faire.

L'agent Huret ne sourcillait pas ; il surveillait l'exécution de ses ordres ; les agents entraînaient Houdard ; lorsqu'il fut descendu, il dit quelques mots à un agent, qui partit aussitôt; et, se retournant vers Boyer, il dit sèchement :

— Vous vous trompez, monsieur, votre arrestation n'a pas lieu parce que je vous trouve dans cette maison. Vous reconnaissez vous-même ce que vaut l'individu avec lequel vous vous trouvez.

— Je vous répète, monsieur, que le hasard seul est cause de ma présence ici.

— Vous n'avez pas à vous défendre vis-à-vis de moi. Vous connaissez le service, j'exécute les ordres de nos chefs.

— En m'arrêtant, moi! exclama Boyer.

— Oui, monsieur.

— Mais de quoi m'accuse-t-on?

L'agent Huret venait de voir l'agent auquel il avait parlé bas qui remontait; il se retourna, et, s'adressant à Paillard, amené par ce dernier, il lui dit en montrant Boyer :

— Monsieur Paillard, renseignez donc M. Boyer sur le motif de son arrestation.

— Ah! fit Paillard, stupéfait de trouver là son cousin; comment, coquin, tu le demandes? Nous t'arrêtons comme voleur... Voleur! entends-tu?

Boyer avait eu un moment d'émotion en reconnaissant le fils de la mère Paillard; mais, se remettant rapidement, joignant les mains, baissant la tête, il dit :

— Je suis habitué à tes injures, cousin... Je comprends : tu m'as dénoncé par une calomnie et tu as dit que j'avais volé ce qui m'avait été donné. Tu ne sais pas qu'un prêtre peut l'affirmer, celui qui confessa ta mère.

— Et comment se nomme ce prêtre? demanda narquoisement Paillard.

— Ce prêtre, messieurs, c'est celui chez lequel, sans respect pour son caractère respectable, vous venez me poursuivre en même temps qu'un homme que je ne cherche pas à défendre, mais dont la présence s'explique ici, puisque l'Œuvre est une maison de refuge...

— Ainsi, le confesseur de ma mère, tu le déclares encore devant M. Huret et devant ses agents, c'est le maître de cette maison?

— Oui, le vénérable abbé Dutilleul.

— C'est l'abbé Dutilleul qui a confessé ma mère?

— Oui.

— C'est à lui qu'elle a dit que, voulant que tu aies une part dans son héritage que la loi ne puisse te discuter, elle remettait le lot de valeurs enfermé dans une enveloppe cachetée pour te le donner de la main à la main?

— Oui... c'est M. l'abbé... Avec tes sentiments antireligieux, je sais que tu douteras de sa parole.

— C'est le même abbé dont la *parole sacrée* déposait, dans l'affaire Léa Médan, qu'il avait rencontré Maurice Ferrand chez la victime?

— C'est lui!... Tu ne crois pas à sa parole?... Je sais, tu n'aimes pas les prêtres.

— Mon cher cousin, je prendrai conseil de M. l'abbé Laurin. Nous le confronterons avec l'abbé Dutilleul.

— L'abbé Laurin! exclama Boyer, étourdi.

— Oui, l'abbé Laurin; tu espérais que j'aurais cru à tes déclarations, que je n'aurais pas cherché à me renseigner. Certes, je ne suis pas un dévot, mais je respecte toutes les croyances, lorsqu'elles sont sincères, lorsqu'elles ne servent pas à masquer le vice. J'ai pour le misérable que tu nommes l'abbé Dutilleul le mépris qu'il mérite, et j'ai pour le respectable abbé Laurin le respect dont il est digne.

— Je ne connais pas l'abbé Laurin, dit Boyer, et mon exclamation vient de ce nom inconnu.

— Mais, malheureux, sois donc plus intelligent, l'abbé Dutilleul est arrêté.

— L'abbé Dutilleul est arrêté! Vous l'avez arrêté?

— Et il devra, en présence de l'abbé Laurin, déclarer que c'est lui qui a reçu la confession de ma mère.

— L'abbé Dutilleul est venu à la dernière heure; un prêtre était déjà venu.

— Tu dis des bêtises; celui qui est venu à la dernière heure, c'est l'abbé Laurin; c'est lui que le docteur, mon vieil ami, a parfaitement reconnu, et c'est à lui que ma sainte mère a dit qu'elle n'avait rien à donner à d'autres qu'à moi, sachant bien que si dans notre famille il s'en trouvait un de malheureux et digne d'intérêt, j'irais aussitôt à son secours! Au reste, ce n'est pas le lieu de te défendre; tu voulais le motif de ton arrestation, tu le connais maintenant.

— Emmenez-le, dit sèchement Huret.

Malgré ses protestations et ses imprécations contre son cousin, Boyer fut entraîné par les agents.

Huret dit alors :

— Du diable si je comptais faire ici une pareille capture; il y avait un complot organisé contre Maurice. Oh! je connais les gens auxquels nous avons affaire. Dutil est le dernier des coquins. Voilà la quatrième ou cinquième fois qu'il me passe par les mains.

— Dutil? Qui est-ce?

— L'abbé; c'est un faux prêtre; ordonné prêtre, il s'est indignement conduit; cet homme recèle en lui tous les vices. Depuis longtemps il n'a plus le droit de porter ce costume; aussi a-t-il changé plusieurs fois de nom. Cette maison doit avoir un but étrange; aussi va-t-on y faire une perquisition sérieuse. Je vais laisser ici deux de mes hommes et nous allons conduire les autres en lieu de sûreté; puis je prendrai les ordres.

— Devons-nous vous accompagner?

— Oui, vous nous suivrez dans une voiture découverte; vous êtes jeunes tous les deux, vifs, alertes. Au premier mouvement singulier que vous verrez dans notre voiture, à la première tentative de fuite, vous sauterez à terre et vous nous prêterez main-forte. Il ne faut pas qu'André Houdard nous échappe.

Paillard courut chercher Chadi, qui fouillait dans la maison, et qui lui dit en le voyant :

— Ah! bien; ils sont bien les tableaux des saints qu'il y a dans certaines chambres ici... Des saints habillés en Vénus.

— Huret m'a dit en deux mots ce que pouvait être la maison... Au reste, je devais m'en douter en y retrouvant Boyer.

Ils descendirent; les agents avaient deux voitures; dans l'une était Houdard, ayant un homme à chacun de ses côtés, et les mains dans les poucettes; il semblait indifférent à ce qui se passait et paraissait assuré d'être bientôt libre. Dans l'autre voiture, Dutilleul et Boyer et deux autres agents; l'un descendit pour faire place à Huret et monta sur le siège, près du cocher.

Chadi avait été vivement chercher une voiture découverte; il y monta avec Paillard, et les voitures se dirigèrent vers la préfecture.

Huret avait posté deux agents dans la maison de l'*Œuvre du Redressement moral des jeunes égarés*, ayant mission de ne laisser sortir personne et d'obliger à rester ceux qui viendraient avant le retour de l'agent. C'était une souricière qu'il venait d'établir.

En arrivant à la préfecture, et pendant que l'on écrouait les trois individus, l'agent se rendit au cabinet du procureur impérial. Le garçon de bureau ayant dit son nom, on le fit aussitôt entrer. L'agent fut un peu stupéfié, et surtout embarrassé de voir, en compagnie du magistrat, M. Mathieu des Taillis et Oscar de Verchemont : celui-ci était pitoyable à voir.

— Avez-vous du nouveau? demanda le procureur.

— Monsieur, j'ai retrouvé André Houdard.

— Vous le tenez? interrogea aussitôt de Verchemont.

— Oui, monsieur; étendant le mandat que vous m'aviez donné, et trouvant dans la maison où Houdard était caché le soi-disant abbé Dutilleul, qui a fait la déposition étonnante que vous savez, et avec eux l'agent Boyer, celui qui était chargé de l'instruction..., cet assemblage m'a semblé suspect; j'ai arrêté tout le monde.

— Et vous avez bien fait! Comment, ils demeuraient ensemble, Houdard, Dutilleul et Boyer? Voilà qui est bien singulier.

Et les trois magistrats se regardaient stupéfaits.

Cette fois, le jour se faisait sur l'avortement de l'instruction; l'agent chargé de faire l'enquête était en relation avec celui qu'on accusait et, naturellement, il avait aidé à égarer l'instruction. En quelques mots, Huret raconta ce qu'était l'homme qui se faisait appeler l'abbé Dutilleul, au grand ébahissement de

M. Mathieu des Taillis, qui, quelques jours auparavant, avait été si influencé par sa déposition calme et pleine de retenue, par son maintien digne et surtout par son caractère religieux. L'agent Huret raconta par quel audacieux mensonge, et avec l'affirmation du faux abbé, Boyer avait pu faire croire que les valeurs recherchées par la justice lui avaient été données. Il ressortait de tout cela que les trois individus s'entendaient pour égarer la justice. Il était utile de savoir ce qu'était la maison de l'abbé Dutilleul, et des ordres furent donnés à l'agent Huret, qui demanda au procureur impérial :

— Monsieur, à qui devrai-je porter les rapports de mon enquête?

Il y eut un silence de quelques secondes, pendant lequel Oscar de Verchemont se mordit les lèvres. C'était justement pour éviter sa révocation, pour reprendre sa place et pour racheter ses fautes par une nouvelle ardeur, par le plus grand zèle, qu'il était venu ce matin, avec le président Mathieu des Taillis, chez le procureur impérial. L'agent était arrivé au moment où l'affaire était en voie d'arrangement; aussi n'est-ce pas sans crainte qu'il avait vu entrer Huret.

Le procureur impérial consultait du regard le président Mathieu des Taillis. Huret vit le regard et, fronçant les sourcils, il fit un pas vers Oscar de Verchemont et lui dit tout bas, mais en affectant le plus grand respect :

— Monsieur, je n'ai rien dit ici contre vous, par respect pour votre douleur...; mais, si vous acceptez de diriger de nouveau cette enquête, je croirai de mon devoir de refuser de vous servir et d'en dire les motifs...

Oscar de Verchemont baissait la tête. Pendant qu'il était occupé avec l'agent, paraissant lui demander des détails sur les accusations qu'il venait de faire, le procureur et le président causaient tout bas; le dernier semblait insister pour que son jeune ami fût maintenu dans son poste.

L'agent Huret disait bas à M. de Verchemont :

— Je vous en supplie, monsieur, renoncez à cette enquête; ou vous aimez celle que nous avons arrêtée, que nous accusons et vous la défendrez, vous refuserez d'accepter nos témoignages...; ou vous avez arraché de votre cœur l'amour que vous aviez pour elle, et vous la haïssez, vous la méprisez et ne pouvez plus ainsi laisser à leur valeur les rapports que nous vous transmettons. Si vous acceptez, monsieur de Verchemont, je ne saurais transiger avec mon devoir, qui m'obligerait à déclarer que vous êtes l'amant de celle que nous accusons.

Et comme, impatienté, de Verchemont se reculait, pour se placer devant la fenêtre et regarder dans la rue, et cela simplement pour s'isoler, l'agent recula, et droit, immobile, il attendit. Après quelques minutes d'entretien à voix basse, le procureur, paraissant avoir cédé, disait :

— Voyons, monsieur de Verchemont, êtes-vous décidé à vous occuper cette fois exclusivement de l'affaire?

L'œil ardent de Huret était fixé sur le jeune juge; celui-ci fit un violent effort, et, au grand étonnement de M. Mathieu des Taillis, il dit :

— Monsieur le procureur, je viens de réfléchir, et, en vous remerciant de votre bonté, je viens vous prier, dans l'intérêt de la justice, de choisir un autre juge d'instruction; après tout ce qui est arrivé, je n'agirais pas sans préventions, je verrais moins juste... Je vous demande donc de me conserver mes fonctions en me permettant de racheter dans une affaire prochaine les fautes que j'ai commises en celle-ci. J'ai aujourd'hui une défense : c'est qu'il y avait contre moi une contre-enquête dirigée par le même agent qui me servait, et qui employait sa situation à protéger ceux qu'il devait me livrer.

— Eh bien, monsieur de Verchemont, je suis très heureux de votre résolution, je l'approuve entièrement; une autre affaire vous sera confiée, et dans celle-ci nous allons mettre un homme nouveau.

L'agent Huret se retira pour terminer l'affaire de la maison Dutilleul. Le juge d'instruction qui remplacerait M. de Verchemont devait lui être désigné le soir.

En sortant de chez le procureur impérial, le président des Taillis félicitait Oscar de sa résolution, la seule qu'il y avait à prendre.

Le soir, il n'était bruit que des découvertes faites dans la maison de l'*Œuvre du Redressement moral des jeunes égarés;* de nombreuses arrestations avaient été faites. L'affaire était d'une nature telle qu'on ne pouvait guère l'expliquer; on la qualifiait de scandale, et on déclarait que le huis clos serait nécessaire lorsqu'elle viendrait devant le tribunal correctionnel.

L'agent Huret voyait le soir même le nouveau juge d'instruction, et il apprenait par lui que les interrogatoires qui devaient commencer le lendemain ne commenceraient qu'un jour plus tard; on devait attendre un ordre, la principale inculpée, Mme veuve Séglin, comtesse Iza de Zintsky, ayant demandé et obtenu d'être interrogée d'abord par le procureur impérial. C'est après cet interrogatoire que serait arrêtée la marche à suivre. Aussi, c'est ennuyé et inquiet qu'Huret sortit des bureaux en disant :

— Tout cela est bien singulier... C'est à croire qu'on voudrait ne trouver personne.

IX

L'AFFAIRE DE LA RUE DE LACUÉE.

L'ancien soldat, en sortant de la préfecture, était content de lui, et cependant il restait soucieux; pour chasser la mauvaise impression qu'il avait ressentie en apprenant les distinctions, les faveurs accordées à la veuve Séglin, il se rappelait que son devoir était accompli; en deux jours, il avait mis la main sur ceux qu'il était chargé de prendre. Et, de plus, en suivant une piste, il avait levé un autre gibier : la scandaleuse maison de l'*Œuvre du Redressement moral des jeunes égarés.* Il n'avait donc aucune raison d'être soucieux. Mais l'agent Huret devait avoir encore une plus grande surprise : lorsque, le lendemain, il se rendit à son poste, il apprit que des allées et venues avaient eu lieu toute la journée, et que celle qu'il avait traitée, lui, en l'incarcérant, comme une fille, était traitée avec les plus grands égards. Des étrangers, munis d'un laissez-passer, étaient venus et avaient pu rester avec elle dans la chambre particulière qui lui servait de prison.

Lorsqu'elle avait été appelée dans le cabinet du procureur impérial, elle s'y était rendue sans garde, sans surveillant, et le procureur impérial l'avait reconduite jusqu'à moitié chemin du couloir. Il apprit qu'assurément si elle restait à la Conciergerie, c'était de sa propre volonté. Au moindre mot, les portes s'ouvriraient pour elle.

Tout cela était bien étrange; et Huret rongeait ses moustaches et fronçait les sourcils avec inquiétude. Est-ce que, en faisant son devoir, il ne s'était pas compromis? Au contraire de la belle Iza, son coaccusé André Houdard était tenu sous le secret le plus absolu; il avait même été spécialement recommandé au gardien de ne pas lui parler ni même de l'écouter.

Décidément, il y avait là quelque chose de singulier, et l'agent renonça à en chercher l'explication. La protection d'Oscar de Verchemont n'existait plus, cela était certain; le jeune juge, accablé de honte, disaient les uns, de douleur, pensaient plus justement les autres, n'avait pas reparu au palais.

Les deux vulgaires coquins qui avaient nom Boyer et Dutilleul avaient été transférés à Sainte-Pélagie avec les individus trouvés dans la maison de la rue d'Enfer.

Cependant il apprit qu'une confrontation devait avoir lieu entre Houdard et la Grande Iza dans la chambre du crime, rue de Lacuée. Donc, malgré tout ce qui se passait, malgré les faveurs accordées à la jeune femme, on croyait encore à sa culpabilité, et cela le rassurait, car il répétait pour achever ses pensées :

— Enfin, j'ai fait mon devoir, strictement mon devoir.

Et, en effet, ce qui s'était passé était bien étrange. Le lendemain de son arrestation, Iza de Zintsky avait été réclamée par l'ambassadeur d'une grande puissance, se portant caution pour elle, et c'est à la suite d'un entretien avec cet ambassadeur que Mme veuve Séglin avait été informée qu'elle pouvait sortir quand et comme elle voudrait. C'est Iza qui avait refusé de bénéficier de cette grande faveur; nous devons dire qu'elle avait une chambre particulière, que ses repas venaient du dehors, et qu'elle avait été autorisée à se faire servir par sa femme de chambre de confiance, Justine; enfermée, la Grande Iza était dans une retraite et non dans une prison.

Invitée un matin à venir au cabinet du juge d'instruction, elle s'était élégamment vêtue, et, non amenée, mais guidée par un gardien à travers les longs couloirs qui de la Conciergerie mènent au palais, elle s'était rendue près du procureur impérial. Celui-ci était allé au-devant d'elle, l'avait galamment conduite jusqu'à un grand fauteuil placé près de lui; il l'avait priée de s'asseoir et s'était assis à son tour, presque sur un signe d'elle et après avoir éloigné le greffier; puis, en souriant, il avait dit :

— Madame, les puissantes recommandations qui vous entourent me gênent pour aborder le sujet de cet entretien. C'est sur vos instances, madame, vous le savez, que vous êtes restée prisonnière...

— Oui, monsieur, oui... Voici en deux mots le fait. — Je vous remercie d'abord

— André, viens m'aider, je m'endors... (PAGE 405).

des égards qu'on a pour moi ; je n'ai qu'à me louer de tout le monde. — Je reprends, pour vous mettre à l'aise...

— Voici le fait :

Des papiers importants avaient été volés dans une chancellerie ; ces papiers furent enlevés par une femme, la maîtresse d'un grand personnage, mort subitement, une nuit où cette femme était couchée chez lui ; on chassa cette femme, on refusa de lui donner l'argent qu'elle croyait devoir recevoir !... Puis, un jour, on apprit que ces papiers, d'une importance capitale, avaient été offerts, quelques-uns vendus même, à une puissance qu'ils intéressaient particulièrement... C'est alors que les intéressés voulant, à tout prix, reprendre ces papiers, vinrent jusqu'en France, où la femme s'était réfugiée, pour les acheter coûte que coûte... Il était trop tard, le marché était fait... Ne pouvant les acheter, on résolut de les avoir à tout prix... Vous m'avez bien comprise?

— Oh! parfaitement, madame.

— Cette femme était Ella Médan. On me savait son amie; on me proposa une grosse somme si, par n'importe quel moyen, je parvenais à m'en emparer... Je refusai... Notez qu'il n'était question que de reprendre, par l'adresse, une chose volée... On me disait : Vous êtes son amie, un jour, en dînant chez elle, grisez-la et emparez-vous de ces papiers.

— Je comprends...

— Je vois à votre sourire ce que vous voulez dire. Ce n'était pas bien honnête! Mon Dieu, monsieur, c'est pourquoi je vous suis très reconnaissante des égards que vous avez pour moi. Vous me connaissez par vos rapports, vous savez qui je suis, et, hélas! on a le droit de me proposer des choses semblables. Cependant je refusai. Le cas était pressant, il fallait trouver quelqu'un; alors se présenta chez moi un malheureux que j'avais connu autrefois; il était dans la misère la plus profonde. Je l'avais aimé parce qu'il était beau, adorablement beau...., et j'en avais eu honte, parce qu'il n'avait que ça pour lui, sa beauté... et ses vices.

— De qui parlez-vous?

— D'André Houdard..., dit la Rosse.

— Ah! Continuez.

— Il était misérable, affamé, sans gîte, sans le sou... Il était sale... et capable de tout. Je pensai à lui pour le marché qu'on m'avait proposé, et voici le plan que je fis : j'étais moi-même poursuivie pour dettes; il me fallait au plus tôt de l'argent; j'offris à Houdard de le mettre en relation pour une affaire de laquelle je ne voulais point me mêler en rien, mais sur laquelle je voulais ma part de bénéfice... On offrait une grosse somme, cent mille francs! Je lui en demandai la moitié pour moi; il accepta; c'est moi qui devais toucher et le payer... Ce fut entendu.

— Alors, fit le procureur visiblement répugné par ce qu'il entendait, mais vivement intéressé, vous avez arrêté ensemble le plan du crime qu'il devait exécuter?

Iza avait remarqué l'impression, et, relevant la tête, elle dit d'un ton sec :

— Non, monsieur. Je vous ai dit et je vous répète que je ne suis pas coupable...

— Excusez-moi..., et continuez, madame.

— Alors, voici ce que je lui dis qu'il devait faire. D'abord, je lui adressai dans un garni où il résidait une somme de cinq cents francs, afin qu'il pût s'habiller convenablement. Il est très beau. Ella étant une femme absolument facile, n'écoutant, je ne dirai pas que son cœur, mais que ses sens, il devait se faire aimer de Léa Médan — Ella est son vrai nom; — lorsqu'il serait son amant, lui inspirer assez d'intérêt pour qu'elle ne lui cachât rien, s'emparer alors de ces papiers — et, je vous le répète, ces papiers étaient volés, — il les reprenait pour les rendre à leur légitime propriétaire ; il me donnait ces papiers, je touchais les cent mille francs et lui remettais la moitié de la somme.

— Voilà seulement ce qui fut entendu et arrêté entre vous ?

Iza se leva et, étendant la main, elle dit solennellement :

— Sur mon Dieu, je vous le jure !

— Qu'arriva-t-il donc ?

— Je vis Ella et lui parlai plusieurs fois d'un homme admirable, beau, que j'adorais. Je savais que c'était une passion chez elle d'enlever l'amant de ses amies ; puis j'invitai Ella à venir souper avec moi ; et je prévins André de venir comme par hasard au milieu du dîner. Tout cela arriva le plus naturellement du monde ; je fis en sorte de disparaître deux ou trois fois quelques minutes, pour qu'ils fussent seuls, et, lorsqu'elle partit, je demandai à André si elle lui avait parlé. Il me répondit qu'il avait rendez-vous avec elle pour souper le lendemain soir. Il devint son amant ; à compter de ce jour ; je le vis à peine, vous le comprenez au reste : elle ne l'eût pas souffert. Chaque fois, je le pressais pour qu'il s'emparât de ces papiers. Un soir, il m'avait fait dire de me trouver au concert des Champs-Élysées, en m'envoyant chercher deux bouteilles de champagne et de l'argent. Je le vis avec elle et je remarquai qu'elle était ivre ; on avait failli lui refuser l'entrée. Un moment, André vint à moi et me dit :

— Je sais où sont ces papiers : dans la petite maison de la rue de Lacuée. J'y vais ce soir ; demain, avant le jour, tu les auras. Qu'on m'attende au petit jour chez toi.

— Mais elle est absolument grise, lui dis-je.

— Et les deux bouteilles que je t'ai envoyé chercher sont pour la finir.

— Mais tu n'as pas besoin de te cacher ; lorsque tu auras ces papiers, tu peux être tranquille, elle ne t'attaquera pas pour les reprendre.

Il eut un méchant rire, que je ne m'expliquai pas alors, en me disant :

— Oh ! je suis tranquille, elle n'attaquera personne... Demain, Iza, nous serons riches.

Et il me quitta pour rejoindre sa compagne que l'on remarquait déjà.

— Et cela se passait ?

— Le soir du 20 juin.

— La soirée qui précéda le crime ?

— Oui, monsieur.

— Continuez, fit vivement le procureur impérial, très intéressé par le récit.

— Je retournai près de la personne qui m'accompagnait au concert, sans attacher d'autre importance à ce qu'il venait de me dire, que l'assurance que nous aurions le lendemain les papiers, que je les livrerais...

— A qui ? demanda indiscrètement le magistrat.

— Vous comprenez, monsieur, l'obligation dans laquelle je suis de refuser de vous répondre, dit Iza avec une certaine hauteur.

Puis, paraissant ne pas voir l'air décontenancé de celui qui l'interrogeait, elle continua :

— Enfin j'allais toucher le but, c'est-à-dire que j'allais pouvoir me débarrasser de cette bande d'huissiers qui m'inondaient de papiers timbrés. Je n'avais qu'une préoccupation : la restitution des papiers à leur légitime propriétaire allait provoquer une brouille dans les amours de Léa et d'Houdard ; elle en chercherait les auteurs, elle ne manquerait pas d'apprendre que c'était moi qui avais dirigé cette affaire, et elle allait assurément venir faire du scandale chez moi. Mais si je n'avais pas le droit pour moi, j'avais la conscience de n'avoir fait qu'une chose absolument honnête, et, par suite, je n'avais pas à redouter de poursuites judiciaires de sa part. J'agissais sans droit pour me retrouver dans le droit.

Le procureur impérial sourit à cette phrase qu'il prit pour un mot, pastichant une parole du souverain qu'il servait. Iza se reposa quelques secondes et reprit :

Je rentrai tard chez moi ; en sortant du concert, j'avais été souper au café Anglais avec ceux qui m'accompagnaient ; il était trois heures du matin. J'étais chez moi depuis une heure au moins, j'avais fait ma toilette de nuit, je sortais du bain et me disposais à me mettre au lit, sans sommeil, anxieuse sur le résultat promis, lorsque l'on sonna chez moi. Justine descendit ouvrir. Quelques minutes après, elle rentra précédant Houdard. Je regardai celui-ci, l'interrogeant des yeux pour savoir s'il avait réussi, s'il m'apportait enfin les papiers... Je lui vis un air singulier, il me parut ivre ; il était livide, son front était couvert de sueur, ses cheveux collés sur ses tempes. Je lui demandai :

— Eh bien?

Du regard il me fit signe d'éloigner ma femme de chambre ; je haussai les épaules ; mais il insista, et je priai Justine de s'aller coucher et de nous laisser seuls.

Lorsqu'elle fut sortie, je renouvelai ma question.

Alors Houdard ouvrit d'abord la porte du cabinet de toilette, pour s'assurer que personne ne pouvait l'entendre ; puis, l'ayant soigneusement fermée, il revint et me dit d'une voix sourde :

— C'est fait !

— Tu as les papiers ?

— Les voici ! fit-il en déboutonnant son gilet et en les prenant sous le plastron de sa chemise.

— Enfin ! fis-je satisfaite.

Ils étaient dans un gros portefeuille, semblable à ceux dont se servent les avocats, et qu'on nomme serviette.

Je les regardai, et, contente, je relevai les yeux sur Houdard.

André restait debout, embarrassé, et comme gêné pour parler.

Je compris qu'il s'était passé quelque chose d'anormal. Peut-être les avait-il pris par la force, et Léa l'avait-elle poursuivi. Il redoutait qu'elle ne vînt le relancer jusque chez moi.

Voulant une explication prompte, je lui demandai :

— Qu'est-ce qu'il y a ? Tu sembles tout bouleversé.

Il me regarda bêtement, sans me répondre.

Je renouvelai ma question, et il dit :

— Il y a un grand malheur.

— Ah !... quoi donc? dis vite.

— Léa est morte !

— Qu'est-ce que tu me dis là? fis-je en reculant épouvantée.

Et il me parla alors brusquement, pressant les mots, évitant d'être interrompu par une demande d'explication :

— Tu la connaissais bien, tu sais la rage qu'elle a de vous faire boire un tas de philtres singuliers, des breuvages qui vous brûlent le sang, qui vous donnent une vie nouvelle, qui vous font perdre la raison; elle a voulu en mêler au champagne, en me disant : « C'est ta dernière heure de garçon, il faut la finir gaiement, » — car il se mariait le lendemain ; je vous expliquerai cela tout à l'heure. — Il me raconta qu'alors elle l'avait obligé à boire ; il avait feint d'obéir, voulant conserver sa raison ; elle s'en était aperçue et, voulant le décider, croyant qu'il avait peur du philtre qu'elle lui offrait, elle avait vidé toute la fiole dans une bouteille et en avait bu coup sur coup trois grands verres... en riant et en disant : « Tu vois bien qu'on n'en meurt pas, au contraire. » Alors, absolument ivre, elle avait achevé de se dévêtir en s'accrochant au lit, puis elle avait voulu se coucher, et elle était retombée sur le tapis ; là, elle lui avait dit :

— André, viens m'aider, je m'endors...

Il s'était élancé pour la relever ; vainement il l'avai appelée... : elle était morte...

Un tressaillement nerveux me secoua et je lui dis, épouvantée :

— Malheureux ! c'est toi qui l'as tuée... Tu l'as assassinée !

Il se redressa aussitôt comme outragé de l'accusation que je portais contre lui; son regard était furieux, mais — c'est une force que j'ai, moi, de soutenir un regard — mes yeux se fixèrent sur lui ; je cherchais à lire dans son âme; il ne put soutenir le choc; des plaques rouges lui couvraient le front et la pomme des joues; ses yeux clignotaient, ses lèvres se contractèrent et il baissa la tête. Je répétai alors :

— Malheureux, qu'as-tu fait? tu l'as tuée? Il répondit d'une voix sourde :

— Oui. Puis brusquement : Il le fallait, sans cela je n'aurais rien eu !

J'étais épouvantée; je me laissai tomber sur un divan, me refusant à croire ce que je venais d'apprendre; si audacieux, si infâme que j'aie jugé André, je ne le croyais pas capable d'un crime. Il le comprit, car alors il eut un emportement nerveux dans lequel il cherchait à rejeter sur moi la responsabilité du crime qu'il venait de commettre. Il prétendait qu'en lui proposant l'affaire, je lui avais demandé s'il était capable de tout, s'il irait jusqu'au crime..., des mensonges enfin auxquels je ne répondis pas. J'étais comme pétrifiée...; mon cerveau se refusait à croire que cet homme, jeune, beau, avait tué cette femme admirablement belle, cette femme qui l'adorait. Je ne me souviens plus du mot plus outrageant que les autres qu'il me dit qui me rendit un peu d'énergie. Je ne sais, ma part, je crois, qu'il m'offrait en disant qu'il avait volé Ella; que, pour qu'elle eût son argent, il avait choisi le jour où elle allait chercher ses valeurs chez un agent de change; il l'y avait menée et l'avait empêchée de rentrer chez elle, rue Byron, pour les déposer; il parlait de cent cinquante mille francs, puis des bijoux... Je ne sais, enfin. Mais mon cœur se soulevait de dégoût et je lui dis :

— Va-t'en, malheureux, va-t'en, et prie Dieu que j'aie le courage de ne pas te dénoncer. Alors il devint lâche; il se traîna à mes pieds, disant que s'il avait fait cela c'était pour m'obéir, qu'il m'aimait à la folie, qu'il était capable de tout pour moi et qu'il avait cru que je voulais me débarrasser d'une rivale. Il tira de ses poches les bijoux qu'il avait volés, et me les offrit en les déposant à mes pieds. Rien ne peut vous exprimer cette scène; bref, je le chassai, lui assurant que je me tairais. C'était tout ce que je pouvais faire.

— Mais ces papiers, vous ne les avez pas rendus, puisqu'ils ont été trouvés chez vous?

— Les pièces importantes avaient été cédées déjà par Ella, et quand on vint pour prendre les autres, on refusa de les payer, en déclarant qu'elles étaient sans valeur.

— De sorte que ce crime ne vous... n'a rien rapporté? rectifia aussitôt le procureur.

— Moi, je n'en avais plus besoin, et, à cause du crime commis, je n'aurais pas voulu de cet argent. Lui, il a volé une somme plus forte, car il a négocié quelques titres en Angleterre, et il y a vendu aussi quelques bijoux.

— Et ces bijoux, cette admirable parure trouvée chez vous avec les papiers, qu'un joaillier a reconnu avoir livrée à Léa Médan?

— Ne vous ai-je pas dit que le misérable était parti de chez moi, le matin du crime, en laissant à mes pieds sur le tapis des bijoux?... Ce sont ceux-là. Depuis, je ne l'ai jamais revu. Toutefois, il est vrai que, voulant sauver le malheureux, j'avais essayé de faire croire qu'on se trompait. Mais mon intention était, quand il serait à l'étranger, à l'abri, de révéler tout ce que je savais.

Après un silence de quelques minutes, le procureur reprit :

— Mon Dieu, madame, nous devons nous conformer aux ordres reçus. Il est bien évident que vous n'êtes pas coupable; cependant vous avez une certaine responsabilité dans le fait... Je suis néanmoins prêt à faire ce que vous demanderez. Voulez-vous votre mise en liberté immédiate?

— Non, monsieur, je veux confondre d'abord le coupable; je veux une confrontation, dans laquelle je répéterai devant lui tout ce que je viens de vous dire, et dans laquelle j'anéantirai ses accusations.

— Nous voulions le mener dans la chambre du crime.

Iza eut un frisson; mais, le domptant, elle reprit aussitôt :

— Je vous prie d'y faire notre confrontation.

— Bien, madame.

— Puis, monsieur, puisque, par ma faute, par mon silence sur ce que je savais, j'ai compromis un homme digne d'intérêt, je vous prie de vouloir bien me donner les moyens de le voir pour lui demander pardon.

— De qui voulez-vous parler, madame?

— De Maurice Ferrand.

Le procureur impérial parut assez étonné de la demande dans le cas grave qui les occupait. La petite satisfaction morale réclamée par Iza lui semblait bien puérile; il l'attribua au caractère enfantin des femmes trop souvent prêtes à mêler aux affaires les plus importantes les plus banales préciosités. Cela lui parut compléter le caractère singulier de celle qu'il interrogeait.

— Cela sera bien difficile : ce jeune homme ne pourra être relaxé qu'après l'interrogatoire d'Houdard, et lorsque nous aurons l'assurance qu'il n'était pour rien dans l'affaire Léa Médan.

— Le pauvre petit, voilà plus de quatre mois qu'il est arrêté, traité comme un coupable.

— Si, demain, la confrontation dans la chambre du crime amène des aveux de la part d'Houdard, je signe immédiatement la mise en liberté de Ferrand.

— Alors je vous prierai, si vous devez le faire, de me permettre de lui en donner la nouvelle; car demain, à la suite de cette confrontation que je vous ai demandée, je compte être libre.

— En m'en avisant aujourd'hui, je vais immédiatement demander des ordres.

Iza se disposait à se lever lorsque le procureur lui demanda :

— Ne disiez-vous pas, madame : « Il se mariait le lendemain; je vous expliquerai ça tout à l'heure. »

— Oui, je vous ai dit que, dans un moment de folie, j'avais été la maîtresse de cet homme; il me harcelait sans cesse après; je vous l'ai dit, j'en avais honte. C'est alors qu'une fois il revint plus misérable que les autres fois, et je lui parlai de l'affaire. Il accepta, et, en bâtissant l'avenir, lorsque je lui conseillais d'avoir une vie plus calme sitôt qu'il aurait cet argent, il me dit qu'il voulait se marier pour vivre honnêtement. Je pensais qu'alors j'en serais sûrement débarrassée, et je l'encourageai dans cette idée. A cet effet, je lui prêtai de l'argent; je sais même qu'une fois, avec deux mille francs que je lui avançai, il gagna, dans une affaire d'Ella, par son agent de change, sept mille francs; de ce jour, sa vie changea : il était plus soigné, et un jour il me raconta, quand je lui réclamai de l'argent, qu'il s'en était servi; il l'avait prêté à un homme dont il comptait épouser la fille : des gens chez lesquels il allait depuis trois ou quatre ans. Il menait, ajouta-t-il, les deux affaires ensemble, afin de pouvoir, le lendemain du jour où il abandonnerait Ella, se cacher dans un monde bourgeois chez lequel elle n'irait jamais le retrouver; l'argent de sa part devait lui servir à relever la maison de son beau-père duquel il devenait l'associé : voilà l'explication de son mariage.

Le procureur impérial était dans cette affaire aussi peu renseigné que l'instruction; car jamais l'enquête, maladroitement conduite, n'avait été dirigée de ce côté. Il ne pouvait s'étonner, puisqu'il ne savait pas que c'était depuis deux ans qu'Houdard prêtait de l'argent à Tussaud; qu'il y avait deux ans passés qu'Iza avait envoyé cinq cents francs à Houdard dans son garni, et qu'il y avait déjà un an qu'il était l'amant de la belle Ella, lorsque celle-ci avait été trouvée empoisonnée rue de Lacuée... Enfin il ne pouvait pas savoir qu'Houdard avait menti, qu'Iza mentait, que la vérité était par cela impossible à faire.

Le procureur eut donc un sourire satisfait, plein de remerciement, en disant :

— Maintenant tout s'explique..., et j'en suis bien heureux, chère madame; j'aime mieux être obligé — vaincu par l'évidence de votre non-culpabilité — de vous dire que j'ai le regret de votre arrestation précipitée, que vous n'avez qu'un mot à dire pour avoir votre liberté, car vous êtes innocente, que d'être contraint, en raison d'ordres faits en votre faveur, de fermer les yeux pour vous laisser libre...

— Mais vous me disiez, monsieur, lorsque je vous demandais à être libre après la confrontation, que vous alliez demander des ordres...

— C'est vrai, madame; je suis autorisé, sur votre demande, à vous laisser libre, c'est vrai ; mais sous certaines conditions, et non entièrement.

— Je ne vous comprends pas, dit Iza avec inquiétude.

— C'est-à-dire que, jusqu'à *nouvel ordre*, je vous autorise à sortir, sous la surveillance d'agents, et avec votre engagement de ne pas quitter Paris, et de vous tenir à notre entière disposition.

Iza se mordit les lèvres et le rouge lui couvrit le visage ; ce n'était pas cela qu'elle entendait par être libre ; elle dit vivement :

— Mais en vous demandant ma liberté après la confrontation, ce n'est pas ainsi que je l'espère.

— Oh ! certainement... surtout maintenant, madame, que suffisamment édifié sur votre compte, nous n'avons pas le droit de vous retenir, — et les ordres que je demande ont trait à cela. Demain vous serez, je pense, libre comme l'oiseau, fit le magistrat galamment. Et il reconduisit Iza jusqu'au milieu du couloir, où sa femme de chambre l'attendait. C'était Justine qui paraissait être sa geôlière.

Le lendemain, à dix heures, Iza montait en voiture accompagnée par le greffier du procureur impérial ; dix minutes avant, Houdard, entre deux agents, était monté en fiacre. Les deux voitures se dirigèrent rue de Lacuée.

Lorsque la Grande Iza descendit de voiture en s'appuyant sur le bras du greffier qui lui offrait galamment la main, elle vit qu'une troisième voiture qui les avait précédés stationnait devant la porte. C'est que déjà le procureur impérial et le juge d'instruction s'étaient fait conduire à la maison du crime. D'un coup d'œil rapide, elle vit que les contrevents de la chambre de Léa Médan avaient été ouverts.

Il faisait un temps d'hiver, triste, brumeux, et dans ces quartiers peu fréquentés les passants étaient rares. Cependant, comme les voisins savaient ce qui s'était passé dans la maison, les trois voitures, en stationnant, pouvaient provoquer un attroupement de curieux, et l'agent Huret, lorsque son prisonnier, entre ses deux gardiens, fut entré, commanda aux cochers d'aller attendre sur le quai.

Les magistrats, les agents et les inculpés entrés, la porte fut fermée et tout reprit son aspect ordinaire dans la rue de Lacuée ; un seul agent avait été prudemment posté devant la porte, et, assis sur un banc, il veillait en fumant.

Pendant qu'on donnait de l'air et de la lumière à la chambre du premier, le procureur et le juge d'instruction attendaient en bas dans un petit salon ; c'est là que le greffier fit attendre la Grande Iza. Les magistrats se levèrent galamment en la voyant entrer ; le procureur lui offrit un siège près de la cheminée où la

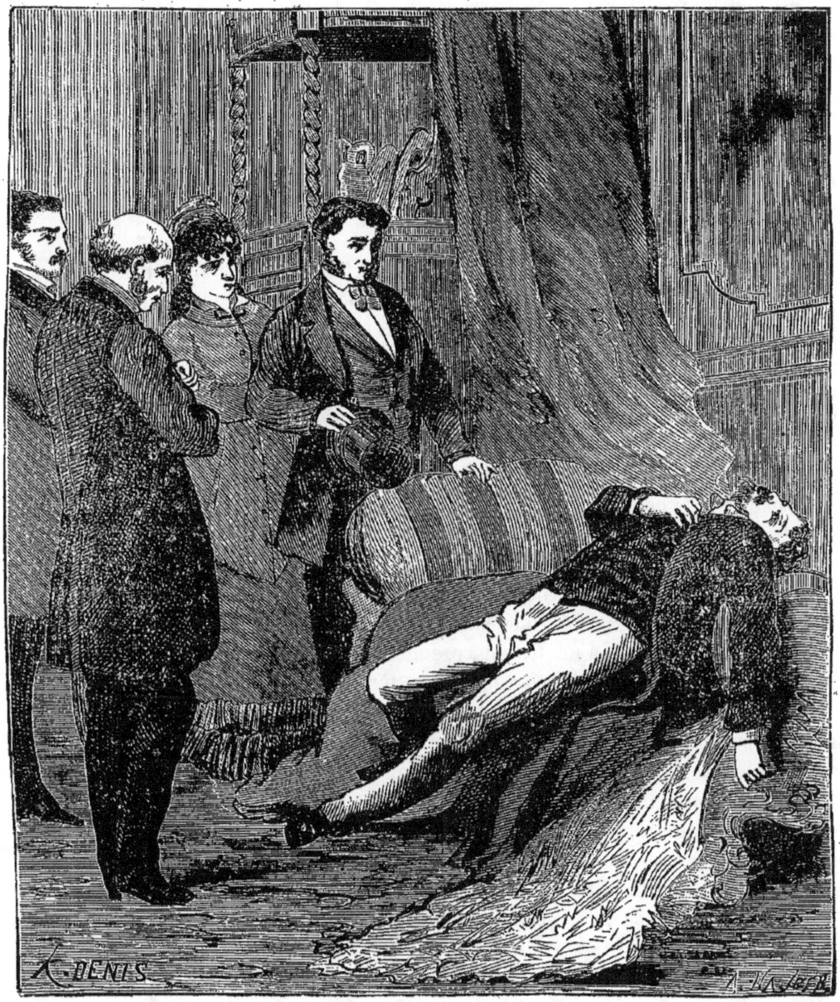

Il se débattit quelques minutes (PAGE 414).

femme de ménage, spécialement convoquée, avait allumé une flambée. Lorque Iza fut installée, le procureur lui dit :

— Nous vous demandons, madame, de rester ici quelques instants; nous allons nous occuper d'Houdard et nous vous prierons de monter tout à l'heure.

— Faites, messieurs ; je me mets à votre discrétion.

Et, en disant ces mots, elle avait la parole un peu saccadée ; Iza était agitée, pâle, ses grands yeux avaient des lueurs de fièvre, ses narines avaient des frémissements. Elle allait au combat, elle se préparait à la lutte et elle avait cette agitation des braves qu'on a tant de peine à cacher, non de la peur, mais du désir d'être déjà dans l'action.

Elle s'étendit nonchalamment dans le petit fauteuil, allongeant ses jambes pour offrir ses pieds fins à la chaleur du foyer... Ses pieds mignons, émergeant de ses jupons de dentelle; ce bas de jambe fin et rond firent grimacer les vieux magistrats qui se hâtèrent de monter au premier pour résister à la tentation.

Houdard, sombre, attendait dans la salle à manger qui précédait la chambre du crime, toujours escorté de ses deux agents.

André Houdard, dit la Rosse, était bien changé; les nuits d'anxiété passées dans l'insomnie commençaient à plisser son front; quelques poils blancs paraissaient dans ses bruns cheveux, attestant du feu intérieur qui depuis trois mois brûlait le cerveau. Il attendait anxieux; si convaincu qu'il fût de la protection de la Grande Iza, il se souvenait que, lorsqu'elle l'avait une première fois si adroitement arraché de prison, elle lui avait dit qu'elle ne pourrait peut-être pas réussir à le sauver s'il se faisait prendre à nouveau. De plus, c'était la première fois qu'il revenait, depuis la nuit du crime, dans la maison de la rue de Lacuée; malgré lui, il avait peur. Cette chambre close l'effrayait; quelle surprise lui ménageait-on pour l'obliger à des aveux? C'était l'inconnu sombre et redoutable; car, ne sachant comment il allait être attaqué, il ne pouvait préparer sa défense. En voyant entrer l'agent Huret, l'homme fatal acharné à sa poursuite, à sa perte, si convaincu de sa culpabilité, précédant les trois magistrats qu'il n'avait point encore vus, il sentit courir dans ses moelles un frisson, premier signe de faiblesse, de défaillance; il eut peur, très peur, et ses yeux se voilèrent et son teint devint livide. C'était l'heure, il fallait du courage; il réagit contre cette émotion passagère et se redressa si brusquement, que les deux agents, surpris et croyant à une tentative de fuite, le saisirent en même temps au collet. Il haussa les épaules et les regarda d'un air méprisant. Le procureur impérial et ceux qui l'accompagnaient entrèrent dans la chambre, dont la porte, en s'ouvrant, jeta dans la salle à manger une forte odeur de musc, senteur dernière des parfums qui s'évaporent. Sur l'ordre du juge d'instruction, Huret introduisit l'inculpé. Tous le regardaient avec attention, mais pas un muscle de son visage ne broncha : André était prêt à tout. Pendant que le juge d'instruction l'interrogeait, le procureur l'observait attentivement; le juge lui dit :

— Houdard, vous êtes dans la chambre où le crime a été commis; c'est ici que la malheureuse femme que son amour pour vous vous livrait a été empoisonnée; je vous adjure de nous dire la vérité; vous étiez seul avec cette femme; les enquêtes de l'instruction, très minutieusement faites aujourd'hui, nous ont démontré que personne autre que vous n'était entré ici dans la nuit du 20 juin. Léa Médan est donc morte lorsque vous étiez près d'elle; dites-nous dans quelles circonstances.

— Monsieur, je vous répéterai ce que j'ai déjà dit... J'ai passé ici une partie de la nuit du 20 juin; obligé de partir très tôt, ainsi que je l'ai expliqué, à cause de mon mariage qui devait avoir lieu le lendemain, ne voulant pas qu'on pût s'apercevoir que j'avais découché de chez moi la veille de ce jour, je laissai Léa couchée, gaie, riante; il était trois heures ou trois heures et demie du matin... Je n'ai appris la catastrophe — que j'attribue non à un crime, mais à un accident, — que longtemps après...

— Vous persistez à déclarer que vous n'êtes point l'auteur du crime?

— Je suis prêt à le jurer, monsieur.

Il y eut un moment de silence, pendant lequel le juge consultait tout bas le procureur; Huret, droit et immobile le long du lit, fixait sur Houdard son regard ardent; André essaya de le soutenir, puis il y échappa en tournant la tête, au moment où le juge reprenait:

— Vous allez être confronté avec une personne à laquelle vous avez avoué avoir commis le crime.

André eut un tressaillement et il regarda le juge d'un air égaré.

Que signifiait cela? De quelle personne voulait-on parler? De qui avait-il à redouter la confrontation? Qui avait osé dire qu'il avait avoué être l'auteur du meurtre de Léa Médan? C'était une imposture, et quel témoin aurait l'audace de la produire? Il répéta, en regardant le juge d'instruction:

— Je vais être confronté avec une personne qui déclarera que je lui ai avoué être l'auteur du crime? Si vous ne me le proposiez, je vous le demanderais.

Sur un signe du procureur impérial, le greffier descendit; moins d'une minute après, il introduisait Iza dans la chambre. En la reconnaissant, Houdard ne put cacher sa douloureuse stupéfaction, et on put l'entendre dire:

— Iza! Elle est arrêtée!

Et dans ces quelques mots, il y avait de longues pensées: Houdard ne pouvait échapper à l'accusation qui l'accablait que par la protection d'Iza; elle seule, étant libre, pouvait le faire sortir de prison; tant qu'elle était en état de le servir, il était certain de l'impunité. Mais Iza était arrêtée, arrêtée comme lui, et sous le poids de la même accusation. Qu'allait-il faire? Quelle conduite avait-il à tenir? Est-ce qu'ils étaient perdus tous les deux? Le juge d'instruction dit à Houdard:

— Reconnaissez-vous madame?

Assez embarrassé, et craignant de se compromettre, il chercha dans le regard d'Iza ce qu'il devait dire.

Celle-ci était froide, calme; on ne pouvait remarquer en elle qu'une chose, des frissons qui la secouaient chaque fois que ses yeux rencontraient le lit, dans l'état où il était lorsque Léa était morte, et cela était tout naturel chez une femme que la seule pensée de la mort fait trembler malgré elle.

Houdard acquiesça de la tête.

— Devant Mme veuve Séglin, niez-vous être l'auteur du meurtre de Léa Médan?

— C'est elle qui l'a dit? exclama Houdard avec effroi...

— Vous avez déclaré à Mme veuve Séglin, qui l'affirme, que vous aviez empoisonné Léa Médan, votre maîtresse.

— Tu as dit cela?... tu as dit cela?

Iza s'avança, et dit alors:

— Oui, j'ai tout dit... tout. Tant pis pour toi, si tu es encore ici; tu étais prévenu, tu pouvais fuir... J'ai dit que le matin du 21 juin, tu vins chez moi; tu sortais d'ici, tu y avais passé la nuit avec Léa Médan. On a fait une perquisition chez moi : on y a trouvé les papiers et les bijoux que tu voulus y laisser, et je devais dire comment cela se trouvait chez moi.

Houdard baissait la tête; il se demandait quelle tenue il devait avoir; fallait-il discuter ou s'abandonner? Iza, en cherchant à se sauver, n'allait-elle pas préparer les moyens de le sauver lui-même? Il releva la tête pour chercher dans son regard un conseil; mais Iza sembla ne rien voir, et, l'œil animé par le récit, elle continua :

— Tu revenais de chez Léa Médan, tu m apportais ces papiers, et lorsque je te demandai comment tu les avais obtenus, tu me répondis que tu avais sacrifié la malheureuse fille; tu l'avais grisée d'abord, puis tu lui avais fait boire du vin de champagne empoisonné... Alors, je te dis que tu n'étais qu'un misérable, et je te chassai de chez moi te menaçant de te dénoncer.

— Toi! fit Houdard outré, et cette fois la regardant bien en face pour savoir si elle jouait la comédie dans l'espoir qu'il caressait; mais il rencontra le regard sévère et méprisant de la grande fille; alors il comprit qu'Iza voulait se sauver à tout prix; elle se sauvait en le perdant. Nous connaissons assez celui qu'on appelait la Rosse pour juger l'effet qui se produisit en lui à cette constatation. Il était de ceux qui se cramponnent à ceux qui veulent les sauver et, à plus forte raison, à ceux qui veulent les perdre; il entraînerait dans sa perte celle qui l'y poussait. L'œil d'Houdard eut une flamme farouche; mais l'éclair de son regard ne fit pas baisser celui de la Grande Iza. Il respirait bruyamment, il serrait les poings, et Huret, qui l'observait, craignant un coup de tête, s'avança d'un pas vers lui. Le juge d'instruction demanda :

— Eh bien, Houdard, qu'avez-vous à répondre?

— Ce que j'ai à répondre, fit-il en se redressant... c'est court... Oui, c'est moi qui ai tué Léa Médan; mais nous étions deux, et Iza est ma complice.

Il y eut bien un imperceptible tressaillement que personne ne vit, qui courut sur le corps d'Iza, en même temps qu'un froid mortel se glissa dans son sang; elle faillit tomber même, mais cela ne dura pas une seconde : un sourire plein de mépris effaça la crispation des lèvres; elle haussa les épaules et dit au procureur impérial :

— Je vous l'avais dit.

Celui-ci lui répondit par un sourire et par une lippe des lèvres qui signifiait : « Ne craignez rien; nous savons la vérité et nous ne croyons pas à ces calomnies.. »

Le juge d'instruction, le greffier et Huret n'avaient retenu qu'un mot de la phrase, c'était l'aveu, et ils se regardèrent entre eux pour se dire :

— Enfin, cette fois nous le tenons.

Houdard, en voyant le singulier effet produit par sa déclaration, en devint furieux et reprit :

— Oui, c'est moi qui, sur les conseils d'Iza, ai amené ici Léa, son amie; c'est moi qui, sur son ordre, l'ai empoisonnée avec du vin de champagne pris chez Iza, et qu'elle avait empoisonné elle-même. Vous voulez la vérité, la voilà !

Puis, s'adressant à la grande fille :

— Et tu veux me perdre, moi? Nous serons perdus tous les deux; les affaires sont les affaires, ma fille : chacun sa part.

Et, ayant jeté ces mots à Iza, légèrement décontenancée, Houdard regarda autour de lui ; en voyant le haussement d'épaules de ceux qui l'entouraient, outré de voir qu'on refusait de le croire, plein de rage et de haine en constatant la sympathie de tous pour sa complice, le misérable perdit la tête et reprit :

— Vous voulez la vérité, la vérité tout entière, et vous refusez de la croire. Je me demande, en vous voyant ainsi, si ce n'est pas vous qui dirigiez cette femme; si ce n'est pas vous qui, par son intermédiaire, m'avez fait commettre le crime.

Les magistrats s'étaient redressés scandalisés ; Houdard vit que Huret faisait un signe aux agents, et, supposant qu'il ordonnait de s'emparer de lui, pour arrêter ses injures, il se mit sur la défensive et s'écria :

— N'essayez pas de mettre la main sur moi pour me bâillonner; le premier qui m'approche, je l'étrangle!

L'agent Huret haussa les épaules et fouilla dans sa poche. André, les lèvres moussues, bavant de colère, continua :

— Cette femme, qui avait avec Léa Médan des relations que je ne veux pas qualifier, m'a dit : « Sois son amant, tue-la et prends ses papiers, ses bijoux ; nous partagerons tout cela et nous aurons cent mille francs. » Voilà la vérité. Elle m'a dit : « Tu es sûr de l'impunité; je réponds de tout. » Et j'ai obéi. Je suis l'assassin, mais c'est ma complice ! Condamnez-la avec moi, et je ne résiste pas.

Iza se dressa fièrement, et d'un air écrasant de mépris, qui augmenta la rage du misérable, elle reprit :

— Depuis longtemps, épouvantée de ton crime, j'ai tout dit, et ces messieurs savent la vérité. Si j'avais partagé avec toi, je n'aurais pas été obligée de vendre tout ce que j'avais. On sait la source de l'argent qui me faisait vivre..., et je te défie de justifier, toi, des vingt mille francs prêtés d'abord au père de ta femme, puis de la somme que tu apportas en te mariant.

Les magistrats hochaient la tête, semblant dire : Répondez ; — mais Houdard paraissait fou ; on eût dit qu'il ne comprenait pas. Iza continua :

— Ce que je t'ai dit, je te le répète. Je t'ai dit : Tu es pauvre, il y a une affaire difficile à exécuter, indélicate peut-être, mais dont le but est honnête. On a volé des papiers très importants, on ne peut, en raison des choses qu'ils contiennent, s'adresser à la police française. Si tu avais ces papiers, tu aurais cent mille francs. Est-ce vrai?

— Oui, et puis après?

— Je t'ai dit : Je te ferai connaître la femme. Tu es beau, sois son amant et avise à ce qu'elle te donne ces papiers ou à les prendre. Est-ce vrai?

— Mais tu m'as dit aussi : Je peux affirmer aux gens qui proposent l'affaire que l'homme que je leur présente veut gagner de l'argent, qu'il est capable de tout. Et j'ai répondu : « Oui. » Tu as ajouté : Et, au besoin, tu pourrais tuer celui ou celle qui gênerait? Et j'ai dit : « Oui. » Est-ce vrai?

Iza nia d'abord d'un mouvement de tête et reprit, calme :

— Non, ce n'est pas vrai !... j'aimais trop Léa Médan pour désirer si épouvantable chose, et si je chargeai un homme de prendre ces papiers, c'était justement pour que cela n'amenât pas une rupture entre nous.

Houdard était exaspéré par le ton d'Iza, par son calme, par son accent de vérité, par l'accueil fait à ses paroles, et, comme un taureau qui va s'élancer, il regarda autour de lui, et hurla :

— Vous croyez ça, vous?... Vous croyez ça? Il faut en finir; crever pour crever, si vous ne me vengez pas, je me vengerai moi-même...

Et il s'élança sur Iza; mais Huret le guettait; au moment où il allait saisir la grande fille par le col, il se précipita, et une lutte s'engagea entre eux. Les magistrats effrayés s'étaient reculés dans le coin de la chambre; Iza s'était cachée derrière le lit; les agents allaient au secours de leur chef lorsque Huret se dégagea, en criant :

— Fermez tout, qu'il ne sorte pas.

La scène changea. Un agent poussa la porte, un autre se plaça devant le procureur impérial et ceux qui l'assistaient; Huret, debout, son casse-tête à la main, dit d'une voix sourde :

— Nous allons le garrotter !

Houdard, l'œil sanglant, regardait autour de lui; il n'y avait pas de fuite possible... Alors il changea tout à coup et, haussant les épaules, il dit :

— Vous ne m'aurez pas vivant !

Les agents se préparaient à la lutte; mais le misérable courut vers le petit meuble placé entre les deux fenêtres; d'un coup de poing, il enfonça le coffre et fouilla; un cri sortit de toutes les bouches, on crut qu'il prenait un revolver soigneusement caché. Houdard en tira une fiole noire, qu'il porta à ses lèvres et qu'il but d'un trait; puis, debout, on le vit grimacer, se tordre quelques secondes, et, se cramponnant au meuble, il se redressa en criant :

— Vous êtes tous des lâches !...

Puis, se tournant vers Iza épouvantée, cachée dans les rideaux :

— Et toi, tu n'es qu'une...

Et ses bras eurent des mouvements épileptiques, ses traits se contractèrent, ses dents se serrèrent et il tomba raide sur le parquet, en écumant: il se débattit quelques minutes, et il se raidit en jetant un cri aigu...

Houdard était mort.

X

LE DERNIER CAPRICE D'IZA.

Nous n'essayerons pas de dépeindre la scène qui suivit la fin du misérable; un médecin, appelé en toute hâte, ne put que constater la mort. Les magistrats s'étonnaient assez justement que, dans une pièce livrée depuis plus de sept mois aux perquisitions des agents instructeurs, on n'eût pas trouvé le poison qu'Houdard avait assurément caché lors de sa criminelle tentative pour le cas où le vin qu'il avait préparé n'aurait pas donné les résultats qu'il en attendait. Plaintes vaines. Sous les dictées du procureur impérial et du juge, un procès-verbal fut dressé, en suite de celui de l'interrogatoire, qui concluait ainsi : « L'inculpé, ayant vainement tenté, par des *calomnies*, de rejeter la responsabilité de son crime sur la dame Iza Séglin, mais, *confondu par celle-ci, avoua son crime*, et, *obligé de reconnaître qu'il était le seul coupable*, dans un accès de rage, se précipita sur un meuble qu'il brisa, y prit une fiole de poison et la vida avant qu'on ait eu le temps de s'y opposer, etc., etc. »

Les magistrats se retirèrent, laissant à Huret et à ses agents le soin d'aller chercher le commissaire afin de faire enlever le corps.

Iza, d'abord épouvantée, avait eu un soupir de soulagement lorsque le médecin avait constaté la mort d'André Houdard. Elle était sauvée. Huret n'avait pu cacher sa stupéfaction lorsque le procureur impérial, la consolant, s'excusant presque de la scène à laquelle elle avait été obligée d'assister, lui avait dit qu'elle était libre.

— Alors, monsieur, je puis me retirer? demanda-t-elle.

— Oui, madame, sous cette réserve que vous prenez l'engagement de rester chez vous et d'y rester jusqu'à ce qu'il soit définitivement statué.

Un plissement de front, une marque d'inquiétude de la Grande Iza lui fit ajouter :

— Mais vous pouvez être tranquille, car nous nous retirons convaincus de votre innocence.

Ils étaient descendus dans le petit salon du rez-de-chaussée et se chauffaient pendant que la femme de ménage allait chercher les voitures; Iza dit au procureur :

— Monsieur, je vous avais demandé la faveur de porter à M. Maurice Ferrand la nouvelle de sa mise en liberté.

— J'ai le regret de vous répondre que cela est impossible. Mais je puis vous dire que ce matin l'ordre de le mettre en liberté a été signé... Ainsi vous pourrez le voir bientôt.

— Et il sortira de prison aujourd'hui?

— Oui, oui.

L'œil de la Grande Iza était plein de claire gaieté; un sourire heureux vint sur ses lèvres ; elle ne pensait plus au misérable dont elle avait causé la mort ; le souvenir de la scène odieuse qui venait de se passer était effacé.

Est-ce que, dans cette âme, il y avait réellement un coin humain? Est-ce que le sort immérité du malheureux Maurice l'apitoyait à ce point? Est-ce que vraiment le remords la tourmentait, et qu'elle voulait racheter au plus vite le supplice que son silence sur ce qu'elle savait avait fait endurer pendant quatre longs mois au pauvre garçon?

Il y eut un silence de quelques minutes, pendant lesquelles la belle jeune femme promena ses pieds mignons devant la flamme ; lorsqu'elle entendit les voitures s'arrêter devant la porte, elle se tourna vers le juge et lui dit négligemment :

— Et à quelle heure ce malheureux enfant sortira-t-il de prison?

Sur le mouvement du procureur et du juge, qui signifiait : « Je l'ignore, » le greffier dit :

— C'est à quatre heures.

— Ah ! merci, fit-elle.

La femme de ménage vint dire que les voitures attendaient. C'est le procureur impérial qui reconduisit Iza jusqu'à la sienne, qui l'aida à monter et qui lui dit en souriant :

— Vous savez, chère madame, que c'est une grande faveur qui vous est faite, que cette libération. Je vous prie instamment de rester dans la mesure que je vous ai déterminée. Rentrez chez vous et attendez la notification de votre pleine liberté.

— Je vous le promets, monsieur ; et quand saurai-je officiellement que je suis à l'abri de tout?

— Oh ! demain, au plus tard... Peut-être ce soir...

— Bien, monsieur. Permettez-moi de vous remercier des égards que vous avez eus pour moi.

— Oh ! madame, la justice n'est pas toujours aussi cruelle qu'on la dépeint :

Discite justitiam moniti et non temnere divos.

Et, content d'avoir placé ce vers de Virgile, qui laissa Iza bouche béante, il salua ; puis, suivi du juge et du greffier, il regagna sa voiture. En partant, il demanda à l'un :

— Que pensez-vous de tout cela?

— Que cette femme est coupable.

— Que me dites-vous là?

— Permettez, coupable inconsciente : c'est l'amour de cet homme qui l'a fait agir.

— Mais ce n'est pas elle qui l'a poussé au crime?

— Oh ! assurément non !

— Nous sommes donc dans la vérité et dans la justice. Et voyez ce qu'il y a de bonté dans le cœur de cette courtisane ; elle n'a qu'un remords : le mal que sa réserve a fait endurer au jeune Maurice Ferrand.

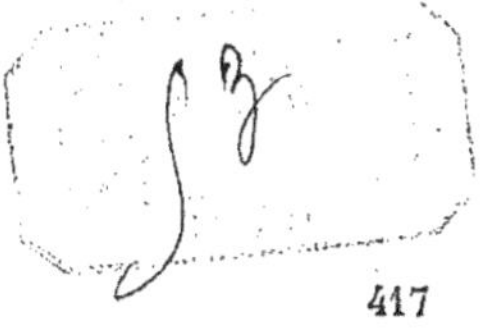

Elle s'était laissée glisser devant Maurice (PAGE 422).

Iza avait dit au cocher de se hâter pour la conduire à son hôtel de la rue de Chaillot, et, pelotonnée dans sa voiture, elle pensait :

— Pourvu qu'il arrive à temps.

Une demi-heure après, elle arrivait chez elle, et c'est Justine qui la recevait; car tout avait été changé dans le petit hôtel depuis l'arrestation d'Iza. Les anciens domestiques qui la servaient, avenue Friedland, avaient repris leur place, et Justine dirigeait la maison en l'absence de sa maîtresse, qui lui avait assuré que sa détention ne serait pas de longue durée. Depuis l'arrestation d'Iza, on n'avait plus revu Oscar de Verchemont; on croyait que, sur les conseils de son vieil ami Mathieu des Taillis, il était allé cacher sa douleur et chercher l'oubli dans le vieux château de famille, au fond du Poitou.

Lorsque Iza arriva à son hôtel, on l'attendait depuis le matin, et tout était prêt pour la recevoir; à peine mangea-t-elle hâtivement pour se livrer à sa toilette; puis elle fit venir Justine, son cocher et le valet de pied, auxquels elle donna des ordres précis qu'il fallait immédiatement exécuter. Lorsqu'elle entendit, un quart d'heure après, le petit coupé qu'on venait d'atteler qui sortait de l'hôtel, elle dit à la femme de chambre :

— Allons bien vite. Justine, occupe-toi de moi; fais-moi bien belle.

Sur l'ordre de la Grande Iza, Justin avait attelé le petit coupé, et, accompagné du valet de pied, il l'avait conduit jusqu'à la prison de Mazas.

Il était quatre heures moins quelques minutes lorsqu'ils y arrivèrent.

Le valet de pied descendit aussitôt et alla demander si le détenu Maurice Ferrand était sorti. Sur une réponse négative, il pria le guichetier, — ne connaissant pas celui qu'il attendait, — de vouloir bien dire à M. Ferrand qu'une voiture l'attendait à la porte.

A quatre heures dix, la porte s'ouvrit, et Maurice sortit de la prison. En sentant l'air vif du dehors, en voyant le long boulevard sans mur pour horizon, il respira bruyamment et fut un instant obligé de s'appuyer sur la porte; puis, revenant aussitôt à la situation, se souvenant de ce qu'on venait de lui dire : « Un domestique en livrée vous attend avec une voiture à la porte, » il regarda le petit coupé avec étonnement et fut bien plus étonné encore en entendant le valet de pied lui dire :

— C'est à M. Maurice Ferrand que j'ai l'honneur de parler?

— Oui.

— Mme la comtesse de Zintsky prie M. Ferrand de vouloir bien se rendre immédiatement chez elle et met sa voiture à sa disposition.

— La comtesse de Zintsky ! répéta Maurice stupéfait.

Il était depuis quelques mois habitué à obéir; il suivit le valet de pied, qui lui ouvrit la portière, et monta. Le valet sauta près du cocher et la voiture partit.

Maurice agissait un peu comme les héros de féerie ; ce qui lui arrivait était si singulier ! C'est seulement une demi-heure avant son départ qu'il avait eu connaissance de l'ordonnance de non-lieu rendue en sa faveur. Depuis les angoisses du jugement, il avait vécu dans des transes mortelles ; en ne voyant pas donner de suite à l'incident qui s'était produit devant la cour, il lui semblait qu'il était oublié. Ne sachant rien de ce qui se passait au dehors, il ne pouvait penser que l'instruction, dirigée d'un autre côté, avait enfin amené la découverte de la vérité ; il ignorait l'arrestation d'Houdard, et lui, le malheureux, le plus intéressé à savoir si le véritable assassin était découvert, il n'avait rien su. Au contraire, en raison de l'incident singulier qui s'était produit et qui nécessitait un supplément d'enquête, il avait été de nouveau mis au secret le plus absolu.

Les lettres que lui avaient adressées sa sœur et Cécile même ne lui étaient

LA

GRANDE IZA

ÉDITION ILLUSTRÉE

PARIS. — IMPRIMERIE Vve P. LAROUSSE ET Cie,
19, RUE MONTPARNASSE, 19

ALEXIS BOUVIER

LA GRANDE IZA

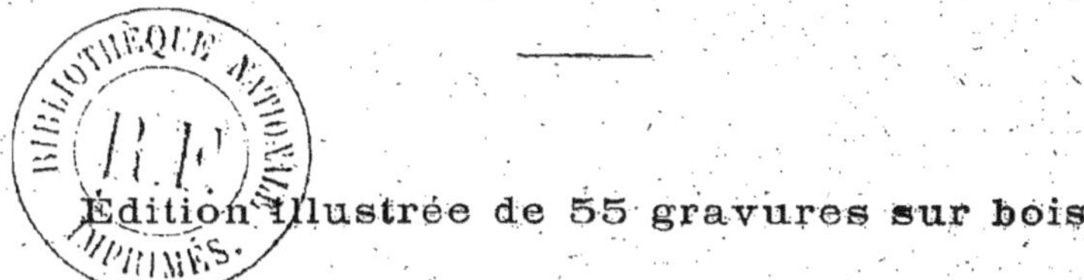

Édition illustrée de 55 gravures sur bois

PARIS
JULES ROUFF, ÉDITEUR
14, CLOITRE SAINT-HONORÉ, 14

pas parvenues, et le pauvre garçon ne savait rien, rien. Pour lui, Cécile était toujours l'épouse d'Houdard ; malgré la séparation, elle devait être sous le coup des déclarations loyales qu'elle avait faites. A cette heure, son mari pouvait à son tour l'attaquer, et il croyait que cela avait lieu. C'est au moment où, se croyant oublié, désespéré, il ne savait que penser de ceux qui l'avaient soutenu, qu'il reçut la notification de l'ordonnance de non-lieu et de sa mise en liberté immédiate. Pendant deux grandes minutes, il resta comme étourdi de l'heureuse nouvelle. Il avait injustement passé quatre mois sous les verrous ; il avait été insulté, outragé, calomnié, conduit entre des agents et des gendarmes, transféré de prison en prison, pour arriver à ceci : qu'on était obligé de le remettre en liberté, en reconnaissant qu'il n'était pas coupable ! Et il n'y avait nulle compensation pour l'erreur commise ! Après avoir, étant inculpé, subi la honte du détenu, il était encore, jusqu'à la sortie de prison, sous la pression du règlement ; les geôliers, les surveillants n'étaient pas plus respectueux ; on ne le reconduisait pas hors de la prison, on l'en jetait à la porte. Et le pauvre gars se trouvait heureux, tant il était satisfait d'avoir bientôt l'air et le clair soleil de l'être libre ; il était servile, dans les grands murs ; il n'osait se plaindre, il subissait ; il n'avait pas conscience de cette odieuse chose : la prison préventive, de ce mépris du droit et de la raison, de cet outrage à la liberté ! Dans la voiture, s'abandonnant, heureux, aux cahots que la douceur des ressorts faisait des balancements,

Il marchait tout vivant dans un rêve étoilé.

Un parfum subtil et pénétrant était répandu dans la voiture, et sa senteur lui montait au cerveau ; gêné, embarrassé par l'inconnu dans lequel il se trouvait entraîné, il cherchait vainement quelle pouvait être cette comtesse de Zintsky qui le faisait prendre ainsi à sa sortie de prison ; il croyait en trouver l'explication en se souvenant que certaines personnes riches s'intéressent au malheureux que la prison préventive prive injustement, à leur libération, de tout moyen d'existence. Il pensait se trouver bientôt en présence d'une noble dame, qui lui demanderait l'état de sa situation et se chargerait de lui trouver un moyen immédiat de gagner sa vie, en lui offrant de l'aider peut-être de son argent. Le pauvre garçon ne savait pas que cela n'existait que dans son cerveau, et une société humanitaire ayant ce but est encore à créer ; c'est au pauvre diable que l'arrestation a rendu suspect, que la prison a compromis, qui a perdu argent et travail, de se relever tout seul... Et combien d'honnêtes n'ont pu se relever et, de ce jour, ont commencé la chute pour retourner avec justice, cette fois, à la prison.

L'étonnement de Maurice fut grand en voyant la voiture entrer dans la grille d'un petit hôtel, tourner autour d'un massif et s'arrêter devant un élégant vestibule. Le valet de pied sauta du siège et vint ouvrir la portière, puis l'introduisit dans l'hôtel ; aussitôt Justine, l'apercevant, lui sourit en disant :

— Veuillez me suivre, monsieur.

Et, de plus en plus décontenancé, comme ahuri, jetant autour de lui des regards effarés, Maurice suivit la jeune femme de chambre, qui le fit monter au premier et l'introduisit dans l'élégant boudoir d'Iza. Le petit ouvrier avait honte de lui; au milieu de ce luxe, il se sentait plus pauvre; il restait debout devant la cheminée, tenant devant lui, de ses deux mains, son petit chapeau rond. Cependant Maurice était proprement vêtu; ses vêtements, conservés au greffe, lui avaient été rendus pour sortir; ils ne s'étaient point usés pendant la durée de sa détention; le repos forcé dans lequel il avait vécu depuis quatre mois avait effacé de ses mains les traces du travail: elles étaient redevenues blanches et même élégantes. En somme, il était charmant avec son air embarrassé et ses yeux en joie. Maurice, quoiqu'on lui eût dit de s'asseoir, restait debout; la jeune soubrette était sortie, et il regardait avec crainte toutes les tentures des portes, redoutant l'instant où quelqu'un allait paraître. La portière de la chambre se souleva, et, dans l'encadrement, il vit apparaître la Grande Iza; Iza, superbe, magnifique, vêtue à peine de ces costumes qu'on nomme si justement des déshabillés; elle s'avança souriante vers le jeune homme, répandant autour d'elle ce parfum pénétrant qui déjà dans la voiture avait troublé le cerveau de Maurice; le pauvre garçon s'était un peu reculé. Il l'avait d'abord regardée, ravi, ébloui; puis, en sentant son regard croiser le sien, en voyant la belle créature se diriger vers lui, il avait baissé les yeux. Alors Iza était venue, lui avait pris la main, l'avait entraîné vers la causeuse, heureuse de le sentir tressaillir à son toucher, en lui disant:

— Je vous remercie bien, monsieur Ferrand, d'avoir consenti à vous rendre à ma prière.

Il releva les yeux et la regarda étonné; alors il se souvint qu'il avait vu cette femme les jours d'audience; il ne répondit pas et Iza reprit :

— Monsieur Ferrand, j'ai voulu vous voir, parce que j'ai besoin de me faire pardonner.

— Pardonner! de moi, madame?

— Oui.

— Je ne vous comprends pas.

— Je suis la cause que vous êtes resté en prison...; je suis la cause que vous avez été arrêté.

— Oh! que me dites-vous là?... C'est sur votre dénonciation?... Mais je ne vous connais pas!

— Non, ce n'est pas cela. Écoutez-moi.

Et comme ils étaient assis tous les deux un peu éloignés l'un de l'autre, elle se rapprocha et prit les mains du jeune homme, en penchant sa tête vers lui pour lui parler. En sentant le frôlement du corps légèrement vêtu, en sentant la pression de la main, en sentant surtout sur son visage cette haleine étrange, fraîche et parfumée, le pauvre petit ouvrier eut la tête perdue; il baissait les yeux et les relevait avec effort; il écoutait sans entendre; il se sentait envahi par une émotion singulière.

Iza, dont le regard ne le quittait pas, reprit vite :

— Oui, je connaissais le coupable, et un sentiment injuste de pitié me fit garder le secret; ce n'est qu'à l'heure où vous étiez presque perdu, alors que je vous vis si loyalement vous défendre de l'accusation portée contre vous, il y a

Un homme embusqué se précipita vers le compartiment (PAGE 427).

trois jours, que j'allai tout raconter au juge d'instruction ; le coupable fut arrêté, forcé d'avouer, et j'obtins enfin votre mise en liberté.

— Alors, c'est à vous, madame, que je dois ma liberté?... Oh! mais...

Et il était content de parler, car il était embarrassé de lui ; il ajouta :

— Oh ! madame, que pourrais-je faire pour reconnaître votre bonté?

Iza lui prit alors les deux mains, l'obligeant à la regarder bien en face, et, dardant son regard brillant sur le sien, avançant les lèvres, elle dit :

— M'aimer!

Le coup était si vivement porté que Maurice eut un soubresaut sous ce choc; il devint rouge du col à la racine des cheveux; mais, comme le visage d'Iza s'approchait toujours, que son regard l'incendiait, il feignit de n'avoir point compris et, baissant les yeux, il dit :

— J'ai beaucoup souffert, madame; mais je ne me souviendrai que de cette heure de joie que je vous dois : libre, être libre...

Iza n'était point femme à reculer, nous le savons; elle attribua à l'extrême timidité de Maurice sa discrétion et sa réserve, et reprit, en se rapprochant encore de lui :

— Depuis l'instant où je vous ai vu vous débattre dans l'accusation, les remords m'accablent et je veux racheter la faute commise.

Maurice sentait son sang courir plus chaud dans ses veines au contact de l'adorable femme; il était tout troublé en lui répondant :

— Mais cet homme, pourquoi le protégiez-vous? ce coupable...?

— Parce que je le connaissais et que vous m'étiez indifférent.

Comme peu à peu la timidité s'envolait, il allait peut-être lui demander pourquoi il ne lui était plus indifférent; car déjà ses yeux étaient humides, ses regards étincelants, ses lèvres tremblantes, et, à chaque mouvement d'Iza, il avait des tressaillements. Et la grande fille continua :

— Mais de l'heure où je vous vis dans la salle de la Cour d'assises, dès l'instant où j'entendis le récit de votre héroïque sacrifice pour la femme qui vous avait oublié...

— Ne dites pas cela, madame.

— Mais, malheureux, vous ne le savez donc pas?... On vous a sauvé en racontant cela, pour avoir gain de cause dans le procès en séparation intenté par votre maîtresse à son mari.

— Cécile m'aime...

— Vous êtes fou; Cécile n'aime plus personne, pas même son mari, dont elle ne cherche qu'à avoir le bien pour soutenir la maison de son père.

— Oh! ce que vous me dites...

— C'est la vérité... Est-ce que, depuis longtemps, si elle vous avait véritablement aimé, elle n'aurait pas dit aussitôt ce qu'elle a raconté au dernier moment? Aujourd'hui vous êtes libre, seul; là-bas, on vous a oublié; depuis ce temps, vous n'avez plus entendu parler d'eux; on a fait à peine son devoir, et peut-être en a-t-on regret. Maurice, tu es seul, seul; il n'y a près de toi qu'une affection, qu'un amour, le mien... Il faut que cet amour soit bien puissant, n'est-ce pas? pour que j'ose, au mépris de toute convenance, venir te l'avouer et te supplier de me le rendre.

Et elle s'était laissée glisser devant Maurice; elle était à genoux, elle tenait ses mains et y cachait sa tête; et le pauvre garçon, tout rouge, bouleversé, cherchant à parler et balbutiant, n'avait plus de force; il tirait la femme vers lui, honteux de la voir à ses pieds, et comme Iza se prêtait à ce mouvement, à mesure qu'elle se relevait, elle se trouvait dans ses bras.

Oh! c'en était trop; le pauvre petit gars, qui ne connaissait guère l'amour que par le poétique et héroïque sacrifice qu'il lui avait fait la nuit du 20 juin; le pauvre petit ouvrier, qui n'avait jamais bu cette haleine embaumée, qui n'avait jamais eu ces caresses, qui n'avait jamais entendu ces mots brûlants, était comme ivre. Un feu nouveau le dévorait, et il se disait que, lui aussi, il ressentait de l'amour pour Iza...

Tout aidait au caprice de la grande fille : la nuit était venue, le boudoir était plein d'ombre, les flamboiements du bois dans la cheminée jetaient une clarté fantastique qui augmentait le mystère de ces singulières amours.

A mesure qu'il la tirait vers lui pour la relever, il dut passer un des bras autour de sa taille, et l'étoffe de son peignoir se tendit sur elle, se plaquant comme une chemise, et il sentit sous ses doigts la tiédeur de la chair, ses frémissements, en même temps que sa tête aux lèvres empourprées, aux yeux ardents, se trouvait en face de son visage, et sa bouche lui jeta, dans un cri nerveux, une bouffée de tiède haleine parfumée comme un écrasement de fleurs.

En se sentant dans les bras du jeune homme, la Grande Iza avait des torsions voluptueuses qu'il pouvait prendre pour des essais de résistance. Maurice avait des droits qu'il ne se connaissait pas; Iza était sur ses genoux, elle s'abandonnait, et leurs lèvres se touchaient, disaient :

— Maurice, tu m'aimes, dis?

— Je t'aime!

Il la prit dans ses bras... Tout à coup on frappa violemment à la porte du boudoir; Iza, stupéfaite, furieuse, s'arracha toute honteuse des bras de Maurice et courut à la porte.

— Qu'est-ce qui vient encore? demanda-t-elle d'un ton plein de colère.

La voix de Justine répondit :

— Madame, madame, ce sont les agents qui reviennent; ils me suivent.

Au mot agents, Maurice se leva tremblant. Iza pâlit; elle se hâtait d'agrafer son peignoir qui s'était un peu entr'ouvert lorsqu'elle se traînait aux genoux de Maurice, quand l'agent, ouvrant brusquement la porte, entra dans le boudoir.

En le reconnaissant à la lumière de la lampe que tenait Justine, elle se recula.

— Encore vous? fit-elle. Et que voulez-vous?

— Madame, j'ai ordre de vous arrêter...

— De m'arrêter?

Huret avait un méchant sourire.

— De vous arrêter pour vous reconduire à la frontière...

Iza devint livide. Elle se remit et dit :

— Mais, monsieur, j'ai des intérêts ici que je ne puis abandonner.

— Je n'ai rien à vous répondre. J'ai mon devoir à remplir. Et le voici : je dois immédiatement m'emparer de votre personne, vous conduire au chemin de fer et vous accompagner jusqu'à la frontière.

— Ce soir? fit Iza stupéfaite.

— Immédiatement.

— Et vous refusez de m'accorder quelques heures en me surveillant?

— Le temps de faire votre malle et de vous vêtir.

Maurice était scandalisé du ton de l'agent; mais il n'osait parler : la police l'épouvantait, il n'était pas assez certain d'être sorti de ses griffes. Iza comprit, dans le regard qu'elle échangea avec l'agent, qu'elle n'avait rien à espérer de lui, et, haineuse, elle lui dit :

— Je vous obéis, monsieur, car je sais quelle rage vous avez contre moi.

— J'ai pour vous, madame, fit brutalement l'agent, la considération que vous méritez. Vous avez vingt minutes pour vous préparer.

Iza alla parler bas à Maurice, qui se dissimulait dans un angle; elle finit en lui disant :

— Justine vous le dira.

Et, suivie de la femme de chambre, elle entra dans son cabinet de toilette.

Huret, en entrant, n'avait pas remarqué l'homme qui était avec Iza. Celle-ci disparue, il s'avança vers lui, et, le reconnaissant, il exclama stupéfait :

— Vous, monsieur, vous ici!...

Maurice, qui ne le connaissait pas, le regardait effrayé, croyant qu'il allait l'arrêter de nouveau; l'agent, ne le laissant pas parler, continua :

— On pleure, on attend; car on sait que vous êtes libre, et vous donnez votre première heure de liberté à cette fille!...

— Qui m'attend?

— Cécile et votre sœur... et vos amis, ceux qui ont tout fait enfin pour obtenir ce qui arrive aujourd'hui : votre liberté.

— On m'attend? Mais on m'a dit, au contraire, que Cécile, mariée, ne voudrait pas me revoir, et ma liberté, je la dois à Mme la comtesse de Zintsky.

— C'est elle qui vous a dit ça?... Comtesse!!! la Grande Iza!... La coquine, elle est capable de tout. Allons, monsieur Ferrand, essuyez-vous le visage; ne gardez pas trace de ces baisers-là... Oubliez cette misérable, et courez bien vite rue Saint-François, où l'on croit que vous ne sortirez que demain matin... Courez : Cécile est veuve et vous attend. Courez; car vous les trouverez joyeux, préparant pour demain la fête de votre retour.

Le visage de Maurice s'était transformé, et, comme il ressentait sur sa chair les brûlures des baisers de la Grande Iza, il s'essuyait de sa manche...

— Veuve! exclama-t-il, elle est veuve!

— Et elle vous attend.

— Oh! merci! merci, monsieur!...

Il allait sortir; il revint vers l'agent et lui demanda, suppliant :

— Oh! monsieur, ne dites jamais que vous m'avez vu ici!

— Allez et aimez-la... Cécile a besoin de votre amour pour vivre.

Heureux, riant, Maurice se précipita plutôt qu'il ne descendit, et, avide de liberté, il courut tout d'un trait jusqu'à la rue Saint-François. Devant la porte, il suffoquait, il n'osait entrer; enfin, se domptant, il tourna le bouton. En entendant

IZA LA MOLDAVE
Elle ne trouvait de consolation que dans l'espoir de reprendre les haillons de la bohémienne (PAGE 427).

résonner le gros timbre et se trouvant dans le rayon de lumière qui venait de la salle à manger, il fut obligé de s'appuyer au mur pour ne pas tomber.

XI

LA FIN D'UNE LONGUE HISTOIRE

Toute la famille Tussaud était à table ; on avait appris le matin la mort d'André

Houdard, et nous devons dire que le dernier adieu que lui donna sa femme fut de se jeter dans les bras de sa mère en lui disant tout bas :

— Allons, mère, tu peux maintenant vivre calme : ce secret est mort avec lui.

Si on avait écouté Tussaud, on aurait fait un repas joyeux le soir ; en outre, on avait eu toutes les peines du monde à l'empêcher de chanter. Le repas habituel commençait, et Paillard disait qu'assurément Maurice, dont l'innocence était reconnue, serait mis en liberté le lendemain.

— Eh bien, mes enfants, si c'est vrai, dit Tussaud, nous ferons une petite fête ; nous irons l'attendre à la porte de Mazas, le pauvre brave garçon; que les premiers visages qu'il verra soient des visages amis... Et puis cette fois, nous obéirons à ma pauvre Cécile.

Le timbre sonna.

— Qu'est-ce que c'est que ça ? fit Tussaud.

Et comme on n'entrait pas tout de suite, Adèle Tussaud fronçait le sourcil avec inquiétude, se souvenant du retour d'Houdard ; sa fille lui dit :

— Oh ! les morts ne reviennent pas !

— Entrez donc ! cria Tussaud.

La porte de la salle à manger s'ouvrit, et Maurice parut, n'ayant que la force de dire un mot :

— C'est moi !

Ce fut un brouhaha général. Amélie et Cécile, quoique celle-ci fût bien faible, se précipitèrent ; c'est elles qui le soutinrent... C'était tout autour des cris de joie.

— C'est lui !... C'est Maurice. Vite, un couvert... Enfin !

Et des larmes dans les yeux ! surtout en voyant Maurice qui, après avoir embrassé sa sœur, s'était redressé devant Cécile. Les deux pauvres enfants se regardèrent une grande minute avec amour, sans parler, lisant leurs pensées dans leurs yeux...

— Eh bien, oui, dit tout à coup Cécile, oui... Maintenant je suis ta femme.... et je n'ai été que ta femme, mon Maurice... Entends-tu ? ta femme fidèle !

— Ma femme ! ma femme ! dit le pauvre petit..., et il allait tomber à genoux ; elle le retint.

— A genoux, toi, toi, mon Maurice, toi, qui as tant souffert... toi, qui n'as eu qu'une pensée, la mienne, toi, qui allais mourir pour moi...

Maurice eut un peu de rouge au front en pensant à la Grande Iza ; aussi il bénit l'entrée inopinée de l'agent Huret, car il pouvait répondre :

— La vie sans toi, ce n'était rien, Cécile...

Ils se jetèrent dans les bras l'un de l'autre et s'embrassèrent longuement.

— Allons, dit Tussaud, lâche-le un peu ; c'est notre tour de l'embrasser ; et, essuyant ses yeux avec sa serviette, il dit :

— Viens, mon gendre ! et, Maurice, pardonne-nous, car la leçon a été rude.

Après les embrassades, on se mit à table, Cécile bien heureuse, à côté de Maurice ; et comme il fallait causer — de choses gaies surtout, dit Tussaud, — on dit à Maurice qu'on attendait sa sortie, d'abord parce que M. Paillard avait besoin de s'adresser à quelqu'un pour demander la main d'Amélie, et Chadi parce qu'il avait besoin de témoin, Mlle Denise l'ayant prévenu qu'elle ne pouvait attendre plus longtemps... Chadi ajoutait :

— C'est que vous savez, moi, j'aime les enfants et je ne veux pas que le mien soit un bâtard, et Denise m'a dit que nous n'avions que le temps... En voilà, des noces !

— Commençons par la faire, — fit Tussaud joyeux, — la noce. Chadi, tu vas descendre avec moi à la cave et nous allons vous monter quelques bouteilles de mon vieux pomard... du 1857... rien que ça... Allons-y...

Et le dîner se prolongea en souper.

Les Tussaud étaient encore à table lorsque, à la gare de Courtrai, le train de Bruxelles s'arrêtant vers une heure du matin, l'agent Huret en descendit. Un homme embusqué près de la salle d'attente, le reconnaissant, eut un cri de joie et se précipita vers le compartiment d'où il venait de sortir. Il entra. — Une femme, qui semblait dormir, s'éveilla. En sentant que le nouveau venu, tombant à ses genoux, lui prenait les mains, elle s'écria gaiement :

— Toi..., toi, Oscar !

— Moi, qui ne veux pas t'abandonner, pauvre victime; moi, qui te sais innocente et qui veux vivre et mourir avec toi.

— Oh ! je ne me trompais pas en t'aimant ; toi seul étais digne de mon amour.

Elle l'embrassa. Et le train repartit, entraînant Oscar de Verchemont et la Grande Iza.

Oh ! si, dans la nuit, le jeune gentilhomme avait pu voir le changement qui s'opéra dans les traits de la jeune femme, peut-être un frisson eût-il secoué son corps de la peau aux moelles ; peut-être eût-il deviné le danger, eût-il vu la pente de l'abîme dans lequel il glissait. Mais il ne vit rien ; il sentit sur ses lèvres la tiédeur des lèvres de celle qu'il aimait, et, dans ce baiser, elle lui jeta cette haleine faite de parfums qui troublait son cerveau ; puis elle eut des transports d'amour, des caresses pleines de tremblements, des phrases entrecoupées avec des accents vrais.

Et elle ne jouait pas la comédie à cette heure, la grande Iza... La nuit avait été lugubre pour elle, en tête à tête avec cet agent muet, cet ennemi implacable, l'image du châtiment. Expulsée comme une criminelle, jetée sans ressources à l'étranger, enveloppée de mépris, elle ne voyait que la vie à recommencer, mais la vie épouvantable des courtisanes en décadence... Elle ne trouvait de consolation que dans l'espoir de reprendre les haillons de la bohémienne..., et cela piquait sa peau et lui donnait la chair de poule. Elle avait peur de la misère, la grande Iza. Pelotonnée dans le coin capitonné du wagon, elle ne dormait pas, deux grosses larmes, non de repentir, mais de douleur, coulaient sur ses joues... Lorsqu'elle levait les yeux sur l'agent, elle frissonnait ; il lui semblait que ses regards, fixés constamment sur elle, avaient les fauves phosphorescences des yeux de chat dans la nuit.

Aussi, en reconnaissant la voix d'Oscar, on juge de son exclamation en disant : « Toi ! » son accent disait :

— Merci, mon Dieu! je suis sauvée!...

De cette heure, Oscar de Verchemont était perdu.

C'est une histoire que nous ferons bientôt sous le titre d'*Iza la Ruine*...

FIN.

LA PRISE
DU FAUBOURG SAINT-ANTOINE

(SOUVENIRS D'UN GAMIN DE PARIS)

JUIN 1848

. . . .

Mes parents demeuraient rue Saint-Claude, au coin du boulevard. Je me levai à quatre heures du matin, à l'heure où l'on dormait chez nous, je me glissai sans bruit dehors, vite je descendis les trois étages, la porte de la rue était ouverte, je sortis.

La rue était toute dépavée, la barricade qui était en face de la porte, et qui entravait en même temps et la rue Saint-Claude et la rue du Harlay, avait été éventrée.

En remontant vers le boulevard, j'entrai dans la cour où j'avais vu porter les blessés la veille.

La cour était vide, la porte d'un petit caveau était ouverte, j'avançai la tête et je reculai bien vite, un homme était étendu là. Je retournai dans la rue et j'allai dire au concierge de notre maison que je venais de voir un insurgé couché dans la cave du marbrier; le concierge vint, avec M. Durand, notre propriétaire.

L'homme était tué; nous le reconnûmes tous trois pour l'avoir vu la veille, avant l'attaque de la barricade.

C'était un grand gaillard de vingt-huit à trente ans, très brun; sa chevelure était abondante; il portait toute sa barbe; il avait reçu la balle juste entre les deux yeux; le sang lui couvrait toute une partie du visage et avait coulé jusque sur sa poitrine velue.

Après la mort (je me souviens qu'on le constata, car j'étais trop jeune pour l'observer moi-même, j'avais onze ans), soit d'un coup de hache, soit d'un coup de sabre, on lui avait coupé la main et tous les doigts pendaient retenus seulement par quelques fibres, sans qu'une goutte de sang coulât de la blessure.....

Les deux hommes causaient entre eux de l'état des choses.

Je leur entendis dire que le faubourg Saint-Antoine n'était pas encore pris, qu'il avait jusqu'à neuf heures pour se rendre; je n'hésitai pas, je courus aussitôt, remontai le boulevard et me dirigeai du côté du faubourg.

La garde mobile et la garde nationale occupaient les abords de la place de la Bastille, sur le boulevard; la ligne et l'artillerie s'étendaient sur la place, de la rue des Tournelles au boulevard Bourdon.

Mon père était ciseleur; pour ne pas abîmer le cuivre avec l'acier des étaux, on se sert de mâchoires de plomb. Ces mâchoires se fondaient chez nous. Pour donner un prétexte à ma sortie matinale, je ramassai, le long du chemin, le plomb des balles mortes que je voulais rapporter à la maison.

Comme les troupes empêchaient d'approcher, je descendis par la rue des Tournelles et je me trouvai sur la place.

J'eus peur.

Il était huit heures et demie environ; tout autour de moi des soldats... et encore des soldats, comme je ne les avais jamais vus : sales, boueux et débraillés, les visages et les mains noirs de poudre. Lorsque je levai la tête, à toutes les fenêtres scintillaient des fusils; je regardai derrière moi, je vis la gueule menaçante des canons.

Devant moi, la barricade, haute de deux étages, avec un drapeau rouge qui jouait dans le vent. A toutes les fenêtres du faubourg, de la rue de Charenton, de la rue de la Roquette, en guise de rideaux pendaient des matelas; au centre des magasins de la *Belle-Jardinière*, des insurgés fumaient, assis sur le rebord des fenêtres.

Devant ce calme immense et cette apparence de tranquillité, je repris ma quiétude et je me dirigeai vers la colonne (c'était de cela que j'étais envieux), je voulais voir les morts que l'on avait couchés dans le trou pratiqué quelque temps avant pour descendre sous la colonne les victimes de février.

Arrivé sur le trottoir et contre les grilles du piédestal, en ramassant les balles aplaties, je trouvai un sou dans le sang coagulé dont le trottoir était couvert. Un sergent accourut vers moi.

— Qu'est-ce que tu ramasses donc, toi?

— Moi, monsieur, des balles.

— Qu'est-ce qui t'envoie?

— Personne.

— Pourquoi ramasses-tu ça?

J'expliquai au sergent l'emploi que je voulais en faire. Il me regarda quelques minutes fixement; puis, sûr que je disais vrai, il me fit vider mes poches..., me prit mon sou et me renvoya en me menaçant.

Je me dirigeai vivement vers le canal, pour me sauver par la rue du Chemin-

Vert ; mais, au moment où je passais devant la cour d'Amoy, les tambours battirent, les clairons sonnèrent, et toutes les troupes s'ébranlèrent.

— Par ici, toi, eh ! Et, entraîné avec quatre individus, je rentrai dans les magasins de la *Belle-Jardinière*, dont ils fermèrent la porte, qu'ils barricadèrent avec des comptoirs.

Je sortis par la rue de la Roquette, en suivant toujours les hommes qui criaient : « Aux armes ! aux armes ! »

Je me trouvais, deux minutes après, derrière la grande barricade du faubourg.

Un homme, sorti par la fenêtre du premier étage, était grimpé au sommet de la barricade, et, s'appuyant sur la hampe du drapeau, en brandissant un fusil, cria :

— Vive la République démocratique et sociale !

Ce cri retentit dans le silence. Les insurgés apprêtaient leurs armes et choisissaient leur place de combat.

Le premier coup de neuf heures sonna. Un frisson me parcourut le sang ; je me glissai le long des boutiques jusqu'à la seconde barricade, construite à environ cinquante pas de la première : je grimpais par une brèche, lorsqu'une détonation épouvantable retentit. Le sol trembla, les vitres éclatèrent, et les pavés, écrasés par la mitraille, tuèrent quelques malheureux et couvrirent les autres d'éclats de grès.

Plus de vingt individus râlèrent sur le sable. Au bruit de la fusillade, se mêlèrent les plaintes et les hurlements des blessés.

Épouvanté, mes jambes tremblèrent et refusèrent de me porter. Je voulais crier, et la voix ne pouvait sortir de ma gorge. Un homme, couché au sommet de la barricade, redescendit en criant à mi-voix :

— A nous ! v'là les mobiles !

Et, au même moment, les soldats parurent ; l'un d'eux chercha à arracher le grand drapeau rouge que la mitraille avait haillonné. Une lutte d'une minute s'engagea corps à corps, à coups de dents, à coups de sabres et de baïonnettes, de couteaux et de pavés même, car je vis un malheureux à qui on défonça la poitrine.

Des insurgés et des gardes mobiles se tordaient agonisants au bas de la forteresse du faubourg... Un homme livide, les traits contractés, les yeux presque sortis de l'orbite, cherchait à gagner l'ambulance, les mains appuyées sur son ventre, qu'une baïonnette avait ouvert, et, comprimant ses intestins sanglants, il tomba avant d'avoir fait dix pas...

Oh ! le cri ! je l'entends encore !...

Le grand drapeau rouge flottait toujours.

Le canon recommença à vomir la mitraille, et la fusillade, des fenêtres, lui répondit.

Tout à coup on cria :

— Au feu ! au feu !

Afin d'en déloger les insurgés dont le tir plus sûr tuait les artilleurs sur leurs pièces, le magasin de la succursale de la Belle-Jardinière avait été incendié par les boulets rouges. . . . . .

Chaque décharge des batteries abaissait la barricade, le nombre des morts et des blessés était énorme ; un second assaut repoussa les insurgés presque jusqu'au deuxième retranchement ; on se battit encore corps à corps ; cinq à six mobiles seulement parvinrent à s'échapper, les autres furent tués.

Est-ce l'odeur de la poudre, le cri des victimes, la vue de ces massacres ? je vins me mêler aux combattants. Une femme, jeune encore, sortit d'une allée, me remit des cornets de poudre et des balles que j'allai distribuer aux tirailleurs huchés sur la barricade.

Je portais des munitions à un homme qui tirait par une meurtrière ménagée dans les pavés, et faite d'un goulot de bouteille ; je lui donnai de la poudre, lorsqu'une balle lui traversa le cou, le sang jaillit et me frappa la figure.

Le canon venait de se taire. Des fenêtres on cria :

— Aux armes ! aux armes ! gare, gare, les v'là tous !

— Comme il était impossible de défendre la première barricade que le canon avait presque rasée, tous les insurgés gagnèrent la seconde redoute.

Dans le sauve-qui-peut, la femme aux munitions me poussa en disant :

— Vite ! vite ! *calletons, le gosse !*

Je grimpai et lui donnai la main pour l'aider à passer par-dessus les pavés.

Ce second assaut avait encore été repoussé, mais le grand drapeau rouge était enlevé.

Sur le sol dépavé, plus de trente malheureux criaient, râlaient, se tordaient, il était impossible de leur porter secours.

Sans être occupée, la première barricade était prise, il fallait vite fermer et défendre la seconde.

Le canon recommençait son œuvre.

Je portai des pavés pour fermer la brèche lorsque je vis la femme dégringoler d'une façon si drôle et si peu décente, que tout le monde se mit à rire. Elle n'avait pas glissé, la malheureuse, un biscaïen lui avait écrasé la tête... C'était horrible.

Cette fois, je cherchai le moyen de regagner le boulevard ; un petit homme en uniforme de garde national me dit :

— Allons, moutard, fiche ton camp... ; dans dix minutes il ne faudra que des hommes ici.

Il me fit entrer dans une cour-passage ; dans cette cour, il tira un seau d'eau, retira son uniforme, le roula autour de son fusil et jeta le tout dans le puits ; il retourna ses poches, les secoua pour faire tomber la poudre, puis il se lava la figure et les mains, m'en fit faire autant, et, m'ouvrant la porte de son arrière-boutique, il me conduisit à travers ses magasins (j'ai su depuis qu'il se nommait Élie et qu'il était marchand de fer) jusqu'à sa boutique qui donnait rue de Lappe.

Quand je sortis, la rue était occupée militairement, le faubourg venait d'être pris d'assaut...

Lorsque j'arrivai au canal, une douzaine de gardes mobiles entraînaient trois hommes ; je courus pour voir si je reconnaîtrais des défenseurs de la barricade.

Près d'un chantier où fut depuis un petit théâtre, les soldats poussèrent les trois malheureux sur les planches... l'un cacha sa figure dans ses mains, l'autre se blottit dans l'angle du poteau d'une lanterne, et le troisième, fier, écarta sa chemise, découvrit sa poitrine et leur cracha au visage.

Les gardes mobiles firent feu au moment où il leur criait :

— Assassinez-moi donc, lâches!...

Je courus vite vers le boulevard. A peine avais-je fait dix pas, que je rencontrai mon père en biset. Pauvre père! il était pâle, défait... Quand il me vit, il n'eut pas la force de me faire un reproche ; il m'embrassa, et, sentant que j'étais glacé, que je tremblais, il me demanda, inquiet, ce que j'avais.

— Je viens de voir fusiller trois hommes.

— Toujours donc!

Au moment où nous allions partir, une patrouille de sa compagnie passait. Un individu s'adressa au sergent, et, lui montrant la fenêtre d'une mansarde, il lui dit :

— Sergent, vous voyez la fenêtre d'en haut... l'homme qui reste là a fait le coup de feu de sa croisée et à la barricade.

— Eh bien! firent le sergent et mon père en regardant l'homme.

— Arrêtez-le.

— Par où monte-t-on? demande mon père les dents serrées.

L'homme marcha devant lui et s'engagea dans une allée. Mon père le prit alors, et, lui appliquant un vigoureux coup de poing sur le museau :

— Va faire avec d'autres ton métier, canaille!

L'individu voulut crier, mais deux ou trois gardes nationaux le poursuivirent à coups de pied. Il s'enfuit au plus vite. — Un jour peut-être je dirai le nom de cet homme.

FIN

TABLE DES MATIÈRES

Première Partie.

MARIAGE FORCÉ.

Deuxième Partie.

LE CRIME DE LA RUE DE LACUÉE

Troisième Partie.

IZA LA RUINE

Quatrième Partie.

MAISON BASILE, TARTUFE ET CIE

Paris. — Imprimerie Vve P. Larousse et Cie, rue Montparnasse, 19.

Paris. — Imprimerie Vve P. LAROUSSE et Cie, rue Montparnasse, 19.

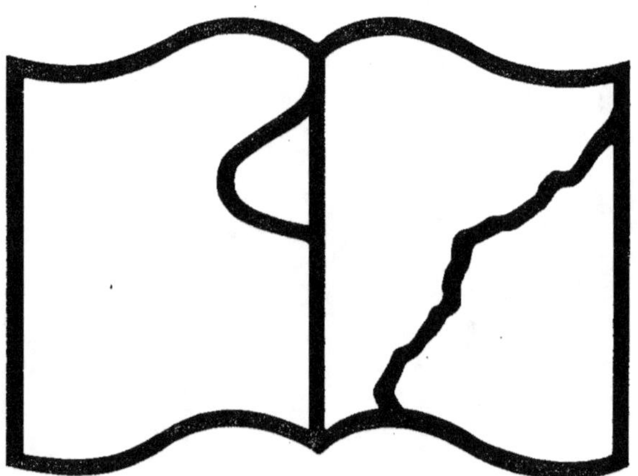

Texte détérioré — reliure défectueuse

NF Z 43-120-11

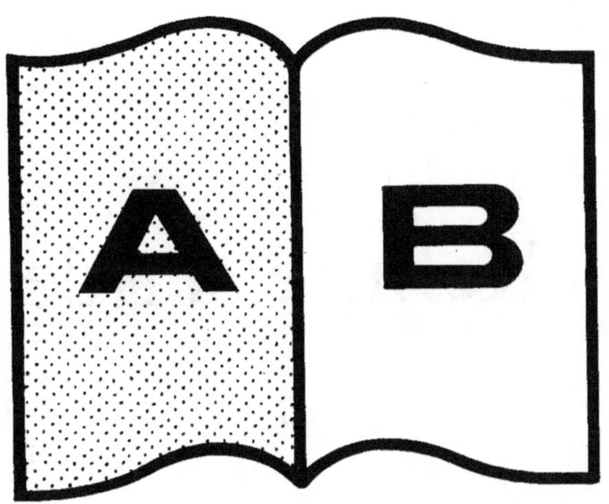

Contraste insuffisant

NF Z 43-120-14

www.ingramcontent.com/pod-product-compliance
Lightning Source LLC
Chambersburg PA
CBHW070754030726
47504CB00003B/559

9782011335241